U0147016

文學地圖

The ATLAS of
LITERATURE

general editor
MALCOLM BRADBURY

昭明出版社

國家圖書館出版品預行編目資料

文學地圖／馬爾坎·布萊德貝里（Malcolm
Bradbury）編, 趙閔文譯. --第一版.　--臺北市：
昭明, 2000 [民89]
　　面；　公分. --(昭明文史；27)
譯自：*The Atlas of Literature*
　　ISBN 957-0336-49-8 (精裝)

　　1. 文學 - 歷史

810.7　　　　　　　　89011845

昭明文史　27

文 學 地 圖

編　　者／馬爾坎·布萊德貝里（Malcolm Bradbury）
譯　　者／趙閔文
發 行 人／謝俊龍
總 編 輯／吳明興
主　　編／陳聖元
發行經理／吳國鏞
出　　版／昭明出版社
　　　　　臺北市溫州街 70 號B1
　　　　　Tel：(02)2364-0872 Fax：(02)2364-0873
　　　　　郵撥帳號：16039160 知書房出版社
登 記 證／北縣商聯甲字第 ○八八○五六一七 號
總 經 銷／聯經出版事業公司
　　　　　臺北縣汐止鎮大同路一段367號3樓
　　　　　Tel：(02)2641-8661　Fax：(02) 2641-8660
出版日期／2000 年 9 月 第一版第一刷
定　　價／1500 元
知書房網站／http://www.clio.com.tw
知書房E-mail ／ reader@clio.com.tw

"First published in 1996
under the title *THE ATLAS OF LITERATURE*
by De' Agostini Editions Limited
Interpark House, 7 Down Street, London W1Y7DS"
(c)Istituto Geografico de Agostini S.p.a
Text copyright Latin American writing (c)Louis de Bernieres
Text copyright Wordworth's Lake District (c)Melvyn Bragg
Text copyright Celtic Revivial (c)Frank Delaney
Text copyright Malcolm Bradbury's text (c)1996 Malcolm Bradbury
C.Chinese translation Copyright (c)2000 by KnowledgeHouse Publish Company

ISBN 957-0336-49-8　　　　　　　　Printed in Taiwan

引言

> 大汗擁有一部地圖集，裏面收集了所有城市的地圖，有的城市有著礎石堅固的城牆，有的已是被風沙湮沒的廢墟，有的依舊會繼續存在，有的迄今祇存狡兔的窟洞。
>
> 〜卡爾維諾（Italo Calvino），《看不見的城市》

「事實是，小說與地方的生活密不可分，」美國作家威爾第（Eudora Welty）曾有這樣的觀察，「地方提供『發生了甚麼事？誰在那裏？有誰來了』的根據——這就是心的領域。」在最基礎的文學要素中，地方、旅行與探險總是不可或缺的三件事。我們的詩、我們的小說、我們的戲劇，自身就能繪出世界的圖像，這幅地圖範圍廣大，某些部分在其中會特別明亮，某些部分則黯然無光，它總是在時空中有所轉變。我們的文學作品中，有很大的部分乃是根植於地方的故事，這些地方可能是某處景觀、區域、村落、城市、國家或某個大陸。它大部分是像奧德賽（Odyssey）那樣的旅行：在冒險、發現、探索或朝聖之中，朝一個新的世界走去。尤有甚者，地方本身通常會被提及它們的作品所改變，並且從文學中萃取其意義與神話般的特色。

如此說來，文學本身便可以視為地圖集，是宇宙的想像地圖，正如梅爾維爾（Herman Melville）在《雷德本》（Redburn）中所述：「在某種意義下，幾乎所有的文學作品都是旅遊指南。」這本《文學地圖》的目標，是要帶給讀者這種活潑、生動的觀念。它探索從中世紀以來，存在於作家與作品，還有景物、城市、島嶼、大陸之間，許許多多不同的關連。它著眼於文學中顯在或隱藏的地圖，無論是過去的或現在的，現實的或想像的。作家與作品和地方與景物之間，存在密切的連結，而在小說的脈絡或文學的盛世中，我們可以捕捉到某個城鎮或地區風貌。

這些確有其地的地方，已成為文學的擁擠場景的一部分，還有儘管是想像出來的，但更加生動的地方，以及在這兩者之間的錯綜關係，都是本書要處理的對象。我們得承認一件事：從古至今的世界地圖，都是由文學作品塑造出來的，在歐洲人去探險、征服或移民之前，他們早就在書本裏對「美洲」或「新世界」有所想像了。在當今的世界裏，地球既是變小了，也是變得廣闊了。現在，重要的書籍與偉大的作者，在許多地區、大洲與文化之間來來去去。我們的精神與想像力所形成的世界地圖，也因此不斷在變化中。

我們將在本書裏，指出與塑造文學有關的關鍵地方：那裏可能是作家住過或待過的房子或社會，或是他們工作過的劇院，或聚會所在的咖啡館。我們也要指出，他們的作品對這些地方，以及這些書裏提到的背景與景觀所造成的影響。我們緊跟在這些不斷增加的文學城市、地方作家的房子與景物之後。這本書的結尾附有內容廣泛的參考書目，以及和特殊地方與社會有關的作家清單（無可避免地，有許多作家和地方會有遺珠之憾），也表列出可以一探的作家住過的房子與背景。

這本書前後用了四年的時間才完工，我也因此歷經許多旅行，看過不少地圖與旅遊指南，這些都加深我長久以來的信念：文學和地理是息息相關的。它也是一本讓人讀來津津有味的書，因為有那麼多人通力合作，才有這樣的成果。吉特勒（Frances Gertler）構思並發展出這個寫作計畫，福斯特（Tim Foster）著手規劃，他們倆人和由編輯群、設計師與研究人員所組成的團隊——特別是麥法蘭（Alison MacFarlane）、哈波（Blanche Harper）與古德文（Zoe Goodwin）——在城市與景觀、書本與它們的例證、圖表的可能性與地圖上的通道之間，小心翼翼、滴水不漏地展開探索。我們的執筆者所提供的，不僅是文字與熱情，也有鉅細靡遺的地理資訊與例證。我尤其要感謝荷姆伯格（Eric Homberger）、伊克斯塔德（Heinz Ickstadt）與泰特（Arch Tait）等人以其淵博的知識所提供的援助。感謝大家的幫忙，讓我們得以寄望這本《文學地圖》能提供自中世紀以來，一種近似小說的世界文學史，也能作為一種參考與樂趣的來源。

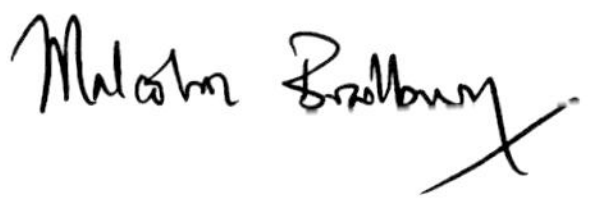

馬爾坎・布萊德貝里
諾威克（Norwich），1996

夾註解與地圖標色的說明

這些英文翻譯過來的作品書名，後面所標示的初版年代，係指原文版。而書中的地圖上，標記的是現代的地名與街名。有些地方則是用當地的方言標示。右邊的標色說明適用於本書的所有地圖，不過在某些地圖中，自有它們個別的用法。城市和鄉村所在的地點顏色，會隨著地圖的顏色而改變。某個人的出生地，不但會在圖上標明，也會註明他的出生年代。其他提到的年代則是與某個人或機構有關，再不然就是他的到訪之日。如果祇是在某地偶爾出現的人或事，或不為人知的資料，其年代就不予寫出。與某地有關的重要作者和書名，也會在旁標示出來。

■ 與文學有關的地方：仍然存在。

▨ 與文學有關的地方：不復存在。

■ 在作者生平中扮演重要角色的地方：仍然存在。

■ 在作者生平中扮演重要角色的地方：不復存在。

□ 某部作品中確實具重要性的地方：仍然存在。

□ 某部作品中確實具重要性的地方：不復存在。

斜體字：虛構的地方
正體字：確有其地的地方

THE CONTRIBUTORS

We are very grateful to all our contributors, who are listed below together with the names of their pieces. All the other essays were written by MALCOLM BRADBURY.

RUDIGER AHRENS (*Weimar and the German Romantics*) Professor of English at the University of Würzburg in Germany, Rudiger Ahrens is a member of numerous University bodies and has lectured extensively on English and German literature throughout the world. Work includes books on Shakespeare, Francis Bacon and literary theory.

GUIDO ALMANSI (*Post-War Italian Fiction*) Guido Almansi, retired Professor of English and Comparative Literature at the University of East Anglia, is now a cultural journalist in Italy.

LOUIS DE BERNIÈRES (*Latin American Writing: A Literary Heritage Explored*) Louis de Bernières is the author of four novels. *The War of Don Emmanuel's Nether Parts* (1990) and *Captain Corelli's Mandolin* (1995) have both won the Commonwealth Writers Prize. *Don Emmanuel* won Best First Book Eurasia Region in 1991 and *Señor Vivo and the Coca Lord* (1991) won Best Book Eurasia Region in 1992. In 1993 he was selected as one of the 20 Best Young British Novelists and in 1995 he was given the Lannan Foundation Award.

CHRISTOPHER BIGSBY (*The South, Slavery and the Civil War*, *Depression America* and with Eric Homberger, *Harlem's Renaissance*) Christopher Bigsby is Professor of American Studies at the University of East Anglia, and Chairman for the British Council Annual Seminar in Contemporary Literature. Books include *The Black American Writer Vols I and II* (1971), *The Second Black Renaissance* (1980), *A Critical Introduction to 20th Century American Drama, Vols I, II and III* (1982–5) and *Modern American Drama 1940–1992* (1992). He is the author of three novels: *Harbor* (1994), *Pearl* (1995) and *Still Lives* (1996).

PATRICK BOYDE (*Dante's Worlds*) Patrick Boyde is Serena Professor of Italian at the University of Cambridge. His numerous publications on Italian Literature include *Dante's Lyric Poetry* (1967), *Night Thoughts on Italian Poetry and Art* (1985) and *Perception and Passion in Dante's 'Comedy'* (1993). He is a Fellow of the British Academy.

MELVYN BRAGG (*The Lake District of the Romantics*) Melvyn Bragg was born in Cumbria, England. Since 1965 he has written 14 novels, many set in his native Lake District. He is also the author of several works of non-fiction including *Land of the Lakes* (1983). He is controller of Arts at London Weekend Television, where he has edited and presented the *South Bank Show* arts programme since its inception in 1978. He is President of the National Campaign for the Arts.

JUSTIN CARTWRIGHT (*South African Stories*) Justin Cartwright was born in South Africa and was educated there and at Oxford. His novels include *Freedom For The Wolves* (1982), *Interior* (1988), winner of a CNA award, *Masai Dreaming* (1994), winner of the 1994 M. Net award in South Africa and *In Every Face I Meet* (1995), shortlisted for the Booker and Whitbread prizes. The BBC televised his satirical novel *Look At It This Way* (1990) in 1992. His latest book *Not Yet Home: A South African Journey* was published in 1996.

RUPERT CHRISTIANSEN (*The Romantics Abroad*) Rupert Christiansen read English at King's College, Cambridge and later at Columbia University in the United States. He has published a number of books on opera and is opera critic for the *Spectator*. He also writes regularly for *Harpers and Queen* and the *Daily Telegraph*. Publications include *Romantic Affinities: Portraits from an Age 1780-1830* (1988) and *Tales of the New Babylon: Paris 1869-75* (1994).

JONATHAN COE (*London: The Dislocated City*) Jonathan Coe lives in London. He is the author of four novels: *The Accidental Woman* (1987), *A Touch of Love* (1989), *The Dwarves of Death* (1990), and *What a Carve Up!* (1994), winner of the 1995 John Llewellyn Rhys Memorial Prize and the 1996 Prix du Meilleur Livre Étranger.

JON COOK (*Nineteenth Century Oxford and Cambridge*) Jon Cook is Senior Lecturer in English Studies at the University of East Anglia. Among his most recent publications are contributions to a collection of essays on *The Prelude* (1993) and to *The Penguin History of English Literature: the Romantic Period* (1994).

VALENTINE CUNNINGHAM (*The Spanish Civil War* and *Writers Go to War*) Valentine Cunningham is a Fellow and Tutor in English Literature at Corpus Christi College, Oxford. He is author and editor of a number of publications including *British Writers of the Thirties* (1988), *Spanish Front: Writers on the Civil War* (1986) and *The Penguin Book of Spanish Civil War Verse* (reprinted 1996).

FRANK DELANEY (*The Irish Revival*) Frank Delaney is a writer and broadcaster for BBC television and radio in Dublin and London. His publications include *James Joyce's Odyssey* (1981), *Betjeman Country* (1983), *The Celts* (1986), *A Walk in the Dark Ages* (1988) and a series of novels set in 20th century Ireland, beginning with *The Sins of the Mothers* (1992).

RISA DOMB (*Contemporary Israeli Writing*) Risa Domb is lecturer in Modern Hebrew Literature at the University of Cambridge. She is a Fellow and Director of Studies at Girton College, and Honorary Director of the Centre for Modern Hebrew Studies.

OWEN DUDLEY EDWARDS (*Eighteenth Century Dublin* and *Eighteenth Century Edinburgh and Scotland*) Owen Dudley Edwards is Reader in History at the University of Edinburgh. His books include writings on Macaulay and Eamon de Valera.

FADIA FAQIR (*In Search of Andalusia: Contemporary Arabic Literature*) Fadia Faqir was born in Jordan and is the author of two novels: *Nisanit* (1990) and *Pillars of Salt* (1996). She lectures at the Centre for Middle Eastern and Islamic Studies at Durham University, and is the general editor of the Arab Women Writers Series for Garnet Publishing.

JOHN FLETCHER (*The France of the Enlightenment* and *Paris as Bohemia*) John Fletcher is Professor of European Literature at the University of East Anglia. He has written a number of books including *Alain Robbe-Grillet* (1983), and has made a prize-winning translation of Claude Simon's *The Georgics* (1989). He is working on a critical edition of Albert Camus' *Le Premier Homme*.

GREG GATENBY (*Canadian Images*) Greg Gatenby was born in Toronto where he graduated from York University. He has been Artistic Director of the Harbourfront Reading Series since 1975. His published writing includes poetry (*Growing Still*, 1981), anthologies (*Whales: A Celebration*, 1983) and literary histories (*The Very Richness of That Past*, 1995). He is working on a new collection of poems and a literary history of Toronto.

TERRY HANDS (*Stratford and London in Shakespeare's Day*) Terry Hands, theatre and opera director, lives in London. He was Founder-Artistic Director of the Liverpool Everyman Theatre from 1964–66. He then joined the Royal Shakespeare Company, Stratford-upon-Avon, where he stayed for 25 years as Associate and Artistic Director.

GITHA HARIHARAN (*The Fantasywallas of Bombay*) Githa Hariharan grew up in Bombay but now lives in New Delhi. *The Thousand Faces of Night* won the Commonwealth Writer's Prize for Best First Book in 1993. Her most recent novel is *The Ghosts of Vasu Master* (1994).

DESMOND HOGAN (*James Joyce's Dublin*) Desmond Hogan lives in the west of Ireland and is the author of four novels: *The Ikon Maker* (1976), *A Curious Street* (1984), *A New Shirt* (1986) and *A Farewell to Prague* (1995). *A Link with the River* (1989) has been published in the United States and the collection *Elysium* in Germany (1995).

ERIC HOMBERGER (*The Beat Generation, Greenwich Village* and, with Christopher Bigsby, *Harlem's Renaissance*) Eric Homberger is Reader in American Studies at the University of East Anglia. His publications include *The Historical Atlas of New York City* (1994) and *Scenes from the Life of a City: Corruption and Conscience in Old New York* (1994).

HEINZ ICKSTADT (*Berlin: The Centre of German Modernism* and *Germany After the War*) Heinz Ickstadt is Professor of American Literature at the John F. Kennedy Institut für Nordamerikastudien at the Freie University of Berlin. He has published widely in German and English on postmodern fiction, modern poetry and urban literature.

DOUGLAS JOHNSON (*The Paris of the French Romantics* and *Stendhal's, Balzac's and Sand's France*) Douglas Johnson is Professor Emeritus of French History at the University of London. His publications include *Guizot and French History 1787–1874* (1964), *France and the Dreyfus Affair* (1967) and *A Concise History of France* (1970).

RUSSELL CELYN JONES (*Dylan Thomas's Wales*) Russell Celyn Jones grew up in Swansea, Wales, and now lives in London. He is the author of three novels: *Soldiers and Innocents* (1990) which won the David Higham Prize, *Small Times* (1992) and *An Interference of Light* (1995). He has written for a number of British national newspapers and broadcasts periodically on British BBC radio.

PAUL LEVINE (*Writers' Hollywood*) Paul Levine is Professor of American Literature at Copenhagen University in Denmark. He was born and raised in New York and educated at Wesleyan, Princeton and Harvard Universities in the United States. He has written extensively on literature, film and culture. Publications include *Divisions* (1975), *E.L. Doctorow* (1985), *Lynn Chadwick* (1988), and a collaboration with Doctorow on a volume of the novelist's screenplays.

IAN LITTLEWOOD (*Existentialist Paris and Beyond*) Ian Littlewood has taught at universities in France, Japan and the United States, and is now teaching English at the University of Sussex. Among his publications on France are *Paris: A Literary Companion* (1987) and *Paris: Architecture, History, Art* (1992).

JAMES MCFARLANE (*Scandinavia: The Dark and the Light*) James McFarlane was Professor, now Emeritus, of European Literature at the University of East Anglia. He is author and editor of a number of publications including: *Scandinavia: an International Journal of Scandinavian Studies* (1975–91) and *The Cambridge Companion to Henrik Ibsen* (1994). He was awarded the Commander's Cross, Royal Norwegian Order of St Olav in 1975.

PAUL MICOU (*Manhattan Tales: Who's Afraid of Tom Wolfe?*) Paul Micou was born in San Francisco and graduated from Harvard University in 1981. He is the author of six novels including *The Cover Artist* (1990), *The Death of David Debrizzi* (1991), *The Last Word* (1993) and *Adam's Wish* (1993). He now lives in London.

ARTHUR MILLER (*Broadway*) Arthur Miller was born in Manhattan in 1915 and graduated from the University of Michigan. He has written numerous award-winning stage plays including *Death of a Salesman* (1949), *The Crucible* (1952), *A View from the Bridge* (1955) and *Broken Glass* (1994), which won the Olivier Best Play Award. He has also written and published various prose works, a collection of short stories, *I Don't Need You Any More* (1967) and four works of non-fiction. His latest novel, *Plain Girl*, was published in 1995.

MICHAEL MILLGATE (*Thomas Hardy's Wessex*) Michael Millgate is University Professor of English Emeritus at Toronto University. He is the author of a number of publications on Hardy, including *Thomas Hardy: A Biography* (1982), *The Life and Work of Thomas Hardy* (1985) and *The Collected Letters of Thomas Hardy* (1978–88).

ALASTAIR NIVEN (*The Writing of Africa Today*) Alastair Niven is Director of Literature at the Arts Council of England. Publications include *D.H. Lawrence: The Novels* (1978) and many articles on African Literature. He was Director General of the Africa Centre, London, for six years, edited *The Journal of Commonwealth Literature* for 13 years and has judged awards, including the Booker Prize in 1994.

ALEXS PATE (*Everywhere the Wind Blows: African-Writing Today*) Alexs Pate is a writer, poet and performance artist living in Minneapolis. He teaches Creative Writing at Macalester College in Minnesota. His work has been published in *The Washington Post* and *Essence*. His first novel, *Losing Absalom* (1995), was published to great acclaim.

GLENN PATTERSON (*Divided Ireland*) Glenn Patterson is writer-in-residence at Queen's University, Belfast. His novels include *Burning Your Own* (1988), winner of the Rooney Prize for Irish Literature, *Fat Lad* (1992), short-listed for the GPA Book Award, and *Black Night At Big Thunder Mountain* (1995). He has also written a short play, and television documentaries on Northern Irish culture and politics.

ROY PORTER (*Eighteenth Century London*) Roy Porter is Professor of the Social History of Medicine at the Wellcome Institute for the History of Medicine in London. His books include *In Sickness and in Health: The British Experience 1650–1850* (1988) and *London: A Social History* (1994). He lives in London.

JANE SELLARS (*Wild Yorkshire: The Brontës of Haworth*) Jane Sellars was born in Yorkshire and graduated in art history from Manchester University. For ten years she worked at the Walker Art Gallery, Liverpool, where she established herself as an authority on Victorian women artists. She has been the director of the Brontë Parsonage Museum since 1989. She lectures and broadcasts on the Brontës, organizes exhibitions and was co-author of *The Art of the Brontës* (1995).

PATRICIA SHAW (*Cervantes' Spain*) Professor Shaw heads the Department of Modern Philology at the University of Oviedo in Spain. Her numerous publications on Spanish and English Literature include *Seventeenth Century English Views of Spain* (1981). In 1988 she was awarded an OBE for her services to English Studies in Spain, where she has lived for over forty years.

LUCRETIA STEWART (*The Writing of the Caribbean*) Lucretia Stewart was born in Singapore and lives in London. She is the author of *Tiger Balm – Travels in Laos, Vietnam and Cambodia* (1992) and *The Weather Prophet – A Caribbean Journey* (1995).

JAMES SUPPLE (*Montaigne's France*) James Supple is Professor of French Studies at Strathclyde University, Scotland. He lectures worldwide on Montaigne and contributes regularly to literary journals. His publications include *Arms Versus Letters: the Military and Literary Ideals in the "Essais" of Montaigne* (1984) and *Montaigne et la rhétorique* (1996).

ARCH TAIT (*The Sleeping Giant: Gogol's, Pushkin's and Dostoevsky's St Petersburg* and *Russia and Eastern Europe after Stalin*) Arch Tait teaches Russian Literature at the University of Birmingham and is co-editor of the British magazine *Glas: New Russian Writing*. His translations include Vladimir Makanin's Russian Booker Prize-winning novel *Baize-covered Table with Decanter* (1995).

D. J. TAYLOR (*Depression Britain* and *The Campus Novel*) D. J. Taylor is the author of three novels including *Real Life* (1992), and two critical studies: *A Vain Conceit: British Fiction in the 1980s* (1989) and *After the War: The Novel and England Since 1945* (1993). He is currently writing a biography of William Makepeace Thackeray. He lives in London.

GAVIN WALLACE (*Precipitous City: Robert Louis Stevenson's Edinburgh* and *This Gray but Gold City: The Glasgow of Gray and Kelman*) Gavin Wallace is a course tutor in Literature with the Open University in Scotland. He has published widely on Scottish literature and Scottish cultural affairs. He was co-editor of *The Scottish Novel Since the Seventies* (1992), regularly reviews books for *The Scotsman* and is co-editor of the literary journal *Edinburgh Review*.

NIGEL WEST (*Cold War Tales*) Nigel West (Rupert Allason, MP) is European editor of the *Intelligence Quarterly* and has written extensively on the spy world. His non-fiction includes *MI6: British Secret Intelligence Service Operations 1909-45* (1983) and *Unreliable Witnesses: Espionage Myths of World War II* (1984). His fiction includes *The Blue List* (1989), *Cuban Bluff* (1990), and *Murder in the Commons* (1992).

MICHAEL WILDING (*Australian Images: Sydney and Melbourne*) Michael Wilding is Professor of English and Australian Literature at the University of Sydney. His publications of fiction and selected short stories include *Under Saturn* (1988), *Pacific Highway* (1982) and *Reading the Signs* (1984). He was elected Fellow of the Australian Academy of Humanities in 1988.

KAZUMI YAMAGATA (*Japan: Land of Spirits of the Earth*) Kazumi Yamagata is Professor of English and Comparative Literature at the University of Tsukuba in Japan. In 1988 he was awarded the 25th Culture of Translation Award for his translation of Susan Handelman's *Slayers of Moses*.

文學地圖 目次

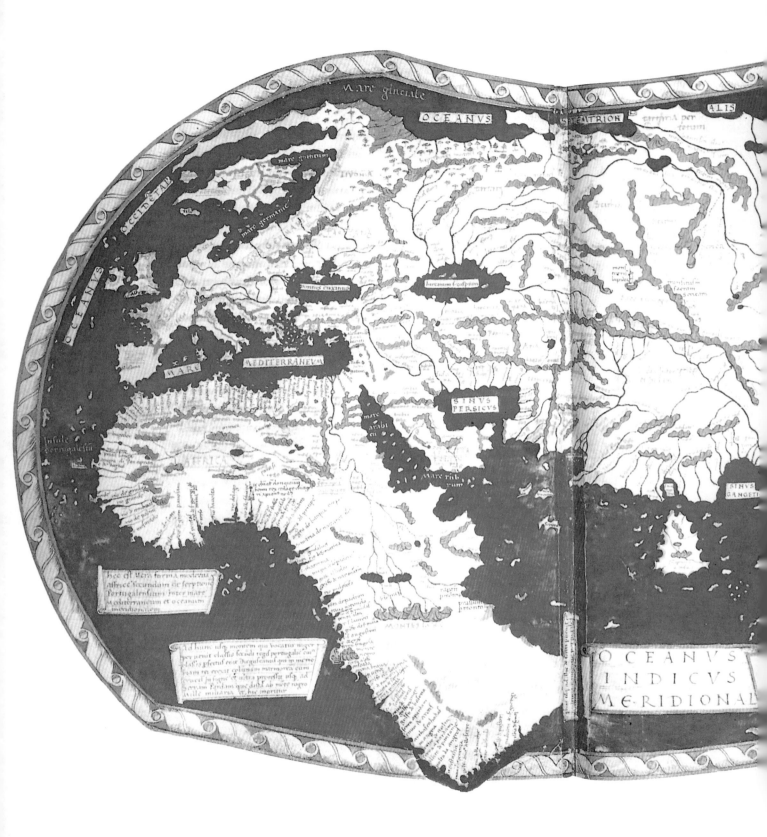

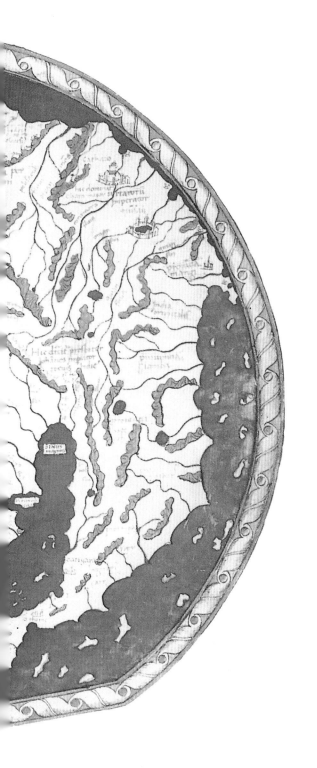

第一部
中世紀與文藝復興

一切皆以文字為濫觴。它既有神聖的一面，也有凡俗的一面。人類總是運用文字來講述故事，傳達信仰上的啟示，與經歷過的種種冒險傳奇，以及他們的城邦和君王、戰爭與愛的傳說。在古地中海地區的世界中，三大宗教聖典《聖經》（Bible）、猶太法典《塔木德經》（Talmud）和《古蘭經》（Koran）皆摻雜了以詩歌、史詩和戲劇所成的神話形式。1440年代，在史特拉斯堡（Strasbourg）和美因茲（Mainz）工作的古騰堡（Johannes Gutenberg），發明（或者說是改良）了活版印刷，書籍印刷的大革命於焉開始。先前靠著口耳相傳的故事，與在講壇上宣講的佈道詞，還有華麗裝飾的手稿，此時都可以大量印刷了。儘管故事中的世界根本上並無不同，然而經由印刷術的改革，故事裏的朝聖者和水手、探險家和發現家、神學家和哲學家，也拓展了他們的視野；人們可以標示出未知之地，畫下新的地圖，而與人類地理和神界有關的宇宙論，也因此有了新意。根據英國政治家也是文學家的培根（Francis Bacon）的說法，人類在器械上的三大發明，已經「完全改變了世界的面貌」印刷術、火藥和羅盤使得文學、征戰和航海，有了革命性的進展，也讓文藝復興（the Renaissance）的精神得以繁榮發展……。

這張由馬特勒斯（Henricus Martellus），於西元1490年時所繪的世界地圖，乃是以較古老的托勒密地圖（Ptolemy map）為本，同時加進葡萄牙探險家的航海發現，並畫上新發現的好望角（Cape of Good Hope）。

但丁的世界

「佛羅倫斯（Florence）生我，拉文納（Ravenna）葬我。」用這改寫自古羅馬詩人維吉爾（Virgil, 70-19BC）著名的墓誌銘中的抑揚六步格詩句，刻在但丁（Dante Alighieri, 1265-1321）的石棺上，堪稱是恰當的總結，也讓我們更能貼近詩人作品的要義。誠然在但丁一生中，有過其他重要的地方，然而它們祇不過是在佛羅倫斯和拉文納之間的地名罷了。

但丁出生於1265年，他前三十五年的時間，大部分是在其出生地佛羅倫斯度過。當時佛羅倫斯是一個強大的「自治城邦」（self-governing city-state），經濟蓬勃，人口興旺，全盛時期約有十萬居民（以當時的標準來說，是個大都市）。1250至1293年，派系之間無止盡的權力鬥爭，導致政治制度上的持續改革，舊有的貴族世家被排除在政府之外。參政權落入那些創造並且經營本身財富的人，尤其是主要公會（guild，基爾德）的會員，這些商業領袖控制了羊毛的貿易。

儘管但丁出身於非主流的貴族家庭，但他還是在1295年時，加入醫師與藥劑師公會，也在1300年中艱困的兩個月裏，出任佛羅倫斯城邦六位最高執政官（Prior）當中的一員。他的許多朋友，包含了詩人卡弗康提（Guido Cavalcanti），都流亡在外。歷經一連串的政變的一年半後，但丁因死罪而遭到放逐。在他生命的最後二十年裏，他以流亡之身，寄食於義大利諸城邦的宮廷之內，直到1318年，才在拉文納安定下來。1321年9月，但丁死於拉城，享年五十有六。

但丁於1292至93年間，完成了詩文集《新生》（Vita nuova），歌頌他年輕時對碧翠絲（Beatrice）的戀情，詩中對他本人、他的同胞以及故鄉佛羅倫斯的敘說，依舊如夢似幻，含混不清。然而一但被放逐了，他「祇能在夢中懷想故國」，佛羅倫斯成了他魂牽夢繫的記憶和想像。於是但丁開始著手一篇名為《神曲》（The Comedy of Wante Alighieri from Florence）的長詩，詩作完成不久，但丁即撒手人寰。雖然《神曲》所敘述的是進入其他世界——地獄、煉獄和天堂——的遊記，然而矛盾的是，作品裏一成不變會提到這件事：要向千百張近在眼前的笑容致謝，也要對敘述者在維吉爾的引導下，在

上圖是十五世紀義大利畫家，米蓋里諾（Domenico di Michelino）的作品。畫中的但丁手持《神曲》站著，他的左邊是佛羅倫斯，右邊是地獄之門，在他身後的是煉獄山，他的頭上則是天界。

通過死亡之域時，一路上遇到的靈魂所作的回憶致謝。

但丁的《神曲》就像同時期的義大利畫家，羅仁澤提（Ambrogio Lorenzetti）的諷喻壁畫《錫耶那的好政府與壞政府》（good and bad government in Siena）一樣，生動地勾勒出中世紀晚期義大利城邦的生活印象，也描繪了存在於塵世中的天堂與地獄。裏面沒有任何一物，也沒有任何一人看來是沈著的。從某一方面來看，當時的佛羅倫斯可說是施洗者約翰（St. John the Baptist）之城，城內狹窄的街道和城牆環繞的區域，為浸信會所控制，那裏是宗教與市政的中心。在這樣的城市中，但丁相信可以享有他高祖父卡西亞吉達（Cacciaguida）那個時代裏，節制、平和與公正的傳統，那是個黃金年代，貿易、財富、移民、忌妒與政治上的動亂都尚未到來。從另一方面來看，佛羅倫斯也是一個最初受到戰神（Mars）所青睞，飽受戰火蹂躪的城市；大多數在佛羅倫斯揚名立萬的當地

羅仁澤提的「好政府」（Good Government，上圖），畫出了托斯坎城邦的理想願景，狹窄的街道上滿是行商，廣場為年輕的舞者所據，呈現出一片祥和的景象。

人，大抵是些自我放縱、暴力、濫交、貪污與叛逆之徒。

　　在流放最初的幾個月中，但丁一直待在托斯坎尼（Tuscany），希望能藉由軍事力量和同樣遭到流放命運的伙伴一起重返家邦。然而事與願違，但丁沒有招來任何同志，祇得以「一人之黨」之身，浪跡到「他的語言所能到達的每個地方」。就在這幾年之間，但丁展現了驚人的語言天份，他精通多種義大利方言；在1304年完成的《論俗語》（De vulgari eloquentia）書中，他期許自己完成一項工作，也就是要規範義大利文，使之成為跨地域的語文，後來他就用這種文字來書寫《神曲》。在但丁的詩裏，曾經無數次提到許多義大利中部和北部的城市和地方。有些地方因法治不彰和傾軋衝突而惡名昭彰，例如北部的維羅那（Verona），其中蒙太古（the Montagues）和凱普雷特（the Capulets）兩大家族的世仇，就是眾所皆知的。有些地方雖名不見經傳，然而卻有一股力量，可以喚起人們對於廣大的平原、河流與海洋，以及對於幸福之地的深切渴望，如同法蘭西斯卡（Francesca）在《神曲》裏的開場白：「我出生在河畔的城市，那裏是波河（Po）的子民們，代代尋找的和平樂土。」

　　1308至1313年間，由於盧森堡公爵被推選為神聖羅馬帝國的皇帝，即亨利七世，但丁又重新燃起了回到佛羅倫斯的希望。為了與保皇派（Ghibellines）結盟，這位先前立場為教皇派（Guelphs）的人（佛羅倫斯在傳統上支持教皇），不惜寫了幾封熱情洋溢的公開信給紅衣主教和佛羅倫斯市民，要求他們接受亨利七世。亨利七世在米蘭加冕，成為皇帝之後，但丁的欣喜很快就被1313年的武裝叛變與亨利的死訊澆熄了。然

一幅中世紀壁畫的細部圖（上圖），畫中顯示在但丁那個時代，人口稠密的佛羅倫斯是以教堂的塔樓為政治樞紐，那也是浸信會的所在。

而，這次經驗又再度提升他的視野，他想擁抱的不再祇是托斯坎尼或義大利，而是歐洲，是整個世界，以及全人類。

　　但丁在《神曲》中，一再譴責當時教皇過度涉入政治和謀取世俗最高的權力慾望。他對當時歐洲君主的批判（別漏了英國的亨利三世，與波西米亞的奧圖加四世），和他對包括馬加比（Judas Maccabeus）與查理曼大帝（Charlemagne）在內的過去「九賢」（Nine Worthies）的讚譽，可說是等量齊觀的。在1313至1318年間所撰寫的《君主論》（Monarchia）裏，但丁認為上帝有意要尋找一位霸主，而這位霸主（mon-arch）指的是皇帝，而不是教皇。他假維吉爾之口所寫的敘事詩《伊尼亞德》（Aeneid），慶祝在奧古斯都（Augustus）大帝治下，羅馬人的赫赫戰功，這位大帝將整個世界帶進和平之域，為救世主的降

羅仁澤提的「臨海城市」（City by the Sea，右圖），呈現典型的中世紀義大利城市的基本結構，但丁在他二十年的流亡期間，應該造訪過許多這樣的城市。

臨作好準備。在但丁的理想願景裏，羅馬即是上帝在塵世中的「代言人」。1320年完成的《海陸分佈》（Questio de situ ague et terre）中，但丁持續查考了《聖經》所記載的海陸分佈比例，也比對了古代地理學者與當時地圖學家繪製的世界地圖的差異之處，以做為某些鉅著的根本依據。

　　在但丁眼裏，我們所居住的地球，就是球形宇宙的中心，球的圓周為兩萬零四百哩。所有「從水中露出的旱地」（參照《聖經‧創世紀》第一章九至十節），都在北半球。此「古大陸」（Pangeia）的說法，迄今仍為科學家所沿用，它所涵蓋的範圍跨越了一百八十個經度，西起卡迪茲（Cadiz，位於西班牙西南部大西洋沿岸），東到恆河出海口。其中最適合人類居住的地區共有七處，它們分佈於「大陸中央的海岸」，也就是地中海（the「Mediterranean」）一帶，橫跨有九十個經度（真是一個不朽的錯誤）。按照《聖經》的說法，這塊「旱地」（in medio ter-rae）的中央就是耶路撒冷，它不但是耶穌被釘在十字架上的地方，也是人類歷史的救贖核心。

　　這些在當時為但丁所接受的「事實」，在他日後書寫史詩時，全都派上用場了。在《神曲》裏，他認為由於有了魔鬼的墮落，導致地表產生三次大變動。南半球所有的陸地都往北移動，在撒旦（我們現今對魔鬼的稱呼）盤據在地球中心時，有一大片陸地被挪開了，而鑿成的巨大窟窿，便是地獄（Hell）的所在。被移開的土地沖至地表，形成一極高大的山島，方向正對著耶路撒冷。在高山的頂端就是伊甸園亞當和夏娃的誕生之地，也是墮落的天使最好的落腳處。而懺悔的罪人則是在斜坡上（煉獄，Purgatory）淨化其靈魂。而在滌淨罪惡之後，淨魂就會從伊甸園（「人間」天堂），進入天國（「天上」樂土），那是位於九重天外的碧落之處，群星也得以繞著地球運行。

　　因此，朝聖者但丁（Dante-the-Pilgrim）的贖罪之旅，並非

上圖是一張盎格魯－撒克遜（Anglo-Saxon）時期的世界地圖。圖的上邊是東方，亞洲就佔了上半部；地中海及諸島嶼將歐洲與非洲隔開，前者在左，後者在右。地圖下方，「海克力斯之柱」清楚可見。

從倫敦走到坎特伯里（Canterbury），而是下到地球中心，進入南半球，一路直上煉獄山，再到伊甸園，之後悠然飛翔在各處天界，乃至超越時空限制，得見上帝的臨現。在《神曲》的前兩部，〈地獄〉（Inferno）和〈煉獄〉（Purgatorio）裏，詩人但丁（Dante-the-Poet）準備了一份非常詳盡的地圖，跟他從天文學家那裏拿來的天象圖一樣精確，可以供他在天國（Paradiso）使用。於是他搖身一變，成為一個「精神上的宇宙學家」（moral cosmographer），此一優勢讓他能在正確的關係中，同時擘畫了行動與位置。他可以想像自己從九重天外俯瞰大地，讓從印度延伸到西班牙的廣袤大地在眼前開展，他也反省了人世間爭鬥的起因，不過是在爭奪一塊乾地，一處「讓我們變得如此殘忍的打穀場」罷了。

六個鐘頭之後，這位朝聖者再度俯瞰大地。此刻，他就在卡迪茲正上方，向東望去，他幾乎可以看到耶路撒冷，向西望去，海陸交會之處乃是「險惡的尤利西斯渡口」（mad crossing of Ulysses）。這個令人為之一震的片語，可以追溯到他與尤利西斯的鬼魂在地獄的會面，那個鬼魂向他說到最後一次的死亡航行。在但丁筆下，尤利西斯從未返回希臘的綺色佳（Ithaca）島。他由女巫瑟茜（Circe）的國度，也就是離那不勒斯（Naples）不遠的地方啟航，向西一直航行，最後到達摩洛哥的亞特拉斯山（Atlas Mountains），此處以「海克力斯之柱」（the Pillars of Hercules）著稱，人們相信它是諸神示下的警告，警告人類萬不可越此一步。儘管他僅存的水手個個「年邁而行動緩慢」，但尤利西斯還是說服他們往前航行，去探索「在日落之後，沒有人煙之境」，因為他們「不要像畜牲一樣過活，而要追隨美德與知識」。經過五個月奮力划行之後，他們朝西南方向越過大洋，直到有一天，他們終於看到一座高山。正當他們歡喜莫名之時，一陣來自此「新大陸」的旋風颳了過來，將整艘船捲到海裏。

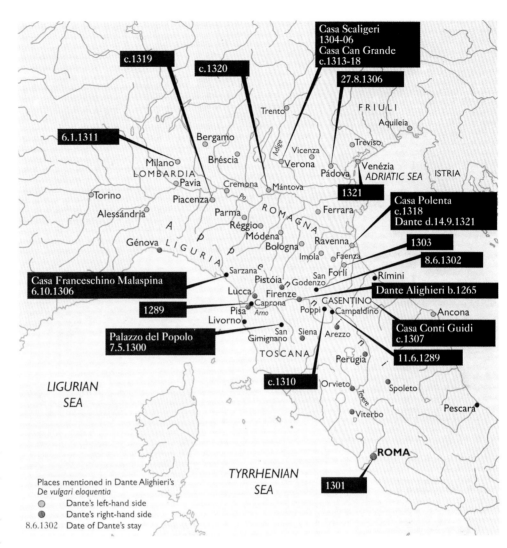

Places mentioned in Dante Alighieri's
De vulgari eloquentia
○ Dante's left-hand side
● Dante's right-hand side
8.6.1302 Date of Dante's stay

但丁時的義大利：在他二十年的流亡歲月裏，但丁住過或去過許多地方。圖上用色點標示出來的城市與市民所用的方言，都是《論俗語》一書中的討論題材，顯示出他已瞭解由亞平寧山（the Appenines）這座分水嶺所造成的語言上的普遍差異。

但丁稍後算清楚尤利西斯等人一共航行了五千一百哩，才看到煉獄的所在，那裏是人們最終獲得「美德與知識」的地方。然而這次航行並未得到天神的同意，而且時機也不對。尤利西斯有意識地忽略自己對家國的責任。他認為知識是「感覺資料的累積」，所以便選擇出海，而當時但丁卻主張人類應該「減少世界上的航海活動」。在此道德所成的象限中，但丁描繪出我們與上帝關係的地圖（因為我們最終的安息處是天堂），而尤利西斯至少犯下五種罪行。但是大部分的讀者無法理解，為何但丁要將一個與他是如此相同的人，派到地獄去。但丁在創作上的「瘋狂跳躍」，顯現了他對整體宇宙論、道德哲學和當時代的宗教信仰的獨特理解，以及他對即將到來的分崩時代的預言與洞察。

喬叟時的英國

4月，甘霖普降，人們開始進行朝聖之旅。當時，「朝聖者渴望探索陌生之地／特別是，從各州各郡前來的人／在英國，他們來到坎特伯里」。這是英國第一位大詩人喬叟（Geoffrey Chaucer, 1340-1400），在《坎特伯里故事集》（the Canterbury Tales）的序文中所寫的詩句。這本書的背景是在1390年代，一共包括二十四篇美妙的故事，咸信它們是由一群喋喋不休的朝聖者，從倫敦動身，前來坎特伯里朝拜托馬斯─阿─貝克特（Thomas-à-Becket）的聖祠時，所說出來的。這本書也成為眾多重要的英詩其中之一──不僅因其詩作技巧，也因它能讓我們更加掌握中世紀社會的生活。

在《坎特里故事集》的「伊利斯米爾手稿」（Ellesmere manuscript）裏，喬叟看起來有些福態，他的胸前掛著筆盒，蓄著落腮鬍，頭戴軟巾帽，足蹬長尖靴，完全是中世紀士人的典型裝束。

透過喬叟，我們不但能瞭解他當時的英國，同時在英文的推廣與應用上，他也功不可沒。身為有錢有勢的酒商之子，年輕的喬叟得以入宮，成為英王愛德華三世（King Edward III）的侍從。及至年長，他和皇后的侍女結婚，因而與歐剛特（John O'Gaunt）成為姻親。婚後他跟隨英王遠征法國，卻在那裏被法軍俘虜，但旋即被贖回。之後他數度出使西班牙、法國與義大利。在某一次的外交之旅中，他到了熱內亞（Genoa）、比薩（Pisa）與佛羅倫斯，被引薦和當時義大利兩位文壇大師薄伽丘（Boccaccio）與佩脫拉克（Petrarch）晤面。當時是後諾曼（Post-Norman）時期，因此喬叟能說法語，也知道法國人打從心裏就喜歡詩（他還為《浪漫玫瑰》〔The Romance of Roses〕，作了譯註）。但是，當他自己寫詩時，他卻選擇居住的倫敦所通行的英文。喬叟可說是用後諾曼式的英文來寫詩的第一位大家。他所選擇的題材，有出自那個時代的文學，也有來自古典的作品。

喬叟當時的中世紀倫敦，是個人口稠密的城市。有為數四萬的市民住在一哩見方的城牆內。在喬叟出生後的八、九年（1348-49），倫敦慘遭黑死病肆虐；到了1381年，又有瓦特·泰勒的叛亂（the Wat Tyler Rebellion）。當時不僅港口內舟楫繁忙，連街道上也人滿為患，叛賊與重刑犯就在倫敦橋上處死。祇有一條河貫穿市區，倫敦橋共有十九個拱形橋墩，橋上盡是精美的石屋與店家，還有一座紀念英國殉教者托馬斯─阿─貝克特的教堂。

距離倫敦橋不遠，就在河的南岸，正是南華克區（Southwark）的塔巴德客棧（Tabard Inn），在喬叟的故事裏，這是朝聖者在四月天時的聚集處。在詩裏，他說在朝聖者要出發時，他剛好撞見他們：「一共有二十九人／形形色色的人都來到這裏／就朝聖一事，他們有志一同。」對喬叟而言，朝聖之旅是個理想的文學題材，他以此架構出極為有趣，而且充滿異國情調的英國平日生活。就像薄伽丘在《十日談》（The Decameron, 1348-58）運用了佛羅倫斯瘟疫的題材一樣，朝聖之旅也為豐富的故事內容，提供了完美的架構。來自四面八方的朝聖者，述說各自不同的故事，它們或像史詩一般壯闊，或詼諧，或虔敬，或庸俗，或英國風，或歐洲風，形成了一個敘事的寶庫，也編織出某些像是描寫中世紀生活的敘事詩。

雖然這些故事本身的內容完備，然而朝聖之旅的題材也是重要的一環。朝聖可說是中世紀生活的核心，它結合了冒險與宗教儀式，是一種內在的「十字軍東征」；朝聖之旅裏有固定的路

這幅中世紀嵌版畫是以倫敦塔為主題，呈現出喬叟時的倫敦風貌。他最先住在阿爾德門（Aldgate），旋即遷至格林威治（Greenwich），沿著泰晤士河而下，最後在西敏寺聖母堂（the Lady Chapel of Westminster Abbey）的花園定居。在喬叟一生中，總共得到愛德華三世、理查二世及亨利四世三位國王的庇護。

喬叟筆下塔巴德客棧的版畫（下圖），該客棧可能於1676年為大火焚毀。1875年於舊址重建的塔伯特客棧（The Talbot），亦已傾倒。

右圖是「伊利斯米爾手稿」裏的巴斯太太，她是喬叟的故事集裏，最饒富喜劇趣味的角色。十七世紀的英國桂冠詩人德萊登（John Dryden）在談到朝聖者時，說他們有其重要性，因為：「他們身上的個性至今仍在時人身上可見，尤其在英國，儘管這些人有其他名字……。」

線，有奉獻的信念，有持久的懺悔，有最終往生天國的回報。藉由對儀式的遵循，一切的放縱與罪行都得以滌除，疾病得癒，奇蹟出現，靈魂也得到永生。這是一趟艱難而漫長的旅程，不過還是有許多調劑之道，說故事就是其中之一。

到坎特伯里朝聖，也是基督教世界裏一條偉人的朝聖之道，其重要性僅次於到聖地（The Holy Land）、羅馬和西班牙康波斯特拉的聖地牙哥（Santiago de Compostella）朝聖。這也顯示出聖貝克特，這位前坎特伯里大主教的重要性。1170年，聖貝克特在自己的教堂講壇上，被受到當時英王所唆使的四武士刺殺。這個故事被一再傳述，當代的版本是艾略特（T.S. Eliot）的詩劇《謀殺大主教》（Murder in the Cathedral, 1935）。彷彿是應該的，在貝克特大主教殉道之後，出現了許多神蹟。兩年之內，他被追封為聖徒。1220年，他的遺骸被移至坎特伯里大教堂的聖龕內。此後，每年都有成千上萬的朝聖者——無論是王公貴族，還是販夫走卒，甚至是流亡罪犯——絡繹不絕地前往坎特伯里，不管是出於自願的懺悔或不得不做的義務，他們從各地啟程，不過絕大部分是來自倫敦。

就像喬叟故事裏所說的一樣，朝聖者在經年累月的旅行裏，早就練就了喜樂達觀、隨遇而安的人生態度。他們亦足行走，放下身段，沿路乞食求宿。在喬叟長達一萬七千行的敘事詩裏，朝聖者儘可能使旅程充滿笑聲：他們騎在馬背上，到客棧投宿，在風趣的塔巴德客棧主人百利（Harry Bailly）的鼓舞之下，縱情開懷。朝聖者中有些年長者，手上都是先

前朝聖之旅中留下的皺紋。還有一位「完美無瑕的騎士」，他的兒子隨侍在側，這位騎士曾隨十字軍東征聖地，與異教徒作戰。也有一個狡詐多變的贖罪券販賣商，他隨身帶著一個包裹，裏面裝著一些來歷不明的骨董與貨品。此人去過羅馬。但這群朝聖者之中的朝聖者，卻是一個聲名狼籍、笑聲不斷、梅開數度的巴斯太太，祇要有朝聖之旅，她就一定參加。她去過耶路撒冷三次，到過羅馬、科隆（「東方三賢人」的聖地〔the shrine of the Magi〕），以及康波斯提拉的聖地牙哥等聖地。

喬叟筆下的朝聖者，在穿越中世紀時的肯特郡（Kent）時，得走上三、四天，他們用說故事的方式來自得其樂。他們走的是多佛驛道（Dover Road），這是一條沿著英格蘭海岸的道路，在過去一點就是法蘭西王國了。從南華克出發，走在古肯特路上，朝聖者穿越布雷克希斯

右圖是「伊利斯米爾手稿」裏的巴斯太太，她是喬叟的故事集裏，最饒富喜劇趣味的角色。十七世紀的英國桂冠詩人德萊登（John Dryden）在談到朝聖者時，說他們有其重要性，因為：「他們身上的個性至今仍在時人身上可見，尤其是在英國，儘管這些人有了其他的名字……。」

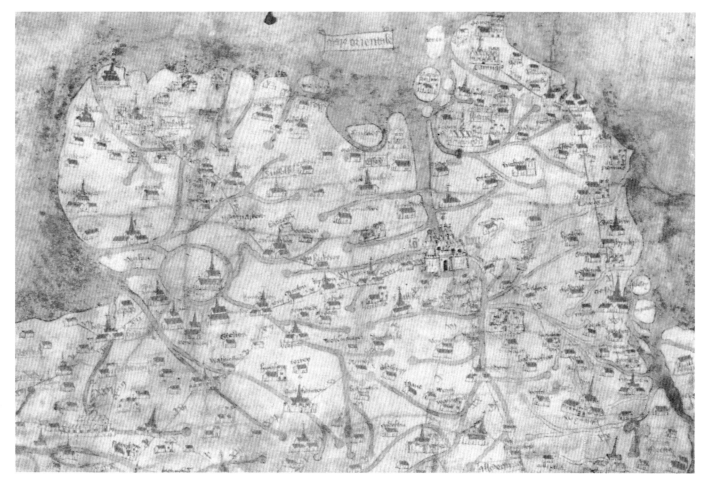

喬叟時代的朝聖之路：在喬叟的年代裏，往坎特伯里的主要朝聖路線有兩條。喬叟故事裏的朝聖者是從倫敦出發（下圖），大抵遵循古羅馬道（即華特林街，Watling Street）往東南方走，就能到達坎特伯里和肯特海岸（the Kent Coast）。另一條路線則是由有著聖史威辛（St. Swithin）聖龕的溫徹斯特（Winchester）出發，橫越英格蘭南部到達坎特伯里。上圖是一張中世紀高夫（Gough）地區的地圖，涵蓋朝聖者必須經過的地方，也顯示出當時人們對英國形狀的認知，與我們現在所知的真正形狀大大不同。

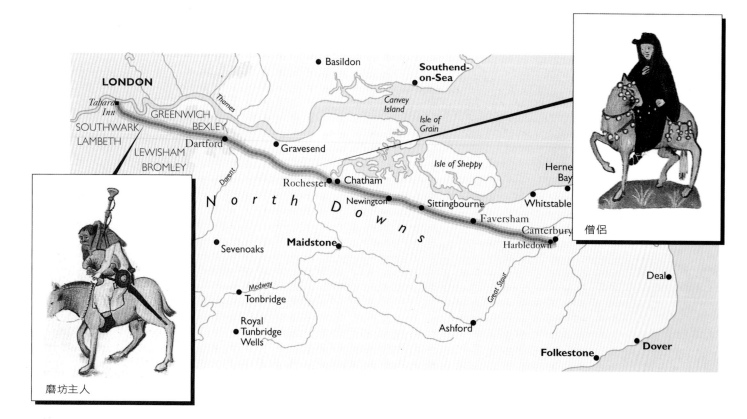

（Blackheath），便可以眺望格林威治港（喬叟告訴我們，這是個以盪婦聞名的地方）。再過去一些，他們會找到許多客棧與旅人，雖然他們也得面對搶匪竊徑的危險。他們會在達特佛（Dartford）過夜，然後前往羅徹斯特（Rochester），那是另一位以描寫社會著稱的英國作家狄更斯（Charles Dickens）渡過青年時期的地方。由於受到大教堂與諾曼風格的影響，羅徹斯特當地建有一座跨越密德威河的大橋。他們或許還可以在費佛宣（Faversham）多住一晚，而修道院也可以從朝聖者身上得到利益。

其實喬叟並沒有真正完成他的故事集，他沒有說出他知道的所有故事，沒有把這些朝聖者帶到聖地謁陵，更沒有把他們帶回家。他所提到的最後一個地方，是一處叫做哈伯當（Harbledown）的村莊，那裏幾乎就要到坎特伯里了。這些朝聖者第一眼看到的是碩大的教堂，以及金光閃閃的大天使米迦勒（the Archangel Michael）雕像。後來有一個軼名詩人，寫了《本恩的故事》（Tale of Beryn），以為續貂之作。喬叟的朝聖團騎著馬，從坎特伯里的西門（迄今還在）進城，然後在一間專供朝聖者休息的客棧，「希望之棋」（the Chequer of Hope）落腳，客棧就在大教堂旁（客棧已經不存在了，但還是可以找到這個地點）。在大教堂裏，他們看到聖貝克特富麗堂皇的聖龕，他們吻了他的一片頭骨（這是個奇蹟之所，罪愆得以淨化，疾病得以治癒，但後來在亨利八世與教會的爭鬥中，被移往別處了）。朝聖者表達他們的奉獻之意後，便開始放縱了，就像當今的觀光客，他們買了贖罪券與朝聖徽章，好帶回家炫耀。

後世其他作家，如班揚（John Bunyan）在其《天路歷程》（Pilgrim's Progress）一書中所說，朝聖不祇是旅行而已，也是人類生命本身饒富深意的「寓言」。對喬叟而言，它更是社會或時代的寓言。他筆下的朝聖者——有男有女，有軍人有平民，更有教士和信徒——都是那個時代的縮影。我們看到了

雖然喬叟的朝聖者在旅途中以說故事自娛，然而，中世紀人們對朝聖之旅的看法卻是極其嚴肅的。朝聖者的目的乃在淨化他們的罪，表達他們對上帝的感恩，並祈求身體健康。就像喬叟告訴世人：「從英國每一個郡縣村鎮出發，人們齊向坎特伯里而去。人們追求至高無上的福祉，以及永不落空的希望。」

像騎士一樣的達官貴人，也看到了如商賈、磨坊主人、水手和廚司等百工。我們看到了法律的代表，以及漫無限制的教會，還有拘謹的女修道院院長和修女、贖罪券券商、法庭上送傳票的人、牛津的窮教員等。就這二十四個故事而言（有些還沒說完），它們有的來自其中人物的自身遭遇，有的出自歐洲的文學作品與民間傳說，還有些一「詩的發現」年代的代表——佩脫拉克、但丁、薄伽丘，在在都與喬叟互相唱和。《坎特伯里故事集》忠實地紀錄當時人們的生活經驗，可說是一本內容豐富的詩選與文學源流考。就像評論家所說的，我們一眼就能看到喬叟的「人性」——他在凡人與尋常事物上，表現出的幽默與魅力。

令人惋惜的是，喬叟充滿企圖心的敘事文學尚未完全實現，他就在1400年與世長辭。這些朝聖者未曾到達旅途終點；有些人甚至連一篇故事也沒說。然而，我們依舊可以認為，《坎特伯里故事集》開啟了真正的英國文學，是第一本英國史詩。喬叟死後葬於西敏寺的聖貝內特禮拜堂（Saint Beret's Chapel），那裏後來成了「詩人之角」，現在它可是文學的朝聖之旅必到之處。我們可以在南華克找到喬叟筆下朝聖之旅的蹤跡，然後沿著「朝聖之路」到達坎特伯里。喬叟對於土地與人物那種喜劇般的鍾愛，直到今日仍影響著英國文學。

喬叟出任公職年表

1357	任阿爾斯特伯爵夫人侍從
1359	隨英王愛德華三世出征法國被俘。
1367	任愛德華三世侍從衛士，期間並出使國外。
1374-86	任倫敦羊毛關稅總管。
1385	任肯特群治安官。
1386	以肯特郡騎士名義擔任國會議員。
1389	任理查二世（Richard II）皇家翰林。
1391	任塞默斯特郡（Somerset）的御林官。

莎士比亞時代的斯特拉特福與倫敦

我曾在艾文河上的斯特拉特福鎮（Stratford-Upon-Avon），鎮郊的克利弗（Clifford Chambers）住過，那是個小村落，相傳莎士比亞和戲劇家瓊森（Ben Jonson）都曾住在這裏，或者是詩人德雷頓（Michael Drayton）？或許，他們祇不過是經常下榻這裏的旅館罷了。穿過田野，約需二十分鐘才能走到斯特拉特福，其中有一段路是驛道，有一段路則是田間小路；幾世紀以來，往來的過客在泥土與石子上踏出一條路徑。夜晚時，羊隻的身影在河上漫開的霧氣中，顯得有些模糊不清。我們很容易想像，莎士比亞（Shakespeare, 1564-1616）在一夜與瓊森開懷暢飲之後，步履蹣跚的回家，他呼吸著夜晚迷濛的水氣，因受凍而病逝——這件事有很大的爭議——死時正好是他五十二歲的生日。有關莎翁之死的故事，或許是杜撰的，但也可以看出他生命裏神祕而對稱的本性，如此說來，這種揣測也可說是順理成章的。

這是1623年由「海明斯與康德爾」（Heminges and Condell）出版社，於倫敦印行的《莎士比亞全集》對開本的初版首頁。這個版本在十七世紀時，就再版了三次。

位於英格蘭中部沃里克郡（Warwickshire）的斯特拉特福鎮，既是莎士比亞的誕生地，也是他的埋骨之所。至少我們知道這一點。1564年4月25日，莎士比亞於鎮上的聖三一教堂（Holy Trinity Church）受洗，1616年同月同日，沙翁也葬於斯地。這座教堂迄今仍在，它的規模適中，並且恰如其分地矗立在艾文河畔，和大部分的英國教堂一樣，它的外表樸實無華。莎士比亞常去這所教堂嗎？很難說。從他寫的劇本裏，可以看出他對基督教抱持著謹慎的看法，卻對實存思想（Existentialism）滿懷熱情。到後來，他的大女兒蘇珊娜嫁給嚴謹的清教徒霍爾博士（Dr. John Hall）之前，曾因無故不參加復活節禮拜而遭非議——在當時，這可是一樁罪行。難道是有其父，必有其女？在她的墓誌銘上，說她是「機智猶勝男兒」的人，這得歸功於承襲自她父親的特質。或許，她也和她的父親一樣，有著曖昧不清的性格。

對社會上其他人而言，教堂可是生活的中心——他們在那裏集會，也是婚喪喜慶的場所，教堂有著不可取代的地位。莎士比亞時代的斯特拉特福，已經是密德蘭地區的富庶小鎮，建設也相當完善。居民大半世代務農，他們一心想擁有自己的農地，渴望成為名流縉紳。「無論是誰，祇要能精通法律，或在大學授課，或為博雅學者，簡單地說，就是那些毋須勞力付出，便可悠哉度日的人，他們往來港埠、坐收稅收、外表體面，諸如此類，皆是名流縉紳。」這段話是斯密斯爵士（Sir Thomas Smith）在1588年時寫下的。由於鎮民所經營的生意的關係，留下了一些令後人難以想像的街名：綿羊街、公牛巷、豬街、橋街和教堂街等。鎮上還有一所文法學校（Grammar School），畢竟受教育是通往新中產階級的法門，撇開教育本身不說，孩子們也應該有個可以唸書的地方。新教（Protestantism）可能提供了某種工作倫理，儘管後來帶有些許政治目的，但教育還是激起人們的渴望，他們有了跳脫束縛的想法。這種情形下的斯特拉特福，似乎就是莎士比亞渡過早年歲月的地方。

莎士比亞在位於教堂街的文法學校（國王新校）上學，學習閱讀、寫作、算術與拉丁文，以便日後成為「一位年輕的鄉村教師」。他在斯特拉特福完成終身大事——和一個農夫

右圖這幅版畫上面刻的是莎士比亞的出生地，位於斯特拉特福漢利街（Henley Street）上的這棟房子，現今仍然保存完整。據說是莎士比亞的父親，約翰‧莎士比亞所蓋，他是個富農，也是個手套商，以當時的標準而言，絕對是座豪宅，而這片肥沃的土地上，也提供兩家人的生活所需。

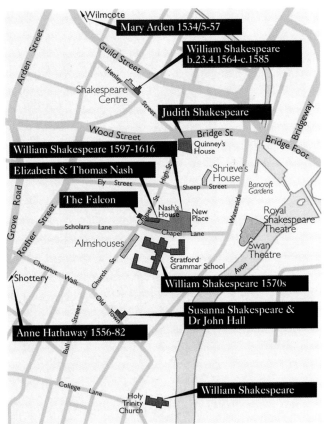

莎士比亞時的斯特拉特福：莎士比亞在二十歲之前，幾乎都是在斯特拉特福度過的。他就讀的文法學校（國王新校），就位於教堂街上，後來在當地成婚，婚禮或許是在聖三一教堂舉行，稍後他們便搬到新地（New Place）──這些地方現在都還找得到。上圖是十七世紀時的斯特拉特福地圖，為溫特（Samuel Winter）所繪，自莎士比亞以來，小鎮並無多大的變化，此圖顯示當時斯特拉特福還是森林中的一處空地。

的女兒哈瑟維（Anne Hathaway）結婚──而他的孩子也陸續在那裏出生。一棟位於禮拜堂街與禮拜堂巷路口的好房子，稍後就成為他的居所。

然而，對莎士比亞生命中的前二十年，我們祇能揣測他過的生活，或是斯特拉特福對他的影響。當然，大自然離他很近。這座城鎮的外觀和給人的感覺，就像是森林（阿爾丁森林〔Forest of Arden〕）中的一處清新之地。房子的建築和色彩，在在顯示出那裏是個鄉下地方。木造結構、外露的橫樑、塗上泥巴的籬笆、石板路、用蘆葦覆蓋的屋頂與地板上鋪著的燈心草。還有顏色。不像今日所見的黑色與白色，而是赭色、粉紅與藍色，在柔和的燈光下，顯得更加和諧。

儘管如此，地方並非莎士比亞劇本的要素，人物才是。在斯特拉特福，必然可以見到各種人，他們隨後也豐富了莎翁的劇本。莎士比亞筆下的人物是如此的生動，甚至是如此古怪──有時候到了難以置信的地步──以致看起來全然像是虛構的，例如：佩迭（Petey）、戴維（Davey）、公正的沙洛（Justice Shallow）──他也許是莎士比亞鄰居夏考特（Charlecote）的化身，還有賽稜斯（Silence）、

莎士比亞的妻子，哈瑟維所居住的蕭特利（Shottery）村舍，距斯特拉特福有一哩路（或在鎮郊），如今仍能到那裏一遊。

奧德莉（Audrey）、年輕的牧羊人（the Young Shepherd）、浸信會教友、斯萊（Sly）、科斯塔德（Costard）、荷羅孚尼（Holofernes）、杜爾（Dull）、多貝利（Dogberry）等，這類人太多了，簡直不可勝數。莎士比亞的喜劇是一幅題材豐富的英國鄉間生活的織錦畫；或許以《溫莎的風流娘兒們》（The Merry Wives of Windsar, 1602）最能貼近斯特拉特福的日常生活。鄉紳福特（Master Ford）和佩其（Master Page），代表了莎士比亞本人渴望晉身的階級，因為他們擁有財富、土地和專長。這齣喜劇的結局雖是皆大歡喜，但萬聖節前夕晦澀的隱喻，點出斯特拉特福這個地方的人，仍然保有過往異教徒的色彩。時至今日，在多佛丘陵附近，還是可以看到被高高掛在樹上的玩偶。儘管《溫莎的風流娘兒們》當中所敘述的人們，用開玩笑和惡作劇的方式，歡度這個慶典，然而僅僅在幾年之後，同一群人卻砍掉國王的頭，並建立一個共和國。

也許沃里克郡對莎士比亞的影響，迄今依然存在。我記得有一天早晨，我和雅典籍的大導演，卡洛斯‧昆（Karolos Koun），一起坐在阿爾丁旅館的臺階上，他那時來斯特拉特福，是為了執導《羅密歐與茱麗葉》這部戲。那天，時間還很早，繁忙的交通尚未開始，我們看著旭日、聖三一教堂、河畔垂柳以及一旁的鄉村景色。「你知道，唯有在英

國，你才能拍莎士比亞的戲。」卡洛斯低頭沈思一會兒，接著又說：「你需要這樣的光線、這樣的矮丘、這樣的灰、這樣的綠——這些都是孕育莎士比亞的自然環境。在希臘，我們拍不好莎士比亞的戲。我們的影子太暗，我們的光線又太亮……」當時，我試探性地問他：「你的意思是，我們在英國，就沒辦法拍好希臘悲劇囉？」但導演並沒回答我這個問題。

伊莉莎白一世（Elizabeth I）的子民，他們雙腳踩在泥地上，兩眼凝視天上繁星，嘴裏開著玩笑。而莎士比亞——這個在伊莉莎白時期的卓越人物——也在斯特拉特福的泥地和人情世故裏成長，他四處尋人玩笑。然而，一說到這些閃爍的繁星——沈醉於知性上的好奇與爭辯、渴望與憧憬，還有哲學、政治、宮廷、危險和刺激等等，為了追求這些，他毅然前往倫敦。他確實這麼做了。即使到現在，我們還是無法瞭解確切的時間。

十六世紀末葉，倫敦在極度的喧囂中發展，她和那不勒斯、巴黎成為歐洲的三大都市，而擁有三十萬人口（約佔當時英國人口總數的十分之一）的倫敦，很快就成為歐洲第一大城了。尤其重要的是，在伊莉莎白一世以單一國家為願景，統合社會各階層的情況下，倫敦成了英國的政治與商業中心。而莎士比亞的天賦，更透過他的戲劇，讓這個新國家有了新語言。他重新改造了散文結構，將既有的詩句融入千變萬化的戲劇裏，如今，這些都是舉世皆曉的了。

當時的倫敦是個充滿各式各樣觀念的城市，而莎士比亞則是個偉大的傳播家。約在1592年時，莎士比亞在倫敦確立了演員和劇作家的身份，如此說來，他應該在前兩年，也就是1590年，就到倫敦了。我們無從得知他用甚麼方法去倫敦。自他最後一次在斯特拉特福露臉——1585年，參加他的雙胞胎子女茱迪絲（Judith）與哈姆奈特（Hamnet）的受洗禮之後——他的行蹤便無人知曉。其間曾有兩個巡迴劇團到過斯特拉特福，分別是1586年的「萊契斯特人」劇團（Leicester's

Men），和1587年的「皇后的人馬」劇團（the Queen's Men）。莎士比亞很可能是跟著這兩個劇團走的。我們知道於1592年首演的沙翁劇本，有《亨利六世·上篇》（Henry VI, Part 1）和《泰特斯·安德洛尼克斯》（Titus Andronicus），演出地點可能在當時重新粉刷的玫瑰劇院（Rose Theatre），此時的莎士比亞分屬四個劇團：「彭布魯克人」（Pembroke's Men）、「海軍上將的人馬」（the Admiral's Men）、「蘇塞克斯人」（Sussex's Men），以及「陌生人」（Stranger's Mer）。同年，英格蘭大瘟疫迫使劇院停演兩年，我們又一次失去莎士比亞的蹤影，直到1594年，他才再度現身，在新成立的「宮內大臣」劇團（Chamberlain's Men）裏擔任主角。在那兩年裏，莎士比亞到了那些地方？他是否離開劇院？某些人推測是和南安普頓伯爵（Earl of Southampton）有關，因為他把兩首敘述詩〈維納斯和阿多尼斯〉（Venus and Adonis, 1593）和〈魯克麗斯受辱記〉（The Rape of Lucrece, 1594），獻給了南安普頓伯爵。當時的莎士比亞不僅確立了他劇作家的地位，同時也是個認真寫作與演出的詩人暨演員，是「一個風度翩翩的伶人，演技生動，辭采感人」。他很早就得對職業生涯做出選擇——不是要以作家／演員的身分躋身於上流社會，如同他於1595年寫成的《愛的徒勞》（Love's Labours Lost, 1595）一劇裏的俾隆（Berowne），就是要在變幻莫測的大眾劇院裏爭得一席之地——在我看來，他似乎是這樣的。結果是劇院贏得了莎士比亞。隨著新世紀的到來，劇院為當時的社會開闢一個方興未艾的論辯空間。終於，莎士比亞學會了

將精緻的詩劇《理查二世》（Richard II, 1595），和較具商業氣息的《理查三世》（Richard III, 1595）結合起來。

自1594年之後，從莎士比亞在倫敦待過的劇場，來追蹤他的足跡，要比從他住的地方容易得多。「宮內大臣」劇團——他晚年在那裏寫作——最早是在蕭第及劇院（The Theatre in Shoreditch）演出。這座不怎麼精緻的圓形劇院，一共有三層樓以及一個突出的舞臺，是由詹姆士·伯貝琪（James Burbage，演員理查的父親）於1576年時興建的，它在1597年歇業，隔年拆除，並且將可用的設備搬到新的環球劇院（the Globe）。在新舊劇院的拆建之間，曾出現一座天鵝劇院（The Swan），可能祇演出一季而已。這些露天劇院全得

1599年，環球劇院開幕，首演的作品便是莎翁的《亨利五世》。1613年，在演出《亨利八世》的公演期間，這座著名的劇院就毀於大火了。

看天吃飯，颱風下雨和嚴寒酷熱皆不適合演出，祇有在短短數月的夏季時，才是演出的最佳時候。在環球劇院於1613年毀於大火之前，莎士比亞就將演出場所轉到黑修士劇院（the Blackfriars），那是一座室內劇院，他晚年幾齣劇作的首演與某些作品的重演，都在那裏演出。

　　莎士比亞在倫敦的住所，似乎離這些劇院不遠。1596年，他在主教門（Bishopsgate）被課稅，年底就搬到南邊郊區。大約在1600年，他住在南華克一個叫做克林克（Clink）的人家裏，就在環球劇院隔壁。到了1604年，他又在「跛者之門」的克利斯多福蒙特喬（Christopher Mountjoy）賃屋而居。莎士比亞可能在1610年回到斯特拉特福，三年之後，他買下倫敦的黑修士門樓作投資。儘管他待過的地方有很多，但沒有一處能像美人魚酒館（the Mermaid）一樣，可以讓他和當時最偉大的作家與思想家往來酬酢，激盪出智慧的火花。

　　倫敦對莎士比亞的戲劇所產生的影響，可說是相當明顯的，尤其是在歷史劇上。其中雖有像伊士契普（Eastcheap）和「野豬頭」（Boar's Head）這樣的人物，也有像畢斯托爾（Pistol）、巴鐸夫（Bardolph）、快可力（Quickly）等角色。當時宮廷和民間的關係緊密，可以說毫無隔閡，而外國觀察家操著怪腔怪調的英語，在評論眾多風俗習慣中，驚訝地稱呼英國為「已婚婦女的樂土」。倫敦是個容許人們長短髮並蓄，儀容可以邋遢或清爽，鬍子式樣千奇百怪的地方。1598年，漢茲諾（Paul Hentzner）在文章裏提到英國這個國家：「這是一個愛秀又愛炫的國度……充滿喧鬧聲……就像是把大砲聲、鼓聲和鐘聲加在一起一樣……。」當時的英國人因為喜歡鮮豔的色彩、嗜酒貪杯以及動不動就大喊大叫等行為，而惡名昭彰。他們是一個樂觀自信、趣味盎然的民族，莎士比亞將這些全都寫進劇中，甚至包括刻劃出英王詹姆士一世（King James I）那個以嘲諷著稱的年代的城市劇，諸如《一報還一報》（*Measure for Measure*, 1604）、《終成眷屬》（*All's Well that Ends Well*, 1602-04），以及《科里奧拉努斯》（*Coriolanus*, 1607-09）等。還有，一如夏考特能化身為伊利瑞爾（Illyria），倫敦也能視作他筆下的威尼斯或維也納。

　　在莎士比亞發展事業版圖的過程中，泰晤士河也許扮演了重要的角色。事實上，它也可能對他「消失」的那五年，提供重要的線索。在霍金斯爵士建立起新艦隊，以及伊莉莎

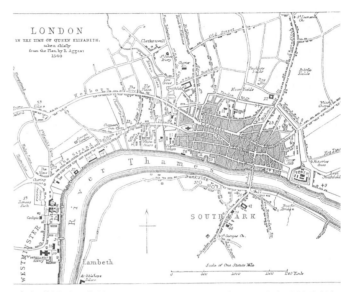

十六世紀時，倫敦（下圖是1560年的倫敦地圖）郊區開始由城牆往外拓展，附近的農村也被包含在這個都市之中，於是造就今天倫敦獨一無二的「塊狀聚落」（agglomeration）的特質。對莎士比亞來說，當他走過田疇到西敏寺，或是划船渡過泰晤士河到環球劇院時，可以感受到這個城市仍帶有些許鄉村氣息。上圖是畫家維徹（Visscher）於1619年時所繪的倫敦景象，很能捕捉這種感覺。

白一世的新政策之下，英國很快成為一個海盜國家。商人和海盜沿著泰晤士河出海，回國時帶著從五大洲掠奪而來的戰利品。他們帶回來的不僅是黃金、白銀、菸草這些有形物資，也有新的觀念、願景與故事，像是佩脫拉克的十四行詩、新柏拉圖主義、煉金術和偵查的伎倆。莎士比亞的成功之處，在於他能將自己的所見所聞，轉換為我們在他戲劇裏所稱的熱切思想與感情。以我們今日對莎士比亞的瞭解，他的生命可說是相對的單純。他在斯特拉特福出生，死時葬於故鄉，也在那裏有所創作。他在倫敦謀生。他的（也是我們的）好運是，在伊莉莎白時代下，在倫敦的紙醉金迷與沃里克郡精華區給他的滋養之後，他的天賦裏蘊藏著英國文藝復興裏所有的靈感。不僅是時代塑造了他，在他的作品裏，他也塑造了時代。

蒙田時的法國

根據迄今還能在波爾多市附近的蒙田（Montaigne）堡上看到的一段題辭，我們得知十六世紀法國的大思想家與文學家，蒙田（Michel Eyquem de Montaigne, 1533-92），在1571年於公職上退休之後，便致力於學問的研究上。蒙田的退休不代表終結，他反而以爾後二十年的時間用來自學，他的心得與發現構成了《隨筆集》（*Essays*）的基礎。從1580年到1595年（其時蒙田已亡故），《隨筆集》就有不同的版本問世。《隨筆集》以「嘗試集」（Try-outs）為書名，顯示出蒙田從容不迫的器度。然而，蒙田很清楚自己已經建立一種新的文學流派，他對於將其自學的基礎，建構在對人類更廣泛的研究上的決心，可說有了初步的成就。他是如此自況：「一般作者以某些對他們來說，都是特殊而陌生的符號，來和大眾溝通；而我，則是第一個以我自身的存在──以蒙田這個人來做這件事。」

蒙田是文藝復興時法國的精神領袖。在那個變化快速且猛烈的時期，他把中世紀歐洲人的眼光，帶進更富現代意味的世界觀。

蒙田最偉大的發現之一，就是他能夠從研究別人之中發現自己，同樣地，別人也能從蒙田的作品裏找到他們自己。就像二十世紀英國小說家吳爾夫（Virginia Woolf）所說的，人們「站在畫前凝眸注視」，便看見「畫裏映著自己的面容」。因此，蒙田能在法國文學傳統裏，佔有核心的地位，並且吸引了像是巴斯噶（Pascal）、笛卡兒（Descartes）、福樓拜（Flaubert）和紀德（Gide）等不同時代作家的注意，也就不令人意外了。蒙田正好處在新舊世界的交會點──他可以回顧深深吸引著他的古希臘和古羅馬的史家和哲人，同時也能預見迄今仍然影響我們的文學和哲學的發展與流變。

到蒙田堡參觀的人，在看過他的書房之後，會發現他的圖書室一如他的描述（祇可惜，書都不見了）：「圖書室是在塔樓的第三層。第一層是我的禮拜堂，第二層有一間帶有更衣室的臥房……我的圖書室裏，除了因應我的需要，把書桌和椅子設計成方型之外，整個房間都是圓的造型。圓型的圖書室讓我可以將全部的藏書盡收眼底。」這段銘文鑴刻在毗鄰圖書室的房間裏，顯示出蒙田決意致力於學術研究上，部分的原因是為了彌補亡友拉·布厄西（Etienne de la Boétie, 1530-63）的遺願。與蒙田相同，拉·布厄西也是波爾多市法院的傑出一員，或許是在職務上不太如意，他在1574年所發表的一篇名為〈論志願役〉（On Voluntary Servitude）的文章中，表明想直接處理政治問題的意願。拉·布厄西位於薩爾拉（Sarlat）市中心，有著雕樑畫棟的宅第，看得出主人樂於炫耀他的權勢與社會地位。相形之下，蒙田較喜歡待在與世隔離的城堡裏，僻靜的圖書室中。屋子裏的樑柱上刻滿格言，從其中這麼一句，可以看出他是個根深柢固的懷疑論者，也是個悲觀主義者：「因為我看到我們所有的人，都有著魔鬼與虛無的影子，無論我們是如何的偉大。」（語出古希臘悲劇詩人索福克勒斯〔Sophocles〕）

這可以強化某個論點：蒙田提筆為文的理由，與波爾多和多多尼（Dordogne）地區的貴族一樣。布蘭托姆（Pierre Brantôme, 1540-1614）曾經寫過偉大的船長的故事，並且一再提及法國宮女的軼事，他用寫作來彌補自己因為一次落馬意外，而提前結束職業生涯的事實。孟魯克（Monluc）則是以愛珍（Agen）為背景，撰寫其回憶錄，因為他覺得自己對法國王室效忠，卻沒有得到相對的認同。蒙田自巴黎和魯昂（Rouen）的法院退休，「投入繆思女神的懷抱」，乃是受到更多哲學思惟的啟發，但他終究沒有如他所想的，在學問上樹立一家之言。在1581年到85年之間，蒙田出任波爾多市市長；更重要的是，他對王室的忠誠，與鎮定沈著的態度，還有精明的外交手段，讓他得以在亨利三世與納瓦爾王國的亨利王

蒙田《隨筆集》初版的首頁，時為1580年。

（Henry of Navarre, 1553-1610），進行高峰談判時，出任全權特使。

1589年，前任法王遭暗殺後，納瓦爾王國的亨利王便加冕為亨利四世。然而他才即位，就因為他是一位新教徒，而遭到吉斯公爵（Duke of Guise）和其他極端的天主教徒強烈反對。這些問題得回溯1517年，當時路德（Martin Luther）的宗教改革，把基督教世界分為新教與舊教。路德思想的影響力可以在偉大的法國小說家，拉伯雷（Francois Rabelais, 1494-1553）的作品上明顯找到，像是《巨人之子龐達固埃》（Pantagruel, 1533）和《巨人卡岡都亞傳》（Gargantua, 1534），還有在德・納瓦爾（Marguerite de Navarre, 1492-1549）的詩和短篇小說，像是《惡靈之鏡》（*Mirror of the Sinful Soul*, 1531）和《七日談》（*Heptameron*，於他死後所輯，1558）上，也能見其影響。瑪格麗特身為法王法蘭西斯一世（Francis I）姊姊的事實，並不能使她免於索邦神學院（the Sorbonne）的注意，而以「自認為宗教正統」的罪名被起訴（這是她何以發現多花點時間待在納瑞克這樣的小宮廷，少去巴黎，是個明智之舉的理由）。但拉伯雷就沒如此幸運了，他沒有受到妥善的保護，有幾回他在故鄉席農（Chinon），或行醫所在的里昂（Lyon）被發現。最後，他祇好選擇跟著他的保護人遠走義大利。

在蒙田提筆寫作時，法國的政局已經完全惡化了。關鍵是在1559年，那年法王亨利二世因比武受傷而死。亨利二世的兒子們（其中之一就是後來娶蘇格蘭瑪麗皇后的法蘭西斯二世），當時不是年輕，就是不成氣候。有兩股勢力的崛起，更加深了危機，其中之一是實力強大的貴族門閥想掌握政權，另一股勢力則是由喀爾文（Jean Calvin, 1509-64）所領導的新教徒，他們不但有組織，也愈來愈有以武力解決問題的傾向。喀爾文出身巴黎北方的那永（Noyon），後來被迫流亡到日內瓦，他在那裏協助訓練一批牧師，讓他們返回法國宣傳新約福音。雖然現在的人會認為喀爾文是法國文學史上的散文大家，但蒙田卻未對他有過隻字片語的描述，他在《隨筆集》裏，處處對喀爾文教派流露敵意，譴責他們是使法國分崩離析的罪魁禍首。儘管如此，蒙田卻鮮少公開批評弄權的王公貴族。但我們還是可以推斷，他支持納瓦爾的亨利登基，因為他認

蒙田堡就位於波爾多市附近，仍然維持他居住時的模樣，彷彿他未曾離開過，一如他所說的：「我一生中大部分的時間都在那裏度過，不但如此，而且幾乎是一整天都在那裏。」

為亨利王是合法的繼位者，或許蒙田還勸過他採行在1595年時，為了求得新教徒對他繼承王位的認可所選擇的政策。亨利本人也許從未說過「巴黎值得做一場彌撒」這樣的話，不過蒙田可能會有同感。他極其推崇巴黎，他晚年的一椿憾事，就是未能親眼目睹巴黎新橋（Pont Neuf）的竣工。這座橋一直要到1604年才完工，現在橋上還有亨利四世的雕像。蒙田應該會同意一件事：對於亨利兩度造訪他簡樸的城堡，他可是引以為傲的。

然而，蒙田對法國的觀感，卻因經歷內戰而暗澹不少。拉伯雷可以用喜劇史詩的方式表現戰爭的景象，將「法—西」戰爭的場景搬到他的出生地——拉迪文尼爾（La Deviniere）鄉間；蒙田卻非如此，他對戰爭的描述更近乎悲劇：農民不是被拷打，就是被屠殺，滿園的葡萄任其腐壞，甚至還得被迫自掘墳墓。布蘭托姆無視內戰的烽火，依舊謳歌十六世紀初義大利騎士的英勇事蹟；蒙田筆下卻關心企圖想侵入他家的士兵，也關心1588年發生在布拉瓦將軍府（the Estates General at Blois）吉斯公爵遭到暗殺的推論。到過王室城堡和暗殺現場的遊客，大概都會猜想蒙田當時要不是在那裏，就是剛離開。

蒙田並不是唯一受到內戰影響的作家。我們會想起當時的一位大詩人，龍薩（Pièrre de Ronsard, 1524-1585），他曾經以拉波松尼爾（La Possonnière）城堡附近的鄉村景色為背景，寫下許多優美的田園詩，也以愛情詩人的筆觸，寫出《龍薩的情歌》（*Amours*, 1552），表達他對沙爾維蒂（Cassandre Salviati），和布其亞村（Bourgueil）的瑪麗（Marie）永恆的戀情，此外，還有

拉伯雷關於巨人卡岡都亞與其子龐達固埃的幾本諷刺小說，都收錄在《拉伯雷全集》（*Oeuvres*）裏，是中世紀史詩裏的詼諧之作。

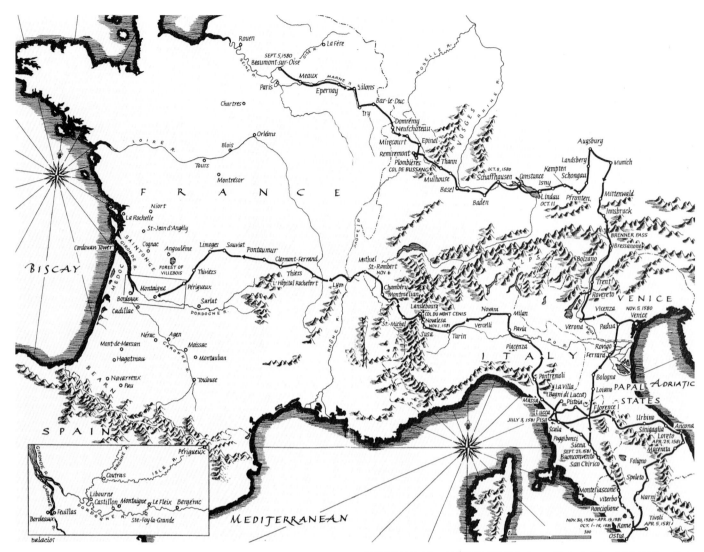

閨房位於羅浮宮（the Louvre）頂樓的愛蘭娜（Helene de Surgères），她是上了年紀的詩人在其著名詩集《給愛蘭娜的十四行詩》（*Sonnets For Helène*, 1578）裏，一再傾吐衷情的對象。除此之外，龍薩也於1562年寫下《哀慘時代的演說詩》（*Discourses on the Miseries of This Age*），將矛頭直指新教徒。令人好奇的是，龍薩最大的新教徒死對頭杜賓吉（Agrippa d'Aubigné），也在龍薩遇見加桑德的達爾西（Talcy）古堡，邂逅了前者的情人之一的德·沙爾維蒂（Diane de Salviati）。祇不過，杜賓吉後來放棄寫作情詩了，並且在晚年時，寫下《悲慘世界》（*Les Tragiques*, 1616-23），不是致力於描寫戰爭故事，就是嚴詞抨擊當時人物的道德操守。

蒙田目睹身邊的種種敗德墮落，他深感厭惡，於是轉而尋求純淨的夢境，尤其是以美洲新大陸原住民為代表的烏托邦。然而，即使是在「高貴的野蠻人」（the Noble Savage）的世界裏，他還是看到邪惡勢力的侵入；蒙田深信西班牙人的武裝殖民，正破壞了比他們還優越的文化。他對時事的興趣正

蒙田時的法國：地圖顯示蒙田在1580至81年間，經過德國、瑞士到達義大利的旅行路線。左下方塊所示為蒙田堡的周遭區域。拉·布厄西住在薩爾拉。孟魯克住在愛珍。波爾多北部緊臨著布洛瓦，而拉伯雷出生地席農的拉迪文尼爾就在那裏。龍薩住在拉波松尼爾，杜貝雷則住在里爾（Lire）。

是如此，然而他所深切關心的，還是在於十六世紀的法國——他覺得法國的暴虐與惡行，比起南美的食人族，實有過之而無不及。

蒙田為了避開當時的一切衝突紛爭，於是在1580到81年間，刻意遠走義大利。在某種意義下，他是以人道主義者的崇敬之心造訪義大利，和前人一樣，他認為這樣做可以彰顯人類建造的所有國家的命運。另一種意義則是，這種「大旅行」（Grand Tour）也是爾後數個世紀，貴族樂此不疲的出遊原型。儘管如此，蒙田依舊是一個與眾不同的旅行家。他不想帶回羅馬萬神廟有多高的資訊，也不想著墨於利維亞夫人（Signora Livia）燈籠褲上的刺繡有多華麗。他想知道的是，其他人心裏到底在想甚麼；於是，旅行對他就如同閱讀。閱讀

決不在於得到書蟲似的樂趣，而是要與其他人交談。蒙田在建議他的一位高徒，要將旅行和讀書並重，他的論點是：「尤其是生意人，更要結交那些飽讀經書的有識之士。」

當蒙田獲悉自己被選為波爾多市市長時，他還在義大利遊歷，但是他無意追求名位。我們知道他過了一段時間之後才回國。難道他不再懷念家人和朋友了？事實並非如此，他告訴我們的是，由於不在國內，他在回程時會更想念他們。那麼，難道是內戰頻仍，危機四伏，而使他更珍惜

在1572年中的一次暗殺行動失敗後，數以千計的新教徒就在巴黎與法國全境遭到殺害。儘管內戰結束了，但聖巴托羅繆日大屠殺（St. Bartholomew's Day massacre，見上圖版畫），卻引起了新舊教徒之間更深的敵意。

自由？肯定是這樣的。他身在異邦，漂泊不定的煩惱，正足以顯示他不會附和杜貝雷（Joachim Du Bellay, 1522-60）的做法，把羅馬浪漫幻化為歡愉的住所（請看以下詩句：「哎，甚麼時候我才能看到家鄉的裊裊炊煙？／甚麼時候我才能看到貧寒家舍的牆垣？」）。與杜貝雷在十四行詩《羅馬古蹟》（Antiquities of Rome, 1558）中的謳歌不同，蒙田似乎覺得他在古籍中所想像的雄偉羅馬城，要比親眼目睹它殘破的景象所產生的憂傷，來得重要許多，他說：「每次我重訪這座偉大與有力的城市遺址時，都會興起驚訝與敬畏之心。」

「是出自本性，或是無法以常情揣度的想像使然？我們看到自己所欣賞的人物經常出入或居住的地方，比起僅僅聽聞他們的作為，或閱讀他們的作品，更容易讓我們感動。」今天拜訪過蒙田堡的人都應該記得，他對智慧的廣泛欣賞，影響了他當時與後世的人們，還有，在對當時的社會造成扭曲與破壞的血腥內戰中，在成為一個活力十足、長於思考的人等方面，他所展現出來的純粹樂趣。

1581年，蒙田結束在義大利的旅程歸國，就任波爾多市市長。右圖為十六世紀時，波爾多市的城門版畫。

塞萬提斯時的西班牙

「在拉曼恰（La Mancha）的某個地方，但地名卻是我不願回想的……。」這是歐洲文學鉅著《唐吉訶德》（*The History of the Valorous and Witty Knight-Errant Don Quixote*）著名的開場白，它的作者是西班牙詩人暨劇作家，塞萬提斯（Miguel de Cervantes, 1547-1616）。《唐吉訶德》首卷出版時，塞萬提斯已經五十八歲了，但新書成功地令人驚訝，而他的名聲立刻傳遍歐洲。隨即出現續貂偽作，塞萬提斯有鑑於此，便寫就第二卷，完成書中人物的歷險，時為1615年，翌年作者便與世長辭。巧合的是數天之後，當時的另一個大文豪莎士比亞，也在英國的斯特拉特福辭世。塞萬提斯在書中塑造了兩個文學上赫赫有名的人物：「面容憂鬱的騎士」唐吉訶德，和他的侍從桑丘‧潘沙（Sancho Panza）。書中高而清瘦的騎士，跨坐在嶙峋瘦馬上，而矮胖的侍從則騎著蹣跚塞驢，加上映在曼契根平原（Manchegan Plain）上，落寞風車的長影，都已經成為西班牙的典型象徵，而這本《唐吉訶德》也成為小說世界中的翹楚之作。

塞萬提斯的一生可說是西班牙歷史的寫照——由盛世時獨霸歐洲的國力，到十七世紀初的衰敗。從1588年無敵艦隊的覆亡，就可以看出端倪了。

西班牙拉曼恰地區——《唐吉訶德》的背景所在地——就是現在馬德里東南方的新卡斯提爾（New Castile），那裏有漫天的沙塵，在這多山的地區中，平原上幾無樹木生長。這塊區域東西寬約一百八十三哩，南北長約一百一十四哩，四周全是綿亙的山脈。其中以莫雷納山（Sierra Morena）最為著名，這裏是心中有著迷惑的騎士隱居以求懺悔的地方，他們也在這裏經歷許多「罕見的冒險」。今天，曼契根平原上最重要的兩個城市，分別是省會所在的阿爾貝塞特（Albacete）和奎達德利爾（Cuidad Real），但塞萬提斯略過了前者，而桑丘很快就明白後者是出產美酒的好所在，也許曾經讓他驚嚇萬分的漂洗廠就在左近。

塞萬提斯自己選擇了冒險的生活，然而生命的舞臺卻因此更加寬廣。這個外科醫生兼藥劑師的兒子，出生於馬德里附近一座古老的大學城，阿爾卡拉德耶雷斯（Alcala de Henares），不過有兩個地方的人搶著宣稱那裏才是他的出生地。塞萬提斯於1569年前往義大利，接著從軍，投效在腓利普二世（Philip II）麾下。1571年的勒班多之役（Battle of Lepanto），可說是塞萬提斯最風光的時候，他們在此役中擊退土耳其人，確保西班牙在地中海地區的絕對優勢。到了二十四歲時，他

EL INGENIOSO HIDALGO
DON QUIXOTE
DE LA MANCHA
COMPUESTO
POR MIGUEL DE CERVANTES SAAVEDRA.

TERCERA EDICION
CORREGIDA
POR LA REAL ACADEMIA ESPAÑOLA.

PARTE PRIMERA.
TOMO I.

CON SUPERIOR PERMISO.
EN LA IMPRENTA DE IBARRA,
POR LA VIUDA DE IBARRA, HIJOS Y COMPAÑIA.
MADRID MDCCLXXXVII.

又投效王弟，人稱英勇領袖的唐璜‧德‧奧地利（Don Juan de Austria）麾下，他的左臂也因負傷而成殘廢，從此有了「勒班多獨臂人」的諢號。塞萬提斯寫道，這是「最值得懷念的偉大事件，是前無古人，後無來者的」。這個把地中海重新納入基督教世界的「最幸運時光」的回憶，在《唐吉訶德》的戰俘故事裏，也曾大力讚揚。

塞萬提斯所參加的戰役愈來愈多，但在1575年時，他被北非巴巴里（Barbary）的回教徒海盜所俘，之後被押往阿爾及爾（Algiers），期間他曾四度脫逃，但都失敗了，最後在1580年時獲贖回國。回到馬德里之後，塞萬提斯提筆寫了幾部劇本，並在1585年發表田園故事集，《伽拉提亞》（*La Galatea*）。然而生活上的貧困，迫使塞萬提斯出任沈悶的公職以養家活口，他工作的地點在馬德里、塞維爾（Seville）和瓦拉多里德（Valladolid）等地。他一度在「無敵艦隊」任後勤補給。塞萬提斯曾經預言艦隊的勝利，也曾為它的覆亡寫下輓歌。他曾申請到西印度群島服務，也數度因負債而入獄。塞萬提斯極可能是在塞維爾獄中時，開始寫下《唐吉訶德》。

我們可以用宏觀的角度，將那種執干戈以衛社稷的理想騎士典範，墮落為唐吉訶德那種失去武器，而又充滿幻想的武士，與西班牙由

塞萬提斯的《唐吉訶德》在1605年時的初版。這是全書首卷第三版的首頁，修訂者為西班牙皇家學院（La Real Academia Espanola）。

一個武力強大、版圖不斷擴張的國家，淪落為毫無願景的國家，兩者等同來看。當國勢不如從前時，唐吉訶德便決意隱於鄉間。征伐不再，筆代替了劍；後來，從征服迷夢中清醒的腓利普二世，在其治下的西班牙，恰巧就是「西班牙文學的黃金時期」。這個「好發古怪議論」的唐吉訶德，表現出軍事與文藝交替之間的矛盾情節，而《唐吉訶德》也成了世紀之交時，由眾多西班牙出版品匯流而成的文學寶庫裏的珍寶了。

在《唐吉訶德》中，塞萬提斯利用許多伏筆，編造出豐富的情節——有騎士故事、旖旎的田園風光、流浪漢小說與取材自真實冒險的經歷。上圖是十六世紀畫家，德·密第納（Pedro de Medina）為《唐吉訶德》首頁繪製的插圖。

東奔西跑，對於世事變換、不斷的冒險旅程，以及和陌生人打交道等等，都瞭然於胸。此一雙重對比，使塞萬提斯得以讓他筆下的故事，優游於文學與現實之間，並且製造出一連串讓人難忘的人物形象，與喬叟及莎士比亞相比，他的作品顯得更加活潑、逗趣。

自從《唐吉訶德》問世之後，就有無數的學者試圖畫出唐吉訶德的三次「出征」路線，他們想確認他每一次歷險的地點，也想找出五個影響其際遇的客棧。雖然多數乃出於臆測，但還是可以採納，以作為閱讀時之助興，或為探訪拉曼恰時之佐證。阿迦馬西拉·德·阿爾巴（Argamasilla de Alba），被認

那時正是西班牙第一位劇作大家，德·維加（Lope de Vega, 1562-1635），在舞臺上取得主導地位的時候，光是他就創作了大約一千五百部劇本。依循著從作者不詳的《小癩子》（Lazarillo de Tormes, 1554）開始樹立的「流浪漢」（Picaresque）文學題材，阿萊曼（Mateo Alemán, 1547-1615）也寫了一本風靡國際的暢銷書，《古斯曼德阿爾法拉卻的生平》（Guzmán de Alfarache, 1559-1604），該書與《唐吉訶德》一樣，都對西班牙新文學的發展有所貢獻。科爾多瓦的德·貢戈拉（Luis de Góngora, 1561-1627）文辭華麗的十四行詩，也成為眾人欣賞與爭辯的對象。德·克維多（Francisco de Quevedo, 1580-1645），則是將西班牙的諷刺文學，提升到詼諧、辛辣的高度；他也寫了一本流浪漢題材的小說，《小無賴》（La Vida del Buscón, 1626，英譯為 The Rogue）。上述作家泰半從沙拉曼卡（Salamanca）、阿卡拉（Alcalá）和塞維爾等地的大學畢業；但是，塞萬提斯除了豐富的旅行經驗和人生閱歷之外，並沒有這般顯赫的學歷。

從塞萬提斯在故事中所創造出的兩個非凡人物來看，加上故事本身廣泛地反應當時的生活與文化，可以讓我們瞭解這種轉變。作為浪漫與幻想領域的象徵，唐吉訶德，來自於行俠仗義的騎士世界；而艱困的現實生活的代表桑丘，則來自流浪漢的世界。這兩種世界意味著他們的英雄人物得經常

為是唐吉訶德生活也是他「全心研讀騎士故事」的「確實地點」；此地據傳又是塞萬提斯入監構思寫就《唐吉訶德》之

《唐吉訶德》中所述及拉曼恰的小鎮風光和偏遠的客棧，構成了唐吉訶德心中充滿田園風味的西班牙。

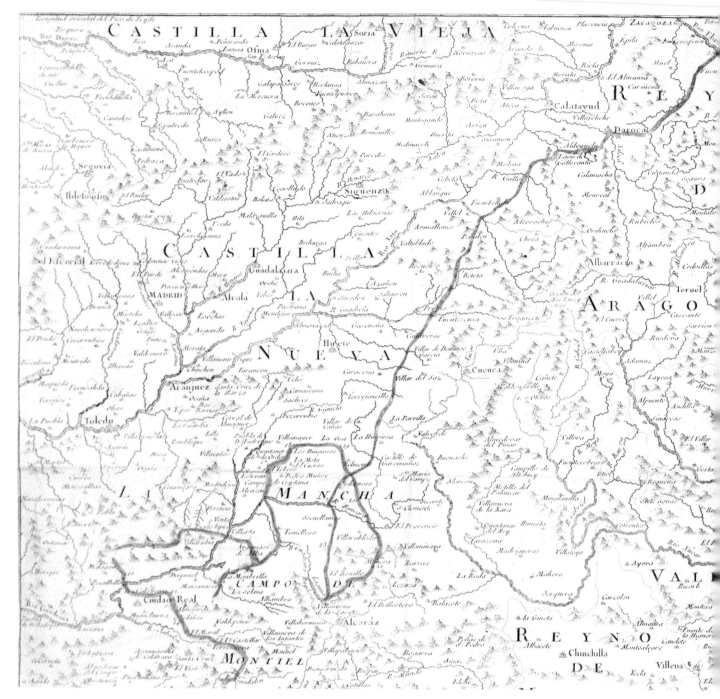

地。此外還有一說，唐吉訶德就在蒙提爾（Montiel）平原約四哩外的一家小客棧裏，被冊封為騎士。

　　唐吉訶德第二次出征時，他挑選多嘴但率直的桑丘為侍從，那是他最廣為人知的一次冒險——他誤把風車當巨人，連番狂劈猛刺，這個地點就在坎坡·德·克里普塔那（Campo de Criptana）附近，一座風景如畫的村落。現今當地所存的風車已寥寥無幾，但是在1752年時，可是有三十四座之多呢！在裴多拉比西（Puerto Lápice）不遠處，唐吉訶德為了拯救「美麗迷人的公主」，和憤怒的比斯開人（Biscayner）展開「殊死戰」。還有一連串的小插曲，例如美味的羊肉大餐與曼契根硬乳酪，和殘忍的揚古希（Yanguesian）搬運工人的邂逅，以及唐吉訶德錯把客棧當古堡，最後使得桑丘被一些「邪惡、促

狹」的傢伙用毯子裹起來，拋到半空中的滑稽畫面，這些全都發生在馬拉貢（Malagón）這座小鎮附近。在瓜地那河（River Guadiana）一帶，唐吉訶德認為他看到了異教徒和基督徒兩方交戰時，所揚起的漫天塵埃。他勇往直前，不顧桑丘警告他：「你要去作戰的地方，就祇有一大群羊而已。」在阿麻格羅（Almagro）小鎮附近，他得到了著名的曼布里諾頭盔（helmet of Mambrino），但在桑丘眼裏，那不過是一頂戴在理髮師頭上的小帽罷了。在多倫努瓦（Torrenueva）那邊，唐吉訶德解救了船上的奴隸，因為害怕神聖兄弟會（the Holy Brotherhood）的報復，他們便撤退到莫雷納山。在桑丘動身前往阿爾杜布索（El Toboso）時，唐吉訶德卻在阿爾·維索·德·馬奎斯（El Viso del Marqués）附近，為自己放肆的行為懺悔，最後他在

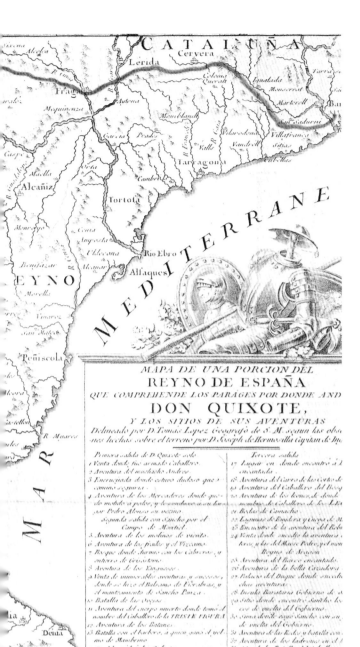

唐吉訶德時代的西班牙：此圖是唐吉訶德三次出征的路線圖，是由西班牙皇家學院修訂的《唐吉訶德》第三版翻印過來，地圖乃根據許多學者的臆測所繪，他的足跡跨越西班牙的鄉間小路。

朋友的護送下，才得以安全回家。第三次出征時，主僕二人的足跡所及更為深遠，從阿迦馬西拉直到臨海的巴塞隆那（Barcelona），跨越廣袤的卡斯提爾、阿拉貢和加泰隆尼亞（Catalonia）。唐吉訶德再一次展現騎士精神的偉大壯舉，乃是由阿爾·杜布索——他美麗無雙的情人杜爾西內雅（Dulcinea）的故鄉出發。今天在卡沙·德·杜爾西內雅（Casa de Dulcinea）這個地方，建有一座唐吉訶德博物館。在歐沙·德·拉維加（Osa de la Vega）附近，唐吉訶德遇到幾位演道德劇的伶人，又在貝爾蒙特（Belmonte）一帶，和森林武士作戰，在雷德拉（Ruidera）沼澤，遇上了卡麻丘（Camacho）的婚禮和著名的「蒙得西諾斯山洞（Montesinos Cave）歷險」。在阿拉貢，他經過拉伯雷勒佳（La Peraleja）的「驢叫村」，探訪可能位於裴多拉

（Pedrola）的公爵宮殿，並且到了桑丘那難以統領的王國巴拉塔利亞島（Isle of Barataria），有人說這座島嶼就是為水圍繞的阿卡拉·德·艾伯羅（Alcalá de Ebro）。唐吉訶德穿過歐瑟拉（Osera）附近的艾伯羅，然後到了巴塞隆那，最後與「白月騎士」（Knight of the white Moon）展開殊死鬥。

對唐吉訶德有興趣的旅行家，仍然可以重新循著他的足跡，經過西班牙有如萬花筒般的美麗風景，和一連串有關的小城鎮，其中若干還保有十七世紀的風貌。此外，也可以追隨塞萬提斯這位「歷險文學之父」的步履，再去探訪幾個較大的城市，例如到他的出生地，阿爾卡·德·耶那雷斯（Alcaá de Henares）；再到他因負債而坐監，也在囹圄中構思《唐吉訶德》的塞維爾，和擔任公職的瓦拉多里德，之後再轉往塞萬提斯早年為文學奉獻心力的馬德里，那裏也是他以晚年時間完成《唐吉訶德》第二卷，並於1616年臨終的所在地。塞萬提斯身後葬於「三位一體修道會修女院」（Convent of the Trinitarian Nuns），但諷刺的是，修女院所在地的街名，竟是以維加這位塞萬提斯在文學上的最大對手來命名的。

《唐吉訶德》如今已被認為是「現代文學」的開山之作，幾乎所有的作家都對從它那裏獲益，而深表感激。捷克小說家昆德拉（Milan Kundera）對本書的重要性所作的表示，可說是最恰當的，他說：「當上帝控制了宇宙及其價值，區分了善與惡，為萬事萬物賦予意義之後，祂就緩緩離席了。然後，唐吉訶德走出宅邸，他對世界變得陌生。在這位至高的仲裁者缺席的情況下，世界突然出現可怕的渾沌……當代的世界就此誕生，而小說——世界的影像與模型——也躍上了生命的舞臺。」

發現新世界：
桃花源與烏托邦

「美洲的發現與經由好望角到東印度群島的新航路，是人類歷史上，最值得大書特書的兩件大事。」史密斯（Adam Smith, 1720-90）在其經濟學鉅著《國富論》（*The Wealth of Nations*）中如此寫到——很諷刺地，該書於1776年出版時，正好碰上英屬北美殖民地宣佈獨立。史密斯的話是對的。在整個中世紀數百年間，歐洲人的想像力愈見開闊，他們更加熟悉愈來愈大的世界。這得感謝十字軍的幾次東征和航海家的探險；世界地圖因此變得寬廣了，而舊有的世界圖像受到挑戰。然而隨著新大陸的發現，歐洲各國的勢力、前景與財富也都有了巨變。他們對宇宙、精神思想和文學的觀點，同樣有了重大的改變。事實上，我們可以這麼說，上述這些發現，解放了自文藝復興以來一成不變的想像。

「新世界」其實一點也不新。在歐洲人來到之前，美洲大陸上早已存在數個偉大文明，但這樣的遇合卻在他們的歷史上，帶來覆亡的命運。即使是在歐洲，新世界甚至也不能稱為是「新」的。柏拉圖率先揭櫫一個想法，他說在極西之地有個不知名的大陸，其上孕育了繁榮的文明——亞特蘭提斯（Atlantis）、阿瓦隆（Avalon）、黃金國（Eldorado）、復得的樂園（Paradise Regained）、極樂群島（Hesperides），與永不墮落的桃花源（Arcadia），說的都是

當哥倫布抵達美洲時，他宣稱找到了新的天上人間。上圖是十五世紀的織毯，上面繪著冒險家歡欣鼓舞地航向未知之域。

這個地方——那裏是黃金之城，裏頭有不老之泉，有意想不到的奇景，有迥然不同的社會與人民，甚至連動物也是前所未見的。哥倫布在有「天主教國王」（Catholic Kings）之稱的西班牙斐迪南與伊莎貝拉（Ferdinand and Isabella）的支持與贊助之下，向西航行，尋找一條通往中國的新航路，他認為他已經找到了心目中的「人間樂土」。早期從事探險和發現的航海家，從韋斯普奇（Vespucci）、麥哲倫（Magellan）到寇遜斯（Cortés）和狄亞士（Diaz），都有同樣的想法——甚至在1507年時，瓦德西繆勒（Martin Waldseemüller）將這「新發現的大陸」畫上地圖，冠以「亞美利加」（America）之後，美洲便成為當時冒險的新樂園。

還有一說，認為美洲不是被發現，而是由歐洲人的想像所創造出來的。在爾後數個世紀裏，對美洲大陸的外在看法，就鮮活地烙印在原住民、殖民者與移民的心裏。當然，

美洲的發現者和征服者很快就面臨了新大陸惡劣環境的事實。儘管有些虛構的事是可以駁斥，但有些事卻是千真萬確。當西班牙人發現並征服南美大陸時，那裏果真有令人歎為觀止的奇景：黃金城、前所未見的動物、「野蠻人」和壯麗的山河。當然，那裏也有疾病、危險，以及歐洲王室所帶來的征伐。歐洲主宰了美洲，壟斷當地的資源。直到1810年，現在的拉丁美洲才逐漸爭脫歐洲加諸其上的束縛。

在此同時，大型帆船帶回可以充實歐洲各國國庫的黃金、白銀、精美的工藝品，甚至是專供研究的「野蠻人」。從新世界傳來的訊息不斷湧入，興奮之情瀰漫整個歐洲。令當時人們心醉神迷的美洲神話及勇於追尋的「美國夢」，這樣的夢想迄今仍然吸引許多移民湧向新大陸。歐洲人為最早的美洲文學奠下根基，將塔索（Tasso）、阿里奧斯托（Ariosto）、斯賓塞（Spenser）、莎士比亞、塞萬提斯和卡蒙斯（Camoëns）等人，充滿想像與深具影響的文學作品，轉換到另一個時空。

韋斯普奇（Amerigo Vespucci）的見聞報導，鼓舞了摩爾爵士（Sir Thomas More）在1515年寫就的《烏托邦》（*Utopia*）中，打造一個理想社會。錫德尼（Sir Philip Sidney）為了讚美伊莉莎白女王恢復英國的榮光，而在1590年寫了《阿卡迪亞》（*Arcadia*），書中便反應了在美洲的情形。在莎士比亞的《暴

哥倫布（Christopher Columbus, 1451-1506），於 1492 年 10 月於加勒比海一個小島上登陸。他自認為已經到達印度，於是把當地土著稱為印地安人（Indians）。在隨後的三次航行中，哥倫布可能始終沒有踏上美洲大陸的海岸。

「新世界」的稱呼不是來自最早到達美洲的哥倫布，而是出於稍後的韋斯普奇（下圖立於船舷者）。

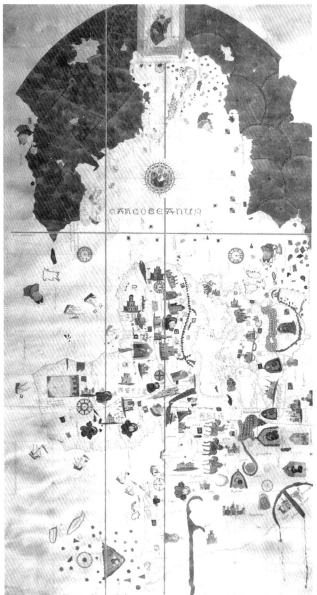

《風雨》（*The Tempest*, 1611），「勇敢的新世界」指的就是英國在新大陸建立的第一個殖民地——維吉尼亞的詹姆斯城（Jamestown），而劇中女主角米蘭達（Miranda）的話，也反應出文藝復興時代對它的新奇感。

　　與新世界有關的種種故事，現已傳遍所有性喜冒險犯難的國家——西班牙、葡萄牙、法國、義大利、荷蘭和英國。在這些國家的文學作品中，充斥連篇累牘的航海故事（無論它們是真是假）。在英國，海克利特（Richard Hakluyt）在《重要的航海、航行和發現》中（*Principal Navigations, Voyages and Discoveries*, 1589）所紀錄的卡勃船隊（the Cabots）、德瑞克（Francis Drake）、羅利（Sir Walter Raleigh）和佛洛畢雪（Sir Martin Frobisher）的航海事蹟，讓讀者為之震顫不已。為了鼓勵英國人民到北美拓荒與殖民，海克利特的數部鉅著也的確影響了伊莉莎白時代，及以後許多作家的想像空間。

　　歐洲每一個國家對美洲的印象是各不相同的，這得視他

這是哥倫布船隊的領航員，德·拉寇沙（Juan de la Cosa）對新世界輪廓所畫的第一張地圖，時為 1500 年左右。因為是畫在牛皮上的關係，所以祇能畫出部分的樣貌。然而，如果把這張地圖轉個方向，就會是我們所熟知的樣子。

們登上新大陸的地點而定，無論他們的著眼點是航海還是征服，是貿易還是掠奪，也不管他們所佔領的地區是極地還是熱帶，是森林還是沙漠，是蠻荒還是風景如畫之處。每個國家都有其勢力範圍。寇遜斯為西班牙拿下墨西哥，麥哲倫為葡萄牙開拓海疆，卡勃和韋拉扎諾（Verrazano）為英、法兩國找到一條「西—北」向的航道。每個國家也都有本國的旅行文學。南美洲有著茂密的叢林、神祕的部落、古老的城市和帝國。而北美洲也自有其奇景：有面積廣大、洶湧澎湃的內陸湖泊和河流，有一望無際的原始森林，有印地安部落，有流域寬廣的密西西比河，有熱帶風味的佛羅里達，而當中最引人入勝的，或許就是尼加拉大瀑布了。

英國人的動作晚了一點，但到了十六世紀末，他們也不得不去尋找貿易與殖民的據點，而在海洋和新舊大陸之間忙碌。德雷頓（Michael Drayton）在〈維吉尼亞航行頌〉（*Ode to the Virginian Voyage*, 1606）中，盛讚著：「我們所擁有的土地／維吉尼亞／是人間的一處天堂。」1607年，英國人在經營維吉尼亞之初，可說是一場災難，但旋即將之建設為一處強大的殖民地。史密斯船長（Captain John Smith）是創建的諸先賢之一，他在《維吉尼亞通史》（*General History of Virginia*, 1624）裏，真切地道出他們的允諾與艱險之處。他也寫下第一個浪漫的美洲傳奇，故事是印地安公主，寶嘉康塔絲（Pocahontas, 1595-1617），從她的酋長父親波瓦坦（Powhatan）手裏，救了他一命。而英國也因此有了第一位「高貴的野蠻人」。

美洲很快就有自己刊印發行的文學作品，儘管口耳相傳的印地安傳說與詩歌早已廣為流佈。1620年，英國的分離分子在普里茅斯殖民地落腳，十年之後，麻薩諸塞灣出現了一個由清教徒建立的宗教殖民地。清教徒們認為他們受到「上帝的意旨」所引導，在美洲這處「迦南地」上，建造一個新的社會。更多的英屬殖民地在東岸──出現：天主教的馬里蘭（Catholic Maryland, 1634）、羅德島（Rhode Island, 1636）、紐約（1664），以及教友派（Quaker）的賓夕法尼亞（Pennsylvania, 1681）。新英格蘭的日記作家布雷德福（William Bradford）和溫斯洛普（John Winthrop），寫下建立「山丘之城」的經過，他們也帶來了印刷機。書本可以在美洲印行了，它們在美洲的土地上，傳述自己的故事。1640年出版的《海灣詩冊》（*Bay Psalm Book*），經常被視為美洲文學的第一本作品。相對於此，在拉丁美洲，絕大部分的書籍仍然不能自行出版流通，掌控文字的力量，依然為歐洲人和教會所操縱。此時，法國人已經大力往北美內陸開拓，他們從五大湖而下，沿著密西西比河到達佛羅里達灣，那裏被稱為新法蘭西或路易斯安那。尚普蘭（Samuel de Champlain, 1567-1635）往新斯科舍（Nova Scotia）拓墾時，建立了魁北克（Quebec），他打開了五大湖之門，也紀錄了他對非凡的自然奇景和印地安「野蠻人」的見聞。耶穌會教士也來到北美宣教，整個傳教過程可參見《耶穌會關係史料》（*The Jesuit Relations and Allied Documents*, 1610-1791），而埃納潘神父（Father Louis Hennepin）的《路易斯安那見聞錄》（*Description de la Lousiane*, 1683），則成為國際流傳的經典作品，也激起法國哲學家對「高貴的野蠻人」和「社會契約」所作的爭辯。1550年至1600年間，西班牙人也來到加利福尼亞和佛羅里達。1609年，在英人哈德遜（Henry Hudson）的帶領下，荷蘭人開始進入哈德遜河谷。在這開放中的大陸，各國人皆將自己的文化、所知所聞與著作刊印出來。

美洲新大陸的發現和新世界在文學上的影響，是無法估計的。在人類的想像旅程中，這是最為清楚可見的象徵之一。歐洲的文學與藝術也有了轉變，甚至可以這樣說，作為現代文學最重要的文類──小說，也得以在這個冒險犯難的新世界中成長茁壯。從此時起，美洲就不曾在世界文壇上缺席。美洲作家盡情描述這片當時仍不見經傳的土地。最後，美洲諸國擺脫與歐洲文化的關係，在政治上也宣告獨立──1776年，英屬北美殖民地獨立建國，緊接在後，許多拉丁美洲國家也陸續掙脫殖民束縛。

許許多多的美洲文學作品，其中有些從頭到尾就是在美洲寫完的，有些則是在歐洲完成。由對桃花源與烏托邦、新世界與「美洲夢」等體驗而來的憧憬，塑造出人類許多根本的理想、神話與幻想，到最後，某些根本理想也以現代的風貌呈現出來，像是哥倫布的新世界就變成摩天高樓櫛比鱗次的都市，空間建築學也應運而生，同時，在這塊大陸上，仍有其他失落的城市與部落，等待我們繼續去探訪。

當哥倫布抵達美洲時，他宣稱找到了新的天上人間。上圖是十五世紀的織毯，上面繪著冒險家歡欣鼓舞地航向未知之域。

當哥倫布抵達美洲時，他宣稱找到了新的天上人間。上圖是十五世紀的織毯，上面繪著冒險家歡欣鼓舞地航向未知之域。

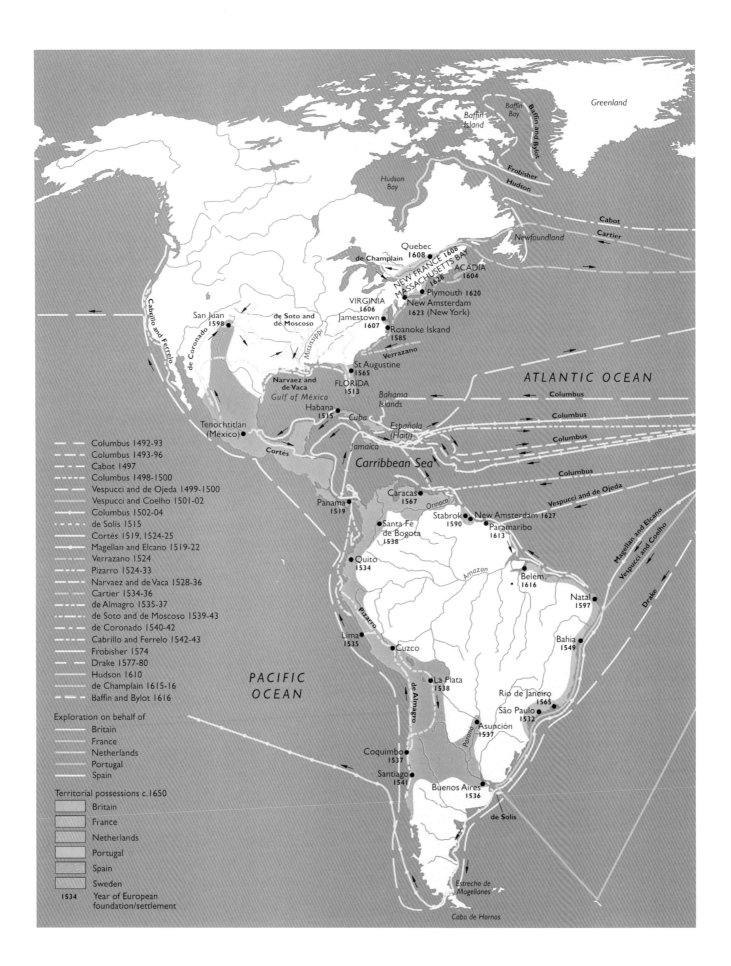

Greenland

Baffin
Island

Baffin
Bay

Baffin and Bylot

Frobisher
Hudson

Hudson Bay

Newfoundland

Cabot
Cartier

Quebec
1608

de Champlain

NEW FRANCE 1608
MASSACHUSETTS BAY
1628

ACADIA
1604

Plymouth 1620

New Amsterdam
1623 (New York)

VIRGINIA
1606

Jamestown
1607

Roanoke Iskand
1585

San Juan
1598

de Soto and
de Moscoso

Cabrillo and Ferrelo

de Coronado

Mississippi

Verrazano

ATLANTIC OCEAN

St Augustine
1565

Narvaez and
de Vaca

FLORIDA
1513

Bahama
Islands

Columbus

Habana
1515

Cuba

Columbus

Tenochtitlán
(México)

Cortés

Jamaica

Española
(Haiti)

Columbus

Carribbean Sea

Columbus

Panama
1519

Caracas
1567

Orinoco

Vespucci and de Ojeda

Columbus 1492-93
Columbus 1493-96
Cabot 1497
Columbus 1498-1500
Vespucci and de Ojeda 1499-1500
Vespucci and Coelho 1501-02
Columbus 1502-04
de Solís 1515
Cortés 1519, 1524-25
Magellan and Elcano 1519-22
Verrazano 1524
Pizarro 1524-33
Narvaez and de Vaca 1528-36
Cartier 1534-36
de Almagro 1535-37
de Soto and de Moscoso 1539-43
de Coronado 1540-42
Cabrillo and Ferrelo 1542-43
Frobisher 1574
Drake 1577-80
Hudson 1610
de Champlain 1615-16
Baffin and Bylot 1616

Santa Fé
de Bogota
1538

Stabrok
1590

New Amsterdam 1627

Paramaribo
1613

Magellan and Elcano

Vespucci and Coelho

Quito
1534

Amazon

Belém
1616

Natal
1597

Drake

Pizarro

Lima
1535

Cuzco

Bahia
1549

PACIFIC
OCEAN

de Almagro

La Plata
1538

Rio de Janeiro
1565

São Paulo
1532

Parana

Asunción
1537

Coquimbo
1537

Santiago
1541

Buenos Aires
1536

Exploration on behalf of
Britain
France
Netherlands
Portugal
Spain

Territorial possessions c.1650
Britain
France
Netherlands
Portugal
Spain
Sweden

1534   Year of European
foundation/settlement

de Solis

Estrecho de
Magellanes

Cabo de Hornos

[33]

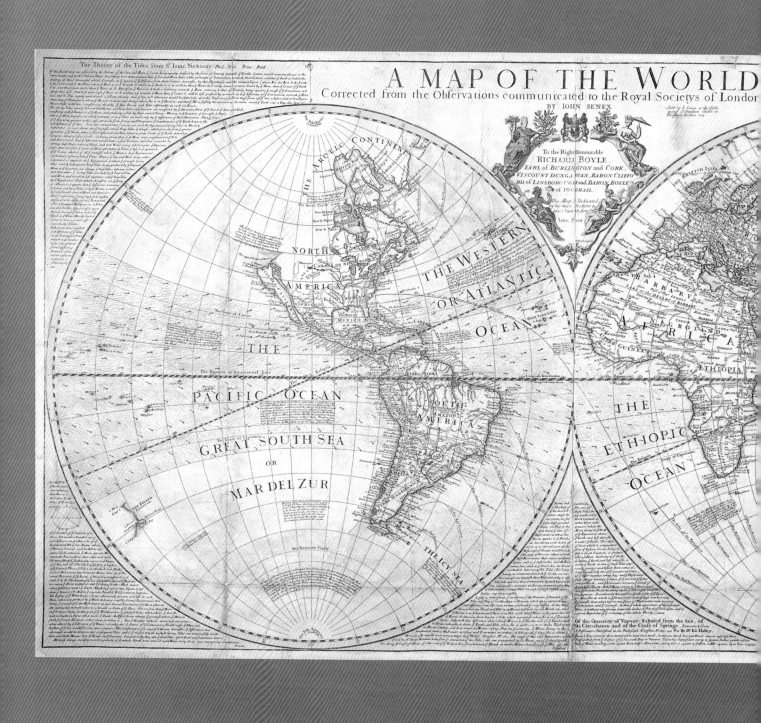

A MAP OF THE WORLD

Corrected from the Observations communicated to the Royal Societys of London

BY IOHN SENEX

The Theory of the Tides from S.ᵗ Isaac Newtons *Phil. Nat. Princ. Math.*

To the Right Honourable
RICHARD BOYLE.
EARL of *BURLINGTON* and *CORK*,
VISCOUNT *DUNGARVAN*, BARON *CLIFFO*
RD of *LANSBOROUGH* and BARON *BOYLE*
of *YOUGHAIL*.

Iohn Senex

THE ARCTIC CONTINENT

NORTH
AMERICA

THE

PACIFIC OCEAN

GREAT SOUTH SEA

OR

MAR DEL ZUR

THE WESTERN
OR ATLANTIC
OCEAN

TERRA FIRMA

OF THE
AMAZON
AMERICA

The Equator or Equinoctial Line

The Antarctic Circle

THE ICY SEA

BARBARY

AFRICA

ETHIOPIA

THE
ETHIOPIC
OCEAN

Of the Quantity of Vapour Exhaled from the Sea, of
its Circulation and of the Cause of Springs. By D.ʳ Ed. Halley.

第二部

理性時代

在十八世紀裏，西方世界的文化架構有了變化。那是一個「理性的時代」（Age of Reason），也是一個「進步的時代」（Age of Improvement）。地理上大發現的範圍愈來愈廣，依此而來的世界地圖也愈來愈大；十七世紀末，丹皮爾船長（Captain William Dampier）完成環球的航海壯舉，在一百年後，庫克船長（Captain Cook）紹繼前賢，在太平洋海域迭有新發現。人們用新的觀點來看待宇宙，牛頓（Isaac Newton）於1867年發表的《數學原理》（*Principia Mathematica*）允為箇中翹楚，人類文明的前景可說是一片光明。世界成為研究與科學的對象。理性和啟蒙時代的人，致力擘畫理想的「社會契約」。城市因貿易而更加富裕，也恢復了大帝國時期的榮光——這難道不是古希臘與羅馬精神的復甦的緣故？中世紀裏模糊不清的迷霧消散了，劇院如雨後春筍紛紛興起，書籍和圖書館的數量遽增，著書立說不但是專家所為，也能帶來商業上的利益。一種新的文類——以「小說」名之允為恰當——開始吸引日漸增多的讀者，他們眼中的焦點不再是奧祕的天堂或是神的意旨，而是專注於這個真實的、經驗的、開闊的世界……。

山尼克斯（John Senex）於1725年所繪製的地圖，顯示出離開古典主義邁向科學新發現的情形。他並不是用古典主義的意念，來填滿世界的疆域，而是加進科學的文件：地圖左側便是牛頓《數學原理》（*Principia Mathematica*）的摘錄，而右側引文則是哈雷（Edmund Halley）在皇家學會《哲學學報》中，對貿易風與季節風所作的解釋。

啟蒙運動下的法國

法國文學的黃金時代粗略說來，可以用1629年為起始年——當時的法王，路易十三（Louis XIII）指派黎塞留主教（Armand Jean de Plessis, Cardinal Richilieu）為全權國務卿——然後到一百六十年後的法國大革命為止。法國文學的興衰和其城堡的毀壞有關。我們現今所見法國境內山頂上中世紀城堡的廢墟，就是在黎塞留主教一聲令下摧毀的，那是為了彰顯以中央集權的新王室，不容地方諸侯挑戰的做法。如今，巴黎惡名昭彰的「巴士底獄」（Place de la Bastille），早已被當時憤怒的群眾一磚一瓦地拆除，法國最後一位獨裁君主路易十六（Louis XVI），就在這狂暴、血腥的年代中被送上斷頭臺，而共和政體於焉肇建。

在兩次具有象徵意義的血腥暴動之間，法國人民享有一個世紀半的和平生活。這一百五十年間，文學和思想獲得空前的成果，也直接促進了現代自由民主和其他各種新觀念的誕生。在今天看來，有「太陽王」（The Sun King）之稱的路易十四（Louis XIV）於1715年駕崩，可視為法國告別十七世紀的古典主義（Classicism），迎向十八世紀的啟蒙運動的分水嶺。這兩種思潮幾乎是在難以察覺的情況下交流激盪。如果沒有像拉辛（Jean Racine）和高乃依（Pierre Corneille）這些在太陽王長期治理下，新古典主義大師的詩人及劇作家的鼓吹，使法文在形式與思想傳遞上，產生精練的變化，那麼，伏爾泰（Voltaire）、盧梭（Rousseau）和狄德羅（Diderot）等大哲，就不可能寫出影響至深，鼓舞潘恩（Tom Paine）的《人權法案》和美國《獨立宣言》的雷霆之作。

（上）路易十三任命樞機主教黎塞留為國務卿，開啟了法國文學的黃金時代。
（下）在黎塞留治理法國期間，劇作家高乃依的作品在法國喜劇劇院（Comedie Francaise）公演的盛況。

規的形式為特色。由於這齣戲，高乃依成為「古典悲劇」的創始者，而他以希臘、羅馬為主題的其他劇作，如《賀拉斯》（*Horace*, 1640）、《西拿》（*Cinna*, 1641）、《安卓米第》（*Androméde*, 1650）和《厄底帕》（*Oedipe*, 1659）等，無疑皆是借古諷今之作。高乃依的劇作若不是為了梅蕾劇院，就是為了位於茅康賽街（Rue Mauconseil）的勃根第旅館而寫，這兩家劇院後來都成為法蘭西喜劇的演出重心。

高乃依為迎合黎塞留的企圖，經過四十多年的時間，塑造出一種新戲劇類型。但是他也親眼見到來自有力對手的挑戰。1622年，波克蘭（Jean-Baptiste Poquelin, 1622-73）於巴黎出生，他是一位宮廷專屬裝潢師之子。波克蘭以「莫里哀」（Molière）為藝名，同莎士比亞一樣，既是演員又身兼劇團經理。在法國各省巡迴演出十三年之後，他開始為自己的劇團寫劇本，先前他在御前演出高乃依的悲劇《尼高梅德》（Nicomède），而在巴黎享有聲譽，隨後又於1658八年時，演出自己所寫的鬧劇《愛情醫生》（*Le Docteur Amoureux*）。由於有了法王路易十四的支持，莫里哀得以使用「小波旁」（the Petit-Bourbon）宮廷劇院，後來又到建於黎塞留宮中的私人劇場，帕雷斯皇家劇院（the Palais-Royal）演出。如果說高乃依長於悲劇，那麼莫里哀拿手的就是喜劇了。他的許多鬧劇，都是針對當時的宮廷與社會的諷刺現象而寫。莫里哀其實是個有膽識的劇作家，在那個人們因為對宗教或王室不敬，動輒處以火刑的年代，他竟能諷刺宗教的偽善（《達爾杜弗》，*Tartuffe*, 1664），或嘲弄當時

黎塞留酷愛戲劇的程度，與他對宮廷謀略的興趣無分軒輊。當時來自魯昂的律師高乃依所寫的幾齣喜劇，引起了悲劇演員蒙多利（Montdory）的注意，他把這些劇作搬到巴黎的舞臺上，在年1629，正是黎塞留的權柄攀升之時。這位國王身邊的紅人，鼓勵蒙多利把他的巡迴劇團安置在巴黎的梅蕾劇院（the Marais Theatre），劇院的前身是一座網球場。高乃依也因此成為這位紅衣主教座下，五位從事戲劇創作的劇作家之一，他創作的目標在於為新時代樹立對古典的品味。1635年，高乃依寫了一部備受爭議，但確為不朽悲劇的《熙德》（*Le Cid*），該劇以其「亞歷山大式詩體」（alexandrine verse）和正

莫里哀最偉大的劇作——如《恨世者》（*Misanthrope*, 1666）、《吝嗇鬼》（*Miser*, 1668）、《沒病找病》（1673）——都是描寫某些精神錯亂的人（吝嗇鬼、妄想狂、憂鬱症病患），再不然，就是像在《貴人迷》（*The Bourgeois Gentleman*, 1670）裏——左圖所畫的便是其中的劇情——揭露上流社會虛假、勢利的作風。

法國喜劇院的演員表演鬧劇，嘲諷十七世紀法國的現實生活。

社會的種種愚行。他改寫了喜劇的技巧，表現出諷刺的力量。後來，莫里哀死於工作崗位上，徒留未竟之志。

莫里哀在世時，曾同意演出他的可敬對手，拉辛（1639-99）的劇作。拉辛是拉費泰米隆（La Fertè-Milon）地方的一個海關官員稅吏之子，從小便是孤兒的他，在皇家港市（Port-Royal）的冉森學院（the Jansenist school）完成學業之後，便決定前往巴黎開始他的文學事業。莫里哀幫助拉辛，讓他早期的兩齣悲劇得以在宮廷劇院裏表演，儘管如此，拉辛還是把第二部作品《亞歷山大大帝》（*Alexander the Great*, 1665），移到勃根第旅館演出。1667年11月，拉辛的悲劇傑作《安德羅馬克》（*Andromaque*），在羅浮宮公演，而他所獲得的熱烈迴響，使他取代了高乃依的地位。往後的十年之間，拉辛接連發表包括《貝蕾妮絲》（*Bérénice*, 1670）、《伊菲姬妮》（*Iphigénie*, 1674）和《菲德拉》（*Phèdre*, 1677）在內的六部悲劇，皆為不朽之傳世佳作。後來他奉召進入皇家學院，和布瓦洛（Boileau）一起擔任皇家史官。1661年，拉辛成為甫登基的路易十四的祕書。

拉辛的劇作所追求的是古典主義的完美理想，並遵循亞里斯多德式的統一律（Aristotelian unities）。依上述法則寫成的劇本，應該有完美的結構比例，就像是太陽王於1676至1708年之間所興建的凡爾賽宮，其設計便以雅典和羅馬諸建築為本。建築和戲劇可以反映一個時代的秩序和信念。在拉辛的戲劇裏，他所用的對白謙遜有禮，相當程度地反應王室的特質。然而，其他劇作家比較不受拘束了，他們用的多是市井俚語。寓言詩人拉封丹（Jean de la Fontaine, 1621-95），把古典寓言修改為他所獨有的形式，像是在《寓言》（*Fables*, 1668-94）中，便透過許許多多的動物故事，探討當代的道德問題。

高乃依、莫里哀、拉辛和拉封丹等文學家，為十八世紀法國的啟蒙運動奠下基礎。此外，十七世紀偉大的思想家，如笛卡兒和巴斯卡，也卓有貢獻。笛卡兒（René Descartes, 1596-

1650）出生於拉耶（La Haye），足跡所到之處極為廣泛，晚年卻客死瑞典克莉利絲汀娜女王（Queen Kristina）酷寒的宮中。笛卡兒於1637年寫成的《方法導論》（*Discourse on Method*）和其他著作，建構了笛氏哲學，他以著名之「我思故我在」（cogito ergo sum）的自我存在論證，將人類置於宇宙中心。笛卡兒葬於斯德哥爾摩，遺體最後被送回法國聖愛德布列（Saint Germain-des-Près）。巴斯卡（Blaise Pascal, 1623-62）出生於克勒蒙佛蘭（Clermont-Ferrand），1630年遷居巴黎，1669年出版《沈思錄》（*Pensées*）。身為一個虔誠的冉森派天主教徒，他以著名的「賭博理論」來考驗宗教信仰，他指出如果上帝不存在，我們信仰祂也不會有甚麼損失；要是祂真的存在，那麼我們就賭贏了。或許還能提一位勉強可算是啟蒙運動的先驅：在巴黎出生的伯格拉（Cyrano de Bergerac, 1619-55），他是個眾所皆知的驍勇軍人和決鬥者，著有幾本極富幻想力的烏托邦文學作品。人稱「科幻小說之父」的伯格拉，致力於推廣哥白尼（Copernicus）和伽利略（Galileo）的發現與學說。

承繼前賢的盡是啟蒙運動中的要角。這些後起之秀的出

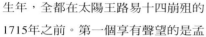
左起為狄德羅、盧梭、伏爾泰,三者皆是哲學家,也是啟蒙時代的重要人物。

生年,全都在太陽王路易十四崩殂的1715年之前。第一個享有聲望的是孟德斯鳩(Montesquieu, 1689-1755),他是來自波爾多附近的拉布列德(La Bréde)的地方貴族。他在1721年發表的《波斯人信札》(Persian Letters),是一本用「旁觀者」的角度所寫成的諷刺文學,書中提到孟德斯鳩的波斯訪客,認為法國的成就是有個中央集權的獨裁王室,但他們對土地利益的掠奪,卻毫無節制。《法意》(或譯《論法的精神》,The Spirit of Laws, 1748)為孟氏的另一鉅著,他比較了英法兩國制衡體系的優劣,這本書直接影響1788年制定的美國憲法。然而,真正改變並「啟蒙」法國當時思想,標舉出時代思潮的偉大哲學家,毫無疑問的,應該是伏爾泰、盧梭和狄德羅。

伏爾泰原名弗朗索瓦—馬利・阿魯埃(Francois-Marie Arouet, 1694-1778),1694年生於巴黎,在耶穌會完成教育。他揭發當時法國的各種弊端沈?:一位自由思考的諷刺作家直接挑戰宮廷,他甚至對當時教會的不公,與攝政的奧爾良公爵(Duke of Orléans),或新登基的路易十五厲有批評。他對時政的評論,換得一年的牢獄之災(1717-18年,被囚因於巴士底獄),並於1726年流亡英國,在英國時結識詩人波普(Alexander Pope)和他的詩友。1734年,伏爾泰寫成《哲學書簡》(Philosophical Letters),表達他對政治、社會和宗教自由的祝賀之意,也由於本書的關係,迫使他退隱到錫瑞(Cirey),那是他的監護人夏特烈侯爵夫人的故鄉。1750年,他前往普魯士,成為腓特烈大帝的御前顧問和總管,但因君臣之間的嫌隙,而難有成果。五年之後,伏爾泰告別宮廷生涯,到日內瓦郊區的勒狄力斯(Les Délices)定居,接著又遷至距離法國邊境祇有四哩的費爾奈(Ferney)。1759年,他發表一本鉅著《戇第德》(Candide),這是一個帶有哲學意味的故事(也是伏爾泰自創的文體),寫作的動機則受到里斯本大地震的影響,書中結論明白揭示著「我們應該善加耕耘我們的花

園」,不要無知地妄想去想改變世界。伏爾泰在他的悲劇《伊蓮娜》(Irène)廣獲迴響之後,便以八十二歲高齡逝世於巴黎。綜觀這一個世紀,應由拉辛所代表的秩序和信念,與伏爾泰所預示信念的傾圮、偏狹言論的棄絕和當代焦慮的黎明等開始寫起。

盧梭(1712-78)和伏爾泰則是對比強烈的兩個人。伏爾泰有著貴族氣息,為人理性,謙恭有禮,充滿著上流社會的明朗與機智;盧梭則是一介布衣,易於激動,性情古怪,但以直覺的光輝著稱。盧梭出生在日內瓦的一個新教徒家庭,自小便是個孤兒。他年幼就開始學徒生涯,因不堪虐待而逃至杜林(Turin),並皈依天主教,之後浪跡瑞士和法國。他有一段時間住在享貝利(Chambéry)一帶,在《懺悔錄》(Confessions, 1765-70)裏,可見到他對此時期的許多回憶。後來他遷至巴黎,和伏爾泰一樣,與狄德羅合力《百科全書》計畫的撰寫與編纂,但旋即與狄氏一伙的哲學家們失和。盧梭在出版了幾部與信仰有關的自由思想著作後,為避免遭到當局的逮捕,祇得在英國、瑞士和法國之間輾轉流徙,1770年,他總算又回到巴黎。他一生對政治學理最大的貢獻,當屬《民約論》(The Social Contract, 1762),他在書中堅信人類唯有在「前社會」(pre-social)的自然狀態下,才能享有真正的幸福,也祇有聽憑個體朝向此普遍善意前進,人類方能重獲幸福。美國的民主政體、理想的共產主義與法西斯主義,皆可歸諸《民約論》這本深具影響力的書,就像「浪漫派思潮」乃得力於他的小說《愛彌兒》(Emile, 1762)一樣。1778年,罹患精神病的盧梭死於厄蒙農維爾(Ermenonville),遺體後來遷葬於巴黎的先賢祠(Panthéon),墓旁便是伏爾泰的墳塚。

狄德羅生於香檳省的朗格里鎮(Langres in Champagne),是個刀匠之子,他在巴黎唸書,之後擔任私人的家庭教師,並從事文字工作。他翻譯英國哲學家的著作,提供唯物主義的見解,也為當時的新劇院——「布爾喬亞」劇場(the drame

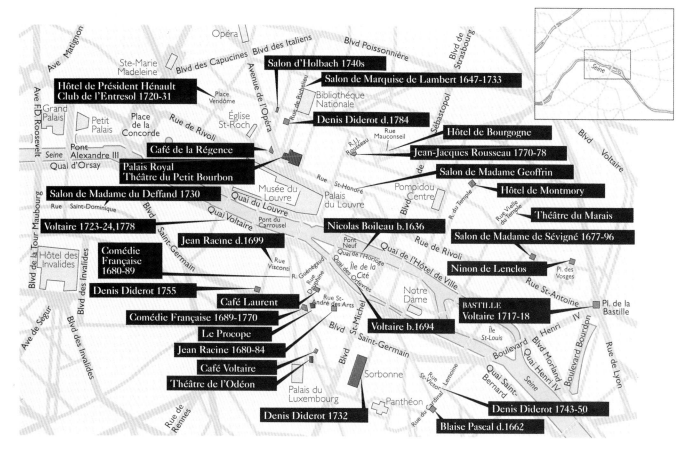

Opéra
Blvd des Italiens
Blvd Poissonnière
Blvd de Strasbourg
Ste-Marie Madeleine
Blvd des Capucines
Ave Matignon
Salon d'Holbach 1740s
Salon de Marquise de Lambert 1647-1733
Hôtel de Président Hénault Club de l'Entresol 1720-31
Place Vendôme
Bibliothéque Nationale
Avenue de l'Opéra
Grand Palais
Petit Palais
Place de la Concorde
Rue de Rivoli
Église St-Roch
Denis Diderot d.1784
Rue Mauconseil
Hôtel de Bourgogne
Blvd de Sébastopol
Ave F.D. Roosevelt
Seine
Pont Alexandre III
Quai d'Orsay
Café de la Régence
R.J.J. Rousseau
Jean-Jacques Rousseau 1770-78
Blvd Voltaire
Palais Royal Théâtre du Petit Bourbon
Rue St-Honoré
Salon de Madame Geoffrin
Hôtel de Montmory
Salon de Madame du Deffand 1730
Musée du Louvre
Quai du Louvre
Palais du Louvre
Pompidou Centre
R. du Temple
Rue Vielle du Temple
Théâtre du Marais
Rue Saint-Dominique
Blvd Saint-Germain
Pont du Carrousel
Nicolas Boileau b.1636
Rue de Rivoli
Salon de Madame de Sévigné 1677-96
Voltaire 1723-24, 1778
Quai Voltaire
Jean Racine d.1699
Pont Neuf
Quai de l'Horloge
Île de la Cité
Quai des Orfèvres
Quai de l'Hôtel de Ville
Ninon de Lenclos
Pl. des Vosges
Hôtel de la Tour Maubourg
Hôtel des Invalides
Comédie Française 1680-89
Rue Visconti
R. Guénégaud
Rue Dauphine
Notre Dame
Salon de Madame de Sévigné
Rue St-Antoine
BASTILLE Voltaire 1717-18
Pl. de la Bastille
Blvd des Invalides
Denis Diderot 1755
Café Laurent
Rue St-André des Arts
Voltaire b.1694
Île St-Louis
Ave de Ségur
Comédie Française 1689-1770
Le Procope
Blvd St-Michel
Blvd Saint-Germain
Boulevard Henri IV
Quai Henri IV
Rue de Lyon
Jean Racine 1680-84
Café Voltaire
Théâtre de l'Odéon
Sorbonne
Rue St-Victor
Quai Saint-Bernard
Seine
Boulevard Morland
Boulevard Bourdon
Palais du Luxembourg
Panthéon
Rue de Rennes
Denis Diderot 1732
Blaise Pascal d.1662
Rue du Cardinal Lemoine
Denis Diderot 1743-50
Seine

bourgeois）──寫劇本。他事業的高峰當屬和達勒伯（D'Alembert）從1746年起，所共同編纂的《百科全書》（Encyclopedia, 1751-76），那是法國當時最偉大的集體成就。起初他們祇想把英國錢伯斯（Ephriam Chambers）所著的《百科全書》（Cyclopedia, 1728）翻譯過來，在狄氏等人的增補下，該百科共有三十五卷，內容涵括當時的所有學問。但無可避免地，這部包羅萬象的百科全書也遇到了麻煩，1759年，當時的法王下令禁止本書的印行。儘管如此，這部作品宣揚了理性的人文主義、牛頓式的科學觀與新技術的發現，呈現出那個時代中，偉大思想家的智慧結晶。就在狄德羅的智慧與才情的醞釀下，啟蒙運動如火如荼地展開。狄氏的才情也表現在他的文學作品裏：《拉摩的姪兒》（Rameau's Nephew, 1761），是哲學家和食客之間的諷刺對話，還有斯特恩（Laurence Sterne）式的怪誕小說，《宿命論者雅克和他的主人》（Jacques le Fataliste, 1773）。狄德羅於1784年因中風病逝巴黎，他死前也打贏了因《百科全書》而引起的筆戰，臨終前留下一句千古名言：「哲學思考的第一步就是要有懷疑心。」他死後葬在聖羅契教堂。

這些啟蒙運動時代的法國哲學家，當時具有世界性的影響力。伏爾泰曾任職腓

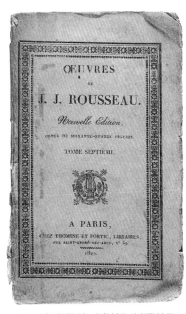

1822年印行的《盧梭》新版首頁。

啟蒙時代：對拉辛等劇作家而言，生活的重心都繞著巴黎的各家劇院打轉，至於百科全書派的學者，則是以沙龍為聚會中心。

特烈大帝宮廷，狄德羅亦在聖彼德堡被凱薩琳大帝（Catherine the Great）奉為上賓。此外，啟蒙運動還有其他方面的影響，拉克洛和薩德允為表徵。拉克洛（Choderlos de Laclos, 1741-1803）是來自亞民斯（Amiens）的職業軍官，他深信沒有大砲，就抵擋不住敵人雄厚武力的圍攻，並且將這樣的思惟用在《危險的交往》（Dangerous Liaisons, 1782）一書中，揭示兩性永無停止的鬥爭，成為誘惑藝術裏的諷刺鉅著。薩德（Marquis de Sade, 1740-1814），另一個出身巴黎的軍人，則是在其小說《賈斯汀或美德的厄運》（Justine, Or the Misfortunes of Virtue, 1791），將性的自由和純粹色慾的性虐待，解釋為一種無神宇宙中的倫理和信仰，藉此將啟蒙運動轉到另一個方向，這一點與法國大革命頗有異曲同工之處。拉克洛在「恐怖時期」（the Terror）被逮捕下獄，卻在投效拿破崙麾下時，戰死義大利。薩德在1814年死於查拉屯（Charenton）精神病院。彼時法國已無君主，浪漫主義也取代啟蒙運動。薩德的死可視為一個充滿好奇心、古怪而又乖張的人物，從舊時代中消失。

小說時代之旅

　　十八世紀伊始不過數年，小說已經在英國文學中建立了核心地位。從貝恩（Aphra Behn）《黑奴諾克》（*Oroonoko*, 1688），經過狄福的虛構小說，到斯特恩於逝世前一年（1768）完成九卷的「反小說」（anti-novel）——《項狄傳》（*The Life and Opinions of Tristram Shandy*, 1760-67）為止，小說可說是英國文學中，最具原創性也最為活躍的文類。主要的奠基者為貝恩、狄福、斯威夫特（Jonathan Swift）、理查遜（Samuel Richardson）、菲爾丁（Henry Fielding）、斯摩萊特（Tobias Smollett）和斯特恩。他們都從歐洲的小說前輩們，像是塞萬提斯和拉伯雷那裏，掌握了入門之鑰。而小說這種新興的文類，便是訴說著偉大的旅行和流浪漢的歷險。

貝恩（1640-89）生於肯特郡，或許有個筆名叫約翰遜（Johnson），她喜過冒險、刺激的生活。她先是在倫敦和一個荷蘭商人結婚，繼而在安特衛普（Antwerp）為查理二世（Charles II）從事諜報工作，也曾到蘇利南（Surinam）遊歷。她是一位相當自重的詩人、劇作家，也是諷刺倫敦的喜劇《城市女繼承人》（*The City Heiress*, 1682）的作者。然而，她最為人津津樂道的，當屬那本講述一個非洲的王室奴隸，被帶到蘇利南的小說——《黑奴諾克》。

　　在虛構小說的發展史上，女性扮演了主動而積極的角色——這一點並不令人驚訝，因為她們就是小說的主要讀者群。曾有一位美國紐約州州長的女兒，連諾克斯（Charlotte Lennox, 1720-1804），不辭勞苦來到英國拜貝恩為師，並於1752年發表《女唐吉訶德》（*The Female Quixote*）的歷險小說，試圖在英國發掘塞萬提斯的精神。貝恩和連諾克斯的作品，大抵皆是浪漫故事。然而，狄福（1660-1731）所用的小說素材，就比較質樸了。身為倫敦的一位肉販之子，狄福經常以商人身分出遊，而在成為作家和記者之前，他也可能在英國全境和歐洲充當間諜。咸信他寫的書大約有五百本，其中包括著名的三卷旅遊指南，《不列顛全島紀遊》（*Tour Through the Whole Island of Great Britain*, 1724-

順時針方向由左上依序為狄福、貝恩、斯特恩和斯摩萊特。他們在十八世紀裏創作歷險遊記，致力推廣小說這個文類，期望它能在文學創作中持續不輟。

26）。狄福會轉向小說寫作，其實並不意外，他在五年之內就發表了：《魯濱遜漂流記》（*Robinson Crusoe*, 1719）、《辛格爾頓船長》（*Captain Singleton*, 1720）、《傑克上校》（*Colonel Jack*, 1722）和《羅克薩娜》（*Roxana*, 1724）等四本小說，其中所顯現的，正是旅遊與冒險的精神。他也將倫敦的現實生活寫進小說，一如《摩爾·弗蘭德斯》（*The Fortunes and Misfortunes of the Famous Moll Flanders*, 1722），便是一個出生於紐蓋特（Newgate）的女人的虛構故事，她在首頁上寫著：「當了十二年妓女，結了五次婚……做賊十二年，因罪發配維吉尼亞六年，好不容易時來運轉，可以誠實過活，並在懺悔中死去。」但即使用這麼直率、逼真，甚至非常都會的故事，來述說「麻雀變鳳凰」的女性成功模式，仍免不了帶有美國殖民地的探險風味。

　　狄福最成功的作品，就是《魯濱遜漂流記》了，這是浪漫冒險的經典故事之一。故事是以真人實事，蘇格蘭水手塞爾科克（Alexander Selkirk），於1704年被放逐於璜·費南德茲島（Island of Juan Fernandez）為藍本。但魯濱遜的故事不祇是個浪漫的虛構小說；在以與世隔絕、審慎、奮力求生為背景的故事中，它也允為經典之作。連馬克斯（Karl Marx）也說這部小說是冒險犯難的絕佳範例；幾個世紀以來，它已經成為孩童最

左圖這幅在十八世紀《魯賓遜漂流記》書中的插畫中，魯濱遜在亞馬遜河口發生船難後，他漂流到荒島上，靠著人類的本能和「高貴野蠻人」星期五（Man Friday）的協助下，勉強活下來。

到，像是劇作家兼倫敦警察廳長菲爾丁的作品，便是一例。他承繼了當時以倫敦犯罪故事為主題的創作潮流，同時身為「偵查警探」（Bow Street Runners）的創辦人，菲爾丁可是這一方面的專家，他寫過《偉人強納森·魏爾德傳》（The History of Jonathan Wild the Great, 1743），講述一個惡名昭彰的罪犯在紐蓋特落網，而死在倫敦絞刑臺上的故事。不過，菲爾丁對虛構文學的最大貢獻，當屬《棄嬰湯姆·瓊斯的故事》（The History of Tom Johns, 1749），這是一部「喜劇史詩」，也是最富溫馨幽默與最棒的英國小說之一。全書裏有六個部分的背景是在鄉村，另外六個部分則發生在路旁的客棧，還有六個部分是在倫敦，所以，菲爾丁為我們精細地勾勒出那個時代英國的城鄉地貌。

很明顯地，十八世紀的人酷愛旅遊，原因不外乎公路品質有了大幅改善，人們對野外風景充滿浪漫新鮮的感覺，以及「歐洲豪華之旅」大受歡迎的關係。在這個寫作領域裏，沒有人能超出斯摩萊特（1721-71）的成就，他是個浪跡天涯的蘇格蘭人，以船醫的身分環遊世界，但最後他還是死於歐洲大陸。斯摩萊特翻譯過塞萬提斯的作品，難怪他的小說有著

喜歡閱讀的歷險小說之一。

斯威夫特（1667-1745），這位堅苦卓絕的愛爾蘭裔牧師，其《格列佛遊記》（Gulliver's Travels, 1726）當然不是寫來愉悅孩童的。故事裏的水手格列佛航向四個奇幻之境：「小人國」（Lilliput）、「大人國」（Brobdingnag）、「飛島國」（Laputa）和「賢馬國」（Houyhnhnms）。斯威夫特企圖用充滿異域色彩的幻想之地，嘲諷當時的社會和一般人的人性與哲學思維，當然還有殖民體制。但他過於偏好遊記故事的寫作時尚。他以當時最暢銷的書，丹皮爾船長的《世界新航記》（New Voyage Round the World, 1697）為其創作之本，也想挖苦那些描述盲目躁進的探險故事——但就是無法擊中要害。《格列佛遊記》的特色，就在於對幻似真的冒險與虛構的航海故事，表現出作者之熱愛。而這本書很快成為「上至王公貴族，下至黃髮小童」人手一本的讀物，不但如此，它還進一步影響兒童小說和最辛辣的諷刺文學，諸如後世的歐威爾（George Orwell）和赫胥黎（Aldous Huxley）的作品，可說皆受其感染。

在十八世紀裏，小說是和遊記結合的，許多早期的小說，無論作者是誰，經常都冠以「某某遊記」之名。但流浪漢的歷險故事形式，依舊能在許多地方看

流浪漢文體的遺緒。他的第一部小說，《羅德里克·蘭多姆的奇遇》（The Adventures of Roderick Random, 1748），為他所有的小說立下原型：被剝奪繼承權，尚未沾染人情世故的年輕人，隨性流浪，尋求致富之道。故事裏的主人翁在海上屢有奇遇，最後他前往南美，一心尋找失去聯繫的父親。《佩里格林·皮克爾的奇遇》（The Adventures of Peregrine Pickle, 1751），則是以嬉笑的語氣，諷刺當時流行的歐洲豪華之旅。《韓福瑞·克林格考察隊》（The Expedition of

左圖是畫家拉克漢（Arthur Rackham, 1867-1939）為1939年版的《格列佛遊記》所繪的插圖。圖中的小人國人民，身長祇有六吋高。

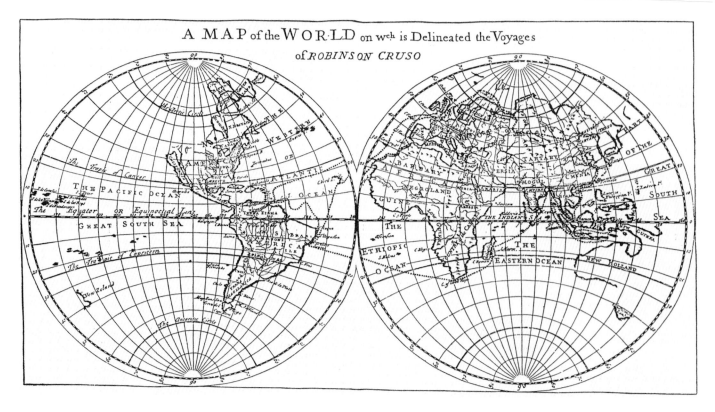

A MAP of the WORLD on wch is Delineated the Voyages of ROBINSON CRUSO

Humphry Clinker, 1771）的故事背景，大部分是在英國境內，書中生動地描繪許許多多的倫敦景物，例如：謝德樂井、雷尼勒花園和倫敦的河上生活等等。

在斯摩萊特的時代，小說在虛構故事史上，已發展出相當多的特色。有些小說，像是倫敦艦隊街的印刷業鉅子理查遜（1689-1761）所寫的小說——如《帕美勒》（*Pamela*, 1740）和《克拉麗莎》（*Clarissa*, 1747-8）——大抵為傷感遣懷之作，描述了家庭主婦的女主角，在家

以塞爾科克漂流海島的真實遭遇為背景，《魯濱遜漂流記》成為最膾炙人口的船難文學。上圖是狄福親自為小說所畫的世界地圖。

鄉本地或倫敦所做的種種性冒險。其他作家則認為小說的基本元素少不了旅行與冒險——橫越英國，進入歐洲，環遊世界，甚至進入種種的虛幻之境。城市和旅店、船舶和對外戰爭，都變成小說裏耳熟能詳的主題，也拓展當時人們無限的想像力。

小說成為受人歡迎的讀物不久，「反小說」就出現了，它的開山祖師是斯特恩（1713-68），他性情古怪，在約克夏（Yorkshire）的考克斯沃德擔任牧師之職。1760年，《項狄傳》前二卷問世了，這使得原本籍籍無聞的斯特恩牧師，突然間聲名大噪。他說他的小說是「荒誕不經」的故事，是個「有斷面」的作品。如果一般的小說都是從主角的出生講起，那麼他的小說便是由主角的（笨拙的）觀念開始。他故意讓他的小說變成

"Squire Western seizing Jones at Upton"

"Squire Western and his Lady Cousins in London"

湯姆·瓊斯的旅程圖：在小說《湯姆·瓊斯》（*The Adventures of Tom Jones*）裏，湯姆從薩默塞特（Somerset）出發，經過格洛斯特（Gloucester）到了多霧的倫敦，為尋找父親和查詢自己的本名，湯姆險些在倫敦被吊死。圖上各地是湯姆那危機處處的英國之旅的旅途路線，以及他所投宿的旅店。

一種拙劣的觀念。他把序放在中間,總有幾頁是空無一字,甚至是內容艱僻。身為一個小說作者,斯特恩經常強調故事的敘說或完結的不可能性,而他也言行一致,到死前還在書寫這已有九卷的作品,他辭世時便留給世人這部未竟之作。

斯特恩也是一位偉大的旅行家。他的著作後來衍生了一部令人著迷的作品,《感傷旅行》(*A Sentimental Journey Through France and Italy*, 1768)。本於他自己的親身遊歷,書中的敘事風格完全是他獨創的「約立克牧師體」(Parson Yorick)。就像當時的其他著作,《感傷旅行》也影響後世許多旅行家,而兼具寫物與時代觀念的「感傷旅行」,也成為普遍的寫作形式。稍後的美洲作家如歐文(Washington Irving),或是十九世紀英國的浪漫派詩人,都有廣泛的旅遊見聞,他們不但在旅次中隨身攜帶斯特恩的書,在作品中更可見到他的影響。以《項狄傳》而言,它還有其他方面的影響力:他對「實驗小說」(experimental novel)的整體創作觀,在二十世紀時,又重新被喬伊斯(James Joyce)和貝克特(Samuel Beckett)等作家所提起。

斯特恩於1768年告別人世,這意味英國的小說時代隨之進入尾聲。後來,小說也朝多方面發展。像是奧斯丁(Jane Austen)所擅長的喜劇小說,司各特(Sir Walter Scott)的歷史浪漫小說,華爾浦爾(Horace Walpole)、馬徒林(Charles Maturin)與雪莉(Mary Shelly)的哥德式小說,當時許多女性作家致力於

理查遜的《克拉麗沙》於1748年初版,共有七卷。左圖是1787年,倫敦哈里遜公司(Harrison and Co.)出版的卷首插圖。

感時傷懷的浪漫文學。儘管如此,滑稽的冒險小說和流浪漢的漫遊故事,仍在擁有勢力,例如在狄更斯(Charles Dickens)、薩克雷(William Thackeray)、特羅洛普(Anthony Trollope)、科林斯(Wilkie Collins)的作品中,仍可見其遺緒,他們筆下所寫不再是攔路大盜的世界與傷懷之旅,而是工業革命後的英國千變萬化的面貌。

這種始於英國,能滿足讀者對自己國家的景物與社會的新小說,和針對他們所居住的城鄉所勾勒出的風土地誌,以及迷人而又荒誕不經的世界,全都跨出海岸線了。無論是可能的與想像中的航海,皆成了小說中的基本素材。這種在小說與旅行之間的連結關係,或許仍持續著,而這種文學形式依舊以其奇特的人物、歷險故事與社會和地理上的全景,繼續保持迷人的風采。因此,小說的形式延續至今,便成為我們對社會風俗習慣與時代地貌的最佳圖索。

下圖為畫家兼雕刻家的賀家斯,為《項狄傳》卷首所作的插圖。

歷險遊記之發展……

1720	狄福的《聾啞卜人坎貝爾傳》 (*The Life and Adventures of Mr. Duncan Campbell*)
1742	菲爾丁的《約瑟夫·安德魯斯》 (*The Adventures of Joseph Andrews and his Friend Mr. Abraham Adams*)
1748	斯摩萊特的《藍登傳》 (*The Adventures of Roderick Random*)
1751	斯摩萊特的《皮克爾傳》 (*The Adventures of Peregrine Pickle*)
1752	蓮諾克斯的《女唐吉訶德》 (*The Adventures of Arabella*)
1762	斯摩萊特的《朗斯洛·格里弗斯爵士》 (*The Life and Adventures of Sir Launcelot Graves*)
1831	特雷勞尼(E. J. Trelawney)的《年輕兒子的冒險》 (*The Adventures of a Younger Son*)
1843-4	狄更斯的《馬丁·朱述爾維特》 (*The Life and Adventures of Martin Chuzzlewit*)
1861-2	薩克雷的《腓利普的冒險》 (*The Adventures of Philip*)
1871	梅瑞迪斯(George Meredith)的《里奇蒙的冒險故事》 (*The Adventures of Harry Richmond*)

十八世紀的倫敦

十八世紀的作家與英國首都倫敦的關係，有如一對夫妻一般：親密、有感情，但常常會有緊張的情況。約翰遜（Samuel Johnson, 1709-84）有個世人皆知的論調：「當一個人對倫敦厭倦時，他對生命也是如此。」住在書商、出版家與作者?集的艦隊街，並且創辦某個文學俱樂部——裏面盡是文采斐然的藝術家與作家，諸如畫家雷諾茲（Sir Joshua Reynolds）、小說家哥爾德斯密斯（Oliver Goldsmith）和政治家伯克（Edmund Burke）等人——約翰遜可說親身實踐了「奧古斯都」的文學觀，亦即從根本上來說，文學作為文明的精緻裝飾，便是城市所展現出的成果。

約翰遜的畫像，這是他創辦的文學俱樂部裏的成員，雷諾茲爵士的作品。

若無倫敦這個大都會裏的出版商與一流讀者的外在刺激，約翰遜能有驚人與博雅的文學成就——他所完成的不僅是具有開路先鋒意義的《英文辭典》（*A Dictionary of the English Language*, 1755），還有道德色彩濃厚的寓言《拉塞拉斯王子傳》（*Rasselas*, 1759），並且創辦兩本深具影響力的咖啡館雜誌，《漫步者》（*The Rambler*）與《悠閒者》（*The Idler*），以及兼具批判性與傳記研究的《詩人傳》（*The Lives of the Most Eminent English Poets*, 1779-81），遑論他嘔心瀝血所編纂的《莎士比亞集》了——恐怕是令人難以想像的。然而，他也寫了一本備受時人爭議的著作，那是他早年所寫的諷喻詩《倫敦》（*London*, 1738），其中透露出這個大城市衰退、破壞、犯罪與道德頹廢等令人毛骨悚然的景象。

約翰遜對倫敦的熱愛，當然容不下「偉大的城市必將嚴重的墮落」的論調。在他的詩裏，暗示著十八世紀對倫敦文學觀的種種曖昧情形：倫敦在1666年的大火後，進行大規模的重建，由設計新聖保羅大教堂的建築師雷恩（Christopher Wren）全權規劃。「艦隊街」也立刻由一條普通的街名搖身一變，成為對報館的一種隱喻。英王喬治時期的人們，為街道與特別的寫作形式之間，訂定另一種重要的關連。「窮文人街」（Grub Street）原本是位於摩爾菲爾茲（Moorfields）附近的一條巷子，就

在倫敦城牆北方——按照約翰遜的辭典所說，文人街是個「通俗史、辭典作者，與一時興起才寫詩的詩人的居所」。照他的說法，「窮文人街」當時已開始成為對印刷時代的寫作、期刊雜誌與咖啡館讀者間，所產生的糟粕之泛稱。因為那裏住著笨拙的粗工、惟利是圖的記者、抑鬱寡歡的二流詩人，與仿寫贗品的文人。這座大都市或許是文學的搖籃，但搖籃裏的嬰兒卻更像個怪物。

事實上，有些人認為那些人祇是會咆哮的瘋子罷了。摩爾菲爾茲僅是個從窮文人街裏丟出的石頭，它的位置是在貝斯林醫院（*Bethlem Hospital*，一般都叫它是瘋人院）這一區，有很長的一段時間，是英國僅有的一間精神病院。這其中的意涵很清楚：由住在窮文人街裏的人所寫出來的東西，是腦袋瘋狂下的產物。這種挖苦的聯繫，可說是相當傳神的；而喬治國王治下的倫敦，有許多文人就在瘋狂中結束一生。王政復辟時期（Restoration, 1660）的劇作家，李（Nathaniel Lee, 1649-92），就幽禁在瘋人院裏；卓越的宗教詩人，也受過約翰遜照顧的司馬特（Kit Smart, 1772-71），就一直被安頓在創辦於1751年的聖路加精神病院——祇要沿著貝斯林往下走去就能找到那裏。正如德萊登（John Dryden, 1633-1700）所警告的，偉大的智者與瘋子庶幾無異。

對窮文人街的汙名威脅到真實文學的恐懼，恐怕沒有人比得上蒲柏（Alexander Pope）那般激烈了，他雖是奧古斯都派詩人的祭酒，自己卻在倫敦的文學市場裏努力奮鬥。他寫了《群愚史詩》（*Dunciad*, 1743），宣稱群居於倫敦的文丑，會給文壇帶來瘟疫。此一惡毒的諷刺便

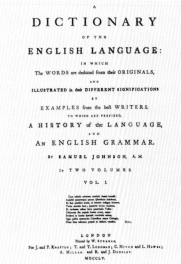

約翰遜博士於1755年刊印，且備受爭議的《英文辭典》的初版——圖左便是該書之首頁。

是對倫敦、精神病院與「偽文學」（pseudo-literature）中的一切關連，畫出明顯的界限。這本書在寫到城裏一群傻瓜──那些打油詩作家──排列成隊時達到高潮，而他們的作品展出當天正是安息日。蒲柏也期望

上圖是蒲柏在區根罕的家，對尋找兼顧易往倫敦與寧靜生活的人來說，那倒是符合所需的住處。

右圖是蒲柏的肖像，他是個信奉天主教的托利黨人，對過去的偉人與不朽的藝術，可說是心嚮往之。

羅克（John Roque）於**1748**年所繪製的倫敦地圖，鉅細靡遺地顯現十八世紀的倫敦。

透過畫家賀家斯（William Hogarth）的「懶散的學徒」（idle apprentice），使倫敦有所進步，因為那個學徒好吃懶做，開始犯罪，最後被吊死在倫敦的絞刑場（即現在的石拱門處）。

在他的田園詩〈溫莎森林〉（Windsor Forest, 1713）中，蒲柏暗示了和平、美與善確實都是鄉間的美德。然而除此之外，他並無意將自己的才華埋沒於田園之間──這一點使得他被王政復辟時期的智者和劇作家所嘲笑，他們笑他是沒有希望的鄉巴佬，像臭水溝中的死水一樣遲鈍。他不得不作妥協，於是在1718年搬到區根罕（Twickenham），因為他的朋友斯威夫特邀他到那裏小住。同樣地，生於史密斯菲爾德的賀家

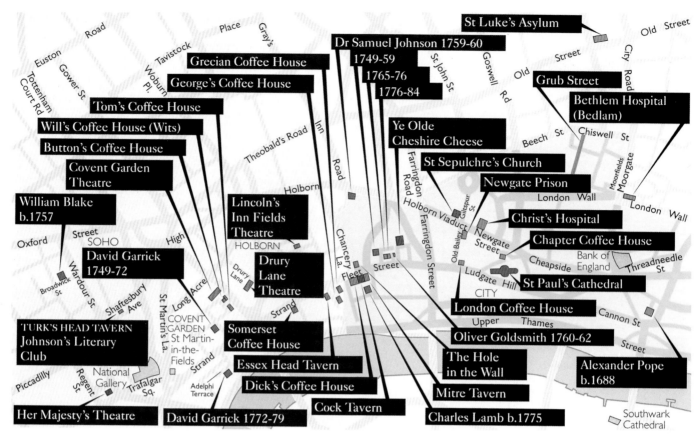

賀家斯對倫敦愛恨交加的感覺，與約翰遜一樣——上圖所畫的是啤酒街上的狂歡，與琴酒巷的齷齪景象。

十八世紀的倫敦：倫敦街上充斥著咖啡館（陰影所示的地區，為當時新建的聖保羅），約翰遜和他的友人都會相約至此，一同討論文學與政治。

斯，在倫敦度過大半輩子後，也選擇在奇斯威克（Chiswick）定居下來。

與倫敦生活有關的含混看法，充斥於十八世紀的文學作品。狄福便點出倫敦是個「畸形的城市」，說土克（Tucker）是「一個像怪物的地方……簡直跟粉瘤差不多」。這種將倫敦視為罹患疾病與寄生蟲的診斷，一直迴盪在十八世紀裏。在《亨佛利‧克林克》（Humphry Clinker, 1771）一書中，斯摩萊特（Tobias Smollett, 1721-71）勾勒出精細的倫敦風貌，他藉小說中的主角布蘭勃爾（Squire Matt Bramble）抱怨說：「這個英國首都變成過度發育的怪物，彷彿有著水腫似的腦袋，如果沒有繼續得到滋養與支持，就會掉下來，然後死去。」

像這種把倫敦視為病態的意象——無論是用身體還是心理的譬喻——藉著當它是個殘渣或道德上的下水道等想法，而有了加強的效果。倫敦城裏不管真的是否衛生，都成為這種比較的佐證。按照詩人柯珀（William Cowper, 1731-1800）的說法，當時的倫敦滿是「無所不在又極盡吵雜的陰溝／地上都是糟粕與汙泥」。他進一步地說，「上帝創造了英國，而人們締造了倫敦」。或許可以用他是喬治時期倫敦的另一個受害者，來解釋他這番沈痛批判。身為一位從赫特福郡（Hertfordshire）來的年輕律師、詩人與城市人，在1760年代時，他住的卻是小房間；他變得精神錯亂，也有了自殺的傾向——最後，他被禁閉在聖阿爾班（St. Alban）的瘋人院。

許多倫敦城裏被喚起的邪惡力量，應該受到一些壓制才對。他們部分是沈浸在傳統的「政治正確」的文學鄉愁裏。在奧古斯都文風下的倫敦，詩人努力去設想此一偉大傳統的風貌，因此，在柯珀這位城市詩人筆下，鄉村是美麗與高貴的，城市是道德淪喪與庸俗的。在一切講求「進步」的十八世紀，鄉村牧歌式、反中產階級與反庸俗的文學觀，有了無窮盡的發展。但在一切這種鄙視的表達中，我們總是找得到不偏不倚的作家，能將喬治時期的倫敦視為全新而偉大的雅典或羅馬，或者在倫敦極富生命力的現象之外，增添抒情的筆觸。

倫敦人在觀看蓋的喜劇故事《乞丐歌劇》（*The Beggar's Opera*）——這幅人物像乃出自雷諾茲的手筆。

一種期刊文學的文類在倫敦萌芽發展了——瓦爾德（Ned Ward）創辦了《倫敦偵查》（*The London Spy*, 1699），以平凡百姓的速寫、城裏的每日見聞等來娛樂讀者。劇院也在1660年的王政復辟之後興復起來，劇作的焦點亦放在城市劇上。倫敦的街道上又滿是劇院了，而且數量比以前還要多，大眾娛樂也日漸普遍。愛瑟雷吉（George Etherege）、威徹利（William Wycherley）、凡布爾（Sir John Vanburgh）、康格里夫（William Congreve）等人所寫的復辟時期的喜劇，就是要確立聖・詹姆斯（St. James）、嘉登（Covent Garden）與嘉登斯（Ranelagh Gardens）在舞臺上機智而荒謬的表現。城市生活被描述為步調快速、放任、機伶與淫蕩。「我患了一種倫敦病，他們稱之為愛，我厭倦我的丈夫，因為我是如此華麗。」這段話出自威徹利（1641-1715）的《鄉下女人》（*The Country Wife*, 1675）中，品曲威夫太太（Mrs. Pinchwife）之口。倫敦人喜歡狄福和菲爾丁的小說中，隨處可見的地理資料，也喜歡里羅（George Lillo）於1731年在德魯里巷（Drury Lane）劇院所製作的悲劇，《倫敦商人》（*The London Merchant*），這齣戲率先將倫敦的學徒與妓女，轉化為悲劇角色。

除了撰寫《乞丐歌劇》（*The Beggar's Opera*, 1728）外，蓋（John Gay, 1685-1732）也製作一部可說是當時的典範之作，《瑣事》（*Trivia*, 1717），用詩歌的方法來述說城市裏的徒步之旅，帶出具有警世意味的遊街者嘉登。因為在形式和用語上都算簡單，戲謔的部分也算溫和，所以它仍稱得上是對倫敦的謳歌：謳歌漫步街頭的喜悅，由於吸取了這種歡樂的氣氛，《瑣事》強化人們對這座城市的歸屬感。

到了十八世紀末，由於浪漫運動的興起，對城市的反感與對自然的嚮往之情便產生了。儘管如此，人們仍然愛著這

座大都市，最好的例子應為蘭姆（Charles Lamb, 1775-1834），他出生於皇家公所街（Crown Office Row），在基督慈幼醫院（Christ's Hospital）裏完成學業。他住在伊斯林頓與愛德蒙頓，靠著文書工作維持生計，並利用公餘時間寫文章。為了要親近當時浪漫運動的新詩人，倫敦成了他最早愛上的城市，對蘭姆來說，他的理由一如約翰遜，因為倫敦變化萬千，是一個永不讓人厭倦的地方。「我在倫敦消磨所有的時間，直到我和它產生強烈的依存關係，一如在登山者與沈靜的自然之間的關係。」他對住在湖區（Lake District）的華茲華斯兄妹（Dorothy and William Wordsworth）如此說道。

在浪漫運動的風潮之下，鄉村與城市之間的爭鬥進入新的階段，從布萊克（William Blake, 1757-1827）密切觀察倫敦而寫的作品中，可以見到這個城市種種的矛盾現象。他對倫敦社會殘忍、貪婪、競爭的作風，所導致的道德淪喪，大加撻伐。他把注意力拉向這種現象下的犧牲者：掃煙囪的人、街頭遊民、孤兒和乞丐。他責怪城裏為人父親者，未盡到教養之責。

布萊克對城市問題與它帶給人們「精神桎梏」的解決之道，並不師法浪漫主義者隱退山林，而是喚起與聖奧古斯丁（St. Augustine）相當的精神，在這地獄般的城市中，表達出神聖的一面，於是他眼中所見不再是「魔鬼之城」（civitas Diaboli），而是「上帝之城」（civitas Dei）。

倫敦向為某些作家所喜愛，當然也為另一些作家所憎恨。但不可忽視的事實是，在一個印刷與出版發達，報紙與雜誌盛行的年代中，閱讀風氣日盛，上劇院看戲也成了休閒、時髦的公開娛樂，在這種情況下，寫作不再同以往一樣，它變成一種職業、一種商業行為。無疑地，在十八世紀期間，文字工作這一行飯，已經是個道道地地屬於城市的職業了。

上圖是襪商之子布萊克的肖像，在當時的倫敦，他算是一位見解銳利的觀察者。

十八世紀的都柏林

在1171年之前，都柏林是由挪威人所統治的，當時最後一位首領阿斯庫夫（Asculf），被入侵的諾曼第人所擊敗；於是都柏林便由諾曼第人所管轄，到了1534年，最後一位「絲的湯瑪斯」（Silken Thomas）統治者，身上還流著諾曼第血統的基達爾（the Kildare Fitzgerald）──不再對亨利八世效忠，但第二年他就被擊敗，成為階下囚，後被處死；在1800年英國與愛爾蘭國會成立之前，都柏林都是英國人的城市。在這段時間內，都柏林城裏的乞丐、運煤工、清道夫與無一技之長的人，都信奉著愛爾蘭天主教，雖然在十八世紀末，統治者有時會以安全顧慮為由，在名義上排斥他們。但是到了十八世紀中期，天主教徒已佔都柏林十萬人口中的多數，儘管如此，就像那時某高等法院的判例所說，法律並不承認信奉羅馬天主教的愛爾蘭人的權利。

位於格林學院（Green College）的愛爾蘭國會，是由兩位議員──皮爾斯（Edward Lovell Pearce）與達伯斯（Arthur Dobbs）──於1728至1739年間所建造的，國會的成員摒除了天主教徒與長老教徒。儘管如此，安妮女王、喬治一世、喬治二世與喬治三世時，愛爾蘭王國的英國政府官員，卻認為所有在愛爾蘭出生的人，都有叛變的危險，於是教會與政府裏的職位祇能由英國人來擔任，因為他們無論是否到過愛爾蘭，都會忠於他們的薪水。

因此，我們十八世紀的文學地圖就從都柏林城堡開始吧，政府的所在地就在立菲河（the Liffey）的南岸。一直到了喬治三世的統治時，歷任總督的任期都祇有短短幾個月，就連負責打點受賄與安全事宜的機要祕書也一樣。然而，追隨卜居愛爾蘭，著有《仙后》（The Fairie Quenne, 1596-99）的英國詩人斯賓塞（Edmund Spenser）這位前賢的傳統，艾迪生（Joseph Addison, 1672-1719）在1708至10年任職都柏林機要祕書期間，開始以英國一代的評論家之身，發表不朽之作。艾迪生與他在牛津的朋友，也是劇作家的斯梯爾（Richard Steele），同為期刊《閒談者》（The Tatler）的主要執筆人。艾迪生在1715年重返都柏林，並且和斯梯爾繼續合作更有名氣、更受歡迎的刊物《旁觀者》（The Spectator）。

艾迪生最初是在擔任湯瑪士總督（the Viceroy Thomas）的瓦爾頓伯爵（Earl of Wharton）底下做事，伯爵是個性兇殘的輝

位於費宣伯街（Fishamble Street）的「新音樂廳」（上圖），是韓德爾《彌賽亞》於1742年4月12日的首演之地。

格黨人（Whig，一譯「民權黨」），也是斯威夫特筆下那個「是我知道的惡棍中，最可惡的一個」；艾迪生在倫敦的文友協助下，密謀顛覆伯爵的政權。在都柏林與倫敦的文學往返上，可說是經常的與雙向的。迄至1745年，在總督的轄區裏，若無文學之光，便是一片黑暗，當時的總督是史坦賀普（Philip Dormer Stanhope），切斯特菲爾德伯爵（Earl of Chesterfield, 1694-1773），這位總督以他寫給私生子談論有關禮儀，幾乎每日一封的優雅書信而名噪一時，他也成功地化解雅各賓黨（Jacobite，詹姆士二世的擁護者）深具威脅的反叛。史坦賀普於1745年即總督之位，斯威夫特恰好於是年去世，而後者的文名，讓所有埋骨於聖帕特里克大教堂（St. Patrick's Cathedral）的人都相形失色。在他死後，他的捐助依舊照耀著聖帕特里克醫院──「他捐出些許財富／為了使愚者和瘋子有棲身之所／以顯示世人的荒謬／沒有任何國家希望這樣做」。1667年11月30日，斯威夫特生於都柏林的何伊庭（Hoey's Court，此地已不存在）七號，後來他如同康格雷夫，到基爾肯尼（Kilkenny）文法學校讀書。身為一位新教牧師，他對成為英國主教一事寄予厚望。然而事與願違，他竟被指派到聖帕特里克教區擔任主牧，斯威夫特在那裏一待就是三十二年，並且針對許多愛爾蘭的與教會的問題，寫了相當多的諷刺文章。他的遺骸現在還葬在聖帕特里克教堂，墓旁就是他心愛的史黛拉（Stella）。

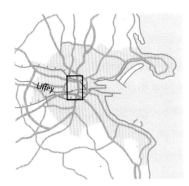

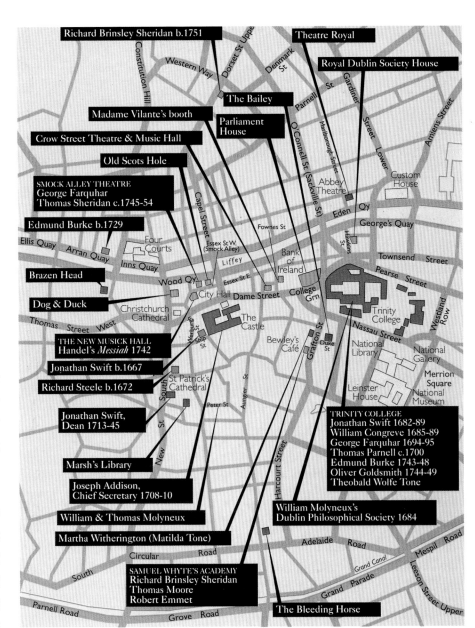

十八世紀的都柏林：1757年的「街道拓寬令」使得都柏林無論是外觀或規模，都是大英帝國的第二大城。在「夫人街」（Dame Street）上，依據此令在愛爾蘭國會與城堡區之間，建造了一條寬廣的道路。

斯威夫特算得上是位愛爾蘭作家。愛爾蘭的宮廷和國會，讓他原本對安妮女王治下的「偉大」倫敦，種種阿諛、背叛、假公濟私、俗不可耐等記憶，全都有了新意。在1720年代中期，他風靡一時的《格列佛遊記》（1726）中的小人國，其中的辛辣諷刺，無不切中時弊。當都柏林的人口由1690年的六萬人增加到1800年的二十萬人之時，愛爾蘭的乞丐數目也隨之增加，有如大人國裏身體變大，相貌可怕的行乞者。愛爾蘭的科學與學術性的探討，像是威廉與湯瑪士（William and Thomas Molyneux of Peter Street）就曾對斯威夫特筆下的「飛島」，是否嘲弄了倫敦皇家學會（Royal Society），而展開辯論，這個學會在都柏林也有個分身，就是創立於1684年的「哲學學會」（Philosophical Society），該學會於1733年重建，並在1820年更名為「皇家都柏林學會」（Royalty Dublin Society），今天該學會的地址是在伯爾斯布里基（Ballsbridge），仍在學術方面大放異彩（就像都柏林的其他學術機構一樣，儘管沒有可效忠的皇室，依舊以「皇家」為名）。存在於信奉天主教，但社會階層較低的蓋爾人、英國新教徒統治階層，和被統治的愛爾蘭新教徒之間的問題，正是《格列佛遊記》中，野蠻人（the Yahoos）、賢馬與格列佛自己，三者之間的問題本質——儘管這祇是諸多意義當中的一個。斯威夫特寫下格列佛的靈感，來自愛爾蘭籍的僕人；在《格列佛遊記》的最早版本裏，他用蓋爾文（Gaelic）寫作，這使得本書充滿小人國般的幻想奇遇，甚至他們還想與人類交合呢（然而，格列

佛為了自己的利益，語氣含混地拒絕了）。

用愛爾蘭文寫作的詩人，仍然在斯威夫特當時的都柏林裏筆耕不輟。作品最豐的是都柏林蓋爾詩人尼區坦（Sean O Neachtain，即內維爾〔John Neville〕），其言行儼然是詹姆士黨人的發言人。尼區坦最膾炙人口的代表作，便是富有浪漫主義色彩的*Rachainn Fo'n gCoill Leat*，在這首詩裏，詩人允諾帶著女性讀者，欣賞一個由鳥兒演奏樂器的管絃樂團。他活到1742年，而他那些「披著羽毛」的朋友，或許會發現自己的對手，就是在「新音樂廳」（New Musick Hall）裏由韓德爾（Handel）指揮，在《彌賽亞》（*Messiah*）首演中擔綱演出的聖帕特里克與基督教堂合唱團。

迄今在都柏林艾塞克斯（Essex）橋一帶的城堡區，猶可見到名噪一時的斯摩克巷劇院（Smock Alley Theatre）。十七世紀末，法夸爾（George Farquhar, 1678-1707）在移居倫敦之前，就是在這裏演出的，但他在倫敦時，儘管觀眾對他的新戲《花花

公子的計謀》（ *The Beaux's Stratagem*, 1707）為之著迷不已，但他卻在貧困中病死。薛里登（Thomas Sheridan）是十八世紀中期極為出色的演員，他可能以英語權威的身分去過倫敦，也曾預期日後會有另一位都柏林的新教徒用英語規勸世人，他指的便是蕭伯納（Bernard Shaw）所寫的《皮格馬利翁》（ *Pygmalion*）。我們無從得知他對語言的正確感，是否會延伸到在說Dorset Street時，將重音放在第二音節上，一如都柏林人習慣的發音，但是他的兒子理查（Richard Brinsley），確實是在朵塞街十二號出生的。理查在七

依順時針方向，從左上依序為斯威夫特、斯梯爾、哥爾德斯密斯與伯克，這些作家都在都柏林留下他們的行蹤。

歲時拜入懷特（Samuel Whyte）門下，那是在他隨家人搬到倫敦之前的事，然而他對愛爾蘭仍留有些許記憶，這可以從他在《競爭者》（ *The Rivals*, 1775）一劇中，讓瑪拉普羅太太講出愛爾蘭語得到印證；瑪拉普羅太太是一個社會在兩種語言過渡下的自然結果。

　　無論是多麼滔滔雄辯的演說術，都可視為一種文學形式，當斯威夫特說出：「告訴我們這累積起來的東西裏有些甚麼／有些人的頭顱裏是沒有腦袋的」，以完整證明這種講法時，格林學院的國會也和斯摩克巷一樣，成為著名的娛樂與高水準戲劇的演出場所。動人的愛國演說，在語言上挑戰著懷特豪爾（Whitehall）暴政，他們欣羨的是古羅馬的西塞羅（Cicero）和古希臘的德謨斯丹斯（Demosthenes）這兩位雄辯家，祇要政府一日不給人民必要的工作機會，這些愛國份子就會不時集結起來諷刺時政。追求立法權獨立的奮鬥過程，或許祇有一個結果，也就是在1782年之後，在懷特豪爾這裏，官員被迫在收賄上不敢膽大妄為，而欺壓百姓的情事也收斂多了。庫蘭（John Philpot Curran）與葛雷坦（Henry Grattan）的識見，卻遠在同輩之上，他們主張天主教徒與新教徒一樣，都是英國的子民（畢竟他們都臣服於英國）。在倫敦，葛雷坦可能發現自己在智力上，還不如一個在格林學院研究過辯論術，而且成績優異的愛爾蘭人，但那個人祇能屈身於西敏寺（Westminster）的國會裏，他就是伯克（Edmund Burke, 1729-97）。很能反映英國的國家狀態的伯克，出生於艾蘭碼頭（Arran Quay）十二號，

他的父親是新教徒，而母親卻是天主教徒。他在都柏林的生活，人們僅知他在1740年代於三一學院（Trinity College）讀書，他在學校裏寫了一篇頗有艾迪生風格的文章〈改革者〉（The Reformer），也創辦了一個歷史學會。跟同時期著有喜劇《屈從於征服下》（She Stoops to Conquer, 1773），並和他一起塑像在母校之前的劇作家哥爾德斯密斯（1730-74）相比，伯克算是比較用功的學生。伯克的詩〈報復〉（Retaliation）就相當精細地刻畫出他的形象，諷刺的是，他寫這首詩是將它當成一篇嘲弄的墓誌銘，但不幸地，在二十年之後，他才撒手人寰。

　　伯克所受的教育不是英國所能給他的，但這所由伊莉莎白一世於1592年時創辦的學院，自1707年後，就失去在追求知識上的活力，那是因為哲學家伯克萊（George Berkeley, 1685-1753）當時寫了《視覺新論》（*Essay Towards a New Theory of Vision, Treatise Concerning Human Knowledge and Dialogues between Hylas and Philonous*）之故。伯克萊看到有著二百零九呎長「長房」（Long Room）的詹姆士學院圖書館的建築，裏面典藏著凱爾斯之書（the Book of Kells）。這間學院於1750年代落成的哥林斯館（Corinthian）正面，就向著莊嚴的國會大廈；迄今它仍然座落在那裏，祇不過在國會大廈的舊址上換成了愛爾蘭銀行。威廉三世的大塑像不見了，但都柏林還是無意中於拿梭街（Nassau Street）紀念這位橘—拿梭（Orange-Nassau, 1756）王子。

　　與拿梭街垂直相交的，是葛雷福頓街（Grafton Street），1785年時，陶恩（Theobald Wolfe Tone）就是在這裏看見威瑟靈頓（Martha Witherington）倚坐在六十八號窗前。他很快就喚她瑪悌達（Matilda），並且和她在道森街（Dawson Street）上的聖安妮教堂結婚，並且領她進入他駭人的冒險裏，在這個冒險過程中，有流放，有下獄，還有自殺。瑪悌達和她的兒子離開傷心地，祇為了出版陶恩的自傳，這本自傳裏有著他迷人、邪惡的機智，也有他敏銳的觀察，跟現在熱中於意識形態的作家的隱晦作品相比，這些特點都更能擄獲讀者的心。

十八世紀的愛丁堡與蘇格蘭

十八世紀的蘇格蘭不得不面對無情的分化：住在「高地」的蓋爾人（Gaelic）挑戰「低地」的新教徒，這樣的分化可以視為口述的傳統，對抗著書立說的啟蒙運動，或者是鄉村對抗城市。斯蒂文森（Robert Louis Stevenson）的小說《綁架》（Kidnapped, 1886）——住在高地的雅各賓黨天主教徒勃雷克（Allan Breck），如何對抗低地的輝格黨新教徒巴爾弗（David Balfour）——將這種衝突情節描述得淋漓盡致。斯蒂文森形容景物的華麗辭藻，讓他所處的十九世紀蘇格蘭高地與十八世紀約略的風貌，在當今讀者的眼中，頓時鮮活起來，因為它們如今都不存在了。

當我們仔細讀著斯蒂文森筆下的「新城」（New Town），其整潔的市容與地位備受崇敬的住民時，十八世紀的世界彷彿變得更加生動。勃雷克的世界之消亡，便可說明一切。新城裏秩序井然的街道，乃是十八世紀中葉時，由共濟會會員（Freemason）所規劃，當時的愛丁堡決意朝進步與文明的未來邁進，追求理性與可證的事物。在那個年代中，古老的諾爾湖（Nor'Loch）湖水被抽乾了，其上的橋樑全數拆毀，掉到底下原本為河床，但已是令人歡為觀止的土墩上，似乎有緩刑的意味。而他也讓這些上了鐐銬的愛丁堡市民免於火刑之災。

上圖是十八世紀的版畫，刻畫的是與司各特小說同名的米德羅西恩的心臟地帶。

即使現在看來，那也不是甚麼容易的事。斯蒂文森當時的愛丁堡，在人口數上，已經被對手城市格拉斯哥趕過了（在1790年代，愛丁堡的人口猶是格拉斯哥的兩倍，而這兩個城市的男女比例都是6:5）。到了十九世紀，愛丁堡的人口數增加了，但這股懷鄉的返鄉潮，卻是啟蒙年代中為官方所抵制的。如今看來，十八世紀的愛丁堡，看起來比當時的各個城市更像是文學之都。當時它在科學、教育、醫學與哲學等領域裏的成績，都是首屈一指的。我們站在聖吉爾斯大教堂（St. Giles's Cathedral）前，看到米德羅西恩（Midlothian，蘇格蘭東南部一郡）的心臟地帶，就能從司各特（1771-1832）的《米德羅西恩的監獄》（The Heart of Midlothian, 1818）裏，知道故事就發生在這所石頭砌成的監獄中。這個故事的源頭是1736年時，戴著鐐銬的暴民抓住民防團的行刑官，把他帶到「草市」（Grassmarket）準備當眾處決。儘管這位行刑官已被判處有罪，但市民官卻將行刑

日期往後延展。

那個時期的愛丁堡還是舊城。新城裏肯定不會有像刑場（Porteus Pend）這樣的場景。然而，那不僅是一個新城的故事。司各特不僅是個新城的孩子，他所有的愛全都在建立高貴的社會上。司各特的出生地靠近「牛門」（Cowgate），是在喬治廣場二十五號長大，他從舊城人那裏聽到斯圖亞特（Charles Stuart）如何統治這個城市——就像他在《威弗利》（Waverley, 1814）裏所寫的——他抗拒自己在國會廣場附近當法律見習生的生活，而一心想鑽研民俗學，這種分裂狀態決定了他在1824年所寫的小說《紅手套》（Redgauntlet）的本質。

在司各特的小說、詩與採集到的歌謠中，他尋求從湮沒的故紙裏，整理出過去的社會史方法，那是他的老師，也是以科學史觀研究蘇格蘭啟蒙運動史的先驅，羅伯森院長（Principal William Robertson）所著重的。羅伯森對科學的運用方式，有著真正的信念，他要在「歷史的尊嚴」下呈現史實。身為蘇格蘭教會的牧師，羅伯森呼籲社會要以寬容的心對待天主教徒，但這樣的主張卻換得住家慘遭暴民搗毀的下場。他知道身為一個高地人後裔會有甚麼樣的情感，然而他還是在蘇格蘭、歐洲與美洲史的研究裏，尋求正確而客觀的立場。相較於友人休謨（David Hume, 1711-76）在《英國史》（History of England, 1754-61）裏，所展現的曖昧的保皇黨（Tory，又譯「托利黨」）觀點，羅伯森在史學技巧上，可說是高明太多了。

創建於1583年的愛丁堡大學拒絕給予休謨教席，為了補

償他們當時犯的錯誤，現在在喬治廣場裏還建了一個形狀醜陋的高塔。但對休謨來說，在國會廣場擔任圖書館館長，卻是如魚得水的工作，他死前住在新城最繁華的西南一隅——聖安德魯（St. Andrew），就在「大衛街」（David Street）的盡頭，休謨說服市政當局採用這個街名，隱隱有表彰自己和讓他痛失教職的懷疑論的意味。1778年，布洛瀚（Henry Brougham）在聖安德魯廣場的家中出生，那裏的文化環境造就他成為十九世紀英國最富文學氣息，也是最勉強上任的總理大臣。布洛瀚是1802年創辦的《愛丁堡評論》（*Edingburgh Review*）的發起人（或是他稍早所認為的贊助者）之一，而他辛辣的文筆，也的確讓這份季刊獲得社會大眾的喜愛與咒罵。由於他不顧情面，痛貶拜倫（Byron）的第一部詩集，使得這位詩人寫下充滿斥罵聲的《英國詩人和蘇格蘭評論家》（*English Bards and Scotch Reviewer, 1809*）。

1829年之前，《愛丁堡評論》的編輯一職一直是由傑佛瑞（Francis Jeffery, 1773-1850）所擔任，他的辦公地點就在他位於巴羅奇地（Buccleuch Place）十八號的家中。他的能力推動了底下一批優秀的人才，包括史密斯（Sydney Smith）、麥考萊（Thomas Macaulay）與卡萊爾（Thomas Carlyle），帶動十九世紀英國文學的批判主義風潮。愛丁堡在英國的啟蒙運動佔有一席之地，是個由來已久的傳統。一位影響更加深遠的先驅者史摩力（William Smellie, 1740-95），於1771年出版了三卷本的《大英百科全書》（*Encyclopedia Britannica*），可以說是狄德羅與法國百科全書派學者的前例，燃起他的熱情。《大英百科全書》的第二版（1777-84），是在泰特勒（James Tytler）的主持下完成的，這位編輯最為人稱道的事，就是在研究相關文章的同時，也成為英國第一位搭乘熱氣球飛行的人。但若要說泰特勒成為後世學者的典範，那麼，史摩力也應該記上一筆才

彭斯本人有一連串的愛情故事，他將許多與他相戀的愛人寫入詩中。在上面這幅畫裏，站在他身旁的是瑪麗（Highland Mary）是他〈給天堂的瑪麗〉一詩中的主角。

在搬到阿伯司弗德（Abbotsford）之前，司各特的《威弗利》大部分是在城堡街三十九號寫成的。

對。因為他在1787年時，為蘇格蘭詩人彭斯（Robert Burns）出版愛丁堡版本的詩集，詩集一共賣了三千本，但版權與所得利潤卻被出版商克里奇（William Creech）一個人拿走。雖然彭斯在當地住了一段時間，但這位將蘇格蘭語與個人的農事體驗入詩，而在英國詩壇有著革命性影響的詩人，似乎無法適應愛丁堡的各個學會團體。蘇格蘭艾爾郡（Ayrshire）的阿洛韋鎮（Alloway），給予他寫詩的素材，也是他質樸的智慧和博愛的來源，而他在神學上的諷刺作品則顯現在〈威利長老的祈禱〉（Holy Willie's Prayer）與帶著戲謔恐怖的〈湯姆‧奧桑特〉（Tam O'Shanter, 1790）上。

儘管如此，彭斯寫詩的技巧多少得歸功於詩人費爾古森（Robert Fergusson, 1750-74）。費爾古森英年早逝，縱使他在《奧爾德‧里基》（*Auld Reekie*, 1773）表現出愛國情操，作品也鮮活地反映當時愛丁堡的景況，但他死前才華依舊埋沒在愛丁堡瘋人院裏（舊址現為一家劇院）。彭斯特別在費爾古森的墓旁立了個紀念碑。愛丁堡這個地方讓彭斯有了太多自覺，他覺得自己過於用英文寫作，他的創意消退了。他與麥蕾荷絲夫人（Mrs. Agnes McLehose）之間，那段無法實現的愛的二重奏，便縈繞「在溫柔的親吻後，我們便分手了」的結局裏，一如他和艾摩兒（Jean Armour）的婚姻一般。

彭斯反映了處於身為質樸的蘇格蘭人，與英國優美的文學之間的雙重壓力，而後者一直對蘭塞（Allan Ramsay, 1685-1758）早年的創作形成困擾，包括了他在1725年時所寫的劇本《儒雅的牧者》（*The Gentle Shepherd*）。雖然稍後有些作家——司各特也在其中——把蘇格蘭語當成他們的母語，但他們還是用英文寫作，他們心知肚明，要是他們的蘇格蘭語法讓南方的英國人難以接受的話，就會失去主要的文學市場。司各特在《紅手套》中〈漫遊者威利的故事〉（Wandering Willie's Tale），就展現了他在方言上的功力。

十八世紀時，蓋爾語是蘇格蘭高地上通用的語言，而愛丁堡也有為數眾多操著蓋爾語的工人。1766至1793年，麥—康—特—薩歐伊（Donnchadh Ban Mac-an-t-Saoir，即一般人所知的麥辛泰爾[White Duncan Macintyre], 1724-1815），不折不扣就是費爾古森所說的「黑色匪徒與城市守衛者」的一份子，這群人包括了

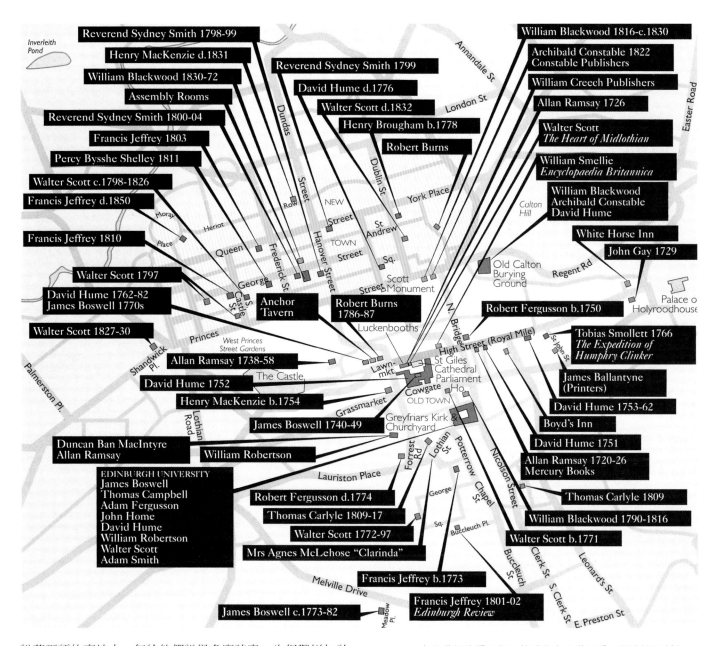

十八世紀的愛丁堡：舊城是十八世紀愛丁堡的樞紐所在。

說蓋爾語的高地人，無論他們說得多麼詩意，也很難增加社會大眾對他們的信任。麥—康—特—薩歐伊的詩在1768年於愛丁堡付梓。身為坎貝爾家族（the Campbells）裏的一位吟遊詩人，他跟隨他們加入1745年援助漢諾威人（the Hanoverian）的戰役，但他的作品卻反映支持戰勝者的緊張，因為他們的勝利要以蓋爾人的文化為代價。受他影響最深的，當屬艾拉斯泰爾（Alastair Mac Mhaighstir Alastair，有時他又叫做Alexander Macdonald, 1695-1770）。艾拉斯泰爾曾任斯圖亞特軍隊的指揮官，也是雅各賓黨裏女英雄麥克唐納（Flora Macdonald）的堂兄。艾拉斯泰爾的詩集，《古蘇格蘭語的復興》（The Resurrection of the Ancient Scottish Tongue, 1751），就是第一本以蓋爾文印刷的非宗教性作品。

這些在蓋爾人世界裏的緊張關係是潛在的，特別是對蘇格蘭文學的影響上。對歐洲與美洲浪漫主義有著極大影響的，就是1762年發表的《歐西恩》（Ossian），這個古怪作品的

作者，就是大學者麥克菲森（James Macpherson），他根據既存的傳統、殘缺不全的手稿與口述的證據，寫成這一本文詞優美的古蓋爾神話集。但約翰遜博士卻說這本書是捏造的，是剽竊愛爾蘭學者的著作：充其量祇能算是一本鄙陋的玄遠之作，裏頭有著蓋爾人的心理情結，想為在啟蒙運動中，居於弱勢的文化扳回顏面。

如果蘇格蘭的高地人不具威脅性，那麼低地人與盎格魯人的批評家，或許還能接受他們和這段過去。透過麥克菲森的史詩，而能瞭解更多真正歷史文獻的蘇格蘭人，會有和他在1817年寫下的《羅伯·羅伊》（Rob Roy）相同的看法，在這本書裏，他藉著迷人的賈維（Bailie Nichol Jarvie）之口，以改進之名，希望想辦法檢驗將婁蒙湖（Loch Lomond，蘇格蘭第一大湖，譯註）的湖水排乾的可能性。

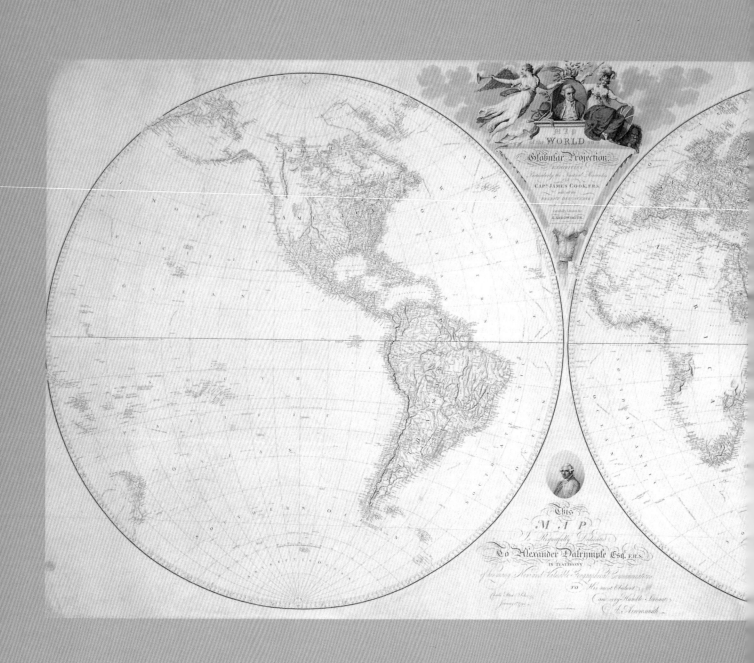

第三部

浪漫主義

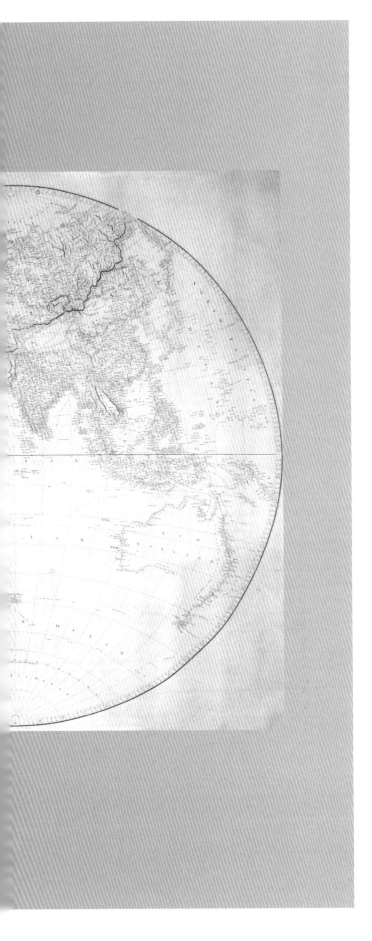

十八世紀是在接二連三的革命事件中落幕的，首先上場的是美國獨立革命（1776-83），其次是法國大革命（1789-99），接著是工業革命，尤以蒸汽機的發明為其表徵，再來就是在文學、思想與感性諸領域的浪漫主義革命。浪漫主義式的感性與旅行有關，在十八世紀結束時，似乎整個世界地圖都已清楚完備了。浪漫主義革命本身與其他思潮截然不同，它側重於創造性的想像力、感覺、自然的力量、如畫的風景、異國事物，還有本國與他國（甚至包括南北極區）史地上的迷人之處。對浪漫主義的定義，可說眾說紛紜，其中還有衝突扞格的見解，儘管如此，卻沒有人懷疑這種在感性上興起的變革，可以橫掃十九世紀初的各個藝術範疇。人們用新且不同的方法認識世界與自然，這種新的精神釋放出詩的能量與充滿想像力的戲劇，正如英國詩人雪萊（Shelley）所言，詩人成了人類「不被承認的立法者」（unacknowledged legislator）。浪漫主義的精神為變化中的世界，重新繪成地圖。它發現感性中許多非常不同的部分——在自然、在群山、在大河、在湖泊，在各國的民俗與民族精神中，在培育感性的旅行本身上，也在時空的幻想旅程裏⋯⋯

亞勒斯密斯（Aaron Arrowsmith）根據庫克船長（Captain Cook）三次的航海大發現，於1794年所繪製的世界地圖，澄清許多地理上的迷思，也將許多想像中的島嶼，自世界的幾個大洋中移除（儘管它們有些還存在於文學作品中）。

浪漫時期的湖區

　　光是華茲華斯（William Wordsworth, 1770-1850）一人，就足以保證「湖區」（the Lake District）這個地方，可以成為本書的一個重點了。華茲華斯是英國繼莎士比亞、彌爾頓（John Milton）之後的第三位大詩人，他生於湖區、長於湖區，也在那裏受教育。他不停地漫步於溪谷、河流之間，大半生都在那裏渡過，也寫了許多與湖區有關的偉大詩篇。許多文學俊彥皆慕其名前往拜訪，像是柯立芝（Samuel Taylor Coleridge）為了親近他，便舉家北遷。德・昆西（Thomas de Quincey）起先對他執弟子禮，最後連後半輩子也待在那裏。濟慈（John Keats）與狄更斯也和其他作家一樣，祇因想見他一面，並寫出值得留念的文章，就獨自前往湖區。還有他的妹妹多蘿西（Dorothy），簡直就是華茲華斯的眼目，她讓他感受到謙遜的關懷與微妙的恐懼，她留給世人一本《日記》（Journals），其中絕大部分談的都是與她哥哥有關的事。

先從讓華茲華斯心醉不已的湖區說起。湖區四周有許多高山，別的山嶺與溪谷在其間呈放射狀分佈。直到二十世紀，從甚具天分與說故事才能的波特（Beatrix Potter），到尼克爾森（Norman Nicholson）充滿地方風景的詩文，以及威恩萊特（A. W. Wainwright）圖文並茂的祈禱書，都還深受他的影響。

　　在十八世紀中葉時，由於科學、工業與哲學方面的理由，歐洲知識份子的感性面有了重大的拓展：對於地理景觀的研究成了興趣，甚至是熱情所投注的目標。而湖區更是其中的核心所在。生於湖區北邊的道爾頓（John Dalton, 1709-63），是個書香世家的子弟，其家族對啟蒙時代的知識，有著廣泛的研究。他在1755年寫的〈兩位年輕女子回程途中所見〉（Descriptive Poem Addressed to Two Young Ladies at their Return from Viewing the Mines near Whitehaven），是最早對湖區景觀之美的歡喜之作，他是這麼寫著：「恐懼帶來最初的驚慌／但倏忽就被原始的偉大所吸引／心中最高貴的思想油然而生……／我在驚歎與歡喜中凝望／是快樂，但又有些許敬畏……」

　　後世許多偉大的作家或許可以在這首詩裏，發現或探索這個地方。對自然親密的沈思──在「恐懼」、「驚慌」與「高貴的思想」裏浮現的連結，以及敬畏與快樂之間的關連──可以讓心靈受教。另一位來自威頓（Wigton，也是我的家鄉）的當地作家，布朗博士（Dr. John Brown），在1767年出版了《喀

上圖為吉莉絲（Margaret Gillies）所畫的華茲華斯兄妹，當中的多蘿西是她兄長不可缺少的得力助手。

斯威克的湖泊與溪谷》（A Description of the Lakes and Vale of Keswick）。在許多令人屏氣凝神的細節描述之後，他寫下這麼一段話：「喀斯威克的完美來自三個條件：美、恐懼與無邊的統一。」

　　道爾頓和布朗的文字，的確讓到此地一遊的作家，像是格雷（Thomas Gray）、楊（Arthur Young）、威斯特神父（Father Thomas West）、吉爾平（Gilpin）與胡金森（Hutchinson）等人深感興趣。到了1780年代晚期，湖區被一些大膽的中產階級人士與有浪漫主義色彩的年輕人所發現。英法之間長年的戰爭始於1790年代初期，並且幾乎毫無間斷地持續到1815年，那些充滿熱情的布爾喬亞人士便寄情於湖區的未來，他們大半為戰爭所阻，無法逃離這個海島。

　　華茲華斯出生於1770年的庫克茅斯（Cockermouth，現稱為「華茲華斯之家」），他們家族算是當地的知識菁英，他本人則是在靠近湖區心臟地帶的霍克斯黑德（Hawkshead）完成學業。他正規教育的老師是法里許（Charles Farish），是個作育英才的名師；而他非正規的學習則與牧童相似，來自與山河大地的緊密互動。這些基礎──高深的思考與自然的生活──成為他的力量與感性的支柱。他和妹妹於1799年底回到湖區，爾後五十年的時間就在此終老。或許可以這麼說，他為這個地

湖區：湖區裏的每一條河、每一座山，都能鼓舞詩人創作出能回應十九世紀的詩。

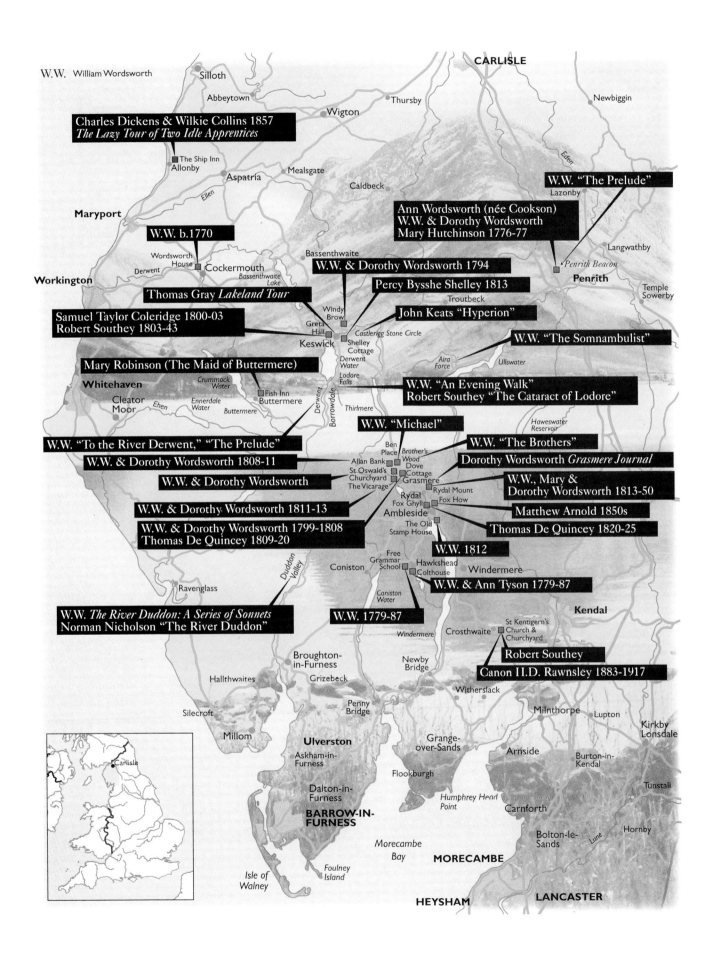

W.W. William Wordsworth

CARLISLE

Silloth

Abbeytown

Newbiggin

Wigton

Thursby

Charles Dickens & Wilkie Collins 1857
The Lazy Tour of Two Idle Apprentices

The Ship Inn
Allonby

Aspatria

Mealsgate

Caldbeck

Lazonby

W.W. "The Prelude"

Maryport

W.W. b.1770

**Ann Wordsworth (née Cookson)
W.W. & Dorothy Wordsworth
Mary Hutchinson 1776-77**

Langwathby

Wordsworth
House

Cockermouth

Bassenthwaite

W.W. & Dorothy Wordsworth 1794

Penrith Beacon

Penrith

Temple
Sowerby

Workington

Derwent

*Bassenthwaite
Lake*

Percy Bysshe Shelley 1813

Thomas Gray *Lakeland Tour*

Troutbeck

**Samuel Taylor Coleridge 1800-03
Robert Southey 1803-43**

Windy
Brow

Greta
Hall

Castlerigg Stone Circle

John Keats "Hyperion"

Keswick

Shelley
Cottage

W.W. "The Somnambulist"

*Derwent
Water*

Aira
Force

Ullswater

Mary Robinson (The Maid of Buttermere)

*Crummock
Water*

*Lodore
Falls*

Whitehaven

Fish Inn
Buttermere

**W.W. "An Evening Walk"
Robert Southey "The Cataract of Lodore"**

**Cleator
Moor**

Ehen

*Ennerdale
Water*

Buttermere

Derwent

Thirlmere

*Haweswater
Reservoir*

W.W. "To the River Derwent," "The Prelude"

Borrowdale

W.W. "Michael"

W.W. "The Brothers"

W.W. & Dorothy Wordsworth 1808-11

Ben
Place

Brother's
Wood

Dorothy Wordsworth *Grasmere Journal*

Allan Bank

Dove

W.W. & Dorothy Wordsworth

St. Oswald's
Churchyard

Cottage

**W.W., Mary &
Dorothy Wordsworth 1813-50**

The Vicarage

Grasmere

Rydal Mount

W.W. & Dorothy Wordsworth 1811-13

Rydal

Fox How

Fox Ghyll

Matthew Arnold 1850s

**W.W. & Dorothy Wordsworth 1799-1808
Thomas De Quincey 1809-20**

Ambleside

Thomas De Quincey 1820-25

The Old
Stamp House

W.W. 1812

Free
Grammar
School

Hawkshead

**Duddon
Valley**

Coniston

Colthouse

Windermere

W.W. & Ann Tyson 1779-87

Ravenglass

*Coniston
Water*

Kendal

W.W. *The River Duddon: A Series of Sonnets*
Norman Nicholson "The River Duddon"

W.W. 1779-87

St Kentigern's
Church &
Churchyard

Windermere

Crosthwaite

Robert Southey

Silecroft

Broughton-
in-Furness

Grizebeck

Newby
Bridge

Witherslack

Canon H.D. Rawnsley 1883-1917

Hallthwaites

Milnthorpe

Lupton

Penny
Bridge

Millom

Ulverston

Grange-
over-Sands

Arnside

Burton-in-
Kendal

Kirkby
Lonsdale

Askham-in-
Furness

Flookburgh

*Humphrey Head
Point*

Carnforth

Tunstall

Dalton-in-
Furness

**BARROW-IN-
FURNESS**

Carlisle

*Morecambe
Bay*

*Foulney
Island*

MORECAMBE

Bolton-le-
Sands

Lune

Hornby

*Isle of
Walney*

HEYSHAM

LANCASTER

方的生活做好萬全的準備，或許也可以說，此地已被早來一步的作家，為他做好準備。

華茲華斯對他最早的童年記憶，寫於長詩《序曲》（*The Prelude*, 1805-6）──這是如同史詩般的自傳──述說著流經他在庫克茅斯家後的德溫河（River Derwent）河水：

「在眾河中最光明者／喜將其低喃與我保姆之子融為一體／從赤楊的涼蔭與滿佈岩石的河床／從淺灘與陰影中，傳出聲響／我的夢隨其浮載……／哦，我曾經有次，在我五歲之時／赤身露體，跳進歡樂的河水／流水推動一個小小的水車／讓人在夏日裏洗了個長澡……」

這段詩句讓這個地方成為詩人一生作品的起頭，連格雷也讚它是個「雖小但不容置疑的天堂」，也是失落的伊甸園；在華茲華斯的敘事詩〈麥克〉（Michael, 1800）中，有更為具體的描述，而在〈以童年回憶為基礎的不朽之暗示〉（Intimations of Immortality based on Recollections of Early Childhood, 1807）一詩裏，更可見其靈魂。閱讀華茲華斯的詩所帶來的歡喜，在於他那極簡的詩句。對大多數讀者來說，最讓他們回味的詩篇，當屬〈水仙花〉（Daffodils, 1807）了；而讓他們若有所失的，莫若若干描寫窮人的悲劇故事；還有記憶中錯綜複雜的強迫性神經質，也使得詩人隱遁在這個地方。

多蘿西在多夫別莊（Dove Cottage）裏寫成的《日記》，是瞭解其兄長的無價之寶，因為她對許多華茲華斯的詩，提出平靜而真實的精確觀察。

柯立芝在1800年搬到華茲華斯家附近，他以描述在湖區散步的情景而廣受好評。在1802年時，他作了一次為期八天的旅行，途中他幾乎是毫無倦怠地邊走邊寫。他於同年寫下攀登史卡佛山（Scafell）峰頂的感想：

柯立芝（上圖）是眾多受華茲華斯所吸引，而前去湖區的詩人之一。

「我從河的一邊攀登史卡佛山，我邊爬邊休息，儘管疲累不堪，我還是登上高聳的山頂了──此地的牧羊人相信這裏比黑弗連山（Helvellyn）或史基都山（Skiddaw）來得高。甚至到了黑狹谷（Black Coomb），我們眼前祇見

1800-03年，多蘿西寫下一本幾乎紀錄在多夫別莊每一天生活的日記，上圖畫的就是多夫別莊。1802年6月16日，星期三，她寫到：「燕子來到起居室的窗口，彷彿希望在此築巢，但我害怕牠們沒有這樣的膽量……牠們喊喊喳喳，異常喧鬧，還唱起快活的歌。牠們停在窗格上，柔軟的白色腹部與魚尾般分岔的燕尾緊貼著窗子。」

群山一片死寂，底下三條溪谷與三條河流平行，從河流的源頭向瀑布看去，再看見它們奔流入海的情景，出海口即是……愛爾蘭海峽的三叉戟（the Trident of the Irish Channel）。我的天吶！這些巨大的山被我一眼望盡，而且就在我的腳下。」

德·昆西（1785-1859）是另一位因華茲華斯，而搬到湖區的文壇才子。他前兩次拜訪華茲華斯，但都無緣得見，儘管如此，他還是下定決心，非得見到這位「開時代之端，也是我最渴望想見的人」。透過柯立芝的幫忙，他終於達成心願。以下這段文字，便是他拜會心目中的英雄之後的感想：

「就算是查理曼大帝和他的王公大臣，或是凱撒和他的衛隊站在我身後，或是死神騎在他羸弱的瘦馬上，在這渴盼的一刻，我也會忘記他們的存在。我的視線被眼前，或許是當下的情境所吸引……我自己的情感不再澄清了，我感到一陣震顫；我聽到腳步聲與人聲，就在電光石火之間，我看見一個修長的人影，他伸出雙手，用最熱誠的方式歡迎我。」

一如柯立芝深深捲入華茲華斯的生活，德·昆西在1822年寫的《一個吸食鴉片的人的自白》（*The Confessions of an Opium Eater*）中，坦承「他來，他看到，他被征服」。他接管了多夫別莊，那是華茲華斯眾多家宅中，最能引人共鳴的一棟。就像當時極少數讀過華茲華斯的《序曲》的人一樣──這本書在詩人死後（1850）才出版──對於他受不知名且未被讀過的詩作所影響，而形成風格獨具的散文一事，他感到十分快樂。後來德·昆西編輯一份地方報──《威斯特摩蘭日報》（*Westmoreland Gazette*），有了他所經營的神韻，這份報紙得以發

行至今。

在以華茲華斯為核心的文人中，也應當包括次要的人物，如桂冠詩人騷塞（Robert Southey, 1774-1843），他自1800年起，便以「湖濱詩人」著稱，他最為人津津樂道的詩，是為他的孩子們所寫的，有關瀑布的作品，〈羅多爾瀑布〉（The Cataract of Lodore, 1820）：

「瀑布十分壯觀／流水直奔而去／怒濤洶湧／有如戰場上的嘶鳴／沖激著巨穴與岩石／躍起／落下／澎湃如千軍橫掃／傾注復湧升／飛騰而猛衝／翻攪且淙淙／漩流帶擾動／冒出又歡悅／轉動復曲折／週而復始／永不回頭／是侵襲是搏鬥／是歡愉之聲／有困惑有驚訝／其聲震耳欲聾。」

對阿諾德（Matthew Arnold, 1822-88）這個世代的人而言，華茲華斯的地位有如教父一般。阿諾德在1850年留下值得世人紀念的詩句，開頭是這樣的：

「歌德在威瑪安息了，還有希臘／很久以前，就看見拜倫垂死的掙扎／像這樣的死亡還是會來的／最後一位詩人的聲音悄然／今日我們就在華茲華斯墓旁。」

甚至是羅斯金（John Ruskin）──他來過湖區幾回，就搬到這裏居住──如後世許多詩人，他也可視為華茲華斯這個圈子裏的一份子。尼克爾森（1914-87）便是二十世紀裏的一個例證。在他寫過最好的詩裏，有一首是〈達頓河〉（The River Duddon），起頭就隱隱指涉了華茲華斯：

「我想知道，達頓，你是否記得／有位老者的鼻子就像馬鼻／他有著寬大的骨架、瘦長的雙腿，身體佝僂，但依舊健壯／儘管已七十高齡了／他來到你跟前時，就像個帶著釣竿的小男孩／他的袋子裏放著大塊麵包與乳酪／從霍克斯黑德走過瓦爾納斷崖（Walna Scar）。」

在所有的朋友與訪客裏，狄更斯對他在1857年攀登卡洛克山（Carrock），卻失足跌落而受傷的理由最是有趣，還有就是濟慈那趟最為顛簸的旅行。在〈在艾雷比的太陽旅館裏的一段快樂際遇〉（At a Merry Meet at the Sun Inn in Ireby），濟慈寫著：

「有一排你見過最美的男孩與女孩；他們有著美麗的面龐，以及細緻的嘴唇。我從未感受如此貼近的愛國心，無論出於甚麼方法，這樣的愛國心都是令人快樂的。我愛此心勝於風景。我害怕我們不斷的遊走各地，會妨礙我們在鄉間的學習：我們僅僅是河流、湖泊與群山之間的受造物。」

現在要是不提華茲華斯心靈深處的運作，就不可能把湖區寫進來。我自己的一部小說，《巴特米爾的少女》（The Maid of Buttermere, 1987），就是把時間設定在1802年，也無可避免地回到華茲華斯對瑪麗（Mary Robinsons）的描述──他以「巴特米爾的少女」為題──就像你希望得到的資訊，華茲華斯兄妹對她的評論，對瑪麗這個人與這個故事的引導，可說是十分貼切的。

華茲華斯在十六歲那年，寫下〈親愛的故土〉（Dear Native Regions），表露他想離開學校的期待。這些詩句很能概括他的許多感情，而對湖區的深切情感也呼之欲出：

「親愛的故土，我向你預告／在我此次對你告別的情感裏／無論我將前往何所／無論旅程將終於何時／在那唯一聯繫的時刻裏／所存的將是對此地的感情／我的靈魂會回頭望去／渴望獨自凝視著你。」

在湖區，約有三百座山與三十三處湖泊，下圖便是湯尼（Francis Towne）所繪的格拉斯米爾湖（Grasmere）。兩百五十年前，在湖山之間猶有許多危險的狹窄小徑。

浪跡海外的浪漫主義者

「海外」（abroad）一詞，是英國浪漫主義詞典裏，最有力量的字彙之一，一如濟慈所說的「詩中難以見著的羽翼」那般令人困擾——這是超出肉眼可見事物的境界，是由想像力築起的無邊無際的世界，也是無窮無盡的夢想。然而「海外」也有更特別的，可能還是有問題的內涵。從1792年到1815年，英國相當程度地捲入對抗法國大革命，接著又是拿破崙帝國的慘烈戰爭中。這樣的征戰與封鎖，致使大部分的歐陸國家都成了英國人的禁地，到那裏旅行變成極端危險的事。於是乎，無論是為了大旅行或是單純的假期，「海外」不祇成了一個逃進詩的想像之地，也變為一處政治的地雷區了。

就年輕時的華茲華斯與同輩的人而言，在1789年巴士底獄被推倒時的前幾個月，可說是令人愉悅的時光，因為更美好的未來已乍見曙光。1790年，當時還在劍橋大學唸書的華茲華斯，趁著暑假到法國東部一遊，拜訪著名的沙特勒茲修道院（the Grande Chartreuse），也登上壯麗的阿爾卑斯山。他隨身攜帶一個頭包，所到之處無不受到熱烈歡迎，當地人將他視為手足，並邀他同歡。「能在如此生氣勃勃的黎明中，真是莫大的福份。」詩人在一首最受人傳誦的詩中如此寫到。翌年，也就是1791年，他又回到法國，希望能在那裏謀得一份教職。但是歡樂的氣氛結束了，自由、平等與博愛的承諾並未得到實現，街頭充斥恐懼與暴力，而與安內特·瓦隆一段悲傷的戀情，讓他更加清醒。1793年，華茲華斯回到英國，儘管心情是悲痛的，但人生的際遇也使他睿智多了——這一段插曲都紀錄在敘事詩體的自傳《序曲》裏（1805年寫就，卻遲至1850年他死後才出版）。除了在1802年，為了到法國探視他與瓦隆所生的女兒，而有一趟短程旅行之外，爾後他幾乎有三十年的時間未曾踏上法國國土，在那段時期裏，他成了一個具有排外想法的愛國主義者，他的心靈抗拒外國對他的影響，但在他身上作為詩人的天分，卻也隨之乾涸。

與華茲華斯同期的詩人柯立芝（1772-1834），則將他的夢

在1809到1811年之間，拜倫到過葡萄牙、馬爾他、阿爾巴尼亞、希臘和勒凡特（Levant）等地——這趟旅行讓他有機會暢遊達達尼爾海峽，他效法傳說中的英雄情人里安德（Leander）。上圖就是與這件事有關的畫，是畫家艾藍爵士（Sir William Allan）的作品。

想直接寄託於大西洋彼岸。1794年，他偕同另一位剛出道的詩人騷塞，計畫移居美國，藉此逃離在皮特（William Pitt）治理下，英國那種高壓的反動氣氛；他認為可以和一群友人在蘇斯奎哈那河（Susquehanna）河岸，建立一個烏托邦社會。這個計畫很快就無疾而終，但柯立芝對旅行者的故事，依舊情有獨鍾——就像我們在〈古舟子詠〉（The Rime of the Ancient Mariner, 1798）與〈忽必烈汗〉（Kubla Khan, 1816）二詩中所見。

柯立芝在1798到99年之間，作了第一次的海外之旅，那時他和華茲華斯兄妹一同展開為期十個月的旅行。他的動機是複雜的：一部分的原因是他想離開他的妻子莎拉（Sara），此外，他自己也想學習德文，並且接觸哥廷根大學（University of Gottingen）裏，甚具影響力的一批新浪漫主義哲學家，這些人有助於他日後形成的詩學理論。回到英國之後，他很快又陷入紛亂的環境，於是他祇好再假想另一個無法實現的社會，這一次的地點是在西印度群島。最後，在1804年時，他避居到地中海上的馬爾他島（Malta），在總督底下當個祕書。他的健康狀況很糟，又染上鴉片癮，加上思鄉心切等原因，他不得不在1806年時，借道羅馬回國。此後他再也沒離開英國了，除了1828年和華茲華斯前往萊茵河一遊之外。

隨著拿破崙的失勢，以及地中海的重新開放，義大利成

氣候暖和的羅馬終究救不了濟慈，他生命裏的最後幾週，就在「西班牙臺階」（Spanish Steps）正下方的一棟公寓中（右圖）渡過。

為年輕一代浪漫主義者最嚮往的國家。對濟慈（1795-1821）來說，義大利乾燥的氣候，也意味著他對抗肺結核的最後希望。他在友人塞凡恩（Joseph Severn）的陪伴下，經歷了從倫敦到那不勒斯（Naples）艱辛的航程，他最後於1821年2月23日病逝羅馬，他的墳塚迄今仍在當地的新教徒墓園裏。這是濟慈生平唯一一次的海外之旅，然而對大多數異國詩人而言——就像許許多多的浪漫派詩人——一想到義大利的美景與其殘破的古蹟，這個可以得到刺激與顫動的快樂之地，竟成了他的埋骨之所，就不禁令人唏噓浩歎。

拜倫（Lord Byron, 1788-1824）是所有一流的浪漫主義者中，最善於旅行的一位。身為一個年輕貴族，又剛從劍橋大學畢業的他，在其諷刺詩《英國詩人和蘇格蘭評論家》（English Bards and Scotch Riviewers, 1809）出版後，便引起文壇的騷動，他開啟了在十八世紀中常見的「大旅行」（Grand Tour）文學形式。他很快成為歐洲最出名，也最迷人的浪漫派文人之一，在其極富感性的詩〈恰爾德·哈羅爾德遊記〉（Childe Harold's Pilgrimage, 1812）裏，他以自身的旅遊經驗為本，塑造出依稀有自況意味的英雄式作家，他也因這首詩成了時尚社會中的顯赫人物。

但是他與妻子米爾班可（Annabella Milbanke）不甚光彩的離異事件，卻成了大眾茶餘飯後的話柄，這使他憤而離開英國，並且終身未再返國。拜倫悠閒地遊歷歐洲幾個低地國，經過滑鐵盧（Waterloo），順著萊茵河而下，1816年時，他在日內瓦湖畔小住數月。與他為鄰的是法國著名的知識份子斯塔爾夫人（Madame de Staël）；他的同居人包括了克萊蒙特（Claire Clairmont），她很快就成為他的私生子的母親，而她的妹妹瑪麗才剛嫁給一位桀傲的詩人，也就是雪萊（Percy Bysshe Shelley, 1792-1822）。在那個時候，雪萊常和拜倫於白天乘船遊湖，一同討論華茲華斯的詩作〈遠足〉（The Excursion, 1800）。到了夜晚，他們說起鬼故事，這讓瑪麗噩夢連連，但卻是她《作法自斃》（Frankenstein, 1818）一書的靈感來源。在文學史裏，這一段迷人而又有創造力的插曲，所迸發的作品還有雪萊的

拜倫是這樣形容雪萊在海灘上的葬禮：「你六神無主，不知道這一堆火葬用的柴火會有甚麼效果，在這個荒涼的海岸上，後面是群山聳立，眼前是無垠大海，鹽和乳香助長了火勢。雪萊就這樣消失了，除了他的心臟，那是……用酒魂去保存的……」

〈蒙·布蘭克〉（Mont Blanc）、拜倫的〈奇隆的囚犯〉（The Prisoner of Chillon），而高潮就在第三篇的〈恰爾德·哈羅爾德遊記〉。

當雪萊與瑪麗在1814年私奔時，他們倆和克萊兒曾一起出遊。他們發現法國已經因戰爭而殘破不堪，然而就像克萊兒的日記所述，雪萊（一如他之前的華茲華斯）卻對阿爾卑斯山的壯麗欣喜莫名。『我是多麼狂喜啊，』他這麼說，『我整個人是火熱的，我的心是年輕的，我所愛的人又在我身旁，我注視這無限尊貴的阿爾卑斯山。』當時他們的馬車夫卻說了煞風景的話：「這片牧草拿來餵牲口最好了。」他們在琉森（Lucerne）住了幾個星期，沒多久就失去興致，於是決定返國，他們乘船在萊茵河的眾多渡口上上下下。他們被

Place in Lord Byron's "Childe Harold's Pilgrimage"
Lord Byron's first journey 1809-11
Lord Byron's second journey 1816-24
Samuel Taylor Coleridge's journey 1798-99
Percy Bysshe Shelley's journey 1818-22
4.5.1816 Date of visit where known

NORTH
SEA

SWEDEN

DENMARK - NORWAY

(Oslo)

Kobenhavn

UNITED KINGDOM OF
GREAT BRITAIN & IRELAND

Edinburgh

Cuxhaven
Lübeck
Ratzeburg
29.9.1798
PRUSS

Dublin

Newstead Abbey

Hamburg
19.9.1798

Berlin

WESTPHALIA
Hannover

Clausthal
Braunschweig

Great
Yarmouth

Amsterdam

Harz

Elbe

Göttingen
12.2.1799

Odra

Nether
Stowey
7.1799

London

Oostende
Bruxelles
Waterloo
4.5.1816

Köln
Aachen
Bonn
Koblenz

Nassau

Frankfurt

Mainz
Bingen

Darmstadt

Pr

Drachenfels

Ardennes

Seine

Paris

Rhein

CONFEDERATION
OF THE RHINE

FRANCE

Blois

ATLANTIC

OCEAN

William Wordsworth 1791-92

**Lord Byron &
Percy Bysshe Shelley
Villa Diodati 6.1816**

**Lord Byron
"The Prisoner of Chillon"**

**Percy Bysshe Shelley
Villa Capuccini 1818**

**Lord Byron
Palazzo Grimar
5.1818-19**

HELVETIA

Avenches
Bern

Lausanne
Interlaken

**Lord Byron
Hôtel d'Angleterre**

Vevey
Genève
25.5.1816

ITALY

ILLYR

Lyon

Milano
1818

Padova

Venézia
10.11.1816

**Lord Byron
Palazzo Merenoni 1819**

Po

Este

Bay of
Biscay

Percy Bysshe Shelley d.8.7.1822

Génova
1822-23

Bologna

Ferrara
1819-21

Ravenna

**Percy Bysshe Shelley
Casa dei Chiappia gia Bertini 1818**

Terenzo

Lucca

Rimini

**Percy Bysshe Shelley
Villa Valsovano 1819-20**

Ebro

Livorno
Pisa
1821-22

Firenze

TUSCANY

APPENNIN

PAPAL
STATES

Pousada do Lord Byron

**Lord Byron
Piazza di Spagna 1817**

Roma

PORTUGAL

Talavera de
la Reina

Madrid

John Keats d.23.2.1821

Sintra
Mafra

Tajo

SPAIN

Lisboa
7.7.1809

Badajoz

Guadiana

La Albuera

**Percy Bysshe Shelley
"Stanzas Written in Dejection"**

SARDINIA

Cagliari

Sierra Morena

Sevilla

Islas Baleares

*"Suppose that the following epic
Narrative is told by a Spanish
Gentleman in a village in
Sierra Morena..."* Lord Byron *Don Juan*

MEDITERRANEAN SEA

Pale

Jerez

Cádiz

Gibraltar

**Lord Byron
3 Strada di Forni**

**Lord Byron
Calle de la Cruzea**

同船旅客「可怕、令人作嘔」的行為嚇住了，不得不正襟危坐。「旅途中目睹別的國家中許多蠢事，我的祖國就顯得理性與開明多了。」這是克萊兒所作的結論：一個非常不浪漫的意見。

雪萊極富戲劇性的一生，通常可以用編年的方式來陳述。自1818年起，他就一直漂泊海外，他也是周遊義大利的偉大漫遊者，足跡遍及佛羅倫斯（他在那裏寫下〈西風頌〉[Ode to the West Wind], 1820）、威尼斯、路卡（Lucca）、里弗諾（Livorno）、羅馬與比薩，在比薩時，拜倫趕來與他會合。他最後的居所是在萊里奇灣（the Bay of Lerici）岸邊一處寧靜的別墅，那裏離現今的「拉斯帕齊亞」（La Spazia）渡假村不遠。雪萊短暫的一生，一直充滿無止無盡的風暴，在這處精緻的風景，以及謎一般的美女珍·威廉（Jane William）的出現，激發他寫出最真誠、最美麗的抒情詩篇。從「在勒里奇灣所寫的詩」，與「帶著吉他，給珍」來看，那可以說是暴風雨前可怕的平靜。1822年7月，他和朋友駕船出海，但他們的船「羚羊」號（Ariel），卻在夏季的狂風中沈沒。幾天之後，雪萊的屍體被沖上岸，面目已難辨認，唯有口袋中濟慈《希皮里恩》（Hyperion, 1818-19）的抄本，才能證實他的身分。

拜倫早些年也住過幾個義大利城市，尤其是威尼斯，他在那裏和社會各階層的女人廝混，弄得聲名狼籍，此外，他也待過拉文納、比薩和里弗諾。雖然他發現寫詩是一件「很痛苦的事」，但他還是以極快的速度寫作，並持續驚人的作品數量。在那幾年裏，他誇張地寫了一系列的「室內劇」（Chamber-dramas），如《該隱》（Cain, 1821）和《福斯卡里父子》（The Two Foscari, 1821），不過其中泰半已被人們遺忘，但《唐璜》（Don Juan, 1819-24）一劇，讓讀者不僅經歷愛情的冒險故事，透過風格殊異的歐洲各城——從塞維爾（Seville）到聖彼得堡再到倫敦——也可說做了一趟歐洲之旅。儘管這部鉅作在英國引起不少批評，但卻是歌德非常讚賞的作品。

拜倫的最後之旅帶我們進入他多重性格中的另一面。他總是自許為「自由之友」，並且曾在上議院為弱勢團體的利益發言。在義大利時，他支持反抗奧地利入侵行動的燒炭黨（the Carbonari）。到了1823年，他的注意力轉向希臘，當時的希臘革命企圖推翻採取高壓統治的土耳其政權。他同意借給臨時政府四千英鎊，不但如此，他還親身前往西發隆尼亞島（Cephalonia），參加抗土戰爭，他甚至說出「我有預感，我將死於希臘」這樣的話。他的到達提高當地反抗軍的士氣，不過他卻發現自己逐漸被希臘人的窩裏反所激怒。他的健康狀況惡化了，在濟慈死後三年，雪萊死後兩年，他因熱病而於1824年死於米索隆基（Missolonghi）圍城裏。一如許多英國的浪漫主義者，他也是埋骨異邦，歐洲如詩如畫的風景，深深感染他們的詩作與感性。由於西敏寺拒絕讓他葬在那裏，他做了防腐處理的軀體，便運回諾丁罕郡胡克納鎮（Hucknall in Nottinghamshire）的老家下葬。拜倫的心臟仍保存完好，而他英勇的行為，使他的名字迄今依舊被希臘人所傳誦。

歐洲之旅：浪漫派詩人經常到南歐旅行，因為那裏有好天氣與美麗的風景，可以提供他們寫作的靈感。拜倫、雪萊和濟慈全都死在英國以外的異邦。

拜倫在1816年逗留瑞士期間，他都住在「多多提」（Dodoti）別墅（上圖），他從在那裏和同輩詩人雪萊一起暢遊日內瓦湖。

珍‧奧斯丁時的英國

　　奧斯丁不算寬廣的文學世界所呈現的意象，有時會讓我們忘記她祇是一個攝政時期（the Regency）裏的英國平民，儘管如此，她的一生中也經歷幾次時代的大變動——不惟是法國大革命與浪漫革命，也包括工人暴動（Luddite Riots）與拿破崙掀起的戰爭。同樣地，她對小說的看法一如浪漫派的故事，充滿適婚年齡的女子和有如啞劇演員的媽媽們，即使到了現在，仍然有根據她的原著改編而成的電影與電視劇，這些反而使我們更難記起，其實奧斯丁是當時英國文壇最傑出的觀察家，也是最好的喜劇諷刺家之一。她一輩子都住在鄉間，終身未嫁，沒離開過英國一步。正如《傲慢與偏見》（*Pride and Prejudice*）裏的班奈特太太（Mrs. Bennet）所說：「我確信妳在鄉間所得到東西，跟在城裏一樣多。」

　　就像喬治時代英國的鄉下房舍與攝政時期的平房，經常成為她小說中的背景，奧斯丁本人也是從著重情理與進步的十八世紀，過渡到強調「感性」與浪漫刺激的十九世紀的人物之一。那是個充滿新風格與異國情調的年代。當時攝政王將薩西克斯郡（Sussex）的一處漁村，改建為供人們休養的布萊頓（Brighton），並在上面蓋了個東方風味的樓閣，而素有花花公子之稱的布魯梅爾（Brummell）就在摩登的巴斯街道上閒晃，這一切都顯現出新的自覺意識，也帶來令人著迷的藝術與奢華。這些全看在奧斯丁眼裏。她在巴斯住了六年——這個城鎮在她的三本小說中，有著吃重的份量。在《傲慢與偏見》中，莉迪雅（Lydia）就是到了美麗的布萊頓。此外，奧斯丁還把《愛瑪》（*Emma*）這本小說，獻給欣賞她作品的攝政王。

　　1775年，奧斯丁生在離巴斯不遠的史帝文頓（Steventon）的一位牧師家中，家中有七個孩子，她排行第六。直到她的父親奧斯丁牧師（Reverend George Austen），成為史帝文頓的教區牧師之後，他才成為一位「牛津紳士」（Oxford don），他的藏書成為女兒的最愛。奧斯丁長大後，回到牛津的布雷森諾斯學院（Brasenose college）唸書，在《諾桑覺寺》（*Northanger Abbey*）與《曼斯菲爾德花園》（*Mansfield Park*）裏，都可見到這所學校的特徵，後來她又轉學至修道院學校。當時她年方二十，在十八世紀結束之前，她開始她的小說創作。在她廣為世人所知的六本小說裏，最為膾炙人口的有三——《傲慢與偏見》、

珍‧奧斯丁，一位在他那個時代裏最出色的社會觀察家之一。

《理性與感性》和《諾桑覺寺》——她在書中刻意模仿並嘲弄當時最盛行的歌德式浪漫派文體，此外，還有《淑女蘇珊》（*Lady Susan*），這些全都在史帝文頓完成草稿。

　　1801年，她的父親已高齡七十，家人決議搬到巴斯（Bath in Somerset）這個優美的溫泉城市。據說珍剛聽到這個消息時，整個人就暈了過去。就像《勸導》（*Persuasion*）一書中的艾略特（Anne Elliot），她對那個遠近馳名的社交場合與健康農場所表現出來的態度，是：「儘管沈默不語、萬般厭惡，但依舊毫不妥協地堅持」。「在晴朗的好天氣裏，對巴斯的第一個觀感，並不能回答我的期望，因為我想在雨中，才能看得更清楚。」她如此說到。奧斯丁一家人住在模範區（the Paragon）一號，後來搬到非常時髦的普騰尼街（Pulteney Street）附近的雪梨街（Sydney Terrace）四號，這些街景就成了《諾桑覺寺》中的摩蘭德（Catherine Moreland）小屋，與《勸導》裏的米爾遜街（Milsom Street）、快樂街（Gay Street）、西門樓房（Westgate Buildings）與幫浦房（Pump Rooms）。

　　到了十八世紀中葉，巴斯的聲名如日中天，出過康格里夫、薛里登、哥爾德斯密斯和伯奈（Fanny Burney）等文壇大師。雖然不知是何原因，巴斯的風光現已被布萊頓取代，但它仍維持著攝政時期的偉大光輝與風格。「巴斯每一年都有新的建築產生，從新月形的房子、競技場到廣場。」這是華爾浦爾於1791年時，所作的報導。它們大都出於伍茲父子（the John Woods）宏偉的建築計畫，他們倆在十八世紀結束時，

米爾遜街（左圖）在奧斯丁的小說中，有著核心的地位。在《諾桑覺寺》裏，伊莎貝拉（Isabella Thorpe）就是在這條街上採買，提爾尼將軍（General Tilney）也住在這裏。

奧斯丁小心翼翼地瞭解巴斯的社交圈。她跟著眾人到會議室與幫浦房（下圖），她說：「新來到巴斯的人，一定要到幫浦房與大家見面。」她也知道自己在男婚女嫁的社會中的角色──在巴斯的社會，婚姻可是一個重要部分。

你知道嗎？我對巴斯
是如此厭惡了，今天早上，
你的兄弟和我都同意這件事，
儘管在這裏待上幾個星期，
是相當不錯的，
但可不要在這裏
住上百萬年呢。

～伊莎貝拉，《諾桑覺寺》

規劃了皇后廣場，大曲線的新月狀建築（今天的皇家新月館）、競技場、南北兩座展覽館，使得巴斯成為英國最宜人居的城市之一。

對珍來說，巴斯的日常生活讓人難以接受，「每一天早晨都有要做的常規」，她在《諾桑覺寺》中這麼說到，「你得去逛街，看看城裏有甚麼新地方，還要去幫浦房，人們可以在那裏上上下下，消磨個把鐘頭，你瞪著每個人，卻不知道要和誰說話。」隨著皇室和最後一批世家子弟的加入，「社會」本身開始凝聚起來，然而許多階層的人來到鄉間遊玩，祇是為掬飲有益健康的泉水，以及陶醉於時尚、觀念與季節中。「你可以依賴這些東西，他們會在冬天來臨時，趕快來巴斯搶個好住所，但階級就是階級，你所知道與它們有關的事物，會混入你的家庭（我的家人要我這麼說），而這是我們每個人都希望的。」《勸導》中的艾略特先生（Mr. Elliot）這麼解釋著。

這個圍繞羅馬式噴泉所建造的溫泉勝地，提供了各式各樣的娛樂活動。果園街（Orchard Street）老皇家劇院上演戲劇。還有一座循環式的圖書館。較為虛弱的人可以去洗溫泉浴，身體也能得到健康的照顧，有些人甚至祇是到那裏安享天年。和十八世紀戲劇中的情節一樣，溫泉浴場和渡假勝地也是奧斯丁若干小說裏的重要場景，就像巴斯之於《曼斯菲爾德花園》、《諾桑覺寺》與《勸導》。奧斯丁未完成的作品《珊蒂頓》（Sanditon），故事就發生在一個投機商人在海邊尚未興建完成的溫泉浴場裏。《華森斯一家》（The Watsons），是奧斯丁在巴斯時期寫的小說（但未寫完），原先也是將場景設定在西薩克斯的海邊渡假勝地，後來才改為杜爾金鎮（Dorking, Surrey）。

珍提過《諾桑覺寺》原先的書名是《蘇珊》（Susan），當時她將原稿交給一位出版商時，儘管對方收下了，卻將它丟到抽屜裏，等到珍死後，這本書才重見天日。1804年，奧斯丁一家又到另一處廣受歡迎的勝地渡假，即是位於朵塞海岸的萊瑞吉斯（Lyme Regis）。珍在那裏也入境隨俗地洗了海浴，然後在有名的寇伯港散步，這個港口位於安德懸崖（Undercliff）下，凸出大海。在他們回到巴斯之後，這家人搬到離幫浦房較近的格林公園大廈二十七號，租期為半年。此時老奧斯丁牧師生病了，他最後於1805年離開人世。

牧師之死是這一家的重大打擊之一，在奧斯丁的生命中，那是個悲劇，也是個突如其來的挫折。她時年三十，沒

有任何收入,她告訴她的妹妹卡珊德拉(Cassandra):「要有心理準備……,因為她的姊姊就要陷入貧困了。」儘管求婚者眾,但她仍未出嫁,雖然在她的小說世界中,她承認對女人而言,婚姻就代表全部。她和妹妹與母親搬到快樂街一棟較小的房子,稍後,也就是在1806年時,再遷居不那麼熱鬧的特林街(Trim Street)。後來她們搬到南安普頓(Southampton),和她在海軍服役的兄長們,同住於城堡廣場(Castle Square)三號。到了1809年,她們又搬家了,這回搬到罕普郡(Hampshire)的喬頓(Chawton),她一位被富有的親戚收養的哥哥愛德華(Edward),在那裏擁有一棟漂亮的房子和一間一應齊全的別墅。

這幅《諾桑覺寺》較早版本的圖例,提爾尼(Henry Tilney)不顧父親的願望,向摩蘭德求婚,而她也接受了。

喬頓別墅靠近亞爾頓(Alton),就在倫敦通往溫徹斯特(Winchester)的公路路旁,現在也成為與奧斯丁最有關的地點了。那是一棟十七世紀時造的紅磚屋,擁有六間臥房,現今已被改為博物館,陳列奧斯丁的作品與其家人有關的事物。她生命中的最後八年就是在這裏渡過,而她在文壇上的聲名也開始鵲起。愛德華經常待在喬頓的莊園,那裏在鄰居之間也形成了另一個社會,無論如何,喬頓是個寧靜的隱居之所,也成為她主要的寫作地點。她將痛苦隱藏在作品底下,當親友與訪客進來時,一扇嘎吱作響的大門彷彿警告她快將稿件藏起來。

在浪漫思潮席捲歐洲的年代中,文壇主流是拜倫和司各

特,她的小說相形之下,在主題上似乎過於端莊,祇侷限在地方一隅,一如她寧靜的生活。事實上,人們把她的所有成就,都歸功於她所擁有的生活,也歸功於她對社會的敏銳而又有趣的觀察,以及她對主宰真實生活的經濟條件的感受。儘管當時她完成了三本小說,但她後來還是加以改寫。稍後完成的作品(《曼斯菲爾德花園》、《愛瑪》與《勸導》),雖然是在喬頓時才開始動筆,但靈感全來自先前的生活體驗。1811年,她第一本印行的小說《理性與感性》廣獲好評。1813年,《傲慢與偏見》獲得更大的迴響。她接著在1814年出版《曼斯菲爾德花園》,1815年出版《愛瑪》。

1816年,她修訂《諾桑覺寺》的手稿,也完全確認了她寫過最好的一本書《勸導》,其中講述的是一位女英雄被迫在小時候採取明哲保身的態度,等她長大後,就學會浪漫主義的作風。這本小說裏也有和她兄長一樣的艦長人物,他成功擊退法國海軍,他也代表一個新興的社會階級。然而,她最後罹患了某種疾病——可能是艾迪生症(Addison's Disease)——阻礙她完成下一本,也是最富現代意義的小說,《珊蒂頓》。1817年5月,為了得到醫療上的照顧,她搬到溫徹斯特。她所住的大學街(College Street)八號,現在是溫徹斯特大學的一部分。奧斯丁病死於7月18日。死後被葬在溫徹斯特大教堂,現在她的墓地依然存在。

奧斯丁生前活動的範圍並不大,這可以說是與她的社會地位、性別和未婚狀態有關。即使在說到這件事時,她也是不慍不火,她說:「在辛苦工作後,我會用一枝畫筆沾上一些乳白色顏料作畫,這可以產生些許效果。」這句話讓人們感到驚奇,因為她的小說為她贏得所有的讚許,人們得花上一段時間,才能評論她隱藏在文字之後的意義。在奧斯丁的作品中,地點永遠不出英國的範圍,即便是鄉

左圖是萊瑞吉思的柯柏港(the Cobb),在《勸導》一書中,它是個相當重要的場景。後來在佛里士(John Fowles)的小說《法國中尉的女人》(The French Lieutenant's Woman, 1969)中,它又成為書中的英雄與莎拉(Sarah Woodruff)初次邂逅的地方。

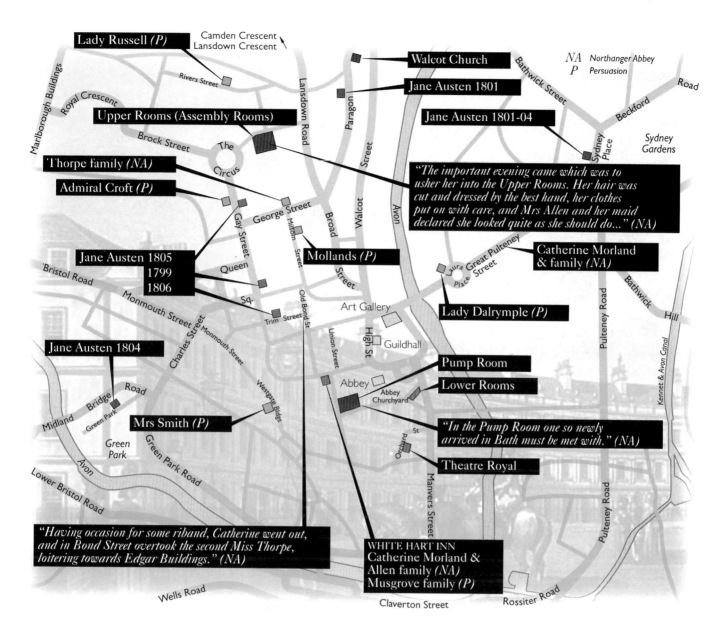

Lady Russell (P)

Camden Crescent
Lansdown Crescent

Walcot Church

Jane Austen 1801

NA Northanger Abbey
P Persuasion

Jane Austen 1801-04

Upper Rooms (Assembly Rooms)

Thorpe family (NA)

Admiral Croft (P)

"The important evening came which was to usher her into the Upper Rooms. Her hair was cut and dressed by the best hand, her clothes put on with care, and Mrs Allen and her maid declared she looked quite as she should do..." (NA)

Jane Austen 1805
1799
1806

Mollands (P)

Catherine Morland & family (NA)

Jane Austen 1804

Lady Dalrymple (P)

Art Gallery

Guildhall

Pump Room

Lower Rooms

Abbey

Abbey Churchyard

Mrs Smith (P)

Green Park

"In the Pump Room one so newly arrived in Bath must be met with." (NA)

Theatre Royal

"Having occasion for some riband, Catherine went out, and in Bond Street overtook the second Miss Thorpe, loitering towards Edgar Buildings." (NA)

WHITE HART INN
Catherine Morland & Allen family (NA)
Musgrove family (P)

村，也絕不會離城市太遠。她的書涵蓋真實的社會，精確地說出財富與聲望的源頭。如果撇開沒有提及政治上的暴動，和對當時歌德式浪漫主義的諷刺觀察，它們基本上還是反映了她生存的世界的真實面貌。

她的作品對當時英國社會階級體系中，跡近吹毛求疵的位階高下所作的精微觀察，透露了階級與等第、地位與差別種種社會現象。它們的確兼顧了諷刺的道德判斷和情感上的憐憫。它們瞭解鄉村生活，充滿世俗生活的回聲，甚至是在浪漫情調與婚配中，社會都面臨極大的轉型。正如司各特所言：「這位年輕的女士擁有描述日常生活中的瑣事、情感與特色的才能，是我見過的人裏，最奇妙的一位。至於我自己，就像虛張聲勢一樣，撐不了多久。從真實的描述與情感而來，足以反映日常事物與一般人興趣的敏銳接觸，的確是我能力所不及的。」相信在今日的讀者看來，還是會同意他所說的話。

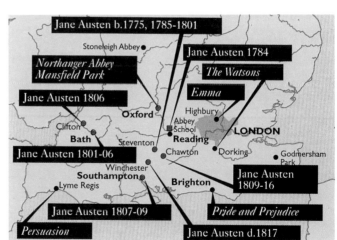

Jane Austen b.1775, 1785-1801

Stoneleigh Abbey

Jane Austen 1784

Northanger Abbey
Mansfield Park

The Watsons

Emma

Jane Austen 1806

Oxford

Highbury
Abbey
School

LONDON

Clifton

Bath

Steventon

Reading

Jane Austen 1801-06

Chawton

Dorking

Godmersham Park

Jane Austen 1809-16

Winchester

Southampton

Brighton

Lyme Regis

Pride and Prejudice

Jane Austen 1807-09

Jane Austen d.1817

Persuasion

巴斯與南英格蘭：在奧斯丁所寫的《諾桑覺寺》與《勸導》中，巴斯是個非常特出的城市，幾個主要的場景所在的位置，參見上面的巴斯街道圖。奧斯丁的世界並不大，她出生於史帝文頓，到牛津讀書，有六年時間是在巴斯渡過的，僅在偶爾到海邊（萊瑞吉斯）時，才會離開那裏，晚年住在亞爾頓附近的喬頓別墅。

法國浪漫主義時期的巴黎

在巴黎，沿著夏多布里昂路（rue Chateaubriand）走下去，便可接到拜倫路（rue Lord Byron），而且與巴爾札克路（rue Balzac）相交。從這裏可以看出，巴黎擁有值得後世紀念的文學，而這些路名所形成的地圖，也讓人們想起浪漫主義作品的盛世景況。事實上，有些人也看出其中的意思了，夏多布里昂路離華盛頓路（rue Washington）不遠——因為這位美國首任總統，曾在白宮接見年輕時的夏多布里昂，並且告訴他如何單槍匹馬去發現「西北通道」（North-West Passage）。這段故事或許是夏多布里昂自己杜撰出來的，斯丹達爾（Stendhal）就說他是全法國最沒有破綻的偽君子。儘管如此，他也提醒我們，浪漫主義作家的特徵之一，就是他們不祇是個幻想家，也時常為了追求心中的夢想，到更遠與更遼闊的地方遊歷。

從法國大革命的激情中醒來，法國文學一如各地的文學作品，對情感與感官更加關心。掙脫十八世紀強調理性、清晰與客觀的古典主義束縛後，新的文學觀所側重的是自然、轉變與歷史的多變性。它質疑文學與社會的關係，也質疑生命與情感的糾纏。大革命本身扮演了重要的角色。這不是偉人的時代，平民百姓也能躍上歷史舞臺，世界因而開始有了新意。接著是拿破崙時代的來臨：這位身穿灰綠軍服的小個兒的夢想，席捲了整個歐洲。

在法國，浪漫主義這個詞能廣為人知，是因為斯塔爾夫人（1766-1817）所寫的《論德國》

順時針方向，由左開始依序為斯塔爾夫人、夏多布里昂子爵、繆塞與梅里美。他們都是巴黎的浪漫主義運動的領導人物。

思想的人們在那裏碰面，其中也包括她的情人，小說家貢斯當（Benjamin Constant）。

斯塔爾夫人在書中批評拿破崙，她把法國比作是衰微中的羅馬帝國，巧合的是，那時她的瑞士籍母親才剛嫁給英國歷史學家，著作有《羅馬帝國興亡史》的吉朋（Edward Gibbon）。她和拿破崙互相看不順眼。有一次，斯塔爾夫人和皇帝共舞，她問他：「你認為在你見過的女性中，誰最偉大？」「我不知道她的名字，但她是生育最多的女人。」拿破崙如此回答。但這不是這位聰慧的女子所要的答案。斯塔爾夫人的先生是瑞典駐法大使，德·斯塔爾—霍爾斯坦男

（De l'Allemagne, 1810）的關係。在這本對德國的研究著作中，她區別了浪漫主義與古典主義的不同，極力主張藝術應該更有深度、更加真誠，並且宣稱法國要對外國文學，尤其是對德國文學開放。浪漫主義這個名詞深植人心，而浪漫主義者似乎也成為一個贏得大眾同意的學派。這種情形在巴黎尤其如此，當地的印刷出版界正經歷一場技術革命，偉大的文學作品與哲學日記被發掘出來了，報紙正以前所未有的速度流通，大街小巷的沙龍裏所聚集的，盡是在政治與藝術立場上的志同道合之士。斯塔爾夫人自己在巴克路（rue du Bac）一〇二號經營的一家沙龍，就是一處知名的聚會場所，崇尚自由

爵（Baron de Staël-Holstein），不過她與他於1789年離婚了。她也是瑞士銀行家，內克男爵（Baron Necker）的女兒，在1776年至1781年之間，內克主掌法國政府的財政，在大革命之初又恢復舊職。不管是在她父親位於日內瓦湖畔卡佩（Coppet）的家，或是她母親在巴黎的沙龍，她所見到的人，都是像吉朋、狄德羅、托萊蘭（Talleyrand）這樣的文人，曾經還有人想撮合她與皮特的婚事。

巴克路是斯塔爾夫人最喜歡去的地方之一（她曾說過，要是她能把百川之水都匯集到這裏就好了）。她寫了兩本著名的小說，《戴爾菲娜》（Delphine, 1802）與《高麗娜》（Corinne, 1807），兩者

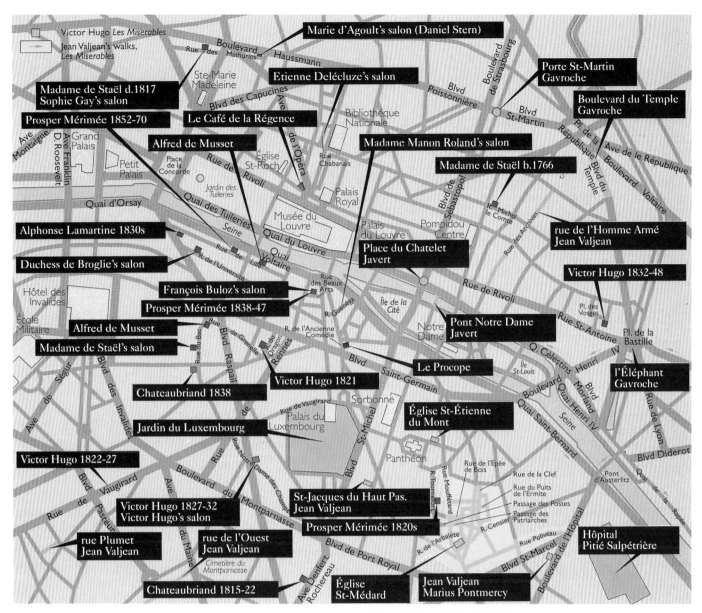

Victor Hugo *Les Misérables*

Jean Valjean's walks, *Les Misérables*

Marie d'Agoult's salon (Daniel Stern)

Porte St-Martin Gavroche

Boulevard du Temple Gavroche

Etienne Delécluze's salon

Madame de Staël d.1817 Sophie Gay's salon

Prosper Mérimée 1852-70

Le Café de la Régence

Alfred de Musset

Madame Manon Roland's salon

Madame de Staël b.1766

rue de l'Homme Armé Jean Valjean

Place du Chatelet Javert

Victor Hugo 1832-48

Alphonse Lamartine 1830s

Duchess de Broglie's salon

François Buloz's salon

Prosper Mérimée 1838-47

Pont Notre Dame Javert

Alfred de Musset

Madame de Staël's salon

Victor Hugo 1821

Le Procope

l'Éléphant Gavroche

Chateaubriand 1838

Église St-Étienne du Mont

Jardin du Luxembourg

Victor Hugo 1822-27

St-Jacques du Haut Pas. Jean Valjean

Victor Hugo 1827-32 Victor Hugo's salon

Prosper Mérimée 1820s

rue Plumet Jean Valjean

rue de l'Ouest Jean Valjean

Chateaubriand 1815-22

Église St-Médard

Jean Valjean Marius Pontmercy

Hôpital Pitié Salpétrière

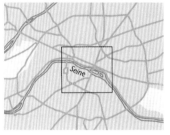

浪漫主義時期的巴黎：雨果的《悲慘世界》的故事背景，就在當時的巴黎，他和浪漫派同夥都是利用沙龍、咖啡館與餐館作為聚談之所。

所描述的都是時代女性的面貌。她面臨的悲劇，就是拿破崙一再地放逐她，她被迫在巴黎以外的地方居住，有時住在卡佩，或浪跡歐洲。「我無法掩飾這件事：住在巴黎對我而言，是最愉快的事。」她在她的旅遊記聞《十年的流亡歲月》（*Ten Years of Exile*，在她死後的1821年才得以出版）中如此寫到。「我祇有在那裏，才能見到認識我父親的人，還有和我們一起經歷大革命恐懼的朋友們……除了在巴黎，那裏都可以用法語交談。」

在1788年時，斯塔爾夫人掀起一場風暴，原因是她熱心地介紹盧梭（Jean-Jacques Rousseau）的作品，後者經常被視為浪漫主義之父。當時她和夏多布里昂同為浪漫派大將。就像之前的文壇前輩，夏多布里昂子爵（Vicomte Francois-René de Chateaubriand, 1768-1848）也是過著居無定所的漂泊生活。他生於聖馬羅（Saint-Malo）附近的康伯格（Combourg），十九歲就在宮廷行走，在他成為一位偉大的旅行家與外交官之前，就開始在文壇嶄露頭角了。大革命使他的生命有了重大變化。他於1791年前往美國，足跡遍及法屬路易斯安那，後來這塊地方在1803年時，被拿破崙賣給美國。等他返回法國，便加入保皇黨的勤王抗爭，後來就流亡英國。由於美洲的自然風光與印第安人對他的影響，使他寫下影響最為深遠的浪漫派小說，諸如《阿達拉》（*Atala*, 1801）、《勒內》（*René*, 1805）與《納切茲人》（*Le Nachez*, 1826），他筆下的「自然人史詩」（epic of natural man）流露異國情調的印第安人之愛，而《基督教真諦》（*The Genius of Christianity*, 1802）則顯示他在宗教上的轉變：人類

對於無限的渴望，祇能藉由基督教來滿足。他所描寫的浪漫主義英雄，都有著無窮的渴望、想像和孤獨。

夏多布里昂曾跟隨拿破崙至埃及，並且寫了與這神奇的「東方」有關的文章。但是在恩季安公爵（the Duc of Enghien，波旁王朝繼承人，譯註）於1804年慘遭殺害後，他就定居在巴黎南方，拉瓦利（La Vallée aux Loups）的一間村舍裏。等到1815年，波旁王朝（the Bourbon）復辟之後，他便搬到丹佛路（the rue d'Enfer，現為Denfer-Rocherau路）八十八號，接著又遷往巴克路上的克萊蒙旅館（Hôtel de Clermont Tonnerre，即現今的夏多布里昂旅館），那裏離斯塔爾夫人的住處不遠。身為巴黎的知名人士，夏多布里昂每天都會去看雷卡米爾夫人（Madame Recamier），她開了一家頗富盛名的沙龍（位於the Abbaye-aux-Bois in the Faubourg Saint-Germain），他就是在那裏遇見貢斯當（1767-1830）。貢斯當的小說《阿道爾夫》（Adolphe, 1816），那位受情感與社會責任壓得喘不過氣來的苦悶英雄，正是夏多布里昂的精神寫照。夏多布里昂死後葬於格蘭貝（the Grand-Bé），是布列塔尼聖馬羅外海的一個小岩島。儘管現在那裏已是一處旅遊中心，但漲潮時就與外界隔離，獨留夏多布里昂一人與無限的造物者接觸。

雖然拿破崙有許許多多對手，但拿破崙時代還是以其獨有的激情與強度，而受人緬懷。「即使就要受死，又有何可懼？」繆塞（Alfred de Musset, 1810-57）在小說《世紀兒懺悔錄》

梅里美的小說集《卡門》——上圖是1884年版的卷頭插畫——這本書是比才（Bizet）同名歌劇《卡門》（1875）的靈感來源。

（Confession d'un enfant du siècle, 1836）裏如此寫著。「在那個時代，死亡本身在其血色的斗篷裏，是如此美麗，如此偉大，如此燦爛。彷彿它變年輕了，也彷彿沒有人再相信舊時代的東西。」既是詩人，又是劇作家的繆塞，是喬治·桑（George Sand）的情人，他可說是公認的浪漫派理想人物（他說過：「當健筆如飛時，心也像說了話，歎了氣。」），但他一向我行我素，很難將之歸到任何一個派別下。像是他的劇作《幻想》（Fantasio, 1834）與隨後的《夜歌》（Night Poems, 1835-7），都是這個時期的名作。身為巴黎的名人，他有很長一段時間住在伏爾泰街（Quai Voltaire）二十五號。

繆塞是與巴黎緊緊結合的時代人物之一。他和梅里美（Prosper Mérimée）都就讀於聖麥可大道（Boulevard Saint Michel）上的亨利四世高校（the Lycée Henri IV）。雨果（Victor Hugo）則在萬神廟旁的路易高校（Louis-le-Grand）唸書；戈蒂耶（Théophile Gautier）與奈瓦爾（Gerard de Nerval），是查理曼高校（the Lycée Charlemagne）的同學，巴爾札克也是那間學校的學生。話雖如此，沙龍還是最主要的影響來源。曾赴蘇格蘭去見司各特，並且是幻想故事的寫作高手的諾迪耶（Charles Nodier），在巴黎擔任一所圖書館的館長，他引進當時一流的浪漫派作家，以及如德拉克羅西斯（Delacroix）等畫家。在1820年代晚期，巴黎市內最有名的沙龍，就是雨果所經營的「小餐館」（the cénacle），地點就在他位於蒙巴那瑟區（Montparnasse）聖母院路（rue Notre Dame des Champs）的家中。斯塔爾夫人的女兒，布洛格里公爵夫人（the Duchess of Broglie），也在大學路（rue de l'Université）九十號家中開了一間沙龍，編輯人布羅茲（Francois Buloz）的沙龍，則是在柏斯藝術街（rue des Beaux Arts）十號（現在是六號），而德勒克魯茲（Etienne Delecluze）則在恰班奈斯街（rue de Chabanais）家中，與浪漫主義者聚會。咖啡館（靠近帕萊斯宮的the Procope與the Café de la Regence）與餐館（尤其是在蒙特吉爾區〔the Montorgueil area〕）的重要性，並不亞於沙龍。巴黎的作家們都會花許多時間待在那兒，儘管如此，浪漫派作家仍然勤於寫作，尤其是虛構的散文。

革命戰爭年表

1789	法國大革命的起始年；廢除了封建制度，也宣告人權法案。
1792	法國共和政體宣告成立；革命戰爭於焉開始。
1799	拿破崙成為共和第一執政。
1804	拿破崙成為法國皇帝。
1805	拿破崙先後擊敗奧地利與普魯士（1806）。
1812	拿破崙揮軍入侵俄羅斯。
1815	拿破崙兵敗滑鐵盧，隨後被放逐至聖赫倫那島（St. Helena）。

梅里美（1803-70）是其中最有才情的人。他深受司各特的影響，他和雨果都想寫與克倫威爾（Cromwell）有關的東西，祇不過他搶先一步罷了，同時他也對果戈里（Gogol）與普希金（Pushkin）等俄國作家的作品深感興趣。他最有名的作品當屬中篇小說集《卡門》（Carmen, 1845）與《高龍巴》（Colomba, 1852）。他在柏斯藝術街十號住了許多年，有一陣子住在雅各街（the rue Jacob），最後搬到立利街（the rue Lille）。這些地方全在塞納河左岸（the Left Bank），那裏受浪漫主義者喜愛的程度，毫不亞於1920年流亡巴黎的外國人。

　　維尼（Alfred de Vigny, 1797-1863）生於洛奇（Loche），在巴黎的浪漫主義者之間也享有聲名。他於七歲時隨父母來到巴黎，先是住在愛麗賽（Elysée Bourbon），然後搬到阿嘉梭（the Marché d'Aguesseau），他在那裏寫了許多詩與一本重要的歷史小說，《蜘蛛與蒼蠅》（The Spider and the Fly, 1826）。由於對1830年的七月革命感到幻滅，他回到自己的城堡（La Maine Giraud），過著退隱的生活，並且寫了一部以英國古典詩人為題材的劇作《夏特東》（Chatterton, 1835）。

　　拉馬丁（Alphonse Lamartine, 1790-1869）成長的地方，接近勃根地（Burgundy）的馬貢（Macon）。1820年，他寫下《沈思集》（Le Lac），用以緬懷一段逝去的愛，和對若干浪漫主義的絕望。《約瑟蘭》（Jocelyn, 1838）與《天使謫凡記》（Le Chute d'un Ange, 1838），都是他計畫的長篇史詩中的一部分，然而詩中所顯露對社會的成見，卻導致他投入政治生涯。1833年，他獲選為議會代表，在1878年的大革命中，他扮演領導者的角色，並且主導創立「第二共和」。在巴黎，他住在立利街一二三號。拿破崙三世曾送給他一棟在帕西（Passy）的山莊。儘管如此，他還是債臺高築，於是祇好退休返回馬貢老家。

　　雨果（1802-85）是浪漫主義者之中，最知名、最多才多藝的作家。他生於法國東部的

1870年，當最偉大的浪漫主義者雨果，結束流亡生活返回巴黎時，他受到英雄式的歡迎。他被選為國會議員，晚年備受尊崇。上圖是1885年為他舉行的國葬場面，共有兩百萬人參加。他的小說，《悲慘世界》──首頁如下圖所示──是揭露人類苦痛的史詩故事，今日它已成為浪漫主義時期最重要的代表作之一。

貝尚松（Besancon），然而從他在聖母院路的租屋處，到位於佛斯吉思（Place des Vosges）的大宅，或許就可以看出他的成功了。雨果也許會說，他在劇本《克倫威爾》（Cromwell, 1827）中，那篇反古典主義的序言，就是浪漫主義的濫觴，並且以在著名且喧囂的法蘭西喜劇院所上演的《愛爾那尼》（Hernani, 1830），來強化他的說法。1851年至1870之間，他因政治問題被迫在英吉利海峽中的諸島嶼，過著流亡的生活。當他到了澤西島（Jersey）時，他的兒子問他想在那裏做甚麼。「面對大海沈思吧，」雨果回答他。「你呢？」「我會看看莎士比亞的作品。」其子回答。「我也會做同樣的事。」雨果說。到了1864年，雨果出版他對莎士比亞的評論。他在格恩濟島（Guernsey）上，寫了許多最好的小說，像是傑出的《悲慘世界》（Les Misérables, 1862）與《海上勞工》（Toiler of the Sea, 1866），還有數量可觀的詩作。他回到巴黎時，被人們當作英雄來迎接。對許多當代的法國人來說，他依舊是法國浪漫主義中，不可不提的代表人物。

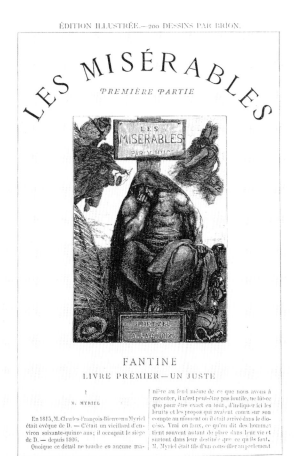

ÉDITION ILLUSTRÉE.—200 DESSINS PAR BRION.

LES MISÉRABLES
PREMIÈRE PARTIE

FANTINE
LIVRE PREMIER—UN JUSTE

威瑪與德國浪漫主義

　　1776年，當美國國會歡欣鼓舞地宣告美國獨立時，德國文學也開始大膽地從古典主義往浪漫主義前進，並且將履行完美的義務，轉為一種無限的文學觀。這樣的轉化在政治上帶來的結果，就是1848年於法蘭克福保羅教堂（Frankfurter Paulskirche）所制定的德國憲法。這部憲法的草案最初是在威瑪（Weimar）提出的，當時為1816年（而1919年的那部威瑪憲法，則造就所謂的「威瑪共和」）。有時候，威瑪似乎註定要成為德國的中心樞紐——尤其是談到它和德國文學與哲學領域中偉大人物的關係時，這些知名之士包括了維蘭德（Christoph Martin Wieland, 1773-1813）、赫爾德（Johann Gottfried Herder, 1744-1803）、歌德（Johann Wolfgang von Goethe, 1749-1832）與席勒（Friedrich von Schiller, 1759-1805）。

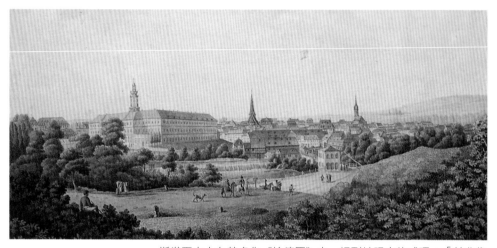

　　事實上，威瑪是威瑪公爵與艾森納赫（Eisenach）公爵在圖林吉亞（Thuringia）領地上，位於埃姆河（the River Ilm）河畔的一個小公國。在歌德那個年代裏，它的人口數約有六千，是四鄉往來的商業城鎮。1785年，首次人口普查的結果，在大約七百平方哩的土地上，居民人數增加至十萬六千三百九十八人。威瑪主要的特色在於四周的鄉村美景，哲學家與作家們在此流連忘返；至少，公爵有了歌德的鼎力相助，在市中心闢建一處大型公園，以便廣招人們來此居住。

斯塔爾夫人在其名作《論德國》中，提到她眼中的威瑪：「並非像個小城，反而是個大城堡。」她指的地方應該是奧古斯都公爵府邸的一部分。上圖是克勞斯（Karl Klaus）於1785年所繪的公爵府，展現了最完美的風貌。

　　最早來到這裏的是維蘭德，當時他應腓特烈大帝的姪女，阿瑪莉亞公爵夫人（Duchess Anna Amalia）之邀，擔任奧古斯特（August）與本哈德（Bernhard）兩位親王的宮廷教師。在他最有名的小說《阿迦通的故事》（*Agathon*, 1766-7）——首創的哲學式小說——他嘗試在個人情感與辯證推理之間，搭起一座溝通的橋樑，也為後來的「狂飆突進」運動（*Sturm und Drang*）奠下基礎，這個文學運動點出了德國浪漫主義的方向。1776年，另一個浪漫主義的代表人物——赫爾德——出現了。作為一位歷史學家與文學批評家，他成了歌德的良師益友，引導歌德去注意莎士比亞的

上圖為席勒的肖像，他努力在古典主義與浪漫主義之間尋找平衡點。

藝術成就，也教導他關注文學中的民族感情的重要性。他們自1770於史特拉斯堡（Strasbourg）相識，即開始建立友誼，在威瑪重逢時，關係一度疏遠，過了數年，兩人又重修舊好。

　　1775年，年僅二十六歲的歌德搬來威瑪，他在宮廷裏相贊甫即位的奧古斯都公爵（Duke Karl August）處理公務。當時他已經以劇作《鐵手騎士葛茲·封·貝利欣根》（*Götz von Berlichingen*, 1771-3）與小說《少年維特的煩惱》（*The Sorrows of Young Werther*, 1774）而聲名大噪。維特是個典型的天才，他對讓他絕望的愛麻木了，也無力在周遭發現足夠的同情。這本小說開始以文學和感情上的革命之姿，橫掃歐洲。它算是以個人的努力，來表達情感的濫觴之作。這樣的寫作方式也開啟一種實驗：語言不必再墨守精確的文法規則。基督徒的信仰失去了重要性，自然成了理想典型，巴洛克（Baroque）宮廷的虛假生活變為譴責的對象，而像年輕的歌德所擁有的感情，就代表了全部。

席勒自1788年起，就在耶拿大學（the University of Jena）教授歷史，這所學校距威瑪祇有幾哩路。當他寫的劇本《強盜》（*Die Räuber*, 1781）出版之後，他也成為一位眾所皆知的劇作家。《強盜》是個有政治叛亂意味的戲劇。席勒在威瑪寫了更重要的劇本，其中包括《威廉‧泰爾》（*Wilhelm Tell*, 1804）。歌德和席勒這兩個人起初相互猜疑，然而他們很快就知道，在詩人、劇作家與思想家等身分上，他們可以截長補短。他們兩人都想在古典主義和浪漫主義的主張中，找到平衡之道。古典主義在溫克爾曼（Johann Winckelmann, 1717-68）的思辨美學裏，找到復興的契機，而

上圖這頁取自歌德《浮士德》最早的插畫本，出書當時為1854年，繪圖者為塞伯茲（Engelbert Seibertz）。

溫克爾曼對希臘與羅馬藝術的洞察，也成為當時考古學的基礎。法國的啟蒙運動強調的是社會與理性的目的，而非藝術的目的，與此不同，德國的啟蒙運動（Aufklrung）尋求的是對當時世界的廣泛理解。

歌德與席勒都認為文化觀念的發展是一種手段，而不祇是一個資料而已，它是可以在生活中實現的理想。在威瑪的作家們，彼此分享一種符合人性的生活哲學，他們對人類的完美性，有著無藥可救的樂觀。人類應該有能力形成自己的本性與同一性（identity），也能組織自己的文化與社會。歌德在形式與內容、科學與藝術、人類與自然、理性與感情的有機和諧中掙扎。他的劇作、詩歌與小說，不單單透過其中的邏輯或風格，而且藉由形式的整體美，贏得了讀者的信任。歌德筆下的主角讓我們印象深刻的是，他們都努力實現自身所負的責任，這些責任不再是由上帝所賦予，而是人類自己交給自己的。文化理想（Kultur）居於核心的地位。它代代相傳，生生不息，有時靠的是一個字，有時則是透過公共機構。在歌德自己的小說大作，《威廉‧麥斯特的學習時代》（*Wilhelm Meister's Apprenticeship*, 1796）中，這樣的哲學理念有了文學的表達，這本書同時也是瞭解早期浪漫主義者的資料來源。

席勒也一直與這「新學派」（Neue Schule，他們的成員都是這樣稱呼這個運動）保持密切聯繫，直到發生一次激烈的爭吵，使他脫離這個常在耶拿聚會的團體。他的立場更加親近當時的偉大哲學家康德（Immanuel Kant, 1724-1804）的觀念論（idealism）。康德的「定言令式」（Categorical Impretive，或譯「無上命令」）與其理性觀念論，主宰席勒筆下主角的一言一行，他們對調停個人渴望與道德義務已麻木了，他們通常會犧牲前者來滿足後者。歌德曾經從威瑪出發，前往義大利，他在那裏體會到義大利文藝復興，而他的藝術刺激也快速孳生。他在1788年返國，重新設計位於孚羅因普蘭（Frauenplan）的家，進入他後期的寫作生涯。他畢生的心血幾乎都用於劇本《浮士德》（*Faust*，第一部完成於1808年，第二部完成於1832年）。但他也寫了膾炙人口、具有象徵意義的小說《親和力》（*Elective Affinities*, 1809），並且開始把興趣延伸到科學、醫學與植物學等領域。

又有新的賓客來到威瑪公爵府。1796年時，別名讓‧保爾（Jean Paul）的李希特（Johann Friedrich Richter, 1763-1825）應邀前來。他會見赫爾德、歌德與席勒，寫了一本喜劇小說《齊本克思》（*Siebenkäs*, 1796-97），但批評的聲浪卻是相當激烈。詩人荷爾德林（Friedrich Hölderlin, 1770-1843）在歌德家中被待為上賓，相形之下，劇作家暨說書人克萊斯特（Heinrich von Kleist, 1777-1811）對被歌德所拒斥，卻始終耿耿於懷。當時許多有新學派之稱的浪漫主義者，都聚集於耶拿大學四周。從哥廷根前來的施萊格爾（August Wilhelm Schlegel, 1767-1845），在耶拿擔任教席，立下許多浪漫主義原則。他的弟弟弗里德里希（Friedrich von Schlegel, 1772-1829）為席勒主持的文學評論寫文章，自己也寫了一篇論文〈論威廉‧麥斯特的特徵〉，他肯定歌德這本作為一種文類的

歌德（上圖）在《少年維特的煩惱》和《浮士德》中，創造了幾乎具有神祕涵意的人物。

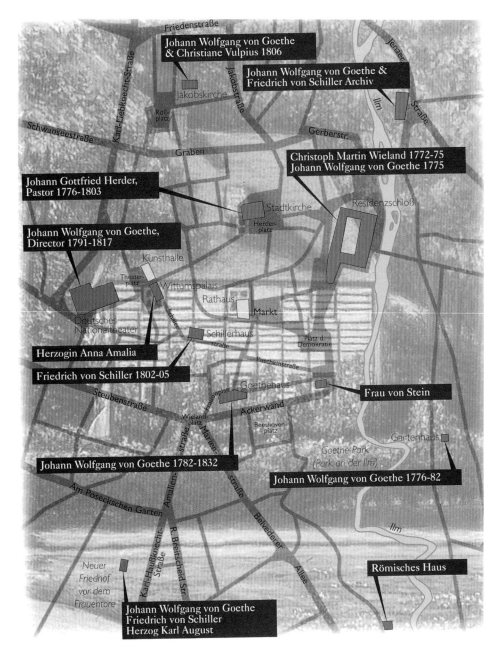

Friedenstraße

Johann Wolfgang von Goethe
& Christiane Vulpius 1806

Johann Wolfgang von Goethe &
Friedrich von Schiller Archiv

Jakobskirche

Rollplatz

Schwanseestraße

Graben

Gerberstr.

Christoph Martin Wieland 1772-75
Johann Wolfgang von Goethe 1775

Johann Gottfried Herder,
Pastor 1776-1803

Stadtkirche

Residenzschloß

Herderplatz

Johann Wolfgang von Goethe,
Director 1791-1817

Kunsthalle

Theaterplatz

Wittumspalais

Rathaus

Markt

Deutsches
Nationaltheater

Schillerhaus

straße

Platz d.
Demokratie

Herzogin Anna Amalia

Puschkinstraße

Friedrich von Schiller 1802-05

Steubenstraße

Goethehaus

Frau von Stein

Ackerwand

Wielandplatz

Beethovenplatz

Goethe Park
(Park an der Ilm)

Gartenhaus

Johann Wolfgang von Goethe 1782-1832

Am Poseckschen Garten

Johann Wolfgang von Goethe 1776-82

Ilm

Neuer
Friedhof
vor dem
Frauentore

Johann Wolfgang von Goethe
Friedrich von Schiller
Herzog Karl August

Römisches Haus

格林兄弟——雅各和威廉（上圖）——蒐集
出版了可說迄今為止，最知名的童話故事
集。

威瑪：威馬公國的中心為奧古斯都公爵
府，歌德和維蘭德都曾在1770年代在宮中
效勞。

格爾抗拒古典作品的希求，視那種理
想與不變的形式，為達到完全性的障
礙。希臘文學不再是藝術的典範，而
是某種可以挑戰與推翻的東西。這是
為龐大的創造力提供視野的哲學思
維，而這樣的創造力，成為德國浪漫
主義的最大特徵。此刻，人們的問題
不再祇是要在自然中和諧地生活，浪
漫主義者還想與之同唱和諧的生命之
歌。藉由放棄本體，生命的意義從而
建立。費希特（Johann Fichte, 1762-1814）
是開風氣之先的哲學家，他發展一套
以「精神」（Geist）來下達命令的觀念論。按照謝林（Friedrich
Schelling, 1775-1854）的說法，在調和自然與意識此無休止的二
元論上，浪漫派的藝術知覺很能發揮作用。

　　儘管浪漫主義者可劃分為幾個方向，但新的實驗精神還
是浮現出來了——不管是在繪畫方面的朗吉（Philipp Otto Runge）
和弗里德里希（Casper David Friedrich），還是音樂方面的舒曼
（Robert Schumann）和孟德爾頌（Felix Mendelssohn）。過去一成不變
的原則都被打破了。民族性、語言理論和語源學成為重要的
焦點，神話和傳說也取得同樣的地位。格林兄弟（the Grimm
brothers）的雅各（Jacob, 1785-1863）與威廉（Wilhelm, 1786-1859）都
是語言學家，他們蒐集神話故事和民謠，也為德國人編纂第

小說的重要性。他們用這些文學理論，為這個新學派紮好基
礎。其他的浪漫主義者紛紛出頭了，包括別名諾瓦利斯
（Novalis）的詩人哈登貝格（Friedrich von Hardenberg, 1772-1801）、劇
作家暨小說家蒂克（Ludwig Tieck, 1773-1853）與其友人，也是詩
人的瓦肯羅德（Wilhelm Wakenroder, 1773-98）。他們原本打算撰寫
能夠結合所有藝術範疇的浪漫派書籍。不幸的是，他們企圖
卻變成支離破碎的作品，像是諾瓦利斯的小說《亨利希·
封·奧弗特丁根》（Heinrich von Ofterdingen, 1802），儘管他整合了
音樂與繪畫、詩歌與散文。新學派因此有了一個重要的象徵
——藍花（the blue flower）。諾瓦利斯說出浪漫運動的目標：要
超越歌德的文學成就，也要一起掙開古典主義的牢籠。施萊

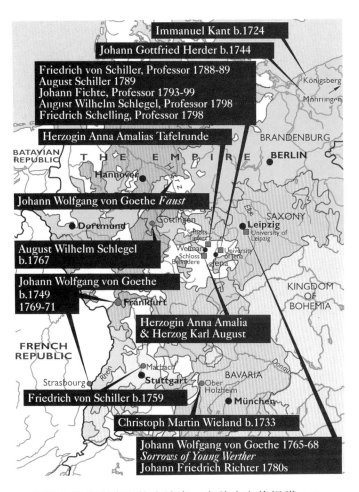

Immanuel Kant b.1724
Johann Gottfried Herder b.1744
Friedrich von Schiller, Professor 1788-89
August Schiller 1789
Johann Fichte, Professor 1793-99
August Wilhelm Schlegel, Professor 1798
Friedrich Schelling, Professor 1798
Herzogin Anna Amalias Tafelrunde

BATAVIAN
REPUBLIC
Königsberg
Möhrungen
BRANDENBURG
THE EMPIRE
BERLIN
Hannover

Johann Wolfgang von Goethe *Faust*
Dortmund
Göttingen
Schloss
Tiefurt
Weimar
Schloss
Belvedere
Jena
SAXONY
Leipzig
University of
Leipzig
University of
Jena

August Wilhelm Schlegel
b.1767

Johann Wolfgang von Goethe
b.1749
1769-71

KINGDOM
OF
BOHEMIA

FRENCH
REPUBLIC
Frankfurt

Herzogin Anna Amalia
& Herzog Karl August

Marbach
Strasbourg
Rhein
Donau
BAVARIA
Stuttgart
Ober
Holzheim

Friedrich von Schiller b.1759
München

Christoph Martin Wieland b.1733

Johann Wolfgang von Goethe 1765-68
Sorrows of Young Werther
Johann Friedrich Richter 1780s

德國：當歌德於1775年搬到威瑪後，這裏就成為德國浪漫主義的中心，威瑪四周的作家、哲學家與藝術家皆慕名前來。

和司圖嘉特（Stuttgart）。許多新學派的文人，像是蒂克、謝林、施萊格爾兄弟都搬到柏林。從艾亨多爾夫（Joseph Freiherr von Eichendorff, 1788-1857）這位定不下來的作家的作品起，浪漫主義者開始哀悼工業主義對自然、社會與個人所帶來的影響。說書人暨作曲家，同時也是貝多芬的仰慕者，兼莫札特的詮釋者，霍夫曼（Ernst Thomas Amadeus Hoffman, 1776-1822），在其幻想故事中，將想像與現實結合，於是開始指出通往寫實主義（realism）的路向。浪漫主義原本以逃避現實著稱，但到了後來，它比歌德當時更具政治意識，而歌德向來鼓吹道德意識與個人的責任，他不免對自己一手扶植起來的運動，開始猜疑了。

當他八十二歲那年逝世時，歌德自己已經探索過許多不同領域的問題——古典主義、浪漫主義、自然與科學、心理衝突等等——或許搶先佔領了十九世紀復甦中的德國浪漫派文學。歌德和席勒（早歌德四分之一個世紀離開人世）死後葬在一起，他們的墓地位於威瑪公爵墓園內——威瑪本身看來似乎成了歐洲藝術與文化的薈萃之地。後來也吸引更多一流的人才來到那裏，其中包括尼采（Nietzsche）。歌德紀念館與席勒紀念館都位於威瑪市內，他們兩位的雕像現在就矗立於國家劇院之外，象徵著影響力不僅是對德國，更及於世界文學。

一部辭典與內容廣泛的文法書。在詩人布倫坦諾（Clemens Brentano, 1778-1842）和阿爾尼姆（Achim von Arnim）的請求下，格林兄弟把蒐集到的民謠交給他們，此外還有一本新文集（*Des Knaben Wunderhorn*, 1805-8），將古老的故事與歌謠，改寫成具有浪漫派感覺——但這並不是格林兄弟真正想要的。蒂克也寫了神話與超自然的故事（*Der Runenberg*, 1804）。格林兄弟則是在1812到1815年間，出版三卷的童話自選集。

德國浪漫主義引起國際間的興趣，諸如司各特與歐文（W. Irving）等作家皆受其影響。浪漫主義也出現新的重鎮——海德堡（Heidelburg）弗斯里（Johann H. Fussli）一如當時的藝術家，從超自然界中得到靈感，右圖便是他的作品，《夢魘》（*The Nightmare*, 1781）。

華盛頓・歐文時的歐洲

　　「我總是喜愛去看新的風景，也喜歡觀察奇特的人物與行為。當我祇是個孩子時，就開始旅行了，我在我住的城市裏的不知名地區，一次又一次地展開發現之旅。我的父母經常警告我別那麼做，而我付出的代價就是變成城裏的愛哭鬼。」歐文（Washington Irving, 1783-1859）在《見聞札記》（*The Sketch Book of Geoffrey Crayon, Gent,* 1819-20）的開頭這麼寫著，這本書也是美國文學的首要作品之一。書中大部分提到的地方都在歐洲，尤其以英國為最，他在那裏的生活可說耽溺於他所說的「漫遊的愛好」，而這個過程卻創造出廣大的文學地圖，也對歐洲本身產生巨大的影響。

　　正如他的名字「華盛頓」所紀念的意義，歐文是美國獨立革命之後所生的孩子。歐文是家中的幼子，他的父親是一位定居紐約的蘇格蘭商人。他從小就在素有「燈籠褲之城」（Knickerbocker）之稱的紐約長大，這個別稱是和紐約過去與荷蘭的淵源有關。1809年，時為二十六歲的歐文已是一位律師，他化名為狄德里希・尼克爾—包克爾（Diedrich Knicker-Bocker），寫了一本逗趣的作品，《紐約外史》（*A History of New York,* 1809）。這本書也燃起他想成為專業作家的熱情——但是在甫獨立的美國，作家簡直沒有生存的餘地。1812年，美國對英國的敵意使戰火又起。1815年戰爭才結束，歐文就迫不及待花了一個月的時間，搭船橫越大西洋，到英國追求他的文學之夢了。他這一去就是十七年。

　　他這趟旅行還有一個實際的任務。他的家族以利物浦為本營，所經營的越洋進出口生意，因受到戰火的波及，即將面臨倒閉的命運。雖然他得努力挽回頹勢，但他還有更大的雄心。「我下定決心，在寫作上沒有甚麼成績之前，絕不回美國。」他寫到在美國這個新國家，作家得面對的一些問題：「從商業的眼光來看，作家是沒前途的，這個國家裏每個人都很忙碌，文學的悠閒就等同於懶散，爬格子的人在美國幾乎是個絕緣體。沒幾個人懂得文學，遑論對它賦予價值，而鼓勵他去追尋文學之夢的人，可以說是絕無僅有了。」

　　但是在英國，文學的品味正處於轉變的狀態。華茲華斯、拜倫、雪萊、濟慈與司各特所興起的浪漫主義革命，正在如火如荼地展開。歐文從他們那裏學得很多，也瞭解作家

歐文（上圖）是美國第一位專業作家。他受過律師訓練，但他更愛寫作，後來成為當時的美國文壇領袖，也堪稱是美國與歐洲之間的文學大使。

在英國確實可以靠寫作維生。他用了個新的名字，克萊揚（Geoffrey Crayon）——一位旅行藝術家，來撰寫《見聞札記》，這本書本於他「漫遊的愛好」，收集他在英國旅行所見聞到的故事與隨筆散文。

　　儘管就當今的文學品味來說，《見聞札記》似乎不是一本原創性十足的作品。但是對當時的文壇而言，它確實是。《見聞札記》實際上創造了一種「歐洲」（Europe），尤其是「英國」（England），那是一位來自新世界的美國人，以其觀點對舊世界表達敬意。正如歐文所說，美國人毋須為了尋找美景而橫越大西洋，他們大可在美國看到這些。「然而，」他寫到，「歐洲有著故事與詩一般的魅力。你可以在這裏看到許許多多的藝術傑作、高度發展的精緻社會、古老的奇特事物和為時甚短的風俗習慣。我的國家充滿年輕的承諾，歐洲則擁有代代相傳的歷史寶藏。歐洲的衰退訴說著過去的古老榮光，而每一個風化的石頭都見證時代的興衰。」這位美國人是以這樣的開頭，在歐洲展開大旅行。

　　歐文的書在大西洋兩岸，都讓讀者十分開懷。它向美國的承諾致敬，也為歐洲的歷史歡呼。歐文用新世界對歐洲的觀點寫成的小說，甚至也引起歐洲人的共鳴。他經常提到兩次革命——美國獨立革命與法國大革命——他說他們擁有像希臘一般的古老文化，可以讓美國成為羅馬。他也顯示儘管美國沒有歷史遺蹟，但的確需要這樣的文化。這就是歐文（或者說是克萊揚）要前來歐洲的原因，他要以「詩樣而非政治」的眼光看事物。「我渴望漫步穿梭於這些古蹟之間——踩在遺址的臺階——徘徊在傾圮的城堡——對即將倒塌的塔樓冥

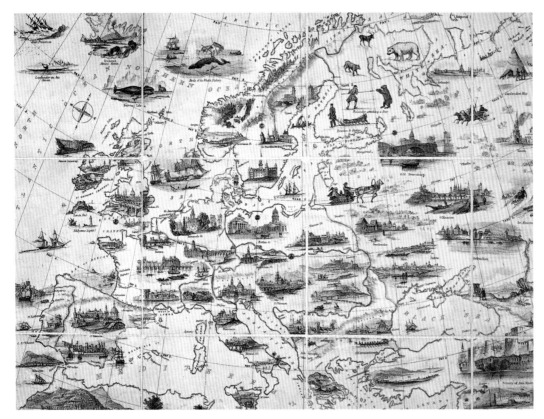

歐文的觀點啟發許多作家，包括霍桑（Nathaniel Hawthorne）與狄更斯。而這些旅行家世代，也有被歡迎的好理由。歐文發明的不僅是歐洲的大旅行，更是跨越大西洋旅行主義的張本。左圖是斯本納（William Spooner）所畫的《歐洲之旅》（A Tour through Europe, 1842）。

在歐文的英國之旅中，他會見了詩人柯立芝，也到阿伯斯福德（Abbotsford）拜訪司各特，他在那裏特別有溫暖的感受。下圖所示為司各特家中的友人聚會，繪圖者為費德（Thomas Faed）。

思，簡單地說，我要從現實的平凡事物裏逃開，讓自己迷醉於過去這朦朧的莊嚴中。」克萊揚在〈自序〉中這麼說。如果美國是未來的新世界，歐洲此刻就成為散發魅力的舊世界。

當時工業革命正在英國發端，住在利物浦與伯明罕（Birmingham）的歐文也相當明白。但他書中所畫的三十四幅素描，卻強調一個不同於彼，而帶著浪漫氣息的英國──朦朦朧朧如迷宮似的英國城市、古雅的教堂、鄉間不朽的生命與持續不輟的民俗風情。他在與文學有關或具田園風味的西敏寺、斯特拉特福與牛津等地，展開「詩的朝聖之旅」。歐文筆下創造了浪漫、怡人的英國。對他來說，尤其特別的是，英國得感激它所擁有的風貌，像是古樸的鄉村與農夫，以及公共馬車上歡樂的旅行；作為一個善良的美國遊客，他被古老的血緣關係所吸引，愉快地優游在這些浪漫與詩意的關連中。

即使有了古樸與適宜旅遊這樣的特色，結果還是非常生動的。由於歐文對浪漫的過去所流露的傷感，當時大西洋兩岸的人都想看到由傳說所構成的歷史。他的書建構出「詩樣」的英國景色，也成了文學與廣受歡迎的民間傳說。

不過，他未就此停住。由於司各特的鼓舞──他曾邀他去看看更有浪漫主義色彩的蘇格蘭──歐文決定前往民俗與傳說的中心地區德國。他在萊茵河一帶旅行，以便蒐集更多傳說，接著又到薩爾茲堡（Salzburg）、維也納與德勒斯登（Dresden），會見蒂克與讓‧保羅等當時知名的德國民間故事

作家。在《見聞札記》中，他將蒐集到的兩個故事，改寫成具有美國風味，日後也成為最有名的兩個美國故事──〈李伯大夢〉（Rip Van Winkle）與〈睡谷傳說〉（The Legend of Sleepy Hollow）。他將故事的背景重新設在未知其始，也不知所終的哈德遜河河谷，因為在那裏，傳說的感覺可以一直流傳下去。

歐文筆下創造一個浪漫而富田園風味的英國，在《旅客談》（Tales of a Traveller, 1824）裏，他又寫出傳奇色彩濃厚的德國與中歐。然而，他還要繼續追尋：「我要乘著風去馬德里！」他如是說。這一步很自然，透過美國的外交安排，歐文得以進入「哥倫布檔案室」，那時美國的勢力正要深入西班牙所掌控的西部。1828年，歐文寫成《哥倫布的生平和航行》（The Life and Voyages of Christopher Columbus），將這位熱內亞人

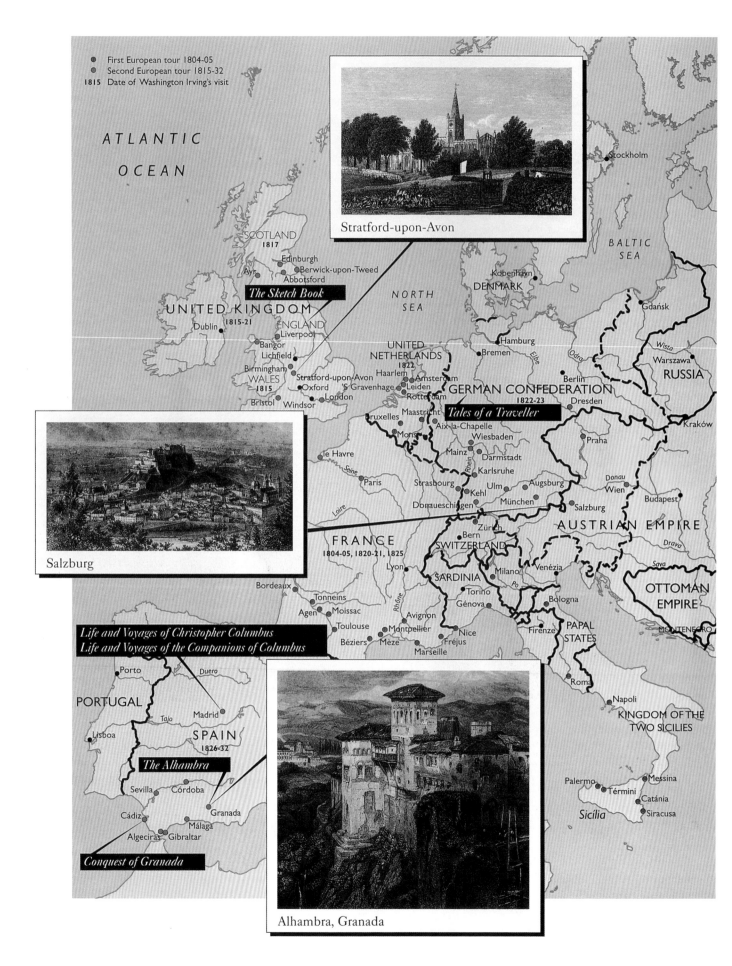

First European tour 1804-05
Second European tour 1815-32
1815 Date of Washington Irving's visit

ATLANTIC

OCEAN

Stratford-upon-Avon

BALTIC
SEA

Stockholm

SCOTLAND
1817

Edinburgh
Ayr   Berwick-upon-Tweed
        Abbotsford

Kobenhavn
DENMARK

NORTH
SEA

The Sketch Book

UNITED KINGDOM

Dublin 1815-21
ENGLAND
Liverpool
Bangor
Lichfield
Birmingham
WALES
1815
Bristol

Hamburg
Bremen

UNITED
NETHERLANDS
1822
Haarlem
Stratford-upon-Avon Amsterdam
Oxford 'S Gravenhage Leiden
London Rotterdam
Windsor

Elbe

Berlin

Odra

Gdańsk

Wisła

Warszawa

RUSSIA

GERMAN CONFEDERATION
1822-23

Dresden

Kraków

Praha

Bruxelles
Mons
Maastricht
Aix-la-Chapelle
Wiesbaden
Mainz
Darmstadt
Karlsruhe

Tales of a Traveller

le Havre

Seine

Paris

Strasbourg
Kehl
Donaueschingen

Rhein

Ulm Augsburg
München

Donau

Salzburg

Wien

AUSTRIAN EMPIRE

Budapest

Drava

Salzburg

Loire

FRANCE
1804-05, 1820-21, 1825

Zürich
Bern
SWITZERLAND

Lyon

Bordeaux

Tonneins
Agen Moissac
Toulouse
Béziers Mèze

Rhône

SARDINIA

Torino

Avignon
Montpellier
Nice
Marseille Fréjus

Milano

Po

Génova

Venézia

Bologna

Firenze

PAPAL
STATES

Sava

OTTOMAN
EMPIRE

MONTENEGRO

Life and Voyages of Christopher Columbus
Life and Voyages of the Companions of Columbus

Porto

Duero

PORTUGAL

Madrid

Tajo

Lisboa

SPAIN
1826-32

The Alhambra

Sevilla Córdoba

Cádiz

Granada

Málaga
Algeciras Gibraltar

Conquest of Granada

Roma

Napoli

KINGDOM OF THE
TWO SICILIES

Palermo Messina
Términi Catánia
Siracusa

Sicília

Alhambra, Granada

有多少真實與傳說的傳奇與傳統
——有多少阿拉伯與西班牙的歌謠，
訴說著愛情、戰爭，謳歌騎士精神，
這些都與東方有關呢！

～歐文
《阿爾罕伯拉傳說》

（Genoan）描寫成一位完成環行世界壯舉的詩人與悲劇探險家，他將舊世界的幽暗奧祕與新世界的發現連接起來。經由世界各地的譯作，這本書為哥倫布（或者說是歐文本人）贏得神話般的美名。加上他後來的續作《哥倫布的夥伴的生平和航行》（*Life and Voyages of the Companions of Columbus*, 1831），使得哥倫布一躍而為美國英雄，幾成美國國父。歐文也因此成為大西洋兩岸交流的編年史家。

在此同時，他也研究西班牙的摩爾人（Moorish）歷史。歐文深入鑽研史料，尤其是傳說。他到格倫那達（Granada）阿罕布拉（Alhambra）的摩爾人故宮居住，在那裏寫下《阿罕布拉傳說》（*The Legends of Alhambra*）。這本書於1832年問世，是年他回到美國，聲望之崇隆，遠非當時美國其他作家可及。他又到歐洲，在那裏一樣享有盛名，也不再有「非美國人」的心態。事實上，歐文靠著一張簡單的文學地圖，就把歐洲和美國結合起來。

此時，這位偉大的美國作家，定居在他鍾愛的哈德遜河河谷的塔利鎮（Tarrytown）；他的注意力轉移到大西部的拓荒冒險上。他寫了《阿斯托里亞》（*Astoria*, 1836），為財閥阿斯托（William Astor）和他的毛皮生意立傳，接著又寫了一部《波尼維爾上校》（*The Adventure of Captain Bonneville, USA*,

1837），說的是沙漠中的種種探險故事。但他的心思不在這裏，無論如何，美國西部的題材已經被他的主要對手庫珀（James Fenimore Cooper）所掌控了。儘管如此，歐文已經完成真正的成就。他筆下的「歐洲」，為美國人的眼睛開啟一個新的浪漫景色。他創造的「世界性主題」（international theme），成為爾後的美國作家所奉行的圭臬，從詹姆斯（Henry James）到龐德（Ezra Pound）、艾略特（T. S. Eliot）與海明威（Ernest Hemingway）——也都為了詩作、坍塌的塔樓，或是為了比較歐洲的過去與美國的未來，而探訪歐洲。他所發明的「舊世界」，則是美國人眼中新的觀光景點。不消說，歐文確實創造了「歐洲」這個意含豐富的名詞，他使世人從西方的觀點，看出歐洲最偉大的空間所在。這就是我們今日居住的地方，連「歐洲合眾國」（United States of Europe）這樣的構想，也被提出了。

在歐文的時代裏，住在歐洲的人們罕能認知自己是「歐洲人」（European）。這種將寬廣的舊大陸視為一體的夢想，來自於新世界的啟發。要是今天的歐洲人都能以「歐洲人」自居，部分得歸功於歐文在歐洲大陸的遊歷與作品，因為他將兩個大陸——舊世界和新世界——巧妙地使之相互依賴。這也證明了，文學地圖擁有非凡的力量。

右圖是拉克罕（Arthur Rackham）所畫的插圖，生動地刻畫〈李伯大夢〉中的一景：「穿過峽谷之後，他們越過像個小劇場的谷地，谷地四周都是絕壁，在崖壁邊緣樹枝交錯，你可以從縫隙間，瞥見蔚藍的天空與發光的晚雲。」

歐文的歐洲之旅：歐文最早的歐洲之旅，是在1804年6月25日，從波爾多（Bordeaux）開始的。十一年後，他再次的歐遊，讓他在歐洲神話與傳說的幻想故事上，得到極有價值的素材。

歐文著迷於德國的浪漫主義與傳說。在他的歐洲之旅期間，他還翻譯了歌劇《野蠻的獵人》（Der Freischutz）。

庫珀時的邊疆

「好大的一片荒野！」這是美國文學英雄中，最知名的納蒂‧班波（Natty Bumppo）在庫珀（James Fenimore Cooper, 1789-1851）寫的小說《大草原》（*The Prairie*, 1827）裏，如此形容他心目中的理想生活；《大草原》是庫珀以班波這位偉大的邊疆居民為主角，所寫成的五部曲當中的一部，因之班波也有了「鷹眼」（Hawkeye）、「殺鹿者」（Deerslayer）與「皮襪子」（Leatherstocking）等稱號。庫珀本身算得上是美國第一位重要的小說家，在歷經幾本失敗的作品後，他以美國「大荒野」為創作背景，開創出非凡的美國經驗式的虛構神話。儘管在文學市場上，確實有三十本以上和庫珀的「皮襪子傳說」同類型的小說，但它卻是讓今日讀者最為懷念的故事，因為它觸及偉大而含糊的美國冒險精神核心，也反映了蠻荒時期西部的移民史。

當庫珀（上圖）將他為太太讀的一本英國小說丟下，感慨地說他能寫出一本比那更好的作品之後，他就成為一位小說家。《戒備》（*Precaution*, 1820）一書，可說是模仿奧斯丁的失敗之作，然而到了寫下《拓荒者》時，「皮襪子」這個角色也誕生了。

庫珀生於1789年，當時距獨立革命成功不久，美國也順理成章成為世上最年輕的新國家。庫珀之父曾為法官，擁有紐約上州的大片土地，他所生長的地方——歐次格（Otsego Hall）莊園——後來便以其父之姓，命名為庫珀斯頓（Cooperstown），那裏就在大湖區旁，也是蘇斯奎哈納河（the Susequehanna River）的發源地。這片土地原為印第安人所居住，後來歷經過幾次戰爭，直到庫珀法官（Judge William Cooper）來此開拓之前，那裏大部分風貌還是原始林地。庫珀法官跟其他美國人相比，可說是個胖手胝足開荒的大地主。爾後的四十年間，他和他的同伴開發了整個庫珀斯頓，建立農工業，賺取不少利潤。

「不過是四十年的光景，這地方就從荒野中脫胎換骨了。」庫珀在第三本小說《拓荒者》（*The Pioneer*, 1823）裏，述說著快速轉變中的邊疆地區。他告訴我們「村莊是多麼美麗與繁榮」、「馬路四通八達」，還有「各級學校如雨後春筍，快速興起」，這些都說明了「即使是在鄉間，也完成了這麼多建設」。然而，就在紀錄這些進步的同時，庫珀也對消逝中的荒野，發出懷念的浩歎。他把這種悼念具體呈現在森林中那位疲憊的老人，以前有過「皮襪子」之稱的班

波身上。班波曾與譚波法官（Judge Temple，以庫珀的父親為本，所寫出的人物）和新的拓荒者發生爭執，因為他以荒野、印第安人和自然律形成的簡單世界的保護者自居。

儘管祇是《拓荒者》裏一個次要的角色，這位「皮襪子」很快就吸引公眾的興趣。這位邊疆住民開始成為浪漫的美國英雄，他代表的是這個國家的自由精神。美國人對布恩（Daniel Boone, 1734-1820）與其先驅者「浣熊皮帽」克拉基特（Coonskin-hatted Davy Crockett）等捕獸者的歷險故事險深受感動。身為拓荒者、印第安戰士與邊疆故事的說書人，克拉基特死於對德克薩斯人的阿拉莫之役中。1834年，《克拉基特的生平》（*Narrative of the Life of Davy Crockett*）問世了。

庫珀認為他的小說英雄，兼具浪漫與歷史的重要性，他把班波再度拉回歷史，寫下《最後的莫希干人》（*The Last of the Mohicans*, 1826）。這回的背景設定在紐約州的格蘭瀑布（Glen Falls）一帶，時間則是1757年，當時法國人正與印第安人交

戰。法軍正固守與英軍作戰時的最後據點，這處邊疆地區盡是森林與堡壘。皮襪子此時的稱呼是「鷹眼」，他不是耄耋之齡的邊疆住民，而是英勇的年輕戰士，也是懂得在白人與原住民衝突中作思考的人。安卡斯（the Uncas）這位勇敢與忠誠的莫希干人，可說是

《殺鹿者》（見左圖書影）是庫珀所寫的五部曲當中之一，這五部曲並非按書中的年代先後依序寫成，它們處理的是「皮襪子」一生中的不同階段，從「皮襪子」在印第安與英—法之戰期間的殖民地荒野的體驗寫起，到他死於密西西比河西岸拓荒為止。右頁的插畫摘自《大草原》一書，「皮襪子」便是在本書中結束生命。

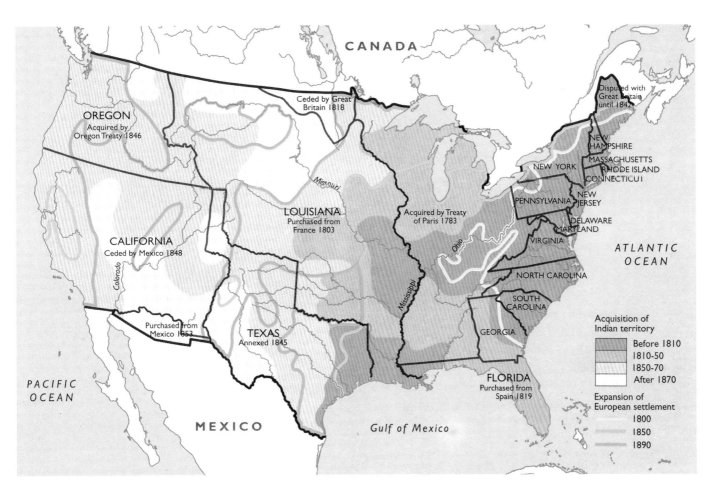

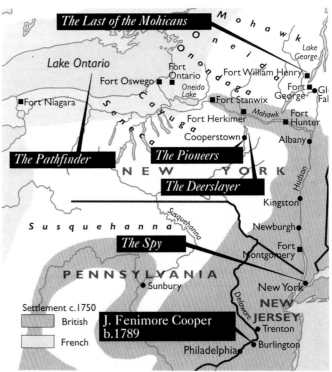

美國的西部拓荒：在往西部拓荒（上圖）的情形下，到了十九世紀末，印第安人的領土幾被佔領殆盡。庫珀的一系列的「皮襪子」小說，便將故事的背景設定他在伯靈頓的家鄉一帶（右圖），這張圖表說明了印第安時期的蠻荒地，開始成為歐洲人殖民地的過程。

庫珀創作的重要依據。事實上，「皮襪子」得將其有用的自然直覺與良好的狩獵技巧，歸功於他與印第安部族的親密關係，還有他對他們自然的與精神的智慧之理解。

在《大草原》裏，庫珀又將「皮帽子」寫成一個老頭子，並且把他放在歷史上，另一個時期的重要邊陲地帶——自「路易斯安那購地案」（the Louisiana Purchase）得到且甫開放移民的大平原。1803年，時任美國總統的傑佛遜（Thomas Jefferson），在號稱史上最大的買賣契約中，經過巧妙設計，僅僅用一千五百萬美圓，就從拿破崙政府手中，買下自大湖區至墨西哥灣，這片原為法國屬地的密西西比河流域。美國的版圖因此立增三倍，而疆界也移至密西西比河對岸。傑佛遜夢想藉此開發通往亞洲的貿易路線，於是派遣冒險家到西部，試圖找到通到太平洋的通道。西部大門從此開啟。

在《大草原》一書中，上了年紀的「皮帽子」已是八十

肯塔基拓荒先鋒布恩，成為亡命的邊疆住民與捕獵者的代表，他尋求的是荒野中的自由，而且總是脫離進步的「文明」。

高齡了，他依舊逃避文明。這片蠻荒的大草原，正開始住進新到的移民者。班波厭惡他們巧取豪奪的做法，想盡辦法維持他與自然、與樸素的印第安人之間的協定。到他死的時候，蓋棺論定其一生：「是個荒野中的哲學家，沒做過甚麼錯事，沒有任何惡行，有的祇是一派自然與真實。」

庫珀的確是在巴黎寫下這本書，那時他展開為期七年的歐洲之行。在歐洲，諸如巴爾札克與其他法國和歐洲作家，都肯定他的重要性。這位邊疆居民成了偉大的浪漫主義人物，而垂死的印第安英雄和大西部的主題，也變成世界性的神話。庫珀曾有一段時間把這樣的故事題材擱在一邊，祇寫與歐洲有關的東西，但後來他還是回過頭繼續寫他的「皮襪子小說」，他先後發表了《探路人》（The Pathfinder, 1840）與《殺鹿者》（The Deerslayer, 1841），當時他對傑克遜（Andrew Jackson）式的民主理論，以及西方傲慢的新信徒，都不再存有任何夢想。他所熟知的邊疆是在遙遠的過去，所以他把皮襪子小說的背景時間，硬是挪回一百年前。

在《探路人》裏，班波才三十五歲，他面臨是要選擇愛情，還是在「美國境內莊嚴、偏僻的森林」中，過著獨居的生活，一切都從此開始。《殺鹿者》的背景年代更早了，是

下面這三幅插畫，摘自路易斯（Meriwether Lewis）與克拉克（William Clark）於1814年合著之《密蘇里探險史》（History of the Expedition to the Sources of the Missouri）。他們的旅行是成功的：在1805年時，他們找到「西北通道」，看到了「我們一心焦慮渴盼見到的太平洋」。從那以後，殖民的腳步很快來到，西部也因此打開了。

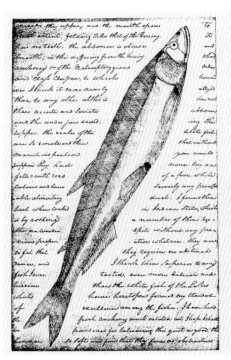
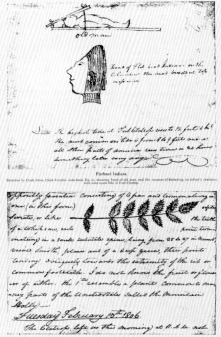

對庫珀與如柯爾（Thomas Cole）等浪漫派的自然畫家來說，正如後者所畫的《最後的莫希干人》（右圖）所顯示的，美國的荒野代表了莊嚴的意象。庫珀寫這本書，正是他浪漫主義的想法茁壯之時，但他的小說中仍可見到歷史故事——一系列對美國歷史與社會發展的分析，一如對消失中的荒野所發出的浪漫遺懷，也反映伴隨「文明的腳步」所經常出現的破壞歷程。

在1740年，當時的班波才二十歲，他對荒野發出浩歎。庫珀與班波在這點上是相同的，他們都處於傳奇性的年代，當時「鳥的眼睛所見到的密西西比河以東的地區，都覆蓋著遼闊的森林」。這個故事設定在浪漫的歐次格湖一帶，書中第一句話就是：「這真是個可以呼吸的好所在！」它述說年幼的殺鹿人如何被德拉瓦族（Delaware）印第安人扶養長大，以及如何與尊貴的莫希干酋長青嘉古克（Chingachgook）建立友誼，還有平原、沙漠與群山如何受到肆虐等情形。

西部終成美國的命運所在，而「對黃金西部的密謀」，也成美國人在這片大陸旅遊與記聞的主要任務之一。旅行家像是弗里蒙特（John Charles Fremont），畫家像是奧杜班（John James Audubon），都將他們的經驗形諸文字或圖畫。歐文將西部的皮毛交易寫成《阿斯托里亞》，而帕克曼（Francis Parkman）的《奧勒岡小徑》（The Oregon Trail, 1849），則被視為一部美國文學的經典作品。

美國代表著新興的西方帝國，這個庫珀一生追求的夢想成真了，而且不祇是美國人才有這個想法。這是所有生而自由的人，對民主的黃金年代所抱持的浪漫夢想，他們能在這裏更接近莊嚴的自然。然而，正如庫珀所指出的，事實總是殘酷的：森林被破壞了，美洲野牛遭到屠殺，土壤被沖蝕掉了，奴隸送來西部。儘管如此，他的神話還是具有推動的力量。「如果這些浪漫派作家筆下的作品，有甚麼比他本人還長命的，毫無疑問地，那就是『皮襪子』這個系列的故事了。」當庫珀完成「皮襪子」五部曲時，他如此寫到。他是

對的。他的原始林地、波光粼粼的湖泊、他的印第安人、他的狩獵技巧，全都構成他受世界歡迎的文學作品的骨幹。

有了庫珀的小說，西部一如歐洲或東方，成為文學地圖上的一個地名。捕獸者和拓荒者、牛仔和印第安人，都變成西部神話中的題材。他的書是少年冒險故事中的經典之作，也成了某些小說與西部蠻荒電影的模仿對象。這些電影開頭時，都會把他的書拍進去。身為美國第一位重要的小說家，庫珀覺得美國的虛構小說，要探索這個新國家中，衝突、破壞甚至是集體屠殺的能量，正如他將別具特色與令人驚奇的西部荒野，帶進文學的地圖。

庫珀「皮襪子」小說年表

《殺鹿者》（1841）
　　背景為1740年的歐次格湖一帶，當時還是一片荒野。

《探路人》（1840）
　　背景為1755年，法國人與印第安人交戰時期。

《最後的莫希干人》（1826）
　　背景為1757年，法軍固守對抗英軍的最後據點，當時邊疆地區仍是森林密佈。

《拓荒者》（1823）
　　背景為1793年，殖民地開始擴展。

《大草原》（1827）
　　背景就設定在甫完成的「路易斯安那購地案」後。

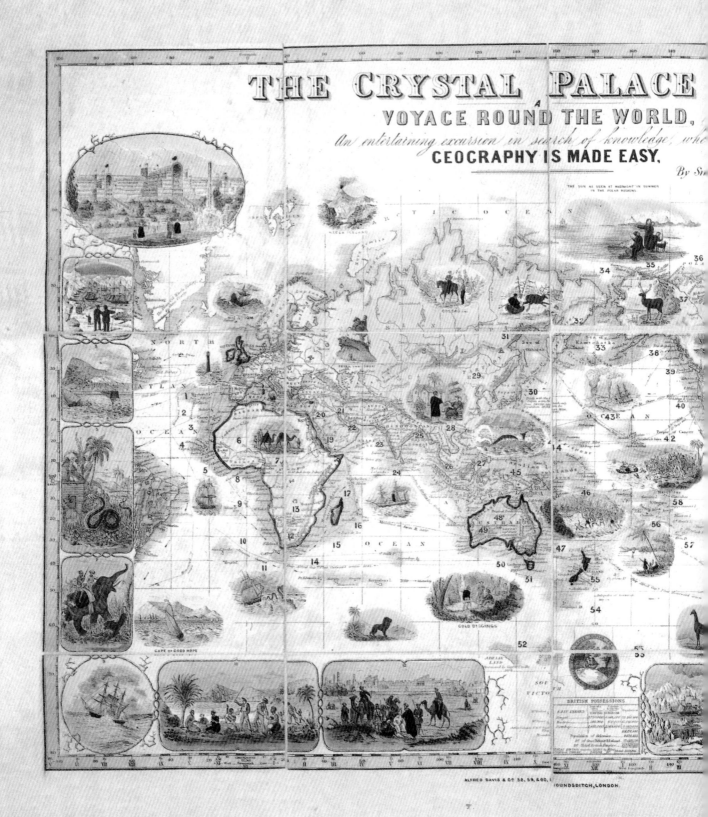

THE CRYSTAL PALACE

A VOYAGE ROUND THE WORLD,

An entertaining excursion in search of knowledge, whe

GEOGRAPHY IS MADE EASY.

By Sir

BRITISH POSSESSIONS

ALFRED DAVIS & CO 58, 59, & 60, HOUNDSDITCH, LONDON.

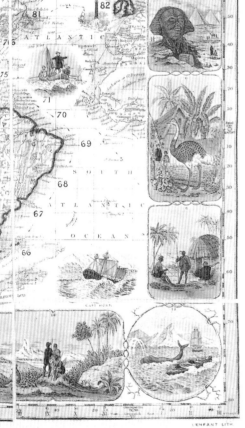

第四部

工業主義與帝國時代

1851年，亞伯特王子（Prince Albert）在倫敦海德公園水晶宮，為在那裏舉行的萬國博覽會（the Great Exhibition）主持開幕式，這個博覽會不僅是英國榮耀的標誌，在開啟十九世紀中葉，歐洲與美國轉變的技術革命中，扮演了開路先鋒的角色。在十九世紀最後數十年，扭轉世局的發明、科學與商業領域裏，它也指出一條多元發展的路向。那時，蒸汽船的出現，使全球航運為之興盛，從而創造多條新航路，國際間的旅遊於焉開始。然而，不是所有的結果都是這麼迷人、這麼令人愉悅的。在西方世界中，城市如同傳染病一樣快速擴展，地平線上矗立著工廠的煙囪，製造廠的聲音叮噹作響，有如洪流的工人從漆黑的街道裏出來上班，工業家與資本家所形成的新興階級左右了社會秩序。「所有的事物都坐在馬鞍上，等著駕馭人們。」超驗派詩人愛默生（Ralph Waldo Emerson）憂心忡忡地說。在攪動不安與國家主義當道的歐洲，舊政權被新政權取代，而1848年的開明革命（liberal revolution），傳達了一個明確的警訊：改進的年代的必要條件，是政治上的改革。這個時代的作家，都得面對新的社會關係與資訊，以及從城市的迷霧中浮出的新人類，也要在更加分散的生活中搏鬥……

在水晶宮的萬國博覽會後的1854年，因地理書籍取得容易，而形成旅行風。

沈睡的巨人：
普希金、果戈里與杜思妥也夫斯基時的聖彼得堡

聖彼得堡是俄羅斯北方的一個繁榮大城，它就位於離北極圈不遠的波羅的海海岸上。在普希金（Aleksandr Pushkin, 1799-1837）的詩裏，是如此形容聖彼得堡：「一點微光出現，隨即是萬家燈火／照耀著夜空，幾為不夜之城。」迄今仍可在河上看到當初建城奴隸的骨骸。不僅是杜思妥也夫斯基（Fyodor Dostoevsky, 1821-81）筆下的人物，都希望它能驅散芬蘭溼地裏，自建城伊始便有的霧氣，就連屠格涅夫（Ivan Turgenev, 1818-83）也強烈地認為，它的地理位置相當不自然：「夜裏燈火通明，真是一種浪費，在黎明時星子隱沒的天空出現之前，是不會黯澹下去的，即使是白日亦然；它也奪去尼瓦河（the Neva）如絲一般的平滑河面，徒留幾乎不可聽聞的流水聲，快速流向冰冷的海水。」

1828年，果戈里（Nikolai Gogol, 1809-52）從充滿陽光的烏克蘭，抵達聖彼得堡之後不久，他在家書中寫到：「這裏靜得可怕。人們身上沒有靈魂的火花，所有的辦事員與公務員，滔滔不絕地談論他們的部門與學校；每件事都陷入毫無目標的泥淖，做事沒有重點的工人，一生都在庸庸碌碌中渡過……」在杜思妥也夫斯基的《罪與罰》（Crime and Punishment, 1866）裏，年輕的多爾葛魯柯夫（Arkady Dolgorukov）的反應甚至更為強烈：「我平常而且一直在問自己一個毫無意義的問題：這些人全都汲汲營營於他們的事業，然而誰能說這些不是某個人的夢想，這裏沒有一個真正的人，沒有一個真實的行為。有人可能會突然驚醒這位做夢的人，但他旋即消失無蹤。」

當然，這位做夢者就是彼得大帝（Peter the Great，又稱沙皇，1689-1725），他在1702年自瑞典手中奪回這塊土地，並且打算在這裏興建未來的首都。翌年，彼得與保羅要塞（Petropavlovskaya krepost）的基石被埋下了。為數四萬的工人大軍，自帝國境內各處徵調至此，他們「經常被沼氣所毒害，以致傷亡慘重」，這些工人以血汗和性命，在波羅的海旁建造這座都城。在彼得大帝駕崩之時，這座最初以要塞為中心的新都，總計有七萬五千居民。在他的女兒，伊莉莎白（Elizabeth）的治理之下，政治中心轉移到她在上將區（Admiralteystvo）建立的彈丸之地上。從這個地方輻射出許多大道（Prospekts）。到了1784年，在凱薩琳大帝（Catherine the Great）

1703三年，彼得大帝（上圖）開始建造他未來的國都聖彼得堡。

治下，聖彼得堡的人口數為十九萬兩千。這座城市在普希金的時代達到另一個高峰，當時出現許多設計精細的建築物。在果戈里時，人口更達到四十二萬五千人。1881年，也就是杜思妥也夫斯基過世與亞歷山大二世（Alexander II）遇刺那一年，全城人口又增加一倍，成為八十六萬一千人，這個數字幾乎是倫敦人口的五分之一了。

聖彼得堡是一座有著拜占庭式獨裁政體的歐洲城市。在法國大革命後，為了防杜這種具危險性的觀念傳入，沙皇亞歷山大一世（Alexander I, 1801-25）與繼任者尼古拉一世（Nicholas I, 1825-55），都相當留心這類不穩定的事物，甚至連藝術與文學的主題也不放過。普希金和萊蒙托夫（Lermontov）也遭到長期流放的痛苦命運。果戈里在1836年發表的《欽差大臣》（The Government Inspector），獲得空前的成功，但也讓他惹禍上身，於是不得不逃往海外。杜思妥也夫斯基還被拖到行刑隊前，佯裝要槍決他，但他最後被流放邊疆。甚至連屠格涅夫也為了替果戈里寫訃文，而被處以流放一年半的刑罰，他的一生大多在海外渡過，晚年在巴黎終老。普希金的學生時代是在查爾斯柯塞羅（Tsarskoe Selo）這個城市南方的學園渡過的，他見過當時許多赫赫有名的文人。朱可夫斯基（Vaisly Zhukovsky）力勸當時文壇同儕，「團結一致，幫助將來成就遠在我們之上的文學巨擘，得以成長茁壯」。他們的保護很快便起了作用。幾乎是在普希金離開學校時——他望著憂悶的米克黑羅夫斯基

堡（Mikhailovsky zamok）沈思，它的護城河與吊橋建於有偏執狂的保羅一世（Paul I），就在城堡完工後不久，這位統治者也遭到殺害——就寫下名為〈自由〉（Liberty）的詩。這首詩流傳很廣，也引起沙皇的注意，他告訴學園園長：「普希金應該流放到西伯利亞。他的無禮詩篇已經在俄國流傳。所有的年輕人都在心裏背誦它們。」由於一些認識普希金，且深具影響的保護人居間說項，他才免於發配西伯利亞，而在1820年5月流放至俄國南部，七年內他都未曾回到故里。

　　就在此時，有一位烏克蘭男學生正憧憬著，有朝一日能在首都擔任公職：「我已經勾勒出我在聖彼得堡的樣子，我住在一間充滿笑聲的小房間，隔著窗子，就能看到尼瓦河……。」果戈里如此寫到，「從很久以前，幾乎在我懂事之前，我心中就燃起一股無法熄滅的熱情，我要在社會上擁有良好的地位。」等到他到了聖彼得堡一年之後，他明顯失望了。他在家書中這麼寫著：「世界各國首都的特色都來自它的居民，他們把民族性格戳記在它之上。然而，聖彼得堡卻沒有這樣的特色：已經在這裏定居的外國人，現在能容忍與他們並不相似的其他外國人，這些外來風格抹煞了俄國的民族性，俄國人也因此變成甚麼都不是了。」根據在《狂人日記》（*Notes of a Madman*, 1835）裏，普里希欽（Poprishchin）所作的描述，果戈里在1829年底所住的地方是：「我們走過葛羅荷伐亞街（Gorokhovaya），然後轉進米什坎斯卡亞（Meshchanskaya），在一座大宅院前庭下腳步。『我曉得這棟房

普希金所留下的不朽著作是《青銅騎士》。書中所傳達的是彼得大帝創造聖彼得堡（上圖）的卓越識見，而普希金（右圖）很明顯地愛上這座都市，即使他知道在它建築後面的殘暴一面，與俄國政府所依賴的獨裁政治。這本書旋即遭到沙皇以個人因素加以查禁。

子。』我對自己說，『這是齊弗可夫（Zverkov）的家。真是一棟擁擠不堪的公寓！住在這裏的人其實是心不甘情不願的。他們有多少人是廚子，以及像我們一樣的辦事員，祇想踩著別人往上爬。我有一位朋友就住在這裏，他可是知名的喇叭手呢。』」果戈里希望自己能謀求一官半職的想法，限制他祇能當一個小小的公家辦事員。不過那時他正伏案寫作《狄康卡近鄉夜話》（*Evenings on a Farm near Dikana*）。1830年，他寫的第一批故事集很快得到肯定，他也被引薦與朱可夫斯基以及普希金見面。

　　普希金時的聖彼得堡是個非常時髦的首都，貴族們在返回避暑別墅之前，都住在那裏。在《尤金尼·奧涅金》（*Eugene Onegin*, 1823-31），他筆下的英雄在早晨沿著涅瓦大街（Nevsky Prospekt）漫步，走到摩伊卡堤防（Moika Embankment）的角落旁塔隆（Talon）所開的餐廳，然後閃進波爾修伊劇院

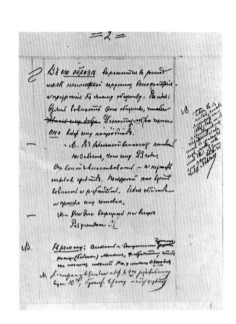

（Bolshoi Theatre）。他如此描述：「夏天裏常可見到這種景象／當夜空覆罩尼瓦河時／好一道透明的亮光……／我們無言卻歡喜地沈浸在／這有如香油般笑意盎然的夏夜。」儘管如此，在1834年8月，尼古拉一世為前任沙皇所樹立的「亞歷山大圓柱」（Alexandrovskaya kolonna）紀念碑的揭幕典禮上，普希金還是缺席了，這反應出詩人有所不為的一面。「我為自己立好紀念碑，不勞他人之手。」它的結尾令人印象深刻：「在這不受拘束的力量飛散之中，我們的名字被鑴刻了。」

普希金的《黑桃皇后》（The Queen of Spades, 1834），幾乎與他另一本小說《青銅騎士》（The Bronze Horseman）同時寫成，其中那位雄心勃勃、有點錯亂的英雄人物赫爾曼（Hermann），被杜思妥也夫斯基形容為：「有著巨大形象，是整個聖彼得堡裏，極為出類拔萃的角色。」帶著拿破崙式的驕傲，他下了理性主義式的決定：祇有在事情的結果得到保證時，才會孤注一擲；他可說是杜思妥也夫斯基的《罪與罰》裏拉斯科爾尼科夫（Raskolnikov）這個角色的先驅。

1833年夏，果戈里搬到馬來亞·摩斯卡亞街（Malaya Morskaya Street）。在他為眾人稱道的劇作《欽差大臣》裏，那位無足輕重的小作家特里阿皮克金（Triapichkin），「就住在這條街的九十七號，你走進天井，上了二樓，右手邊就是。」果戈里也在這裏寫了一篇新年的祈禱文：「神祕難解、莫測高深的1834年！我要用甚麼偉大的作品來莊嚴你？難道它會在這些櫛比鱗次的房子、喧鬧的街道與四處可見的重商主義，或是在

杜思妥也夫斯基（上圖左）寫下《罪與罰》，而右圖則是他的一份草稿，當時他住在斯特里阿尼巷（Stoliarny Lane）與市民街（Meshchanskaya Street）的交叉路口。

這堆醜陋的流行商品、店員、詭異的北方夜晚與黯澹無光的色彩裏嗎？我要做我該做的事！」爾後兩年多，果戈里在位於雷奔公寓（Lepen House）的狹窄住處，寫下了《涅瓦大街》（Nevsky Prospect）、《狂人日記》、《肖像》（The Portrait）、《鼻子》（The Nose）、《塔拉絲·布巴》（Taras Bulba）、《欽差大臣》，以及他最重要的喜劇小說《死靈魂》（Dead Souls, 1842）的前幾章。後面這兩本書的最初構想來自普希金，1835到36這兩年間，他們倆人住得很近，普希金住在法蘭西堤防的巴塔修夫公寓（Batashov House），果戈里經常去拜訪他。

1837年，普希金在一場決鬥中，受到致命的傷害，並於1月29日過世，這讓沙皇極為震怒。人們很快聚集在普希金的家。朱可夫斯基在致普希金之父的信中寫到：「放著他棺木的房裏，經常擠滿了人。應該有一萬以上的人來看過他，很多人都淚如雨下……。」屠格涅夫要求男僕剪下這位詩人的一撮頭髮，裝在盒子裏以資紀念，這個小盒子連同屠格涅夫的評註，現今都可於普希金紀念館（Muzei-kuartira A.S. Pushkina）中見到。小說家暨詩人萊蒙托夫（Mikhail Lermontov, 1814-1841），也前去向普希金致上最後的敬意，並且馬上寫成〈詩人之死〉（Death of a Poet）：「你站在一群圍在王位旁的貪婪暴民中／你是為自由、智慧與榮譽而死。」這首詩很快為萊蒙托夫贏得聲

> 這位哀傷的詩人向外望著
> 這暴君的紀念碑孤獨地
> 以脅迫的姿態在霧中沈睡
> 他的宮殿被棄置了。
> 難以信任的衛兵不發一語
> 靜靜地把吊橋放下來
> 城門在漆黑的夜裏開啟了
> 在一位叛國者的手裏
> 坐在王位上的惡棍被了結生命。
>
> ～普希金，〈自由〉

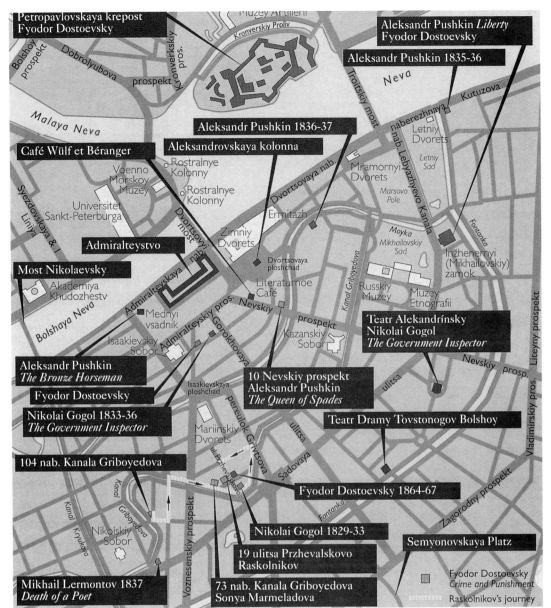

Petropavlovskaya krepost
Fyodor Dostoevsky

Aleksandr Pushkin *Liberty*
Fyodor Dostoevsky

Aleksandr Pushkin 1835-36

Neva

Aleksandr Pushkin 1836-37

Aleksandrovskaya kolonna

Café Wülf et Béranger

Admiralteystvo

Most Nikolaevsky

Aleksandr Pushkin
The Bronze Horseman

Fyodor Dostoevsky

Nikolai Gogol 1833-36
The Government Inspector

104 nab. Kanala Griboyedova

10 Nevskiy prospekt
Aleksandr Pushkin
The Queen of Spades

Teatr Alekandrínsky
Nikolai Gogol
The Government Inspector

Teatr Dramy Tovstonogov Bolshoy

Fyodor Dostoevsky 1864-67

Nikolai Gogol 1829-33

19 ulitsa Przhevalskovo
Raskolnikov

Semyonovskaya Platz

Mikhail Lermontov 1837
Death of a Poet

73 nab. Kanala Griboyedova
Sonya Marmeladova

Fyodor Dostoevsky
Crime and Punishment
Raskolnikov's journey

聖彼得堡：《罪與罰》裏對城市的描寫，很受當今的俄國學者科雪夫尼可夫（V.E. Kholshevnikov）的肯定，他說：「很清楚地，拉斯科爾尼科夫離開那位老婦人的家，……他走出面對凱薩琳運河（the Catherine Canal）的城門，沿著葉卡特寧戈夫斯基大街（Yekateringofsky Prospekt），走到波夏耶‧普地阿其斯卡耶街（Bolshaya Podiacheskaya St.），然後繼續往前走到凱薩琳運河上斯托里亞尼巷區（Stoliarny Lane）的芬娜爾尼橋（Fonarny Bridge）。就在他走到運河時，他決定『多繞一圈』，直到走回他所習慣的回家最短路線為止……」

名，但也引起沙皇的注意，於是他被放逐到喬治亞（Georgia）。他死於一場決鬥，年僅二十六歲。

　　普希金過世之時，杜思妥也夫斯基才十五歲——到了他二十七歲那一年，也就是在1849年4月22至23日晚間，他和他的「彼特拉舍夫斯基小組」（Peterashevsky Conspiracy）成員都被逮捕。他被視為危險份子，囚禁在彼得與保羅要塞中，1849年12月22日早上7點，二十一位被判刑的囚犯被帶至塞揚諾夫斯基廣場（Semyonovsky Platz）。行刑隊舉起來福槍，瞄準目標。不過稍後這些槍口都垂下了，沙皇的特赦令頒佈下來。杜思妥也夫斯基改判四年的勞改，後來又被徵調至陸軍，1859年尼古拉駕崩後，他才得以回到首都。

　　他所寫的《罪與罰》，或許是種種與聖彼得堡有關的故事中最為出色的一個，他活在一個特殊的時代裏，就像當地史家米克涅維奇（Vladimir Mikhnevich）於1874年所寫的：「弗扎涅森斯基大道（Voznesensky Prospekt）、葛羅霍伐耶（Gorokhovaya）與卡扎斯卡耶（Kazanskaya）街上，處處可見商人與工匠的行蹤，他們有鐘錶匠、裁縫師、補鞋匠、傢具商、鎖匠、女裁縫等等。其實「市民」（Meshchanskaya）這個字，最早是用來稱呼這些階層中的菁英……」他的這一段話也是《罪與罰》一書的背景：都市裏貧窮的景象，以及在道德失序的世界中強作英雄。

　　在撰寫這部小說鉅著時，杜思妥也夫斯基幾乎不曾提過主宰聖彼得堡市中心的輝煌建築。在《罪與罰》裏，那位與眾人疏離的英雄拉斯科爾尼科夫，預見了稍後摧毀沙皇統治的忿恨但卻理性的力量，他獨自站在尼古拉夫斯基橋（Nikolaevsky Most）：「他正要往大學走去時，一如往常經常在回家路上所做的，他在這個地方停下來，凝視眼前這片意義重大的全景；每次他都對它在他身上所造成的茫然與未解的意象感到驚奇。在他沈思其中的意義時，總是會感到一股無法解釋的寒意；他聽不見，也說不出甚麼繁華的遠景了。」

斯丹達爾、巴爾札克與喬治‧桑時的法國

　　法國浪漫運動的最高峰，一般認為是在1830年，當時七月革命掃除了許多舊政體的殘餘，而路易—腓利普（Louis-Philippe）也因此有了「平民國王」（Citizen King）之稱。如果從許多具代表性的浪漫主義者的生平來看，1830這個年代祇能說是一種概念。劇作家暨詩人繆塞死於1837年，維尼卒於1863年，拉馬丁亡於1869年，大仲馬（Alexander Dumas）逝於1870年，雨果則於1885年與世長辭。當然，我們還是可以將1830年視為一個轉變時期的標示。

　　路易—腓利普取代波旁王朝的統治，他是在人民的同意下登基的，然而所謂的「同意」，也祇是侷限在某些特定的族群。由於工業革命的興起、城市的擴展與鐵路的出現等原因，使法國面臨快速的轉變。愈來愈多人意識到犯罪與貧窮帶來的問題，也瞭解科學的重要性及進步的價值。致富的機會增加了，人們談的都是「工作是對有才智的人開放」這一類的話題。大家對宗教與教會的態度也有了改變。新的作家如雨後春筍般出現──特別是一批剛要嶄露頭角的小說家──他們努力擴大自己的視野，不祇關心傳統浪漫主義的議題（個人式的與感傷的），也關心由家庭、商業和社會所構成的整體。他們不再把注意力投注於巴黎，因為他們之間有許多人不喜歡巴黎；他們筆下觸及法國其他地區，也涵蓋其他國家。

斯丹達爾（左圖）與巴爾札克（右圖）的作品，揉合了浪漫主義價值與新寫實主義。

　　本名為昂利‧貝爾（Henri Beyle）的斯丹達爾（1783-1842），成為新世代小說家的第一人，儘管他的作品符合浪漫主義的精神，但也為稍後的寫實主義（Realism）指出路向。斯丹達爾生於格勒諾布爾（Grenoble），但他卻痛恨這個城市中的布爾喬亞氣味。後來過了十四年，在戰爭中為了捍衛家鄉，他回到故里，依然發現那裏是「小家子氣總部」。他在1804年到達巴黎依親，與他的親戚一同住在里爾路（rue de Lille）五〇五號。巴黎是醜陋的，市郊的鄉野缺少依靠的群山，顯得毫無生氣。祇有在追隨拿破崙大軍前往米蘭時，他才找到他希望中的地方。斯丹達爾的理性或許對他說，真正的美景是在那不勒斯、德勒斯登或日內瓦湖，「但我的心祇屬意米蘭」。在拿破崙兵敗之後，他回到義大利（1814-21）。後來在

　　1830年的七月革命之後，他被任命為奇維塔韋基亞（Civita Vecchia）這個教皇轄下小城的法國領事。在1821年時，他曾回到巴黎，在黎塞留路上的波路塞里斯旅館（Hôtel de Bruxelles）住一段時日，後來就搬到塞納河右岸黎塞留路六十三號的理路易旅館（Hôtel de Lillois）。他去過幾家文學沙龍，滿懷欣喜的在其中一家沙龍裏見到雨果，然而他卻規勸梅里美不要參加沙龍聚會，因為對一位年輕作家來說，巴黎的社交圈是個致命的地方。

　　斯丹達爾滿懷熱情，先後於1821年與1826年兩度造訪倫敦。他不僅觀賞兩齣莎士比亞的戲劇，讓他肯定他對英國劇作家優於拉辛（Racine）的信念，也找到一處讓他心曠神怡的美景，那裏使他想起龍巴地（Lombardy）。他住在可凡花園（Covent Garden）的塔維斯托克旅館（the Tavistock Hotel），在卻爾希（Chelsea）一帶漫步，欣賞里奇蒙（Richmond）的泰晤士河風景，並且到溫莎教堂做禮拜。他也發現一種改革情懷。在法國，他讀過許多政治經濟學的著作，也形成了與聖西門（Saint-Simon）的主張相同的想法。每個人都應該對社會有所貢獻，要征服自然，並且增加財富。像是巴黎這樣得到充分實現的「文明」（Civilization），便是過度精巧到消耗活力的地步，而社會則要依賴天生的領導者的決心，才能實現改革。

　　斯丹達爾主要的作品，便是以這些主題所寫的小說。《紅與黑》（The Scarlet and the Black）於1830年出版。這本書講的是一位名叫索瑞爾（Julien Sorel）的木匠之子，他不甘於受命運擺佈，於是成為一個追求更高社會地位的野心家，最後落得被社會犧牲的下場。《呂西安‧婁凡》（Lucien Leuwen, 1834-5年寫成，直到他死後，1890年才出版）是腐敗社會的另一個縮影，

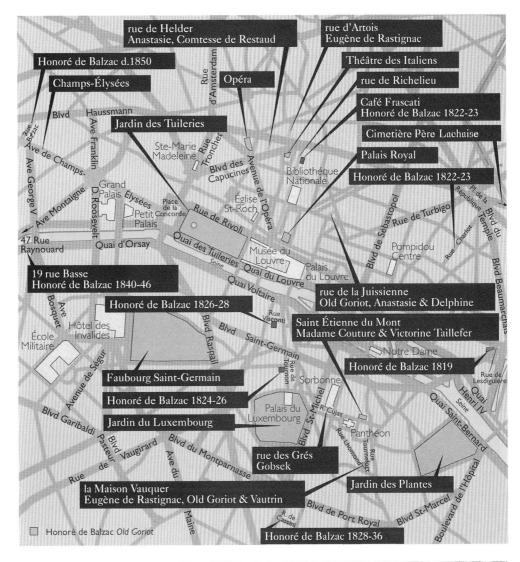

巴爾札克時的巴黎：巴爾札克驚人的記憶，使他能在小說中佈置錯綜複雜的背景；這張地圖將《高老頭》裏的關鍵地點都標出來了。

rue de Helder
Anastasie, Comtesse de Restaud

rue d'Artois
Eugène de Rastignac

Honoré de Balzac d.1850

Théâtre des Italiens

Champs-Élysées

Opéra

rue de Richelieu

Jardin des Tuileries

Café Frascati
Honoré de Balzac 1822-23

Cimetière Père Lachaise

Palais Royal

Honoré de Balzac 1822-23

19 rue Basse
Honoré de Balzac 1840-46

rue de la Juissienne
Old Goriot, Anastasie & Delphine

Honoré de Balzac 1826-28

Saint Étienne du Mont
Madame Couture & Victorine Taillefer

Faubourg Saint-Germain

Honoré de Balzac 1819

Honoré de Balzac 1824-26

Jardin du Luxembourg

rue des Grés
Gobsek

Jardin des Plantes

la Maison Vauquer
Eugène de Rastignac, Old Goriot & Vautrin

Honoré de Balzac *Old Goriot*

Honoré de Balzac 1828-36

斯丹達爾寫了許多關於音樂家生平的研究，其中包括羅西尼（Rossini），下圖便是這本書的首頁。

Vie De Rossini,
PAR
M. De Stendhal;
Ornée des Portraits de Rossini et de Mozart.

PREMIÈRE PARTIE.

Paris,
CHEZ AUGUSTE BOULLAND ET Cie, LIBRAIRE

它寫的是某位眼裏祇有錢的統治階層的故事。《巴馬修道院》（*The Charterhouse of Parma*, 1839）的背景就設定在他鍾愛的義大利，英雄人物法布里斯（Fabrice）到拿破崙治下的法國旅行，親眼目睹滑鐵盧戰役的慘況。拿破崙的潰敗使法布里斯心情大壞，部分的原因是他有著浪漫主義的情懷。在他未完成的自傳《昂利・勃呂拉傳》（*The Life of Henry Brulard*, 1835-6寫就，1890出版），斯丹達爾告訴我們，他有著「濃濃的義大利情懷」，當他十七歲第一眼看到波河（the River Po）平原時，心跳不自覺就加快了。他於1842年死於巴黎，埋骨於蒙馬特（Montmartre）墓園。

與《紅與黑》幾乎同時問世的是《舒昂黨的人們》（*The Chouans*, 1829），這是巴爾札克（Honoré de Balzac, 1799-1850）第一部以本名出版的小說。書中的焦點在於保皇黨遊擊隊，他們反抗1800年成立的共和體制，後來這本書成為他著名的小說寫作計畫的第一卷。巴爾札克把這一系列的小說命名為《人間喜劇》（*Comédie humaine*）。為了這個寫作計畫，他在1841時，專程至布列塔尼（Brittany）的佛吉瑞斯（Fougères）一遊；像這樣探訪真相的旅行，在他的寫作生涯中並不多見。人們

1830年代的巴黎（上圖），被皇宮與御花園佔了大半，羅浮宮（Louvre）就在後面。

常稱許他寫景之精確，他也經常寫他從未去過的地方。事實上，巴爾札克筆下的法國，出於印象之處要多於正確的描述。

巴爾札克生於圖爾城（Tours），在鄰近的凡多米（Vendôme）上學。他曾於1813年，在巴黎作了短期旅行，有一陣子在馬拉斯（Marais）區的查理曼預科大學附屬學校當學生，並寄宿於薩勒旅館（Hôtel de Salé），此地即現今的畢卡索博物館

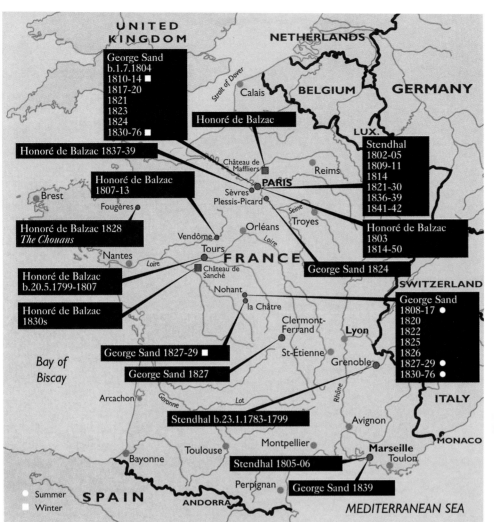

寫實主義時期的法國：儘管斯丹達爾、巴爾札克與喬治‧桑等人，大部分的時間都住在巴黎，但他們還是感覺鄉間有著更大吸引力。這張地圖顯示了他們待過的地方。

底下這張插畫取自1848年版的《貝特堂妹》，這是巴爾札克以九十一部作品所形成的《人間喜劇》之一。

（Musée Picasso）。馬拉斯是個骯髒、難以予人靈感的地方，因此他回到圖爾城時，可說是欣喜萬分的，他重新發現羅亞爾河（the Loire）的美，並在溪谷間散步。然而，他總是鮮明地憶起他在巴黎的體驗，也把這樣的體驗寫進小說。他再度回到馬拉斯，和他的家人住在譚波路（rue du Temple）九十號，那正是拿破崙遜位之時。他一生從未失去對這位領導者的讚賞，在拿破崙潰敗時，他憤怒地寫出如雨一般落下的咒罵聲。

1816年，巴爾札克成為法學院的學生，學校位於拉丁區（Latin Quarter），他在那裏聽過給若（Guizot, Francois Pierre Guillaume，法國歷史學家與政治家，曾出任法國首相，譯註）的演講，他會在塞納河畔的書店瀏覽一番，然後再走回馬拉斯；一如狄更斯等十九世紀知名的小說家，他起先在一位律師身邊當助手，這樣的生活在他的書中也可見到。他也和狄更斯一樣，承認他有在夜晚走上街頭，觀察眾生相的衝動。「在聆聽人們談話中，我彷彿可以擁抱他們的生命。我感覺到他們在我背後喧鬧。我的雙腳循著他們破鞋的蹤跡、他們的慾望與他們的需求而行──每件事都進入我的靈魂裏……」1819年，基於財務上的考量，他和家人搬到巴黎東北方，距巴黎

有十二哩路的小城維勒巴里西斯（Villeparisis）。他宣稱他要成為一名作家，於是他又搬回巴黎馬拉斯區邊緣，棲身於雷迪吉爾斯路（rue Lediguières）九號一個破舊的房間內，在《驢皮記》（La peau de chagrin, 1831）中，他對此地有所著墨。他在這裏用筆名寫了幾部中篇小說，並於報社任職，還捲入一次損失慘重的出版風波。

巴爾札克通常是在靠近圖爾城的薩區堡（château at Le Saché）裏寫作，他的書桌就在頂樓的一間小臥室內。他在此處寫下《高老頭》（Old Goriot, 1834-5）等幾部最好的小說。但《高老頭》當中比較精彩的部分，卻是在巴黎時寫成的。1828到1836年間，他住在巴黎市郊天文臺附近的卡西尼路（rue Cassini，此路約毀於1900年）一號。但為了逃避債權人的追討，他不得不離開巴黎，搬到一個名為賈迪斯（Les Jardies）的隱蔽處所。1847年，他回到巴黎，住在運氣路（rue Fortunée）。是年，他也花了六個月的時間待在烏克蘭，並在1850年回到那裏準備成婚。這趟航行並沒有帶給他文學上的靈感，可能是因為他對財務方面的憂慮所致。如同一場悲劇，他在返回運氣街的路上亡故了，為了彰顯他的成就，這條路現在改為巴爾札克路。

巴爾札克的雄心，也是他終極的成就，就是全面而完整地描寫法國社會：他賦予它意義，探索它的價值，並且從根本上去解釋它。他有許多作品——包括《歐也妮・葛朗臺》（*Eugénie Grandet*, 1833）、《幻滅》（*Lost Illusions*, 1837-43）與《貝特堂妹》（*Cousin Bette*, 1846）——有著一再出現的人物，因此創造一個豐富而連鎖相關的世界，這是他對小說發展的命運與未來，所貢獻出的深遠影響。巴爾札克小說中的世界，涵蓋了巴黎與法國諸省，也對法國社會的中產階級，提出多元、縝密而相互連貫的分析。

當喬治・桑（上圖）筆下寫到法國各省時，她也開了法國地方小說的先河。

他筆下的主角之一，歐也妮・拉斯提納克（Eugénie Rastignac），通常被視為《人間喜劇》中最具代表性的人物。他出現在巴爾札克的好幾本作品中，有助於讓他的小說成為一個整體。出身於鄉下寒微之家的拉斯提納克，於1819年來到巴黎。他打入貴族圈子，一心追求財富，擁有多位情婦，個性好賭，但卻是個成功的政客。在《高老頭》一書的高潮情節中，巴爾札克寫了一段頗為誇張的聲明：

「當日光黯澹下去時，他走到皮耶・拉卻斯（Pere Lachaise）墓園的最高處，俯視巴黎沿著蜿蜒的塞納河兩岸，在他腳下展開。光線又開始變得耀眼。他的雙眼跡近貪婪地望著凡登（Vendôme）將軍府與印瓦里底斯圓頂（the dome of the Invalides）之間的一排圓柱。那是他一心渴盼去征服的燦爛世界。他凝視嗡嗡作響的蜂房，彷彿準備要吮吸它的蜜汁，然後說出令人印象深刻的話：『此刻，不是你死，就是我亡！』」

巴爾札克小說的背景也一樣精確。在《貝特堂妹》中，一共提到巴黎十九處不同的房子，它們全都吻合當時的社會情景。胡勒（Hulot）的家位於政治中心的大學路，當巴倫（Baron Hulot）買下馬涅夫（Valérie Marneffe）時，它還是在行政區與貴族區的瓦紐路上（the rue Vaneau）的一塊平地。不體面的胡勒在東馬拉斯藏匿一陣之後，就搬到拉丁區外圍的毛伯特（Maubert）貧民窟。

巴爾札克要使小說成為社會見證的雄心，也可用在喬治・桑（George Sand, 1804-76）身上。她冠上夫姓的真名為奧蘿拉・杜德望（Aurore Dudevant），但她卻採用一個充滿陽剛氣息的筆名，這個名字乃是從她早年的情人小說家桑多（Jules Sandeau）的姓氏而來。她與丈夫巴倫（Baron Dudevant）仳離之

後，便於1831年搬到巴黎定居，她以作家的身分，過著自給自足的生活。她先與繆塞，後與蕭邦（Chopin）同居。她早期所寫的幾本成就相當高的小說——像是《安蒂亞娜》（*Indiana*, 1831）、《瓦倫提》（*Valentine*, 1832）與《萊莉亞》（*Lelia*, 1833）——全都是愛情故事，但它們也攻訐當時許多社會與道德的習俗，並且鼓吹女性獨立。從1836年起，她的作品變得更具社會與政治的靈感。1839年，她回到諾昂（Nohant）老家。此時她藉由對農民的愛，來傳達她的社會理想，她鉅細靡遺地寫出他們的工作與娛樂、他們的感情與友愛。喬治・桑今日最為人推崇的，還是這個時期所寫的小說，諸如《棄兒》（*The Foundling*, 1847-8）和《魔沼》（*The Pool of Evil*, 1846）。在《魔沼》這個故事中，她試圖努力反映鄉下人「尊貴」的一面。在一位年輕人的眼裏，犁田成了一幅具有儀式意義的圖畫。這鄉間世界，雖然須與自然搏鬥，仍是靜謐的，且具有故事性的感情。一位育有兩子的鰥夫，他的岳母希望他能再娶。在前往他們挑好的女人家中的路上，他遇見一位當保姆的貧女，兩人在魔沼一帶迷路了，這個魔沼被認為是惡魔的地盤。儘管她很窮困，但這位女子還是婉拒他的求婚。但他的親切打動每個人，最後她接受他了。巴爾札克所聽到的故事，來自巴黎的工人和他們的妻子，而桑所聽到的，卻是村夫的故事——雖然如此，她仍然是法國文學中地方小說（regional novel）的開創者。

喬治・桑許多年的夏天都在諾昂的老家渡過（右圖），那裏是她小說中田園背景的靈感來源。

狄更斯時的倫敦

沒有那位作家像狄更斯（Charles Dickens, 1812-70）一樣，想像力那般縈繞在倫敦之上。也沒有那位作家能如狄更斯這般掛念倫敦的精神，或是對倫敦的文學有如此深遠的影響。狄更斯眼中的倫敦是個喧鬧的城市，河流上籠罩著霧氣，有許多溼地、負債者監獄（debtor prison）和老舊的寄宿旅店，也有年代久遠的小酒館與菸味瀰漫的帳房，以及船具店、客棧，這些都是我們現今用最強烈的文學觀點，所看到的英國首都。倫敦的景觀、味道和人們的衝突，全納進狄更斯的小說。倫敦的腔調——像是威勒（Sam Weller）與甘普太太（Mrs. Gump）帶著倫敦腔的演說，與金戈先生（Mr. Jingle）的長篇大論——恐怕是成為絕響的了。

狄更斯（上圖）小說中的影像是如此強烈，其中許多是來自他童年對倫敦的觀察，有時我們甚至會忘了，他其實不是在那裏出生的。

狄更斯於1812年生於樸次茅斯（Portsmouth），他的家位於波特西區（Portsea）邁爾恩（Mile End Terrace）三八七號（現址為「狄更斯誕生地博物館」）。1816年，時為拿破崙戰爭的末期，在海軍辦公室當個小職員的父親被派往倫敦，他在諾福克街（Norfolk Street）十號（即現今克里夫蘭街二十二號），找到臨時住處，不過這一待就是兩年，直到他搬到肯特郡以造船聞名的查特罕（Chatham）；狄更斯在他的小說中，經常用到這樣的句子：「僅夢到白堊、城門前的吊橋，與在這混濁河水中的無桅小船。」

1822年，狄更斯一家搬回倫敦的康登鎮（Camden Town），仍然住在鎮郊。此時他已十歲，他可能把這個家和貧困聯想在一起。這便是《大衛·考伯菲爾》（David Copperfield, 1849-50）裏米卡伯先生（Mr. Micawber）的住處，也是《聖誕歡歌》（A Christmas Carol, 1843）中提姆（Tiny Tim）的居所。從屋子的窗戶往外看，可以看到這座城市與其建築物的尖塔和圓頂。狄更斯很快開始在倫敦的大街小巷散步，也因此得知它的神奇與黑暗的一面。1824年，由於他那揮霍無度的父親陷入財務困難，他不得不到外面當小工，在鞋油工廠裏貼標籤，那家工廠位於亨格佛特（Hungerford Stairs）三十號，是間鼠輩橫行的倉庫，工廠旁就是污濁的泰晤士河，河面上往來的是因運煤而髒亂不堪的平底船。對年輕的狄更斯而言，這個經驗簡直是一場「災難與恥辱」，特別是在他的父親帶著全家人，住進南華克的馬夏爾西（Marshalsea）負債者監獄之時。

倫敦的不同風貌和強烈對比——上流人士與乞丐、遼闊的空地與狹窄曲折的街道、悠閒的生活與慘無人道的工作、溫暖的家庭與失怙的孤兒，以及「怪誕的經驗與齷齪的事情」——這些對比都增加他的恥辱感。它們填滿他的想像，攫住他的記憶，構成他的心理，成為他受教的來源，提供他開始為人所知的，「令人非常驚訝的故事」之素材。他在鞋油工廠、馬夏爾西和蘭特街（Lant Street）寄住處之間的巷道逡巡，而故事中主角的名字，便取自這些巷道的名稱——像是匹克威克街（Pickwick Street）、小杜麗院（Little Dorrit Court）等等。一如艾克羅德（Peter Ackroyd）在其自傳中所說，倫敦即使到了十八世紀，還是一個相當可觀的都市：「在他的小說中，倫敦總是保持在他年輕時代的樣子。」

當狄更斯的父親獲釋時，他們舉家搬到小學院街，後來又遷至索瑪斯鎮（Somers Town）詹森街（Johnson Street）二十九號。在唸過幾年書之後，狄更斯在一家律師事務所當職員。他開始

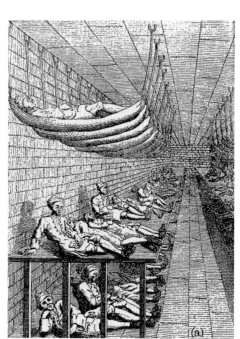

在《大衛·考伯菲爾》與《小杜麗》裏，有許多最值得注意的場景，是來自狄更斯的父親待在馬夏爾西監獄的經驗，左圖的版畫所刻畫的，便是監獄裏的景象。

上圖是位於樸次茅斯的老古玩店，它是狄更斯同名小說的靈感來源。

這是《聖誕歡歌》中的插圖，魔鬼馬爾雷（Marley）於平安夜造訪吝嗇的斯克魯奇（Scrooge）。

為劇院和雜誌寫文章，並且在法庭和下議院裏找到速記的工作。他為《晚間紀錄》（Evening Chronicles）寫「倫敦素描」（Sketches of London）的專欄，他筆下勾勒出工人、流浪漢、馬戲團演員和窮人的圖像，也敘說倫敦的犯罪地區、紐蓋特（Newgate）監獄和福克斯霍爾（Vauxhall）那樣好玩的地方。

在1830年代中，這位年輕的記者成為當時最令人驚歎的作家。當他住在馬利雷本（Marylebone）時，他寫成並出版第一本書《特寫集》（Sketches by Boz, 1836），那是一本與倫敦市景有關的文章的結集，而且書中還有大漫畫家克魯宣克（George Cruikshank）所畫的插圖。由於《特寫集》的成功，出版的邀請紛紛到來，於是他寫了《匹克威克外傳》（Pickwick Papers, 1836-7），這本書分十二個月寫成。每當新的部分出書時，大眾即爭相搶閱。而匹克威克及其「匹派」至友與威勒兄弟（Sam and Tony Weller），都是滿嘴的倫敦腔；狄更斯也因此創造出新而深刻的英國喜劇角色，並且風靡各種類型的讀者。

1836年，狄更斯與賀家斯（Catherine Hogarth）結婚，他們婚後在福尼瓦旅店（Furnival Inn）租下一個房間充當新居。1837年，他們在道提街（Doughty Street）買了一棟有四十八個房間的大房子。他簽下五本小說的出版契約，並且以極快的速度，分幾個月寫完。其中第一本書是《奧列佛·特維斯特》（Oliver Twist, 1838），描寫的是倫敦的孤兒，還有賊窟之稱的費金（Fagin）與魯克里（Rookery）貧民區，這個貧民區也是塞克斯（Bill Sykes）尋人任務的終點。之後狄更斯又發表了《尼古拉斯·尼克爾貝》（Nicholas Nickleby, 1838-9），以及敘說奎普（Quilp）戲劇性地死於泰晤士河的《老古玩店》（The Old Curiosity Shop, 1840-1），還有《邦奈貝·魯奇》（Barnaby Rudge, 1841）。他在三十歲之前，就完成這些作品了，它們塑造出新維多利亞時代（the new Victorian age）的風貌。自此之後，他便成為舉世

聞名的作家。1842年，他首途美國，而他受歡迎的程度，遠在之前其他訪美的作家之上。

狄更斯之妻凱薩琳的妹妹瑪麗（Mary）的死訊，讓這發自道提街的田園詩歌為之黯澹下來。1839年，狄更斯全家搬到攝政公園的德凡夏街（Devonshire Terrace）一號。後來他得到位於布洛茲泰爾斯（Broadstairs）的佛特居（Fort House），於是舉家遷出倫敦。他富於喜劇的想像力在消退中，倫敦那「巨大的幽魂」變得更加複雜了。因此，他寫下《馬丁·朱述爾維特》（Martin Chuzzlewit, 1843）等具有社會與道德批判意識的作品，探索當時自私的人心與貪污的歪風。

此時可以明顯看出，狄更斯是維多利亞時代早期的重要小說家，同時也是一個能掌握社會問題，看出它所衍生的弊端，瞭解其功利主義（Utilitarian）思想和蒸汽及商業時代興起的說書人。他是社會良知的代表，說出對廣大受苦人民的同情。他關心監獄狀況、教育問題、貧窮原因，也關心殘酷、冷漠的官僚體系及法律。

1851年於海德公園水晶宮所舉行的萬國博覽會，可視為維多利亞時期的轉變與進步的象徵。狄更斯對此情形瞭然於胸。《董貝父子》（Dombey and Son, 1847-8）描寫由於鐵路的興建改變古老的康登鎮，也使董貝這個奸商得以崛起。《荒涼山莊》（Bleak House, 1853）處理的是日漸嚴重的貧民窟問題，也寫到在大法官法庭（Court of Chancery）審判下的犧牲者。《艱難時世》（Hard Times, 1854）則是處理庫克鎮（Coketown）這個北方的工業小鎮的問題，它可說是一部反映工業社會問題的小說，而他創作的靈感，則來自於某次在普立斯頓（Preston）看到的抗爭。《小杜麗》（Little Dorrit, 1855-7）說的是一個破產的鐵路大亨和城市裏商業醜聞的故事，儘管馬夏爾西祇是幾個主要場景的其中之一。至於官僚氣味濃厚，足以扼殺創意的

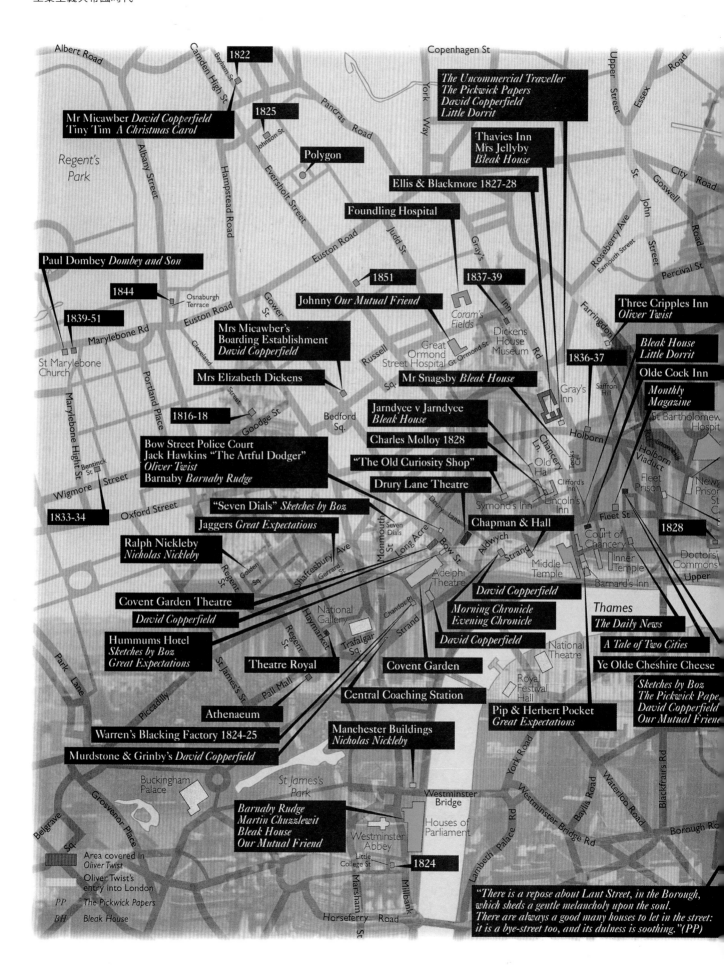

Copenhagen St

Albert Road

1822

Camden High St.

Bayham St.

Mr Micawber *David Copperfield*
'Tiny Tim *A Christmas Carol*

1825

Johnson St.

Pancras Road

Polygon

Regent's
Park

Albany Street

Hampstead Road

Eversholt Street

York Way

The Uncommercial Traveller
The Pickwick Papers
David Copperfield
Little Dorrit

Upper Street

Essex Road

City Road

Thavies Inn
Mrs Jellyby
Bleak House

St.

Goswell

Ellis & Blackmore 1827-28

Foundling Hospital

Euston Road

Judd St.

Gray's

Inn

Roseberry Ave

John

Exmouth Street

Street

Road

Percival St.

Paul Dombey *Dombey and Son*

1844

Osnaburgh
Terrace

1839-51

Marylebone Rd

St Marylebone
Church

Euston Road

Gower St.

Cleveland

Street

1851

Johnny *Our Mutual Friend*

Coram's
Fields

Mrs Micawber's
Boarding Establishment
David Copperfield

Mrs Elizabeth Dickens

Great
Ormond
Street Hospital

Gt Ormond St.

Russell

Sq.

1837-39

Dickens
House
Museum

Farringdon

Three Cripples Inn
Oliver Twist

1836-37

Gray's
Inn

Holborn

Mr Snagsby *Bleak House*

Street

Bleak House
Little Dorrit

Olde Cock Inn

Saffron
Hill

*Monthly
Magazine*

St Bartholomew
Hospit

Marylebone High St

Portland Place

1816-18

Goodge St.

Bedford
Sq.

Jarndyce v Jarndyce
Bleak House

Charles Molloy 1828

Chancery
Lane

Old
Hall

Clifford's
Inn

Holborn
Viaduct

Newg
Prisor
St.
C.

Wigmore
Street

Bentinck
St.

Street

Bow Street Police Court
Jack Hawkins "The Artful Dodger"
Oliver Twist
Barnaby *Barnaby Rudge*

"The Old Curiosity Shop"

Drury Lane Theatre

Symond's Inn

Lincoln's
Inn

Fleet
Prison

Oxford Street

1833-34

"Seven Dials" *Sketches by Boz*

Jaggers *Great Expectations*

Ralph Nickleby
Nicholas Nickleby

Golden
Sq.

Regent

Shaftesbury
Ave

Gerrard St.

Seven
Dials

Monmouth
St

Long Acre

Bow St.

Drury
Lane

Aldwych

Chapman & Hall

Strand

Court of
Chancery

Middle
Temple

Inner
Temple

Barnard's Inn

Fleet St.

1828

Doctors
Commons
Upper

Covent Garden Theatre
David Copperfield

Hummums Hotel
Sketches by Boz
Great Expectations

Park Lane

Piccadilly

Haymarket

Regent
St.

National
Gallery

Chandos Pl.

Adelphi
Theatre

Strand

David Copperfield

Morning Chronicle
Evening Chronicle

David Copperfield

Thames

The Daily News

A Tale of Two Cities

Ye Olde Cheshire Cheese

Sketches by Boz
The Pickwick Pape
David Copperfield
Our Mutual Friend

St James's St.

Trafalgar
Sq.

Theatre Royal

Pall Mall

Covent Garden

National
Theatre

Royal
Festival
Hall

Athenaeum

Central Coaching Station

Warren's Blacking Factory 1824-25

Murdstone & Grinby's *David Copperfield*

Manchester Buildings
Nicholas Nickleby

Pip & Herbert Pocket
Great Expectations

York Road

Westminster Bridge Rd

Waterloo Road

Blackfriars Rd

Belgrave
Sq.

Grosvenor Place

Buckingham
Palace

St James's
Park

Barnaby Rudge
Martin Chuzzlewit
Bleak House
Our Mutual Friend

Westminster
Abbey

Little
College St

Westminster
Bridge

Houses of
Parliament

1824

Lambeth Palace Rd

Baylis Road

Borough Ro

Area covered in
Oliver Twist

Oliver Twist's
entry into London

PP   The Pickwick Papers

BH   Bleak House

Millbank

Marsham
St

Horseferry
Road

"There is a repose about Lant Street, in the Borough,
which sheds a gentle melancholy upon the soul.
There are always a good many houses to let in the street:
it is a bye-street too, and its dulness is soothing."(PP)

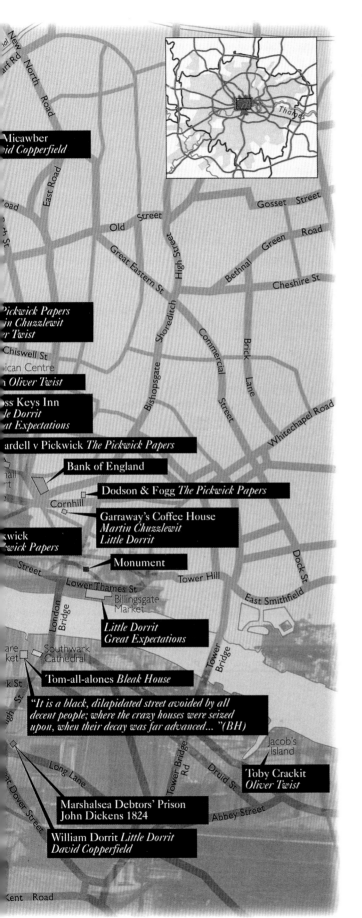

單位，正是當時典型的英國公家機關。

1851年，狄更斯又搬家了，這回他搬到布盧姆斯伯里（Bloomsbury）的塔維斯托克（Tavistock House）。他後期的許多小說都是在這裏寫成的，也認識了幾位言行誇張，但有趣味的朋友，像是科林斯（Wilkie Collins）與安德生（Hans Christian Anderson）等人。這時他住在（或去過）倫敦許多差異極大的地區，從名人巷到貧民區，從充滿喬治時代風味的區域到維多利亞時的新市區。他的小說涵蓋倫敦的發展，包括了東區（East End）、罕普泰德（Hampstead）與里其蒙（Richmond），刻畫出工業時代的變動情形。他筆下的人物變得更抑鬱，他眼中的都市生活也顯得更冷酷、更呆板。

1857年，這位當時最受歡迎，也最為成功的作家，買下鄰近肯特郡羅徹斯特的蓋德山（Gad's Hill），住在這樣的山莊，可說是他自小以來的夢想。《遠大前程》（Great Expectations, 1860）、《我們共同的朋友》（Our Mutual Friend, 1865）以及未完成的《艾德溫‧德魯德之謎》（Edwin Drood, 1870），都是在這裏動筆的。1870年6月8日，在結束另一次美國的參訪之旅後，他也油盡燈枯了，他在長椅上辭世，享年五十有八。他生前希望死後就葬在蓋德山附近，而且不要有任何紀念活動。但他的葬禮還是成了國葬，墓地就在西敏寺的詩人墓園。前來瞻仰他的靈柩的人潮，一波接著一波。

狄更斯當然不是唯一創造並建構倫敦神奇與黑暗的作家。艾克羅德便把他和布萊克（William Blake）及畫家特納（Turner）三人，並稱為「帶著倫敦腔的夢想家」（Cockney Visionary）。他說：「城市裏所有的人都被光與影佔據了，而它是在金錢與權力的陰影下建造的；他們全被這裏的景物所吸引，而它一直充滿著人的活力。」對狄更斯來說，與布萊克一樣，由於冗長與多變的藝術風格，加上喜劇與悲劇、通俗與詭譎的筆法，使得倫敦地圖變成一種檯面下的密碼，也成為一個充滿象徵性的世界。

自此之後，小說家無不盡力捕捉在發展與變遷過程中城市的各種風貌。吉辛（George Gissing）與威爾斯（H.G. Wells）便是如此；即使到了今天，卡特（Angela Carter）、卡萊特（Justin Cartwright）、辛克萊（Ian Sinclair）與艾克羅德，都在深刻轉變的城市裏，尋求同樣的東西。不僅在與狄更斯有關的地點與景物中，甚至在倫敦市民身上，都可以見到他那時的倫敦風貌，迄今這些都還是我們認識這個大都會的資料來源。

狄更斯時期的倫敦：城市的河流、橋樑、駁船、馬爾夏西監獄、斯皮塔菲爾茲（Spitalfields）、可凡花園、還有眾多的倫敦景物，都是狄更斯小說中的背景所在的地標。

冒著蒸汽的煙囪：
英國和工業主義

　　1851年舉行的萬國博覽會就足以說明一切了。遵照亞伯特王子的命令，展覽地點選擇倫敦的海德公園，展覽館的碩大圓頂是玻璃做的，展出的物品有工程上的奇觀與種種商品，標誌出英國乃「世界之工場」（Workshop of the World）的意義。萬國博覽會代表了「進步」，而機械的變動，造就現代紀元的到來；它也顯示這個國家的成就——佔有世界三分之二的煤礦生產量，鐵礦與棉貨則為世界之半。這些都確立了英國在工業革命中的領導地位。因此，根據歷史學家麥考萊（Macaulay）的說法，1851年可說是「充滿平和、富足、快樂、天真與國家榮耀的一年」。

英國於萬國博覽會的鐵製框架下歡喜慶祝著，當然，它的風貌也在快速變動中。在1840年代裏，興建鐵路的熱潮席捲不列顛島，從狄更斯所寫的第一部真實反映維多利亞時代的小說，《董貝父子》裏，便可見一斑。在這本書的結尾中，壞人終被一輛冒著蒸汽的火車壓個粉碎。一如狄更斯時期的倫敦正在快速轉變，在半個世紀前，就為工業革命所影響的英國北方與中部城市，依舊蓬勃發展。1821到1841年間，倫敦的成長率為20%，它也從充滿喬治時期的風味，搖身一變，成為帶有維多利亞風格的城市。曼徹斯特（Manchester）、雪菲爾德（Sheffield）、里茲（Reeds）和伯明罕，都以40%的速度在成長，布拉福（Bradford）則是65%。它們都是令人震驚的維多利亞城市，也是這個時代的象徵。

上圖是十九世紀新堡（Newcastle）「老黑頓」（Old Hetton）煤礦區的景象，很能捕捉英格蘭北部典型工業城鎮的特色，畫者不詳。

　　在眾多厭惡萬國博覽會的人裏，狄更斯便是其中之一。在《憲章主義》（Chartism, 1839）一書中，卡萊爾（Thomas Carlyle, 1795-1881）發出對新紀元的警語，他說在機械化的過程中，人類將為其所奴役，他呼籲所有的人沈思「英國國家狀況的問題」。許多維多利亞時代的人的確這麼做了。丁尼生（Tennyson）在充滿樂觀語氣的詩作〈洛克斯利堂〉（Locksley Hall）裏，或許還對這樣的變化感到歡喜，但阿諾德（Matthew Arnold）卻懷疑在那樣的時代裏，詩還能有甚麼價值，他說：「數百萬民眾的怨言／困陷在勞力與痛苦中。」

　　最能面對此新的都市與工業世界的文類，似乎就是小說了。佩特（Walter Pater）將小說稱為：「現代世界特殊而恰當的藝術。」小說能自由地傳誦，坦率地紀錄，它能訴說對比強烈與多元化的故事，將社會不同的階層合為整體。它可以針對社會問題做細部研究。馬丁紐（Harriet Martineau, 1802-76）將她的故事《曼徹斯特的衝擊》（A Manchester Strike, 1835），當成是對政治經濟學研究的一部分。特羅洛普夫人（Mrs. Frances Trollope）到北方的紡織廠訪問時，親眼見到童工的情形，於是寫了《麥克‧阿姆斯壯》（Michael Armstrong, Factory Boy, 1839）。這部小說稱得上是寫實主義之作，書中流露出悲天憫人的情懷。「在我的作品中，我所熱切渴望產生的影響，」艾略特（George Elliot, 1819-80）這位寫實主義大將說到，「祇是希望讀者更能想像並感受，那些異於他們的人的歡喜與痛苦，以及正在奮鬥或犯錯的人的生活真相。」

　　「英國的狀況」成為維多利亞時期小說的重要課題。政治家暨小說家狄斯瑞里（Benjamin Disraeli, 1804-81）所著之《女巫，或兩國》（Sybil, or Two Nations, 1845）的副題，可視為一種圭

左圖是狄更斯兩度參觀的萬國博覽會（1851），他並不喜歡這個博覽會，並且連帶遷怒其他的展覽是「英國所犯的罪過與疏失」。

在重工業的英國北部，紡織工人在挑高的空間裏工作。工廠的汽笛晝夜不停的鳴叫。在巨大的棉廠、羊毛廠與絲廠裏（如下圖所顯示），嬰兒睡在嘈雜的紡織棚架下，棚架上則是較大孩子的工作地點。

桌。維多利亞女王治下的兩國，一者富，一者貧；這本書也處理到具有巨大影響力的沙龍、蘭開夏（Lancashire）的工業小鎮，以及一場和憲章運動（Chartist）有關的暴動。薩克雷（Thackeray）、特羅洛普（Anthony Trollope）與狄斯瑞里等人，在提到「社會」一詞時，他們指的是更為廣義的社會，是以國會著名的「藍皮書」（Blue Books）為本，審視童工與低薪的問題。有著種種對比的英國，成為當時眾多小說家所關心的對象。蓋斯凱爾（Elizabeth Gaskell, 1810-65）在《瑪麗・巴頓》（*Mary Barton*, 1848）中指出，曼徹斯特那些工廠老闆的財富與貧困的勞工階層，形成強烈對比。在《北與南》（*North and South*, 1855）裏，她檢討另一種重要的對比，也就是南方的英格蘭，與她虛構出來的，側重工業的北方「達克郡」（Darkshire）「米爾頓」市（Milton）之間的差異。

　　基於國家本位，像米爾頓這樣的城市紛紛出現了：北方的工廠城鎮、焦炭城鎮、工業城鎮、紡織城鎮、鐵礦城鎮、陶器城鎮、棉花城鎮以及絲織城鎮。工廠主人與鐵礦礦主——如暴發戶一般的實業家，也是新興的社會階級——他們住在煙塵不到的曠野，而他們的工廠卻是二十四小時不停地運作。工廠的煙囪、喬治時代晚期的磨坊小屋、河岸上的陶器廠與街上接連不斷的住家，隨處可見窮困與打零工的人。

　　這就是蓋斯凱爾夫人所住，並且多所著墨的曼徹斯特。正如1840年代的政府觀察家，凱一沙特華斯爵士（Sir Kay-Shuttleworth）所說，曼徹斯特是個「商業體制下的大都市」，由許多大資本家所組成，這些富有與聰明的商人，懂得「以其天分，創不朽事業」，而廣大的勞動人口則是像「一個被他們踩在腳下的沈睡巨人」。然而，這個巨人並非總是昏睡的。打倒機器的呼聲與暴動此仆彼起，諸如1819年於曼徹斯特發生的屠殺事件（the Peterloo Massacre）、1830及40年代的憲章

主義者暴動（Chartist Riots），與1850年代的幾場大規模衝突，加上霍亂大肆流行，在在阻礙政府規模龐大但卻精巧的計畫。

　　「被煤灰燻黑的曼徹斯特，像是建在一處無底深淵裏的城市，」卡萊爾在《過去和現在》（*Past and Present*, 1843）中寫到，「它每一處地方都那麼令人驚奇，使人害怕，讓人不可思議，一如最古老的賽倫（Salem）或預言之城（Prophetic City）。」狄斯瑞里在《新世代》（*Coningsby, or The New Generation*, 1844）也說：「曼徹斯特好似雅典，是一個人類製造出來的

蓋斯克爾夫人（上圖），是當時許多書寫社會情形的小說家之一，她經常描寫窮與富、北與南之間的對比。

在里茲、布拉福與繁榮的汀河（the Tyne）兩岸，可說是工廠林立。上圖是司各特（William Bell Scott）所畫的《汀河的工業：鐵與煤》（The Industry of the Tyne: Iron and Coal），便是典型的景象。

狄斯瑞里（左圖），曾宣稱他的小說就是他的妻子。他的書像是《新世代》與《女巫》等，都關心城市與鄉村窮人的生活處境，這也是他的興趣所在。

大事記

1831	為了抗議農業機械化的政策，在若干鄉村地區發生「鞭韃暴動」（Swing Riots）
1832	「第一改革提案」過關。
1833	「工廠法」（Factory Act）嚴禁雇用九歲以下的童工。
1834	為了籌組貿易聯盟，發生了「土爾帕多」（Tolpuddle）案，首謀及其黨羽被判處流放澳洲。
1834	「窮人法修正案」（Poor Law Amendment Act）規定得為窮人設置習藝廠。
1836	第一輛火車行駛於倫敦。
1838	憲章主義風潮興起於英格蘭北部。
1838	「反玉米法聯盟」（The Anti-Corn Law League）於曼徹斯特成立。
1842	「阿許萊礦業法」（Lord Ashley's Mines Act）禁止雇用童工，或非法的女工。
1842	英格蘭北部爆發憲章主義者暴動。
1844	興建鐵路的狂熱開始發燒：總共鋪設5,000哩的鐵軌。
1846	廢除「玉米法」。
1848	「公共衛生法」（the Public Health Act）的提出，被視為意圖清除貧民窟的法案。
1851	萬國博覽會於海德公園揭開序幕。

偉大功績。甚至他的臥房也被煤油燈照亮了，真是一座令人驚歎的城市！」儘管如此，它還是有黑暗的一面，而且被恩格斯（Frederick Engels），一位激進的德裔工廠廠主觀察到了。1845年，他寫了《1844年英國的勞動階級狀況》（The Condition of the Working-Class in England in 1844），書中討論曼徹斯特的工業組織（他說：「既然商業與製造業在這些大城裏，得到最完全的發展，所以在這裏，也最能觀察到它們對無產階級產生的影響」）。這本書的出書時間，早於他與馬克斯（Karl Marx）合寫的《共產主義宣言》（The Communist Manifesto, 1848）。

1853年，狄更斯到了普立斯頓附近，目睹為數兩萬的棉廠工人示威，他們高喊口號，「加薪百分之十，絕不屈服」。他發現普立斯頓是個骯髒的地方，但他還是為這些示威者仗義直言。在他以嚴厲的態度，描寫北方工業的小說《艱難時世》——一本獻給卡萊爾，並且批判功利主義的作品——他把以「超時工作」為特色的普立斯頓，寫成庫克鎮。「庫克鎮……是個成功的例子，」他如此寫著，「它是個機器之城，擁有許多高聳的煙囪，黑煙不停地排放，永無安寧之日。鎮上還有一條黑水溝，河水被惡臭的染料染成紫色，一大排滿是窗戶的建築物整日嘎響不停，還有蒸汽機的活塞在運轉……。庫克鎮雖然有許多條大街，但都是一個樣子，有許多小巷，也都是一個樣子，連住在這裏的人們，也差相彷彿……。」

狄更斯所說的「真實城市」——新興的工業城與商業城——成為他們當時有如神話般的文學地名。沿著摩塞河（the Mersey）往下走，便可到達利物浦，這是蘭開夏裏最有活力的製造城，也是大西洋兩岸往來的主要商港。一位年輕的美國作家梅爾維爾（Herman Melville），曾以船員的身分來到此地，他把他的經驗寫進《雷得本》（Redburn, 1849）。這部小說指出利物浦有如〈啟示錄〉裏的巴比倫（Babylon），充滿喧囂的噪音、疾病、貧窮、饑荒與絕望。流傳已久的舊英格蘭神話，被這些事實推翻了。「我啊，已經十次了！」雷得本叫到，「我祇能徒勞無功的來到舊英格蘭？在這孕育托馬斯—阿—貝克特與約翰的剛特的土地上，竟然連個小修道院與城堡都看不到嗎？難道整個大英帝國境內，除了被燻黑的老舊倉庫與商店外，就找不到任何東西？利物浦祇是個磚窯廠嗎？這簡直是個謊言，是一場愚弄人的騙局！」

蘭開夏以產棉著稱，跨過本寧山脈（the Pennines），另一邊的約克夏則盛產羊毛。雪菲爾德擁有許多煉鐵廠。「瓦特的機器開動了！所向披靡的是你的影響力／和你所擁有的相比，甚麼又是暴君的力量？」這是約克夏詩人伊里歐特

（Ebenezer Elliott），在〈雪菲爾德的蒸汽〉（Steam at Sheffield, 1840）中所寫的詩句。在伯明罕，在西密德蘭（West Midlands），和英國北方與中部的工廠，瓦特（James Watt）所發展的蒸汽機，推動了這場堅硬的工業革命。狄更斯早年創作的小說《老古玩店》，帶著我們走進伯明罕：「為何他們來到這個嘈雜不堪的城市，他們可以去許多平靜的鄉下地方啊！至少，比起這個充滿悲慘衝突的地方，他們在那裏或許不免又饑又渴，但比較不痛苦了。但他們在這裏，祇是眾多不幸之人中的一個小角色……在他們的旅途中，從未有過如此激烈的渴望……他們為的是吸一口自由的新鮮空氣，為的是住到一個開闊的鄉間，就像現在這樣。」

在後來的小說中——金斯利（Charles Kingsley）寫的《酵母》（Yeast, 1848）與《阿爾頓·洛克》（Alton Locke, 1850），里德（Charles Reade）的《改邪未晚》（It's Never Too Late to Mend, 1856），與拉塞福（Mark Rutherford）的《湯納斯巷的革命》（The Revolution in Tanner's Lane, 1887）——作家探索並挑戰鋼鐵時代下的新工業風貌，這些東西正是卡萊爾所說的：「人們的身心宛如機器一般成長。」然而新系統的轉變，不僅是在英國發生，也出現在小說本身。狄更斯稍後的小說，或許比他的前期作品來得悲觀，但它們卻更加生動，也更具實驗性質，它們捕捉到變動的能量與新的社會形態——如同董貝父子與摩德里斯（Merdles）一家，這些實業家與金融家所帶出的新系統。對下一個世代的作家而言——如艾略特（1819-80）和哈代（Thomas Hardy, 1840-1928）——這樣的轉變已經發生了。在《菲利克斯·霍爾特》（Felix Holt the Radical, 1866）與《米爾德馬奇》（Middlemarch, 1875）中，艾略特處理英國中部地方所發生的事，從第一次的改革提案（First Reform Bill, 1832），到對大戰的評論等。

本姓為埃文斯（Marian Evans，上圖）的艾略特（George Eliot），以兼具鄉村與工業特色的英格蘭中部為題，寫了許多作品。

此刻，工業文明已然昌盛，鐵路遍及各地。密德蘭區與北方成為英國的工廠所在。生活變得冷淡起來，因為人們都搬到城裏；由於生產的貨物與製造的機器，城市已經有所轉變。狄斯瑞里看見的是曼徹斯特的煤氣燈，而新世代的作家看到的則是電氣軌道。維多利亞時期的城市，以其富麗堂皇的建築，成為市民的驕傲。在十九世紀結束之前，從這些城市而來的作家，像是出身威克菲爾德（Wakefield）的吉辛（1857-1903），與來自斯托克（Stock）的本涅特（Arnold Bennett, 1867-1931），都走出自己的文學風格。不管是新或是舊，是南或是北的城市，都取代舊的、充滿田園風味的英國，成為當代寫作中的背景了。

工業時期的英國：1851年舉辦的萬國博覽會，展現英國的工業實力。此時鐵路已連接所有重要的城鎮，北方的工廠一家接著一家成立。

Benjamin Disraeli
Sybil

Charles Dickens
Hard Times

Charles Dickens
Nicholas Nickleby

Harriet Martineau
"A Manchester Strike,"
Illustrations of Political Economy
Charlotte Elizabeth
Helen Fleetwood
Mrs G.L. Banks
The Manchester Man
Mark Rutherford
The Revolution in Tanner's Lane
Frances Trollope
Michael Armstrong
Benjamin Disraeli
Coningsby

Charlotte Brontë
Shirley

George Gissing
A Life's Morning

Ebenezer Elliott
Corn Law Rhymes

Herman Melville
Redburn
Charles Dickens
"Poor Mercantile Jack,"
The Uncommercial Traveller
Nathaniel Hawthorne
Our Old Home

Elizabeth Gaskell
*Mary Barton, North and South,
A Tale of Manchester Life*

George Eliot
Adam Bede

Mrs Craik
John Halifax, Gentleman
Arnold Bennett
The Old Wives' Tale

George Eliot
Middlemarch

Harriet Martineau
Deerbrook
Charles Reade
It is Never Too Late to Mend
Charles Dickens
The Old Curiosity Shop

Charles Dickens
Dombey and Son

Newcastle
Carlisle
Bowes Academy
Dotheboys Hall
Preston
Coketown
Leeds
Wakefield
Manchester
Milton
Liverpool
Barnsley
Peterloo Massacre
Sheffield
Stoke-on-Trent
Burslem
Derby
Birmingham
Nuneaton
Leamington Spa
Oxford
Cardiff
Bristol
LONDON
Chartism
Dover
Tolpuddle
Tolpuddle Martyrs
Brighton
Exeter

Industry
Coal
Iron
Pottery
Cotton/Textiles
Manufacturing

Rail expansion
Before 1838
1838-48
1849-72

荒野中的約克夏：
哈沃斯的勃朗特姊妹

「咆哮山莊（Wuthering Heights）指的就是希斯克利夫先生（Mr. Heathcliff）的房子。『咆哮』是鄉下人使用的，一個甚具意義的形容詞，是用來形容在暴風季裏，一種風向混亂的狀態。事實上，那裏無時無刻不吹著這樣的風，你可以猜這是受到北風風力的影響，使得屋子後面矮小的樅樹長得過於歪斜，也讓一行荊棘祇往一個方向蔓生，彷彿渴望太陽的垂憫。」～愛米麗‧勃朗特，《咆哮山莊》（1847）

沒有甚麼地方能比西約克夏的哈沃斯（Haworth），更能讓遊客踩著堅定的步伐，因為這座灰暗、冷淡的村莊，正是十九世紀中葉作家勃朗特三姊妹——夏洛蒂（Charlotte Brontë, 1816-55）、愛米麗（Emily, 1818-48）和安妮（Anne, 1820-49）的家鄉。她們的作品裏混合了事實與虛構情節的非凡風格，使得「勃朗特」成為全世界家喻戶曉的姓氏。這些傑出的小說，出自於這三位孤獨姊妹的想像力，她們住在一座與世隔離的荒村，過著悲慘而失望的生活。1847年10月，一個平凡的家庭女教師的熱情所形成的故事，照亮了她們的文學世界。緊接在夏洛蒂的《簡愛》（Jane Eyre, 1847）之後，愛米麗在同年也發表了《咆哮山莊》（1847），這是一個在荒野中的淒絕愛情故事，也在英國的虛構文學中，創造了希斯克利夫這個最黑暗的靈魂。自此之後，前來勃朗特故居的文學朝拜者，就發現了通往哈沃斯牧師公館的小路。在夏洛蒂死後的兩年內，除了蓋斯凱爾夫人出版充滿浪漫氣息的夏洛蒂傳之外，無可避免地，還有許多小道消息流傳開來。勃朗特家所在的莊園，是一處平坦的風景地，業已吸引數以百萬計的讀者造訪。

直到今天，遊客還是帶著滿心的期待來到這裏，他們幾乎不會失望而回。踩著寬大的石階，步上陡峭的大街（Main Street），轉角處便是勃朗特牧師（Reverend Patrick Bronte）為教區教友講道的教堂。除了

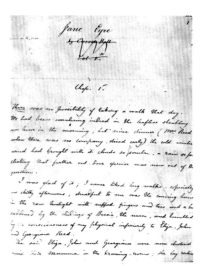

夏洛蒂於1846年開始動筆寫《簡愛》（上圖是她的手稿），那時她正在曼徹斯特照顧她的父親。

瑪利亞與伊莉莎白於1825年過世之後，勃朗特家還在世的孩子們（由左到右分別為：安妮、夏洛蒂、布蘭威爾與愛米麗）在一起生活了六年，他們活在一個虛構的世界中。

安妮葬在斯加布洛（Scarborough）的聖瑪麗墓園，勃朗特一家都埋骨於此。沿著狹窄的小巷走去，右手邊是低矮的主日學校，夏洛蒂曾在這裏教過村子裏的小孩，左手邊則是令人哀思的墓園，走過大門便到了方形花園，這座花園將喬治時期的教堂，與四周的墳塚區隔開了。通過前門，來到完全不是哥德式建築的狹小門廳，蓋斯凱爾夫人是這樣形容的：「這裏的每一件東西，都非常講究秩序，連清潔的程度也到了極端精緻的地步。門階一塵不染，過時的小窗格有如鏡片一般發光。屋子裏裏外外都是如此乾淨，更襯托出它純淨的本質。」

屋子的左側是飯廳，勃朗特三姊妹每天晚上都會離開寫字檯。她們手牽著手，繞著桌子緩行，討論故事裏的想法，批評彼此的作品。據說愛米麗就是在那張沙發上辭世的。屋子的右側是勃朗特牧師的書房，他總是被描述為一個抑鬱寡歡的瞎眼老人，在他聰慧的家人分別死去後，他祇好孤零零地渡過他的晚年。牆邊放著一架鋼琴，據說愛米麗總是神采

勃朗特時期的約克夏：勃朗特姊妹筆下的景物，將真實與虛構的世界混合起來。書中許多背景是以三姊妹自身的生活經驗為本。

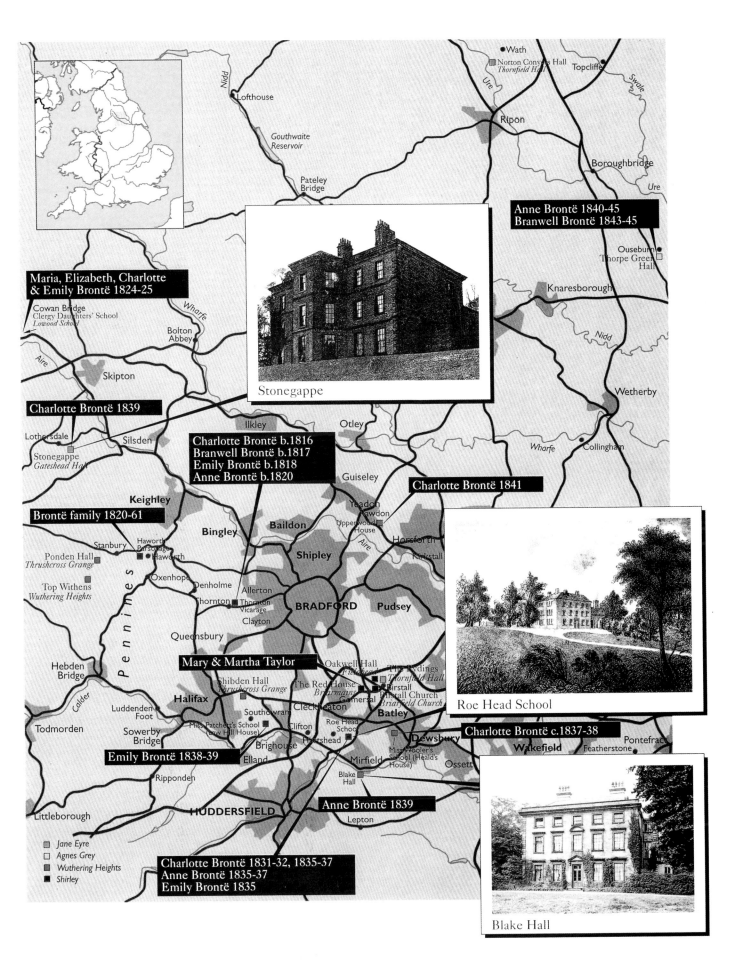

Wath

Norton Conyers Hall
Thornfield Hall

Topcliffe

Lofthouse

Ripon

Gouthwaite
Reservoir

Boroughbridge

Ure

**Anne Brontë 1840-45
Branwell Brontë 1843-45**

Pateley
Bridge

Ouseburn
Thorpe Green
Hall

Knaresborough

Nidd

**Maria, Elizabeth, Charlotte
& Emily Brontë 1824-25**

Cowan Bridge
Clergy Daughters' School
Lowood School

Wharfe

Bolton
Abbey

Stonegappe

Wetherby

Aire

Skipton

Charlotte Brontë 1839

Lothersdale

Ilkley

Otley

Wharfe

Collingham

Stonegappe
Gateshead Hall

Silsden

**Charlotte Brontë b.1816
Branwell Brontë b.1817
Emily Brontë b.1818
Anne Brontë b.1820**

Guiseley

Charlotte Brontë 1841

Keighley

Yeadon
Rawdon
Upperwood
House

Brontë family 1820-61

Stanbury

Haworth
Parsonage

Haworth

Bingley

Baildon

Horsforth

Aire

Kirkstall

Ponden Hall
Thrushcross Grange

Oxenhope

Shipley

Roe Head School

Top Withens
Wuthering Heights

Denholme

Allerton

Thornton
Thornton
Vicarage

BRADFORD

Pudsey

Clayton

Queensbury

Hebden
Bridge

Calder

Mary & Martha Taylor

Oakwell Hall
Fieldhead

The Rydings
Thornfield Hall

Shibden Hall
Thrushcross Grange

The Red House
Briarmains

Birstall
Birstall Church
Briarfield Church

Halifax

Southowram

Gomersal

Luddenden
Foot

Miss Patchett's School
(Low Hill House)

Clifton

Roe Head
School

Batley

Charlotte Brontë c.1837-38

Pontefract

Emily Brontë 1838-39

Sowerby
Bridge

Brighouse

Hartshead

Dewsbury

Miss Wooler's
School (Heald's
House)

Wakefield

Featherstone

Todmorden

Elland

Mirfield

Ossett

Ripponden

Blake
Hall

Anne Brontë 1839

HUDDERSFIELD

Lepton

Littleborough

Blake Hall

□ Jane Eyre
□ Agnes Grey
■ Wuthering Heights
■ Shirley

**Charlotte Brontë 1831-32, 1835-37
Anne Brontë 1835-37
Emily Brontë 1835**

[103]

奕奕地彈琴。壁爐上方掛的是約翰・馬丁（John Martin）式啟示錄風格的黑白畫，它帶給三姊妹創作的靈感。

作為家庭裏溫暖核心的廚房，毀於1870年代擔任哈沃斯教區長的威德牧師（Reverend John Wade）。儘管如此，當勃朗特學會（the Brontë Society，創立於1893年）於1928年獲得這座牧師公館後，便把它當成一處博物館，有紀念意義的東西都回到家了：長形的鐘就在石階上的壁櫥裏，夏洛蒂個人的遺物——細腰禮服、尖頭長靴和布蘭威爾（Branwell）所畫的誇張肖像，還有愛米麗零星的遺物——為她的寵物畫的水彩畫與一張日記的殘篇，以及安妮所蒐集的瑪瑙石與待在斯加布洛時的紀念品，當然，還有勃朗特姊妹賴以成名的千百頁手稿。

勃朗特一家於1820年搬來哈沃斯，當時派區克被指派到這裏擔任教區長。他上任時帶著出生於康威爾郡的太太和六個孩子：瑪利亞（Maria）、伊莉莎白（Elizabeth）、夏洛蒂、布蘭威爾、愛米麗與安妮，安妮那時尚在襁褓之中。不幸的打擊很快就來了。勃朗特夫人死於1821年9月15日，葬於家中的地窖。她的妹妹（Elizabeth Branwell）自潘桑斯（Penzance）趕來照顧姊夫一家。1824年，四位年紀較大的女孩到位於可汪橋（Cowan Bridge），離家有五十哩牧師之女學校（Clergy Daughters' School）讀書（這所女校也就是《簡愛》裏，可怕的羅伍德學校）。

1825年5月，瑪利亞因為生病而回家休養，她過世時，年僅十一歲。其他三位姊妹也都離校了，但對十歲的伊莉莎白來說，卻為時已晚，她也於6月15日病逝家中。爾後六年，倖存的孩子們都留在家裏。她們超凡的想像力與才智，也隨之開始活躍起來。由於父親忙於教務，他鼓勵她們繼續求學；她們發現文學不知怎地，就會在家中出現，也會跑進藝術的研究，與追求自己想像的創造物中。一組有名的玩具

兵激起她們的創作能力，為她們小巧的圖畫書帶來靈感。從1826年起，她們就寫了許多想像世界的故事，她們稱那裏為岡達爾（Gondal）與安格利亞（Angria）。

順著維多利亞時的風尚，這三個女孩都擔任家庭女教師，她們有的很成功，有的卻對這種工作十分嫌惡。1831年，夏洛蒂到位於米爾菲爾德（Mirfield）洛黑德（Roe Head）的伍勒女校（Wooler）讀書，她在那裏與努塞（Ellen Nussey）、泰勒（Mary Taylor）結為終身之友。泰勒曾寫到：「她看起來就像個小老太婆，總是歎著氣說她要追尋甚麼東西……她非常害羞，也有些神經過敏，說話時帶著濃濃的愛爾蘭口音。」稍後，夏洛蒂就留在洛黑德教書，愛米麗與安妮也到這裏當學生。她們的兄弟布蘭威爾，則是在家裏接受父親的教導，他加入哈沃斯的社交生活，也有了關心的目標。他到里茲上藝術課，但未能如願申請到倫敦皇家藝術學院的入學許可；在那一年裏，他祇能在布拉福當個失意的肖像畫家。

愛米麗在哈利法克斯（Halifax）的派區特女校（Miss Patchett's School for Girls），有了一次慘痛的任教經驗，於是她便整裝返家。1839年，夏洛蒂和安妮也結束難堪的家教生涯。姊妹中要屬安妮在社會上待得最久，她在羅賓森家（the Robinsons at Thorp Green Hall）任教了五年。不過她卻是在羞慚的情形下離開的，因為她的哥哥布蘭威爾也到那裏，成為羅賓森先生之子的家教，在他與羅賓森夫人的畸戀曝光後，他們祇好顏面盡失地離開。

1842年，夏洛蒂和愛米麗已經在布魯塞爾（Brussels）學習一年的法文了，當她們聽到布蘭威爾姨媽過世的消息，就立刻趕回英國。1845年，勃朗特一家人又在牧師公館重新團聚。夏洛蒂回去布魯塞爾，沒多久便回來了，她因為對老師赫格（Monsieur Heger）的愛戀無著，而悶悶不樂。她們姊妹還是繼續寫作，1846年，她們用假名科勒（Currer）、埃利斯（Ellis）與貝爾（Acton Bell），發表《詩集》（Poems）；這自行印刷的書祇賣了三本。同一年，夏洛蒂向許多出版商遞出《教師》（The Professor）的書稿，但都遭到拒絕，一直到她死後，於1857年才得以問世。為了資助父親到曼徹斯特接受白內障手術，她開始寫《簡愛》一書，並且於1847年10月出版，新書甫上市即

1842年，夏洛蒂和愛米麗一同在布魯塞爾的赫格（the Pensionnat Heger）唸書。這所學校已不復存在，但這些由赫格（Louis Heger）手繪的計畫，顯示出它當時的確是在那裏的。

1872年，夏洛蒂生前的出版商史密斯（George Smith），寫信給她一生的摯友努塞，請她在勃朗特姊妹的小說插畫版中助一臂之力，近右上圖便是《咆哮山莊》的首頁。「我請一位技巧純熟的藝術家溫佩里斯（E.M. Wimperis）前往哈沃斯，探訪當地的鄉親，並且畫幾幅畫回來。」史密斯說，「妳可能知道在《簡愛》、《雪莉》與《咆哮山莊》裏，幾個描繪得栩栩如生的地方之真名。」努塞信心滿滿地指示溫佩里斯到某個地方，那是在哈沃斯曠野上，一個名為「上威森斯」的古老農莊（右下圖），它註定永遠要在勃朗特姊妹筆下的虛構地圖中，佔有一席之地。儘管如此，咆哮山莊的細部描繪，一般認為還是由廢棄許久的高桑德蘭會館（High Sunderland Hall，左圖）而來，這個會館位於哈利法克斯附近。

獲好評。兩個月後，湯瑪斯·紐比（Thomas Newby）出版社，接連出版愛米麗的《咆哮山莊》與安妮的《愛格妮思·葛瑞》（Agnes Grey）。緊接著在1848年6月，安妮的第二本小說《威德費爾的房客》（The Tenant of Wildfell Hall）也問世了。

1848年下半年，死亡的喪鐘又開始迴盪在這座牧師公館。是年9月24日，布蘭威爾終因憔悴消瘦至死，他最後幾個月的時間因服藥過量，而更加衰弱。愛米麗接著於12月19日辭世，這使得夏洛蒂傷心至極，翌年5月28日，安妮也告別人間。夏洛蒂一直活到1855年，這之間她出版了《雪莉》（Shirley, 1849）與《維萊特》（Villette, 1853），她在文壇上的盛名，反而讓她覺得不好意思。她到倫敦參觀萬國博覽會，並且拜會她心目中的英雄薩克雷，也和蓋斯凱爾夫人、馬丁紐兩人結為莫逆。她與父親的愛爾蘭籍助理牧師，尼克爾斯（Arthur Bell Nicholls）的美滿婚姻，也成為她生活上的助力，但她卻不幸死於妊娠之中。勃朗特牧師是家中活得最長的人，他於1861年逝世，享年八十四歲。

勃朗特姊妹小說裏的許多背景，都確有其地。她們唸過的學校，如可汪橋、洛黑德；工作過的地方，如法律山（Law Hill）、布萊克會館（Blake Hall）、史東蓋普（Stonegappe）、上林院（Upperwood House）與索格林會館（Thorp Green Hall）；還有她們

去過的朋友家。除了瑪利亞與伊莉莎白出生的松頓鎮（Thornton）市街的房子外，勃朗特一家的住所全都在布拉福之外。在寫作《雪莉》時，夏洛蒂運用了她對貝雷—丟斯貝里（Batley-Dewsbury）這一區的知識，而菲爾黑德（Fieldhead）更是以歐克威會館（Oakwell Hall）為本，所創造出來的，現在該地有一座博物館，極不協調地矗立在高速公路的陰影下。

就在哈沃斯的曠野高處，一座名為上威森斯（Top Withens）的古老農莊廢墟，很難不讓人連想到咆哮山莊，雖然這樣的關係是可疑的。今天「上威森斯／咆哮山莊」的關係，連日本人都可以透過日文來瞭解。波登會館（Ponden Hall）距那裏有四哩遠的路程，一般認為是愛米麗小說中，斯洛許克羅斯農莊（Thrushcross Grange）的所在。相較起來，夏洛蒂書中的地名更容易找到。她在1845年去海瑟塞吉（Hathersage）遊歷的經驗，讓她心裏浮現出簡·愛與諾斯·李會館（North Lees Hall）的名字，它也是羅徹斯特先生（Mr. Rochester）的松菲爾德會館（Thornfield Hall）的靈感來源之一。

儘管是一種錯誤，但是對眾多讀者而言，勃朗特家所在的鄉間，最具吸引力的當屬在小說中無處不在的荒野了。《咆哮山莊》大部分是由對話所組成的；它甚得具有浪漫情懷的讀者青睞。勃朗特姊妹的世界是內在的，祇有打開她們的著作，才能真正進入這個世界。

愛默生與霍桑時的
新英格蘭

按照哈特（Bret Harte）的說法，如果你彎著弓，在麻薩諸塞州（Massachusetts）的劍橋——從波士頓（Boston）跨過查爾斯河（Charles River）——射出一箭，你就可能射中一位作家。在十九世紀，波士頓是美國的教育、文化與文學的中心。但並非一開始就是這樣。在這之前，費城（Philadelphia）是美國主要的思想中心，而康乃狄克州（Connecticut）的哈特福（Hartford）則是出版重鎮。然而到了1840年左右，在波士頓與周遭的新英格蘭區（New England），發生了某些大事，於是這裏一躍而為許多觀念的大本營，也成為美國知識的獨立中心，而波士頓也順理成章地變成教育與文學的輻輳點了。

溫斯洛普（John Winthrop）口中這座「山丘上的城市」，是清教徒移民美國之後，所建立的最具歐洲風味的城市，儘管如此，東印度公司進口的茶葉，還是被茶葉黨（Tea Party）黨人傾倒在波士頓港，這個事件也預示了美國獨立革命。即使在貿易量衰退的情形下，仍有許多大的紡織廠維持住波士頓的商業命脈。銀行家與商業鉅子，不是住在燈塔山（Beacon Hill），就是住在劍橋。波士頓以擁有日益增多的期刊、出版商與音樂會自豪。「我相信所有的美國文學都在這裏了。」王爾德（Oscar Wilde）曾這麼說，他所言不虛。「文學學會」（Lyceum Lecture）創立於1826年，「洛威爾學會」（the Lowell Institution）於冬天舉辦的系列活動，就吸引全城近六分之一的人（當時約有八萬人）來參與。

在1830年代的波士頓，文學成為一種新的宗教。生於波士頓，卻在里其蒙（Richmond）長大的愛倫坡（Edgar Allen Poe, 1809-49），就以「充滿青蛙的池子」（Frogpondium）形容這座城市；的確是有不少文人墨客在這裏呱呱鳴叫。在劍橋，在美國最古老的大學哈佛（Harvard）一帶，學者、史家與作家全都共聚一堂。哈佛的當代語言學教授，朗費羅（Henry Wadsworth Longfellow, 1807-82），就住在克萊奇（the Craigie House），他一心盼望歌德能來劍橋，所以寫下《海華沙之歌》（Hiawatha, 1855）。在這裏，每個人都夢想成為作家。1850年代，有志於文學創作的人，成立了以派克飯店（Parker House Hotel）為本部的「週末俱樂部」（Saturday Club），俱樂部裏包括波士頓的紳士與最傑出的「新美國人」：朗費羅、洛威爾（James Russell Lowell）、惠逖爾（John Greenleaf Whittier）和霍姆斯（Oliver Wendell Holmes），還有一些年輕的超驗主義者（Transcendentalist）。

有某件事在這清教主義之城醞釀發生了。清教主義衍生了唯一神教主義（Unitarianism），然後又發展出超驗主義（Transcendentalism）。主要的代表人物是愛默生（Ralph Waldo

新英格蘭是個以牧師、大學、帶著黑帽的清教徒、白色尖塔教堂與民兵等特色著稱的地區。

Emerson, 1803-82），他出生於波士頓著名的「第一教會」的牧師之家，也是個叛教的唯一神教牧師。他發現他的信仰是蒼白的，於是到歐洲拜訪柯立芝與卡萊爾。1834到35年之間，他搬回康科德（Concord）的鄉下老家，以便「發展與宇宙的原始關係」。他寫了論文集《論自然》（Nature, 1836），在文章中說明「在森林裏，我們回歸到理性與信仰的本質狀態」。波士頓人把他的作品稱為「超驗主義」，儘管這種說法有些晦澀。「『超驗主義就是』，我們卓有成就的B小姐擺著手

十九世紀時的波士頓：十九世紀的波士頓（右圖），可説是
「美國的雅典」，許多作家都被吸引至此。新英格蘭肯定會在
美國文學中佔一席之地，而且從1840年代起，它就是「美國
文藝復興」的一個重鎮，而此處所具有的影響力與創意的文
學，開始在美國散佈開來。全盛時期是在1850年代，那時有
幾本最傑出的代表作，包括了《紅字》（*The Scarlet Letter*,
1850）、《白鯨記》（*Moby-Dick*, 1851）、《湯姆叔叔的小屋》
（1852）、《湖濱散記》（1854）與《海華沙之歌》（1855）等。

BOSTON.

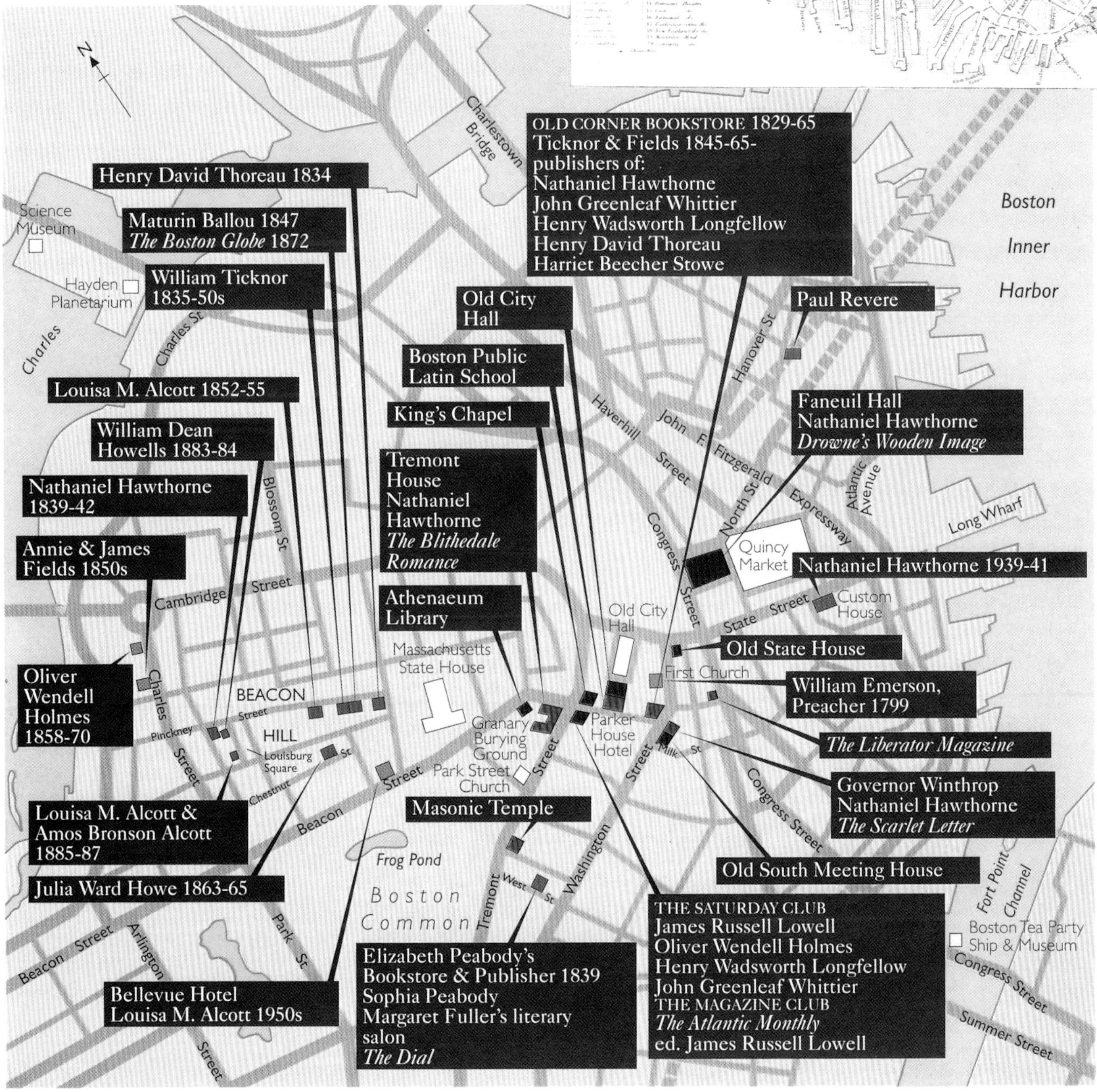

Henry David Thoreau 1834

Maturin Ballou 1847
The Boston Globe 1872

William Ticknor
1835-50s

Louisa M. Alcott 1852-55

William Dean
Howells 1883-84

Nathaniel Hawthorne
1839-42

Annie & James
Fields 1850s

Oliver
Wendell
Holmes
1858-70

Louisa M. Alcott &
Amos Bronson Alcott
1885-87

Julia Ward Howe 1863-65

Bellevue Hotel
Louisa M. Alcott 1950s

Science
Museum

Hayden
Planetarium

Charles St

Blossom St

Cambridge   Street

Charles

Street

Pinckney

BEACON

Street

HILL

Louisburg
Square

Chestnut

Beacon

Frog Pond

*Boston
Common*

Park St.

Beacon   Street

Arlington

Street

Charlestown
Bridge

OLD CORNER BOOKSTORE 1829-65
Ticknor & Fields 1845-65-
publishers of:
Nathaniel Hawthorne
John Greenleaf Whittier
Henry Wadsworth Longfellow
Henry David Thoreau
Harriet Beecher Stowe

Old City
Hall

Boston Public
Latin School

King's Chapel

Tremont
House
Nathaniel
Hawthorne
*The Blithedale
Romance*

Athenaeum
Library

Massachusetts
State House

Granary
Burying
Ground
Park Street
Church

Masonic Temple

Tremont   West   St

Washington

Elizabeth Peabody's
Bookstore & Publisher 1839
Sophia Peabody
Margaret Fuller's literary
salon
The Dial

Haverhill

John F. Fitzgerald

Congress   Street

Hanover St

Old City
Hall

Parker
House
Hotel

First Church

Polk St.

Paul Revere

Faneuil Hall
Nathaniel Hawthorne
Drowne's Wooden Image

Quincy
Market

North St

Atlantic Avenue

Custom
House

Nathaniel Hawthorne 1939-41

State Street

Old State House

William Emerson,
Preacher 1799

The Liberator Magazine

Governor Winthrop
Nathaniel Hawthorne
The Scarlet Letter

Congress Street

Old South Meeting House

THE SATURDAY CLUB
James Russell Lowell
Oliver Wendell Holmes
Henry Wadsworth Longfellow
John Greenleaf Whittier
THE MAGAZINE CLUB
The Atlantic Monthly
ed. James Russell Lowell

Boston
Inner
Harbor

Long Wharf

Fort Point Channel

Boston Tea Party
Ship & Museum

Congress Street

Summer Street

霍桑（下圖）最偉大的小說《紅字》的背景，設定在兩百年前清教徒時期的波士頓。女主角白蘭（Hester Prynne，右圖），被大眾譴責為墮落的婦人，並且在她胸前繡上一個斗大的A字，「這個字產生的影響，讓她與社會的關係脫節，並將自己封閉在自我的世界裏」。

牽連。

1841年，里普利買下波士頓市郊的布魯克農場（Brook Farm），希望建立一個象徵改革中的新英格蘭精神的烏托邦社區。「那是一處農學家和學者建立的殖民地。」愛默生如此說到，他拒絕到那裏。但多數波士頓的傑出之士都去了，其中有阿寇特（Bronson Alcott）、強寧（William Henry Channing），與撰寫《十九世紀的女性》（*Women in the 19th Century*, 1845）的女作家富勒（Margaret Fuller）。霍桑也去了，他要為他和妻子找個家。不過這個農場計畫並不成功。耕種之事和寫作是扞格不入的，在大夥離開這個實驗農場之前，霍桑用了大部分的時間，照顧一株白松樹。但他沒有走遠，而是到了愛默生老家所在的康科德，那裏距波士頓有十七哩路，是個迷人的村落，第一批移民於1635年在此落腳時，那裏還是邊界呢！康科德在歷史上自有其地位，因為在1775年4月19日，當地的武裝農民向英軍開火，槍聲「傳遍整個世界」，美國獨立革命自此開始。當時，在附近一棟老舊的牧師住宅裏，愛默生的祖父目睹這一切（當然，他也是個牧師）。霍桑租了一間小屋，他生命中的快樂時光展開了，他寫下《老牧師之宅的青苔》（*The Mosses from an Old Manse*, 1846）。

說，『超出一點點的意思。』」這是愛默生在一次有名的「超驗主義俱樂部」聚會中，所作的註解，這個俱樂部是他和里普利（George Ripley）於1836年創立的。它標示一個新的時代。「人們漸漸懂得自省，也變得更有智慧。」愛默生如此解釋。

並非新英格蘭區都盛行這種風格。在多風的麻州塞勒姆（Salem）海岸，有一種更加晦澀的文風正在興起。塞勒姆也是個清教徒建立的城鎮，因著名的「塞勒姆女巫審判」（the Salem Witch Trials，共有十九名女巫被處死），而令世人難以忘記。它因東印度公司的貿易而富庶，但已在沒落之中。先生因航海殞命的寡婦們，住在有歌德式建築風味的木房子裏。從過去流傳至今以及遠方傳來的傳說，漸漸為人知曉。1804年7月4日，在聯合街（Union Street）的一棟房子裏，霍桑出生了。自博多因學院（Bowdoin College）畢業後，霍桑回到母親在赫勃特街（Herbert Street）的房子，一個人住在閣樓並且開始寫作。足足有十年的時間，他的作品不為人知，直到《二度傳說的故事》（*Twice-Told Tales*, 1837）發表後，他才引起波士頓人的興趣。在當時，皮巴蒂小姐（Miss Elizabeth Peabody）——現今人們稱她為「波士頓教母」（Godmother of Boston）——發現在波士頓海關任職的霍桑，並且撮合他與妹妹蘇菲亞（Sophia）的婚事。霍桑也因此在眾人面前曝光。

這時，霍桑、愛默生與超驗主義者碰面了。不過那絕對稱不上是甚麼絕配。愛默生和他的朋友，筆下寫的是自然，霍桑則以歷史為寫作主題。愛默生他們的作品代表當時美國有如奇蹟的樂觀世界，而霍桑則受祖先過去的罪行與汙名所

當霍桑在康科德寫作時，超驗主義者也在此如火如荼地展開行動。「從來沒有一個貧窮的小村落，聚集了那麼多奇形怪狀的人，他們穿著奇特，舉止怪異，大部分的人認為自己肩負世界命運的重責大任，但卻都祇是緊張過度的惹人厭傢伙。」他們之中有阿寇特，此時他正思考在劍橋建立另一個烏托邦社區。還有一位是梭羅（Henry David Thoreau, 1817-62），他自己在華騰湖（Walden Pond）畔蓋了間小木屋，並且有了描寫此地景物的寫作構想。「我到森林裏，是因為我希望能刻意地在基本的生活條件下過活。」他在《湖濱散記》（*Walden, Or Life in the Woods*, 1854）裏如此解釋。這本書是他的生活、觀察與思考的非凡紀錄。對超驗主義者來說，這座泥濘的小湖成為自然的終極象徵，它也深刻影響了自我創造的美國精神。像愛默生與梭羅筆下的新英格蘭，都充滿自然的風味。儘管如此，還是有較為晦暗的一面，那就是霍桑具體展現的歌德式與悲劇性的情感。

康科德，這個「美國的威瑪」，是波士頓周圍的眾多殖

在二十八歲時，梭羅（左上圖）形容自己是個：「在風雪與暴雨中，自我指派的巡視員。」他獨力在華騰湖（上圖）旁，蓋了一間他稱為「墨水臺」的小木屋，地點就在通往林肯（Lincoln）鎮的村落外，這片土地的地主是愛默生。好奇的遊客來到這裏，都會像他一樣站在水中，吹著笛子，種植豆苗。往波士頓的火車軋軋從旁經過，梭羅通常晚上會回家做飯。

新英格蘭：新英格蘭有許多出名的地方，像是充滿學院風味的耶魯（Yale），鱈角（Cape Cod）的岩岸，新貝德福（New Bedford）繁忙的港口──梅爾維爾《白鯨記》裏航行的出發地──以及藝術家和有錢人避暑的新港（Newport）。

暢銷全世界的好書，不但鼓動廢奴主義者的情感，也間接引導出南北戰爭（Civil War）。

　　還有其他用來瞭解新英格蘭的觀點。與波士頓有百哩之遙，位於康乃狄克流域的商業小城阿默斯特（Amherst），擁有一座知名的大學。狄瑾蓀（Emily Dickinson）就住在大街（Main Street）上，她有「阿默斯特的修女」（Nun of Amherst）之稱。她甚至比梭羅更不好旅行，除非是要仔細看看大自然，否則她很少出門。在一間位於樓上的房間裏，她寫下大約一千七百七十五首詩，但她一生中，祇有七首詩出版。「我是無名小卒！那你又是誰？」她如此挑戰著。事實上，她可是十九世紀美國最富盛名的詩人之一，她強烈意識到自然的力量、死亡與靈魂的孤獨。

　　到了1880年代，俄亥俄州作家豪威爾斯（William Dean Howells）搬到紐約，在《大西洋月刊》（The Atlantic Monthly）任編輯。他是波士頓人在文壇獨領風騷下的一個異數。新英格蘭將其精神、風物與文化，刻印在美國人的想像中。「連這裏的景物都具有民主精神，」愛默生說，「不會集中在一個城市，或是宏觀的城堡上，而是公平的分佈於那些矗立著白色尖塔，有著六條道路相交的尋常市鎮……麻薩諸塞是顛倒過來的義大利。」

民地之一，它吸引對它有所期待的知識分子，他們也賦予它文學的與改革者的精神。惠逖爾、教友派信徒（Quaker）與廢奴主義派（Abolitionist）的詩人，都到了梅里馬克河（Merrimack River，梭羅也寫過這個地方）上游的安斯貝利（Amesbury）。有段時間，《老鎮上的人們》（Oldtown Folks, 1869）的作者，女作家斯托（Harriet Beecher Stowe, 1811-96），也住在查爾斯河的南納提克（South Natick）。這本書奠立她在文壇上的聲名，而她反對蓄奴的小說《湯姆叔叔的小屋》（Uncle Tom's Cabin, 1851），更是一本

夢想的尖塔：
十九世紀的劍橋和牛津

　　牛津與劍橋並稱英國的兩大大學城，它們同時是具有市場機能的小城，擁有在英國宗教、知識與文學生活裏，有著重要地位的數所古老學院。在十九世紀裏，牛津與劍橋的文學故事，總是和它們面對改革時代所做的調整中，內部所呈現的重大變化有關。1850年代初期，皇室頒了一道命令，要求檢查大學的組織；自1853年起，學院裏的教授就不必具備英國國教牧師的身分了。到了1871年，大規模廢除所謂的宗教正統考試之後，這些學院也向非英國國教信徒與天主教徒敞開大門。1877年以後，國教牧師也可以結婚。大約此時，專供女性就讀的學院也出現了——有牛津的蘇摩維爾（Somerville）學院和馬格麗特夫人（Lady Margaret）學院，以及劍橋的吉爾頓（Girton）學院和紐罕（Newnham）學院。無論是在牛津還是劍橋，都開始設立英國文學的研究課程，這改變了英國文學的傳統狀態和它的未來。

關鍵時刻出現於1833年，當時身兼歐里爾（Oriel）與牛津詩學教授的克柏牧師（John Keble），作了一場意義重大的講道，他宣稱英國國教教會將被自由主義（liberalism）所摧毀。這場講道催生了「牛津運動」（Oxford Movement），它的重點是要恢復英國國教的影響力。這個思想運動被認為與中世紀的歌德（Gothic）形式復興有關，因為後者是一個有秩序、有精神內容的社會象徵。到了十九世紀中葉，幾位領導人物，像是紐曼（Henry Newman，後來成為樞機主教）皈依了天主教，國教教會的主要影響力也逐漸式微。儘管如此，牛津所代表的標記，依舊是無法泯除的。建築師司各特（George Gilbert Scott）所設計的烈士紀念碑（Martyr's Memorial），就充滿歌德式的精神。曾就讀牛津基督學院（Christ Church）的羅斯金，就在他的建築作品裏，充分展現這種中世紀風格，而前拉斐爾學派（Pre-Raphaelites），也將此種風格體現在他們的畫作中。自然史大學博物館（The University Museum of Natural History）概括了羅斯金的建築理念，而柏奈一瓊斯（Edward Burne-Jones）、羅塞遜（Dante Gabriel Rossetti）和莫里斯（William Morris）等前拉斐爾派畫家的作品，則為「牛津幫」（Oxford Union）增色不少。最後的讚譽也來了，克柏與羅斯金的名字，都被冠在牛津的

上圖是牛津的基督學院，羅斯金、卡羅爾和稍後的詩人奧登（W.H. Auden）都曾在這裏求學。

學院上。

　　牛津運動是眾多菁英社會活動裏，唯一能在大學院校中風行的。劍橋也有同樣的運動——「使徒」（the Apostles）。這個運動肇始於1820年的聖約翰學院，名為「劍橋座談學會」（Cambridge Conversazione Society）的組織，吸引了十九世紀最重要的年輕作家，直到二十世紀，它依舊讓人趨之若鶩。在1820年代的三一學院（Trinity）裏，丁尼生（Alfred Lord Tennyson）與他的摯友哈勒姆（Arthur Hallam），可說是風雲人物。多年之後，在同儕之間，福斯特（E.M. Forster）於其小說《最長的旅行》（The Longest Journey, 1907）的開頭，又喚起這樣的氣氛。在三一學院或國王學院裏，關起門來偷偷舉行的聚會，總是充滿嚴肅的知性以及同性戀者的對話；這樣的友誼引起英國情

「他們很快就碰到一隻怪獸，牠懶洋洋地躺在大太陽底下睡覺。」～卡羅爾《愛麗絲漫遊奇境》。

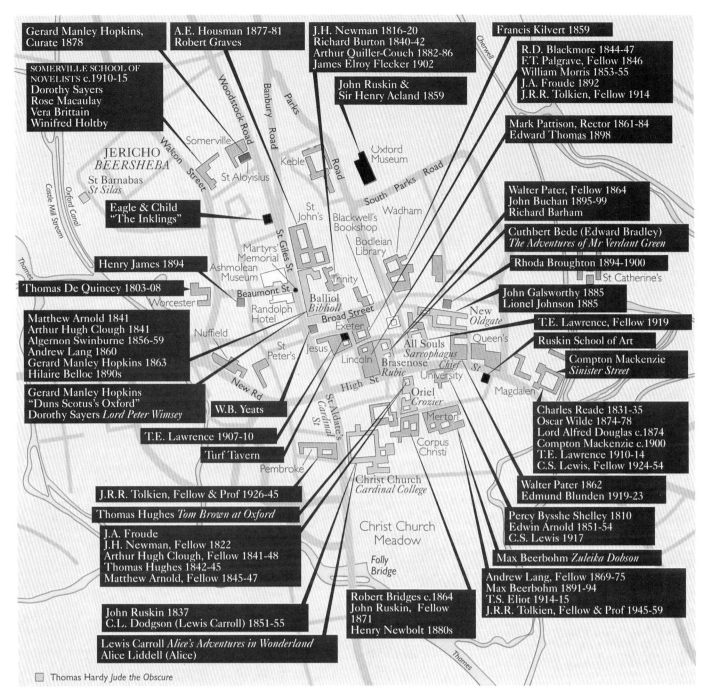

Gerard Manley Hopkins,
Curate 1878

A.E. Housman 1877-81
Robert Graves

J.H. Newman 1816-20
Richard Burton 1840-42
Arthur Quiller-Couch 1882-86
James Elroy Flecker 1902

Francis Kilvert 1859

R.D. Blackmore 1844-47
F.T. Palgrave, Fellow 1846
William Morris 1853-55
J.A. Froude 1892
J.R.R. Tolkien, Fellow 1914

SOMERVILLE SCHOOL OF
NOVELISTS c.1910-15
Dorothy Sayers
Rose Macaulay
Vera Brittain
Winifred Holtby

John Ruskin &
Sir Henry Acland 1859

Mark Pattison, Rector 1861-84
Edward Thomas 1898

Walter Pater, Fellow 1864
John Buchan 1895-99
Richard Barham

Eagle & Child
"The Inklings"

Cuthbert Bede (Edward Bradley)
The Adventures of Mr Verdant Green

Henry James 1894

Rhoda Broughton 1894-1900

Thomas De Quincey 1803-08

John Galsworthy 1885
Lionel Johnson 1885

Matthew Arnold 1841
Arthur Hugh Clough 1841
Algernon Swinburne 1856-59
Andrew Lang 1860
Gerard Manley Hopkins 1863
Hilaire Belloc 1890s

T.E. Lawrence, Fellow 1919

Ruskin School of Art

Compton Mackenzie
Sinister Street

Gerard Manley Hopkins
"Duns Scotus's Oxford"
Dorothy Sayers *Lord Peter Wimsey*

W.B. Yeats

Charles Reade 1831-35
Oscar Wilde 1874-78
Lord Alfred Douglas c.1874
Compton Mackenzie c.1900
T.E. Lawrence 1910-14
C.S. Lewis, Fellow 1924-54

T.E. Lawrence 1907-10

Turf Tavern

Walter Pater 1862
Edmund Blunden 1919-23

J.R.R. Tolkien, Fellow & Prof 1926-45

Thomas Hughes *Tom Brown at Oxford*

Percy Bysshe Shelley 1810
Edwin Arnold 1851-54
C.S. Lewis 1917

J.A. Froude
J.H. Newman, Fellow 1822
Arthur Hugh Clough, Fellow 1841-48
Thomas Hughes 1842-45
Matthew Arnold, Fellow 1845-47

Max Beerbohm *Zuleika Dobson*

Andrew Lang, Fellow 1869-75
Max Beerbohm 1891-94
T.S. Eliot 1914-15
J.R.R. Tolkien, Fellow & Prof 1945-59

John Ruskin 1837
C.L. Dodgson (Lewis Carroll) 1851-55

Robert Bridges c.1864
John Ruskin, Fellow
1871
Henry Newbolt 1880s

Lewis Carroll *Alice's Adventures in Wonderland*
Alice Liddell (Alice)

☐ Thomas Hardy *Jude the Obscure*

治機關的注意，然而即使密探環佈，最後破壞友誼的，還是來自聚會裏的自家人。

這些學會在言論、思想與關係上，提供了新的自由。它們對於明確的「牛津─劍橋」（Oxbridge）意識，也有一定的貢獻，此意識所蘊含的真正知性與想像的生活，不但是外人無法得見，就連校園裏大部分的師生也不甚了了。丁尼生在他的詩〈悼念〉（In Memoriam）中，傳達出明確的菁英意識，這首詩是他為1833年過世的哈勒姆所寫的哀歌，但出版時已是1850年。在詩裏，他重回三一學院，「沿著長長的菩提樹林漫步」到紐克特（New Court），那是使徒們的聚會之處：「我們曾在這裏激辯／一群年輕的朋友／爭辯著心靈與藝術／還有勞工與變動的市場／以及這個國家的一切架構。」

牛津：在十九世紀與二十世紀初，牛津大學的諸多學院培育出許多一流作家。對哈代而言，牛津城即是《無名的裘德》裏，裘德去到的基督寺大學。

如果劍橋出了丁尼生，那牛津就有阿諾德（Matthew Arnold, 1822-88），後者畢業於貝利奧爾學院（Balliol），在擔任督學之前，他先在歐里爾學院授課。丁尼生的兩首詩作〈學者吉普賽〉（The Scholar Gypsy, 1853）與〈色希斯〉（Thyrsis, 1866），讓他回到牛津（或者說是學校）四周，像是伊斯利山丘（Illsley Downs）、庫姆諾丘陵（Cumnor Hills）、貝格萊森林（Bagley Wood）等具有濃厚田園風味的鄉間景色。在表達維多利亞時期深刻的不安心理之後，這些詩句歡喜地道出牛津具有的自由精神，與其呈現的學術與田園世界；和此恰成對比的是：「現

卡羅爾（左圖）筆下的女主角愛麗絲，即是以基督書院院長之女里德爾（Alice Liddell）為本。

代生活裏的奇怪病症／症候有病態的匆忙，還有分裂的目標……。」在《文化與無政府狀態》（Culture and Anarchy, 1869）一書中，阿諾德又把背景拉回為他深深懷念的牛津。他說牛津犯了許多錯誤：「儘管我們在牛津，在這片美麗、甜美的環境中孳長，我們卻不會掌握不到真理——也就是美麗與甜美是人類完美的兩個基本特色。當我堅持這一點時，我就長存於牛津的信仰與傳統中。」

陽光普照下，牛津的河水與草地孕育出《愛麗絲漫遊奇境》（Alice in Wonderland, 1865），作者道奇遜（C.L. Dodgeson, 1832-98）當時的筆名是卡羅爾（Lewis Carroll），他從1855年起，就在基督學院裏教授數學，他熱愛思考邏輯難題，喜與小女孩說故事，也愛好攝影。《愛麗絲漫遊奇境》與稍後的《鏡中世界》（Alice Through the Looking Glass, 1871），比懷鄉之作或兒童文學更勝一籌。它們諷刺維多利亞時期的知識與政治的種種論戰，當故事說到奇異的儀式、怪人與激動的人物時，所嘲弄的對象也包括了代表達爾文（Darwin）進化理論的《物種起源》（Origin of Species, 1859）。

因為有了這些傳統，牛津與劍橋兩所大學就產生豐富的新詩詞與新文章。詩人的名單上，不祇包括了華茲華斯、柯立芝、拜倫、雪萊、丁尼生、阿諾德與克勞（Arthur Hugh Clough），還有菲茨傑拉爾德（Edward Fitzgerald）、霍普金斯（Gerald Manley Hopkins）、莫里斯、斯溫伯恩（Charles Swinburne）、王爾德（Oscar Wilde）、布里吉斯（Robert Bridges）、湯瑪斯（Edward Thomas）、布魯克（Rupert Brooke）與薩遜（Siegfried Sasson）。此外，散文家達爾文（Charles Darwin）、歷史學家麥考萊與佛洛德（J.A. Froude）、羅斯金（William Ruskin）、佩特（Walter Pater）、佩逖森（Mark Pattison），以及稍後的斯特雷奇（Lytton Strachey）。祇不過，維多利亞時期最傑出的文類——小說——似乎是缺席了。十九世紀的小說家，像是在想像力與社會的探索上，有所不同的狄更生、勃朗特姊妹、蓋斯凱爾夫人與艾略特等人，對塑造歷史悠久的名校，好像起不了多大的作

用。

這可能讓人感到迷惑。薩克雷是劍橋三一學院的學生，1830年，他在沒有取得學位又輸光祖產的情況下，黯然離開學校。他的寫作生涯始於在學時所辦的一份雜誌，《勢利眼》（The Snob），這是當時出現於牛津與劍橋的雜誌中，最為多產的其中之一。如果現在我們還用「Oxbridge」來稱呼這兩所古老的學校，原因就是薩克雷在他的小說《彭登尼斯》（Pendennis, 1850）中，發明這個字的緣故。這本小說敘述的是彭登尼斯（Arthur Pendennis）這位英雄，和寫他的人一樣，上了大學之後，就因沈迷賭博而債臺高築，直到有一天，他心生愧意，於是憤而戒賭（他因大考未過，被勒令退學）。書中生動地展現大學中社交生活的一面與許多有趣的插曲，也有三教九流的人物混在其中，伺機詐騙天真的大學生。

大學故事說起來也是有其傳統的，這可以回溯到洛克哈特（J.G. Lockhart）所寫的《雷金納德·道爾頓：英國大學生活的故事》（Reginald Dalton: A Story of English University Life, 1823）。小說家從狄斯瑞里到特羅洛普，全都在作品中提到大學生活的種種，「Oxbridge」有時被當作社會仙境，有時被視為放蕩之所，有時則是生活中的道德訓練——就像法拉（Frederic Farrar）的《朱利安之家：大學生活故事》（Julian Home: A Tale of College Life, 1859），或是休斯（Thomas Hughes）的《湯姆·布朗在牛津》（Tom Brown at Oxford, 1861）。但是在反應英國實況的小說《阿爾頓·洛克》（Alton Locke, 1850）中，金斯利則提出迥然不同的觀點。身為劍橋麥格達倫（Magdalene）學院的學生（1838-42），金斯利經歷一次轉變，他從一個酗酒成性的運動員，蛻變為致力研究的學者。在《阿爾頓·洛克》中，主角洛克是個憲章運動支持者，同時也是裁縫師與詩人，他到劍橋的原因，是要找出它所擁有的特權，以及社會的不公之處，他認為那裏是給浪費民脂民膏的貴族唸書玩樂的地方。

這不是甚麼新鮮的不平

丁尼生（右圖）早年的許多詩作，都是在劍橋讀書時寫下的。

之怨。早在1830年時，科貝特（William Cobbett）在《騎馬鄉行記》（Rural Ride）裏，就寫出他對牛津學生的看法，「他們像黃蜂一樣鎮日嗡嗡作響，而且見人就螫」。在哈代所寫的《無名的裘德》（Jude the Obscure, 1895），出身威塞斯這個窮鄉僻壤的年輕人裘德（Jude Fawley），旅行至「基督寺大學」（Christminster，有影射牛津大學之意），希望能實現他進入大學求知的願望。他棲身於一平房區內（Jericho），申請樞機主教學院（Cardinal College）的入學許可。但事與願違，他的挫敗道出哈代的心聲：一個開放、知性的牛津，根本就不存在。

還有其他在牛津的局外人。1888年，瓦德夫人（Mrs. Humphrey Ward, 1851-1920）出版《羅伯特‧艾斯米爾》（Robert Elsmere），格雷斯頓（Gladstone）曾為本書作過評論，它也是十九世紀小說風潮中的暢銷書之一。瓦德夫人是阿諾德的姪女，她的先生也是一位牛津教授，因此，她非常瞭解牛津內部錯綜複雜的情形。這部小說處理的是一個叫做艾斯米爾的年輕學者，他的宗教危機與他碰到的理性懷疑的經過。艾斯米爾所面對的懷疑論者（sceptic），正是真實世界中牛津教授的寫照。

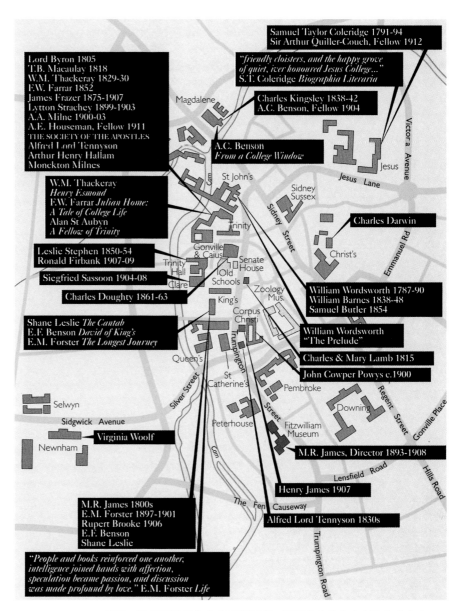

劍橋：這張學院與作家的關係圖裏，顯示出在這些古老建物中的文學圖像，是非常多樣與長時間的。

到了十九世紀末，大學與唯美主義者和上流子弟之間，有了更多的牽連。王爾德就是受羅斯金與佩特的影響，才到麥格達倫學院唸書，1878年，他還拿了個詩人獎（Newdigate Prize）。比爾波姆（Max Beerbohm, 1872-1956）是墨頓學院（Merton）的學生（1891-1894），他也寫了與牛津有關的小說，《朱萊卡‧達布森》（Zuleika Dobson, 1911），這是唯美主義者非難其他道德倫理派小說的著作。而牛津女學生的世界，也因一位美麗的「新女人」的造訪，而有了一百八十度的轉變。

新女人的確讓牛津、劍橋兩校的學生為之嘩然。女子學院逐漸成為學習文學的重要場所。1910至1915年之間，一批新的女作家世代出現了，其中包括塞耶絲（Dorothy Sayers），她們全都就讀於牛津的蘇摩維爾學院。

牛津、劍橋與文學的關連，可說是沒有止境的。從雪萊與華茲華斯，到丁尼生與阿諾德，再到布魯克與豪斯曼（A.E. Houseman），牛津、劍橋是許多英詩的來源，也在許多小說裏榜上有名。有許多人渴望離開，也有許多人一心想要進去；

有持懷疑論的理性主義者，也有英國國教的捍衛者；有喜好運動的年輕紳士，也有目中無人的唯美主義者；有老式男人，也有新派女性；有汲汲於舊精神者，也有熱烈嚮往新精神者。它或許開除了雪萊，攻訐了哈代，但它也是英國文學中無與倫比的一部分。

貫穿其間的，是許多生動的公開或私下的事件：克柏牧師於1833年所作的講道，與1849年《復仇女神》（Nemesis of Faith）的公開焚毀；「使徒運動」者關在房裏對話，阿諾德筆下的學者吉普賽，漫步於庫姆諾丘陵；波伊斯（John Cowper Powys）走在劍橋沼澤間，還有布魯克奇特的魅力，以及年輕的吳爾芙（V. Woolf）在康河的拜倫湖裸泳等等。牛津、劍橋的夢幻尖塔，將它們的影像投射於十九世紀的作品中；即使到了今天，它們的影響力依舊存在。

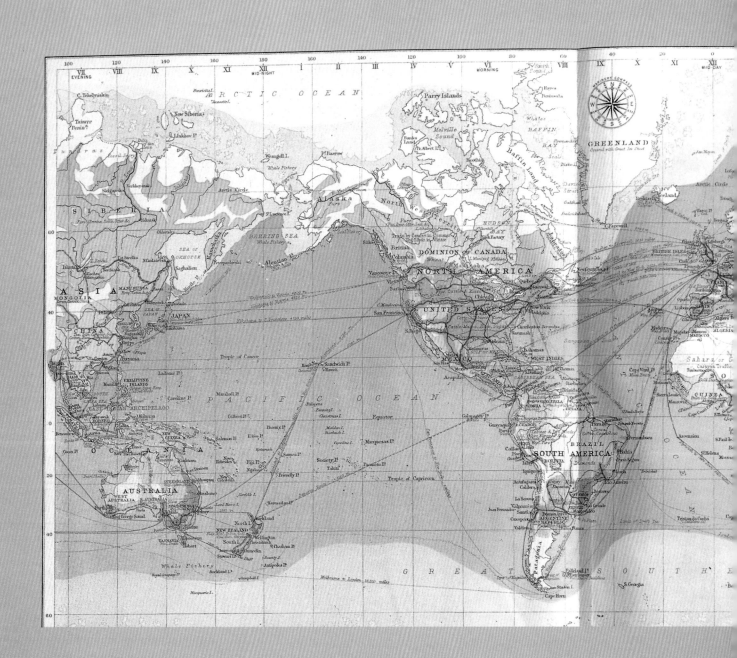

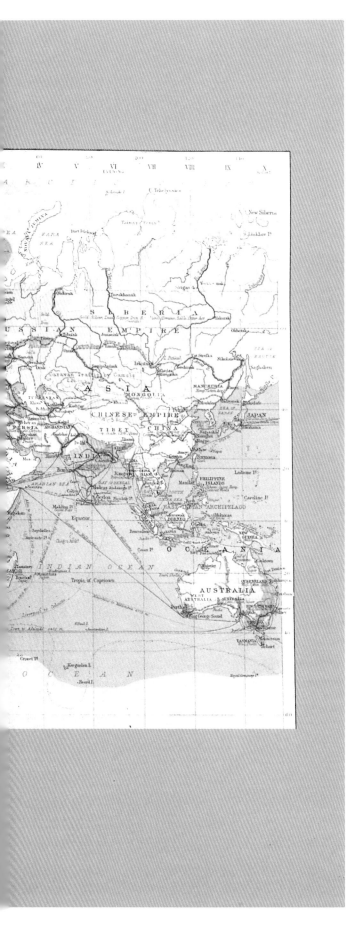

第五部

寫實主義的時代

「享受群眾是一種藝術。」法國詩人波特萊爾（Charles Baudelaire, 1821-67）如此寫到。十九世紀中葉時，城市的生活與人群匯成的急流，成為藝術與文學的核心。有件事是很清楚的，現代化的變動是無可逃避的事實，世界變得更容易進入，人也愈來愈擁擠。此時，蒸汽輪船連結了各個大陸，並且推動巨大的商業貿易。歐洲仍然是大量、繁忙的交通樞紐，它經歷了龐大的成長；美國結束內戰，目睹橫貫大陸的劇烈擴張。大城市因公共衛生、瓦斯和電力照明等設備的關係，自身也在轉變中。許多城市完成了重大的重建工作（例如豪斯曼時的巴黎），接受現代建築的新風格，建立現代的都市運輸系統。教育普及，人民的識字能力也增加了，書籍與新的報章雜誌，影響範圍更大的讀者，他們希望能從中找到生活的答案。此刻，寫作需要更多的好奇心、對現實的社會體驗和縝密的觀察，以及對社會變動的科學理解，還有刻在開展的未來願景……。

這是巴索羅繆（Bartholomew）在1889年繪製的「商用地理地圖」，上面所顯示的，是個「對企業開放且有利的」，並藉著輪船航線（紅線所示）、跨國公路、鐵路幹線與電報電纜等，連結在一起的世界。

馬克・吐溫時的密西西比河

「當我在一本小說或自傳裏，發現一個相當吸引人的角色時，我通常會對他產生熱烈的興趣，因為我之前就認識他了——在這條河上。」克萊門斯（Samuel Langhorne Clemens, 1835-1910）寫到，這位作家所用的筆名，取自密西西比河上，領航員所用的一句術語，他就是大名鼎鼎的「馬克・吐溫」（Mark Twain）。在南北戰爭爆發的前幾年，密西西比河流域是美國的心臟地帶；「美國的軀幹」，《哈潑》（*Harper's*）雜誌如此形容。密西西比河是世界最長，也是最曲折的河流，「值得好好研究」，吐溫在膾炙人口的《密西西比河上》（*Life on the Missisippi*, 1883）這麼寫到。他在那裏住過許多年，也的確見過書中的傑出人物，像是《湯姆歷險記》（*The Adventures of Tom Sawyer*, 1876）中，厚臉皮的湯姆（Tom Sawyer），與沒上過學的哈克（"Huck" Finn），在吐溫的最佳作品《哈克歷險記》（*The Adventures of Huckleberry Finn*, 1884），哈克又再度成為主角，此外，還有《傻瓜威爾遜》（*Pudd'nhead Wilson*, 1894）中，怪異的小鎮哲學家威爾遜（Wilson），與黑白混血的女奴羅克西（Roxana）。

馬克・吐溫（上圖）靠著童年與在密西西比河上駕船的經驗，寫成幾本富喜劇風格的歷險小説。

馬克・吐溫是美國最傑出的幽默作家，也是在美國小說中，最有趣、最具原創性的作家之一。他的原創性來自他的出生地，那裏位於美國的心臟地帶，離邊境不遠，旁邊又是美國交通動脈的大河。當美國「顯然的命運」（Manifest Destiny）向西部擴張，貿易逐漸興盛之時，並且在運輸公路與鐵路尚未出現之前，密西西比處理了十九世紀初，美國人民大部分的民生物資。華麗的歌德式蒸汽輪船，從鄰近加拿大邊境的寒冷北方，載運旅客到南方熱帶的路易斯安那溼地與墨西哥灣，在1803年以前，路易斯安那還是法國的屬地。平底貨船從四十四條支流運來貨物。順著河流往下走，你不祇會通過許多氣候與歷史區域，也會經過兩個完全不同的美國：北方的自由各州與南方的蓄奴各州。也就是這種情形，才導致1861年的內戰，當時合眾國面臨了永久分裂的威脅。

密西西比河連接美國南北，它也是通往西部的交通橋樑。鐵路貨車出現於密蘇里，然後穿過平原、高山與印第安人居住的鄉間，到達新的市鎮、新的銀礦區或淘金區。沿著北普雷特河（North Platte River）上行，通過肯尼堡（Fort Kearny），順著奧勒岡小徑（Oregon Trail）到達北方，或是走加利福尼亞小徑（California Overland Trail）到達西南方。那是

個開疆拓土的時代，奧勒岡當時還操在英國人與西班牙人手裏，墨西哥人則掌控大半的西南部，為數眾多的印第安人則遷到南方的平原與村莊。直到1846年，奧勒岡才被美國拿下，加利福尼亞則遲至1848年。密西西比河流域——美國於1803年「路易斯安那購地案」中，自法國手裏買下——是最後安全無虞的殖民地。儘管這段過程被劉易士（Lews）、克拉克（Clark）與帕克曼（Francis Parkman）紀錄下來，並加以圖解，但那裏依舊是美國較不為人知的疆域。

1835年11月30日，克萊門斯出生於密蘇里州的佛羅里達鎮，這座小鎮位於密西西比河的一條支流旁。然而，儘管狄更斯筆下的朱述爾維特（Martin Chuzzlewit）對密西西比河有所意見，但它並不是一灘死水，它教育著移民者。吐溫的父親是個南方律師，他來自維吉尼亞，母親則是肯塔基人。無論是維吉尼亞州還是肯塔基州，都是主張蓄奴的，儘管它們的地理位置是在北邊，密蘇里州也是這種情形。1821年，在不情願的情況下，密蘇里簽下「密蘇里協議案」（Missouri Compromise），成為合眾國裏支持蓄奴的一州，這種情形一直持續到1854年。吐溫本人就是在蓄奴的家庭中長大的。1839年，吐溫四歲時，他們全家搬到密蘇里的漢尼拔（Hannibal），那是位於河面寬達一哩的密西西比河西岸的一座小城。他的父親是

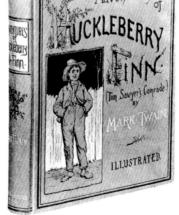

《哈克歷險記》（左圖），是美國小説中的傑出之作。

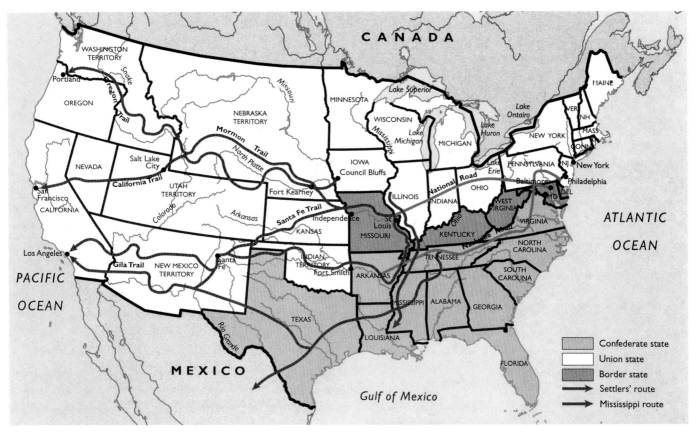

密西西比河連接美國南北，也是通往西部的橋樑。拓荒者與旅行家沿著河流跋涉而上，然後找到通往邊疆的某條小徑。

治安官，他們這個住處現今仍在，依舊充滿小鎮的風味。漢尼拔與密西西比河成為吐溫最重要的童年經驗，也是生活素材的基本來源。如同一位批評家所言：「感謝湯姆和哈克，在四〇年代裏，它的觀點變成百萬的資產：在濁水畔的碼頭，木筏成群，船笛嘹亮，貨物快速流通，鮮豔的表演畫舫不停經過。一旁木板鋪成的人行道，就是湯姆和貝姬到學校的必經之途，而哈克酗酒的父親則是在製革廠裏與豬同眠，還有周圍的橡樹林、胡桃樹林與漆樹林，以及下游幾哩處的一個洞穴，那裏也是印第安喬（Injun Joe）的葬身之處。」

在聖路易（St. Louis）北方一百二十哩處的漢尼拔，是個人口超過一千的繁榮小鎮，它部分是北方特色，部分是南方的，部分支持蓄奴，部分贊成解放。它不再是個邊陲小鎮；移民與拓荒者來到這個中途站，準備往更偏遠的西部前進。水上交通是異常忙碌的，每個小時都有船隻通過，將小鎮與南邊喧鬧的聖路易連結起來，然後就能到達孟斐斯（Memphis）與紐奧良（New Orleans）。沿著支流俄亥俄河往上游走，就可以到辛辛那提（Cincinnati）與東部各城市。在漢尼拔，有足夠多的公民與基督徒。（「華特生小姐帶我走進房裏禱告，但沒有任何回應」，這使得哈克乘著木筏順流而下）。性格頑強的黑奴也被賣到下

許多航行於密西西比河上的大型船隻，都可以在「庫利與伊夫」（Currier and Ive）公司的印刷品中見到，上面這張的出版年代是1866年。

當《傻瓜威爾遜》在《世紀雜誌》（Century Magazine）連載時，它的廣告做成一份特別繪製的全年月曆，左圖是六月廣告的翻版。

游，那是更令人害怕，廣植棉花的南方。那裏有小鎮上的醉鬼，貓兒懶洋洋地躺在窗臺前的天竺葵旁，莎士比亞戲劇演員不時從旁經過。

對吐溫和同時代的人而言，密西西比河宛如在誇耀，也像是在發表聲明。在作了一趟小旅行之後，吐溫在1857年時，滿足了他童年時的夢想，他拜頗富盛名的畢克斯比（Horace Bixby）為師，學習做個河船駕駛，他在《密西西比河上》追憶過這段經歷，歡喜地道出這條河與在河上工作的人的故事。他如此形容這份工作：「與我後來做過的事相比，我還是比較喜歡它。」1859年，他正式取得河船駕駛的執照，但那時河運的黃金時代也進入尾聲了。內戰徹底結束密西西比河的航運，而連接聖路易與西部的「聯合太平洋」（Union Pacific）鐵路的竣工，更是宣告它難以挽回的命運。

在內戰期間，吐溫曾一度加入南軍，但三個月後就逃軍了，「為了自由活動而逃跑」，這個理由和哈克一樣。他到西部發展，到了一個位於內華達州的銀礦區，不久之後，他就成為家喻戶曉的西部幽默作家。他又想回到密西西比河，此時，他是個文壇領袖了，住在康乃狄克州的哈特福德（Hartford），而美國也正成為工業的領導大國。吐溫在《密西西比河上》中，再現這條大河的風華；《湯姆歷險記》裏的聖彼得堡，就是漢尼拔，這本書也成為兒童心中的田園詩歌。接著在《哈克歷險記》裏，他又創造了艾略特（T.S.

上儘管密西西比河被畫進與寫入書中，它仍然是個未知之域。當狄更生筆下的朱述爾維特到西部旅行，尋求心中的美國之夢時，他希望定居於天堂之城「伊甸」（Eden），他來到密西西比河河岸上的開羅，發現一處淤塞、有害的沼澤（左圖便是摘自同名小說中的插圖）：「全部加起來也不到二十戶人家，一半似乎是自住的，它們全都腐壞了。其中最搖搖欲墜、最淒涼的，當屬銀行與國家信貸辦公室（National Credit Office）了。還有些無精打采的留守者，他們有如坐困愁城一般。」

Eliot，另一個密蘇里人）所說的，「一個強而有力的棕色之神」，這個故事依舊延續密西西比河的神話。哈克與逃跑的黑奴吉姆，乘著木筏，尋找他們心中的獨立與自由之地。木筏順流而下，諷刺的是，它卻漂到蓄奴的地方，當他們在俄亥俄河的開羅（Cairo）上岸時，就踏上更為黑暗的所在。儘管如此，這本書還是謳歌這條河，頌揚自由與純真的精神，人物的對話也採用前所未有的地方方言，這使得美國小說文學的語言更加全面了。

有兩件事縈繞在吐溫的腦海。其一是他對密西西比河流域全盛期的記憶：一個屬於孩童、簡樸與充滿美式純真的時代。另一則是蓄奴之罪，它讓田園詩歌蒙上陰影。1894年時——就像美國政府諭令關閉邊境，宣佈自己已是個城市國家，也正如歷史學家特納（Frederick Jackson Turner）所作的解釋，美國性格是由邊疆所形成的——吐溫在《傻瓜威爾遜》裏，直接面對了蓄奴的問題。這本書的背景可不是設定在田園般的聖彼得堡，而是在道森碼頭（Dawson's Landing），那裏距聖路易有半天的船程，離蓄奴的棉花州也更近了。這個充滿悲觀論調的故事，說的是一個膚色接近白人的黑奴羅克西的遭遇，她為了不讓自己生的嬰兒被賣掉，祇好把他跟一個睡在搖籃中的嬰兒掉包，而黑與白的分際也因此混淆了。吐溫自己最後說出這個黑白之間的故事，就發生在密西西比河流域的生活中。也因為有了吐溫，密西西比河才成為美國文學中的地理中心。

馬克・吐溫時的密西西比河：伊利諾州（Illinois）不是蓄奴州，但在法律上，任何沒有自由證明文件的黑人，都可能被逮捕，並且被判強制勞動。哈克與吉姆原本打算順著密西西比河而下，沿著俄亥俄河，就可以到達更安全的地方。但他們兩人轉錯了地方，跑到蓄奴州阿肯色（Arkansas）。

St Louis

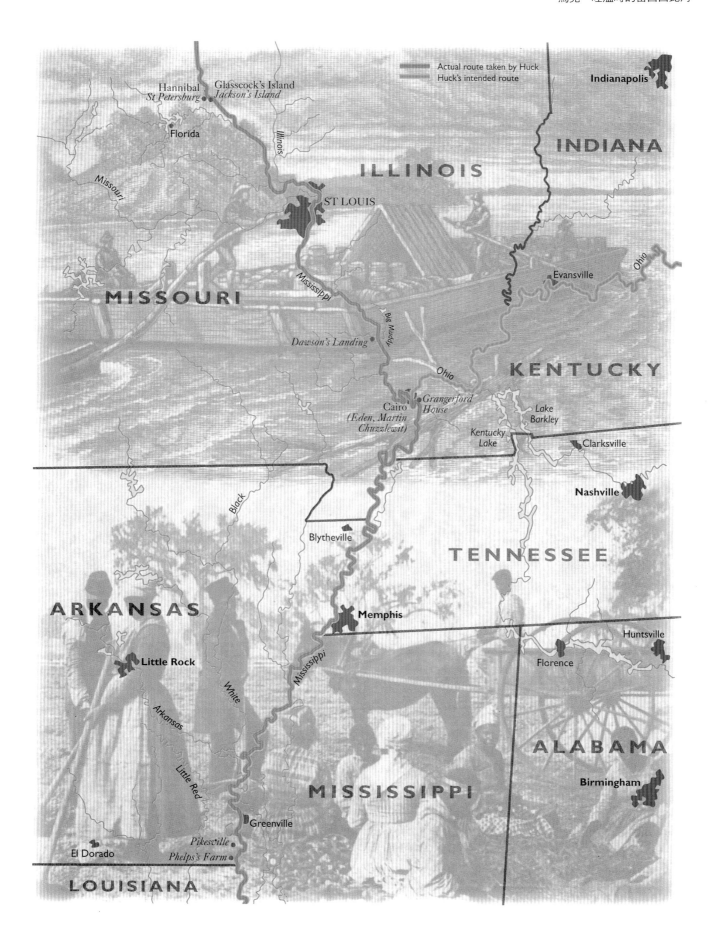

南方、奴隸制度與內戰

　　當歐洲來的訪客或觀光客，自美國北方各州南下時，通常會觀察到，美國南方的情形與北方大相逕庭。在南方，清教徒的那一套是行不通的，那裏還殘存著歐洲古老的騎士精神。尤其是他們在驚奇或害怕中所看到的景象：美國南方是個以蓄奴為尚的地方。南方各州——這裏指的是1760年代，為了解決邊界之爭，在賓州與馬里蘭州（Maryland）之間，訂出一道「馬森—狄克森線」（Mason-Dixon Line），此線以南的各州——在「特別法」（Peculiar Institution）的保障下，保有與北方截然不同的特色與經濟形態，為了獲取種植棉田與菸草的勞動力，它們從非洲進口黑奴。到最後，這種特殊的社會形態釀成了大問題，成為全國爭議的話題，也對美國向來標榜的自由與解放，構成極大的挑戰；最後，基於這最根本的理由，在1861年至1865年之間，爆發了南北戰爭。

南方是著有《維吉尼亞評論》（*Notes on Virginia*, 1785）的傑佛遜（Thomas Jefferson）的故鄉，它也為這個新國家造就出許多領導人。它孕育了南方的紳士與河民、佃農與窮人、英法混血與黑白混血兒。它以其特有的文化自豪，並且使作家們同蒙其利，連著有《烏鴉》（*The Raven*）與《莫格街謀殺案》（*The Murders in the Rue Morge*）的愛倫·坡（Edgar Allan Poe, 1809-49）亦然。愛倫·坡生於波士頓，父母都是演員，但他是在維吉尼亞州的里其蒙長大的，曾經一度就讀於傑佛遜創辦的新維吉尼亞大學，後來卻以編輯之身，遊走於紐約、費城、波士頓與巴爾的摩（Baltimore），最後也死於巴爾的摩。他的作品鮮少以南方為背景。然而到了今天，他的著作卻被認為與「南方的歌德」（Southern Gothic）精神有關，因為他的文字帶有更豐富、更具異國情調的氣氛。

　　不可避免地，許多南方的文學作品中都提到奴隸制度（1861年時，南方共有四百萬黑奴），一如北方的文學作品會提到宗教與其衍生的事物。在南方的小說，隨處可見對黑奴的描寫，即使是來自南卡羅萊納州（South Carolina）查爾斯頓（Charleston）的希姆斯（William Gilmore Simms, 1806-70），在他的作品中也可見到，他寫的書就像許多南方文學一樣，深受司各特的影響；希姆斯在描述印第安人歷史的《耶馬西人》（*The Yemassee*, 1835）等小說中，將歷史的浪漫情懷帶進南方文學。

祇有少數南方人住得起有白色石柱的豪宅，上圖就是傑佛遜位於維吉尼亞農莊的家。

　　還有甘酒迪（John Pendleton Kennedy, 1795-1870），他的作品寫出維吉尼亞人的農耕生活（*Swallow Barn*, 1832），以及肯塔基作家博德（Robert Montgomery Bird, 1806-54），他著有《森林的缺口》（*Nick of the Woods*, 1837），這是一齣描寫印第安人的通俗戲劇。此外，另有一種南方式幽默的文學傳統，像是哈利斯（Joel Chandler Harris, 1848-1908）著名的「布雷爾兔子」（Brer Rabbit）故事集，便是在南北戰爭結束後陸續出版的。在南方音樂中，這種情形與文學相似，好比是福斯特（Stephen Forster）於1853年發表的〈我的肯塔基老家〉（My Old Kentucky Home）。

　　美國南方不祇是個幅員廣大，有著混雜的地理與文化的亞熱帶區域；移民至此者，大多是白種盎格魯薩克遜民族的清教徒，它仍然保有田園風味與守舊份子。少數的南方大地

主可以住在樹上長著青苔的林子中，有著白色石柱的豪宅，有些人甚至家中還有黑奴服侍。儘管如此，南方還是產生超越在現實之上的神話。這就是既非清教徒式的，也非工業化的美國。它忠於自己的價值觀，透過此一地區性與騎士精神的神話，它形成一個具有凝聚性的認同，即使其中得面對阿帕拉契族（Appalachian）嚴苛的山林生活，或佃農的困苦等事實。或許，也包括了奴隸制度。

南方作家通常會提到另外一種故事：裏頭有大森林、有邊疆生活的困苦、有靠山維生的人，也有黑人、混血兒之間性吸引的描寫。愛倫·坡帶著歌德式的想像，離開南方，前往紐約；希姆斯的歷史小說則有不同的特色，那更像是與南北有關的烏托邦故事。「南方歌德式的」不再限於形容紐奧良、查爾斯頓與亞特蘭大（Atlanta）等老舊城市，或是長滿青苔或奴隸房圍繞的農莊。它也可以用來描述出於南方作家的小說或詩歌中的精神，因為它們有著不同的歷史意識，以及對社會複雜性的認知。

除此之外，還有另一種形態的故事，不過很難將它歸類。在當時，教導奴隸讀書寫字是違法的，即便如此，南方還是很早就出現黑人文學。黑人作家在詩作與散文中，運用也顛覆他們主人所用的語言。哈蒙（Jupiter Hammon, 1739-1800）與惠特萊（Phillis Wheatley, 1753-1784）還是用傳統的英文形式來寫詩，雖然他們的作品遭到抗議與譏諷。但在那個時代裏，他們倆人的詩卻處理了根本的主題，也就是奴隸自身的體驗。

「奴隸敘述」的文學形式出現了，有些作者本身就是非裔美人（African-American），有些則是透過白人同情者（通常是北

道格拉斯（1818-95，右下圖），在馬里蘭州出生，一生下來就是奴隸，後來為了自由，他逃往北方，日後成為辯才無礙的廢奴主義者與政治家。右上是他所寫的《逃亡之歌》（*Fugitive Song*, 1845）的首頁，是一本對抗南方奴隸制度的作品。左上角是舒爾茲（Friedrich Schulz）所畫的《奴隸市場》（The Salve Market）。

方人）的協助而完成。道格拉斯（Frederick Douglass）所著的《一個美國奴隸的生活故事》（*The Narrative of the Life of Frederick Douglass's, an American Slave*, 1845），喚起北方人的良知，也在當時新英格蘭區與紐約風起雲湧的「廢奴」（Abolition）運動中，扮演重要的角色。他的故事回過頭來促成幾部早期黑人小說，像是布朗（William Wells Brown）的《克羅特爾》（*Clotel*），這本書在1847年於英國出版，還有威爾遜（Harriet E. Wilson）的《我們的尼格》（*Our Nig*, 1859），這是非裔美人作家在美國正式出版的第一本小說。

有一本風格完全不同的書出現了，作者是一位來自新英格蘭的牧師夫人，斯托（Harriet Beecher Stowe, 1811-96），當時她住在辛辛那提。她所寫的小說，《湯姆叔叔的小木屋》（*Uncle Tom's Cabin*, 1852，一譯《黑奴籲天錄》），就是老黑奴的故事做為根據。這是一部暢銷世界的小說，不但為廢奴運動增加助力，也預言舊南方時代的結束。奴隸制度分裂了美國，成

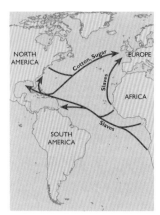

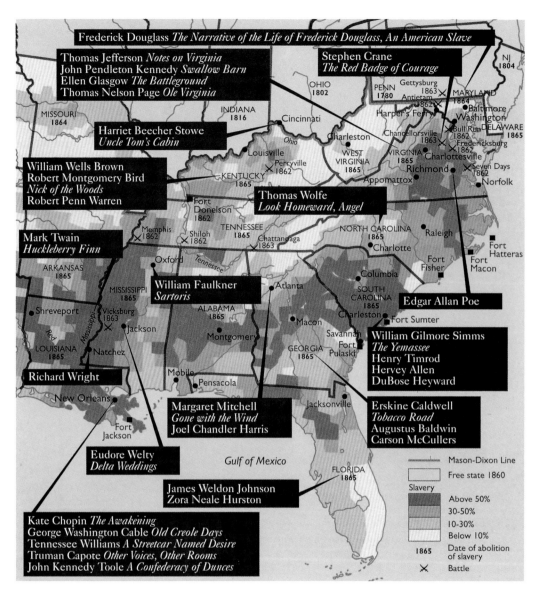

蓄奴各州：「非洲貿易」是南
方結構中的基本部分，也是歐
美非三洲的三地海運關係的一
部分。上面這張略圖，顯示棉
花、糖與人的生活之間的對等
情形。黑奴在非洲被逮，然後
不人道地送往西岸，像貨物一
樣擠在甲板上。這些奴隸跨越
大西洋，被迫站在臺上拍賣，
他們將賣給需要他們勞力的雇
主與把他們當投資的人。

為美國自由與解放理想的最
大挑戰，也是1861至1865年
間內戰的主要理由。當時的
導火線是布朗（John Brown）
率軍攻擊維吉尼亞的哈潑渡
口（Harper's Ferry），這件事惹
惱南方人，他們以牙還牙，
也在1861年4月，攻擊桑特堡（Fort Sumter）的聯邦兵工廠，舊
南方的輓歌於焉開始。

　　內戰是美國自獨立革命以來，所面臨的最大危機，這個
國家因此瀕臨瓦解。然而，這場戰爭也引出它自己的文學，
從主要的演說，像是林肯的幾場演講，尤其是〈蓋茨堡演說〉
（Gettysburg Address），到如〈布朗之軀〉（John Brown's Body）與
〈狄克西〉（Dixie）這樣的詩歌。描寫內戰最傑出之詩，當屬
波希米亞（Bohemian）的紐約人，也是美國最偉大的詩集《草
葉集》（Leaves of Grass, 1835）的作者惠特曼（Walt Whitman, 1819-
92），他於1865年出版了《桴鼓集》（Drum Taps）。惠特曼也對
林肯的死，寫下膾炙人口的輓歌，〈紫丁香在庭院中盛開時〉
（When Lilacs Last in the Dooryard Bloom'd）。

　　令人好奇的是，當時的小說中，對這場內戰的敘述並不
多見，部分的原因是許多小說界的領袖──包括霍桑、豪威

爾斯（William Dean Howells）和詹姆斯（Henry James）──都沒有
參與戰的關係。像是霍桑，因為厭惡「無條件的忠誠」這樣的
要求，所以他說：「我被指責有視同叛逆的同情──然而，
我既沒有同情誰，也沒有贊成任何一方……。」

　　從此以後，後來的小說家，從《紅色英勇勳章》（The Red
Badge of Courage, 1895）的作者克萊恩（Stephen Crane），到《軍人
與平民的故事》（Tales of Soldiers and Civilians, 1893）的作者比爾斯
（Ambrose Bierce），《戰場》（The Battleground, 1902）的作者格拉斯
哥（Ellen Glasgow），《門納薩斯》（Manassas, 1923）的作者辛克
萊（Upton Sinclair），再到最廣為人知的《飄》（Gone with the Wind,
1935）的作者米切爾（Margaret Mitchell），都是用回顧的方式，
來寫與內戰有關的故事。相形之下，內戰本身反而不斷地被
提出、被紀錄；據說與這場戰爭有關的書籍，就高達十萬冊
之多。

從很早開始，南方便對美國文學著有貢獻，或許是在深受司各特影響的浪漫形式中（出身南方的馬克·吐溫，就喜歡拿這種傳統開玩笑），也可能是在黑奴故事簡單卻痛苦的記述裏。這兩種令人難過的學生關係，使得許多現代美國文學開始靜止下來。某些最深沈的美國故事——來自地方歷史、種族複雜性與悲劇的意識——從南方世界進入美國傳統。許多最深刻的主題都是源自南方，諸如浪漫的騎士精神與黑人所受的痛苦，鄉巴佬先是面對與同胞的鬥爭，接著又得在新工業化與現代化中掙扎。

當然，也有一種對歷史的不同與黑暗的認知，此歷史觀包含了勝者為王的殘酷見解。即使當內戰結束了，注意力轉移到西部與國家的重建上，但南方故事依舊是人們探索的對象。北方人佛里斯特（John William De Forest）在《拉文納小姐從分離到效忠的轉變》（*Miss Ravenel's Conversion from Secession to Loyalty*, 1867），探索國家重建的企圖，而當時來自紐奧良的凱柏（George Washington Cable）則在《舊混血兒的歲月》（*Old Creole Days*, 1878）中有所回顧，一如在《騎士》（*The Cavalier*, 1901）中，將他自己寫成一位聯邦軍官。還有一樣來自紐奧良的蕭邦（Kate Chopin），則在《覺醒》（*The Awakening*, 1899）一書中，描述在有著法國風城市裏的騎士精神中，一位在性方面得到覺醒的女人的故事，那時來自維吉尼亞的格拉斯哥，也將他對內戰中傾圮的遺產所作的探索，寫入他的許多小說。

或許出身南方的最偉大的作家，應是福克納（William Faulkner, 1897-1962）了，他探究內戰在精神、道德與歷史方面所造成的影響，以及種族緊張和種族混合對南方所帶來的衝擊，他筆下出現了巨大的森林、荒蕪中的耕地、受到傷害的知識分子與堅忍不拔的奴隸。在1930年代，「南方重農派」

上圖是摘自斯托《湯姆叔叔的小屋》中的插圖，繪圖者是克魯宣克（George Cruikshank），此圖畫的是哈葛阿姨（Aunt Hagar）被迫與她最後的孩子分開。斯托（右圖）說過，這本小說是上帝所寫的。它也是暢銷世界的佳作，並預言舊南方的終結。

" Put us two up togedder, togedder—do, please, Mas'r," said the old woman, holding fast to her boy.

（Southern Agrarian）的作家們，反應出他們對社會機械化的不滿。其他的作家，如海伍德夫婦（DuBose and Dorothy Haywood）、詹森（James Weldon Johnson）、卡貝爾（James Branch Cabell）、吳爾夫（Thomas Wolfe）、麥克庫勒斯（Carson McCullers）、波特（Katherine Anne Porter）、威爾第（Eudora Welty）與卡波特（Truman Capote）等人，都掌握到南方生活鮮明與非常不同的風格；還有像威廉斯（Tennessee Williams）筆下的《慾望街車》（*A Streetcar Named Desire*, 1947）裏的紐奧良這一類的城市，到考德威爾（Erskine Caldwell）的《菸草路》（*Tobacco Road*, 1932）裏所敘述的小農的艱苦生活。

那些祖上是奴隸的人，也有一籮筐的故事。許多人都將之傳述下去，從都納拔（Paul Laurence Dunabar）與卻斯納特（Charles W. Chesnutt），到較晚的作家如著有《喬納的葫蘆》（*Jonah's Gourd Vine*, 1934）的赫斯頓（Zora Neale Hurston），與寫下《土生子》（*Native Son*, 1940）的賴特（Richard Wright），他們都搬到北方了。非裔作家也自那時起直到今天，都是美國傳統中的基本部分——包括了摩里森（Tony Morrison）與渥克（Alice Walker）筆力萬鈞的怒氣之作，他們再次喚起奴隸制度的罪過，也顯現民間口述故事的有力傳統，以及來自其中具有地方特色的神話，這些仍然是重要的。在美國的文學作品中，經常可以發現的焦慮與野蠻精神，得追溯到南方的歷史裏，這場幾乎毀了這個國家，奪去百萬人的性命，留下潰敗的一方，並終止奴隸制度帶來的罪過與傷害的可怕內戰；至少是在1865年簽訂的「第十三修正案」（the Thirteen Amendment）中，南北戰爭正式宣告結束了。

小說中的南北戰爭

1891　比爾斯的《軍人與平民的故事》。

1895　克萊恩的《紅色英勇勳章》。

1936　米切爾的《飄》。

1938　福克納的《無法征服的人》（*The Unvanquished*）。

1944　平納爾（Joseph Stanley Pennell）的《羅馬史》（*The History of Rome, Hanks and Kindred Matters*）。

1970　貝克（Stephen Becker）的《戰爭結束時》（*When the War is Over*）。

1976　哈雷（Alex Haley）的《根》（*Roots*）。

1976　富特（Shelby Foote）的《煞羅》（*Shiloh*）。

1980　何尼格（Donald Honig）的《行進的家》（*Marching Home*）。

1989　古岡尼斯（Allan Gurganis）的《最長命的聯邦寡婦如是說》（*Oldest Living Confederate Widow Tells All*）。

巴黎的波希米亞人

與他當時許多人相同，福樓拜（Gustave Flaubert, 1821-80）滿腔熱血地向1848年的法國大革命致敬，為的是它結束了法國的君主專政。但他的熱情很快就幻滅了；新成立的共和政體祇維持短短三年，便被拿破崙三世（Napoleon III）的第二帝國所掃除。法國最偉大的詩人雨果，就是在獨裁政體的命令下，流亡至格恩濟島

福樓拜是個留著八字鬍的壯漢（上圖），他支配了十九世紀晚期的法國文壇。

（Guernsey）。話雖如此，帝國仍有其功業。懷著願景與決心，豪斯曼（Baron Haussmann）同意接下重建巴黎的龐大工作，他使巴黎成為我們今日熟知的美麗城市，有著長遠的視野與符合測量的比例，還有較好的社會控制。最後，在對1870到71年的普法戰爭，法國挫敗的覺醒中，路易（Louis Bonaparte）政府也瓦解了。法國走上「第三共和」，它也是法國第一個維持上百年的穩定政權。

對作家與藝術家來說，第二帝國根本不值得一提，這個政權實在無趣，而且充滿中產階級的味道，他們覺得受到排斥與迫害。於是他們自命為「波希米亞人」（Bohemians），這個字來自慕格爾（Henri Murger）的小說，《波希米亞人的生活》（Scenes of Bohemian Life, 1851）——後來普契尼（Puccini）將它改寫為歌劇《波希米亞人》，並奠定其不朽地位。按照慕格爾本人的說法，波希米亞人指的是「主要的工作，就是沒有工作的人」。那是由被漠視的兒子、學生、畫家、作家、準作家與歌舞女郎所形成的世界。儘管他們生活困苦，卻活得十分豐富，雖然貧窮，卻也優游自在，他們對社會有疏離感與優越感。這是個充滿藝術氣息，與創新作法的世界。

波希米亞是貧困的具體化身，但它也使藝術家得以成為藝術家。「除了藝術，沒有甚麼事是可以相信的，而文學就是唯一的自白。」福樓拜如是說。他生於魯昂（Rouen），父親是個外科醫生，長大後到巴黎唸法律，但沒能通過考試，於是他回過頭，將自己投入文學領域中。為了遵循「藝術就是一切」這個波希米亞鐵則，他甚至不惜中斷可能阻礙他寫作的戀情。他宣稱除了著書之外，決不

為自己立傳，他的一生大都在諾曼地（Normandy）渡過。他身上還是流露布爾喬亞的風格，但他說波希米亞是「養育我的祖國」。過了五年，他寫出一本傑作《包法利夫人》（Madame Bovary, 1857），它的背景就在離魯昂不遠的諾曼地。這個故事說的是一位鄉村醫生的太太，因為生活厭煩而與許多情人交往，但也因此債臺高築，就在債主們取消她的抵押贖回權時，她自盡了。福樓拜視它為無瑕之作。然而，當權者卻視這本書違反了社會道德，為此他捲入訴訟，所幸被判無罪。它也是福樓拜最具寫實主義的作品之一。在一個毫無價值的世界裏，包法利夫人（Emma Bovary）是個多愁之人。福樓拜既沒有用浪漫主義的手法包裝她，筆下也沒有譴責她的意思；他祇是帶著「新寫實主義」那種個人的抽離來觀察她。他最富波希米亞色彩的作品，就是《情感教育》（Sentimental Education, 1869），這本書諷刺他的年輕時代，要多於諷刺觀念論者。書中的英雄人物，毛諾（Frederic Moreau），代表一個有著強烈藝術氣質的世代，儘管他實際上並無任何成就。毛諾來到巴黎，為的是要成為一個畫家。但拿破崙武力掠奪的行為，使他的幻想破滅了，他在第二帝國內四處遊走。當他回過頭

巴黎的波希米亞人：以蒙馬特（Montmartre）或拉丁區為根據地，波希米亞形成一種進入現代主義實驗的文化。

左圖是齊格勒（Jules Claude Ziegler）為慶祝法國廢除君主專制，所畫的《共和國》（The Republic）。

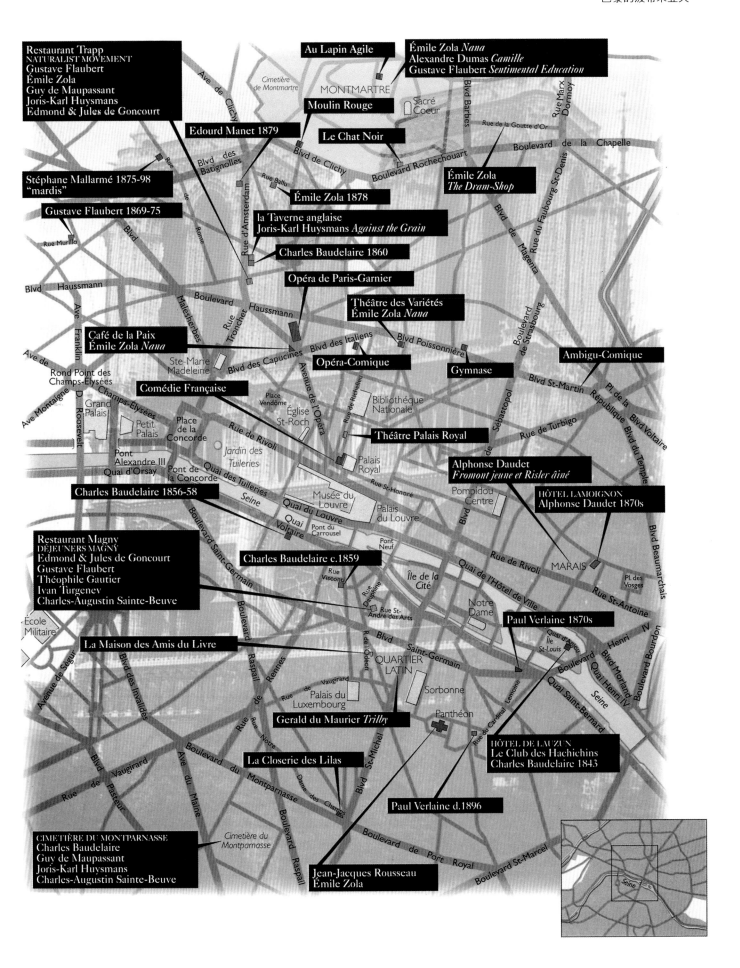

Restaurant Trapp
NATURALIST MOVEMENT
Gustave Flaubert
Émile Zola
Guy de Maupassant
Joris-Karl Huysmans
Edmond & Jules de Goncourt

Au Lapin Agile

Émile Zola *Nana*
Alexandre Dumas *Camille*
Gustave Flaubert *Sentimental Education*

Cimetière de Montmartre

MONTMARTRE

Sacré Coeur

Moulin Rouge

Blvd Barbes

Rue Marx Dormoy

Edourd Manet 1879

Ave de Clichy

Blvd des Batignolles

Blvd de Clichy

Le Chat Noir

Boulevard Rochechouart

Rue de la Goutte d'Or

Boulevard de la Chapelle

Stéphane Mallarmé 1875-98
"mardis"

Rue Ballu

Émile Zola 1878

Émile Zola
The Dram-Shop

Gustave Flaubert 1869-75

Rue d'Amsterdam

la Taverne anglaise
Joris-Karl Huysmans *Against the Grain*

Blvd de Magenta

Rue du Faubourg St-Denis

Rue Murillo

Rue de Rome

Charles Baudelaire 1860

Opéra de Paris-Garnier

Blvd Haussmann

Boulevard Malesherbes

Rue Tronchet

Boulevard Haussmann

Théâtre des Variétés
Émile Zola *Nana*

Boulevard de Strasbourg

Ave Franklin D Roosevelt

Ste-Marie Madeleine

Blvd des Capucines

Blvd des Italiens

Avenue de l'Opéra

Opéra-Comique

Blvd Poissonnière

Gymnase

Ambigu-Comique

Café de la Paix
Émile Zola *Nana*

Blvd St-Martin

Pl. de la République

Blvd Voltaire

Rond Point des Champs-Elysées

Comédie Française

Place Vendôme

Église St-Roch

Rue de Richelieu

Bibliothéque Nationale

Blvd du Temple

Ave Montaigne

Champs-Elysées

Grand Palais

Petit Palais

Place de la Concorde

Rue de Rivoli

Théâtre Palais Royal

Rue de Sébastopol

Rue de Turbigo

Pont Alexandre III

Quai d'Orsay

Pont de la Concorde

Jardin des Tuileries

Quai des Tuileries

Seine

Palais Royal

Rue St-Honoré

Alphonse Daudet
Fromont jeune et Risler âiné

Charles Baudelaire 1856-58

Musée du Louvre

Quai du Louvre

Palais du Louvre

Pompidou Centre

HÔTEL LAMOIGNON
Alphonse Daudet 1870s

Blvd Beaumarchais

École Militaire

Restaurant Magny
DÉJEUNERS MAGNY
Edmond & Jules de Goncourt
Gustave Flaubert
Théophile Gautier
Ivan Turgenev
Charles-Augustin Sainte-Beuve

Boulevard Saint-Germain

Quai Voltaire

Pont du Carrousel

Pont Neuf

Charles Baudelaire c.1859

Rue Visconti

Île de la Cité

Quai de l'Hôtel de Ville

Rue de Rivoli

MARAIS

Pl. des Vosges

Rue St-Antoine

Rue de Rennes

Rue Dauphine

Rue St-André des Arts

Notre Dame

Paul Verlaine 1870s

Blvd Henri IV

Quai d'Anjou Île St-Louis

Quai Henri IV

Boulevard Bourdon

La Maison des Amis du Livre

Avenue de Ségur

Blvd des Invalides

Boulevard Raspail

Blvd de l'Odéon

QUARTIER LATIN

Saint-Germain

Sorbonne

Quai Saint-Bernard

Seine

Quai d'Anjou

Blvd Morland

Rue de Vaugirard

Palais du Luxembourg

Gerald du Maurier *Trilby*

Panthéon

Rue du Cardinal Lemoine

HÔTEL DE LAUZUN
Le Club des Hachichins
Charles Baudelaire 1843

Blvd de Vaugirard

Ave du Maine

Boulevard du Montparnasse

Rue Notre Dame des Champs

La Closerie des Lilas

Blvd St-Michel

Paul Verlaine d.1896

Rue de Pasteur

Boulevard Raspail

CIMETIÈRE DU MONTPARNASSE
Charles Baudelaire
Guy de Maupassant
Joris-Karl Huysmans
Charles-Augustin Sainte-Beuve

Cimetière du Montparnasse

Jean-Jacques Rousseau
Émile Zola

Boulevard de Port Royal

Boulevard St-Marcel

Seine

來，發現他那不求回報的熱愛對象，已成白髮蒼蒼的奶奶時，他想實現年輕時夢想的希望，也隨之消失無蹤。

寫實主義是個極富爭議的思潮，因為在1848年時，歐洲各地的革命運動皆告失敗後，它就成為一種文學與繪畫的信條。論辯在巴黎如火如荼展開，並且貫穿1850年代。福樓拜的朋友，同樣來自諾曼地省迪耶普城（Dieppe）的莫泊桑（Guy de Maupassant, 1850-93），也拜他為師。莫泊桑寫了許多受人注意的故事，像是《脂肪球》（Tallow Ball, 1880）等。還有龔古爾昆仲──愛德蒙（Edmond Goncourt, 1822-96）與茹爾（Jules, 1830-70）──他們合作寫了許多紀實小說，如《翟米尼‧拉賽特》（Germinie Lacerteux, 1864），說的是他們一位女僕的故事。寫實主義的特色在於細膩的文獻工夫、透明與精確的風格。它所處理的是當時社會、城市世界與工業革命中，具有代表性的人物。連畫家也轉向寫實風格，特別是科貝特（Gustave Courbet, 1819-77），當1855年的巴黎畫展拒絕他參展時，他就搭起一個寫實主義的大亭臺。他描繪每日生活的巨幅畫作，就掛在奧塞美術館（Musée d'Orsay）裏他的作品《世界起源》（The Origin of the World）之旁，說到這幅長期被檢查的畫，許多人會認為它是女性畫家所畫過最富力量的代表作。

「Le natrualisme, c'est la nudité」，這是左拉（émile Zola, 1840-1902）的名言，他希望能將科學的成果納進寫實主義運動。左拉的父親是一位義大利工程師，他在巴黎出生，但卻在亞森省（Aixen-Province）長大，那裏是他認識齊札那（Cézanne）的地方，也是他小說中「普拉桑」（Plassans）的所在。他對巴斯德（Pasteur）的發現與達爾文的進化論印象深刻，於是也把自己的小說看成一種實驗室裏的實驗（Le roman expérimental, 1880）。他以「魯貢─瑪卡家族」（Rougon-Macquart）為題的一系列小說（1871-93），提供廣泛的第二帝國的文獻史料，考驗了社會科學與遺傳的法則。他的書銷售極佳，位於梅當（Médan）的家也成為活動的場所。為了替德雷福斯案（Dreyfus，是一名猶太軍官，但為法國軍方所陷害的冤案，譯註）翻案，他寫了《我控訴》（J'Accuse！, 1898），展現他對社會所負的責任。當他的行動招致被判入獄時，他出走英國，等到他返國時，他已是一位英雄了。他死於巴黎，原因是他在公寓裏，不慎因煤氣外洩窒息而死。

社會、政治與科學並非波希米亞人所全面關心的問題。「為藝術而藝術」才是它的旗幟所在，流離與災難通常是波希米亞作家的宿命。甚至在美國的愛倫‧坡也算得上是其中一份子，那時，波特萊爾將他的作品翻譯成法文。愛倫‧坡的不幸消失了，他的影響力跟著變大，不祇是對波特萊爾一人如此。波特萊爾在里昂與巴黎渡過不快樂的童年，之後他到印度旅行；在他進大學之時，他染上幾乎要了他的命的性病。他到巴黎，也成為一個波希米亞人，然而負債的情形也日益嚴重。他在幾個寫實派藝術家的工作室裏工作，兼著寫些藝術評論。愛倫‧坡指點他另一條明路。1857年，他出版了最傑出的象徵主義詩集《惡之華》（The Flowers of Evil），但這本書也使他被起訴。波特萊爾代表的是現代性的焦慮狀態，他所散發出「惡魔主義」（Satanism）的吸引力，也是一個混亂城市所隱藏的意義。他的作品指向浪漫主義：詩是一種特權工具的觀念，可以探索藏在我們身後的神祕世界。

繼波特萊爾之後，最鮮明的波希米亞繼承者，就是藍波（Arthur Rimbaud, 1854-91），他生於鄰近比利時邊境的工業城沙勒維爾（Charleville）。他很早就開始寫詩，事實上，他所有的詩作都是十幾歲時所寫的。他曾將某些詩送給另一位重要的波

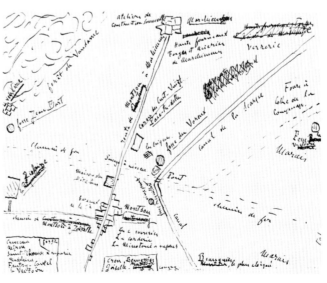

左拉（左圖）許多自然主義派小說，都有巨大的影響力，但他對巴黎重建的看法（《神父》[The Priest], 1872），和描寫屠夫和妓女的作品（《娜娜》[Nana], 1880），以及貧民窟生活的寫照（《德蘭之店》，The Dram-shop, 1887），還有礦坑生活（《萌芽》[Germinal], 1885），讓他成為十九世紀末法國社會中，慧眼獨具的紀錄者。他甚至自己畫了地圖，像上面這張略圖，就涵蓋《萌芽》裏提到的地方，這使得他小說中的環境變得具體可見。

希米亞詩人魏爾倫（Paul Verlaine, 1844-96）。於是他們之間開始有了同性戀的關係，並且相偕到英國與比利時旅行。不過他們的關係卻以災難收場。在布魯塞爾一間旅館裏的爭吵中，魏爾倫開槍射傷藍波，並且因此下獄。此時，藍波寫了許多我們見過最具吸引力、最富原創性的詩作，他於1837年將之集結為《在地獄中的一季》（A Season in Hell），並且寫成在1886年時，由魏爾倫代印的《靈光》（Illuminations）。然而他卻在此時放棄寫詩，跑到非洲，在阿比西尼亞做起貿易與軍火走私生意。1891年，他因病返回馬賽，不久就亡故了。

在艾菲爾鐵塔的對面，矗立著一座新教堂（Sacre Coeur，上圖），那是個毫無品味的建築，看起來就像是在蒙馬特區最高點上發出光芒的冰糖，不過它倒是波希米亞的一個顯著地標。

相形之下，馬拉梅（Stephane Mallarmé, 1842-98）的一生就穩重多了。他是個地方學校的教師，曾在巴黎的羅馬路開了一家沙龍，過著布爾喬亞的生活。他翻譯過愛倫‧坡的《烏鴉》，如果有甚麼是他比象徵派前輩詩人更為激進的，那就是在他自己的詩裏，呈現出前所未有的壓抑與晦澀。他最知名的作品是發表於1876年的〈牧神的午後〉（L'Après-midi d'un faune），他的朋友馬內（Manet）曾以之為題作畫。他那別出心裁、合乎音韻的遣詞用字，塑造出1890年代的頹廢風格，而他如水晶般透明的無我性，大大影響二十世紀的法國詩人，特別是他最優秀的弟子瓦萊里（Paul Valéry, 1871-1945）。

象徵主義的熱潮一直延伸到十九世紀末，才被與立論相反的自然主義（Naturalism）所取代。「為藝術而藝術」（l'art pour l'art）與有所遮掩的印象，是自然主義的宗旨，許多散文家都有這樣的風格，尤其是頹廢派（the Decadent）作家，他們以誇大的美感光輝，來對抗當代的唯物主義。具有關鍵性的作品是亞當（Villiers de l'Isle Adam, 1839-89）所寫的散文詩《阿齊爾》（Axel, 1890），詩中結合了野蠻、恐懼與浪漫的要素。它開啟這個世紀頹廢派的黃金十年，也恰巧為《阿齊爾的城堡》（Axel's Castle, 1931）這本威爾遜（Edmund Wilson）對現代主義（Modernism）與象徵主義所寫的名作，提供討論的焦點。

1889年，巴黎熱烈慶祝大革命的百年慶。艾菲爾（Gustave Eiffel）鐵塔也因此矗立在這座城市之上，鐵塔的建造

者宣稱這個造型抽象的現代作品，對科技有著極大的貢獻。然而，一種反抗科學、唯物主義與歷史本身的潮流正在興起。宗教的力量回頭了。曾經鼓吹「放縱感官」的藍波，此時也在臨終前悔過。克洛代爾（Paul Claudel, 1868-1955）在1886年耶誕節時，於聖母院（Notre Dame）皈依天主，允為一樁盛事。有頹廢主義聖經之稱的《逆流》（Against Nature, 1884）的作者于斯曼（Joris-Karl Huysmans, 1848-1907），在1890年代中，也有類似的歷程，他從惡魔主義轉而信奉天主教。

這時便是所謂「黃金時代」（belle époque）。巴黎成為藝術的舞臺。波希米亞式的酒店如雨後春筍般開張。波希米亞成了眾所皆知的生活方式：從許多國家而來的未來畫家、作家與模特兒湧進巴黎，他們在附近的頂樓租屋而居，享受藝術家的貧窮生活。甚至在美國畫家惠斯特勒（Whistler）來到巴黎時，他還告訴馬車車夫載他去「波希米亞」。1894年，莫里爾（Gerald du Maurier, 1834-96）以拉丁區為背景的小說《呢帽》（Trilby），成為世界性的暢銷書，影響所及，造成一種戴呢帽、抽菸與到巴黎旅行的時尚。波希米亞成了一種幻想，儘管如此，它卻是真實而窮困的生活方式。作為現代藝術與詩的來源，以及成為寫實主義與唯美主義（Aestheticism）之間基本爭論的苗床，波希米亞創造了與布爾喬亞黃金時代截然相反的新風格。

它也給了普魯斯特（Marcel Proust, 1871-1922）天馬行空的幻想才情。普魯斯特住在豪斯曼大道（boulevard Haussmann）一〇二號，他得隨時用軟木塞來抵擋哮喘的襲擊，就在這裏，他寫下鉅著《追憶逝水年華》（In Search of Lost Time, 1913-27）。這部長篇小說既是社會寫實派的傑作，也是對時間與記憶展開的象徵主義式的探索。在小說的第一部中，有兩條指引康雷（Combray）的路徑，不過，它們似乎是兩個相反的方向：藝術或社會，波希米亞或財富。到最後一部時，它們全都會合了。而法國文化自米馬（Mima）小手被冰凍起的分歧，也被普魯斯特解決了。

歐洲的文學果實：
詹姆斯筆下的國際景象

「身為美國人得面對複雜的命運，而它所承受的責任之一，就是反抗一種近乎迷信的歐洲價值觀。」詹姆斯（Henry James, 1843-1916）如此寫到。沒有任何一位小說家會欣然接受他們的命運。詹姆斯向以「國際性的

上圖是由薩爾根特（John Singer Sargent）所畫的詹姆斯肖像。詹姆斯為了「美感教育」（sensuous education）的因素，很早就去了歐洲。

題材」而聞名於世，他所著重的是美國的純真與歐洲的經驗之間的遇合。無論何時，當我們把作家當成往來大西洋兩岸的旅行家，或是將小說視為探索新舊世界的形式時，我們都會想到他。他筆下的某些主角——《一個美國人》（*The American*, 1877）裏，在巴黎的天真商人紐曼（Christopher Newman）；《貴婦人的畫像》（*The Portrait of a Lady*, 1881）中，因一樁金錢婚姻，而身陷囹圄的勇敢的美國年輕女性伊莎貝爾（Isabel Archer）；還有《黛西・米勒》（*Daisy Miller*, 1878）裏，因罹患瘧疾，病死羅馬的年輕而粗俗的美國少女黛西——這都屬於當時大西洋兩岸會面下的民間風貌。毫無疑問地，它有助於在美國、歐洲與它們的複雜關係中，為現代人標定其地理位置。

「**我**選擇了舊世界——這是我的選擇、我的需求與我的人生。」詹姆斯於1876年移居倫敦之後，在日記中這麼說。這是一次旅行的延伸，他想試試在歐洲不同的地方生活，瞭解它們是否適合他的作家之路。在金碧輝煌的羅馬，渡過令他為之瘋狂的一年——這可從《羅德里克・哈德遜》（*Roderick Hudson*, 1876）看出端倪，這部他早期的小說，講的是一位美國藝術家吸取義大利經驗的故事。他在巴黎也待了一年，當時他住在凡登廣場（Place Vendôme）附近的盧森堡街（rue de Luxembourg）二十九號，他見到當時巴黎的傑出文人，包括福樓拜、莫泊桑、龔古爾兄弟與屠格涅夫等寫實主義新領袖。這樣的會面造就他許多本小說，首先問世的是《一個美國人》，說的是一位名叫紐曼的美國人，遇見狡猾的法國貴族，最後被他擊敗的故事。

在他眼中，「倫敦是世上最值得觀察的地方」。他在鬧區皮卡底里（Piccadilly）的波爾頓街（Bolton Street）三號賃屋居住，後來又搬到位於肯辛頓西德維爾花園（De Vere Gardens West）三十四號的一棟平房，他努力融入英國社會，而他在某年冬天，應邀參加一百零七場宴會的事，更是讓人津津樂道。此時，國際性的題材成為他主要的寫作主題。在《貴婦人的畫像》裏，他有了成功的表現，這個故事的主角，是一位名叫伊莎貝爾的美國女性，她有著無拘無束的心靈，因繼承了一

筆財富，她得以到一心想去的地方旅行。伊莎貝爾不祇去歐洲的一處地方，她總共到了三地：充滿紳士氣息的英國（有綠油油的草地與下午茶）、酷愛社交的巴黎，和藝術情調的義大利。她嫁給一位亡命國外的猥瑣美國人，而她的天真與道德感受到嚴重的考驗。但她並沒放棄它們，因為詹姆斯總是相信經驗與成熟的價值。

詹姆斯式的「國際性的題材」並非突發奇想，乃是從他的文化探索而來。在搭乘蒸汽輪船旅行的時代，與法國藝術的黃金年代裏，歐洲與美國之間的越洋往來日益頻繁。詹姆斯說過，世界的規模正萎縮成一顆橘子大小。因廣大的天然資源與技術發明而致富的美國人，全都搭著豪華的越洋輪船來到歐洲。甚至越洋的婚姻也大行其道，倫敦的《泰晤士報》（*Times*）就曾籲請上議院，留心有愈來愈多的美國媽媽出現了。許多美國人愛上在藝術的黃金年代下歐洲的社交生活，他們反而不喜歡自己國家的工業化文明，像是《金碗》（*The Golden Bowl*, 1903）中的費爾佛（Adam Verver）這樣的人，來到這裏蒐集歐洲藝術的瑰寶，或是下定決心，用新的美國財富迎合舊的歐洲貴族。

對詹姆斯來說，重要的是它們開啟了新的「藝術世界主義」（artistic cosmopolitanism）。他覺得作家不僅要對國家感恩，更要對文字與藝術形成的國際性共和國致敬。他說他自己不是美國人，也非英國人，而是歐洲人與世界人。他經常至歐洲各地遊歷，在幾本震撼人心的著作中寫下他的印象，像是

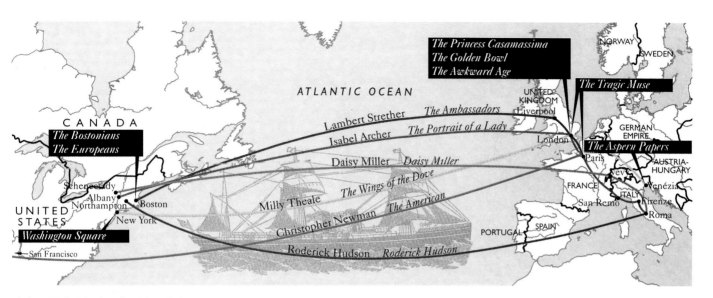

在詹姆斯的小說中，越洋發展的主題：詹姆斯通常會讓小說中的主角從新世界的美國，前往舊世界的歐洲，而這樣的旅程讓他們從純真蛻變出來，並懂得人世間的滄桑。

《所到各地圖景》（*Portraits of Places*, 1883）、《在法國的一次小小旅遊》（*A Little Tour in France*, 1883）與《在英國的時候》（*English Hours*, 1905），直到今日，這些書仍值得在旅途中一讀再讀。它們顯示了他廣泛的好奇心，也勾勒出他小說中隱含的景物——在世紀交替中，這幾本晚期作品達了到巔峰狀態。

因此，當國際世局有所變化時，小說也跟著轉變。但對詹姆斯本人而言，他倒是沒有太大的改變。他永遠會對當時轉變中的藝術形式做出回應——從繪畫到快速的生活步調、改變中的社會規則、性別關係的變化、物質財富的升高，和對心理學與精神意識的著迷——他的小說愈來愈複雜，某些甚至到了晦澀的地步。詹姆斯在開始寫作時，是個寫實主義者，但最後卻成了現代派文人；1870年代的國際性題材，已經呈現出世界相互連結的關係，與現代化本身的危機。

在極富變化的1890年代，面對當時新興的唯美主義與頹廢主義，還有急遽增加的發明，詹姆斯暫時先把小說創作擱在一旁，而將注意力放在戲劇上。1897年前後，他又回到小說創作的路子，重拾他的「國際性題材」。這時，他所謂的晚期作品——《專使》（*The Ambassadors*, 1903）與《金碗》——是他口述給一位祕書所寫成，當時他住在萊伊（Rye）的羊屋（Lamb House）。他在這裏成為某個創新的文學社團的一份子，這個團體包括克萊恩、福特（Ford Madox Hueffer）與康拉德

羅馬的競技場。詹姆斯曾經在許多作品中，提到義大利的「金色氣氛」，尤其是《黛西‧米勒》一書，這是一個年輕的美國女孩染上瘧疾，病故羅馬的故事，還有以威尼斯為背景的《艾斯朋遺稿》（*Aspern Papers*, 1888）。

（Joseph Conrad）。此時，藝術黃金時代的歐洲，正轉變為庸俗的世界，而美國——他在1905年時重回故國，在《美國所見》（*The American Scene*, 1907）中，對此段經驗有著敏銳的記述——也成為一個現代的「旅館文明」（hotel civilization）。到了1914年，第一次世界大戰開打了，詹姆斯意識到人類文明即將掉進血腥與黑暗的深淵，他的世界也到了盡頭。1916年，他在卻爾希（Chelsea）病故，而在逝世前一年，他終於入籍英國。

詹姆斯是現代小說家中最傑出的其中一位。他棄國而去，但不僅祇是因歐洲社會的迷人之處，吸引他的還有歐洲藝術與文化所形成的世界，在十九世紀結束之時，那是一種藝術的嶄新實驗。他說他渴望自己可以用一種方式寫作，讓人們無法分辨出他是英國人或是美國人。他以著迷與恐懼的心情，注視著現代的國際景物。他的書是深度旅行的成果，

1898年，詹姆斯買下薩西克郡萊伊的蘭屋（左上圖），是一座「佔地不大，但卻是開啟生命的高大，有著銅製把手的大門」。他在這裏和一些文友同樂，從康拉德到克萊恩，都是他的座上嘉賓，他也在這裏完成最精緻的晚期作品。

在《專使》一書中，對英雄蘭柏特而言，法國似乎是需要好好收集的「一連串特別的印象」。正如詹姆斯在序文所寫的：「在巴黎，人們的道德綱要確實敗壞了。」蘭柏特也在巴黎體驗到「戲劇化的歧視」，並且學會詹姆斯式的教訓：「不犯錯就不是生活了」。詹姆斯獨一無二的技法，無疑是受1870年晚期雷諾瓦（Renoir）等法國印象派（Impressionist）畫家的影響。右上圖便是雷諾瓦所畫的《亞根圖爾之景》（the Seine at Argenteuil）。

他不祇是周遊列國，更關心它們的道德狀態與現代化的文化。當他創造他的「國際性題材」時，它是簡單的，但他也感覺出它是複雜的，因為作家地圖不僅是地理，更代表著世界快速變動的歷史。

　　現代的思潮將他推到檯面上，使他成為主要的創建者之一。要是沒有他，現代小說就很難在大西洋兩岸的文壇成形。美國、英國與歐洲的作家，大都聽過這位大師的教誨。英國的康拉德與吳爾芙（V. Woolf），美國的斯泰因（Gertrude Stein）與海明威（Ernest Hemingway），法國的普魯斯特與紀德（André Gide），他們的文學成就都得歸功於詹姆斯。他使小說的觀念臻至完美，而美國作家與歐洲作家同樣吃到對方不同的文化果實，這是偉大的文學饗宴中的一部分。不僅身為一個美國人，是一種複雜的命運，就連身為一個現代作家，也同樣要面對複雜的命運。它所必須承擔的責任之一，就是要精通錯綜變化、相互依賴與奧妙難解的現代世界地圖。

	詹姆斯的旅行年表	
1843	4月15日生於紐約華盛頓區二十一號。
1845	在歐洲生活了兩年。
1847	返回美國。
1855	訪問倫敦、巴黎與日內瓦。在倫敦的柏克萊廣場（Berkeley Square）買房子安置家人。
1856	首途巴黎。
1858	返回美國。
1859	前往歐洲，又到德國與瑞士。在波昂讀書。
1860	返回美國。
1875	住在巴黎的里弗里街（rue de Rivoli）二十九號。
1876	搬到倫敦，住在皮卡底里波爾頓街三號。
1879	前往巴黎旅行。
1880	訪問佛羅倫斯和倫敦。
1881	搬到威尼斯，住在席亞弗尼（riva degli Schiavoni）四一六一號。
1881	回到波士頓，先住在昆西街（Quincy Street），後搬到布倫斯威克旅館（Brunswick Hotel）。
1882	待在華盛頓。
1882	前往倫敦。
1883	在歐洲逗留。
1884	到巴黎、倫敦、利物浦、布里茅斯（Bournemouth）等地旅行。
1886	定居在倫敦肯辛頓的維爾西花園三十四號。
1891	造訪義大利。
1895	訪問愛爾蘭。
1897	搬到東薩克西斯郡的萊伊羊屋。
1913	買了位於倫敦卡萊爾邸（Carlyle Mansions）二十一號的一棟平房。1916年病逝於此。

哈代時的威塞克斯

哈代（Thomas Hardy, 1840-1928）在他的小說中，根據某個確實存在的地方，發揮他的想像力，創造出威塞克斯（Wessex）這個特出的文學地名。哈代最早於1874年所創作的長篇小說《遠離塵囂》（*Far from the Madding Crowd*）中，引用這個名詞之前，威塞克斯指的是艾佛烈大帝（Alfred the Great）所締造的古盎格魯─薩克遜王國。在短短幾年裏，威塞克斯變成眾所公認的英格蘭西南部區域的代稱，而哈代早期的小說幾乎全以它為地理背景。到了十九世紀末，對眾多「威塞克斯小說系列」的書迷來說，要想一探書中究竟，多塞特郡（Dorset）就是這朝聖之旅中，不可不到之地。哈代自己在1895年寫到：「他夢想中的鄉村，是一個有著功利主義理想色彩的地方，人們可以來這裏居住，並且好好地寫作。」如果硬要有不同的分說，在今天，一個叫做「威塞克斯」的地理區域，是被地理學者、政府官員與國家信託等單位所承認的，甚至在地區性的電話簿中，也有威塞克斯商家的欄位。

哈代（上圖）在他的小說中，塑造一種新的地區特性。

哈代起初似乎心中沒有甚麼宏大的設計，他祇想利用某個「具有明確特色的區域」的景物，作為他的「地區」小說系列的背景。然而，當小說與故事愈寫愈多時，它們彼此之間都在地理上密切相關，於是他對「威塞克斯」的概念，也就無可避免地擴大了。因為它是從文學的活動發展而來，而非完全出於作者自創，因此，他筆下的威塞克斯，總是能與自然和人為的景物密切相符。

1890年代中期，哈代小說的修訂版第一次集合出版，這給他將小說中的威塞克斯，作更緊密、更具一致性的機會。人名、地名與距離，在不同的作品中更一致了，彷彿是確有其地一般。在隨後的版本中，這個工作不斷地進行著，而小說中事件的特別所在，也更易於檢索了──譬如苔絲（Tess）到愛敏斯特（Emminster，即Beaminster），或是到梅爾斯托克（Mellstock，即Stinsford）的路線。後來，哈代和他的攝影師朋友赫爾曼（Hermann Lea）合作，製成一本有權威性的圖解──《哈代的威塞克斯》（*Thomas Hardy's Wessex*, 1913）。

儘管如此，儻若與福克納的「約克納帕托伐郡」（Yoknapatawpha County）相比，威塞克斯總是保有結構較為寬鬆的小說世界。在哈代的小說與短篇故事中，人物、敘述甚至是背景，都很少重複出現，他較喜歡用的手法，是將焦點強力集中於某個城鎮或村落，和居民生活的經濟或環境的條件上。在《林地居民》（*The Woodlanders*）中，他將重心擺在小興托克（Little Hintock）的居民，如何從他們居住的林地裏，維持他們的生計。在《卡斯特橋市長》（*The Mayor of Casterbridge*）中，亨查德（Michael Henchard）的悲劇與他在城裏扮演的角色密不可分，那是「圍繞在鄉村生活四周的極點、焦點或神經節」。

雖然哈代在他的寫作生涯之初，幾乎沒有想過威塞克斯最後會變成甚麼樣子，不過有了像是司各特與特羅洛普等小說家的例子──後者是「巴爾塞郡」（Barsetshire）小說系列的創造者──無疑是鼓勵他，可以從實證的地方化策略，走向預期得到的商業利益。即使做出這樣的選擇，他依然能認清他最豐富與最容易得到的資源

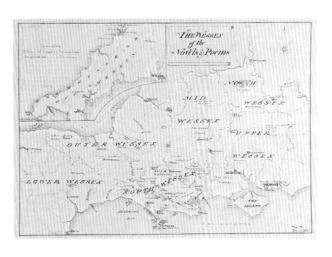

左邊這張地圖，是哈代為自己的小說世界所畫的其中之一，他覺得自己應該同等地對待這個區域，不光是多塞特與鄰近的郡縣，也要涵括柏克郡（Berkshire）與迪凡郡（Devonshire），甚至是遠方康瓦爾（Cornwall）的一部分，這些背景地名出現於幾可視為他的自傳小說《一雙湛藍的秋波》（*A Pair of Blue Eyes*, 1873）中。

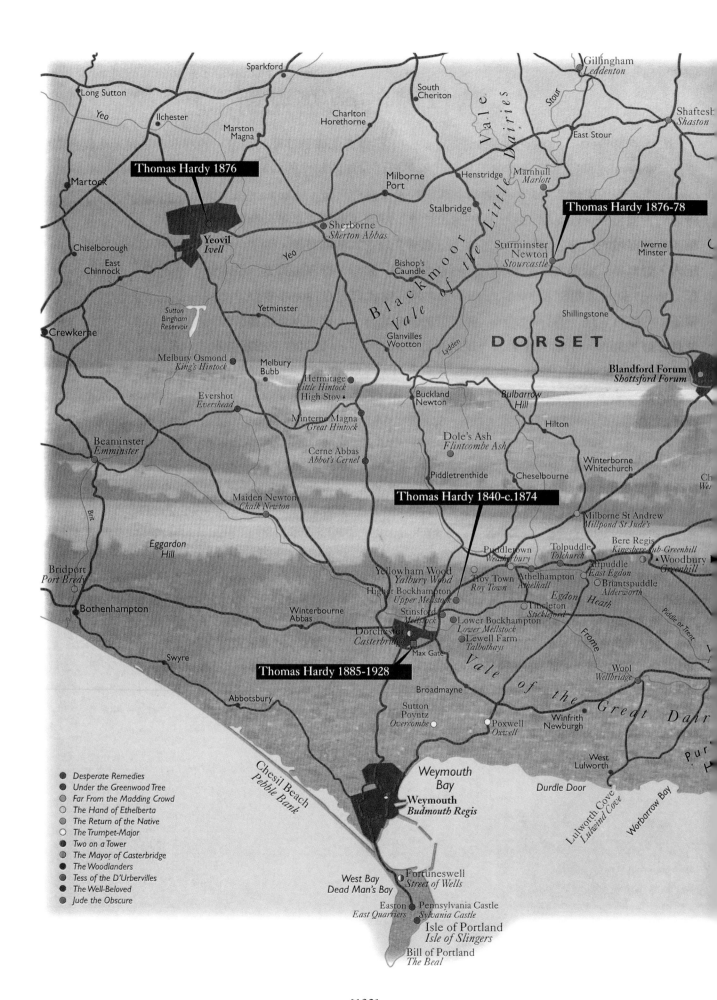

Thomas Hardy 1876

Thomas Hardy 1876-78

Thomas Hardy 1840-c.1874

Thomas Hardy 1885-1928

Long Sutton

Yeo

Ilchester

Martock

Marston
Magna

Sparkford

Charlton
Horethorne

South
Cheriton

Milborne
Port

Gillingham
Leddenton

Stour

East Stour

Shaftesb
Shaston

Chiselborough

East
Chinnock

Crewkerne

Yeovil
Ivell

Sherborne
Sherton Abbas

Yeo

Stalbridge

Henstridge

Bishop's
Caundle

Sturminster
Newton
Stourcastle

Marnhull
Marlott

Iwerne
Minster

C

Sutton
Bingham
Reservoir

Yetminster

Glanvilles
Wootton

Blackmoor
Vale
of
the
Little
Dairies

Shillingstone

DORSET

Lydden

Melbury Osmond
King's Hintock

Melbury
Bubb

Hermitage
Little Hintock
High Stoy

Buckland
Newton

Bulbarrow
Hill

Blandford Forum
Shottsford Forum

Evershot
Evershead

Minterne Magna
Great Hintock

Dole's Ash
Flintcombe Ash

Hilton

Beaminster
Emminster

Cerne Abbas
Abbot's Cernel

Piddletrenthide

Cheselbourne

Winterborne
Whitechurch

Ch
We

Maiden Newton
Chalk Newton

Milborne St Andrew
Millpond St Jude's

Bridport
Port Bredy

Eggardon
Hill

Brit

Bothenhampton

Winterbourne
Abbas

Swyre

Abbotsbury

Chesil Beach
Pebble Bank

West Bay
Dead Man's Bay

Yellowham Wood
Yalbury Wood

Higher Bockhampton
Upper Mellstock

Stinsford
Mellstock

Dorchester
Casterbridge

Max Gate

Broadmayne

Sutton
Poyntz
Overcombe

Piddletown
Weatherbury

Troy Town
Roy Town

Athelhampton
Athelhall

Tincleton
Stickleford

Lower Bockhampton
Lower Mellstock

Lewell Farm
Talbothays

Tolpuddle
Tolchurch

Bere Regis
Kingsbere sub-Greenhill

Affpuddle
East Egdon

Briantspuddle
Alderworth

Egdon
Heath

Woodbury
Greenhill

Piddle or Trent

Frome

Vale

of

the

Great

Dair

Pur
H

Wool
Wellbridge

Poxwell
Oxwell

Winfrith
Newburgh

West
Lulworth

Weymouth
Bay

Weymouth
Budmouth Regis

Durdle Door

Lulworth Cove
Lulwind Cove

Worbarrow Bay

Fortuneswell
Street of Wells

Easton
East Quarriers

Pennsylvania Castle
Sylvania Castle

Isle of Portland
Isle of Slingers

Bill of Portland
The Beal

- Desperate Remedies
- Under the Greenwood Tree
- Far From the Madding Crowd
- The Hand of Ethelberta
- The Return of the Native
- The Trumpet-Major
- Two on a Tower
- The Mayor of Casterbridge
- The Woodlanders
- Tess of the D'Urbervilles
- The Well-Beloved
- Jude the Obscure

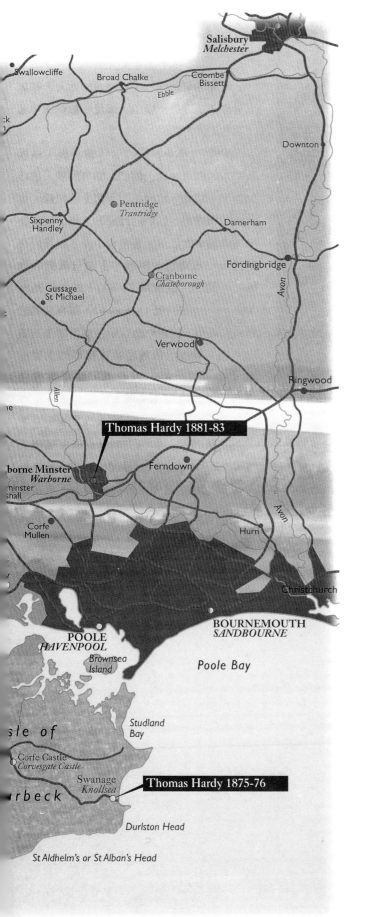

在那裏，傳統上認為哈代最能以地方特色為核心的作品，就是他最好的作品，諸如《綠林蔭下》（*Under the Greenwood Tree*, 1872）、《遠離塵囂》（1874）、《卡斯特橋市長》（1886）、《林地居民》（1887）、《威塞克斯故事集》（*Wessex Tales*, 1888）與《德伯家的苔絲》（*Tess of the d'Urbervilles*, 1891）。在這份清單中，唯一漏掉的重要著作，就是《無名的裘德》（1895），這部晚期的小說，大部分側重於自給自足的鄉間何以崩潰，書中顯示了在他早期的小說裏，豐富與歡欣的共同記憶，與明確的經濟和社會價值。當哈代在晚年的十幾年中，把注意力轉到詩上，威塞克斯也就不那麼重要了，但它還是在景物、敘述背景與地區的參考指標上，兼具了事實與隱喻的特性。

哈代與其生活地區的親密性，是絕對可以確認的。他生於1840年6月2日，家中有四個小孩，他是長子，父親是個石匠，母親是博克漢普頓高地（*Higher Bockhampton*，即《綠林蔭下》一書裏的上梅爾斯托克）一處村莊人家的女兒，那裏約在多切斯特（Dorchester）東北方三哩處。哈代把「艾格登石南林」（Egdon Heath）當作是他童年時的待過的地方，從他在為《綠林蔭下》初版所畫的「故事場景略圖」中，就能明白看出這件事。

身為博克漢普頓高地的小孩，他的生活充滿小提琴琴聲、民歌演唱、閒聊與父母和其朋友的往事回憶。等到哈代長大了，他開始探索鄰近的林地、石南叢林、河流與農場，他去拜訪住在多塞特郡其他村落的親戚，並且每天用步行的方式上下學（學校位於半都市化的多切斯特）。在青少年與二十出頭時，他去到的地方更廣闊了，他先是當個學徒，後來升為建築師助手，做的是檢查房子、教堂與墓地的工作。他因而拓展了對地方性的知識，接下來的十幾年中，他或走或騎自行車到更遠的地方考察；身為「多塞特郡自然史與古代領域俱樂部」的會員，他認真研究像是哈金斯（John Hutchins）的《多塞特郡的歷史與文物》（*History and Antiquities of the County of Dorset*, 1861-73）一類的作品，並且為了做好無韻詩劇《列王》（*The Dynasts*，共分為三部分，分別於1904、1906與1908出版）的準備

哈代筆下的威塞克斯：在哈代的小説中，市鎮、村落的地名都變了，像多切斯特變為卡斯特橋，威茅斯（Weymouth）成了布德茅斯（Budmouth），但河流與丘陵（譬如斯圖爾河與斯托伊高地）卻保有本名，像巨石柱（Stonehenge）這樣古代遺址也得以保留。這些地方符合了哈代修訂過後的版本。

上圖是威茅斯灣，畫者是康斯塔伯（John Constable），很能捕捉哈代小說中的某些特徵。

工作，他埋首鑽研拿破崙時期的史料。

雖然他在二、三十歲的時間，大部分的時間是在倫敦渡過的，哈代還是在四十二歲那一年回到多塞特郡定居，1855年，他搬到馬克斯門（Max Gate），這棟位於多切斯特郊外的紅磚房，是他自己設計的，並由他的父親與弟弟一起建造。他和他的元配吉佛德（Emma Lavinia Gifford），以及繼室達格黛爾（Florence Emily Dugdale）都住在這裏，直到他1928年逝世為止，享年八十七歲。

在他生前，這片地區的發展也符合哈代筆下威塞克斯的轉變，它必須面對工業化、都市化、移民與擴展中的世界經濟。自他死後，它還是得承受重要的轉變。石南林區成了「溫福里斯原子能機構」（Winfrith Atomic Energy Establishment）的所在地。多切斯特一直在發展，在威爾斯王子（The Prince of Wales）的「住宅計畫」（housing scheme）的壓力下，它的範圍愈來愈大。為了興建通往馬克斯門的便橋，多切斯特東方位於福隆河（Frome）兩岸的草地，遭到蹂躪的殘忍命運。其他貫穿多塞特郡的道路工程，則是硬生生地切割這片風景，從高地的開墾與圍籬的毀壞，便可看出這種情形。

儘管如此，多塞特郡與南威爾特郡（South Wiltshire）的某些地方，仍然傳達出某些狀似欺騙的無時間性與孤立的意義，在1870與1880年代，它們曾是如此切合哈代田園牧歌式的目的。被他書中的鄉間風俗、演說與價值觀所感動的城市讀者，會有興趣地設想，祇不過是在幾個鐘頭的火車路程之外，就是未曾去過、不曾聽說的地方，那裏有著原本僅存於記憶中，或是少數偏遠地區才有的生活方式。

即使在眾多現代的哈代讀者裏，這樣的魔力也尚未消退，他們之間有許多人把他的作品，當成一個消失的田園生活紀錄，也是英國的菁華，他們的行蹤甚至到了已經快消失的農場與教堂、巷道和小徑，以及尚在耕種的小鎮鄉村，與根本上沒有改變的地貌。福隆河、斯圖爾（Stour）、斯托伊高地（High Stoy）、布巴羅（Bulbarrow），還有其他的河流和高地，這些被哈代納進他所建造的威塞克斯的景物，依舊是多塞特郡的主要地標；而人工所留下的遺蹟，像是麥登堡（Maiden Castle）、科爾夫堡（Corfe Castle）、史汀福教堂（Stinford Church）與哈代的出生地，還是在那裏屹立不搖。或許就是這些顯著的景物，使得「威塞克斯」這個名詞，依舊通行於整個英格蘭西南部，無論是哈代本人或是他所創造的深刻世界，都投射在這個地區的景物上，無法抹去。

哈代的出生地（上圖），矗立在野生的石南林之間，即是後來《還鄉》（The Return of the Native）中，被想像為「造成許多悲慘可能性」的孤獨一景。

斯堪地那維亞：
黑暗與光明

當原本藉藉無名的挪威劇作家易卜生（Henrik Ibsen, 1828-1906），終於拿出勇氣並找到資源；他離開故國挪威，前往南歐，當時他已經三十六歲了。他滿心期待離鄉背井能讓他的生活產生巨變，儘管如此，他並沒有準備好去面對立即而來的壓迫感，他祇是模糊意識到生活與工作的深刻轉變。後來，低迷的黑暗消散了，耀眼的陽光隨之出現：「我南下德國與奧地利，並且在1864年5月9日越過阿爾卑斯山。高山頂上雲霧繚繞，看起來就像是大的暗色布幕；我們行於山峰之下，穿過許多隧道之後，驀然發現自己置身於南歐風光明媚的米拉梅爾（Mira Mare）——奇妙的透明光束照耀著，如同大理石一般——這一切突然向我而來，並且烙印在我爾後的作品中……。」

易卜生「去國離鄉」（他原意是要展開一趟短期的學習之旅），最後竟成長達二十七年的自我流放歲月；他主要的活動地區是在德國與義大利，當他最後回國時，已是聞名於世的花甲老人。當時位於奧斯陸峽灣（the Oslo Fjord）的挪威首都克里斯蒂安尼亞（Christiania），也於1924年更名為奧斯陸。易卜生的流放之旅，顯現出別具一格的斯堪地那維亞風格。他離開的北歐世界，在社會、經濟、文化與政治的變革中，可說是位於邊陲地帶。然而，它的文學與藝術卻在短短幾十年裏，由晦暗不明的狀況，逐漸在西方世界佔有領導地位。它的幾位大師——丹麥哲學家齊克果（Søren Kierkegaard）與評論家布蘭德（Georg Brandes）、瑞典劇作家斯特林堡（August Strindberg），以及來自挪威的易卜生，還有《飢餓》（Hunger）一書的作者，小說家漢姆生（Knut Hamsun）——都扮演著開路先鋒的角色。

這是場文化大轉變，也因為它所產生具創造性的刺激，引發一種不尋常的弔詭。易卜生不是唯一感覺到要跨出挪威以實現理想的人。甚至在他到來之前，就有一些來自斯堪地那維亞的作家與知識分子，在羅馬建立起意義重大的小「殖民地」了，尤有甚者，他們組織了「斯堪地那維亞俱樂部」，他們的一舉一動都成為當地文壇的焦點。在十九世紀晚期，另一個由斯堪地那維亞裔的德國人所組成的團體——之中包括斯特林堡與孟克（Edvard Munch）——聚集於柏林，並且讓聚會的所在地，黑佛克爾（Zum schwarzen Ferkel）酒館，享有不朽的聲名。1890年代的巴黎，也有一個定期聚會的斯堪地那維亞人團體，成員都基於相同的動機，有的人是暫時、有的人則是永久地離開祖國。

以作品《吶喊》（The Scream）聞名的挪威藝術家孟克，為坐在奧斯陸一家大咖啡館的易卜生所畫的肖像（上圖）。

對他們來說，這種情形很是平常，一旦他們掙脫北歐與路德教派的束縛，便不可遏抑的對他們離開的社會大加撻伐，雖然他們也探究某些能讓他們產生真實情感的特別地區或景物。對創作傑出劇本《父親》（Fathers, 1887）與《死亡之舞》（The Dance of Death, 1890），以及小說《海姆斯島上的居民》（The People of Hemsö, 1887）的作者，那位備受折磨的斯特林堡（1849-1912）而言，這個特別地區就是擁有許多島嶼，並且延伸到波羅的海（Baltic）的斯德哥爾摩群島，對易卜生則是指摩爾德峽灣（Molde Fjord）。更值得注意的是距離所產生的影響；它在他們眼裏不再是迷惑的，而是料想不到的焦點所在。地理的與文化上的隔離，合起來就成為具有滲透力量的想像，事實是（或許特別是）在作者所虛構的小說事件中，也將斯堪地那維亞完完整整地納進他們的主題。易卜生對他的朋友，也是具有影響力的評論家布蘭德說到：「有一次在義大利時，我竟不知道之前的我是怎麼活的。」他發現地中海

易卜生的出生地西恩鎮，還有他稍後去工作的卑爾根（上圖），都是大小適中，靠海吃飯的城鎮——在挪威、丹麥、瑞典與芬蘭的海岸上，可以找到很多這樣的地方。

式生活是非常愜意的，還有它豐富、有益的文化，以及對工作有所助益的整體條件，相形之下，他口中所說「溫血的」（tepid-blooded）北方，就幾乎令他痛苦不堪了。這或許不是他所預期的，雖然如此，他總是在心中清楚地記得北歐景色的全貌以及人民，並且用令人驚訝的準確記憶一再地探索它們。

易卜生在義大利所寫的第一部作品，詩劇《布蘭德》（Brand, 1866），就是在氣氛、語句與地方上，具有典型的斯堪地那維亞風味的作品。它的背景設定在峽灣、群山與暴風吹襲的大海；是北方自然環境威嚇下的厄運；是冰天雪地與雪崩的沈重象徵。相形之下，他寫作時所在的世界就沒那麼壯闊了，他寫這部劇本時，是在充滿陽光的那不勒斯海灣的金札諾（Genzano）與阿里西亞（Arricia）。同樣的條件支持他完成下一部作品，也是他最優秀的詩劇《彼爾‧京特》（Peer Gynt, 1867）。它的背景精確地設定在古德布蘭茲達爾（Gudbrandsdal）溪谷與多弗勒山脈（Dovre Mountains），特別是北歐兼具了社會寫實主義與神話的素材，所以它部分是在伊斯克亞（Ischia），部分是在索倫多（Sorrento）完成的，這兩個地方都有著義大利式的陽光。

儘管他自我流放的時間長達二十幾年，易卜生戲劇的靈感來源似乎是無窮無盡。此時，他寫了為數約二十五部的戲劇。《玩偶之家》（A Doll's House, 1879）說的是北方資產階級危機、耶誕節買賣與女性獨立自主的故事，這本書是在阿馬爾菲（Amalfi）寫成的。充滿悲觀色彩的《群鬼》（Ghost, 1881），是易卜生於索倫多時構思的。《人民公敵》（The Enemy of the People, 1882）中，斯堪地那維亞小鎮裏的蜚短流長，則是他在

羅馬時想像出來的，還有《野鴨》（The Wild Duck, 1884）的閣樓世界所發生的悲喜劇，也是在此地寫出。他在德國住了幾年，敏銳的洞察依舊存在。《羅斯默莊》（Rosmersholm, 1886）、《海上夫人》（The Lady from the Sea, 1888）與《海達‧加布勒》（Hedda Gabler, 1890）等書大部分的原始構想，都是在慕尼黑（Munich）形成的。

易卜生把挪威與其精神危機放到歐洲的舞臺上。然而，他跟與他有相同狀況的斯堪地那維亞人，又何以要離開故土呢？在他未完成的自傳中，他對這種壓抑、沈悶與痛苦的感覺有了解釋：

「我出生的家（在西恩鎮，Skien）就在市集旁……這棟房子正好面對有著高巍臺階與壯麗塔樓的教堂入口。教堂右側是鎮上的拘留所，左側是有著囚房與瘋人屋的市政廳。市集的另外一邊是文法學校與小學。教堂居於中央位置，那裏地方寬敞。這就是我來到這個世界上，最先映入眼瞼的景色。到處都是建築物，沒有綠地，沒有開闊的鄉村。從瀑布那裏傳來，有如悶雷的聲音，整天在鎮上廣場響著。瀑布穿刺的咆哮聲……聽起來就像是在抱怨與尖叫的婦人，也好像是用數百支鋸條切割著瀑布。當我後來讀到與斷頭臺有關的文章時，我總是會想到那些鋸條。」

事實上，除了它所代表的特徵外，1828年的西恩鎮，還有一些值得注意的地方。它在奧斯陸西南方約八十哩處，就在一個大峽灣下；讓它成為典型小鎮的原因，就是它能在森林、大海與貧瘠土地的惡劣條件下，依舊倖存著。易卜生的文字清楚地表達出斯堪地那維亞這個親水社會，是如何仰賴大海、國際公路與內陸交通的河流湖泊，還有提供動力的瀑布。「海是不可分割的，它是一個整體。」有個斯堪地那維

斯特林堡年表	
1849	1月22日，出生於斯德哥爾摩。
1867	就讀烏普薩拉（Upsala）大學。
1872	寫了第一部重要的劇本，《奧洛夫老師》（Master Olof）。
1883-89	花了六年的時間，遊歷法國、德國、瑞士與丹麥。
1887	寫成《父親》與《海姆斯島上的居民》。
1894-96	定居巴黎，《父親》與《債主》搬上舞臺演出。但他因貧困與孤獨，而有著嚴重的精神問題。
1896	返回瑞典休養。
1898-1909	完成三十五齣劇本。
1907	為了他所寫的《鬼魂奏鳴曲》（The Ghost Sonata），他在斯德哥爾摩創立私人劇院。
1912	死於斯德哥爾摩。

亞的古諺是這麼說的；斯堪地那維亞所以能延續下去，就是它保有陡峭的海岸線——從北岬角（North Cape）海岸，下至大西洋與北海海岸，這長長的海岸線被挪威的諸峽灣所侵蝕，然後順著斯卡格拉克灣（Skagerak）與卡特加特灣（Kattegat），來到丹麥半島與島嶼的尖端，接著沿著波羅的海海岸，便到了瑞典與芬蘭。

當易卜生選擇流放之旅時，他在卑爾根（Bergen）與克里斯蒂安尼亞，已有十二年的劇院工作經驗。他被視為離經叛道，甚至是放蕩之人。在父親破產之後，他最初是在格里姆斯塔鎮（Grimstad）一位藥劑師身旁當學徒，後來他寫了九部劇本，而大眾接受它們的程度，有溫和的讚許，也有視為災難的批評。他面臨艱困的時期，精神也到了低潮狀態，他開始酗酒了。他的國家在普丹之戰中背叛丹麥，他為此感到羞恥，這似乎對他一心見到斯堪地那維亞統一的夢想，形成一種打擊。他開始認為他的作品提供了錯誤的價值觀與虛假的理想，這些全是民族主義的浪漫想法。他排斥頌揚民族光榮的傳統文學觀，厭惡他早期作品中，情感作祟的愛國主義。他需要面對當代與現實世界的種種真相。

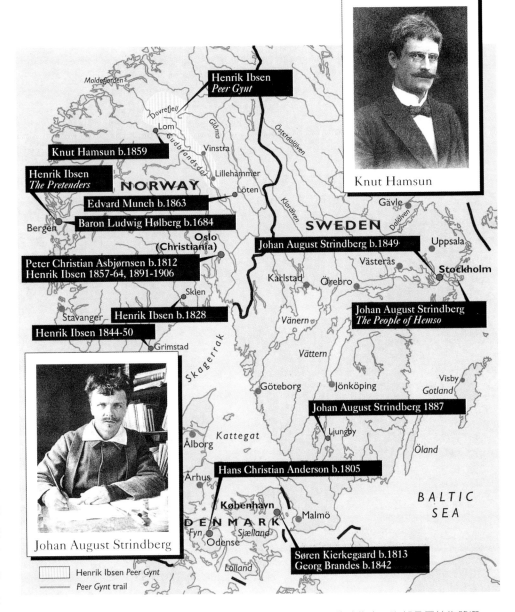

斯堪地那維亞：在任何斯堪地那維亞的時代中，海都是屬於集體潛意識裏的要素。任何事物都比不上海，那樣能塑造斯堪地那維亞的思想與文化、態度與價值。

這樣的熱情也融入《布蘭德》。在最早的版本裏，他號召國人（「內疲的同胞」）爭取自由，他告訴他們，「英雄的時代」過去了，它已成遺蹟，他們需要的是將這個腐壞的民族分解，做成堆肥，以便「為新播下的種子提供養分」。「看啊，這就是我扭轉視線與心志的原因／要遠離過去那些靈魂已死的故事／要遠離光明未來的謊言夢想／而我，要走進現代這模糊的世界中」。

這些詩句標示著一個新時代的開始。自1864年以來，易卜生就改變了現代劇院的規則。幾十年過去了，他的作品衝擊了歐洲劇院、社會與性方面的習俗。就像布蘭德所說的，他是個「當代敢於衝決網羅的人」，他重塑那個時代的許多觀念。他向世人傳播《彼爾·京特》中的名言：「要讓你自己為真。」於是「易卜生」一詞，成了在各地改變劇院與社會思想的易卜生主義（Ibsenism）。

1891年，他功成名就回到克里斯蒂安尼亞，此時面對著世界潮流的斯堪地那維亞，在文學上有易卜生、斯特林堡、漢姆生，音樂上有葛立格（Grieg）、西貝流士（Sibelius），藝術上有孟克、韋吉蘭（Vigeland）。「這位於峽灣之間的土地，就是我的故里。但是——但是——但是——我應該到何處，才找得到我的家？」他問布蘭德。1899年，他寫成他最後一部劇本《當我們死而復醒時》（When We Dead Awaken），此時他一心想改革的十九世紀，也進入尾聲了。在他中風一年之後，也就是1906年，他便告別人間。

陡峭的城市：
斯蒂文森時的愛丁堡

斯蒂文森（Robert Louis Stevenson, 1850-94）在萬里之外的薩摩亞島，以苦樂參半的心情所重新創造的蘇格蘭，可說是所有離鄉背井的文學作品中，最令人驚歎的其中之一。他生於一個有著擾攘歷史的地方——充滿移民的悲歌、流亡與迷失——這也是斯蒂文森最早所困惑的；愛丁堡是他的故鄉，也是蘇格蘭的都邑，它成了斯蒂文森瞭解蘇格蘭歷史，甚至到了最後，是瞭解他自己的象徵中心。很少有那個城市能像愛丁堡，可以用令人震顫的可觸知性，表達一個民族的過去。

斯蒂文森（上圖）的前二十九年是待在愛丁堡，這個城市的許多特點，出現在他許多最傑出的小說中。

斯蒂文森於1850年11月13日出生，大約在那時，愛丁堡就是個極端特殊的地方了。基本上，這個城市仍不脫舊愛丁堡（Old Edinburgh）的範圍，崎嶇的山脈從城堡岩磐（Castle Rock）向東，一路延伸到聖魯德宮（Palace Holyrood）；這是一個有著瘋狂夢想的中世紀城市，櫛比鱗次的屋宇向上發展到不可能的高度，整座城市被一些狹窄小巷所劃分，看起來像是切割峽谷的小溪，當地人稱這種巷子為「wynd」（狹巷之意），它們大致以直角的方式相互交錯。

在十八世紀時，愛丁堡就是人口稠密的城市，公共衛生設施的闕如與建地的不足，使它成為歐洲最髒亂、最擁擠的城市之一。儘管如此，愛丁堡還是具有獨特的活力，它令人激動，但也平等的對待每個人。它是孕育天才的溫床，出過伯斯威爾（Boswell）、休謨、史密斯（Smith）與蘭塞（Ramsay）等大家。

隨著1707年蘇格蘭與英格蘭結盟後，愛丁堡的經濟日益發達，中產階級也漸漸蓬勃，它解決問題的方法，就是重新改造自己。舊城的北邊是直抵佛斯河口（the Firth of Forth）的一片緩坡，也是新城的所在地；新城有著喬治時期系統性的規劃、平直的街道與對稱性的市容，這是歐洲城市建築的成就之一。藉由英國一批最優秀的新興建築師的努力，愛丁堡擁有優美的月形街巷、廣場與公園。新城的居民限於愛丁堡裏，盎格魯—蘇格蘭（Anglo-Scots）中產階級專業人士，他們不願屈身雜亂的舊城，全都擠向亞當兄弟（Adam Brothers）所設計的時髦門面。斯蒂文森可能住過這兩個世界，但並非屬完全屬於任何一方。

在斯蒂文森筆下，維多利亞時期的愛丁堡，如同其刻板、兩極化的建築形式，它的社會階層也有其戲劇性與深度，決定的因素就在於歷史、階級與衝突的國家認同。如果他的作品能為這些本國的二元性，提供深刻的探索，那是因為在愛丁堡與英國的社會階層劃分，也曾如此深刻地影響他。

事實上，這也像愛丁堡的氣候。人們很容易低估它那要命的天氣，對年方兩歲，可能無法在此長命的斯蒂文森，所產生的心理意義；他每天都活在鬼門關前，但自始至終，在他尋求健康但卻徒勞無功的旅程中，家鄉的雨和風便自然成為最威脅他生命的象徵。所以，他會嘲弄這個城市，並一再努力去克服他本身虛弱的身骨與一度衰竭的肺。他早年的一部作品，《愛丁堡：如畫的筆記》（*Edinburgh: Picturesque Notes*, 1878），或許是他對這個多風的城市所寫的文字中，最讓人難忘的小品文，他如此寫著：「愛丁堡高高座落在普天之下最

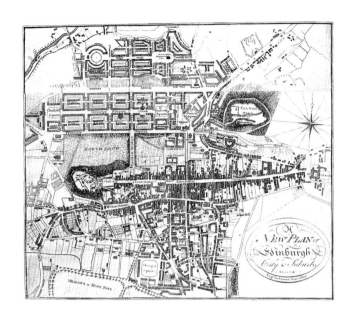

上圖是一張愛丁堡的早期地圖，出版年代為1817年，是在布朗（Thomas Brown）的指導下完成的，它清楚地展現有如魚骨的城市構造。在十八世紀時，愛丁堡的確也像魚骨一般惡臭。

惡劣的氣候中。她總是被狂風吹襲，被暴雨洗禮，被東邊來的溼冷海霧籠罩，還有飄散著從高地山上，往南而來的飛雪。到了冬天，天氣變得陰冷而狂暴，夏天則是變化懸殊，而春天明顯能淨化靈魂……」

　　諷刺的是，斯蒂文森的父母於1857年，買下位於希律特街（Heriot Row）十七號的房子──這是新城裏比較優美的大道之一──他們購買的動機，部分是誤以為這棟窗戶向南的高樓，應該能為他們六歲的兒子，帶來有益健康的陽光，而

當時的斯蒂文森待在病床上的時間要比下床來得多。斯蒂文森確實的出生地，是在新城北邊邊緣的霍華地（Howard Place）八號；他們住的第二個地方，位於英維爾萊斯平頂區（Inverleith Terrace），旋即因澤氣的關係再度搬家。毫無疑問地，他的父母會說祇有擁有相當的財富與專業能力，才能躋身維多利亞時期的菁英階層。斯蒂文森的父親湯瑪斯（Thomas）是各方敬重的傑出人士，身為一個城市工程師，他所成立的公司在蘇格蘭各地建造港口與燈塔，斯蒂文森的祖父更是在貝爾岩礁（Bell Rock）上，蓋了一座「不可能」完成的燈塔。

　　一開始時，斯蒂文森註定得跟隨家族的腳步，這位猶豫不決的十七歲青年便在愛丁堡大學註冊入學，他唸的是城市工程系（稍後，他的興趣轉向法律，並在1875年取得律師資格，但他始終未曾執業）。雖然他在大學的思辨社裏，有著令人難忘的表現，但他心中的優先順序可不是如此：他渴望閱讀文學經典，並且在德隆蒙德街（Drummond Street）的拉塞福（Rutherford）酒館交朋友，它幾乎是在反方向上，位於南橋（South Bridge）上的舊校區校門前。這家酒館與眾不同，斯蒂文森經常來此，以便認識新的波希米亞人。由於穿著華貴，與周遭人大不相同，他很快就有「天鵝絨大衣」（Velvet Coat）的外號，同樣的情形也出現在髒亂的羅西安路（Lothian Road），或是從愛丁堡時髦的西邊往南，那邋遢的托爾叉路（Tollcross），或是舊城的一些住宅區。從草地市場（Grassmarket，Lawnmarket）或葛雷福萊爾斯教會（Greyfriars Kirk）的墓園著手，他徹底研究這個國家的過去，這裏是他的浪漫情懷所寄，他頑固地追隨司

斯蒂文森的《如畫的筆記》（上圖是它的首頁），收錄他對這個多風的城市所寫的最好文章，左圖是一張繪於1822年，從卡爾頓山（Calton Hill）山頂俯視愛丁堡的畫作。

各特古物研究的腳步，或是追求費爾古森與彭斯放蕩不羈的鹵莽精神。儘管如此，希律特街十七號所象徵的生活，卻未曾離開他，它提供值得尊敬與舒適的表面，也是年輕的海德先生（Mr. Hyde）的避風港。

就像他的前輩彭斯，斯蒂文森對現狀也有所批評，他認為在一個事事強調道德的時代裏，人們放棄蘇格蘭啟蒙運動的光榮遺產，以便迎合維多利亞古板的教條，這也預示了愛丁堡將矮化成「英國北方」的都邑——他憎惡這個辭彙。儘管斯蒂文森還是得仰賴他餘生所繫的新城，為他提供經濟保障，但他卻不被它所縛。他形容愛丁堡那具有光輝特色，卻透露幾何與道德的乏味的方格形狀：是在「切割成方形的石板所形成的荒地」當中，「通風良好的平行四邊形」。

這樣的批評造成一種反感。在鬧得滿城風雨之前，斯蒂文森就因坦承自己是個不可知論者，而讓他的父母氣急敗壞。沒有任何事比斯蒂文森與其父在1863年至1870年之間，

斯蒂文森許多早期的作品，都是在希律特街十七號的家寫成的（上面這張照片中，黑色大門的便是了）。

所作的視察之旅，更在這位有抱負的作家心中，醞釀出對年紀的緊張感與強烈的二元性；在那幾年裏，他們的足跡遍及蘇格蘭海岸，每一處為強風吹拂的港口與被撞得不成樣子的燈塔，這些港口和燈塔都是他們家族的標誌。無論是在菲福（Fife）海岸的漁村，或是海布里地群島（Hebrides）海邊，存在於傳統的習俗與想像的解放之間的區分，就活生生的映在父子二人身上。父親要的是理性與實際，認為壓力與緊繃就是安全、效率和原料進步的同義詞。兒子卻對岩石遍佈、蜿蜒曲折的蘇格蘭海岸線震顫不已，他懂得與潮水、風和船難有關的知識，將氣候、地形與細節記在腦裏。這些都在他的回憶中佔有一席之地，並且在他後來的作品裏，清楚地表達出來。

離鄉愈近，如同蒸餾過程的想像愈是清晰，無論那是大衛（David Balfour）遭到綁架的佛斯河口海岸上的豪斯客棧（Hawes Inn），或是斯蒂文森一家位於平特蘭山（Pentland Hills）東坡的斯旺頓（Swanston）避暑別墅，還是《聖伊弗斯》（St. Ives, 1897）中女英雄的家；在愛丁堡與鄰近地區之間，流傳著市民的詭辯與古老的口述傳統，後者形成了《赫密斯頓堰》（Weir of Hermiston, 1898）中，蘇格蘭社會的閱讀象徵。在斯蒂文森的每一部小說中，地方就代表了事件，地形則

左邊這張地圖取自於1891年插畫版的《綁架》，顯示主角大衛在蘇格蘭各地流浪的行蹤。

我看見直落的雨與彩虹，落在拉摩繆爾（Lammermuir）。
我再一次於這陸峭的城市中，傾聽呼嘯作響的海風。
我在這裏，在遙遠的異鄉，專注地寫我的同胞與我的故土。

～《赫密斯頓堰》・題辭

意味著歷險。故事情節令人屏氣凝神的《綁架》（*Kidnapped,* 1886）與《卡特林娜》（*Catriona,* 1893），都證明斯蒂文森的記憶力是準確無誤的，也說明在某種重要的意義下，他對歷史的瞭解，乃源於他的地理概念。他對現實背景的依賴，並非一定這麼直接。描寫深刻，可說是心理學寓言的《化身博士》（*Dr. Jekyll and Mr. Hyde,* 1886），是現代文學的先河，它會讓人誤以為是一本歌德式的恐怖小說，或是其他的東西。書中所呈現十九世紀晚期城市紛亂的情形，大部分得歸因斯蒂文森對愛丁堡建築二元性的感受，而不是他對倫敦街道的認知；他筆下的愛丁堡，是一磚一瓦建立起來的。到了今天，從斯蒂文森出生的霍華地八號，走到對街，來到質樸的英維爾萊斯巷，便是卡盧（Carew）被謀害的地方，站在右邊若隱若現的窗戶，就可以目擊犯罪過程。

斯蒂文森離開蘇格蘭，遠至南太平洋的薩摩亞島，此時，他的想像與渴望的強度，以及對故土的深刻鄉愁，使得他對過去的記憶變得清澈，甚至幾乎到了精確無誤的地步。他對潮流與記憶的感受，可以說是普魯斯特式的。這樣的情感在《綁架》、《巴倫特雷的少爺》（*The Master of Ballantrae,* 1889）、《卡特林娜》與《赫密斯頓堰》的獻辭中都能見到，它們強調這位作家在流露異國情調的文字，與虛構的主要素材之間，種種不一致的地方——哀歎它們失去了蘇格蘭與愛丁堡的斯蒂文森。他把《卡特林娜》獻給他在愛丁堡的終生摯友巴斯特（Charles Baxter），他這麼寫著：「當我第一次見到你，以及最後一次跟你連絡時，你一直是待在這個值得尊敬的城市裏，而我也一向把它當做自己的家鄉。我現在離它如此遙遠，年輕時的所見與所想追著我，我彷彿見到一個是我父親還有祖父年輕時的景象，整個生命的潮流從北方往下流，帶著笑聲與淚水，將我趕到盡頭，我就像被一股突如其來的洪水，推到這些與世隔離的小島上。在浪漫的命運之前，我要懂得讚美，並且謙卑以對。」

這段文字寫於他因腦溢血而辭世之前的兩年。「彷彿見到的景象。」這多少道出這些後期的蘇格蘭小說，是多麼熱情洋溢地想去補償它們的作者——甚至他們本人會否認這點——永遠無法回去故鄉的缺憾。當他寫下這些話時，他無疑

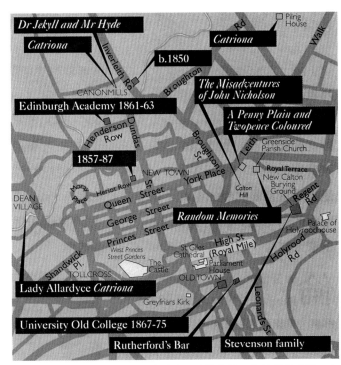

愛丁堡：斯蒂文森對愛丁堡的體驗，即使背景不在這裏的小說，如《化身博士》，也受其影響。

是想起年輕時，喜歡站在北橋（North Bridge）上的斯蒂文森——北橋跨在諾羅（the Nor'Loch）溪谷上，連接新城與舊城——不祇是在命運之前謙卑以對，也在愛丁堡惡劣、兇猛的風勢前低頭，他看著下方由瓦佛萊車站（Waverley Station）開出的火車冒出的濃煙，「不管想像力在甚麼地方，所有的困擾在那裏都將迎刃而解」。

然而，讓斯蒂文森感到悲傷的是，他的困擾永無終結之日；連拋到腦後的過去也是如此。斯蒂文森無法忘卻他的同胞與鄉土，在我們的文學中，允為命運相同之事。

斯蒂文森的生平

1850	於愛丁堡出生，時為11月13日。
1867	入愛丁堡大學學習工程。
1871	從城市工程學改學法律。
1873	宣稱自己是個無信仰者。
1874	與席特威爾（Frances Sitwell，即Madonna）戀愛。
1876	與奧斯朋（Fanny Osborne）陷入熱戀。
1878	騎驢旅遊法國南部。
1879	搭船至美國加州。
1880	終於和奧斯朋結婚。
1883	寫成《金銀島》（*Treasure Island*）。
1888	到南太平洋旅行。
1889	定居於薩摩亞群島的阿皮亞（Apia）。
1894	死於腦溢血。

1890年代的倫敦

當十九世紀結束時，維多利亞時代也開始走進歷史，然而，倫敦卻在此時到達高峰狀態。當時倫敦已成為世界最大的城市，它以驚人的速度發展，自1860年算起，它的人口就從三百五十萬，增加到六百五十萬人。菁華所在的西區（West End），展現出一個自傲與富強國家的偉大，住在市郊的中產階級人口急劇增加，與之相比，東區就像是個貧窮的叢林。作為大英國協的首都，倫敦主控了文化、通訊、社會、財經、政治與藝術的發展，並且吸引製造商與技工、銀行家與職員、作家與藝術家，前來這個仍在拓展的大都會。它是當時最富麗堂皇的首都。從位於萊姆豪斯（Limehouse）與多格斯島（Isle of Dogs）的倫敦碼頭開出，一支陣容龐大的船隊把帝國的貨物運回首都，並將英國各個城市製造的產品送往世界。在河的上方矗立著格林威治皇家天文臺，這裏是全世界時間的度量基準。

倫敦是個貿易中心，有如一塊大磁鐵般吸引自各地而來的移民，在那裏，愛爾蘭人要比都柏林多，蘇格蘭人要比亞伯丁（Aberdeen）多，猶太人要比巴勒斯坦（Palestine）多，天主教徒要比羅馬多。它也是個現代都市，顯示了十九世紀時，英國在工業與技術方面執牛耳的地位。倫敦到處都是快速變遷與發展的社會的象徵。電車在街上穿梭，地鐵則在下方行駛。辦公室裏滿是忙碌的職員，新蓋的郊區別墅住進事業成功的商人，出租公寓與猶太區，則擠滿來自紛亂的歐洲的流亡者。位於倫敦室內皇家交換所（Royal Exchange）前的十字路口，是世上最忙碌的地點。1876年，詹姆斯定居倫敦，他就住在皮卡底里附近的波爾頓街。「它是人類史上最大的集合體──甚至是最完整的世界縮影。」的確如他所述。如同某位歷史學家所說，倫敦是個「世界之城」，在帝國、工業與社會等力量上，達到巔峰至極的狀態，它是能量中心，像塊磁鐵，也引領風騷。

這個現代化的城市也哺育具有倫敦特色的文學，能掌握它的複雜性、片段性、新而奇特的表象與難以想像的深度。自喬叟以來，倫敦一直就是英國文學的中心。當時作家聚集於此的現象，是前所未見的，這些人不但來自各個郡縣──如哈代、吉辛、本涅特等人──也有來自世界各地的文人。像是來自蘇格蘭的斯蒂文森，愛爾蘭的葉慈（W.B. Yeats）、王爾德與蕭伯納，美國的詹姆斯與克萊恩，波蘭的康拉德。

倫敦能成為寫作的源頭與主題，這點並不令人感到訝

上圖是葉慈。

異，它可是文學中的大挑戰。1886年，詹姆斯把他的世界性題材擱在一旁，寫了一部純粹的倫敦小說，《卡薩瑪西瑪公主》（*The Princess Casamassima*），講的是革命與無政府主義者的故事，也是一本現代印象主義的作品。詹姆斯在序言中，解釋本書的真正主題是：「對倫敦的用心探索，顯現一個大城市在想像力的衝擊下，所作的快速回應。」他把這有如迷宮般的城市，變成一部傑作。「然後，一個規模龐大的城市的景象出現了，它大到人口比某些大陸還多，而人造的東西簡直讓諸神時而皺眉、時而微笑，它殘酷地吞食世界之光。」康拉德在《特務》（*The Secret Agent*, 1907）中，如此詮釋本書的觀點。

倫敦對詩人來說，特別具有吸引力。傑克遜（Holbrook Jackson），唯美主義運動僅存的詩人之一，在其才華洋溢的作品《1980年代》（*The 1890s*, 1913）裏，便有一段註解，他說新「世紀末」（finde-siècle）的唯美主義，便是他們與這個大都會所譜寫的戀曲。「當我凝望一處景色時，我便不能無視它的缺點。」王爾德（1854-1900）曾如此大聲宣說，在他的小說與劇本中，他把焦點從自然轉到藝術，也從鄉村轉為城市。對城市景物與感情的熱誠，主宰這些唯美主義者的作品。在王爾德、彼德斯萊（Aubrey Beardsley）、比爾波姆（Max Beerbohm）、道森（Ernest Dowson）、詹森（Lionel Johnson）以及其他人的書中，描寫大都會的功力全都表現出來了，一如畫家惠斯勒（James McNeill Whistler）在畫作中，呈現倫敦多霧的夜

景與城市的印象。

　　新的出版社與雜誌社紛紛成立，通俗文學一片榮景。對吉辛所說的，住在「新窮文人街」（New Grub Street）那些窮酸作家來說，他們所加入的是一個新興的，有著藝術或商業價值的文學行業。「報紙飄散在大地上／讓天空為之變色」，大衛遜（John Davidson）在《艦隊街詩》（*Fleet Street Eclogues*, 1893）如此寫到，他嘲弄由人民黨員（populist）辦的黃色出版社（Yellow Press），所出版的充滿唯美派論調的《黃書》（*Yellow Book*）。但是就唯美主義者或新報人而言，倫敦的景物全都是狂怒的表現。饒舌的報紙上，盡是城市的故事——有它的樂趣，也有自殺、貧困、醜聞與犯罪的新聞——儘管如此，像是亨萊（W.E. Henley）這樣的詩人還是寫了《倫敦即興曲》（*London Voluntaries*, 1893）。在《倫敦魂》（*The Soul of London*, 1905）裏，當時最好的作家與編輯之一的福特（Ford Madox Ford），將這大都會親切地稱為「迷濛的萬花筒」，是「當代精神成就的浮水印」。福特令人愉悅與喚醒人心的書，留給人們一種印象：他能鉅細靡遺地看著這個城市，但太過隨性，也摻雜過多的文化因素，反而無法掌握全貌。

　　並非祇有唯美主義者與印象派作家，才把倫敦當成他們的寫作主題。其中還包括受左拉影響的自然主義者，他們想要對吉辛（George Gissing, 1857-1903）所說的「下層世界」（the Nether World）一探究竟。在卻爾希與肯辛頓等開化的倫敦，以及皇家交換所的金融世界之外的地區，是另一處完全不同的低下層級的倫敦。那裏是東區，一處有如非洲黑暗與奇異的城市叢林；如同救世軍（Salvation Army）的創建者布斯將軍（General William Booth），在名為《最黑暗的倫敦與其出路》（*In Darkest London and the Way Out*, 1890），對東區貧困所作的研究報告中所強調的。這裏住的是「較低的階層」，也是作家躡手躡腳走過的地方，一如美國作家傑克‧倫敦（Jack London）充滿尼采主義的書，《深淵中的人們》（*People of the Abyss*, 1903）裏的情形。自然主義的目標在於科學與改革——就像傳教士、社會改革者與社會學家會到東區一樣。吉辛辛苦掙扎於作家之路，他熟知出租公寓的倫敦與貧窮世界的景象。在《黎明的工人》（*Workers in the Dawn*, 1880）與《失去階級地位的人》（*The Unclassed*, 1884），吉辛筆下探索的貧窮倫敦，乃是從蘇活區（Soho）到倫敦城外，書中暴露了社會問題、嚴苛的生活、酗酒、賣淫與改革的需求。

對1890年代的作家與畫家來說，倫敦幾乎就是一連串光影的組合——在無心的瞥見或「印象」中所見，是最美的。這些從倫敦的夜晚、瀰漫的霧氣與閃爍的泰晤士河得來的意象，正是惠斯勒從巴特希橋（Battersea Bridge）上看到的景色（上圖）。

　　「亞德門（Aldgate）之東，是另一個城市的開始，倫敦失去了光彩，變得真實可見。」著有《大街故事》（*Tales of Mean Streets*, 1894）與《賈歌之家的孩子》（*A Child of the Jago*, 1896）的摩里森（Arthur Morrison, 1863-1945），如此寫到。在白色小教堂（Whitechapel）與史代普尼（Stepney）附近，有著大型的移民社區，詹威爾（Israel Zangwill, 1864-1926）在《猶太區的孩童》（*Children of the Ghetto*, 1892）中，就有翔實的紀錄，這本書是與猶太人群聚的東區有關，極富影響力的自然主義作品。許多嚴肅的作家都探討這可怕的城市紀錄，像是本涅特的《北方來的人》（*A Man From the North*, 1898），毛姆（Somerset Maugham, 1874-1965）的《蘭白斯的麗莎》（*Liza of Lambeth*, 1897），摩爾（George Moore）的《伊瑟‧華特斯》（*Esther Waters*, 1894），後者是個養了私生子的女侍的故事。狄更斯和維多利亞時期的小說家，一向是在「下層世界」之前寫作，而此刻的小說方向，則著重在喚醒公眾的良知。在作家群中，如蕭伯納

《黃書》是彼德斯萊所寫的，附有插圖的唯美派隨筆集。

摩里森筆下他成長的賈歌區（上圖），它位於修爾迪區（Shoreditch）與貝斯諾草地（Bethnal Green）之間。「他家所在的地區，充滿頑固的小商店、擁擠的工廠、工作間與倉庫的氣味。」同輩的倫敦作家普里契特（V.S. Pritchett）做了這樣的評論。

1890年代倫敦的東區與西區：在1890年代，東、西區有著明顯的劃分——富有與貧窮、光彩與灰暗。許多作家想去描寫他們自己的地方，他們讓這樣的氣氛充滿文字之中。

與莫里斯等人，社會改革的精神起來了。

在《烏有鄉消息》（News from Nowhere, 1890）中，莫里斯寫了一個未來的烏托邦小說，故事中的倫敦沒有工廠，也沒有貧民窟，河流清澈見底，一派自然風光。其他作家，像切斯特頓（G.K. Chesterton, 1874-1936）在《諾廷山上的拿破崙》（The Napoleon of Notting Hill, 1904）裏，甚至更加天馬行空地寫下未來倫敦的寓言。威爾斯（H.G. Wells, 1866-1946）以其對未來的幻想而聲名大噪，他的作品如《星際戰爭》（The War of the Worlds, 1898），就被冠以「科幻小說」之名。威爾斯也寫過平凡的、小店主的倫敦。在《托諾—邦蓋》（Tono-Bungay, 1909），他祝賀這個城市，反應它如何以其透明的標準和傳播，來面對作家。倫敦最具震撼力的特色，就是有如觸手般的成長和增殖，它「充滿模糊的建議，有時甚至暗藏無理的可能，但又有其豐富的意義」。在這本寓意豐富的小說中，我們看到了汽車、飛機、百貨公司、廣告與大賣場，這全是新的城市時代中，豐富的意義所在。

相較之下，倫敦也將步入世紀之交。那些表裏不一的故

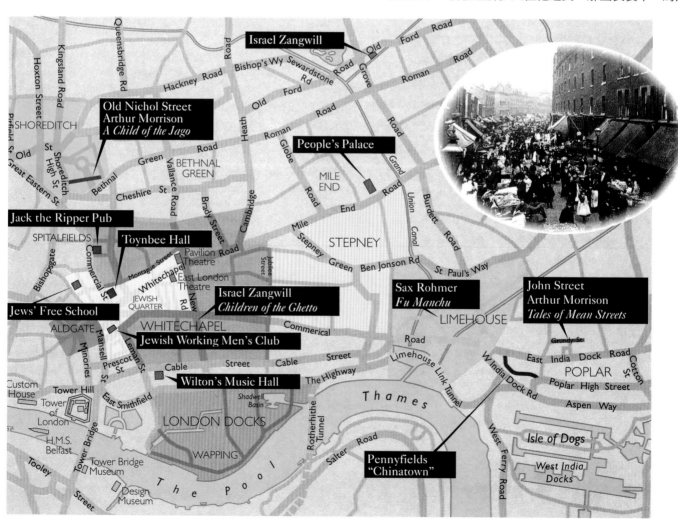

事令世人著迷。斯蒂文森的《化身博士》，代表的是兩個不同的自我與兩個不同的倫敦：一個是由乾淨的街道與受尊重的職業所形成的白晝世界，另一個是由陰影、後門與犯罪所形成的黑夜世界。雖然狄更斯與科林斯（Wilkie Collins）都寫過這個多霧城市的犯罪與偵探故事，但最有貢獻的還是柯南‧道爾爵士（Sir Arthur Conan Doyle, 1858-1930），他在1887年寫成的《紅衣探案》（*A Study in Scarlet*），創造了福爾摩斯（Sherlock Holmes）這個角色。「看看窗外，華生，」福爾摩斯說，「看看這些面目不清的人影，因為視線模糊，你會把他們和起霧的銀行混在一起。在這樣的天氣中，小偷、殺人犯都可以在倫敦街上遊蕩，一如猛虎在林中，除非牠向你撲來，否則你就看不到牠……」

東區——萊姆豪斯的中國城，有其祕密社會和「鴉片窩」——是許多盛行在世紀交替中的通俗犯罪故事的發生地，這些作家像是華勒斯（Edgar Wallace）與羅摩爾（Sax Rohmer）——那個兇惡的東方犯罪天才，傅滿州（Fu Manchu）的創造者。切斯特頓在《布朗神父的純樸》（*The Innocence of Father Brown*, 1911）裏，創造一位牧師偵探家布朗神父；霍爾農（E.W. Hornung, 1866-1921）也於《瑞佛里斯：業餘盜賊》（*Raffles: The Amateur Cracksman*, 1899），發明瑞佛里斯這個角色。歐本海默（E. Phillips Oppenheim）與奎克斯（William Le Queux）所合寫的間諜小說，則是另一種符合政治懸疑時代的城市文學形式。

自1880年代到1914年第一次世界大戰前夕，倫敦始終保有它最大的風華與擴展，它以空前未有的規模，迎接作家、各種思潮與實驗。在那些年中，我們不祇看到對倫敦的新探索，還有透過現代運動的實驗所得到的新生。在散文與詩詞中，舊的形式散開，納進新的寫作風格。然而在戰後，倫敦再也不復榮景盛況了。

畫中的福爾摩斯總是叼著煙斗，戴著獵帽，這也成為偵探裝扮的原型。

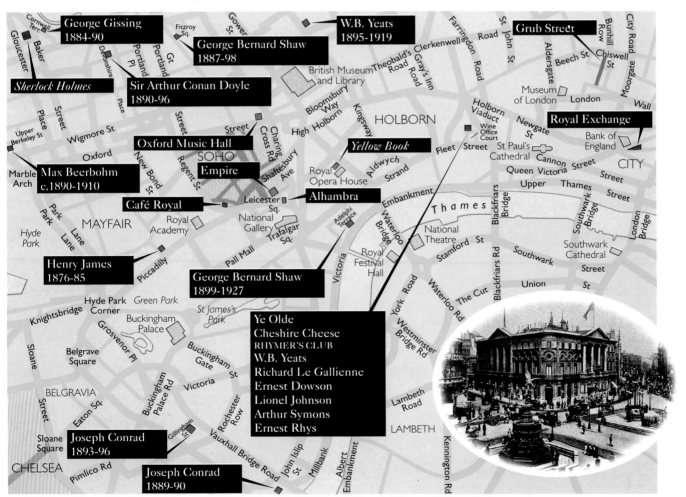

帝國之夢

「我們不能不想到一件事，自羅馬帝國衰亡之後，還沒有那一個君主，能夠號令全世界這麼多不同且遙遠的國家。」阿吉爾公爵（Duke of Argyll）如是說，這段話反映1897年，倫敦市民慶祝維多利亞女王登基五十週年的心情，當時英國的「強硬外交政策」也達到頂峰。十九世紀可視為帝國冒險精神的復甦，當時這個歐洲強國不僅擁有武力，建造船隻，興建鐵路，而且貿易發達，技術進步。到了十九世紀結束時，非洲的殖民地爭奪戰也到了如火如荼的地步。為了搶奪川斯瓦（Transvaal）蘊藏的黃金與鑽石，所導致的波爾戰爭（Boer War），成了世紀末的標記。

在所有的現代帝國中，英國是其中最強大、國土最廣的國家。儘管在1781年失去北美殖民地，但絲毫不影響帝國的發展。帝國的發展相當快速，祇不過方向不同罷了。在1815與1865年間，大英帝國的版圖約以每年十萬哩的距離擴大中。到了1820年，全世界有超過四分之一的人口是在它的統治之下。它的勢力範圍及於加勒比海與太平洋諸島嶼，這些領地是十七、十八世紀全球航線探險時得來的，特別是庫克船長所做的貢獻；其中也包括了1858年得到的印度，可以說是女王王冠上的另一顆珠寶。其他尚有西非、南非、錫蘭與緬甸等殖民地。1819年時增加新加坡，1839年增加亞丁（Aden），1840年納進紐西蘭，1843年則有納塔爾（Natal）與香港。有了這些根據地，使它必然要捍衛蘇伊士運河（Suez Canal）的權益，於是又向埃及與蘇丹宣戰。在十九世紀末，移民湧入加拿大、澳洲與紐西蘭等殖民地，於是帝國在當地設立自治政府。在角省殖民地（Cape Colony）、南非與塞西羅德（Cecil Rhodes），由於波爾人對獲選出任英國移民長官這件事感到絕望，所以戰事一觸即發。

大英帝國的精神一向建立在帕瑪斯頓（Palmerston，是英國政治家Henry John Temple的爵位封號，曾任英國首相，力主維持歐洲軍力的平衡，譯註）主義式的砲艦外交，但它並非以武力征服為主。一般情況下，目標在於貿易、國家財富與資源，還有擴大社會與政治的發展，畢竟英國是以海上的商業力量而享有威望。它的海軍控制大洋，世界上幾乎有三分之一的商船，懸掛著英國的米字旗，它也掌握世界製造業五分之二的貿易量。英國刺激了工業的成長與發明，促成商業的繁榮，並且

十七世紀初期，英國藉著東印度公司的貿易，併吞了印度，上圖畫的就是當時官員接見住在印度的英國人。

賦予貴族階級新的角色。帝國擁有更多的財富，無論是在工業還是城市的發展上。民族團結起來了，新的疆土讓增加中的人口有了移民海外的機會。帝國主義面臨眾多嚴厲的批評者，尤其是在波爾戰爭之時。儘管如此，大多數的英國人，無論是否受過教育，都體會到自己就是世界——維多利亞女王統治的世界——的公民，這種情形是前所未有的。世界地圖上的許多地區都標成紅色，大英帝國成了日不落國。

英國的旗幟也深深插在它的文學作品中。說來奇怪，這種情形並非馬上發生的。十九世紀的英國作家都是耐性極佳的旅行者，常常設法躲開祖國那種拘束的維多利亞氛圍。探索式的冒險家層出不窮——從搭乘小獵犬號（the Beagle）出海航行的達爾文，到阿拉伯探測的道提（C.M. Doughty）和伯頓（Richard Burton），還有派克（Mungo Park）、李文斯頓（Livingstone），以及著有《黑暗非洲》（In Darkest Africa, 1890）的

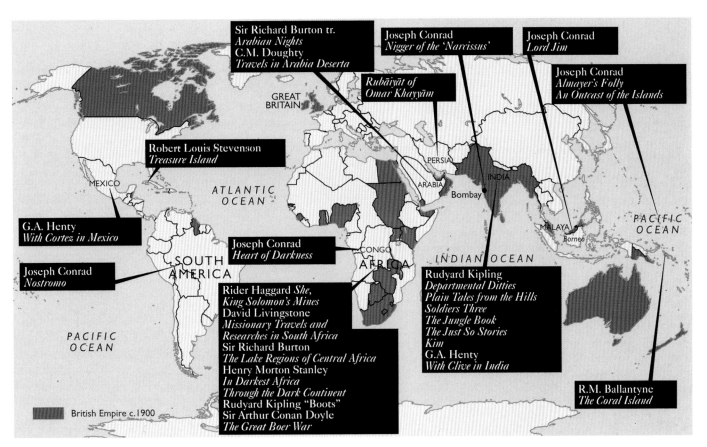

Sir Richard Burton tr.
Arabian Nights
C.M. Doughty
Travels in Arabia Deserta

Joseph Conrad
Nigger of the 'Narcissus'

Joseph Conrad
Lord Jim

Joseph Conrad
Almayer's Folly
An Outcast of the Islands

Rubáiyát of
Omar Khayyám

GREAT
BRITAIN

Robert Louis Stevenson
Treasure Island

PERSIA

INDIA

ARABIA
Bombay

MEXICO

ATLANTIC
OCEAN

PACIFIC
OCEAN

G.A. Henty
With Cortez in Mexico

MALAYA
Borneo

Joseph Conrad
Heart of Darkness

CONGO
AFRICA

INDIAN OCEAN

SOUTH
AMERICA

Joseph Conrad
Nostromo

Rider Haggard *She,*
King Solomon's Mines
David Livingstone
Missionary Travels and
Researches in South Africa
Sir Richard Burton
The Lake Regions of Central Africa
Henry Morton Stanley
In Darkest Africa
Through the Dark Continent
Rudyard Kipling *"Boots"*
Sir Arthur Conan Doyle
The Great Boer War

Rudyard Kipling
Departmental Ditties
Plain Tales from the Hills
Soldiers Three
The Jungle Book
The Just So Stories
Kim
G.A. Henty
With Clive in India

R.M. Ballantyne
The Coral Island

PACIFIC
OCEAN

British Empire c.1900

斯丹利爵士（Sir Henry Morton Stanley），甚至有許多不畏艱苦的女士，前往較少人去的地方——像是博德（Isabella Bird），就去過美國、夏威夷、中國與日本，並寫成《在日本未曾走過的路徑》（*Unbeaten Tracks in Japen*, 1880）。他們的故事引起一種對異國的情緒，這樣的感情可以在伯頓所翻譯的《天方夜譚》（*The Arabian Nights*, 1885-8），或菲茨傑爾德（Edward Fitzgerald）譯的《魯拜集》（*Omar Khayyam*, 1859）等作品中見到。這些英國的探險家在海外的作為，可說是一種通行於世的類型——像是從法國作家凡爾納（Jules Verna）小說中，在那位豪氣干雲的英國旅行家佛格（Phileas Fogg）身上便可發現。

英國探險家也成為某種類型的邊疆居民，他們富於機智，敢到前人未至的地方，和土著爭鬥，攀爬高山，玩最大型的狩獵遊戲，尋找失落的所羅門王（King Solomon）寶藏，或是一探尼羅河（the Nile）的源頭，他們或許還會反對土著對待動物的殘忍方式。這裏的世界是不一樣的地方：文明屈服於野蠻，習俗讓步給自由，無聊為驚奇所取代，還有在正中午時跑出來的瘋狗與英國人（也有英國女人）。就像庫珀所寫的「皮襪子」故事裏，「皮襪

大英帝國：到了十九世紀末，許多作家都懷著英國精神，寫下浪漫的歷險傳奇。這些故事的背景，全都在帝國控制的領域內——地圖上的紅色區塊。

子」這位在不斷延伸與變動的西部邊疆，闖出名號的捕獸者，成了美國的國家神話一般，這些探索與探險故事也成為英國的神話。如同評論家格林（Martin Green）所說：「就集體的觀點來看，這一類的英國故事，成為睡前必聽的了。」尤其是對男性讀者而言，他們的旅行、探索、冒險、遊戲與控制慾種種本能，全都因此得到能量。英國的浪漫冒險並不是甚麼新鮮事，它可以回溯至最早期的一本小說，狄福所寫的《魯賓遜漂流記》（*Robinson Crusoe*, 1719）。到了十九世紀，旅行風又回復生機了。好幾種版本的魯賓遜式故事，在歐洲廣為流傳了：瑞士有懷斯（Johann Wyss）的《瑞士家庭漂流記》（*Swiss Family Robinson*, 1814）；法國則有維爾納在十九世紀末所寫的版本。在英國，它塑造出十九世紀最成功的兒童讀物之一，巴蘭亭（R.M. Ballantyne）的《珊瑚島》（*The Coral*

旅行家的冒險故事，像是李文斯頓的《生活與探險》（*Life and Explorations*），就不僅是英國的，也是世界性的基本讀物。

[147]

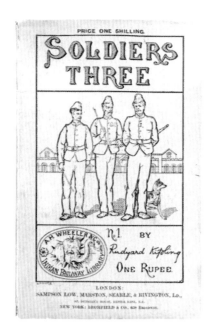

吉卜齡（左圖）出生於孟買（Bombay），他是一個英國藝術教師之子。他回母國受教，後來又回到拉合爾（Lahore）擔任報館編輯，並開始出版他的韻文詩與故事集，像這本珍藏於印度鐵路圖書館的《三個士兵》（右圖），出版者為阿拉哈巴德（A.H. Allahabad）。

斯蒂文森是個旅行成癖的作家，他死於太平洋，曾從抑鬱的愛丁堡逃開。下圖顯示他在薩摩亞的阿皮亞家中床上，吹奏木管的情形，1894年，他也因腦溢血而以四十四歲盛年病逝於此。

Island, 1858）——是三個機智的英國學童發生船難，漂流至太平洋某處島嶼的故事，當然，這又是個帝國的神話。

十九世紀末，通俗文學的市場逐漸變大，浪漫的冒險故事的邊界也隨之擴大。有傑出表現的是斯蒂文森。「對成人來說，小說可以讓他們回到童年時光。」他說，為了對抗侷限國內的社會小說（social novel），他號召人們對浪漫與歷險要有一種衝動。他改寫《天方夜譚》為《新天方夜譚》（1882），並且將他的觀點寫進《金銀島》（Treasure Island, 1883），這個令人難忘的故事裏有西爾佛（Long John Silver）、吉姆（Jim Hawkins）、一隻鸚鵡與西班牙船員（the Spanish Main）。從那時候起，孩子們就為《金銀島》所深深吸引了。它也贏得詹姆斯（H. James）的讚賞，他形容這本書是集「謀殺、玄妙、可怕的群島、間不容髮的逃脫、不可思議的巧合與被埋藏的金幣」於一身的佳作。

斯蒂文森筆下所顯示的是，社會自然主義所見的冷酷世界、英國的浪漫主義與唯美派的頹廢，這些並不是小說的必備元素。許多作家都得到這個教訓：《金銀島》的成功，鼓舞哈嘉德（H. Rider Haggard, 1856-1925）寫成《所羅門王寶藏》（King Solomon's Mines, 1885），這也是一本暢銷書。哈嘉德生於諾福克（Norfolk），在納塔爾與川斯瓦任公職，所以他對非洲有第一手的瞭解。《所羅門王的寶藏》並非祇是敘述橫越非洲大陸的尋寶故事，它也創造一個擁有自然與歷史知識的英國獵人，他鄙視祖國那種墮落的文明。「啊哈，說到那種文明，它到底做了甚麼？」他問著，他說在我們每個人心中，都有野蠻的成份，一如「皮帽子」，他帶著同情與理解，漫遊在他的土地上。也和「皮帽子」一樣，他在一本又一本的書中出現，宛如今天的印第安納·瓊斯（Indiana Jones）的原

型。

哈嘉德總共寫了三十四本浪漫歷險故事，最有名的是《伊人》（She, 1887），說的是一位美麗而不朽的女王（Queen of Kor）。他深為非洲歷史上，無數的朝代與偉大的文明所吸引，所以他把大部分小說的背景都設在非洲。但是在素有「王冠上的珠寶」之稱的印度，帝國的影響更加深遠。十九世紀快結束時，印度也出現吟遊詩人了。吉卜齡（Rudyard Kipling, 1865-1936）於1889年出版的《歌曲類纂》（Departmental Ditties）、《山中的平凡故事》（Plain Tales From the Hills）與《三個士兵》（Soldiers Three），將這位出身印度的邊疆人帶進意想不到的生活中。當吉卜齡於1890年回到英國時，他已經寫了七本書，並且廣受歡迎了。

儘管吉卜齡可算得上是「幼稚的主戰派詩人」，但他的確是當時最傑出的作家之一。他得過諾貝爾獎，所寫的書在

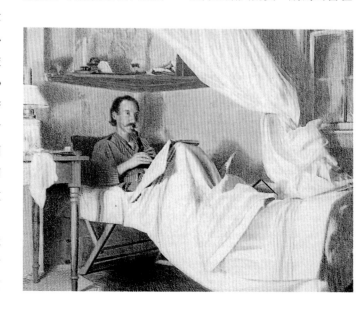

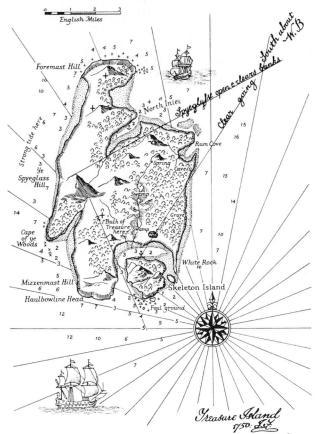

Given by above J.F. & Mr W Bones, Maite of Ye Walrus Savannah this twenty July 1754 W.B.

Facsimile of Chart; latitude and longitude struck out by J. Hawkins

英國賣了七百萬本，在美國更有八百萬本的佳績。他創造了莫格理（Mowgli）與湯米（Tommy Atkins）兄弟，吉姆（Kim）以及象群中的土邁（Toomai）等角色。《叢林故事》（The Jungle Book, 1894）、《勇敢的船長們》（Captains Courageous, 1897）、《吉姆》（Kim, 1901）與《正是如此的故事》（The Just So Stories, 1902）等作品，則是透過印度的種種奇觀，顯現它們的光輝，並且激發無數英國孩童的想像力。他筆下寫的是平常時的印度、士兵與人民。他瞭解苦力、街道、叢林、軍營與蒸汽船上的工程師。

吉卜齡有許許多多的跟隨者，像是亨逖（G.A. Henty, 1832-1902），他也針對童書市場寫了一百本書，其中包括《和克利夫在印度》（With Clive in India, 1884）與《和寇特茲在墨西哥》（With Cortez in Mexico, 1891）。還有後來成為加拿大總督的布彰（John Buchan, 1875-1940），他寫過蘇格蘭、印度與非洲的冒險傳奇，其中最成功的有《普雷斯特·約翰》（Prester John, 1910）與《三十九步》（The Thirty-Nine Step, 1915），後者是一部令人毛骨悚然的戰時間諜小說，講的是帝國的冒險家韓奈（Richard Hannay）死裏逃生的故事。

大英帝國最偉大的小說家，可不是在英國出生的人。康

在《金銀島》的導言中，斯蒂文森為本書畫了一張地圖（左圖）。「或許這張地圖不像故事中來得大，但重要性絲毫不減。作者必須對他筆下的世界瞭如指掌，無論它是真實的還是想像的；距離也好，周圍環境也罷，甚或是日出的地點、月亮的行徑，都必須達到無可挑剔的地步。」

拉德（Joseph Conrad, 1857-1924）生於烏克蘭的喬塞夫·科詹尼歐斯基（Josef Korzeniowski），他的父母是波蘭人，後來他搬到法國，然後又加入英國的商船隊。他尋著帝國的世界航線，從馬來西亞到南美，再由東印度群島到剛果，在他成為作家之前，就是這樣過了二十年的航海生活。他早期的小說，像是《阿爾邁耶的愚蠢》（Almayer's Folly, 1895）與《一個在群島上的流浪漢》（An Outcast of the Islands, 1896）的背景，就設定在馬來亞的阿奇皮拉哥（Archipelago）與太平洋上。他的中篇小說《黑暗之心》（Heart of Darkness, 1899），是與掠奪非洲有關的寓言，結尾就是在「恐怖至極」的剛果。《諾斯特羅莫》（Nostromo, 1904）則審視了對南美原料市場的覬覦。在帝國與海軍的責任與忠誠背後，是黑暗的陰影與無止盡的曖昧提示，還有巧妙的文學技巧，這些形成了康拉德作品的整體風貌。

此時，太陽開始在大英帝國的疆土上落下，波爾戰爭也進入尾聲。到了1920年代，如福斯特（E.M. Forster）與歐威爾（George Orwell）等作家，對帝國任務的批評更是與日俱增。到了今天，一個世紀前還買得到塗有粉紅色的帝國地圖，已經消失或褪色了。現代的觀點排斥這樣的作品，它也因而失去它的意義。帝國變得含糊不清。吉卜齡或許是高唱「白種人負擔」的詩人，但也是帝國不確定性的探索者，他瞭解自己得去挑戰其他惺惺作態的維多利亞人。此時帝國有了反擊，重新加入的後帝國時期（post-imperial）英國人，開始形成英國文化中的一部分。有件不該忘記的事，帝國擁有廣大領土的國力，無論這是真實的還是幻想的，都融入英國人的想像力——它繼續在奧妙的歷史中發揮作用。

康拉德（上圖）的作品背景大部分都設定在船上，或是在橫越帝國海疆的海上世界中。

愛爾蘭文藝復興

地方意識總是支配著愛爾蘭。「你是那裏人？」一直是這個國家通行的詢問。土地支撐一切。愛爾蘭三面環海，另一面則與虎視眈眈的強國為鄰，這裏的土壤就是生存的表徵。生命與土地交織為愛爾蘭最大的身分認同。在愛爾蘭文學中，描寫土地的傳統，以自然世界為始，並且優雅的與時俱變；到了十九世紀末，愛爾蘭的文藝復興也隨之誕生了。這些高大的盎格魯—愛爾蘭窗戶，總是能望穿熱情的田疇。一千年前，住在石灰石蓋的修道院的僧侶們，在牛奶、蜂蜜、鮭魚與天空中發現上帝，他們用羽莖縛著獾毛寫下對祂的讚美。

當格雷戈里夫人遇見葉慈（上圖），她寫信給她的表妹，說他看起來像個「快餓昏的天主教助理牧師，他穿著破舊的黑衣，在他細長的脖子下，打了個大黑領結」。

因此，愛爾蘭的文學精神是從土地和與它休戚相關的人們發展而來；這樣的精神不唯是生存而已，而且似乎要達到永恆，從羅利特（Nobel Laureate）與西奈（Seamus Heaney）的北方詩就可看出。愛爾蘭的文藝復興和地主之間，有著曖昧不清的關係。擁有特權但不失關懷的地主，以及優越的後裔，顯示了流傳已久，也成為文化核心的口傳文化與神話。這樣極端模糊的關係，證明是一種能量的來源。就像輪耕一樣，繼浪漫與革命時期之後，文藝復興的契機也到了，此時，生於中部地區，並且一直流連城市沙龍的詩人，成為歌唱作家，而士兵也搖身一變，變成滔滔不絕的演說家。

這場復興運動，主要是得力於一位擁有鄉村體驗的城市人——葉慈（William Butler Yeats, 1865-1939），還有他的朋友格雷戈里夫人（Lady Augusta Gregory），他們兩位都是享有特權，能以英語交談的新教教徒，也都著迷於地位低下的本土文化——通常指的是操愛爾蘭語的天主教徒文化。葉慈在都柏林與倫敦長大，體內有源自母系的斯利果（the Pollexfens of Sligo）西北血統。他還是個孩子時，曾到斯利果探險，並且巧遇這些「矮小的民族」，這些如精靈般的能手，從賓·布爾班（Ben Bulben）裏的一扇門，飛過梅·伊芙（May Eve）的上空，到達諾克納里（Knocknarea）山頂，他們在那裏向梅伊芙女王（Queen Maeve）的石塚致敬。當葉慈青少年時，他漫遊在羅絲點（Rosses' Point）的海岸，他問漁夫與農人是否見過小精靈。年輕的葉慈著迷於家住里薩德爾（Lissadell），「窗戶都是向南」的「高爾—布斯」（Gore-Booth）姊妹（「這兩位女孩身穿絲質晨衣，都是美女」）。在這種出神的狀態下，他實現一種文化上的「貧民化」（slumming），他要紀錄被他這樣階層的人所統治的當地人，和他們之間所蘊藏的力量。住在茅草覆頂，泥土築牆的房子裏的人們，擁有以歐洲泛音（overtone）為主的古老傳說。這些傳說中，有沙沙作響的牲口，有發生於西部丈夫與妻子之間的戰爭，有偉大的棋賽，還有烏爾斯特（Ulster）的愛情故事。在他們的口中，低下的人們有了神韻與原創力。即使是在說英語的地方，透過文學翻譯，原本以蓋爾語為架構的傳說，也有了獨特的魅力。

此時對葉慈來說，他想在他的詩裏表達更多的藝術成份，他把對人民與其傳統的瞭解形諸文字。正當他需要盟友時，上天便賜給他一個。他拜訪一位稀有之士，也就是富有的上流階級，信奉天主教的地主馬丁（Edward Martyn, 1859-1923）。他向葉慈介紹他的一位鄰居，來自庫爾派克（Coole Park）的格雷戈里夫人。當這位嬌小的婦人遇到這位打著蝴蝶結的高大但卻茫然的男人時，愛爾蘭的文藝復興隨之誕生了。在羅斯康曼（Roscommon）的一次下午茶中，她告訴葉慈：「說來可憐，我們竟沒有一座愛爾蘭劇院。」這番話讓他有了夢想。他相信一個民族要是沒有自己的文學，根本算不上是完整的民族，他花了很長的時間，從愛爾蘭的古詩中，吃力地實驗文化的民族主義。打從格雷戈里夫人翻譯了某些神話，並鼓勵人們學習具有反抗意義的愛爾蘭語開始，在這對伴侶尚未結識之前，姻緣早就等在那裏了。

奧凱西如此描述格雷戈里夫人（左圖）：「她的身體混合了基督徒的虔敬與精靈般的矮小結實，她穿著一身莊重的黑衣，在長長的黑紗下，有著白皙的身軀。」——或許，她像露齒而笑的維多利亞女王。

愛爾蘭文藝復興的最大成就，是藉著教育與聯繫，讓當地的富人轉而支持文化。如果說庫爾派克是心，那都柏林就是頭了，這樣的可能性在愛爾蘭島上蔓延開來。很快地，各階層的作家都聚集起來。其中包括寫過阿蘭群島（Aran Islands）的辛格（John Millington Synge, 1871-1909）；以幻想世界遊走於現實與虛構之間的斯蒂芬斯（James Stephens, 1882-1950）；還有在瑪友（Mayo）擁有大廈，並在流放巴黎時寫下愛爾蘭住民小說佳作的莫爾（George Moore, 1852-1933）；筆名AE，專寫都柏林的天真與老練的拉塞爾（George Russell, 1867-1935）；以及劇作家奧凱西（Sean O'Casey, 1880-1964）。辛格在阿蘭島上找到

《西方世界的花花公子》（Playboy of the Western World, 1907）的場景：當地人告訴他，有個來自歐陸的人，在他以鏟子弒父之後，逃到這裏，並且藏在親戚家，島民收留了他，後來還送他坐船去美國。1907年，阿貝劇院（Abbey Theatre）的觀眾在演出此劇時發生騷動；因為愛爾蘭可沒有夠野蠻的人，可以去掩飾弒父的罪行，所以他們發出怒吼。當奧凱西在《犁和星》（The Plough and the Stars）裏，把妓女的角色和國旗同臺演出時，觀眾又喧鬧起來。儘管奧凱西知道，在都柏林擁有一處容身之處，對任何耕地上的居民都有相當大的意義。

葉慈和格雷戈里夫人定義了愛爾蘭的文藝復興。中世紀作家所喜愛的自然世界，也在這一波新的文學作品中被更新了。甚至於住在蓋爾威郡（County Galway）的葉慈，也與土地維持密切的關係；「有一座古老的橋，還有年代更加久遠的塔樓／有個可供遮風避雨的農舍／還有一處石質地的耕地。」

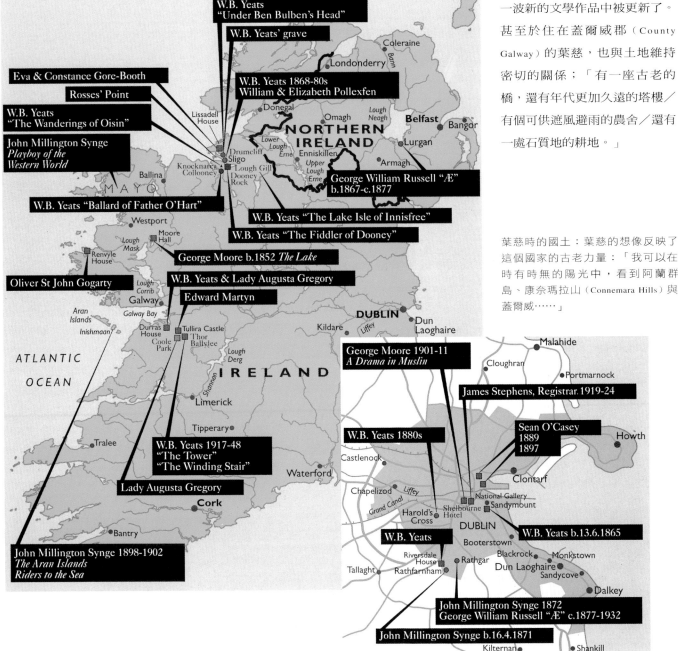

葉慈時的國土：葉慈的想像反映了這個國家的古老力量：「我可以在時有時無的陽光中，看到阿蘭群島、康奈瑪拉山（Connemara Hills）與蓋爾威……」

芝加哥的世界商品展覽會（1893）

　　或許沒有任何事物能像芝加哥世界商品展覽會（World Fair），展示出美國種種的現代成就。在發現新大陸的四百年後，美國人以一場「世界美國展覽會」（World Columbian Exposition）來慶賀。展覽地點在芝加哥，這是非常適當的選擇。1833年時，芝加哥還是祇有兩百五十人的小村子，但此時卻已迅速發展為全美第二大城（第一大城是紐約）。光是1870到1900年間，它的人口就成長五倍，成為超過百萬人的城市，其中大部是外地來的人。它是個商業城，是鐵路中心，也是全國最大的屠宰場，以及出入西部的交通孔道。然而到邊疆開拓的人，卻幾乎把印第安人趕跑了，這得歸功於1890年正式在芝加哥接軌的各幹線鐵路。北美大陸已經沒有甚麼多餘的空地，而且西部拓荒的年代也結束了。像芝加哥一樣的城市都受到衝擊，商業、工業、財富與移民的現代融合，造就了美國今日的真實風貌。

　　在建築師柏罕（Daniel Burnham）的監督下，世界美國展覽會會場的白色之城（White City），改變了芝加哥的面貌。四百棟臨時搭起的建築物，大部分具有新古典派（neo-classical）或藝術風格的特色，它們的位置就在人工開鑿的威尼斯式的礁湖與運河之間。愛迪生發明的白熱燈泡，照亮芝加哥的夜空，所需的電力由機器廳（Machinery Hall）裏的兩部發電機輪流供應。機器廳可以說是當時世界最大的建築物。數以百萬的人潮自四面八方來看展覽——一個美國優越技術的明證。

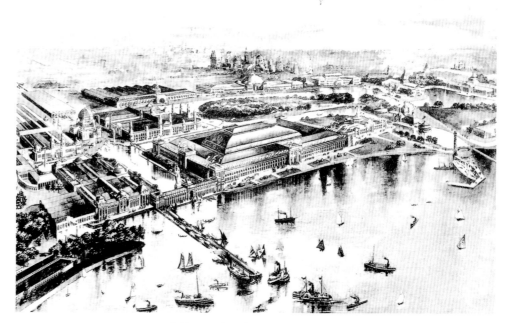

由於1893年芝加哥世界美國展覽會（上圖）的緣故，在密歇根湖（Lake Michigan）湖畔廣達七百畝的溼地上，矗立著一座龐大的白色之城。

　　這場展覽的標語是「讓文化嗡嗡作響」（Make Culture Hum!），這樣的企圖也顯示美國的文化潛力。為數可觀的作家與學者受邀前來參加大型會議。「芝加哥是美國整體思想的最佳表達。」歷史學家亞當斯（Henry Adams）以這句話表示他參觀後的印象。在此同時，另一位大史家特納（Frederick Jackson Turner），也在此地宣讀他著名的「邊疆論文」，他主張美國的特色是與西部遇合的結果，而當時西部的特色也同樣得力於美國。沒有甚麼能比「水牛比爾」（Buffalo Bill Cody）的「西部秀」（Wild West Show）更有看頭了，它顯示了「小大角」（Little Big Horn）與「受傷膝」（Wounded Knee）等戰役中，衣衫襤褸的倖存者。小說家也來了。年輕的德萊塞（Theodore Dreiser）寫下他對展覽的看法；寫實主義者嘉蘭德（Hamlin Garland）發表〈小說中的地方色彩〉（Local Color in Fiction），主張要把美國文學的全部能量，轉移到中西部——他即知即行，很快就搬來這個有「風城」（Windy City）之稱的芝加哥。

　　此時，一個非幻想的世界在城裏出現了。蓋在硬岩磐上，配置著電梯，樓層數多達十數層的平頂辦公大樓，矗立在環區（the Loop），散發出芝加哥風格。「它們是驕傲的、與天爭高的建築物。」芝加哥建築師蘇利文（Louis Sullivan）這麼說。有那麼多從歐洲來的觀光客，不可否認的，這是一個新的世界奇觀。市中心裏有大型百貨公司（Marshall Field）與銀行大樓。圍成啞鈴形的房屋，住著為數眾多的移民——這裏的

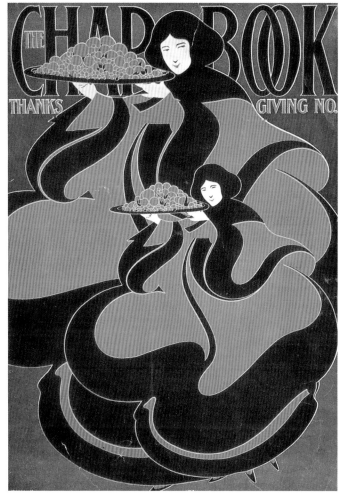

這是芝加哥地區的一份波希米亞雜誌,《龜裂之書》的感恩節號,封面插畫的作者是彼德斯萊,他接受委任為這本雜誌作一系列的設計。

波蘭人比華沙(Warsaw)多,猶太人也比立陶宛(Lithuanian)多。因此,社會問題也惡化了,珍·亞當斯(Jane Addams)創辦她的救濟之家(Hull House),而由城市社會學家所組成的「芝加哥學派」(Chicago School)也有了進展。

正如每個人都知道的,芝加哥是個商業發達的城市。但它也確實重視文化。觀念開通的贊助人,大手筆買下歐洲印象派畫作,稍後他們又蒐羅現代派的作品,充實美術館(Art Institute,創建於1879年)的館藏,直到今日,人們仍能在此看到大批的精品。1893年,洛克菲勒(John D. Rockefeller)創辦芝加哥大學,它也成為美國的重要學府之一。為這場展覽而興建的廉價出租公寓,加上多國語言的吸引,作家們紛紛來到這個城市,新的波希米亞開始蓬勃發展了。有一家名為「塞佛」(Cypher Club)的波希米亞俱樂部,「那裏絲毫不受格蘭蒂夫人(Mrs. Grundy)的擺佈」,還有一本叫做《龜裂之書》(The Chap Book)的波希米亞雜誌。《芝加哥論壇報》(Chicago Tribune)與其他報社,吸引一流的新聞記者前來,其中有亞德(George Ade)、亞當斯(F.P.A. Adams)與杜恩(Finlay Peter Dunne),後者就是頑固的「杜雷先生」(Mr. Dooley)的創造者。

有了這些人與事的幫助,自1893年起,芝加哥也在文學地圖上有其地位了。身兼銀行家與小說家的富勒(Henry Blake Fuller, 1857-1929),出版了《住在懸崖邊上的人》(The Cliff-Dweller),故事繞著一棟辦公大樓打轉,同一年,他又出版另一本書《天窗之下》(Under the Skylights, 1901),講的是芝加哥裏波希米亞人的故事。德萊塞寫了《嘉莉妹妹》(Sister Carrie, 1900),故事中的嘉莉為求成名不惜出賣身體,書中將芝加哥描寫成肉慾橫流的地方,這比任何人的愛情故事都要來得刺激。在芝加哥出生的諾里斯(Frank Norris, 1870-1902),則在《陷阱》(The Pit, 1903)一書中,探索世界最大的芝加哥交易所

諾里斯在《陷阱》中,詳加描述芝加哥交易所(下圖)翻雲覆雨的能力,如何摧毀人們的生活。

CHICAGO BOARD OF TRADE

（the Chicago Board of Trade）的小麥買賣。辛克萊（Upton Sinclair, 1878-1968）的《叢林》（*The Jungle*, 1903），紀錄猶太區裏立陶宛人的生活，以及生活條件嚴苛的畜欄世界。他寫下「不但機器可以，連應用數學也可以拿來屠宰豬肉」的名言，改變了美國的食物法則。

隨後的二十年裏，這座城市體驗到所謂的「芝加哥文藝復興」（Chicago Renaissance）。小說家如富勒、德萊塞、諾里斯、戴爾（Floyd Dell）與安德森（Sherwood Anderson），詩人像桑德堡（Carl Sanderburg）、林賽（Vachel Lindsay）與馬斯特斯（Edgar Lee Masters），都以芝加哥為寫作對象。1912年，家財萬貫的女性保護人孟洛（Harriet Monroe）開始資助《詩刊》（*Poetry*），有作品發表的不僅是桑德堡和林賽，也有新銳的實驗派詩人斯蒂文斯（Wallace Stevens）與艾略特（T.S. Eliot）。一年之後，安德森（Margaret Anderson）也同樣在芝加哥辦了一份性格鮮明的雜誌《小評論》（*Little Review*）——儘管稍後它就遷到巴黎出版了。

在文壇上，芝加哥也是全美第二大城。1912年，安德森（1876-1941）離開他位於俄亥俄州伊立里亞（Elyria）的油漆工廠，加入芝加哥作家與藝術家的波希米亞，這些人包括戴爾、波登海姆（Maxwell Bodenheim）與區特（Ben Hecht）。他在此寫了《俄亥俄州瓦恩斯堡鎮》（*Winesburg, Ohio*, 1919），這是一個與中西部有關的故事，它也是一部受到斯泰因（Gertrude Stein）與芝加哥美術館展出的兵工展所影響的實驗性作品。他影響許多1920年代的現代派作家，

在1890年代時，作家都匯集至芝加哥，他們絕大部分受到芝加哥紛紛竄起的報社所資助。上圖依順時針方向，從左上依序為辛克萊、桑德堡、孟洛與德萊塞，他們不是在當時芝城的二十四家報社，或兩百六十份週刊其中之一做記者，就是在裏頭擔任編輯。

有了世界級的工具，
豬隻大量被宰殺，
小麥成堆收割，
鐵路與貨物得以調度；
這座城市粗暴的、
壯碩的、喧譁的，
站在巨人的肩膀上：
他們告訴我，你是邪惡的，
而我相信了，因為我看到
在煤氣燈下勾引農場少年
的濃妝艷抹的婦人……

～桑德堡，《芝加哥》

諸如海明威等，而海明威的家就在芝加哥郊區的橡樹公園。芝加哥出生的法雷爾（James T. Farrell, 1904-79），在《斯塔茲·朗尼根》（*Studs Lonigan*）三部曲（1932-35）中，敘說一個南方生活的自然主義式的寓言故事。賴特（R. Wright）是一位在1920年代來自南方的黑人作家，他將自己在密西西比的生活經驗寫進《土生子》中。

芝加哥的作品，一如這個城市本身，通常給人一種粗糙、艱難與重物質的感覺。它從來不像紐約那樣的複雜，也不像格林威治村一般有實驗風格，它的文化比較像波士頓，一樣有著自然主義風格，或者說它是受到中西部的田園景致、民風和方言的影響。芝加哥作家經常到別的地方，如海明威遠至歐洲，儘管如此，他筆下的故事仍舊是芝加哥與密歇根森林。斯蒂文斯也寫過：「芝加哥是如此現代，如此平易，如此毋須沈思。」有一種主要的寫作風格的發展，與這個城市息息相關；到了今天，芝加哥也是小說祭酒，貝洛（Saul Bellow, 1915-）的棲身之處，他在《教長的十二月》（*The Dean's December*, 1982）中，詳細地描寫這個後現代的城市。芝加哥的世界商品展覽會，曾提出要讓芝加哥文化嗡嗡作響的口號。它的確做到了。

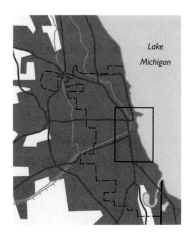

一八九〇年代的芝加哥：在十九世紀末、二十世紀初時，芝加哥沈浸在短暫的文學復興之中。作家專注於描寫勞工階級與街頭通行的口語。德萊塞在《嘉莉妹妹》中，表現環區周圍的景況，法雷爾則把《斯塔茲·朗尼根》三部曲的背景，設定在他住的波希米亞區裏。

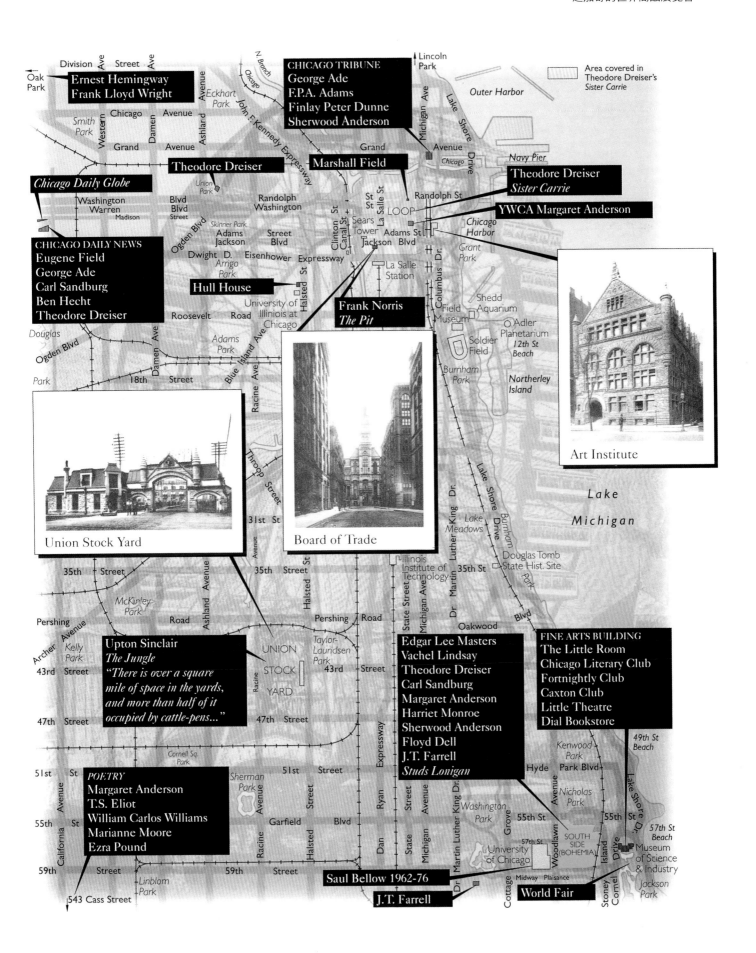

Area covered in
Theodore Dreiser's
Sister Carrie

Division   Street
Oak
Park
Ernest Hemingway
Frank Lloyd Wright

N. Branch
Chicago

CHICAGO TRIBUNE
George Ade
F.P.A. Adams
Finlay Peter Dunne
Sherwood Anderson

↑ Lincoln
Park

Outer Harbor

Chicago   Avenue
Smith
Park
Western   Damen   Ashland
Grand   Avenue

Eckhart
Park

John F. Kennedy Expressway

Grand
Avenue
Michigan Ave
Lake Shore Drive
Chicago

Navy Pier

Theodore Dreiser

Marshall Field

Theodore Dreiser
Sister Carrie

YWCA Margaret Anderson

Chicago Daily Globe
Washington   Union
Warren   Park
Madison

Blvd   Randolph
Blvd   Washington
Street

Clinton St   St
Canal St   La Salle St
Randolph St

LOOP

Chicago Harbor

CHICAGO DAILY NEWS
Eugene Field
George Ade
Carl Sandburg
Ben Hecht
Theodore Dreiser

Ogden Blvd
Adams
Jackson
Street
Blvd

Dwight D.
Arrigo   Eisenhower   Expressway
Park

Sears
Tower   Adams St
Jackson Blvd

Columbus Dr.   Grant
Park

Field   Shedd
Museum   Aquarium
O Adler
Planetarium   12th St
Soldier   Beach
Field
Burnham
Park   Northerley
Island

Hull House

Halsted St
La Salle
Station

Frank Norris
The Pit

University of
Illinois at
Chicago
Roosevelt   Road

Douglas
Ogden Blvd
Park   18th   Street

Damen Ave
Adams
Park
Blue Island Ave
Racine Ave

Throop Street

31st St

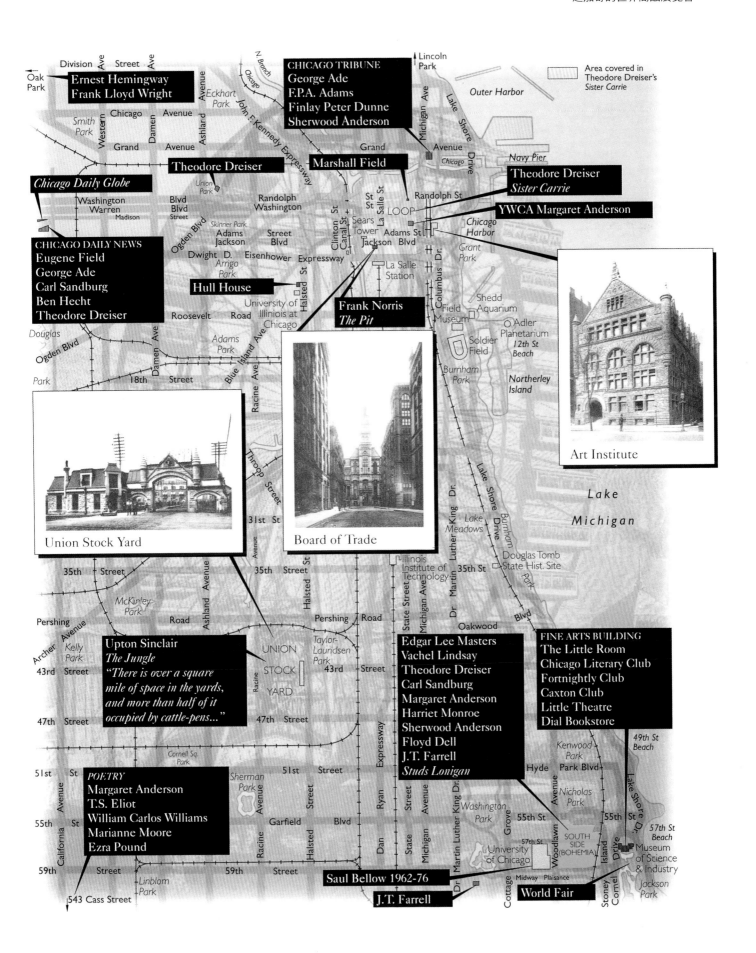
Union Stock Yard

Board of Trade

Art Institute

Lake
Michigan

Lake Meadows
Lake Shore Dr.
Burnham Park Dr.
Douglas Tomb
State Hist. Site

Illinois
Institute of
Technology
35th St
Dr Martin Luther King Dr.
Park   Blvd

35th   Street

35th   Street
Halsted St
Ashland Avenue

McKinley
Park
Pershing   Road

Pershing   Road
State Street
Michigan Ave
Oakwood

Pershing
Archer Avenue
Kelly
Park
43rd   Street

Upton Sinclair
The Jungle
"There is over a square
mile of space in the
yards, and more than half of it
occupied by cattle-pens..."

UNION
STOCK
YARD

Taylor-
Lauridsen
Park
43rd   Street

Racine

Dan Ryan Expressway

Edgar Lee Masters
Vachel Lindsay
Theodore Dreiser
Carl Sandburg
Margaret Anderson
Harriet Monroe
Sherwood Anderson
Floyd Dell
J.T. Farrell
Studs Lonigan

FINE ARTS BUILDING
The Little Room
Chicago Literary Club
Fortnightly Club
Caxton Club
Little Theatre
Dial Bookstore

47th   Street

47th   Street

49th St
Beach

Cornell Sq.
Park

Kenwood
Park
Park Blvd
Hyde

51st   St
51st   Street

Sherman
Park

51st   Street
Halsted St
Racine Avenue

State Street
Michigan Ave

Nicholas
Park

Kenwood Ave
Hyde Park Blvd
55th St

Lake Shore Dr.

POETRY
Margaret Anderson
T.S. Eliot
William Carlos Williams
Marianne Moore
Ezra Pound

California Ave
55th   St
Garfield   Blvd

Washington
Park
55th St

57th St
Beach

Linblom
Park
543 Cass Street

59th   Street
59th   Street

SOUTH
SIDE
(BOHEMIA)

University
of Chicago
Midway Plaisance
Dr Martin Luther King Dr.

Woodlawn Ave
Cottage Grove
Stoney Island Ave
Cornell Ave
Jackson
Park

Museum
of Science
& Industry

Saul Bellow 1962-76

J.T. Farrell

57th St

World Fair

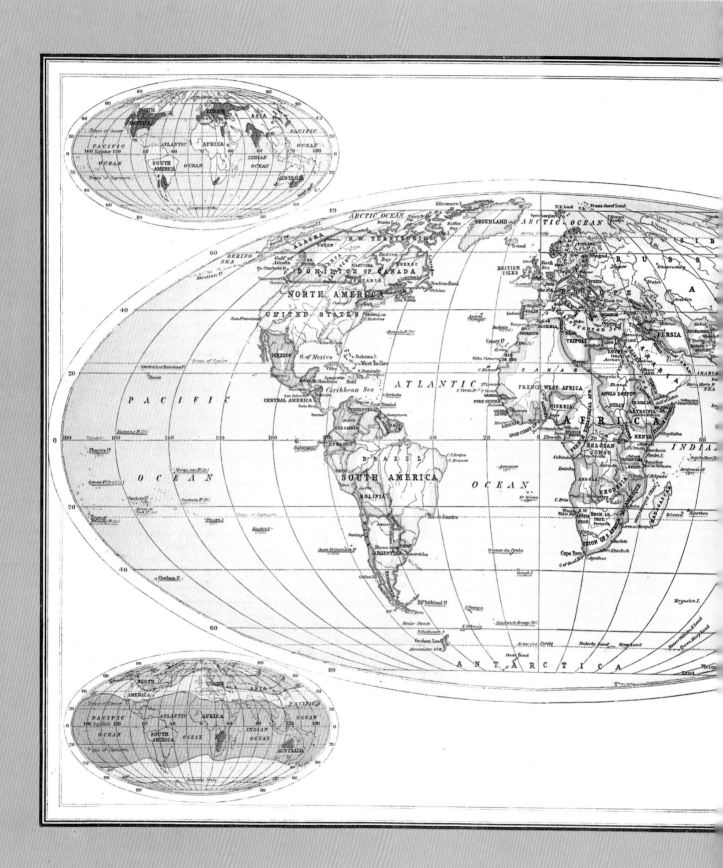

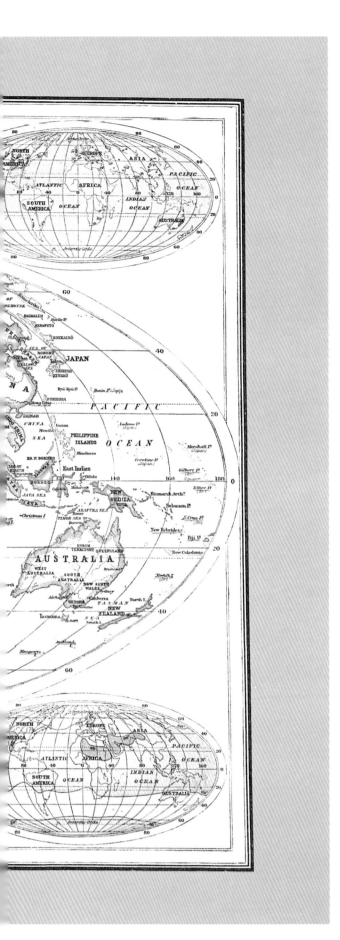

第六部
現代世界

在二十世紀來臨之前，人們就已經預見它的情形了。它是個「現代世紀」，在各方面——科學與技術、醫學與心理學、建築與發明——都有快速而偉大的發展，這些事物也改變人類的生活條件。十九世紀的最後幾年內，變化相當劇烈，甚至改變人們對現實的感受。新的世紀送出種種奇蹟（內燃機、膠卷、X光、動力飛行），藝術很快受其影響，也挑戰先前對實體與表徵的種種觀念。1914年以前，在許多充滿藝術實驗的城市中，抽象派（Abstraction）、立體派（Cubism）與未來派（Futurism）的機械藝術紛紛出現了。然而此時，現代革命第一次進入歐洲，未幾便是第一次世界大戰。歐洲許多帝國——奧匈帝國（Austro-Hungary）、俄國、德國——不是崩潰瓦解，就是目睹革命的進行。國際地圖再度有了變化。歐洲與世界力量的新均勢到來了，新的意識形態——布爾什維克主義（Bolshevism）——以其自身的看法重新詮釋歷史。在這個過程中，的確發生了兩次的「現代」革命：首先是1914年以前，相對的樂觀主義式的革命，其次是1918年後，讓人更加絕望的革命，那時由於戰爭帶來永無寧日的感覺，以致人心浮動不安，騷動看來還會持續下去……。

英國的地圖製作師哈姆華斯（Harmsworth），以《新地圖》（New Atlas）為憑藉，畫出這份政治地圖，圖上所示的世界迥異於第一次世界大戰以前所見者，它出現新的疆界與國家。

維特根斯坦時的維也納

馬格里斯（Claudio Magris）在其才華洋溢的《多瑙河》（*The Danube*, 1986）一書中，試圖捕捉世紀之交時，美麗的維也納全盛時期的精神。他到「中央咖啡館」（Cafe Central），那裏有一尊阿爾騰堡（Peter Altenberg）的傀儡，在現代主義風行的早年，他總是坐在那裏寫詩，這個習慣迄今未改。托洛斯基（Leo Trotsky）——那時他

在1930年代晚期，維特根斯坦（上圖）是眾多離開維也納，逃往國外的奧地利作家之一。

化名為布倫斯坦（Bronstein）——也在這裏寫作，他計畫在俄羅斯發動革命。克拉夫特—艾賓（Richard von Krafft-Ebbing）也來了，毫無疑問地，他是要檢視人類心靈中，與性有關的種種扭曲；還有穆齊爾（Robert Musil），他來此觀察活生生的現代人，好作為《沒有個性的人》（*The Man Without Qualities*, 1930-43）的寫作素材。如同馬格里斯所說，中央咖啡館告訴我們，維也納偉大的現代時刻的真相，就是一場演出——它有如劇場，不斷上演真實與虛幻交織的情節。維也納過去便以幻想著稱。即使是藍色多瑙河，就算在維也納，它一點也不藍，也並非真的流經維也納，儘管如此，它依然是讓維也納得以成長的河道。

不知是甚麼原因，使維也納成為現代大城，即使現在看來，仍是不得其解。在1914年前，火炬仍照耀著霍夫堡（Hofburg），哈布斯堡王朝（Hapsburg）的皇帝約瑟夫（Franz Josef），掌理著版圖遠至亞德里亞海（Adriatic），擁有多元文化的奧匈帝國。帝國控制了中歐的樞紐。霍夫堡與社交活動所在的環街（Ringstrasse），顯示出這座城市的輝煌之處，以及它所擁有的文化。然而在1890年5月1日，最早一批的社會主義者沿著普拉特路（the Prater）遊行，某些事就這麼部分成形了。根據茨威格（Stefan Zweig, 1887-1939）的報導，許多人認為維也納會付之一炬。1895年，某次漫步於維也納森林時，年輕的佛洛伊德（Sigmund Freud, 1856-1939）醫生解開神祕的夢境。在位於柏格西（Berggasse）十九號的諮詢室裏，他開始使用「談話治療」（talking cure）的方法，也發表對於現代人的焦慮（Angst）理論。1900年時，他的第一本著作《夢的解析》（*The Interpretation of Dreams*），促使二十世紀文明向它潛在的不滿展開。

1897年是關鍵的一年。年僅三十七歲的馬勒（Gustav Mahler），被選為歌劇院（the Opera House）的一員，他開始扭轉莫札特、貝多芬、華格納（Wagner）、史特勞斯（Strauss），與具有

非常維也納風格的賴哈爾（Franz Lehar）以來的傳統。荀白克作品的首演，也是在同一年。在建築師華格納（Otto Wagner）與路斯（Alfred Roos）的影響下，維也納的市容有了變化，並且引進現代化的大眾運輸系統。在1897年時，為了對新近蓋好，充滿濃厚巴洛克（Baroque）風格的環街表示反感，這些後起的建築師與支持他們的年輕畫家，發起分離運動（Secession Movement）。他們用一年的時間蓋好別具風格，能表現分離主張的建築物，並且出版了《薦骨》（*Ver Sacrum*）。此時，「新潮派」（Jugendstil，法國人稱為Art Nouveau）改變了維也納的街道風貌——譬如藝廊也展出像席勒（Egon Schiele）、可可西卡（Oscar Kokoshka）與克林姆特（Gustav Klimt）等人，帶有新的華麗色彩和半抽象設計的作品。

部分的原因在於，維也納是幅員廣大的帝國文化與語言的中心，它向來就是作家、音樂家與藝術家的城市。在轉變的時期裏，這一點較從前更加真實。其中的關鍵人物有霍夫曼斯塔爾（Hugo von Hofmannsthal）、施尼茨勒（Arthur Schnitzler）、巴爾（Hermann Bahr），以及詩人兼評論家茨威格。從早歲起，出生於維也納的霍夫

左圖是穆瑟（Kolomon Moser）所畫的一張海報，這是為了宣傳分離運動所辦的雜誌《薦骨》，這本雜誌要為現代藝術中的「神聖任務」而戰。這張海報的設計可說是新興的新潮派典型。

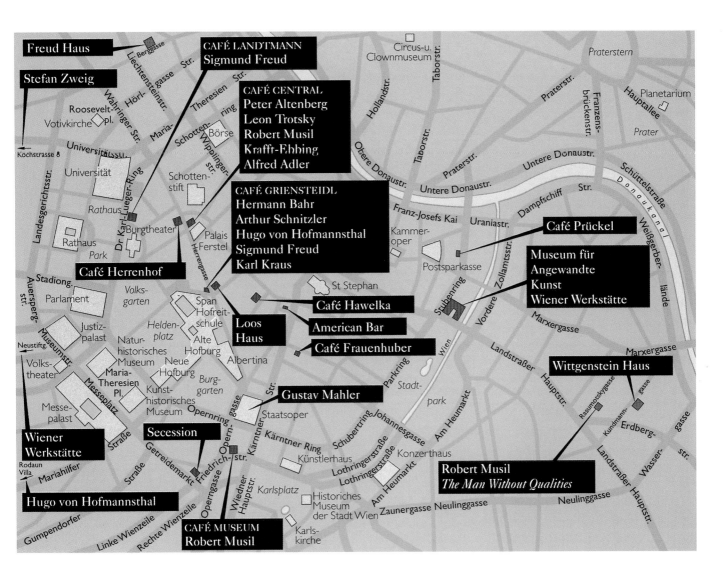

CAFÉ LANDTMANN — Sigmund Freud
Freud Haus
Stefan Zweig
CAFÉ CENTRAL — Peter Altenberg / Leon Trotsky / Robert Musil / Krafft-Ebbing / Alfred Adler
CAFÉ GRIENSTEIDL — Hermann Bahr / Arthur Schnitzler / Hugo von Hofmannsthal / Sigmund Freud / Karl Kraus
Café Herrenhof
Café Hawelka
American Bar
Café Frauenhuber
Loos Haus
Gustav Mahler
Secession
Wiener Werkstätte
Hugo von Hofmannsthal
CAFÉ MUSEUM — Robert Musil
Café Prückel
Museum für Angewandte Kunst / Wiener Werkstätte
Wittgenstein Haus
Robert Musil — *The Man Without Qualities*

曼斯塔爾（1874-1929）就是實驗派詩人、劇作家與卓越的評論家，他能捕捉現代的精神，也能掌握藝術與社會的衝突。他持續不輟的為當時以性格暴虐聞名的史特勞斯（Richard Strauss）創作歌詞，1912年，他寫了《每一個人》（*Everyman*）這齣神祕劇。然而，使霍夫曼斯塔爾得享盛名的，是《張德斯之信》（*Chandos Letter*, 1902），他把語言和思想的現代危機意識，化成美麗的文字。這本書是非常維也納的，把當時維也納的許多思想家——從馬赫（Ernst Mach）、克勞斯（Karl Klaus）到維特根斯坦（Ludwig Wittgenstein）——對實體的焦慮精煉出來了，並基這樣的成果留給經常在文字上緘默的二十世紀。

施尼茨勒（1862-1931）是位醫生，也是劇作家，他筆下證明了一個不同的維也納——他捕捉它中產階級的性愛傾向、神經過敏的感覺，還有它本身的紛爭。當時他最有名的作品，也是後來改拍成電影的《輪舞》（*Reigen*, 1903），書中透露在維也納許多不同階層間，永無止盡的性關係。然而在《古斯特少尉》（*Leutenant Gustl*, 1901）裏，他把「內心獨白」（interior monologue）的技巧帶進小說世界。到了《貝恩哈迪教授》（*Professor Bernhardi*, 1912），他更寫出世代之間的衝突。佛

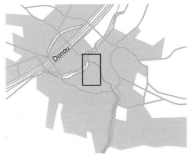

世紀交替下的維也納：新舊世紀交替下的維也納，大的咖啡館成為這座城市的會議室。作家、哲學家與藝術家全都在此碰面——不是在中央咖啡館，就是在格林德斯泰爾（Griendsteidl）咖啡館——他們的閒聊與創作，使維也納成為一座現代之城。

洛伊德在寫給施尼茨格的信中，視他為在受到「蔑視與毀謗的性慾」調查中的夥伴。在二十世紀初期，維也納的焦慮並不僅是在哲學與語言上，也出現在性慾中，那就是身體與本我（Id）的危機。

有助於現代化發酵——在所謂的傳統中，強調感情的維也納，此刻似乎必須特殊化了——的是思想與感性地圖正在改變，把現代推進到一個明確而特殊的狀態。來自捷克的波希米亞猶太人，克勞斯（1874-1936），將現代化的鬥爭帶進他主編的《火炬》（*Die Fackel*），這是他於1899年創辦的期刊，一共發行九百九十二期。雜誌裏充滿對偽善與蠢事、感傷的

文學中的「青年維也納」(Young Vienna)運動，成為一種維也納的生活方式。也就是說，它大部分是在咖啡館裏醞釀出來的——最早是在格林德斯泰爾咖啡館，右圖是伏克爾(Reinhold Volkel)的作品，描繪出這間咖啡館在1890年時的情景，接著他們移師到赫倫荷夫(Herrenhof)咖啡館，與受阿爾騰堡控制的中央咖啡館。

傳統主義與軍事化官僚的攻擊，因為當時的維也納與奧地利，仍然是在帝國的統治之下。這份雜誌到了1918年就停刊了，但克勞斯還是針對第一次世界大戰與其結果，寫了一部諷刺意味十足的劇本，《人類的末日》(The Last Days of Mankind, 1922)。

還有其他必須提到的名字，因為不祇是像克勞斯這樣的人寫過大戰的故事。影響廣大的《夢遊者》(The Sleepwalkers, 1932)與散文詩《維吉爾之死》(The Death of Virgil, 1946)的作者布羅赫(Hermann Broch, 1886-1951)，還有在《沒有個性的人》裏，描寫1913-14年之間，帝國末年時，維也納人千篇一律的生活的穆齊爾(1880-1942)，以及著有《沒有終點的飛行》(Flight Without End, 1927)與《拉德茨基進行曲》(Radetsky March, 1932)，來自加里西亞(Galicia)的猶太人魯特(Joseph Roth, 1894-1939)。

此外，也得提到維特根斯坦(1889-1951)——他那富有的父親，資助興建分離主義者的建築作品——他與年輕時的希特勒(Adolf Hitler，這位原本可能走上畫家一途的人，後來為了反抗在世界大戰後挫敗的屈辱，竟改變了整個世界)，曾就讀同一所學校，他在戰前到劍橋從羅素(Bertrand Russell)習哲學，之後返國在一所初等學校任教，並成為一位建築師。他位於昆德曼巷(Kundmann-gasse)的住宅，目前仍矗立在那裏。他註定要去探索的事物，不僅是語言的侷限，還有世界的諸般限制。他回到劍橋繼續研究，並在

心理分析(psychoanalysis)的研究，奠基於佛洛伊德(上圖)，這是舉世公認的事。

1922年完成《邏輯哲學論》(Tractatus-Logico-Philosophicus, 1922)，成為一位偉大的哲學家。

到了1930年代，到處都可見到機場。本身算得上是一位藝術家的希特勒，於1938年回到德國；赫爾登廣場(Heldenplatz)上，擠滿熱血沸騰的群眾。佛洛伊德逃到倫敦，魯特至巴黎，布魯赫遠去耶魯。茨威格在南美自殺，許多人都消失在納粹滅絕猶太人的集中營。無聲的掛念成了歷史事實。經過1945年的重建後，今天的維也納又恢復美麗的城市舊觀。它擁有偉大的建築、博物館與藝廊，其中展現的，不僅是主要的創見與現代的焦慮，同時也透露出它最深沈的悲劇。

歷經過去許多階段，包括舊帝國的都城、環街的新城、分離主義時的維也納、佛洛伊德的維也納、合併時期(Anschluss)與流亡的城市，以及佔領時期的城市之後，維也納現在依然綻放光芒。它的過去，包括了教授學者、作家、咖啡館與文化爭論，今日依舊可見。在偉大而莊嚴的歐洲，與另一個更加分裂的歐洲之間，鴻溝仍然存在，這樣的世界並非歐洲人所期待的；而從文化熔爐出來，必須跨越各國邊界到達某個城市的過程，也還在進行中。

直到1918年，奧地利宣告覆亡之前，它的力量和藝術還在擴展。甚至是喬伊斯(James Joyce)以戰前特里斯特(Trieste)為背景的《尤利西斯》(Ulysses)，也是在奧地利的領土內寫成的。布達佩斯(Budapest)是奧匈帝國的一座大城，它在建築與藝術上的想像，幾乎完全受到維也納的刺激，1896年，匈牙利為了千禧慶典，在建築物、公園與河岸風景上，全盤照抄維也納的風格。布達佩斯簡直就像是鏡子裏映照出來的都城。然而，真正的雙子城或許不是在布達佩斯，而是在布拉格(Prague)……

卡夫卡時的布拉格

布拉格，這座位於上匈牙利王國（Upper Hungarian Kingdom），跨越伏爾塔伐河（the Vltava）的光榮古都，不但是「千座黃金尖塔之城」，也是「東方的都柏林」。語言和文化在中歐造成的摩擦，甚至要大過維也納，這裏有捷克人與斯洛伐克人（Slovaks）、德國人與猶太人。布拉格一向就有新教徒與天主教徒、瑞典人與奧地利人。它既是首都也是行省，是教育中心，是傳說、寓言與歷史之城，也是工藝之城。它別具一格的猶太區（Josefov），住著世界上最富有、觀念最根深柢固的猶太人，那裏仍維持著煉金術士與金匠的遺風。布拉格曾經擁有世上最雄偉的城堡之一，它座落在拉德卡尼山（Hradcany）上，雖然祇被少數人控制過，但它還是在自然的狀態中傾圮了。到了1890年代，布拉格祇能聽令兩個衝突中的歐洲都城，也就是維也納與柏林。當時在它的人口中，有二萬五千個猶太人，說德語和說捷克語的各佔一半。

卡夫卡（上圖）的作品，呈現出布拉格的四海一家的精神。

「**如**果我回顧我的故鄉布拉格，在這個世紀初的情形，它那在文化與風俗習慣上不可思議的融合，以及包括卡夫卡、里爾克、哈謝克、韋爾弗、愛因斯坦、德弗乍克（Dvorak）與布羅德（Max Brod）等偉大人物，在在讓我驚奇不已。」當今布拉格最重要的作家之一，克里瑪（Ivan Klima）如此說到。然而，他也補充說，布拉格的歷史並非僅由文化上的洶湧波濤所構成，「它也有一段仇恨、激烈與血腥衝突的過去」，這也納進當時的文學作品中。布拉格出過許多相當知名的作家，像是里爾克（Rainer Maria Rilke, 1875-1926）——奧登（W.H. Auden）說他是「孤獨的聖誕老人，也是個靜不下來的旅行者」——1896年時在巴黎住過一段時間，然後搬到特里斯特附近的杜伊諾堡（Castle Duino），他在那裏寫下鉅著《杜英諾悲歌》（Duino Elegies, 1923）。韋爾弗（Franz Werfel, 1890-1945）在戲劇、小說與詩的領域中，允為表現主義（Expressionism）的領導作家。在納粹執政的那幾年，他被迫流亡國外，最後在好萊塢渡過餘生。在1920年發表的劇作R.U.R.裏，

右圖是卡夫卡位於黃金廣場（Zlata ulicka）二十二號的家，他在1916到17年間住在這裏，這棟房子現今仍在。

創造了機器人角色的卡佩克（Karel Capek, 1890-1938），在共和初建時，在歐洲四處旅行，但最後他還是回到布拉格。

真正主導現代早期布拉格文壇的作家，是卡夫卡（Franz Kafka, 1883-1924）與哈謝克（Jaroslav Hasek, 1883-1923）。卡夫卡的作品確實有兩次遭到排除的命運，首先是德國人因他的猶太人身分而排擠他，接著共產黨又因他的作品，造成二十世紀的「卡夫卡現象」而封殺他，因為這些作品對共產黨自身形成的特殊極權主義構成威脅，儘管如此，他最後並沒有變成政治作家，舉個例子，他在1914年8月2日的日記中寫到：「德國對俄國宣戰了——今天下午游泳。」然而他的現代性，卻讓他相當成功地均衡政治與精神的危機。卡夫卡的父親赫爾曼（Hermann），是一個來自波希米亞鄉間的猶太人，他放棄捷克語，改說德語，並且成為成功打進猶太區核心與舊城廣場（Staromestske namesti）一帶的布拉格雜貨商。

這個因罹患結核病而虛弱不堪的兒子，竟然與他敢作敢為的父親作對，他的目的是要顯示最個人，也是最普遍的現代反抗精神。卡夫卡在布拉格德國大學（Karolinum）唸書，並且取得法學博士學位。他的父親逼他到奧匈帝

國政府的保險局做事，然而他卻偷偷溜到阿可咖啡館（Café Arco），尋找他的作家同夥，其中包括他大學時的朋友布羅德。與其他作家不同的是，除了幾次到維也納、柏林與波希米亞溫泉區的重要旅行之外，卡夫卡大部分的時間都待在布拉格。「這個小母親是長著爪的」，他這麼形容布拉格。他沒有離開，而是選擇自我放逐。在

哈謝克諷刺奧地利軍方與戰爭的作品，《好兵帥克》（上圖是摘自書中的插畫），靈感來自作者在第一次世界大戰時服役的經驗。

布拉格的勞倫茲堡山（Laurenziberg Hill），他釐清他的文學野心。「讓我成為作家的命運是很簡單的，」他解釋說，「我描寫如夢一般的內在世界的才能，會把其他事物刺入背景中。」

卡夫卡的小說——早年的《美國》（Amerika, 1912完成，1927出版）、《審判》（The Trial, 1914, 1925），以及在1914年大戰開始那一週起草的《城堡》（The Castle, 1922, 1926）——和他驚人的短篇小說，都成為一本和現代焦慮有關的通史了。在他的作品裏，他找到在短暫生命中所扮演的真正角色，但實際上是成為一個多餘的人，是普遍的虛無，不再是「I」（我），而是「K」。「誰能超越卡夫卡，誰就能通過與世界永遠失去的和平。」德國評論家阿多諾（T.W. Adorno），曾經如此強硬的表示。

卡夫卡作品中的怪異性是如此真實，以致我們容易忘記他的小說與故事中的事件——它們經常是我們日常生活與極端幻想，和自我消除的交集——確實是非常怪誕。他死於1924年，當時爆發爭取獨立民主，但為時甚短的內戰，他要求布羅德將他的小說全部焚毀。照理說，它們留下來的機會並不大，但它們還是繼續流傳人世，這依舊是一則當代的神話。今天到布拉格的遊客，以及像克里瑪、昆德拉（Milan Kundera）與哈維爾（Vaclav Havel）等當代作家，仍然要透過卡夫卡來認識這個城市。如果曾有那一個作家，幾乎不打算讓他的小說在歷史與地理上留名的，應當就是布拉格的卡夫卡了。

有無政府傾向的波希米亞人哈謝克，是布拉格文學的第二號重要人物。他是個酒鬼，也是一個政治上惹人厭的牛蠅；他曾被捕下獄，自己也曾從查爾斯橋（Charles Bridge）摔下去，他甚至創立政黨，黨名很諷刺，叫做「法律限制內和平進步黨」。在大戰時，他被奧匈帝國陸軍徵召，並參與加

住在布拉格的猶太人的生活，是以當地的猶太教會堂為中心，像是歐洲現今最古老的會堂之一阿特奈會堂（Altnai，下圖）。

遊客可至位於布拉格的猶太人墓園中，卡夫卡與其雙親赫爾曼、茱莉（Julie）之墓（下圖）憑弔。

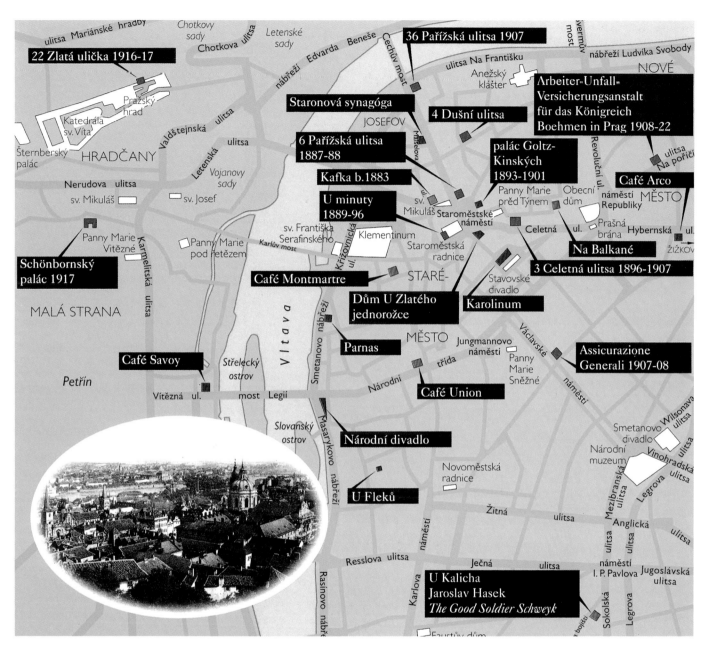

ulitsa Mariánské hradby
Chotkovy sady
Chotkova ulitsa
Letenské sady
36 Pařížská ulitsa 1907
nábřeží Edvarda Beneše
Čechův most
Svermův most
nábřeží Ludvíka Svobody
ulitsa Na Františku
NOVÉ
Anežský klášter
22 Zlatá ulička 1916-17
Pražský hrad
Staronová synagóga
JOSEFOV
4 Dušní ulitsa
Arbeiter-Unfall-Versicherungsanstalt für das Königreich Boehmen in Prag 1908-22
Katedrála sv. Víta
Šternberský palác
HRADČANY
Valdštejnská ulitsa
Letenská ulitsa
Vojanovy sady
6 Pařížská ulitsa 1887-88
palác Goltz-Kinských 1893-1901
Panny Marie před Týnem
Revoluční ulitsa
ulitsa Na poříčí
Café Arco
Nerudova ulitsa
Mišelova
Kafka b.1883
sv. Mikuláš
Obecní dům
náměstí Republiky
MĚSTO
sv. Mikuláš
sv. Josef
U minuty 1889-96
sv. Mikuláš
Staroměstské náměstí
Prašná brána
Hybernská
Panny Marie Vítězné
sv. Františka Serafinského
Klementinum
Celetná ul.
Na Balkané
ul. ŽIŽKOV
Schönbornský palác 1917
Panny Marie pod řetězem
Karlův most
Křížovnická ul.
Staroměstská radnice
3 Celetná ulitsa 1896-1907
MALÁ STRANA
Vltava
Café Montmartre
STARÉ-
Stavovské divadlo
Karolinum
Smetanovo nábřeží
Dům U Zlatého jednorožce
MĚSTO
Jungmannovo náměstí
Václavské náměstí
Assicurazione Generali 1907-08
Café Savoy
Střelecký ostrov
Parnas
třída
Panny Marie Sněžné
Petřín
Vítězná ul.
most Legií
Národní
Café Union
Smetanovo divadlo
Wilsonova ulitsa
Slovanský ostrov
Masarykovo nábřeží
Národní divadlo
Národní muzeum
Vinohradská ulitsa
Legrova ulitsa
Mezibranská ulitsa
U Fleků
Novoměstská radnice
Žitná
Anglická ulitsa
ulitsa
náměstí I. P. Pavlova
Jugoslávská ulitsa
Resslova ulitsa
Karlova
Ječná
ulitsa
U Kalicha Jaroslav Hasek *The Good Soldier Schweyk*
Sokolská
Legrova
bojišti
Rašínovo nábřeží
Faustův dům

里西亞之役，後來為俄軍所俘，之後他成為共產黨員，接著又變成酒店藝術家。這些遭遇與經驗，全都化為他著名的黑色喜劇《好兵帥克》(*The Good Soldier Schweyk*，1923年寫成，1930年出版)裏的素材；他不像卡夫卡那樣用德文寫作，而是用普遍的捷克文。這場無意義的戰爭與奧匈帝國的無知，都被這位士兵淘氣的眼光所看穿，並予以嘲弄一番，帥克這個大智若愚的矮個子，也因此成為人民的英雄。

就像卡夫卡的作品，哈謝克的書祇有在他死後，才呈現出完全的形式，並享有完整的聲名。他們兩位，無論是孤獨的自我放逐者，還是勉強算是無政府主義者，都是現代捷克的關鍵作家。經過1938、1948與1968年三次的叛變，今天的布拉格仍舊是出產好作家的城市，其中的哈維爾，更是當過

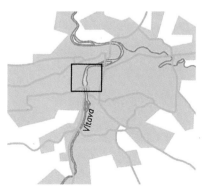

卡夫卡時的布拉格：卡夫卡的蹤跡——他的出生地(Uveze)、在舊城廣場附近住過的幾個地方，他和雙親位於猶太人墓園的合葬墓地，以及有著明顯氣氛的猶太人區——都可以在現在的布拉格重新見到。

捷克總統。儘管如此，布拉格仍然有著焦慮、怪誕與極端的精神，這自有卡夫卡與哈謝克在猶太區、酒吧、釀酒廠與黃金尖塔中，所留下的遺蹟。

喬伊斯時的都柏林

「抓住它，緊握它，讓它拉著你到它想去的地方。」詹姆斯（H. James）提到紐約時，他是這麼這麼對華爾頓（Edith Wharton）說的。如果有任何作家曾被一座城市所吸引——被它的雅各牌（Jacob）餅乾罐、博蘭（Bolands）的麵包車、混合的廉價蛋糕、有穗邊的舞蹈卡、酒館的彩繪窗戶、碼頭石上的人頭像和慣用語，以及令人著迷的下流社會對話所吸引，一如《為芬尼根守靈》（Finnegans Wake）中的情節——那就是為都柏林著迷的喬伊斯（James Augustine Joyce, 1882-1941）了。

喬伊斯生於1882年2月2日，當天剛好是聖燭節（Candlemas Day），他的母親是個有教養的都柏林人，父親則是命運多舛的科爾克（Cork）人。當時正是岡納（Maud Gonne）驅車至多納蓋爾（Donegal），以便紓解農民的生活困境，同行的還有一位穿著皮鞋的丹麥大公。在喬伊斯的童年裏，如果有所謂的流亡，那就是在躲債主時了。有時，會有突如其來的躲債之行，他們從南都柏林，從有著灰泥壁的房子、棕櫚樹，以及可以看到大海的地方，跑到北都柏林，到托爾卡河（the River Tolka）河畔，那裏有天鵝頸般燈桿的街道，牛墟充滿鄉下送來的牛鳴聲，連海景也與南都柏林不同。在費爾維（Fairview）——這個喬伊斯住過三個不同地址的地方——的貝里堡（Ballybough），有個古老的猶太墓園，那裏一度是自殺者的埋骨之所。此外，他連讀書的學校也換了好幾所，從菁英子弟就讀的克隆歐斯森林（Clongowes Wood），到收留窮人家小孩的北里其蒙街基督教兄弟會學校（School of the Christian Brothers），然後又回到耶穌會望遠日學校（Belvedere Day School）。

在他年輕時的照片中，他戴著鴨舌帽（在愛爾蘭，這種帽子又稱為「冒險之帽」），看起來很機警，一副要與人爭辯的模樣，就先顯露出卓越不群的特色了。喬伊斯察覺出都柏林的一種病態——它是個「麻痺的中心」。

貝漢（Brendan Behan）曾說，當他從貧民區到住宅區時，他的「性」致也跟著沒了。但對喬伊斯來說，這反而讓他早年更接近蒙托（Monto）——這個都柏林裏的紅燈區。在後來的《尤利西斯》中，蒙托重新以戲劇形式出現：種種充滿戲劇性的乞求、嘲笑與對天真的堅持。譬如布盧姆（Leopold Bloom）就是在那裏遇見他死去的兒子魯迪（Rudy）穿著一件伊頓（Eton）的夾克，還有斯蒂芬（Stephen Dedalus）也在那裏吃了耶誕節晚餐。

俄國詩人曼德爾斯丹姆（Osip Mandelstam）的妻子娜德茲姐（Nadezhda），描述男人最有用的東西，就是他們的內疚感；對喬伊斯而言，他的祖國愛爾蘭與耶穌會，便提供這樣的內疚：夜間任想像恣縱於性慾，以便平衡白天學校裏的訓誡與處罰。在教堂密佈的中都柏林，每間教堂都要求信徒奉獻與懺悔，這更增加人們的內疚。如果說他滿是慾望的夜晚，讓他解脫天主教的束縛，他還是保留了耶穌會對世界所訂定的秩序。卡繆（Albert Camus）曾如此形容普魯斯特的小說：「它忍受散亂世界的相似之處，……這讓它能把意義賦予非常不一致的狀態。」同樣的話，也適用於《尤利西斯》。一如郭嘉遜（Oliver St. John Gogarty）所說，喬伊斯總是固守「古代文學寡頭」（ancient oligarchies）的傳統，他所崇敬的古人，包括荷馬、維吉爾、尤里皮底斯（Euripedes）與塞內加（Seneca）。

從中都柏林搭「達爾特」（Dart）幹線的火車到沙灣（Sandycove），會經過布特斯鎮（Booterstown），那裏常常會有市集，就像《都柏林人》（Dubliners）裏的阿拉伯（Araby）市場一樣，火車也會經過黑石鎮（Blackrock）與蒙克斯鎮（Monkstown）上的灰泥屋舍，以及海點（Seapoint）令人著迷的景色。祇有在靠近以「黏稠海水」（deep jelly of water）聞名的馬特羅塔（Martello Tower）附近的「四十呎」（Forty Foot），人們才有勇氣脫光身上的衣物。你可以在這裏打開《尤利西斯》，看看斯蒂芬與穆里根（Buck Mulligan）一起住的地方，凝視著快樂的陽光，走在濃綠、緊繃的海邊，心想喬伊斯是如何寫出與這片土地有關的事。來到這裏，我們才驀然想起，他並不是個游泳健將。

在1922年，在巴黎出版的《尤利西斯》中，馬金尼斯教授（Professor Maginnis）、當鋪老闆娘金尼斯太太（Mrs. M'Guinness），還有虛構的波伊蘭（Blazes Boylan），在某一天，同

時在都柏林閒逛，他們就像在愛爾蘭海交叉往來的船隻。在小說的起頭，從位於沙灣的馬特羅塔上，看著越過愛爾蘭海的船隻，把喬伊斯放到一邊。在《尤利西斯》的後頭，有個從科爾克來的紅鬍子水手，他打開大家的記憶盒子——對北牆（the North Wall）、水手與有如門檻的大海的記憶。有些人，就像《都柏林人》裏的伊弗林（Eveline），就從未跨過這個門檻。其他的人，像是《青年藝術家的畫像》（A Portrait of the Artist as a Young Man）裏的斯蒂芬，便勇往直前，但彷彿命中註定似的，他再也沒有回來。然而，他們都長存於書中的街道與地名中，有如猶太人的俗語：「如果我忘了你，哦，耶路撒冷，就讓我的右臂忘了它的靈巧。」

喬伊斯到都柏林的大學院唸書，就像其他許多天主教中產階級的年輕人，像是民族主義一類的意識形態，以及愛爾蘭文學復興一般的運動，全都是他揶揄的對象。當他從都柏林前往歐洲時，他下定決心不祇是離開而已，而且要得到某種新生，一如在十七、十八世紀時，從愛爾蘭飛往歐洲的野雁。《青年藝術家的畫像》的結尾是片段、零碎的，有些像日記，流露了作者的真心，也充滿了雨水與陽光；還有像葛雷夫頓街（Grafton Street）一樣的街道，一群群的人們在那裏聚集起來開惜別會，後來它也被其他街道、歐洲式的遊憩場與林蔭大道所取代。

在巴黎短暫的流放後，喬伊斯回到都柏林，當時他的母親在病危中。然後，他帶著一位愛爾蘭姑娘諾拉（Nora Barnacle），再度流放海外；直到大戰之前，他在特里斯特幾乎住了十一年，後來就到蘇黎世；自1920年起，他便住在巴黎，他在那裏待了二十年之久，直到德國人進佔巴黎為止。他曾於1909年回國，當時他想開設一家電影院，1912年，他最後一次回去愛爾蘭。在流亡的歲月中，他的書一本接著一本出版。《都柏林人》最後總算於1914年時，在倫敦出版，《青年藝術家的畫像》則是在1916年12月29日，於紐約出版。他所寫的劇本《流亡者》（Exiles），也在1919時，於慕尼黑演出。《尤利西斯》則是在1922年他的生日當天，於巴黎出版（由第戎〔Dijon〕的一家印刷廠承印一千本），《為芬尼根守靈》於1939年5月4日現蹤倫敦——當時歐洲再度面臨崩潰，所以他很快地到達蘇黎世，那也是他最後一次的流放。

「無論你到天涯海角，我都跟隨著你。」《流亡者》中的貝爾莎（Bertha）如是說。諾拉也是這樣跟隨著喬伊斯。他們

上圖為吉莉絲（Margaret Gillies）所畫的華茲華斯兄妹，當中的多蘿西是她兄長不可缺少的得力助手。

第一次的約會，是在1904年6月16日——這些情景被他寫進《尤利西斯》的「布盧姆的一日」（Bloomsday）中。他們到位於立菲河（the Liffey）河口的林斯泰德（Ringstead），這條世界性的大河也出現在《為芬尼根守靈》裏。諾拉頭髮的顏色是紅褐色的，喬伊斯也用這種有力的色彩描寫她的城市。對於性的忠貞，喬伊斯有一種奇怪的想法。他好幾次將他的妻子推到通姦邊緣，然而就在那時，他又有被背叛與失落的強烈恐懼。在《青年藝術家的畫像》中，像是在多利蒙特海濱（Dollymount Strand）嬉鬧的男孩，對他就兼具了吸引力與敵意（「他們的軀體，不是因著黯澹的金光，看起來像屍體般慘白，就是被陽光曬黑，閃爍出潮溼海水的光澤」）。在《流亡者》的註解中，他曾提過在理查與貝爾莎、羅伯與貝爾莎之間的性關係，或許在理查與羅伯兩個男人之間，還有同性戀的欲求。「Huer」（即英文中的娼妓〔whore〕）在都柏林人的用語中，帶有「雙性」（bi-sexual）戀的含意。當他們在1906年回到都柏林時，他懷疑妻子和一個在多利蒙特海濱活動的年輕人有染，這使得他抑鬱寡歡，直到另一個住在艾克利斯街（Eccles Street）的年輕人，向他保證絕無此事，他才放心了。艾克利斯街也是《尤利西斯》中利厄波爾（Leopold）與莫莉住的地方，在本書出版的前兩個月，他仍在懷疑，據他在都柏林的繆瑞阿姨（Aunt Josephine Murray）說，喬伊斯問她：「妳能不能在不使自己受傷的情況下，跳過這些欄杆？」

對喬伊斯來說，生活與藝術經常是同一件事。斯蒂芬‧迪德勒斯與利厄波爾‧布盧姆，兩人都「比較喜歡大西洋這邊，而不願到大西洋那邊居住」。喬伊斯很早就選擇到歐洲。當1939年戰爭來臨時，他更是遷往歐洲內地。在他過世之前，他搭乘火車，從聖—吉耳曼—佛塞斯（Saint-Germain-des-Fosses）到日內瓦，這一路上相當顛簸、危險，他也把這段旅行納進他的小說；在《英雄斯蒂芬》（Stephen Hero）快完成

時，他搭乘從布洛斯頓車站（Broadstone Station）出發的火車，他坐在三等客車內，準備前往慕林加爾（Mullingar）。與有圓點的圍巾相關的，是他晚年時頸上所結的圓點領結；他周圍的「下等人氣味」，讓他想起他最早參加的宗教聚會——克隆歐斯森林禮拜堂裏，一早就有的鄉下味道。

「他有很多讓他煩惱不安的事。」貝克特這麼說過德國詩人里爾克（Rainer Maria Rilke）。有著同樣的困擾，喬伊斯經常忽略一些深奧的東西，儘管他的作品談的是靈魂與其遷徙。從布洛斯頓車站到慕林加爾的路上，不管是在小車站的月臺，或是像在格倫威爾‧阿姆斯（Grenville Arms）這樣的旅館裏，他都目不轉睛地盯著如《畫像》裏黛芬（Davin）一樣的年輕女士。「靈魂有如蝙蝠，在黑暗、神祕與孤獨中醒來，恢復它自有的意識。」「當男人的靈魂生於這樣的國家時，」斯蒂芬說，「就有網子罩住它，把它從逃亡中抓回。」喬伊斯向他的出版商西爾維亞‧比區（Sylvia Beach）堅持，除非都柏林是歷史的而非想像的存在，他才會提筆寫作，而他的歷史則是典當給大英帝國和羅馬教會了。他肩負的任務，是要把都柏林——即使是要逃開它，才能做到——塑造為現代城市的原型。

「是到了讓國家中的某些偉人站出來，向你我伸出雙手的時候了。」喬伊斯的女兒在1934年時，這樣對他說。事實上，愛爾蘭的外交部長，費茨傑拉爾德（Desmond Fitzgerald），就曾提名他角逐諾貝爾文學獎，葉慈亦曾邀請他加入愛爾蘭文學學會（the Irish Academy of Letters）。但喬伊斯腦裏卻縈繞著帕尼爾（Parnell）的命運，帕尼爾在與歐謝（Kitty O'Shea）的戀情曝光之後，「從這個國家流亡至另一個國家，從這個城市浪跡到另一個城市，……宛如一頭受傷的鹿。」這有如在他眼裏倒進生石灰。喬伊斯怕他回去之後，會面臨相同的命運。他試著重新塑造他的都柏林，儘管他不住在那裏，他還是可以寫——正如美國作家費茨傑拉爾德（F. Scott Fitzgerald）所見，他的作品「有著極高的價值」。喬伊斯死時不太像個作家，反而成為一種象徵，這點與貝克特一樣——身為一個放逐中的愛爾蘭人，他不是在英國，而是在歐洲活動，同時他也是一個無法征服的都柏林人，在有最後的「精神自然公園」（Naturpark des Geistes）之稱的瑞士，他家中的大門是敞開的，而且有一股消毒水的味道。他的死因是潰瘍所造成的穿孔，死後於1941年1月15日葬在蘇黎世的一座墓園裏。

在喬伊斯的作品中，地方意識是如此重要，以致左右人們對他的看法。康諾里（Cyril Connolly）說過：「對我來說，任何對《尤利西斯》的批評，都會被佛羅倫斯下雨的早晨所影響，當我處於別墅空蕩蕩的圖書館裏，聞到一股木頭燃燒的氣味，耳邊聽到從屋簷滴落的水珠聲，我坐在椅子上，恍恍惚惚地捧著這本怪異的書。」在波文（Elizabeth Bowen）的作品，《在羅馬的一段時光》（A Time In Rome）的結尾中——羅馬同時是〈亡者〉（The Dead）與《尤利西斯》的構思之地——她寫下一段或許可作為喬伊斯筆下都柏林的碑文：「吾愛，吾愛。我們在此地無法擁有一個不變的城市。」

喬伊斯時的都柏林：這張涵蓋全市的地圖，顯示在喬伊斯的小說中，一些具關鍵性的地方。

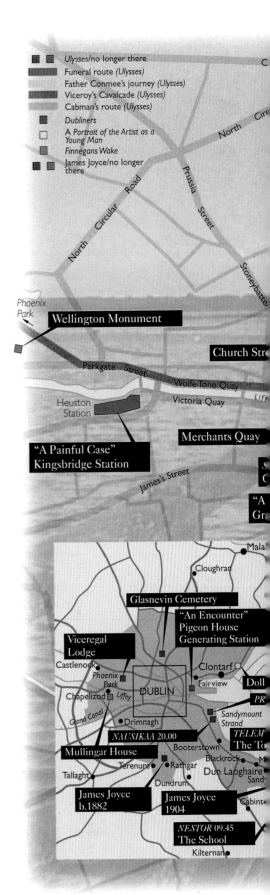

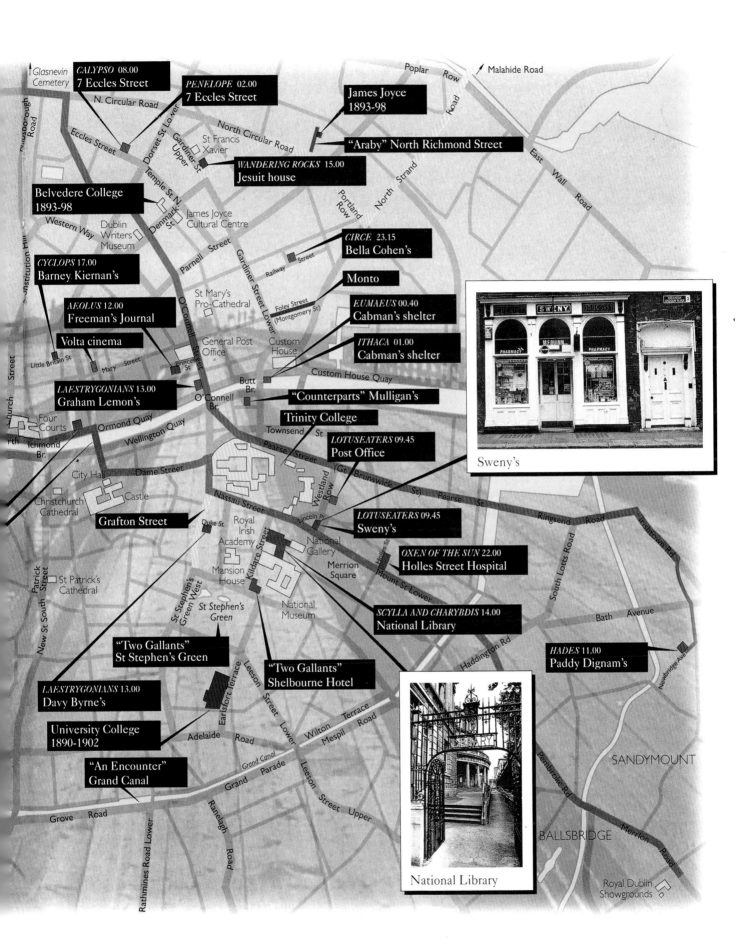

CALYPSO 08.00
7 Eccles Street

PENELOPE 02.00
7 Eccles Street

James Joyce
1893-98

"Araby" North Richmond Street

WANDERING ROCKS 15.00
Jesuit house

Belvedere College
1893-98

CIRCE 23.15
Bella Cohen's

Monto

CYCLOPS 17.00
Barney Kiernan's

EUMAEUS 00.40
Cabman's shelter

AEOLUS 12.00
Freeman's Journal

ITHACA 01.00
Cabman's shelter

Volta cinema

LAESTRYGONIANS 13.00
Graham Lemon's

"Counterparts" Mulligan's

Trinity College

LOTUSEATERS 09.45
Post Office

Sweny's

LOTUSEATERS 09.45
Sweny's

Grafton Street

OXEN OF THE SUN 22.00
Holles Street Hospital

SCYLLA AND CHARYBDIS 14.00
National Library

HADES 11.00
Paddy Dignam's

"Two Gallants"
St Stephen's Green

"Two Gallants"
Shelbourne Hotel

LAESTRYGONIANS 13.00
Davy Byrne's

University College
1890-1902

"An Encounter"
Grand Canal

National Library

SANDYMOUNT

BALLSBRIDGE

第一次世界大戰之中的作家

在湯瑪斯・曼（Thomas Mann, 1875-1955）的史詩小說《魔山》（*The Magic Mountain, 1924*）的結尾中，年輕的英雄漢斯・卡斯托普（Hans Castorp）從「魔山」落到平原，他因染上肺結核，而在這座位於達弗斯（Davos）的療養院住了七年。他走進一個新的世界：「潮溼的空氣被尖銳的哀鳴，和彷彿發自地獄的狂暴嚎叫所劃破，到了最後，這樣的聲音分散、碎裂、散落了，而且發出閃光；還有尖聲與呻吟……這就是平原，這就是戰爭。」我們不知道漢斯是否在大戰中生還。但他那戰前德國的中產階級世界，已經消失無蹤，成了一場災難。至於曼本人，他於1912年開始寫這本書時，是把它當成社會諷刺的作品來寫，在戰時與戰後的危機氣氛中，他一共花了十年的工夫才寫完——到了現在，這部作品已然成為戰後的啟示錄了。

在現代的文學作品中，《魔山》絕不會是唯一受到1914年8月歐洲危機所影響的書。許多現代主義大師的長篇鉅著——喬伊斯的《尤利西斯》（1922）、普魯斯特的《追憶逝水年華》（1913-27），勞倫斯的《戀愛中的女人》（*Women in Love*, 1920），福斯特的《印度之旅》（*A Passage to India*, 1924）——書中的年代不祇橫跨大戰，而且立刻受到戰爭的影響而改變。然而在當時，寫作的風格全都因1914到18年之間的歐洲變局，而有了轉變。從這個國家到那個國家，無論是前線或鐵絲網兩邊的任何一方，心中充滿英雄主義、愛國心與犧牲精神的年輕人，就這麼投入戰場了。詹姆斯在他晚年時，曾發出悲觀的警語，他說這場戰爭終結了文明的進步，「戰爭會耗盡文字」。但對許多作家來說，這樣的說法似乎錯了，在他們眼中，大戰看起來是二十世紀中最偉大的冒險，它是「一場明亮、歡樂的戰爭」——至少，德國的太子是這麼說的。

英國喬治時期的詩人，像是前景看好的布魯克（Rupert Brooke）就寫下：「此刻，為了我們能迎合祂的時間，我們得感謝上帝／祂掌握我們的青春，把我們從睡夢中喚醒。」格倫菲爾（Julian Grenfell）甚至興高采烈地慶祝這個不朽的時刻（1915年4月23日，布魯克死於加里波里，一個月後，格倫菲爾在普瑞斯附近掛彩）。帶著期望，以愛國心看待這場戰爭的，並非祇有他們兩人。「這場大戰是偉大的治療。」在實驗性質濃厚的漩渦派（Vorticist）雜誌《爆炸》（*Blast*）中，雕塑家高蒂爾—布札斯卡（Gaudier-Brzeska, 死於1915年）如此寫到，這本雜誌一共出刊兩期，分別是在真正的轟炸行動開始之前與之後。同樣地，德國表現主義詩人，也是以歡喜的心情加入這場「淨化」。「讓我們迎接飛機的到來，還有到處都是的博物館。」義大利未來主義者馬里內蒂（F.T. Marinetti）如此疾呼。他歡喜地看待戰爭所造成的破壞，他認為那能淨化過去，並且創造出具有活力的現代精神，在義大利於1915年5月參戰之後，他也投入對抗奧地利的戰役。法國的實驗派詩人阿波里奈爾（Guillaume Apollinaire），覺得由於這場戰爭的緣故，使他對法國產生前所未有的感情——儘管在戰爭中，他受到重

這張照片顯示出陷入壕溝戰的可怕僵局，這樣的戰場有深及腰高的泥巴，死屍堆積如山，還有面對毒氣時的恐懼，這種實景可以質疑或削弱與戰爭光榮有關的神話。

巴比塞的《砲火》分為一、二兩冊（如圖），是最早描寫法國戰壕的恐怖景象的小說之一，它的讀者遍及世界。

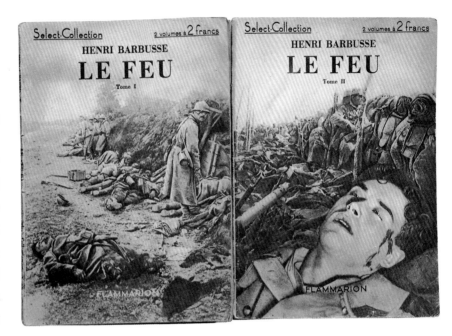

傷。

　　不過，情況很快就明朗了，一如布隆登（Edmund Blunden）所寫的：「沒有小路。沒有大道。有史以來，就沒有那一方是戰爭中的贏家。真正的贏家是戰爭，而且還會贏下去。」德國作家，像是赫塞（Herman Hesse）等人，都退至中立國瑞士——從德國表現主義遺緒轉出的達達（Dada）運動，也以瑞士作為發源地，他們宣稱這個時代有著毫無意義的本質。在英國，勞倫斯、薩遜（Siegfried Sassoon）和其他作家，開始表達對反戰者的同情。更常見的是一種冷酷的感情與悲劇的言論。就像湯林遜（H.M. Tomlinson）在1915五年時所作的描述，「胸牆、鐵絲網與泥地」，此刻都是「人類存在的永恆特徵」。

　　詹姆斯的看法是對的：戰爭所造成的重大損失之一，就在於語言與文學本身。一如福塞爾（Paul Fussell）在《第一次世界大戰與現代記憶》（*The Great War and Modern Memory*, 1975）中，提到他對大量的作品送回祖國的觀察時，他說：「語言本身對傳達壕溝戰的殘酷事實，所假定的不充分性，是所有以戰爭為題的作家的動機之一。」甚至在愛國主義與犧牲精神的迷思都已平息之後，語言仍覺得無力掌握暴行、恐懼與極端。就像福塞爾反諷地補充說，諸如龐德（Pound）、喬伊斯、勞倫斯與葉慈等作家，都沒有到前線，教導那裏的人如何把事情做得更好。

　　詩人是第一個跳進去的。因為詩無論是短暫的抒情或悲劇，都會先捕捉戰爭如神話般的景色，隨後才會看到它真實的樣貌。此刻，我們擁有為數眾多的戰爭詩集，它們回溯當時的變化，提到那可怕的年代，以及快速變遷的世代，從愛國主義式的盲從到否定、清醒與狂怒。詩人如古爾尼（Ivor Gurney）與羅森堡（Isaac Rosenberg），都在熱情與無趣、刺激與無止境的恐怖時刻之間，擷取其菁華，並展現出恐懼、憐憫、屠殺、傷害、創傷、心理危機和究極的憤怒。「天吶！我是多麼厭惡你們，你們這些興高采烈的年輕人／你們虔誠的詩篇，將在你們的墳前綻放／很快地，你也會成為其中之一。」這是韋斯特（Arthur Graeme West，於1917年4月被殺）的詩句。這首詩按歐文（Wilfred Owen, 1918年11月4日被殺）的說法，

在我所有的夢裏，在我無助的視線之前，
他壓住我，將我推到水裏，
掐著我，讓我喘不過氣，我就要淹死了。
如果在某些濃煙密佈的夢裏，你也能走來，
我們就能在車子下看到他，
看著他翻白的雙眼在臉上扭曲，
他懸掛著的臉，像是魔鬼的邪惡之作；
如果你聽到了，在每一次顛簸中，這血
從破裂的肺裏汩汩流出，
如腫瘤一般噁心，像反芻一樣苦澀
無救的痛苦在天真無瑕的舌頭上——
我的朋友，你無法將如此濃烈的氣味
告訴這些渴望光榮、滿腔熱血的孩子，
這個老掉牙的謊言：Dulce et Decorum Est Pro patria mori。

～歐文，〈Dulce et Decorum Est〉

是充滿憐憫的作品。

　　對大部分的歐洲人來說，藝術與文化上「精緻時代」（the belle epoque）的結束與戰爭的開端，就在1914年7月28到8月4日之間。「王儲與王妃今早在爆炸中喪命」，這是英國駐塞拉耶佛（Sarajevo）領事，於當年7月28日拍回國內的電文。東戰線即刻開始動員。到了8月4日，在德國經由比利時入侵法國後，英國也宣佈參戰。恐懼與屠殺，還有戰場的範圍與結果的不確定性，在隨後四年裏都被強化了；戰局立刻擴展全歐——法國、比利時、美索不達米亞（Mesopotamia）、土耳其、義大利與東戰線。這場戰爭成了世界大戰，1917年4

YOUR KING & COUNTRY NEED YOU

A WEE "SCRAP O' PAPER" IS BRITAIN'S BOND.

TO MAINTAIN THE HONOUR AND GLORY OF THE BRITISH EMPIRE

月，威爾遜（Woodrow Wilson）宣佈美國加入同盟國。當布爾什維克革命於是年稍後成功時，俄國即退出戰局，造成了重大的歷史危機。到了1918年年中，魯登朵夫（Ludendorff）的部隊從東戰線抽出，德軍幾乎成功佔領巴黎。但他們最後被擊退了，1918年11月11日，交戰國簽署停戰協議。

這時，戰事算是結束了，同盟國損失五百萬人，而軸心國失去三百五十萬人。這場戰爭對西方人的情感與寫作，造成巨大的衝擊。正如德國文學評論家本雅明（Walter Benjamin）所作的生動敘述：「從戰場返鄉的人愈來愈沈默——在與人的溝通上，不但未見豐富，反而更加貧瘠。乘著馬拉的街車上學的世代，此時就站在鄉間開闊的天空下，那裏除了雲朵與雲朵下的東西外，沒有甚麼是一成不變的。在破壞與爆炸的力場下，是人類渺小而脆弱的身軀。」

戰爭下的犧牲者，不祇是那些年輕的士兵。它也殘害了浪漫主義、感情主義、對英雄行徑的憧憬與帝國的冒險。在戰後數年裏，對戰爭的恐懼感，滲入西方的文學作品。戰爭扭轉帝國的局勢，瓦解統治階層，破壞城市，改變國際力量的均衡。歐洲從原本是西方歷史與文化的堡壘，變為七零八落、極度不穩的現代戰場；而美國在心不甘、情不願的情況下，接替擔負新歷史的責任。它擁有紛亂的語言、陳舊的進步觀與信念。在蒙太古（C.E. Montague）的《覺醒》（Disenchantment, 1922），與吉爾哈地（William Gerhardie）同年出版的小說《無用》（Futility）裏，就可以看到這種現象。一種藝術形式的危機也隨之而來。

儘管像薩遜（左圖）與布魯克（右圖）這些詩人，起初會謳歌戰爭的光榮，但很快就瞭解它的可怕：薩遜在1916年回國時，已是一位殘障者，他成了道地的反戰論者；布魯克因毒血症，死於愛琴海上的一般醫療船上，死時年僅二十五。

於世紀交替時，在維也納、巴黎、柏林與倫敦等歐洲大城發展的前衛派（the avant-gardes），在小說、詩、戲劇、建築與哲學的新風潮中，扮演了重要的角色。他們開始敲掉寫實主義的框架，興高采烈地迎接生機主義（vitalism）與抽象派，用更為機械與片段的方法表現藝術。1920年代是現代主義的高峰，具有代表性的作品有：《尤利西斯》、《魔山》、《荒原》（The Waste Land）、《杜英諾悲歌》、《達羅威太太》（Mrs. Dalloway）與《喧鬧與憤怒》（The Sound and the Fury）。但這些作品不僅是靠新的技巧，也靠著對危機的認識——對浸漬於血腥與災難中的現代精神的理解——才得以呈現其特色。

或許，最清晰的印記是在戰爭小說上，在戰後，它成為二〇年代之後的主要文學形式。一般而言，除了以前線和戰壕為題的當代寫實小說之外，在對即時的潮流與運動的反應上，小說要比詩緩慢得多。其中最為人知曉的是巴比塞（Henri Barbusse）的《炮火》（Le Feu），是陷於戰場泥淖裏的法國部隊的故事，本書在1916年時於法國出版。它的英譯本（Under Fire）很快就在前線作戰的英軍與美軍中流傳，而影響的作家有歐文與年輕時的海明威，當時海明威服務於義大利的紅十字救護隊，也在那裏受過重傷。從那時候起，陸續出現以前線戰場為題，捕捉戰壕中部隊生活的小說，它們描寫的對象並不侷限於泥淖或鐵絲網的那一方。

美國作家帕索斯（John Dos Passos）的《一個人的啟蒙》（One Man's Initiation, 1920）、《三個士兵》（Three Soldiers, 1921），康明斯（e.e. cummings）的《巨大的房間》（The Enormous Room,

1922），都是以一位美國救護隊隊員在法國軍中監獄的見聞，為其寫作張本，哈謝克則以一個捷克陸軍小下士的經歷，寫成令人發噱的黑色喜劇小說《好兵帥克》，此外還有摩特蘭（R.H. Mottram）的《西班牙農場三部曲》（The Spanish Farm Trilogy, 1927），福特（Ford Madox Ford）描寫英國的戰爭史詩與社會崩潰的《行列終點》（Parade's End, 1924-28），以及德國作家茨威格（Arnold Zweig）的反戰小說，《格里沙中士案件》（The Case of Sergeant Grisha, 1928）。經過了二〇年代，戰爭小說成為現代文類的核心。到了二〇年代末，另一場戰爭的恐懼出現了，戰爭小說更成為一股洪流。

1929年，雷馬克（Erich Maria Remarque）出版了他在德國戰壕的夢魘生活為主軸的史詩，《西線無戰事》（All

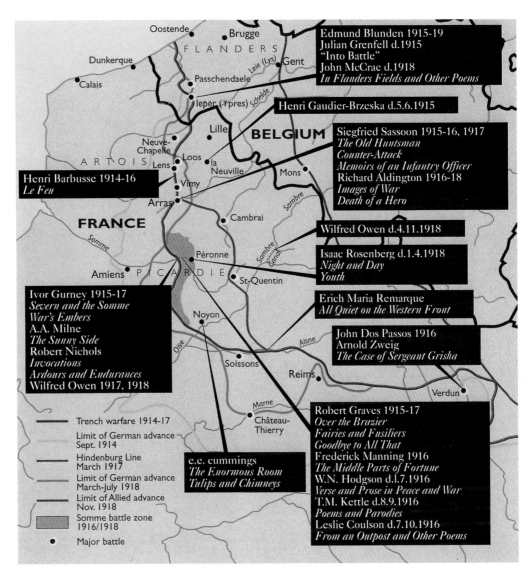

Quiet on the Western Front），海明威也以他在義大利服役的經驗，寫成《戰地春夢》（A Farewell to Arms）。同一年，艾爾丁頓（Richard Aldington）出版深刻嘲諷戰爭與維多利亞時代價值觀的小說，《英雄之死》（Death of a Hero），還有格拉弗（Robert Graves）同樣有著諷刺意味的回憶錄，《告別一切》（Good-bye to All That）。在1930年問世的小說，有薩遜的《一個步兵軍官的回憶錄》（Memoirs of an Infantry Officer），威廉遜（Henry Williamson）的《愛國者的前進》（The Patriot's Progress），曼寧（Frederick Manning）筆下一個平凡的英國士兵的瑣碎故事，《幸運的中間部分》（The Middle Parts of Fortune），這本書又名《她的隱私，我們》（Her Privates We）。這些作品的確不祇重現恐懼而已；它們描述一個在哀歎中難以結束的戰爭，或是創造一個適宜眾英雄所居住的世界。咸信在1930年時，光是英國一地，就出版大約七百種的戰爭書籍。在德國與法國文學中，也有同樣的情形，恐懼的主題主宰此時大部分的作品。

第一次世界大戰：在詩裏痛切描述的恐怖戰爭，甚至造成更可怕的事，因為有那麼多的年輕詩人戰死沙場，這幅地圖顯示戰時一些作家被分發的地方。

如果1918年以後的西方作品，感覺上與1914年之前的作品，有著根本上的差異，肯定是這場大戰將其影響力輻射到文學裏的緣故。它使得二十世紀文學的聲音變得片段而冷酷，它動搖語言的意義，改變歷史與現實的觀點。在《世界大戰與現代記憶》中，福塞爾論證了戰時的作品風格：「從戰前的自由變為戰時的束縛、挫折與荒謬的標誌，就像是喬伊斯筆下的布盧姆、海明威的亨利（Frederic Henry）或卡夫卡的K（Joseph K）。這樣的寫作風格，從這位作家傳到另外一位作家。」於是，諷刺文學興起了。從許多方面來看，第一次世界大戰的巨大戰爭地圖，絕對會駐留在所有的現代文學作品中。

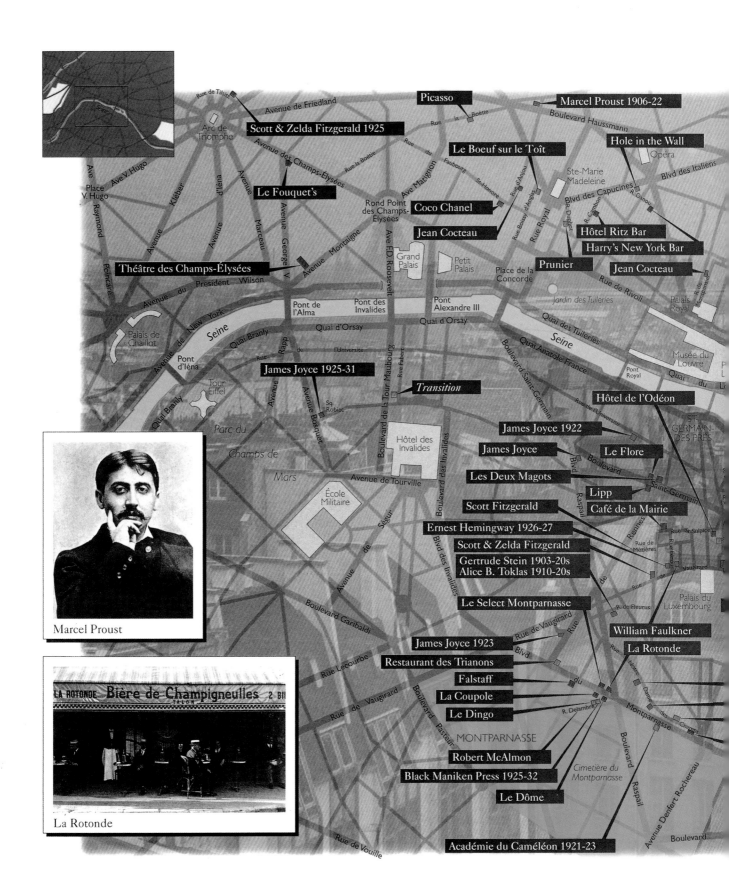

Rue de Tilsit
Avenue de Friedland
Picasso
Marcel Proust 1906-22
Boulevard Haussmann
Arc de Triomphe
Scott & Zelda Fitzgerald 1925
Rue la Boétie
Rue du
Le Boeuf sur le Toît
Hole in the Wall
Opéra
Avenue des Champs-Élysées
Rue la Boétie
Ave Matignon
Ste-Marie Madeleine
Blvd des Italiens
Ave V. Hugo
Faubourg St-Honoré
Blvd des Capucines
R. Olinou
Place V. Hugo
Kléber
Avenue
Rue d'Anjou
Le Fouquet's
Rue Boissy d'Anglas
Rue Royal
Hôtel Ritz Bar
Poincaré
Marceau
Avenue George V
Rond Point des Champs-Élysées
Coco Chanel
Harry's New York Bar
Avenue Montaigne
Jean Cocteau
Prunier
Jean Cocteau
Théâtre des Champs-Élysées
Grand Palais
Petit Palais
Place de la Concorde
Rue de Rivoli
Palais Royal
Avenue du Président Wilson
Ave F.D. Roosevelt
Jardin des Tuileries
Musée du Louvre
Pont de l'Alma
Pont des Invalides
Pont Alexandre III
Palais de Chaillot
Avenue de New York
Quai d'Orsay
Quai d'Orsay
Quai des Tuileries
Seine
Pont d'Iéna
Seine
Quai Branly
Quai Anatole France
Pont Royal
Quai Branly
Rapp
de
l'Université
Boulevard Saint-Germain
Tour Eiffel
Avenue
Sq. Robiac
Rue Fabert
James Joyce 1925-31
Rue de la Tour Maubourg
Boulevard de la Tour Maubourg
Hôtel de l'Odéon
Parc du
Avenue Bosquet
Rue de l'Université
ST GERMAIN-DES PRÉS
Champs de
Hôtel des Invalides
James Joyce 1922
Blvd
Boulevard
Mars
École Militaire
Avenue de Tourville
James Joyce
Le Flore
Transition
Les Deux Magots
Saint-Germain
Boulevard des Invalides
Ségur
Scott Fitzgerald
Lipp
Rennes
Rue de Mézières
Rue St-Sulpice
Ernest Hemingway 1926-27
Raspail
Café de la Mairie
Avenue de
Scott & Zelda Fitzgerald
Vaugirard
Gertrude Stein 1903-20s
Alice B. Toklas 1910-20s
Rue
Palais du Luxembourg
R. de Fleurus
Boulevard Garibaldi
Le Select Montparnasse
William Faulkner
Rue de Vaugirard
Rue
La Rotonde
Blvd
Rue
Rue de Vaugirard
James Joyce 1923
Restaurant des Trianons
du
Rue Lecourbe
Falstaff
R. Delambre
Montparnasse
La Coupole
Le Dingo
Rue de Vaugirard
Boulevard
Pasteur
MONTPARNASSE
Boulevard
Robert McAlmon
Cimetière du Montparnasse
Raspail
Black Maniken Press 1925-32
Le Dôme
Avenue Denfert Rochereau
Rue de Vouille
Académie du Caméléon 1921-23
Boulevard

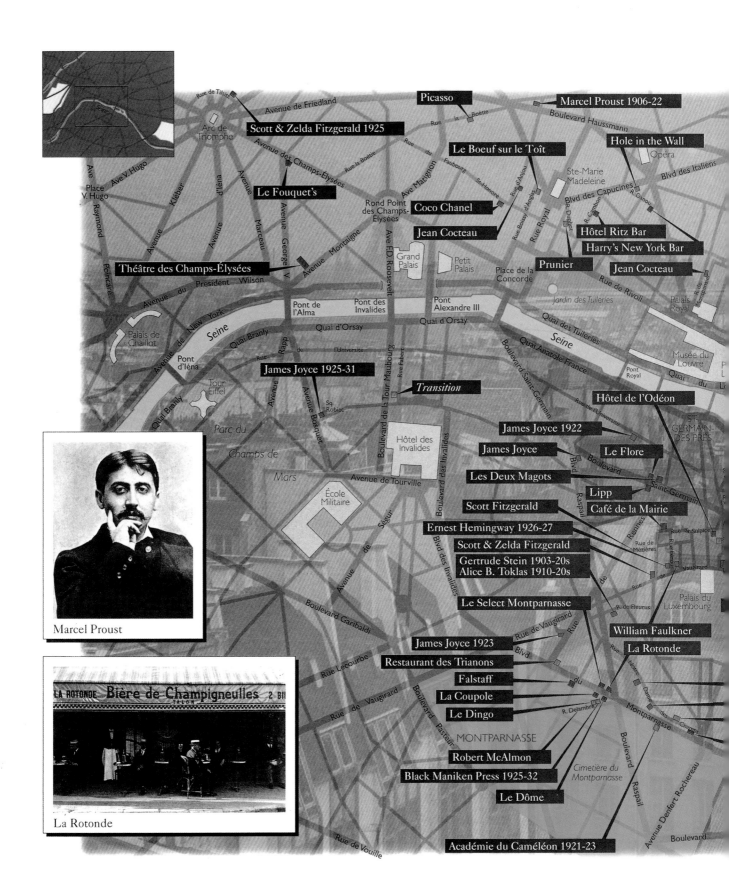
Marcel Proust

LA ROTONDE Bière de Champigneulles 2 BI
La Rotonde

二〇年代的巴黎：蒙巴那瑟成為在二〇年代時，來到巴黎的流亡者
的生活核心，那裏的生活就是繞著咖啡館與酒館（the Dome and the
Deux Magots）打轉。

1920年代的巴黎

h, Shakespeare and

Shakespeare & Co. 1919-21
Shakespeare & Co. 1921-45
Transatlantic Review
Three Mountains Press
Contact Editions

le de
a Cité

Antheil

Notre
Dame

Île
St-Louis

Amis du Livre

Polidor

'Odéon

Rendezvous des Mariniers

James Joyce 1921
Ernest Hemingway 1921-24

1925

1922

Ezra Pound

按照龐德（Ezra Pound, 1885-1972）的說法，1920年代的巴黎，是個「藝術領域裏的觀念實驗室」。這座城市收留自各地而來的人，但是在大戰時，它卻承受相當嚴重的損害。盛行中的「精緻時代」結束了，受創的人返回家鄉，法郎一路貶值，到處都是德軍於1918年砲擊時留下的斷垣殘壁。儘管如此，詹姆斯口中所說的，「巴黎偉大的文學討論會」，仍然持續發展。事實上，歷經混亂但尚稱快樂的二〇年代，巴黎成為現代思潮的坩鍋，那裏是宣言的最佳傳播地，有著狂放不羈的展覽會，以及由達達和超現實主義所引起的眾怒──他們用遊行阻礙交通，並且高呼：「你想要侮辱一具屍體嗎？」

甚至在1914年以前，這樣的狂潮就開始了。1908年，標舉抽象畫作的立體派運動宣告成立。1913年，俄羅斯舞者狄亞希爾耶夫（Diaghilev），以史特拉汶斯基（Stravinsky）的芭蕾舞作《春之祭》（The Rites of Spring），震驚巴黎；普魯斯特出版《追憶逝水年華》的第一部，這套鉅著是流露現代意識的大河小說。在位於塞納河左岸，豪斯曼大道一〇二號的家中，過著遺世獨立生活的普魯斯特，經過第一次世界大戰的煎熬，筆下所紀錄的不僅是他童年記憶中的微妙世界，也是舊時巴黎上流社會的輓歌。他一直寫作不休，直到撒手人寰為止。1922年，他盛大的葬禮標誌了一個現代時期的終結，但也宣告另一個時期的開始。

1919年，布魯東（Andre Breton）與阿拉貢（Louis Aragon）共同創辦《文學》（Litterature）雜誌，超現實主義從此誕生。1920年，羅馬尼亞籍的特札拉（Tristan Tzara），籌辦首屆引起騷亂的達達慶典。1922到1925年，戰後的現代思潮達到頂點──大部分的事件是在巴黎發生的。1922年，喬伊斯的《尤利西斯》、瓦萊里（Paul Valery）的《幻美集》（Charmes）和艾略特的《荒原》，都是由龐德編輯而於巴黎出版的。1923年，科克托（Jean Cocteau）與莫里亞克（Francois Mauriac）的主要作品問世，福特也開始發行《大西洋評論》（Transatlantic Review）。1924年，評論雜誌《超現實主義革命》（La Revolution Surrealiste）創刊，科克托的《詩集》（Poems）與海明威的《在我們的時代裏》（In Our Time）相繼出版。一如福特所說：「從來沒有任何時刻，像在1920年代早期的巴黎那樣，可以讓我們二十四小時為了藝術而歡樂。」

因此，如果你是個極具胸懷大志，而尚未有作品出版的作家──像是於1921年12月來到歐洲的海明威──祇有巴黎能讓你發跡。它是實驗派的中心，是二〇年代創意作家的大本營，也是現代主義的殿堂。重要的法國作家──布魯東、阿拉貢、克洛代爾、瓦萊里、紀德和科特托──全都在此實驗新的形式、文類與運動。海明威後來把這種情形解釋為「不散的宴席」。經年累月後，從四面八方而來的作家群聚於巴黎，他們或是因流亡，或是因戰後的巨變，或是因文學審查，或祇是想開懷暢飲，才來到這裏。倫敦在戰後一蹶不振。美國在哈定

斯泰因（左立者）與友人托克拉斯（右立者），住在塞納河左岸的一間公寓裏，座上客中有法國人也有流亡者，其中像是畢卡索與馬蒂斯（Martisse），還有一群新面孔，他們都是希望獲得聲名的美國年輕人。

總統的主政下，社會上瀰漫清教主義，甚至還實施禁酒令。他們都來了，就像龐德說的，有如「秋風掃落葉」一般，而美國藝術收藏家也是作家的斯泰因，在其著作《法國，巴黎》（Paris, France, 1940）中解釋：「他們全都來到法國，許多人是為了想隨心所欲的畫畫或寫作，那是他們在本國無法做到的事，否則他們祇好在那裏當牙醫了。」

「迷惘的一代」（a lost generation），斯泰因這麼稱呼他們。然而，如果說他們在歷史中覺得迷惘，他們卻能在巴黎找到自己。斯泰因和她的朋友托克拉斯（Alice B. Toklas），一起住在塞納河左岸靠近盧森堡公園的福勒魯斯路（rue de Fleurus）二十七號，一間充當工作室的公寓裏，房間裏滿是塞尚（Cezanne）與畢卡索（Picasso）的畫，在二〇年代中，她開的沙龍（巴黎到處都是沙龍），也成為所有年輕的放逐人士的必到之處。龐德在1920年時，從倫敦搬到蒙巴那瑟，並在聖母院路七十號的一棟樓房定居下來——那裏離幾家文人墨客常去的咖啡館（Dôme、Coupole、Rotonde）不遠，附近還有一家較為安靜的咖啡館（Closerie des Lilas），他常去那裏修潤艾略特《荒原》的文稿，並撰寫他的《詩章》（Cantos），以及一齣與維隆（Villon）有關的歌劇。他鼓勵當時已經流亡至特里斯特的喬伊斯到巴黎來，因為巴黎是「去年物價最便宜的地方」。喬伊斯於1920年到達巴黎，之後他搬了好幾次家，但很快就成為文壇上的重要人物。1921年10月，他在拉斯佩爾大道（Boulevard Raspail）五號的住處，完成二十世紀最偉大的現代主義小說——《尤利西斯》。福特為了性與文學的理由，於1922年從英國來此，他租下阿拉哥大道（Boulevard Arago）六十五號的一棟別墅，充當他的工作室。

有更多的作家來到巴黎。法國人對作家是相當親切的，而且那裏匯率便宜，又有能帶來靈感的美酒與靈魂，甚至連戰後的幻滅與「迷惘的一代」的心情，都對創作有所幫助。安德森（Sherwood Anderson）、魏爾德（Thornton Wilder）、康明斯與其他作家，紛紛自美國而來。菲茨傑拉爾德夫婦（F. Scott

and Zelda Fitzgerald）也經常來巴黎，但他們比較喜歡待在里茲（the Ritz）與左岸其他舒適的地方。海明威在里摩那主教路（rue du Cardinal-Lemoine）七十四號，租了一間小公寓的四樓，廁所還是公用的，那裏位於萬神廟後面，旁邊就是鋸木廠與木柴堆置場——這些地方在他令人鼻酸的回憶錄《不散的宴席》（A Moveable Feast，在他死後於1964年出版）中，都有動人的追憶。稍後在1924年時，他搬到聖母院路一一二號一棟比較大的公寓，離龐德住的地方也近了些。龐德指導他寫作，而他則教龐德拳擊。他結識擁有一家名為「莎士比亞公司」（Shakespeare and Company）英文書店的出版商比區，這家書店原先是在杜普特倫路（rue Dupuytren）八號，後來搬到歐迪恩路（rue de l'Odeon）十二號。1922年，當《尤利西斯》在其他地方都被禁的時候，比區以這家書店名義出版了一千冊。

在大戰的五年時間裏，巴黎有一段時間「美國化」的速度相當快，在那裏可以畫出一幅完整的流亡者地圖。蒙巴那瑟是其中的重要核心。此地有著光線明亮的漂亮咖啡館與酒館，作家們在那裏聚會、喝酒、聊天，甚至寫作。這裏有更為精緻的酒館、俱樂部（如科克托的Le Boeuf Sur Le Toit）與沙龍。甚至還有英文報紙、雜誌與書店。小型出版社紛紛出版

重要作品的出版與演出年表

1920	龐德的《休·賽爾溫·毛伯利》（Hugh Selwyn Mauberley）。
1921	帕索斯的《三個士兵》。 紐約的達達《雜誌》（是第一期也是最後一期）。 科克托的芭蕾舞劇（Les Maries de la Tour Eiffel）。
1922	康明斯的《巨大的房間》。 艾略特的《荒原》。 喬伊斯的《尤利西斯》。
1923	康明斯的《鬱金香與煙囪》。
1924	福特的《大西洋評論》。 福特的《遊行終點》卷一《某些不可為之事》。 威廉斯的《偉大的美國小說》。
1925	海明威的《在我們的時代裏》。 菲茨傑拉爾德《大亨小傳》。 貝克（Josephine Baker，美裔法人，著名之爵士舞蹈家與歌手，譯註）的舞劇La Revue Negre。
1926	海明威的《太陽照樣升起》。
1927	海明威的《沒有女人的男人》。 最後一次公演由鄧肯演出。 斯泰因的《三幕劇中的四聖者》（Four Saints of Three Acts）。
1928	作曲家蓋希文（George Gershwin）發表《一個美國人在巴黎》（An American in Paris）。
1929	雷馬克的《西線無戰事》。 海明威的《戰地春夢》。

實驗性的作品，如麥克阿爾蒙（Robert McAlmon）的「契約版」出版社（Contact Editions），就出版海明威的第一本書，《三個短篇與十首詩》（*Three Stories and Ten Poems*），與威廉斯（William Carlos Williams）的《春天與一切》（*Spring and All*）；麥克阿爾蒙與博德（William Bird）合開的「三山出版社」（Three Mountains Press），則出版海明威的《在我們的時代裏》（1924）、龐德早期的《詩章》，與斯泰因的《美國人的成長》（*The Making of Americans*, 1925），以及巴尼斯（Djuna Barnes）和韋斯特（Nathanael West）的作品。

巴黎在1920年代裏，還擁有甚麼成就呢？在蒙巴那瑟的林蔭大道與小樹成排的街道上，現代主義的風潮在戰後的混亂局勢中，找到一個安全的庇護所。作家們來來去去，但酒館、雜誌與運動都留下來了，它們提供延續思想的場所。那裏發展出一種忙碌的多重語言的（multi-lingual）藝術生活。現代主義的思潮是多樣的，有象徵主義（Symbolism）、未來派、表現主義、達達主義與超現實主義，它們有時候可以統合在一起，有時候卻對彼此展開猛烈攻擊。巴黎是個娛樂與流放、實驗與幻滅、藝術的歡喜與酒醉的沮喪的天堂。激進的藝術觀在此繁榮發展，這是一個出產法國重要文學作品的年代，像是普魯斯特的《追憶逝水年華》、瓦萊里的《海濱墓園》（*The Graveyard by the Sea*, 1932）、科克托的《詩集》與紀德的《偽幣製造者》（*The Counterfeiter*, 1927）。

有件事是相當重要的，也就是美國的現代文學本身，並不自外於許許多多的國際思潮。譬如在二〇年代與三〇年代早期的巴黎，海明威、龐德、威廉斯、福克納、斯泰因、尼恩（Anais Nin）與米勒（Henry Miller）等人，將美國的文學寫作，帶進前所未有的實驗主義裏。美國人的作品成為歐洲人可接受的文學，而法國與美國的作家也能相互影響。二〇年代裏，許多帶有實驗性質的美國重要文學，都是在巴黎誕生的，諸如海明威的《在我們的時代裏》、《戰地春夢》，斯泰因的《美國人的成長》和威廉斯的《偉大的美國小說》（*The Great American Novel*）。新生代英國作家與愛爾蘭作家的作品，也在巴黎大放異彩。喬伊斯的《尤利西斯》，福特的《行列終點》，以及稍後的萊斯（Jean Rhys）、杜瑞爾（Lawrence Durrel）、貝克特（Samuel Beckett）等人，也都以巴黎為家。對二十世紀許多大膽的藝術創作，有著深刻影響力的現代思潮，幾乎要歸功蒙巴那瑟。

流亡者的巴黎和迷惘的一代，無可避免地成為巴黎文學的主題。1926年，海明威出版以拉丁區內的流亡者為背景的《太陽照樣升起》（*The Sun Also Rises*），這些人大都流連於附近

ULYSSES

by

JAMES JOYCE

SHAKESPEARE AND COMPANY
12, RUE DE L'ODÉON
PARIS
1922

的酒館，如「丁哥」（the Dingo）與「選擇」（the Select）等。《太陽照樣升起》是一本精心之作，書中那些疲憊不堪的靈魂，還有創傷在戰後仍無法癒合的人，他們透過詳盡的地圖去追求生命，這份地圖上的事事物物，仍可在蒙巴那瑟周遭的街道與酒館裏找到。很多美國人為了體驗書中的生活而到巴黎。菲茨傑拉爾德在《夜色溫柔》（*Tender is the Nights*, 1934）中，紀錄更多流亡至巴黎與法國的人，他做了這樣的註解：「在1928年時，巴黎漸漸讓人窒息了。每一艘剛從美國來的船都滿載貨物，但品質卻下降了，直到最後，大家都視這些瘋狂的東西為不祥之物。」

1929年，適逢經濟大恐慌（the Great Depression），這種極富創造性的年代也隨之結束。大多數的流亡者因無法得到家中的奧援，祇得帶著現代主義的直覺回去，在較為抑鬱的時代中寫作。這個時期的作品，是現代文學的幾個創作年代中，最讓人印象深刻的一個。正如海明威在《不散的宴席》中所說的：「巴黎一向值得人們如此做，無論你帶給它甚麼，你都會從中得到收穫。這就是我們早年所待的巴黎，儘管我們那時非常窮困，卻是非常快樂。」——那也是諸多重要著作的創作之時。

布盧姆斯伯里的世界

「我所求無多，祇希望各地的評論家能永遠稱我為一個知識分子。」維吉尼亞·吳爾夫（Virginia Woolf）有些煩惱地說。「如果他們願意的話，可以再加上布盧姆斯伯里（Bloomsbury）WC1號這個正確的郵遞地址，以及我在電話簿上的電話號碼。然而，你們這些評論家……要是膽敢暗示我住在南肯辛頓，我可是會告他毀謗罪的。」布盧姆斯伯里WC1是倫敦的一個郵遞區：它包括喬治時期的住宅區、筆直的街道、長長的陽臺、枝葉茂密的廣場、酒館、餐廳，以及優雅的大英博物館，與上議院周圍的小型出版社和專業書店。正如吳爾夫的暗示，布盧姆斯伯里還含有更多的意義：它代表一種文化的氛圍，是一個社會與知識的聚合；它挑戰那個年代，主張藝術的精神，對英國現代的文化、藝術與禮節構成莫大的衝擊。

上圖是維吉尼亞·斯蒂芬攝於1903年的照片，她在1912年嫁給吳爾夫。

「布盧姆斯伯里」的衍生，遠遠超過布盧姆斯伯里本身。它是一種形態，是資格要求嚴厲的俱樂部，是一種聲音，是一種社會階級，是對知識的熱情，是對「美與真」的品味，也是一種孤芳自賞的情結，然而，他們卻是有著獨立心靈的菁英。它非常的英國，非常的四海一家。它是後維多利亞時期，實驗派與現代的表徵，不僅是在寫作與繪畫上，也表現在哲學、政治學、經濟學、室內設計與性愛上。它是家族關係、複雜的友誼、性的交往等所構成的網絡。它通常像是家庭紛爭——是子女對父母的抗爭。它也是一場對抗社會統治階層的戰役，當然，它本身最後也成為社會規範的制定者。有些人喜歡它，有些人與它鬧翻，還有些人憎恨它。然而，如果沒有「布盧姆斯伯里」，英國根本不可能產生現代思潮運動，或是出現它最好的藝術與文學。

要成為一個「布盧姆斯伯里」人，最好是到世紀交替時的劍橋唸書，並且加入「使徒」（Apostles），或是三一學院的「午夜社團」（Mid-night Society），一如斯蒂芬（Thoby Stephen）、吳爾夫（Leonard Woolf）、福斯特、斯特雷奇（Lytton Strachey）與貝爾（Clive Bell）等人的做法。同時，也要好好研究哲學家摩爾（G.E. Moore），在《倫理學原理》（*Principia Ethica*, 1903）中所說的話：「到目前為止，我們所知道或想像的最有價值的事物，就是某種意識狀態，此意識狀態可粗略地描述為在人與人交往中的樂趣，與對美的事物所產生的歡樂。」尚未出嫁，還是維多利亞時期傑出評論家，斯蒂芬爵士（Sir Leslie Stephen）的女兒的維吉尼亞，是家中唯一沒有進劍橋唸書的人，這讓她有受侮辱的感覺——然而從她的思想與行為來看，彷彿她就是劍橋的畢業生。

當斯蒂芬爵士於1904年過世之後，維吉尼亞與姊妹凡妮莎（Vanessa）、兄弟梭比（Thoby）及亞德利安（Adrian），搬離肯辛頓海德公園門二十二號的家，住進一棟較不時髦，幾乎可說是不適合的地方：戈登廣場（Gordon Square）四十六號。在鄰近的喬治時期住宅中，聚集愈來愈多的布盧姆斯伯里人，其中包括作家加內特（David Garnett）、傳記作家斯特雷奇、畫家格蘭特（Duncan Grant）與經濟學家凱因斯（John Maynard Keynes）等人。每個星期三，他們住的地方就成為聚會所，來的都是對橫掃後維多利亞時期的新觀念與美學有興趣的人。

1907年，福斯特出版《一間可以看到窗外風景的房間》（*A Room With a View*，或譯《窗外有藍天》）；同年，凡妮莎嫁給克里夫·貝爾，他們婚後住在戈登廣場的家，維吉尼亞與亞德利安搬到附近的菲茨羅伊廣場（Fitzroy Square）二十九號。

凡妮莎在菲茨羅伊廣場八號的工作室（左圖），這幅畫是身為藝術家的她親手所畫。

布盧姆斯伯里：當維吉尼亞、凡妮莎、梭比與亞德利安四姊弟，在1904年搬到戈登廣場四十六號之後，布盧姆斯伯里就成為遠近馳名的藝術團體與中心。

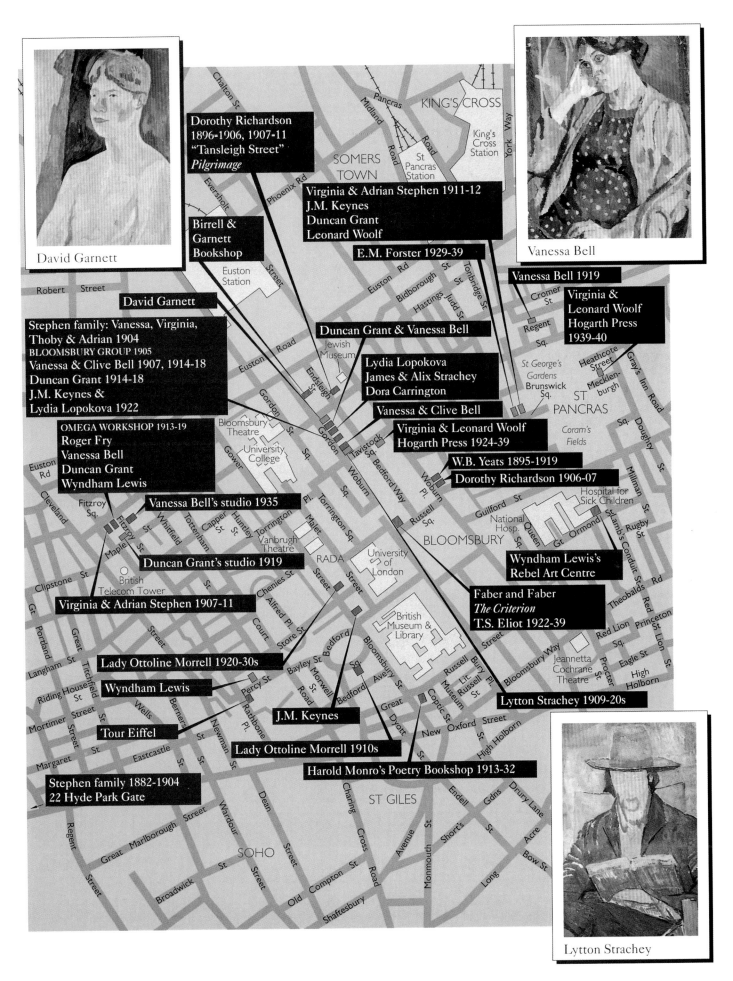

David Garnett

Vanessa Bell

Lytton Strachey

Dorothy Richardson
1896-1906, 1907-11
"Tansleigh Street"
Pilgrimage

Birrell &
Garnett
Bookshop

Virginia & Adrian Stephen 1911-12
J.M. Keynes
Duncan Grant
Leonard Woolf

E.M. Forster 1929-39

Vanessa Bell 1919

Virginia &
Leonard Woolf
Hogarth Press
1939-40

David Garnett

Stephen family: Vanessa, Virginia,
Thoby & Adrian 1904
BLOOMSBURY GROUP 1905
Vanessa & Clive Bell 1907, 1914-18
Duncan Grant 1914-18
J.M. Keynes &
Lydia Lopokova 1922

Duncan Grant & Vanessa Bell

Lydia Lopokova
James & Alix Strachey
Dora Carrington

Vanessa & Clive Bell

Virginia & Leonard Woolf
Hogarth Press 1924-39

OMEGA WORKSHOP 1913-19
Roger Fry
Vanessa Bell
Duncan Grant
Wyndham Lewis

W.B. Yeats 1895-1919

Dorothy Richardson 1906-07

Vanessa Bell's studio 1935

Duncan Grant's studio 1919

Wyndham Lewis's
Rebel Art Centre

Virginia & Adrian Stephen 1907-11

Faber and Faber
The Criterion
T.S. Eliot 1922-39

Lady Ottoline Morrell 1920-30s

Wyndham Lewis

Lytton Strachey 1909-20s

Tour Eiffel

J.M. Keynes

Lady Ottoline Morrell 1910s

Harold Monro's Poetry Bookshop 1913-32

Stephen family 1882-1904
22 Hyde Park Gate

OMEGA WORKSHOPS Ltd
ARTIST DECORATORS
TELEPHONE, 3331 REGENT | 33 FITZROY SQ. LONDON W.

弗萊以菲茨羅伊廣場為本營的歐米茄工作室，鼓舞新的後印象派畫家從事創作。

維吉尼亞認為她可以克紹箕裘，於是為《泰晤士報》的文學副刊寫評論，並且開始動筆寫小說《遠航》（*The Voyage Out*, 1915）。1910年是關鍵的一年。英國的新君主喬治五世於是年加冕，福斯特出版《霍華德別業》（*Howards End*），刻劃出英國在男性商人與女性知識分子之間的裂痕。同年十二月，弗萊（Roger Fry）租下格雷弗頓畫廊（Grafton Galleries），展出法國後印象派畫家（Post-Impressionist），如梵谷（Van Gogh）、塞尚、畢卡索和馬蒂斯的畫作。無論是在情緒或現代性上，這次畫展都震撼了倫敦，它意味著思潮與宣言的新時代來臨了。到了第一次世界大戰，更是興起各式各樣的思潮：馬許（Edward Marsh）的喬治主義（Georgianism）、龐德的意象派（Imagism），以及誕生於肯辛頓一家茶館，由劉易斯（Wyndham Lewis）倡導的漩渦派。如同參與其間的福特（F.M. Ford）所說，這完全是「一個開放的世界」。庸俗人士噤聲了，前衛者獲得勝利。維吉尼亞意識到一種新的「現代」小說形態，它不再以情節為主，而是強調意識，龐德便是本於「自由詩韻」，創作出新形態的詩。

布盧姆斯伯里扮演核心的部分——儘管不是唯一的部分。1911年，維吉尼亞搬到布倫斯威克廣場（Brunswick Square）三十八號，和格蘭特、凱因斯與吳爾夫共組一個頗費猜疑的「家」，而吳爾夫與維吉尼亞更是於1912年結婚。1911年，在倫敦舉行另一次後印象派畫展，而意象派也宣告成立。1913年，勞倫斯（D.H. Lawrence）出版備受爭議的《兒子和情人》（*Sons and Lovers*），貝爾宣佈了「重要的形式」，弗萊也為初出茅廬的藝術家與設計家創辦「歐米茄工作坊」（Omega Workshops）。最初的一位成員，劉易斯（W. Lewis），和弗萊鬧翻了，他脫離工作坊，自行籌設「造反藝術中心」（Rebel Art Centre），攻訐歐米茄工作坊是「弗萊先生在菲茨羅伊廣場的窗簾與針墊工廠」。

大戰驅散這個布盧姆斯伯里團體。維吉尼亞和夫婿倫納德已經搬到克利弗旅館，但是在1913年，她企圖自殺後，他們就在薩西克斯郡尋找較為寧靜的生活，很多人早已住在那裏，像是詹姆斯、克萊恩、康拉德、福特、威爾斯和吉卜齡。吳爾夫一家人在琉斯（Lewes）附近的亞胥漢（Asheham），找到一棟老別墅。很快地，這些布盧姆斯伯里人冬天時住在倫敦，夏天時就搬到薩西克斯。1915年，吳爾夫他們又在菲爾勒（Firle）附近的查爾斯頓，替凡妮莎與貝爾找到一個令人愉悅的農舍。凡妮莎的情人——格蘭特——也來了，斯特雷奇與凱因斯是座上常客。布盧姆斯伯里有了競爭對手。身為國會自由派議員摩瑞爾（Philip Morrell）妻子的摩瑞爾夫人（Lady Ottoline Morrell）——維吉尼亞稱她是「一艘掛著金幣的西班牙帆船」——是一位女性保護人，也擁有一家大型

薩西克斯郡：當第一次世界大戰逼近時，布盧姆斯伯里的第一階段也宣告結束，住在裏面的人，紛紛搬到薩西克斯附近的鄉村。

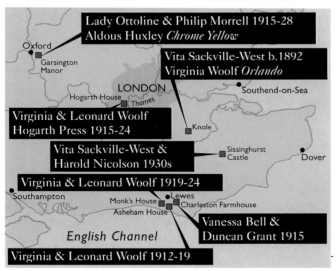

Lady Ottoline & Philip Morrell 1915-28
Aldous Huxley *Chrome Yellow*
Oxford
Garsington Manor
Vita Sackville-West b.1892
Virginia Woolf *Orlando*
LONDON
Hogarth House · Thames
Southend-on-Sea
Virginia & Leonard Woolf
Hogarth Press 1915-24
Knole
Vita Sackville-West &
Harold Nicolson 1930s
Sissinghurst Castle · Dover
Virginia & Leonard Woolf 1919-24
Southampton
Monk's House · Lewes · Charleston Farmhouse
Asheham House
Vanessa Bell &
Duncan Grant 1915
English Channel
Virginia & Leonard Woolf 1912-19

以布盧姆斯伯里為本的小說

1910	福斯特的《霍華德別業》。
1911	曼斯菲爾德（Katherine Mansfield）的《在德國公寓裏》（*In a German Pension*）。
1913	勞倫斯的《兒子和情人》。
1915	勞倫斯的《虹》（*The Rainbow*）。
1915	吳爾夫的《遠航》。
1915	理查遜（Dorothy Richardson）的《尖的屋頂》（*Pointed Roofs*）。
1918	溫德漢（Wyndham Lewis）的《塗焦油》（*Tarr*）。
1919	吳爾夫的《夜與日》（*Night and Day*）。
1920	勞倫斯的《戀愛中的女人》。
1921	赫胥黎的《黃色的克倫》。
1922	吳爾夫的《雅各的房間》（*Jacob's Room*）。
1922	曼斯菲爾德的《園會》（*The Garden Party*）。
1923	赫胥黎的《小丑的乾草》（*Antic Hay*）。
1924	福斯特的《印度之旅》。
1925	吳爾夫的《黛洛維夫人》。
1925	赫胥黎的《那些貧瘠的樹葉》（*Those Barren Leaves*）。
1927	吳爾夫的《到燈塔去》。
1928	勞倫斯的《查泰萊夫人的情人》（*Lady Chatterley's Lover*）。
1928	吳爾夫的《奧爾蘭多：一個朋友的傳記》。
1928	赫胥黎的《旋律對位》（*Point Counterpoint*）。
1929	吳爾夫的《一間可以看到窗外風景的房間》。
1930	維妲的《愛德華時代的人》（*The Edwardians*）。
1931	吳爾夫的《海浪》。
1931	維妲的《付出所有的熱愛》（*All Passion Spent*）。
1937	吳爾夫的《年月》（*The Years*）。
1941	吳爾夫的《幕與幕之間》（*Between the Acts*）。

沙龍。1915年，她得到位於牛津城外五哩處的加辛頓莊園（Garsington Manor），她在那裏舉行幾次奢華的家庭宴會，使它在戰時成為著名的反戰主義者與不倫的私通者的巢穴。羅素、斯特雷奇、加林頓（Carrington）、畫家吉爾特勒（Mark Gertler）、貝爾夫婦與吳爾夫夫婦都來了。免不了還有一些新生代：薩遜、佛里達（Frieda）、勞倫斯、艾略特和赫胥黎（Aldous Huxley）。就像布盧姆斯伯里大部分的事物，奢華的社會與性的氣氛，很快就進入文學領域。在赫胥黎的諷刺小說《黃色的克倫》（Crome Yellow, 1921）中，克倫指的就是加辛頓。連羅素、吉爾

吳爾夫的賀加斯出版社出版她自己的小說：上圖都是第一版的書影，封面繪畫都是凡妮莎的手筆。

特勒和加林頓也被他寫進書裏。摩瑞爾夫人也不是小說中的陌生人。勞倫斯對現代文化的貧乏攻擊最力的小說《戀愛中的女人》（Women in Love, 1920）裏的羅迪絲（Hermione Roddice），就是她的化身。

1920年代的所標示的，是「布盧姆斯伯里」的勝利，以及它所肯定的「現代」精神。1915年，吳爾夫夫婦租下位於里其蒙郊區的賀加斯大宅，並且成立賀加斯出版社（Hogarth Press）。它出版了維吉尼亞自己的作品《丘村園林》（Kew Gardens, 1919）、艾略特的《荒原》，與其他的「現代」作品。1919年，他們被迫離開亞胥漢，隨即買下在羅德梅爾（Rodmell）的孟克大宅。花園裏有一間小屋，是維吉尼亞寫作的地方。孟克大宅因此成為現代文學的重鎮；而貝爾夫婦位於查爾斯頓的住家內部，也在他們和格蘭特的藝術與設計下，成為現代藝術的中心。

1924年，吳爾夫夫婦回到神奇的WC1，租下塔維斯托克廣場（Tavistock Square，現為塔維斯托克旅館）五十三號的房子，而且租約一訂就是十年。賀加斯出版社就位於地下室。維吉尼亞很是高興，正如她在日記裏所寫下的：「倫敦，你的藝術是寶石中的寶石，是令人歡喜的碧玉，還有你的音樂、談話、友誼、市容、出版品，以及一些暨核心又難以明白的東西，這些全都在我的心裏，儘管自1913年8月起，它就已非如此了。」這樣的快樂也流注在她的新小說《時間》（The Hours）中，此書出版時，更名為《黛洛維夫人》（Mrs. Dalloway, 1925）。到了發表《到燈塔去》（To the Lighthouse, 1927）與《海浪》

（The Waves, 1931）時，維吉尼亞已被視為一位開啟小說架構的重要小說家。她指出現代的小說，是新的關係與連結的年代底下的產物，這個年代是「失敗與片段的時期」。在〈論現代小說〉（1919）中，她寫到生命並不像她先前的小說所說，是「一系列有系統安排的馬車燈；而是一個明亮的光圈，是一個半透明的信封，它圍繞我們，從意識之始到意識之終」。

布盧姆斯伯里此刻不僅是友誼與態度，也成為文學了。然而，個人之間的關係還是有部分的影響。1922年，維吉尼亞結識維妲・薩克維爾—韋斯特（Vita Sackville-West），後者是在肯特郡建於十五世紀的諾爾宮（palace of Knole）長大，當時已嫁給外交官尼可爾遜（Harold Nicolson）；她們彼此相戀，維吉尼亞在《奧爾蘭多》（Orlando, 1931）裏，就讚揚了維妲。1930年，尼可爾遜夫婦買下肯特郡西辛赫斯特（Sissinghurst）一座廢棄的城堡，將城堡與花園重新整修一番。他們將塔樓做為印刷廠，承印賀加斯出版社的書（有十三本是維妲所寫的）。其中最重要的是一本，是有如斷簡般的詩集《荒原》，這是一位在勞埃德銀行（Lloyd's Bank）工作的美裔英人艾略特（T.S. Eliot）所寫的作品。艾略特隨後在羅素廣場（Russell Square）的費柏出版社（Faber and Faber）任職，並且主編文學評論雜誌《標準》（The Criterion）。他協助吳爾夫夫婦與新的作家聯繫，這些文壇新秀崛起於歡樂的二〇年代與恐慌的三〇年代。

第二次世界大戰相當程度地摧毀倫敦。布盧姆斯伯里的住家都遭受攻擊；包括塔維斯托克廣場五十二號與門克倫堡廣場（Mencklenburg Square）三十七號。轟炸機飛越孟克大宅，德國即將入侵的恐懼籠罩人們心中（倫納德便是猶太人）。受到這樣的打擊，加上喬伊斯的死訊，維吉尼亞覺得自己又要發瘋了。1941年3月28日，她寫好兩封遺書，便在口袋裏裝滿石頭，跳下烏斯河（Ouse）自盡。她的屍體數日後被發現。她的死標示了英國現代主義年代的終結。在戰後，英國文學便將布盧姆斯伯里拋在腦後，然而，維吉尼亞所留下來的作品，卻是相當重要的，它們為我們的文學見解，提供某些最好的解釋。

柏林：德國現代主義的中心

1870年，柏林成為新統一的德國政府的首都。接下來的四十年裏，這座曾為某個日耳曼王國政治與文化中心的都城，就成了馬克‧吐溫口中所說的「德國的芝加哥」，也是當時世界的第四大城。在那個時候，柏林這個普魯士首都，的確是能與巴黎或倫敦相當的文化大都市。長久以來，它的建設就是要成為一個知識中心，當時它是自法國逃難而來的胡格諾教徒（Huguenots）的避難所，而腓特烈大帝也召請伏爾泰到他的宮中。十九世紀之初，當威瑪和薩克松尼（Saxony）的宮廷，並稱為德國古典主義兩大中心時，柏林便是德國浪漫主義的重鎮。住在柏林的作家有霍夫曼（E.T.A. Hoffman，也葬在此地），此外還有蒂克（Tieck）、施萊格爾兄弟（the brothers Schlegel）、阿爾尼姆夫婦（Achim and Bettina von Arnim）、謝林、叔本華、費希特與黑格爾。稍後在君主體制下，柏林更是靠著科學的成就而享有聲名——儘管當時首屈一指的寫實主義小說家馮塔納（Theodor Fontane, 1819-98），也住在那裏。

柏林的擴展是驚人的，當它成為威廉時期（Wilhemine）德國推行現代化的中心與象徵時，它也成了德國現代主義的首都。與其他地方相同，在第一次世界大戰之前，柏林就有很好的起點。如果巴黎能給它任何靈感，那就是在繁榮的都會與現代化過程中，所造成的衝擊與矛盾、疏離與愉快的種種經驗了。後來的「表現主義」，便是回應柏林這種巨大卻富創造力的能量。海姆（Georg Heym）與斯塔德勒（Ernst Stadler）的詩，格羅茲（George Grosz）或基爾其納（Ernst-Ludwig Kirchner）的繪畫，都顯示即將發生如啟示錄所預言的兇暴。它的能量來自一種可能性的感覺，以及對侷促的文化下種種僵硬的現象，所做的反抗。它被一個以戰爭為解放的世代延續下去，他們用更為現代與緊張的生活，來滿足他們的願望。

在1918年的潰敗與帝國的崩解之後，無論是在政治或文化上，柏林都是一團混亂。倖存下來的人，也已失去較早時，波希米亞式的幻想與純真。柏林成為一個生活困苦、步調快速的地方，人們的財富失失得得，連工作也是一樣，破產跟在繁榮後面，而新的藝術景觀也不得不遷就市場條件。左派對抗右派，右派打擊左派，彼此爭相控制新的社會秩序，對於民主觀念也僅能作出部分的承諾。在1918年的柏林，人們可以看到創造社會主義共和國的革命企圖與它的失敗。這種風潮於1919年時，持續在左派的反抗中發酵，但代價卻是犧牲一千多條人命，一年之後，右派同樣發動一場毫無效果的政變——動盪的情勢一直延續到1933年1月，當時的希特勒與武裝部隊，行軍通過布蘭登堡門（Brandenburg Gate）。「我無法下嚥，就像是快吐出來了。」藝術家里伯曼（Max Liebermann）在家中陽臺看到這一幕時，他這樣說。二〇

1933年5月10日，在歌劇廣場（Opernplatz）上，焚燒兩萬冊書籍（上圖），這是柏林文學全盛期結束的象徵。

年代是由暴力的行為所構成。開端是里克奈特（Karl Liebknecht）與盧森堡（Rosa Luxemburg），於1919年遭到殺害，接著在1922年，身兼外交部長、作家、猶太人和經營一流知識分子聚集的沙龍的拉瑟諾（Walter Rathenau），也被謀害了。暴力行為到了1933年才結束，帝國國會大廈（the Reichtstag）的縱火案，是要證明在首都知識生活中，政治與人種的淨化。許多人逃到國外，他們之中有布萊希特（Bertolt Brecht）、本雅明（Walter Benjamin）、德布林（Alfred Döblin）和亨利希‧曼（Heinrich Mann）。有的人則被捕下獄，受盡嚴刑拷打，最後慘遭處決，像是繆薩姆（Erich Muhsam）與歐希茨基（Carl von Ossietzki）。

威廉時期的柏林，已經是個規模宏大的首都了。這座在二〇年代陷入擾動不安的城市，如果不在給人的美感與才能上作比較，是個在能量與刺激上，足以和巴黎抗衡的世界性大都會。儘管英國作家奧登（W.H. Auden）、斯彭德（Stephen Spender）與衣修午德（Christopher Isherwood），將柏林視為三〇年

格羅茲的自畫像（左圖），他是德國表現主義的中心人物。

布萊希特（右圖）的《三分錢歌劇》（Threepenny Opera），於1928年時，在席福包爾達姆（Schiffbauerdamm）劇院演出。後來他一度是馬克斯主義者，並於1933年逃到丹麥。

柏林成為俄羅斯文學的首都。右下這張照片裏，有雷米梭（Aleksy Remisow，前排左）、賈許辛科（A.S. Jaschtschenko，前排右），以及別雷、皮爾尼亞克（Boris Pilnyak）、托爾斯托伊（Alexei Tolstoi）與索克羅—米基托（I.S. Sokolow-Mikitow，後排由左至右），1922年時，他們全都待在柏林。

代早期重要的文化（還有性的）中心，但英國文學的興趣，還是直接放在歐洲焦點的巴黎。美國的流亡作家裏，大多數人也是愛上巴黎。由於匯差的關係，使得住在柏林的消費要比在歐洲其他地方便宜許多，撇開那令人瘋狂的刺激，它似乎是個生活艱困而粗野的地方。巴尼斯（Djuna Barnes）、羅伊（Mina Loy）與考萊（Malcolm Cowley），都曾在這裏住過一陣子，然後又回到巴黎。

儘管如此，麥克阿爾蒙還是為它著迷，他出版《鮮明的氣氛：殘忍的神話故事》（Distinguished Air: Grim Fairy Tales, 1925），其中包括三個對柏林夜生活，嚴謹而不該遺忘的研究。《掃帚》（Broom）的主編，約瑟夫遜（Josephson），於1922年時，將這本流亡者雜誌從羅馬遷到柏林。他所致力的主題是「柏林這個令人血脈賁張的城市」，還有它戰後興起的前衛派，這本雜誌是由赫爾森貝克（Hulsenbeck）出版，插圖畫者是格羅茲與克萊（Paul Klee）。海明威也曾因改編自《戰地春夢》的舞臺劇的開幕，而有訪問柏林的短暫行程。1927年，劉易斯（Sinclair Lewis）曾在著名的阿德隆旅館（Adlon Hotel）住過兩個月，湯瑪斯・曼就在那裏等候他的到來。維吉尼亞・吳爾夫於1919年來到柏林；《你不可能再回家》（You Can't Go Home Again, 1940）的作者沃爾夫（Thomas Wolfe），也於1925年來訪，他於1963年舊地重遊，並對希特勒主政下的奧林匹克運動會大加讚揚。

對東歐與中歐來說，柏林的重要性就更大了。隨著布爾什維克革命的成功，許多俄羅斯流亡在外的知識分子與中產階級，都在這裏定居（二○年代開始之時，柏林有三十六萬的俄羅斯人）。此外，還有八十六家俄文出版社、報社與書店，有位歷史學家就稱柏林為「俄國文學的首都」。在這些流亡人士中，有納波可夫（Vladimir Nabokov, 1899-1977），1922年，他的父親在柏林遭到俄國的狂熱份子殺害。他在這裏待了十五年多的時間，在1937年離開之前，他一共寫了八本俄文小說。

《彼得堡》（Petersburg, 1913）的作者別雷（Andrei Bely），在柏林渡過不愉快的兩年，他一心嚮往革命後莫斯科的新鮮感。卡夫卡於1923年住在柏林西南區，在這裏寫下他最後幾部小說，之後便搬到靠近維也納的一所療養院，並於1924年病逝當地。

對大多數的中歐人，尤其是德國人來說，柏林之所以有吸引力，在於它是發展中的德文寫作市場的中心。許多出版社，像是莫塞（Mosse）、謝爾（Scherl）、烏爾斯坦（Ullstein）、山姆・費雪（Samuel Fischer）與厄斯特・羅弗爾特（Ernst Rowohlt），拉拔了許多作家，其中如傳奇的捷克記者基許（Egon Erwin Kisch），以及在柏林一些旅館與餐廳裏，寫下包括《薩沃伊旅館》（Hotel Savoy, 1924）與《拉德茨基進行曲》（Radetzkymarch, 1932）在內的許多小說，奧地利作家羅特（Joseph Roth）。「是離開的時候了，」他在1932年如預言般地說到，「他們會燒掉我們的書。」1933年，希特勒成為政府總理，同一年，羅特逃到巴黎，稍後他死於當地的一間救濟院。穆齊爾（Robert Musil, 1880-1942）在柏林寫成他的第一本小說，《學生特爾萊斯的困惑》（Young Torless, 1906），他也在這裏邂逅

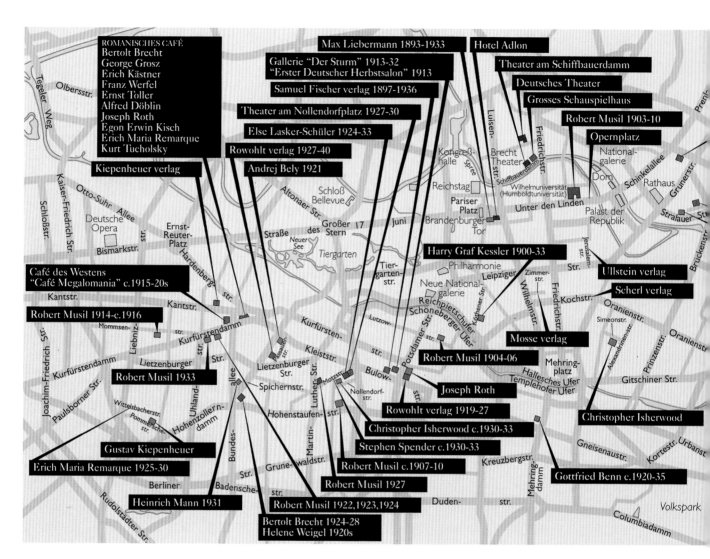

ROMANISCHES CAFÉ
Bertolt Brecht
George Grosz
Erich Kästner
Franz Werfel
Ernst Toller
Alfred Döblin
Joseph Roth
Egon Erwin Kisch
Erich Maria Remarque
Kurt Tucholsky

Max Liebermann 1893-1933
Gallerie "Der Sturm" 1913-32
"Erster Deutscher Herbstsalon" 1913
Samuel Fischer verlag 1897-1936
Theater am Nollendorfplatz 1927-30
Else Lasker-Schüler 1924-33
Rowohlt verlag 1927-40
Andrej Bely 1921
Kiepenheuer verlag

Hotel Adlon
Theater am Schiffbauerdamm
Deutsches Theater
Grosses Schauspielhaus
Robert Musil 1903-10
Opernplatz

Café des Westens
"Café Megalomania" c.1915-20s
Robert Musil 1914-c.1916
Robert Musil 1933
Gustav Kiepenheuer
Erich Maria Remarque 1925-30
Heinrich Mann 1931
Robert Musil 1922,1923,1924
Bertolt Brecht 1924-28
Helene Weigel 1920s

Harry Graf Kessler 1900-33
Ullstein verlag
Scherl verlag
Mosse verlag
Robert Musil 1904-06
Joseph Roth
Rowohlt verlag 1919-27
Christopher Isherwood c.1930-33
Stephen Spender c.1930-33
Robert Musil c.1907-10
Robert Musil 1927
Christopher Isherwood
Gottfried Benn c.1920-35

日後成為他太太的瑪莎，1927年，他為里爾克的死，發表一篇著名的演說。柏林是他其中一本劇作的首演之地，他也在此寫了小說《沒有個性的人》（1931-33）。

柏林的劇院生活，大都以東區的德意志劇院（the Deutsches Theater）與大劇院（the Grosses Schaupielhaus）為中心，在某個時期，它們全都受偉大的萊因哈特（Max Reinhardt）所指導。然而藝術家、評論家、作家與新聞記者——除了德布林愛去的古伯爾特咖啡館（Café Gumpert，位於亞歷山大廣場）以外——卻通常在西區的咖啡館與餐廳裏聚會。在當時，有兩間頗富傳奇的咖啡館。在西方咖啡館（Café

《狂飆》雜誌刊印貝恩與德布林等作家的文章。

des Westens）裏，可以見到以筆名華爾登（Herwarth Walden）的列文（Georg Levin）為中心的表現主義文人。華爾登所主編的雜誌《狂飆》（Sturm），刊印許多重要的德國作家的文章，雜誌裏的石版畫，都是出自可可西卡、基爾其納與馬爾克（Marc）的手筆，他還經營柏林一家最重要的畫廊（店名也叫「狂飆」），展出馬克（Macke）、克萊、夏卡爾（Chagall）與康定斯基（Kandinsky）的作品。這個圈子裏的人，包括詩人克拉本德（Klabund）、梅林（Mehring）與拉斯克—許勒（Else Laske-Schuler），後者以其富波希米亞生活風格的詩作著稱，還有德國最偉大的現代詩人貝恩（Gottfried Benn, 1886-1956），他第一本驚世詩集就是1912年問世的《陳屍所及其他》（Morgue）。

在大戰之後，附近的拉丁咖啡館（Romanisches Café）成了主要的聚會場所。作家們在這裏寫作，與出版社簽約，或是在這裏喝咖啡、下棋、閒聊來消磨時間。布萊希特、格羅茲、韋爾菲（Franz Werfel）、托勒爾（Ernst Toller）、德布林、羅特與雷馬克，也都在這裏現身。當政治衝突與意識形態加深

1920年代的柏林：1920年代的柏林是一個國際性的大都會，它的街道吸引了英國人、俄國人與美國人，可與當時巴黎給人的美感和才能相抗衡。

右圖是西方咖啡館的照片，柏林人稱它為「Cafe Megalomania」，在戰前是以其波希米亞風格著稱，吸引許多表現主義派的藝術家與作家前來。

時，實驗主義本身便不再成為目標。它轉化到政治裏，大部分是在左派陣營，有時也會到右派陣營。格羅茲號召一種能描繪工人階級生活的藝術。布萊希特（1898-1956）也是如此，這位來自奧格斯堡（Augsburg）的劇作家，於1924年來到柏林。德布林（1878-1957），一位開業醫師，寫了極有份量的城市小說，《柏林—亞歷山大廣場》（Berlin-Alexanderplatz, 1929），他在書中將前衛派的實驗與左翼的信念結合起來。1933年，當他的書被禁之後，便逃到法國，然後和布萊希特、湯瑪斯·曼與亨利希·曼一樣，最後也前往美國。「心是在左邊的。」這是二○年代的一句標語。它適用於從本雅明、托勒爾、福伊希特萬格（Lion Feuchtwanger）到亨利希·曼等作家。

還是有例外的情形。容格爾（Ernst Junger）以一個標榜民族主義的政治評論家與作家的身分，於1927年回到柏林。身為唯美主義者、冒險家、戰時的德國陸軍軍官與強硬派的個人主義者，他歡喜地將戰爭視為個性的考驗，他厭惡自由派的軟弱，渴望「尚武狀態」的來臨。他歡迎納粹用武力的佔領行為，然而他所熱愛的個人主義，卻讓他拒絕被同化。在柏林，他寫了一生中最好的兩部作品——《冒險的心》（The Adventurous Heart, 1929）與《工人》（The Workers, 1932）——但諷刺的是，他的意識形態迫使他於1933年逃亡國外。雖然貝恩認

為他祇是一時的諷刺的懷疑論者，他渴望的是納粹黨人所建立的新秩序。儘管如此，他還是將自己在前衛派時所認識的朋友，介紹給布萊希特和格羅茲，並且繼續參加出版商費雪（死於1934年）與凱斯勒（Harry Graf Kessler）等人辦的黃昏聚會（凱斯勒是藝術鑑定家與贊助者），他在1933年時，離開柏林前往巴黎，並在那裏寫下令人著迷的《日記：1918-1937》。貝恩稱亨利希·曼（1871-1950）——《帝國三部曲》（Das Kaiserreich, 1925）的作者，他的長篇小說《垃圾教授》（Professor Unrath）後來拍成電影名作，《憂愁天使》（Blue Angel）——是他的朋友，並且在1931年曼的六十大壽時，發表演說。兩年以後，他也諒解曼無論如何都要辭去普魯士藝術學院院長的做法。貝恩反對「反閃族主義」（anti-semitism），但又必須知道他之前的情人拉斯克—許勒，於1932年得到一座文學獎時，遭到右翼出版社的無情侮辱，以及稍後被納粹打手打得不省人事的遭遇。他也應該知道，有多少他之前的朋友（與對手），被迫離開柏林。儘管如此，他依舊希望從藝術與權力的新結合中得到好處，這種心態直到他瞭解他的藝術觀牴觸新政權為止。1938年，他被勒令停止寫作。

在大部分的主角遭到殺害，或是像本雅明一樣絕望地選擇自殺之前，柏林的知識與藝術生活，就已經毀於1933年的大火——無論是就實際的情況，或是象徵的意義。然而從表面上看，柏林似乎繼續前行，沒有任何決裂的模樣。缺席者被紀錄，甚至被追悼。每一位缺席者都顯示一種新經歷的可能性，如同克勞斯·曼（Klaus Mann）用殘酷的筆法，將演員格倫德根斯（Gustav Grundgens）寫進《梅菲斯托》（Mephistopheles），以證明他心繫這位好友，這本書在克勞斯死後才出版（1979）。同樣的情形也出現在歐希茨基的冷酷觀察中，他指出拉丁咖啡館逐漸為「日耳曼咖啡館」所取代——直到它徹頭徹尾被整修或改建，才算破壞殆盡。

格林威治村

　　格林威治村是一個地方——是紐約市下曼哈坦一處佔地不大，但十分重要的地方——有許多人卻說它也是一種心靈的狀態。比起其他地方，格林威治村更可以說是美國藝術的老家，尤其是在激進與實驗風格的年代中。從美國開國以來，直到現在，都是這樣。派恩（Tom Paine）、庫珀、布萊恩（William Jennings Bryant）、愛倫‧坡與梅爾維爾（Hermann Melville），全都住過這裏。梅爾維爾筆下的水手伊希梅爾（Ishmael），就是從貝特里公園（Battery Park）附近出發，尋找那條名為莫比‧狄克的白鯨。詹姆斯（H. James）在華盛頓區出生。馬克‧吐溫則是自1900年起，便住在華盛頓廣場。

到　了十九世紀中葉，紐約人開始移往上城，格林威治村於是成為義大利人的天下。1900年，它還出現其他的人，也就是波希米亞人。一心想成為作家與畫家的人，在這裏租下廉價的閣樓。種種激進的夢想——社會主義、女權主義（feminism）和世界革命——淹沒這裏的咖啡館與俱樂部。每個人——從凱瑟到德萊塞，從安德森到摩爾，從戴爾到康明斯，從帕索斯到奧尼爾（Eugene O'Neil）——最後全都到了這裏。「我們來到格林威治村，根本沒打算要成為這裏的村民。我們來的原因，是這裏的生活費用便宜，也是因為我們的朋友已經在這裏了……還有，紐約似乎是唯一能讓年輕作家的作品，有機會出版的城市。」考萊在紀錄二〇年代「迷惘的一代」的作品，《流放者的回歸》（Exile's Return, 1934）裏這麼說。即使是現在，你或許還能以每週兩圓美金，在十四街以南租下一間套房，或是以每月三十圓的租金，租下最高樓——雖然租金上漲了，仍是有愈來愈多的美國年輕人來到這裏。現在，有兩個世代在格林威治村重合了：有戰前的移居者、退伍老兵、示威運動與紋章展（Armory Show）；也有二〇年代的現代人，當景色有了變化時，他們就歡喜地搭船前往巴黎。

　　格林威治村是「紐約最迷人的地方之一」，住在那裏的凱瑟這樣說；克萊恩、德萊塞、戴爾和奧尼爾等人，也有同樣的看法。它的位置在麥克道格街附近，從西八街往南，跨過華盛頓廣場，往下到春天街（Spring Street）。它的長度有八個區那麼長，當市中心的商業區與港區過於擁擠時，格林威治村就被規劃出來了。紐約大學附近的僻靜街道，是商人的住家，其中許多是在華盛頓廣場旁。在1840年代時，年輕的詹姆斯從他位於上城西十四街五十八號的家，沿著第五大道走，花了十分鐘，到北華盛頓廣場

格林威治村：格林威治村的範圍從西十四街到凡達姆（Vandam），第五大道以西到哈德遜河（Hudson River）。中心區是華盛頓廣場：它的南邊就是眾所皆知的「天才街」（Genius Row）。小型的家庭商店（見右圖嵌入之照片），是這裏的標準街景。

Dial 1918-29 eds. Marianne Moore & Scofield Thayer

Little Review 1916-c.1920

Claire Marie Press 1913-14

Liberator 1918-24

Floyd Dell 1916

Randolph Bourne 1918

Willa Cather 1913-27

Theodore Dreiser 1923-27

Salmagundi Club 1917-

Sheridan Theater

Washington Square Bookshop 1915

Thimble Theater 1915-16

Max Eastman & Ida Rauh 1912

WEBSTER HALL 1910s Ritz Rock & Roll Club

e.e. cummings 1924-62

Marianne Moore 1950s-71

Mabel Dodge 1912-17

Louise Bryant & John Reed 1919-20

Man Ray 1918

Broom Harold Loeb

CLUB A William Dean Howells Jack London Upton Sinclair

Floyd Dell 1918

Hotel Brevoort

Theodore Dreiser 1914-19

Edna St Vincent Millay 1931

Max Eastman & Ida Rauh 1914-15

Edith Wharton 1881

Quill 1917-29

Jumble Shop Tea Rooms

William Glackens Rockwell Kent Edward Hopper

Romany Marie's

Henry James b.1843

Marta's

Provincetown Players 1916-17 1917-27

Polly's 1917

Eugene O'Neill 1915-17

Henry James *Washington Square*

Greenwich Village Theater

Romany Marie's 1916-17

Willa Cather 1909-13

Polly's 1915-17

Modern Art School

Golden Swan

Max Eastman 1916-17

Mad Hatter

Cherry Lane Theater

Glebe 1913-14

Floyd Dell 1913

HOUSE OF GENIUS 1910s Willa Cather Theodore Dreiser "O. Henry" Stephen Crane

Minetta Tavern

Lincoln Steffens 1912-13 John Reed 1912-15

Chumley's

Edna St Vincent Millay 1923-25

San Remo

Theodore Dreiser 1895

Theodore Dreiser 1922-23

Liberal Club 1913-18

Polly's 1913-15

Marianne Moore 1918-29

Sherwood Anderson 1923

Washington Square Bookshop 1913-14

Museum of Contemporary Art

Guggenheim Museum Soho

Edna St Vincent Millay 1918

十九號的祖母家,然後穿過公園,走到麥克道格街。

他在這個地方發現另一個紐約,這裏是工人、技師與工匠的世界。時髦的生活改變了上城,缺乏廣闊的林蔭大道是工業化的結果。村裏正變為一灘死水,街道交錯,兩旁都是二到三樓的磚房、商店、馬房、沙龍與工作間。由於地鐵與汽車的出現,出租車馬的馬房與馬車修理店相繼關門。但這些地方反而成為藝術家工作室的理想場所,村裏綻放的文化風情,不衹是在這些可見的建築上,它可以說是從刻板、方方正正的曼哈坦計畫街道所畫出的一個斜角;它提供種種不同但都令人費解的東西,像是毫不現代的沙龍,以及繁榮發展中的文化生活。它一直是譴責審查制度與文化地方主義的表徵。正如格林(Martin Green)在其傑作《一九一三年的紐約》(*New York 1913*, 1988)中所說:「在這個世紀剩下的日子裏,格林威治村還會持續存在。」

當《群眾》雜誌需要經費贊助時,就會舉辦服裝舞會,或是邀請由歐洲搭船前來的文化名流演講,上面的插圖就是為了雜誌所辦的活動而畫的。

的確如此。從1840年開始,當「青年美國」與親英派的《紐約人評論》(*Knickerbocker Review*),在藝術上展開爭鬥時,紐約就有了一些死忠者支持的咖啡館、意識形態分明的沙龍與立場鮮明的鄉誼。村裏有數不清的團體,有些可以用移民者的祖國、職業與激進的政治觀來區分,有些則是用所閱讀的雜誌、合作的藝術家、常去的沙龍和餐廳來定義。新聞工作者聚集斯蒂芬斯(Lincoln Steffens)在華盛頓廣場的公寓。畫家則群聚在亨利(Robert Henri)與從費城來的史隆夫婦(John and Dolly Sloan)周圍。他們創造了「八」(The Eight)這個美國第一個現代藝術團體,他們用顏料為格林威治村上色,也為代表格林威治村聲音的《群眾》(*Masses*)雜誌,畫政治漫畫。無政府主義者聚集位於東十三街哥德曼(Emma Goldman)的《大地之母》(*Mother Earth*)雜誌社辦公室,或是在東十二街一〇四號的費勒中心(Ferrer Center),貝羅斯兄弟(Henri and

George Bellows)就是在那裏教授藝術課程,1917年時,孟福特(Lewis Mumford)也在那裏開設評論克魯泡特金(Kropotkin)的課程。

在紐約大學四周,還有一個大學社群;在上城哥倫比亞另有一個較為傲慢的社群,伊斯特曼(Max Eastman)在到格林威治村主編《群眾》之前,就是在那裏跟著杜威(John Dewey)學習。女權主義者如魯赫(Ida Ruah)、米荷蘭德(Inez Milholland)與朵逖(Madeleine Doty),則在克莉絲托(Crystal Eastman)的公寓裏集會,討論甚麼是「新女性」。一群受歐洲影響的藝術家、作家和攝影家,則在斯蒂格里茲(Alfred Stieglitz)位於第五大道二九一號的畫廊出入,這裏是戰前實驗派藝術的主要根據地。有錢的女房東朵姬(Mabel Dodge),不但在1913年協助籌辦將立體派引進紐約的紋章展,自己也在第五大道二十三號經營一家沙龍。

格林威治村的文化聲名造就許多團體,其中少數是由當地出生的村民所組成。這裏的文化確實是由中西部或歐洲遷來的人所塑造出來的。它以其多樣性與包容度自豪,它不是單一的形態,也非出自同一個原因。人際關係——無論是性慾的、政治的還是藝術的——全是流動的,所有的結盟關係都維持不久,緊張關係倒是非常發達,人們搬進又遷出,每一年的景色都有所不同。

頗能說明格林威治村複雜情形的模型,是麥克道格街一三七號,在充滿實驗刺激的紋章展展出那一年,波尼兄弟(Albert and Charles Boni)在這裏開了一家「華盛頓廣場書店」。他們打算讓這家書店產生文化的連結,並出版立場激進的新書。克萊姆柏格(Alfred Kreymborg)從倫敦帶進新的意象派詩作,這是流放當地的龐德送他的。克萊姆柏格說服波尼兄弟開辦《土地》(*The Glebe*)雜誌,在1913到14年之間,一共出刊十期,刊載威廉斯(W.C Williams)與喬伊斯的作品。他也是一個極具天分的書探,發掘出桑德堡(C. Sandburg)、林賽(V. Lindsay)與摩爾(M. Moore)的小說與詩集。

這家書店成為一個重要的中心;華盛頓廣場劇場(Washington Square Players)——即後來的基爾德劇院(Theatre Guild)——於1915年時,在這裏演出他們的第一齣戲。書店隔壁就是自由主義俱樂部(Liberal Club),這是洛德曼(Henrietta Rodman)在1913年所創辦,為當地的作家提供一個有創造性閒聊的地方,她即是戴爾小說《愛在格林威治村》(*Love in Greenwich Village*, 1926)裏的愛吉利亞(Egeria)。評論家門肯(H.L. Mencken)說這個俱樂部是:「華盛頓廣場的江湖術士」之家,當然,當朵姬協助格林威治村民組成社團,並擔任贊助人時,洛德

《解放者》（*Liberator*）是一本將矛頭直接對準《群眾》的雜誌，它的主編是伊斯特曼與他的姊妹克莉絲托、戴爾（F. Dell）。

曼就統轄一個不具正式形式的世界。儘管如此，這些團體之間還是有連結的。朵姬的情人里德（John Reed），就是自由主義俱樂部的常客。在《新評論》（*New Review*）與《群眾》雜誌裏，里德是最具領導地位的社會主義者之一；他和戴爾所住的地方，得跨越俱樂部所在的南華盛頓廣場，才能到達。

自然主義小說家如德萊塞、辛克萊、安德森與劉易斯（Sinclair Lewis），都在這裏會見如格雷肯斯（William Glackens）等藝術家、無政府主義者、社會主義者、新聞工作者、自由戀愛鼓吹者和佛洛伊德的弟子，以及從歐洲來的立體派或達達派畫家。在「異教徒晚會」（Pagan Routs）上，藝術家與知識分子把自己裝扮得像是酒神、女祭司、森林之神與女神，他們將自己的夢想開誠布公。戴爾曾為這些人寫了一齣戲，《聖喬治在格林威治村》（*St. George in Greenwich Village*），安德森也在戲中演出一個小角色。自由主義俱樂部的地下室，是哈勒迪（Polly Holliday）所經營的餐廳，那裏也是她的情人，身兼廚子、領班與無政府思想家的哈維爾（Hippolyte Havel）的嬉鬧之處，他的菜燉牛肉是吸引眾人的拿手絕活。哈維爾也一直是哥德曼（E. Goldman）在倫敦時的情人，他在1909年左右定居紐約，並且成為無政府主義策辦的活動中，不可或缺的人物。按照萊特曼（Ben Reitman）的描述，這個人「可以用德文思考，用英語說話，但喝起酒來就德、英夾雜了」，他和《群眾》雜誌社裏的社會主義者比賽槍法的事，讓格林威治村的政治生活活潑不少。

很快地，二〇年代中的「迷惘的一代」也來了，像是摩爾、克萊恩（Hart Crane）、蘇爾柏（James Thurber）、帕索斯、懷里（Elinor Wylie）、威爾遜（Edmund Wilson）、沃爾夫、康明斯等人。格林威治村變得更具自我意識，生活也昂貴多了。到了1929年，當特里林（Lionel Trilling）出現之時，在他眼裏，它甚至變得高尚起來。他曾平靜地說：「格林威治村就是格林威治村，在紐約，似乎沒有其他地方，能讓一個懂得思考的人活下去……。」

格林威治也挑戰美國中部的精神，儘管過了二〇年代之後，它也開始褪色了。1919年時的「紅色恐怖」（Red Scare），恐嚇了村裏的激進主義者，而禁酒令的頒佈，更是威脅那裏的生計。檢查制度則是另一種打擊：安德森（Margaret Anderson）與華盛頓廣場書店的經營者，全都因配送《尤利西斯》、《小評論》（*Little Review*）這一類被查禁的書刊，而遭逮捕下獄。蒙巴那瑟與新墨西哥（New Mexico），開始吸引許多實驗主義者慕名前往。或許最大的威脅，還是來自現代主義者的作品，他們是這場新藝術鬥爭的贏家——尤其是在1929年，現代藝術博物館於上城啟用之時。

格林威治村裏的人並非總是好的政策擁護者；或許就像1913年時，伊斯特曼在《群眾》上發聲，力陳：「無論如何，都不可被教條束縛。」在社會主義者看來，《群眾》本身太過無禮；在共產主義者眼裏，它太過波希米亞；對備受尊崇的知識份子來說，它過於墮落；就廣大讀者而言，它太過知性。然而，人們對格林威治村的渴望，卻愈來愈旺盛。它對開放的美國文學與政治，與整體美國精神的認可，直到今日仍有深刻的影響。

龐德著名的勸告：「讓它有新意！」或許更能用在格林威治村，而非他當時住的倫敦。要是沒有文化上的激進主義、佛洛伊德的主張，以及造成無數「小」雜誌出現的前衛派實驗的熱誠，這樣被「剝皮」的美國文化，不知會是如何。到了五〇年代，由於新的實驗風潮，它又回來了，祇不過是在幾個不同的地點，像是南休斯頓，或是在東村。儘管如此，它在麥克道格街與華盛頓廣場周圍，從1910到30這二十年間，是美國文化最富能量的時期之一。

華盛頓廣場書店所贊助的普羅芬斯頓（Provincetown）劇團在紐約的演出（上圖），他們的劇本出自奧尼爾、格拉斯培爾（Susan Glaspell）、羅伊（M. Loy）與米雷（Edna St. Vincent Millay）的手筆。1916年冬季，他們搬到麥克道格街一三九號的一間馬房。兩年後，又搬到一三三號，奧尼爾的《毛猿》（*The Hairy Ape*）與《瓊斯皇帝》（*The Emperor Jones*），就是在這裏首演。

哈萊姆文藝復興

格林威治村位於下城，而哈萊姆（Harlem）則在上城。它有一段很長的時間都是個化外之地，直到1637年，哈萊姆（Nieuw Haarlem）帶著荷蘭人來此定居為止。當紐約在美國獨立革命之後，開始繁榮發展時，荷蘭地主們依舊住在具有鄉村風味的房子裏。不過由於它的港口條件與大量的移民人口，到了十九世紀，曼哈坦便快速發展了。1881年，鐵路通到哈萊姆，1898年，有五個自治區加入大紐約。精緻的公寓興起於中央公園（Central Park）北邊，這個地方的建築物很快便過度飽和了，住在這裏的人大部分是猶太人，還有其他為了逃離下東城（Lower East Side）貧民區，而遷至哈萊姆的移民者。年輕的魯斯（Henry Roth, 1906-95）於1914年，從猶太人的下東城搬到哈萊姆。1915年，米勒（Arthur Miller）出生於第一一一街。在新舊世紀交替之後，一個新的族群——非裔美人（African-American）——開始在這裏定居。

18 76年，在南方重建的尾聲後，便出現在非裔美人的歷史上——包含所有艱困的年代——一個或許至今都難以理解的事件。大量來自鄉村的黑人人口，離開還算仁慈的白人，而這些白人在十幾年前，都還是他們的主人與監督者。然而，社會仍是將這些先前為奴隸的黑人，視為次等公民，他們受到嚴苛的法律體制所管轄，也要面對三K黨（the Ku Klux Klan）這非正式的恐怖組織。其他少數民族隨著1880到1914年的大移民潮，紛紛湧入美國各個城市，他們得忍受次等的經濟條件與種族歧視；非裔美人仍然沒有得到解放。

在南方，重要的領導者出現了，尤其是阿拉巴馬州「土斯克基協會」（Tuskegee Institute）的創立者，也是《從奴隸狀態中奮起》（Up from Slavery, 1901）的作者，華盛頓（Booker T. Washington, 1856-1915）。儘管他受到南方非裔美人同胞的讚賞——在那裏的黑人大都住在貧困的鄉下，大部分還是文盲——但他常常不受北方黑人所信賴，那些人認為他的主張祇是「調整與屈服的老調」。評論家是以杜波斯（W.E.B. DuBois, 1868-1963）為首，他寫了《黑人的靈魂》（The Souls of Black Folk, 1903），呼籲黑人同胞對落後與歧視，展開政治與文化的革命。在這樣的世代中，一個偉大的離散運動開始了。

紐約就像一塊磁鐵。1900到1940年之間，大紐約的五個自治區裏白人人口，從兩百一十萬人增加到四百九十萬人。黑人人數則從六萬人增加到四十萬人，然後在1940-60年，幾乎以兩倍的速度成長。如同從歐洲來的移民，他們也都是來自遙遠的家鄉，自我流放到紐約，希望能獲取更好的生活條件。他們也都認為自己是都市人，並且在華盛頓自給自足的南方農業社會觀，與出身北方的杜波斯的現代化觀點之間，做出他們的選擇。

1905年，哈萊姆的褐色建築與公寓，向黑人居民開放了。他們許多都是剛從南方來的人。新的商業機會提供給黑

在1920到30年間，約有一千萬的非裔美人從南方遷出，其中有五十萬人定居在中西部與東北方的各大城市。大部分是到紐約。

人老闆與專門人員，這些人大部分住在「奮鬥者之街」（Striver's Row）。但這樣的機會並不夠多，工作還是難找的：旅館、餐廳與劇院都有種族限制的雇用辦法。但哈萊姆黑人對工作專注地投入，改變了這個狀況，創造出活潑的文化與新的黑人意識，恢復對祖先起源的興趣，塑造了黑人的菁英階級，也決意同化至專門人員裏。他們也在爵士樂（Jazz）與潮流上表現自我——特別是在「哈萊姆文藝復興」上。

1920年代是關鍵性的十年。黑人在爵士樂、舞蹈、劇場、繪畫、雕刻與寫作上迭有佳作。在南方鄉村式的被動與哈萊姆街道上的刺激之間，這個二〇年代的文藝復興誕生了。當洛克（Alain Locke）的《新黑人》（The New Negro, 1925）——極富驚人創意的文選、散文與藝術——問世時，這個運動就取得文化與藝術上的架構。這本書被格林威治村麥克道格街的波尼兄弟賞識，並且以優美的方式出版它，波尼兄弟也出版涂瑪（Jean Toomer）的抒情詩體小說《手杖》（Cane, 1923）。那時還沒有那一個黑人出版商，能向美國的白人推銷這些書，

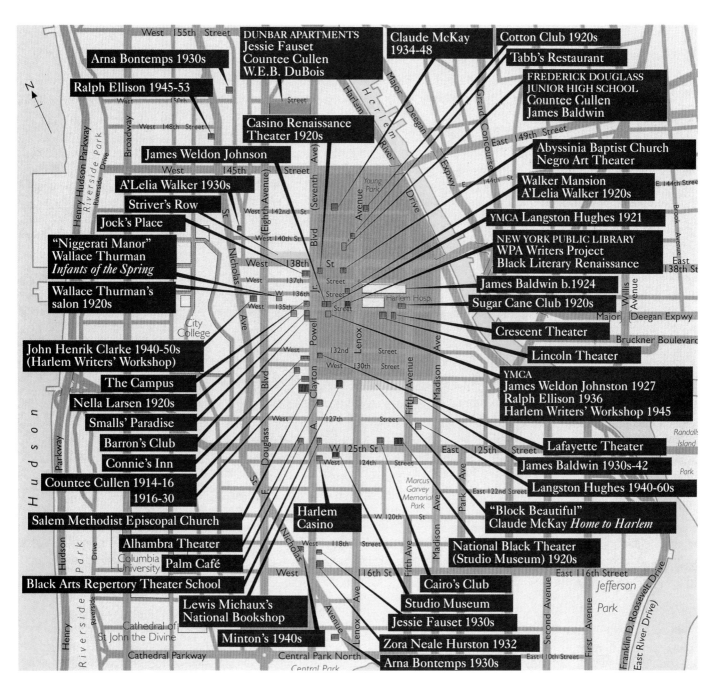

West 155th Street

Arna Bontemps 1930s

DUNBAR APARTMENTS
Jessie Fauset
Countee Cullen
W.E.B. DuBois

Claude McKay
1934-48

Cotton Club 1920s

Tabb's Restaurant

Ralph Ellison 1945-53

FREDERICK DOUGLASS
JUNIOR HIGH SCHOOL
Countee Cullen
James Baldwin

West 148th Street

Casino Renaissance
Theater 1920s

East 149th Street

James Weldon Johnson

West 145th Street

Abyssinia Baptist Church
Negro Art Theater

A'Lelia Walker 1930s

Young
Park

East 144th Street

Walker Mansion
A'Lelia Walker 1920s

Striver's Row

West 142nd St

YMCA Langston Hughes 1921

Jock's Place

West 140th St

NEW YORK PUBLIC LIBRARY
WPA Writers Project
Black Literary Renaissance

"Niggerati Manor"
Wallace Thurman
Infants of the Spring

West 138th St

East 138th St

West 137th Street

Wallace Thurman's
salon 1920s

W. 136th Street

James Baldwin b.1924

West 135th Street

Harlem Hosp.

Sugar Cane Club 1920s

City
College

132nd Street

Major Deegan Expwy

Crescent Theater

Bruckner Boulevard

John Henrik Clarke 1940-50s
(Harlem Writers' Workshop)

West 130th Street

Lincoln Theater

The Campus

YMCA
James Weldon Johnston 1927
Ralph Ellison 1936
Harlem Writers' Workshop 1945

Nella Larsen 1920s

West 127th Street

Smalls' Paradise

Randalls
Island
Park

Barron's Club

Lafayette Theater

Connie's Inn

W. 125th St

East 125th Street

Countee Cullen 1914-16
1916-30

West 124th Street

James Baldwin 1930s-42

Marcus
Garvey
Memorial
Park

East 122nd Street

Langston Hughes 1940-60s

Salem Methodist Episcopal Church

W. 120th St

"Block Beautiful"
Claude McKay Home to Harlem

Harlem
Casino

Alhambra Theater

National Black Theater
(Studio Museum) 1920s

Columbia
University

Palm Café

West 118th Street

Black Arts Repertory Theater School

Cairo's Club

West 116th St

East 116th Street

Jefferson
Park

Lewis Michaux's
National Bookshop

Studio Museum

Cathedral of
St John the Divine

Jessie Fauset 1930s

Minton's 1940s

Zora Neale Hurston 1932

Cathedral Parkway

Central Park North

Arna Bontemps 1930s

East 110th Street

Central Park

況且哈萊姆的人既沒有錢也沒有經驗,可以成為他們自己文化的贊助人。猶太出版商可諾夫(Alfred Knopf),出版詩人暨劇作家休斯(Langston Hughes)的第一本文集,《萎靡的布魯斯》(The Weary Blues, 1926)。像這樣大部分寫給白人讀者看的黑人作品,還有哈萊姆與紐約其他地方的交通,以及非裔美人和猶太人等,都構成整個哈萊姆文藝復興的根基。

與紐約其他地區相同,哈萊姆是個包羅萬象的社會。來自南方的非裔美人在這裏遇見北方的城市黑人。鄉下的農夫與優雅的黑人專門人員、音樂家與騙徒,都沿著第七大道開逛。新世代作家也相繼出現了。有些是哈萊姆出生的當地

人,像是著有詩集《膚色》(Color, 1926)的詩人卡倫(Countee Cullen, 1903-1946)。不過他們大部分是來自

哈萊姆:到了1920年代,第一三〇街到一四五街,以及第七大道與麥迪遜(Madison)之間的區域(地圖上的淡褐色色塊),就是著名的「哈萊姆黑人區」。哈萊姆是非裔文學的核心,這種情形一直持續到現在。二〇年代許多知名的聚會場所(圖上所示),今天成了文學聖地與博物館。

南方或西部印第安區的移民。《黑人的曼哈坦》（*Black Manhattan*, 1930）的作者詹森（*James Weldon Johnson*, 1871-1938），來自佛羅里達州傑克森維爾（Jacksonville），洛克（1886-1954）則是費城人。《回到哈萊姆家鄉》（*Home to Harlem*, 1928）的作者麥凱（Claude Mckay, 1889-1948），來自佛州詹麥卡（Jamaica），而著有《約拿的瓜藤》（*Jonah's Gourd Vine*, 1934）的赫爾斯頓（*Zora Neale Hurston*, 1891-1960），也來自同州的伊頓維爾（Eatonville）。涂瑪（1894-1967）生於華盛頓特區，《黑色雷電》（*Black Thunder*, 1935）的作者波恩覃普斯（*Arna Bontemps*, 1902-1973），則生於路易斯安那。索爾曼（*Wallace Thurman*, 1902-1934），《使者》（Messenger）

哈萊姆文藝復興可視為黑人寫作的新爆發。左上角是卡倫，下方則是杜波斯的照片。他們為後來的作家指引方向，像是在六〇年代時，在哈萊姆寫作的鮑德溫（右上）。

的主編，也是劇作《哈萊姆：黑人生活的通俗劇》（*Harlem: A Melodrama of Negro Life*, 1929）的作者，來自鹽湖城（Salt Lake City）。集詩人、故事作家和劇作家於一身，並且將詩與爵士樂結合起來的休斯（1902-1967），其出生地是在密西西比的喬布林（Joplin）。

杜波斯，這位新的文化菁英正在散發光芒。對「新黑人」卓有貢獻的人士裏，包括了具有律師、外交官與教授身分的詹森、出身紐約大學和哈佛的卡倫，與專精於民俗和人類學，在巴納德（Barnard）、哥倫比亞大學跟從大師波亞斯（Franz Boas）做研究的赫爾斯頓。身為主編的洛克，在哈佛與柏林大學唸書時，也是第一位拿到羅德獎學金（Rhodes Scholar）的非裔美人研究生。

黑人生活的哈萊姆，是以第五大道與第七大道之間的第一三五街為中心。位於該街的紐約市立圖書館分館，可說是討論文學的場所，那裏可以見到言辭犀利的辯論，也可以觀賞舞臺劇的演出。西一三六街一〇八號的渥克大廈（Walker Mansion）——現在是紐約市立圖書館卡倫分館——則是不同

種族的作家與藝術家的聚會之處，這得感謝繼承這棟大廈的女主人渥克（A'Lelia Walker）慷慨相助。渥克大廈就在杜波斯為「全國促進有色人種進步協會」（National Association for the Advancement of Colored People，NAACP）主編的《危機》（*Crisis*）雜誌社附近。位於第七大道與第一三一街路口的拉法亞提劇院（Lafayette Theatre），在1920年時，光是奧尼爾的《瓊斯皇帝》，就上演了四百九十場。《瓊斯皇帝》是一位白人劇作家所寫的劇本，但演員全都是黑人——儘管隔了那麼多代，但劇中主角所顯示的種種古老風俗，卻不曾中止過。黑人劇院也迅速發展起來。杜波斯成立克里格瓦劇團（Krigwa Players），而劇本《奮鬥者之街》（*On the Striver's Row*, 1933）的作者，希爾（Abram Hill），創立「美國黑人劇院」（American Negro Theatre），休斯也創辦「哈萊姆手提箱劇院」（Harlem Suitcase Theatre）。

就像美國其他地方，哈萊姆文藝復興也受到大恐慌的衝擊，並且在政治上被打成左派運動。作家們紛紛出走國外，或是為「作家巡迴美國計畫」（Writers' Projects across the United States，WPA）工作。並非所有的黑人作家都來自哈萊姆。來自密西西比納切茲（Natchez）的賴特（Richard Wright），對南方的種族主義，就有第一手的瞭解。如同其他的爵士音樂家，他在二〇年代搬到北方的芝加哥，並於1938年時，出版《湯姆大叔的孩子們》（*Uncle Tom's Children*），書中描述的是在南方暴力下的種族關係。1940年，他發表《土生子》（*Native Son*），在那個年代裏，它是最有影響力的黑人小說。他曾在哈萊姆住過很短的時間，但是在戰後，為了逃開嚴重的種族歧視，他搬到巴黎的塞納河左岸，「在那裏，你的膚色是與你有關的事裏，最不重要的一個」，他經常到多爾農（Café Tournon）與切茲里普（Chez Lipp）咖啡館。很多那個世代的作家，如鮑德

音樂與爵士俱樂部——諸如哈萊姆娛樂場（Harlem Casino，位於第七大道與第一三八街路口）、甘蔗俱樂部（Sugar Cane Club，第五大道與第一三五街路口），特別是棉花俱樂部（Cotton Club，雷諾克斯大道與一四三街路口，左圖），是艾林頓（Duke Ellington）與貝西（Count Basie）登臺的地方——來玩的人大部分是從城裏來的白人。

在二〇年代，「奮鬥者街」（下圖）都是四層樓相連的房子，這條街是哈萊姆最時髦的街道之一；幾乎在每一本哈萊姆文藝復興的作品中，都可以看到它的蹤跡。

溫（James Baldwin）、希姆斯（Chester Himes）與斯密斯（William Gardner Smith），甚至是下個世代的黑人作家，也都到巴黎了。

儘管如此，哈萊姆伊依舊有它的吸引力。佩特里（Ann Petry）於1938年來到這裏，後來出版了《街道》（*The Streets*, 1942），這是一本以第一一六街附近和當時的哈萊姆為中心的小說。出生於奧克拉荷馬市的艾利森（Ralph Ellison），於1936年來到哈萊姆，起初他就睡在公園的長椅上；後來他在引人矚目的小說《看不見的人》（*Invisible Man*, 1952）裏，捕捉到那裏的氛圍。1924年，鮑德溫於哈萊姆醫院出生，當他還是個孩子時，就在教堂裏講道了，在《向蒼天呼籲》（*Go Tell it On the Mountain*, 1953）中，他喚起三〇年代宗教氣氛濃厚的哈萊姆。他的晚年大部分是在巴黎渡過的，然而在1960年代公民權利法案（Civil Rights）的爭論中，他又回到美國，繼續發揮他的影響力。

在非裔美人的作品與意識中，哈萊姆一直扮演著重要的角色。「哈萊姆作家工作室」（Harlem Writers' Workshop）、「哈萊姆作家公會」（Harlem Writers's Guild）與「黑人藝術人才儲備劇校」（Black Arts Repertory Theatre School）的成立，帶來第二次的文藝復興。許多當代的非裔美人作家，從安吉羅（Maya Angelou）到梅里惠瑟（Louis Meriwether），都與這些團體有關。雖然希姆斯到了巴黎，他還是寫了以哈萊姆街道為背景的犯罪小說，《哈萊姆的怒火》（*A Rage in Harlem*, 1965）。《馬爾坎X自傳》（*The Autobiography of Malcolm X*）——1993年由史派克·李（Spike Lee）拍成電影《黑潮》——探索住在哈萊姆的馬爾坎·里托（Malcolm Little），如何由一個小鎮惡棍，變成信仰伊斯蘭教的黑人，還有他後來對新的非裔美人意識，如何產生重大的影響。

哈萊姆文學

小說

1923　涂瑪的實驗之作《手杖》。

1928　麥凱的《回到哈萊姆家鄉》。

1932　卡倫的《到天堂去的一條路》（*One Way to Heaven*）。

1936　波恩覃普斯的《黑色雷電》。

詩與戲劇

1933　希爾的《奮鬥者之街》。

1942　休斯的《莎士比亞在哈萊姆》（*Shakespeare in Harlem*）。

到了1980年代，美國有了重要的非裔文學。儘管今天已經沒有多少重要的黑人作家住在那裏了；然而，哈萊姆對美國文壇所代表的根本意義，是在精神方面而非在地理名詞上。

大街，美國

「大街是文明的頂點。在這裏，福特汽車可以停在波頓商店（Bon Ton Store）之前，漢尼拔（Hannibal）可以入侵羅馬，伊拉斯謨斯（Erasmus）可以在牛津的修道院寫作。」劉易斯（Sinclair Lewis, 1885-1951）在小說《大街》（*Main Street*, 1920）中，開宗明義這麼寫著，這個作品一半是諷刺，一半是他所鍾愛的美國小城生活寫照（本書讓他榮獲1930年的諾貝爾文學獎）。《大街》的背景設定在明尼蘇達州的戈弗草原（Gopher Prairie），而劉易斯本人則是跑到紐約，過著波希米亞生活的明尼蘇達人。然而，就像他所說的，同樣的背景也可以出現在俄亥俄、蒙大拿、伊利諾或上紐約州：「這就是美國，一個人口數千的小城，就在小麥、玉米、酪農場與小樹林之間。」

劉易斯寫下觀察敏銳的作品時，正值世界為了進步而變動。美國宣佈參戰，威爾遜（Woodrow Wilson）總統為了民主價值，設法保住世界安全。戰後這一切都結束了，美國人又回到自己的家園。二○年代已經開始繁榮發展——柯立芝（Calvin Coolidge）總統宣稱：「美國的要事就在商業。」州際公路跨越全國。「薔薇電影院」（Rosebud Movie Palace）號稱能給人們一個更大、更為光輝的世界，它吸引了大量的人潮。儘管如此，小城依舊有著強大的影響力，特別是在政治事件上，如禁酒運動、反移民主張與確立美國中部的價值、「令人愉快的傳統與確定不疑的信仰」，還有「上帝給予的駑鈍」。就像劉易斯所指出的，小城成了一個「不知所措的帝國」。它失去塑造它的邊疆性格，而原本是美國的心臟地帶，也被那些大城市所取代。在以城市為導向的未來年代中，作為鄉村與清教徒式美國文化的表徵，它的影響力也逐漸式微了。

在《巴比特》（*Babbitt*, 1922）裏，劉易斯把故事的背景從小城移往更大的，但仍具中西部特色的城市。他將這個帶有諷刺意味的故事，設定在「真尼斯」（Zenith）——或許它就是明尼亞波里斯（Minneapolis）的化身。真尼斯是個由小鎮蛻變

出身美國中部的傑出諷刺作家劉易斯（上圖），1885年生於明尼蘇達州的索克中心（Sauk Center），他後來到耶魯讀書，並且在報社當編輯，直到《大街》出版後，他才聲譽鵲起。隨後，他又發表《巴比特》與《阿羅史密斯》（*Arrowsmith*, 1925）。1930年，他榮獲諾貝爾文學獎，但他後期的作品卻不如從前。1951年，他於羅馬逝世。

而來的大城，城裏矗立著新蓋好的辦公大樓（這些樣式簡單的高樓，是用鋼筋、水泥與石灰蓋成的），商業精神在這裏取得絕對的主導優勢。書中的英雄人物巴比特（George F. Babbitt），是個四十六歲的房地產經紀人，是「卓越的市民」，也是個「敬畏上帝，精力旺盛的可靠人物，他是那種擁有活力與虔信的教堂裏的一份子」。他確實是個有懼內症的丈夫，但懷有一種模糊而簡單的夢想，這與爾虞我詐、你爭我奪的商場生活大不相同。作為一個民間人物，巴比特成了二○年代典型的美國中部人。門肯（H.L. Mencken）這位對美國人的駑鈍大加撻伐的巴爾的摩人，就直斥「巴比特」為美國的大害。在二○年代的美國文學作品中，不乏有巴比特這樣的角色——譬如在蘇爾柏（J. Thurber）所寫的小說裏。他們也顯示出它所要反抗的對象；許多美國作家便說，為了要擺脫這些巴比特型的人，他們祇好逃至巴黎。

如果說劉易斯是以諷刺的能量，來對待中西部小鎮與商業城市，那麼安德森（S. Anderson, 1876-1941）就是用精妙的詩以對了。安德森之前是俄亥俄一個小鎮的畫商，他丟下工作跑到芝加哥，在那裏以認真的態度，用現代的實驗派筆法寫作。1919年，他最好的作品，《俄亥俄州瓦恩斯堡鎮》（*Winesburg, Ohio*）出版了。其中包含二十五個相關的短篇故

「我們的火車站是最後渴望到的建築。克拉克（Sam Clark）每年在五金器材上營業額，羨煞鄰近四鄉的人。在薔薇電影院的感性藝術中，有著一句幽默但不踰矩的廣告詞。」這種《大街》中的小鎮風情，霍普在《平交道》（Railroad Crossing，上圖）中，也捕捉得十分完美。

事，形成了一種非常不同的小鎮或大街周圍的經驗，它們是一群孤立的人所建構的憂傷寫照──安德森稱他們為「奇怪的人」（grotesques）──這些人渴求表達與展開自己的生命、慾望與夢想，但卻被舊式的美國清教主義、壓抑與孤立的沈重包袱壓下來。瓦恩斯堡是個在生命與藝術上，都想讓人逃脫的監獄。安德森用現代主義的角度，在充滿詩意與象徵手法的散文中，探索形同囚犯的小鎮鎮民那種敏感而扭曲的生命。受他影響的作家裏，其中一位是斯泰因，另一位是他在芝加哥的好友，馬斯特斯（Edgar Lee Masters），其《匙河文選》（*Spoon River Anthology*, 1916）也同樣述說中西部人迷惘的生活故事。

　　還有兩個何以美國中部小鎮會成為二〇年代重要的寫作主題的原因。其中之一是美國變化的速度實在太快，現代化與戰後的繁榮驅使它不斷往前走，小鎮也因此衰落了。當大城市人口愈來愈多時（1920年的人口普查，首度顯示出美國人大都住在城裏），工業接管一切，大眾傳播的年代應運而生，美國人

這輛黑色的T型福特汽車（上圖），在二〇年代中，在每個小鎮上都可見到，當時商業發展的熱潮開始席捲美國。

[193]

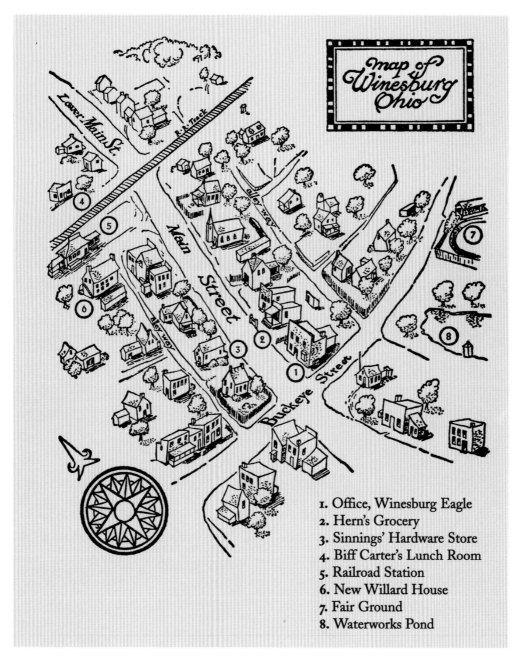

1. Office, Winesburg Eagle
2. Hern's Grocery
3. Sinnings' Hardware Store
4. Biff Carter's Lunch Room
5. Railroad Station
6. New Willard House
7. Fair Ground
8. Waterworks Pond

在《新政治家》（New Statesman）中，提及安德森的《俄亥俄州瓦恩斯堡鎮》時，韋斯特（Rebecca West）是這麼說的：「那裏的樂趣若非詩人，是難以找到的……它似乎是說，這裏的每個東西都是美的。在這樣的精神中，安德森先生在醜陋的小鎮中遊走，看著他口中『駑鈍而醜陋』的人們。它活著，它發光，它們像不朽的靈魂一樣活著。」左圖所繪的大街，可以是任何地方，而它的居民也可以是任何小鎮裏的美國人。

西：大城、文學實驗、藝術主張，與美國未來的快速發展所帶來的嘈雜聲。許多作家——如馬斯特斯、桑德堡與林賽等來自中西部的詩人——試著去調和兩者，而深具影響力的霍普（Edward Hopper）與威瑟（Andrew Wyeth）等畫家，也做著同樣的工作。

然而，這樣的美國小鎮，難道正是門肯口中「愚眾」（booboisie）的家鄉，與「上帝給予的駑鈍」之所？抑或是，它不折不扣是林肯與作家豪威爾斯（William Dean Howells）所來自的美國心臟地帶，以及如菲茨傑拉爾德筆下，白手起家的新人蓋茨比

民開始回憶他們失去的，或是被他們拋在腦後的事物。從某一方面看，這是進步的必然過程，但是在另一方面，它卻是一種懷舊的情緒。難道這樣的小鎮，這曾是邊疆所在的遺蹟，這古老的中部生活，就祇是有著過去歷史的「地方監獄」？或者，它仍然是美國價值觀的真正源頭？

另一個重要的原因是，有很多新生代的美國作家，都是那裏出身的——劉易斯與安德森、海明威與菲茨傑拉爾德——他們覺得自己要寫出不同形式的小鎮故事。跟在這些後面的是魏爾德（Thornton Wilder），在其著名的劇作《小城風光》（Our Town, 1938）裏，他表現出在平凡的美國生活中，簡單的家庭世界，小城也開始鋪設黃色的磚路。此外，還有別的東

（Jay Gatsby），試圖要打進的「荒原」？海明威在巴黎時，猶回顧密西根森林，即使是劉易斯，也坦承他對大街與波頓商店的世界，有著不為人知的熱愛。正如菲茨傑拉爾德的《大亨小傳》（The Great Gatsby, 1925）中，卡拉威（Nick Carraway）所作的自白：「甚至在東部最吸引我，在我最能意識到它優於無趣、懶散、傲慢自大的俄亥俄小鎮之時……即使它總是讓我產生扭曲的性格。」中西部的小鎮依舊存在，而且一直存在於今日的文學作品中——如凱勒（Garrison Keillor）的「憂愁之湖」（Lake Wobegon）系列故事，和帶有地方色彩的寫實作品。

威廉・福克納時的新南方

「從《薩托里斯》（Sartoris, 1929）開始，我就發現我那有如郵票般的小小故里，相當值得一寫，而且窮我這一輩子，也難以寫完。」這就是福克納（William Faulkner, 1897-1967）在描述他的文學新發明，密西西比州的「約克納帕塔法郡」時所說的話，他的許多小說都以此為背景，這些作品使他成為最重要的現代南方作家之一。這個以密西西比州的牛津為本的約克納帕塔法，不僅是美國一處偏遠地區，也成了一則國際性的美國神話——而書中的一切也都隨著南方在南北戰爭的潰敗，嘎然而止。

要成為一位南方作家絕非易事，在南北戰爭後，一代又一代的人似乎有了這樣的發現。1865年可怕的潰敗，還有幾乎沒有任何建樹的「重建」所帶來的痛苦，以及荒蕪的城市與耕地，加上以北方和西方為主的工業美國的興起，在在讓南方人感到絕望。像是著有《覺醒》（The Awakening, 1899）的蕭邦（Kate Chopin）等作家出現了，但他們隨即消失無蹤。詩人如拉尼爾（Sidney Lanier），也轉向神祕主義。小說家如《戰場》（The Battleground, 1902）的作者格拉斯哥（Virginian Ellen Glasgow），則對這個地方表達冷酷的失望之情。其他像是《格蘭迪斯米斯》（The Grandissimes, 1901）的作者凱柏（George Washington Cable），則是對迫使他們離開南方的種族問題，提出尖銳的批判。

福克納於1897年，在密西西比州的新阿爾巴尼（New Albany）出生，按照他的說法，寫北方或西方是很容易的事，因為那些地方「既年輕又有活力」，不像南方，「老得沒有生氣……又在內戰中慘遭殺害」。儘管如此，他仍然到紐奧良，希望能成為一位詩人，他決心驅散這樣的魔咒。在安德森的指導下，他寫了《士兵的報酬》（Soldier's Pay, 1926），這是一本描述世界大戰所造成的衝擊的小說（他在戰時曾接受飛行員訓練），稍後他又發表與二〇年代紐奧良的波希米亞有關的《蚊群》（Mosquitoes, 1927）。

受到安德森的鼓舞，福克納（上圖）在他的小說中，就用到他家鄉的景物。

接下來，他面臨大轉變。他決定回到家鄉牛津，他在那裏一度受雇為密西西比大學的郵局局長，他愛上當地的威士忌酒，也留心身旁發生的真實事件。在寫《薩托里斯》時，福克納的地方世界開始變得栩栩如生。他創造出虛構的約克納帕塔法郡（以拉法亞提郡為本），還有傑佛遜（牛津）。他從奇卡索族（Chicasaw）的用語中，找到「約克納帕塔法」，意思是「耕地」，並把它放在古老的地圖上。就像哈代筆下的威塞克斯，它純粹出於想像，但卻是建構在真實的地理背景上。約克納帕塔法郡是佔地兩千四百平方哩的鄉間，裏面有著複雜的命運與家族譜系，精確的人口數有白人六千二百九十八人，黑人九千三百一十三人。它面對三重的詛咒：它的土地是從印第安人手裏奪來的，它支持奴隸制度，它也在內戰中挫敗。

福克納稱他以約克納帕塔法為主的小說世界為「偽經」（apocrypha），這是他為南方製造，有如選擇版的聖經史。家族史在這裏延續下來了。這揹負著命運，有如英雄般的薩托里斯家族，就是他自己家族在內戰中再生的翻版。斯諾普斯（Snopes）代表的是提著提包的流浪漢的劫掠與貿易。每一處的歷史都滲入現實生活中——然而，福克納用的文學技巧都極富現代性。「我發現寫作是一件很有力量的好事，」他

福克納曾在1920年時,於密西西比大學(左圖)任郵局局長,他在那裏以特別學生的身分,選讀語言與英文課程。然而不久之後,他便瞭解他所選擇的職業應該是寫作,於是他在1930年,偕同妻子搬到位於牛津的永久住家(下圖),寫下他最好的幾部作品,其中有《八月之光》與《押沙龍,押沙龍!》。

說,「你可以塑造出有血有肉的人,很快我就發現,我想把這些人帶回家。」

在接下來的三十年裏,福克納的確把他們帶回家了。他最傑出的小說與故事,全都來自三〇年代。這些作品——《聲音與瘋狂》(The Sound and the Fury, 1929)、《我彌留之際》(As I Lay Dying, 1930)、《八月之光》(Light in August, 1932)與《押沙龍,押沙龍!》(Absalom, Absalom!, 1936)——都充滿著約克納帕塔法的歷史:有隳壞中的伊甸園,有處女地變為地產,林地遭到砍伐,也有自然為機器、騎士精神為貿易所取代的故事。傾圮的宅第、獵熊的行動、種族隔離、種族混合、私刑處罰,還有到孟斐斯的旅行,這些事物在故事中處處可見。

它們也都是現代的實驗之作,作者精心運用了意識流的技巧,表達出人類時代裏被置換的南方故事。

在他寫的書裏,福克納用不同的方式與筆法,述說南方的故事,像是在《八月之光》裏,克里斯默斯(Joe Christmas)所受到的私刑;小說集《下去吧,摩西》(Go Down, Moses, 1942)中,堪稱他最好的故事之一的〈熊〉(The Bear)裏面的獵熊行動,以及《村子》(The Hamlet, 1940)、《小鎮》(The Town, 1957)與《大宅》(The Mansion, 1959)所構成的「斯諾普斯三部曲」輕喜劇。他的故事——「南方歷史的悲劇寓言」——與他的世界,變成世界性的作品,他的實驗筆法也有了世界性的影響,這些都甚受法國文壇的讚賞。他被視為與喬伊斯、吳爾夫(V. Woolf)不相上下,具有領導地位的現代主義者,1949年時,他榮獲諾貝爾文學獎。

福克納的作品預言了南方文學的復興。在他之後,相繼出現瓦倫(Robert Penn Warren)、蘭塞姆(John Crowe Ransom)、泰特(Allen Tate)、戴維森(David Davidson)等人的著作——都是優秀的詩人與批評家,他們之中有些人的散文收錄於《我要採取立場》(I'll Take My Stand, 1930)裏,這本文集明確地宣示南方土地的寫作與文化。考德威爾(Erskine Caldwell)在《菸草路》(Tobacco Road, 1932)裏,可笑地寫出大恐慌時期,南方菸農的

有著失落的紳士與淑媛、佃農、手提包旅行者(左圖就是這些無家的流浪漢)、窮白人、刻苦耐勞的黑人與小鎮上的蜚短流長,約克納帕法塔忠實地反映南方的歷史。

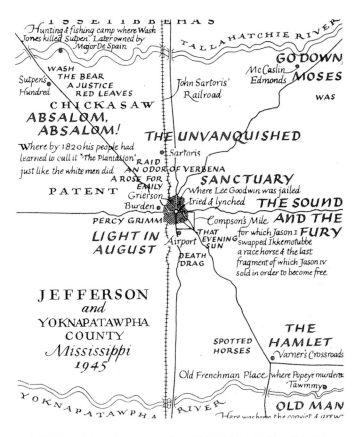

福克納將南方的耕地上棉花工（上圖）與農工，納入美國最熟悉的文學景觀中。

約克納帕法塔與拉法亞提郡：福克納為他的小說所畫的地圖（上圖），地圖上的景物都是虛構的，他是以牛津的周圍地區（下圖）為張本。這兩個地方都在托拉哈奇河（Tallahatchie River）的範圍內。在這個虛構的郡裏，約克納河（Yocona River）成了約克納帕法塔，傑佛遜成了牛津。

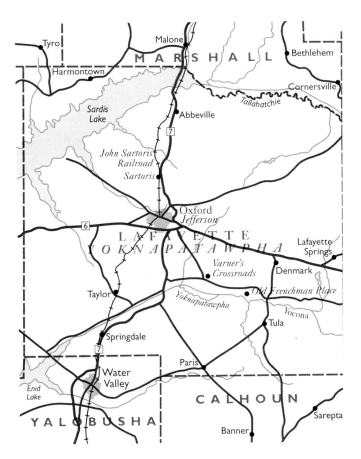

生活；而米切爾（Margaret Mitchell）的《飄》，則將原本令人迷惘的南方故事，轉變為賺人熱淚的浪漫故事。

威廉斯（Tennessee Williams）、海爾曼（Lilian Hellman）、海華德（DuBose Heyward）的劇作，以及艾吉（James Agee）在《讓我們在此刻讚美名人》（Let Us Now Praise Famous Men, 1941）中的文字與照片，都延續了這個故事。有了從喬治亞州而來，著有《心是孤寂的獵人》（The Heart Is a Lonely Hunter, 1940）的麥克庫勒斯（Carson McCullers），與來自密西西比州，著有《戴爾他婚禮》（Delta Wedding, 1946）的威爾第（Eudora Welty），以及來自喬治亞州的歐坎諾爾（Flannery O'Connor）等人的作品，現代的南方得到「歌德式南方」的新傳統，這個傳統被珀西（Walker Percy）、卡波特（Truman Capote）與狄基（James Dickie）發揚光大，並持續到現在。

就像在南北戰爭之前的愛倫‧坡，福克納也成為現代文學的代表性人物。他受限於南方，當時同樣具有南方歌德血統的小說家，歐坎諾爾便抱怨說：「沒有人會想讓他的騾子和馬車，停在與他同一個軌跡上。」甚至是非裔女作家，諸如摩里森（Toni Morrison）與渥克（Alice Walker）等人的有力作品，仍然循著他的蹤跡──尤其是在他重新恢復南方作品的虛構與歷史的企圖上。

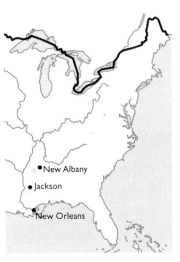

作家筆下的好萊塢

　　向好萊塢臣服是很容易的。每個人都有他們所喜愛的電影製片家與作家的故事。其中相當膾炙人口的，便是葛德文（Sam Goldwyn）與梅特林克（Maurice Maeterlinck）之間的故事了。葛德文聘請梅特林克這位不會說英語，但曾經得到諾貝爾獎的比利時作家，改寫自己的小說《蜜蜂的生活》（La vie des abeilles），當電影劇本譯成英文後，葛德文才驚訝地發現劇中的英雄竟是一隻蜜蜂，因為他根本不知道「abelle」這個字是甚麼意思。還有另一個例子，依舊是與葛德文有關的故事，話說他想雇用暢銷書作家布倫姆菲爾德（Louis Bromfield）時，便說出他對作家的真正感覺。「當然，你是個了不起的小說家，但有多少人聽過你呢？」葛德文這樣問，「如果你能寫出兩到三齣成功的電影劇本，『布倫姆菲爾德』這幾個字就會響遍世界！」

作家經常得到的報酬，就是被恭維。當菲茨傑拉爾德首度從好萊塢遊罷歸來時，評論家門肯寫信給他：「感謝上帝，你竟能活著回來！我十分擔心你。如果洛杉磯不是某種文明的排泄器官，我就不是甚麼解剖學家了。任何時候，祇要你又有了離開的想法，而且想打消這個念頭，就來找我好了。」在提到文化時，好萊塢總是被歸為異類。在二〇年代，作家受巴黎的吸引而前往，到了四〇年代，他們又受到紐約的召喚，因為這兩個地方都可說是文化上的首都，但在三〇年代時，第一批到好萊塢的作家，則是因為剛萌芽的電影工業，提供了新的經濟機會的緣故。甚至是在二〇年代時，就有作家到那裏為默片寫故事畫板了。隨著有聲電影的到來，以及在製片廠系統下，動畫電影的產業化，好萊塢需要能夠創作故事與撰寫對白的新無產階級作家。

　　因此，第二波的加州淘金熱潮開始了。小說家海區特（Ben Hecht）致電曼基維茲（Herman J. Mankiewicz），要他來好萊塢為派拉蒙（Paramount）公司寫作：「有數百萬人來到這裏，但你的競爭對手都是一群白癡。千萬別讓他們得逞。」曼基維茲果然來了——他留下來，和三〇與四〇年代受好萊塢吸引而來的作家並肩作戰。第一批來的作家都是美國人：像是凱恩（James M. Cain）、錢德勒（Raymond Chandler）與哈米特（Dashiell Hammett）等硬派小說家（hard-boiled novelist）；方特（John Fante）、福赫斯（Daniel Fuchs）與麥克伊（Horace McCoy）等無產階級作家；赫爾曼（Lillian Hellman）、歐迪茲（Clifford Odets）與安德森（Maxwell Anderson）等嚴肅的百老匯劇作家；還有派克（Dorothy Parker）、本奇萊（Robert Benchley）等著名的紐約智者。他們在足以和「莎士比亞公司」抗衡的史丹利‧羅斯（Stanley Rose）書店聚會，或是在和蒙巴那瑟的咖啡館相當的慕索（Musso）、法蘭克（Frank）裏啜飲咖啡。

　　許多有名的作家也來到好萊塢。1934年，帕索斯受導演史坦柏格（Josef von Sternberg）之邀，為女星瑪麗蓮（Marlene Dietrich）量身寫作電影劇本，《女人的名字是魔鬼》（The Devil is a Woman）。他深為好萊塢種種文化上的傲慢所驚，也對它誇耀的富有而膽寒，他堅信在奧地利出生的史坦柏格，是一個來自布魯克林的騙子。他寫的電影劇本是失敗的作品，然而，這樣不快的經驗卻造就出他最精彩的小說，《賺大錢》（Big Money, 1936），在這本書中，他把好萊塢寫成具有影響力的

米高梅製片家曼基維茲，和既是演員也是編劇的威爾斯（Orson Welles），通力完成一般認為是他們拍過最好的電影，《市民肯恩》（Citizen Kane, 1939），這部電影迄今仍在播放。

大眾文化新中心，那裏充斥著投機的製作人、墮落的藝術家與文化上的野蠻人。著有《美國的悲劇》（*An American Tragedy*, 1925）的德萊塞，於1940年時搬來好萊塢，他用晚年的時間寫成《斯多葛》（*The Stoic*, 1947）。雖然他生前宣稱自己是個共產黨員，但死後還是葬於位於好萊塢昂貴地段的「森林草地」（Forest Lawn）墓園，那裏離著名的電影牛仔米克斯（Tom Mix）的墓地不遠。福克納也曾在好萊塢工作過很長的一段時間，當他結構複雜的小說，未能引起廣大讀者的青睞。他對電影的蔑視，算得上是一種傳奇，而他的楣運也接連不斷。他曾經向某家製片廠要求在家裏，而不要

在三○年代中，好萊塢大道（上圖）附近的街道，成為韋斯特（N. West）在其超現實主義、如啟示錄般的《蚱蜢的一天》的背景所在，這本小說道出好萊塢生活與美國夢的背面。

在他的辦公室裏工作。當他回去密西西比時，在六個月之後，米高梅（MGM）公司的人才發現這件事。他祇寫了一個與好萊塢有關的故事，〈黃金之地〉（Golden Land）。不過在1936年時，他住在好萊塢北伊伐爾街（North Ivar Street）的紐約人旅館（Knickerbocker Hotel），倒是寫下許多他最好的小說，包括了《押沙龍，押沙龍！》的某些篇章。

儘管如此，還是有兩位小說家很投入的為電影寫劇本，他們是韋斯特（N. West, 1903-40）與菲茨傑拉爾德（舊譯「費滋傑羅」，S. Fitzgerald, 1896-1940）。韋斯特於1933年來到好萊塢，將他的傑作《寂寞芳心小姐》（*Miss Lonelyhearts*, 1933），改寫成電影劇本。1935年，他又回到好萊塢，當時適逢經濟大恐慌，景氣跌到谷底，他住在一家名為「帕瓦—塞德」（Pava-Sed）的廉價旅館，旅館位於北伐伊爾街，就在好萊塢大道附近，它也是《蚱蜢的一天》（*The Day of the Locust*, 1939）的故事背景。他在這家旅館渡過短暫生命的餘生，為一些位於好萊塢「窮人街」上，像是「字母組合」（Monogram）這樣的小型片廠編寫劇本。

菲茨傑拉爾德於1937年定居好萊塢，當時他的文學事業面臨衰落的危機。在二○年代，這位著有《人間天堂》（*This Side of Paradise*, 1920）與《大亨小傳》（1925），極富魅力的作家，曾經是美國收入最高的作家之一。但隨著婚姻的破裂，他的妻子珊爾達（Zelda）發瘋，而他本人成了酒精中毒的患者，再加上美國處於大恐慌的頹勢，他發現自己不得不為五斗米而折腰。他搬到阿拉花園（the Garden of Allah）——女星娜

琪默娃（Alla Nazimova）在二○年代所蓋的好萊塢傳奇建築——並且為米高梅公司工作。雖然他不是成功的編劇家，但菲茨傑拉爾德用他在電影界的經驗，創作出有史以來，最能描繪好萊塢眾生相的作品。在未完成的傑作《最後的一個大亨》（*The Last Tycoon*, 1941）中，菲茨傑拉爾德向我們訴說，在取得商業與藝術的平衡中，電影製作所要面對的複雜性。不像一些輕視以傲慢聞名的好萊塢文化的作家，他在他筆下的英雄——製片家斯塔爾（Monroe Stahr）身上——看出雄厚的潛力。他把生命最後幾年的時間都用在好萊塢，他誤信自己精通電影編劇，也被視覺影像的力量所迷惑。他是這麼說的：「我瞭解在我壯年時期，在人們之間傳達思想與感情的最有力、也是最柔軟的媒介就是小說，但現在，它成了一種商業藝術的附屬品，無論它是操在好萊塢商人或俄羅斯理想主義者手上，都祇能反映最平庸的思想與最淺白的感情。小說雖是一種藝術，但已成附屬於影像的文字，在合作中不可避免的低度磨合，磨損了人物的個性。在1930年過去時，我有一種預感，這樣的情形甚至會讓最暢銷的小說家，像默片一樣過時……對我來說，這種帶著怨恨的羞辱，幾乎讓我感到困擾，我也看出文字寫作的

在《最後的一個大亨》裏，菲茨傑拉爾德（左圖）描述傑出的製片廠總經理斯塔爾（Monroe Stahr），向一派紳士模樣的英國小說家巴斯萊（Boxley），傳授電影編劇的入門訣竅，而巴斯萊這個人物是以赫胥黎（右圖）為本的。

在《蚱蜢的一天》裏，韋斯特把一個電影製片廠（上圖是米高梅片廠），描寫成一處廢物堆積場：「好一個像出來的馬尾藻！垃圾場一直在擴大，因為沒有一個不知漂到何處的夢想，所以無法很快或稍後被找到。那是用膠泥、畫布、板條與顏料做成的照片。」

好萊塢：1930年代時，有一群作家來到好萊塢，他們希望自己的作品可以改拍成電影，或是能成為當地製片廠的編劇高手。

力量，成了另外一種力量，一種更為燦爛、更加粗野的力量的附庸⋯⋯。」說來奇怪，菲茨傑拉爾德與韋斯特都恰巧於1940年12月裏的同一個週末過世；菲茨傑拉爾德死於心臟病發，韋斯特則在一次車禍中喪生。僅僅過了數年，一批新世代的讀者才意識到，他們兩位的死，也結束了作家的好萊塢年代。

　　1930年代晚期，一種新的寫作浪潮開始抵達好萊塢，當時的歐洲已經到了爆發另一次世界大戰的邊緣。來到這裏的作家，有些是離開英國的放逐者，其中最有名的是赫胥黎與衣修午德。赫胥黎於1937年來到好萊塢，起初他祇是來此一遊，最後決定留下，並於1963年逝於此地。在四○年代裏，他將許多文學經典改寫為電影劇本，像是《傲慢與偏見》、《簡愛》等，然而，他不願與陳腐的作家為伍，這些人是華納（Jack Warner）口中，「和安德伍茲在一起的笨蛋」（Schmucks with Underwoods）。電影並不是甚麼值得投入的媒體，他在寫給一位友人的信中提到，因為你還得感謝這些低等合作者的慈悲：「多麼令人厭惡與丟臉！如果可能的話，它比劇院還糟。我應該留在一種靠著自己，就能完成一切的藝術中，我可以坐下來，毋須將我的靈魂託付給一群騙子、暴發戶與江湖術士。」他在他的黑色喜劇小說《天鵝死在許多個夏天之後》（After Many a Summer Dies the Swan, 1939），表達出他的敵意，在小說中，他提到赫爾斯特（Randolph Hearst）與森林草地墓園──稍後的英國作家沃（Evelyn Waugh）受其影響，也在諷刺小說《愛人》（The Loved One, 1948）裏，寫到光輝燦爛的好萊塢與

洛杉磯。

　　最後一批來到好萊塢的藝術家，是一些逃難者而非流放者，他們是歐洲現代史裏的難民。荀白克（Arnold Schoenberg）在三○年代晚期，在加州大學洛杉磯分校謀得教職，他在那裏教授作曲，寫了十二音調的樂曲，並且和蓋希文打網球。史特拉汶斯基於1940年搬到比佛利山，寫下許多傑出的代表作，像是《三樂章交響曲》（Symphony in Three Movements, 1946）與《浪子的歷程》（The Rake's Progress, 1951）。然而人數最多的，還是來自德國的作家，其中包括德布林、亨利希·曼、湯瑪斯·曼、韋爾弗與布萊希特。湯瑪斯·曼在「太平洋柵欄區」（Pacific Palisades），蓋了一棟迷人的房子，他在那裏寫了晚期的佳作《浮士德博士》（Doctor Faustus, 1948）。布萊希特也是在1940年來到這裏。他的電影生涯並不成功，但還是寫了他最佳的劇本之一《高加索灰欄記》（The Caucasian Chalk Circle, 1955）。祇有少數德國的逃難作家能用英文寫作，但沒有任何德國作家對電影有過實質的貢獻，儘管如此，在好萊塢轉變為一個世界性的現代主義中心這件事情上，他們還是有所助益的，像是勞頓（Charles Laughton）演出布萊希特的《伽利略傳》（Galileo），阿多諾（Theodor Adorno）與霍克海默（Max Horkheimer）將法蘭克

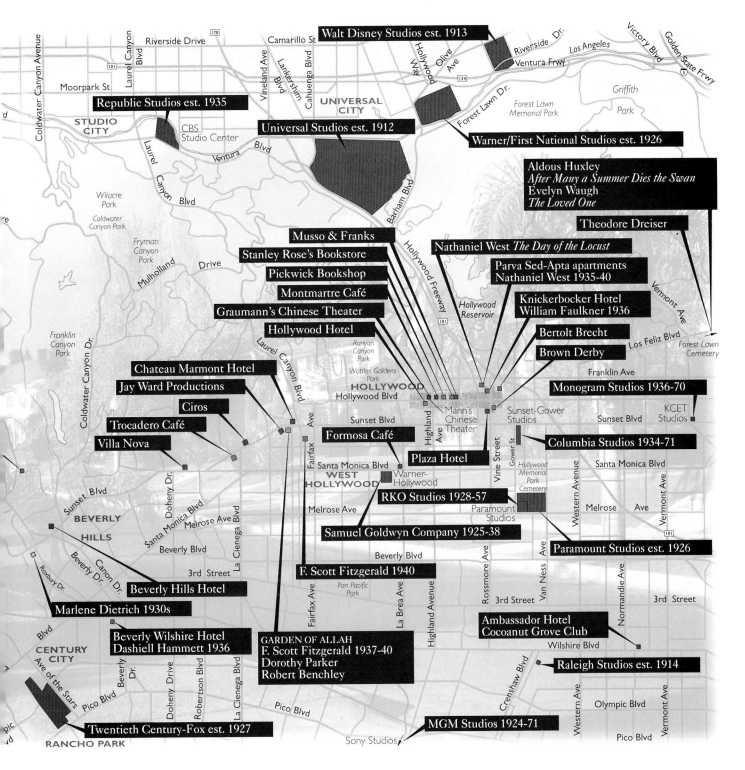

Walt Disney Studios est. 1913

Riverside Drive

Camarillo St

Republic Studios est. 1935

Moorpark St

STUDIO CITY

CBS Studio Center

Universal Studios est. 1912

UNIVERSAL CITY

Warner/First National Studios est. 1926

Forest Lawn Memorial Park

Griffith Park

Wilacre Park

Coldwater Canyon Park

Fryman Canyon Park

Mulholland Drive

Aldous Huxley
After Many a Summer Dies the Swan
Evelyn Waugh
The Loved One

Theodore Dreiser

Nathaniel West *The Day of the Locust*

Musso & Franks

Stanley Rose's Bookstore

Pickwick Bookshop

Montmartre Café

Graumann's Chinese Theater

Hollywood Hotel

Parva Sed-Apta apartments
Nathaniel West 1935-40

Knickerbocker Hotel
William Faulkner 1936

Bertolt Brecht

Brown Derby

Franklin Canyon Park

Chateau Marmont Hotel

Jay Ward Productions

Ciros

Trocadero Café

Villa Nova

Runyon Canyon Park

Wattles Galdens Park

HOLLYWOOD
Hollywood Blvd

Mann's Chinese Theater

Sunset Blvd

Formosa Café

Plaza Hotel

Franklin Ave

Monogram Studios 1936-70

KCET Studios

Sunset-Gower Studios

Sunset Blvd

Columbia Studios 1934-71

Santa Monica Blvd

Santa Monica Blvd

WEST HOLLYWOOD

Warner-Hollywood

RKO Studios 1928-57

Hollywood Memorial Park Cemetery

Paramount Studios

Melrose Ave

Samuel Goldwyn Company 1925-38

Melrose Ave

BEVERLY HILLS

Beverly Blvd

Beverly Blvd

Paramount Studios est. 1926

3rd Street

Pan Pacific Park

F. Scott Fitzgerald 1940

3rd Street

3rd Street

Beverly Hills Hotel

Marlene Dietrich 1930s

Ambassador Hotel
Cocoanut Grove Club

Beverly Wilshire Hotel
Dashiell Hammett 1936

GARDEN OF ALLAH
F. Scott Fitzgerald 1937-40
Dorothy Parker
Robert Benchley

Wilshire Blvd

CENTURY CITY

Raleigh Studios est. 1914

Ave of the Stars

Pico Blvd

Pico Blvd

Olympic Blvd

Twentieth Century-Fox est. 1927

RANCHO PARK

Sony Studios

MGM Studios 1924-71

Pico Blvd

福社會思想學派帶進南加州。

好萊塢文化復興勉勉強強撐到大戰結束。隨著一批老的猶太顯貴死去、製片系統的衰微,以及電視的興起,電影工業無法避免地面對改變。冷戰的開啟與麥卡錫主義(McCarthyism)的抬頭,還有好萊塢十人幫(Hollywood Ten)的審判與黑名單的出現,製造出褊狹的政治氣氛,甚至逼走了像卓別林(Charles Chaplin)這樣的電影天才。在為歐洲的難民世代提供安定的家園之後,好萊塢卻製造出在黑名單下,美國自己的流亡世代。

當梅勒(Norman Mailer)於1949年,為《裸者和死者》(*The Naked and the Dead*, 1948)的電影版,來到好萊塢時,他發現電影圈正在瓦解中。他把他的好萊塢小說《鹿苑》(*The Deer Park*, 1955),設定在一處沙漠的休閒勝地中。1951年,製片家塞爾茲尼克(David Selznick)告訴一位友人:「好萊塢這裏就像埃及。充滿著碎裂的金字塔。它的榮景一去不回了。祇能繼續瓦解,直到最後,風將剩下的製片廠支柱吹過沙地。」塞爾茲尼克是錯的。好萊塢在六〇年代時,還是恢復生機——祇不過,這次沒有耀眼的作家陣容了。

經濟大恐慌下的美國

　　三〇年代美國文壇的影像之一，就像是一隻奮力掙扎的海龜，一次又一次橫越繁忙的州際公路。這樣的影像——無論是出於自然也好，還是出於生存與延續的掙扎也罷——都可以在史坦貝克（John Steinbeck）的《憤怒的葡萄》（*Grapes of Wrath*, 1939）見到，這是一個與美國經濟大恐慌年代有關的不凡故事。書中所說的「莊稼漢移民」（Okies），是一群來自西南各州的窮苦農民，他們為蕭條的經濟、塵暴與銀行所逼，不得不離鄉背井，把全部家當塞進破舊的汽車，沿著六十六號公路（又有「母親之路」、「遷徙之路」的別稱），長途跋涉地開往加州這個美國夢的最後前哨。

19　29年10月24日，美國的股票市場大跌。短短幾天裏，金融業者力圖挽回頹勢。到了第五天，一切努力均告失敗。這就是史上著名的「大崩盤」（Great Crash）。二〇年代以來的繁榮結束了，爵士時代（Jazz Age）也在瘋狂大拍賣中告一段落。經濟崩盤動搖了美國國本。到處都有人丟掉工作，公司倒閉、破產，或是變賣田地來還債。許多人都離開家園。他們成了「流浪者」，從衰敗的農莊到失業的城市，都有人出走，他們搭乘貨車，聚居在他們戲謔地稱為「失業者住宅」（Hoovervilles）——是以那一事無成的總統胡佛來命名的——的移民者營地，或是到美國人絡繹不絕前往的西部，他們就像史坦貝克筆下的莊稼漢移民，到了那裏才發現工作機會依舊不足，而且薪水低得可憐。

　　當大恐慌蔓延到全世界，而且愈演愈烈時，美國作家也看出他們有了新課題：寫出他們已經變調、黯澹的國家的悲慘故事。爵士時代的桂冠詩人，菲茨傑拉爾德，在短短幾個星期裏，就瞭解他那光輝的二〇年代已成了鏡花水月。「1929年的雪不是真雪。如果你不想讓它變成真雪，祇需付些錢，它就會消失無蹤。」——這樣的幻想世界不復存在了。取而代之的，是三〇年代的真實社會。或許在好萊塢並非如此，它依舊扮演提供娛樂的重要角色，依舊有著揮霍無度的片商，他們說：「我們就在錢堆裏。」不過這畢竟是少數。儘管好萊塢在此提醒美國人，這些價值觀祇不過是暫時中止罷了，但仍有其他許許多多的人，包括一些作家在內，認為美國已經消耗殆盡。或許，美國夢真的完了。

　　作家很快就有了反應。劇團演出反映危機感和對政治新需求的作品。左翼的新劇作家劇院（New Playwrights Theater），上演1927年時的首部戲碼。1929年，哥爾德（Mike Gold）——具有領導地位的共產黨員，也是抗議小說《沒有錢的猶太人》（*Jews Without Money*, 1930）的作者——成立「工人戲劇聯盟」

在1930年時，全國約有四百萬失業人口，一年之後增加到八百萬，到了1932年，共有一千兩百萬美國人丟掉工作。乞丐在街上排成一列，像上圖這樣一大鍋雞湯就可以養活饑民。

（Workers' Drama League）。翌年，有了工人實驗室劇院（Workers' Laboratory Theater），稍後變成行動劇院（Theater of Action），然後是集體劇院（Theater Collective, 1932-36）。煽動劇團（Agitprop Theatre）很快推出它的一些經典之作，其中有斯克拉爾（George Sklar）的《碼頭工人》（*Stevedore*），以及勞森（John Howard Lawson）的《進行曲》（*Marching Song*），這兩齣戲都是在聯合劇院（Theater Union）演出。1935年，群體劇院（Group Theater）上演由歐迪茲所寫的兩部劇作：其中的《等待左翼分子》（*Waiting for Lefty*），是三〇年代最有名的戲劇，描寫紐約計程車司機的攻擊；《醒來歌唱吧！》（*Awake and Sing!*），說的是一個年輕猶太男孩成為激進份子的過程。與歐迪茲一樣，其他年輕劇作家也都在當時激進派劇團中工作——威廉斯（T. Williams）在紐奧良，米勒（Arthur Miller）在密歇根——在戰後，他們都成為百老匯的中流砥柱。

　　至於從巴黎而來的流亡份子，則在家中認真思索那裏出錯了。有些人開始到美國各地遊歷，希望能一探發生在密西西比棉花工人，與密歇根的福特汽車工人身上的種種苦難。作家艾吉與攝影家伊凡斯（Walker Evans），接受《財星》

蘭格 (Dorothea Lange, 1895-1965) 是一位攝影記者,她在大恐慌年代中,為加州的移民勞工(右圖)所拍攝的肖像,以及對當時艱困的生活情形的研究,成為舉世所知的紀實影像。對許多移民家庭來說,他們的家就是野地裏一個可移動的小屋,裏頭沒有水,也沒有衛生設備,他們的未來祇能建立在不確定性與失望之上。

(Fortune)雜誌的委任,在1963年時,用四個星期的時間,遍訪阿拉巴馬(Alabama)承租農地的農人們。他們通力完成的攝影書《讓我們在此刻讚美名人》,一直要到1941年才得以出版,儘管如此,它還是留下對當時鄉村經濟崩潰下,窮苦白人苦難與耐力的動人與詩一般的證言。

幾乎三〇年代的所有美國文學,都以某種角度反省大恐慌時期。二〇年代的前衛派作家,如福克納等人,也改變寫作的方向。在菲茨傑拉爾德的《夜色溫柔》(1934)背後,隱藏著大恐慌這觸手可及的災難,即使這個故事的主題是在高生活水準的二〇年代中的流亡者。在以西部為背景的小說《有的和沒有的》(To Have And Have Not, 1937)中,海明威說了一個與大恐慌有關的寓言,他筆下的小說英雄,也不再宣稱擁有個人的和平。帕索斯在《美國》(USA, 1930-36)三部曲裏,運用蒙太奇技巧,說出二十世紀美國由夢想到災難的整個變遷故事。

三〇年代是一個充滿紀實小說與寫實主義的年代。大部分的書籍都正面受到大恐慌的衝擊。考德威爾在《菸草路》(1932)裏,語帶感情地道出南方貧苦菸農的窘境。法雷爾(James T. Farrell)則在《斯塔茲‧郎尼根》三部曲中,凝視著貧窮的芝加哥南區。已經是美國生活祭品的非裔美人,更是在大恐慌中,承受更糟的命運。從密西西比移居到芝加哥的賴特,寫下美國的鄉村黑人在城市的生活故事,並且在1940年時,出版他最好的一部小說《土生子》。

當羅斯福(Franklin D. Roosevelt)於1932年被選為美國總統時,「新政」(New Deal)也如火如荼地開始了。「作品進步

這輛古老的、負荷過重的哈德遜汽車,
在塞里索 (Sallisaw) 就接上公路,並且轉向西行,
刺眼的陽光使人目眩。但走在水泥鋪成的愛爾 (Al) 路時,
就可以發揮它的速度,因為湧出的泉水再也無法構成威脅了。
從塞里索到高爾 (Gore) 的路長為二十一哩,
老哈德遜可以維持在三十五哩的時速。
從高爾到華納 (Warner) 有十三哩長;
華納到切可塔 (Checotah) 有十四哩;
切可塔到亨利塔 (Henritta) 就長了
——足足有三十四哩……。

～史坦貝克,《憤怒的葡萄》

管理」(The Works Progress Administration,WPA)的成立,就是要為各種藝術提供基金。聯邦劇場(Federal Theater)於1935年創立,並且在各地巡迴演出,他們演出和社會與經濟環境相關的劇作。這個劇場最出名的貢獻,在於它就是一份「活動的報紙」,他們針對當前的事件,設計出寫實的戲劇。它的黑人團員創造像《搖擺國王》(The Swing Mikado)與《黑人馬赫斯》(The Black Macbeth)等作品。在劇團成立的前一年(1934),「聯邦作家計畫」(Federal Writers' Project)開始聘請作家撰寫與美國有關的事物,在它的全盛時期,一共有一千兩百位作家,分屬在不同的子計畫下,很多人後來都成為名作家。其中最為關鍵的方案,就是出版共達一百五十冊的《美國生活》(Life in America),以及一系列美國各州與各行政區的指南。美國的

《憤怒的葡萄》一書，讓史坦貝克（上圖）成為三〇年代最知名的作家。

作家因此有機會重新審視他們的國家——美國的國土、人民與社會。這個國家的每個部分，都以前所未有的方式，被詩人與小說家、歷史學家與教授紀錄下來。

在這樣的氣氛下，史坦貝克（1902-68）寫下他主要小說的大部分篇章，大多是與加州有關的故事，因為他在那裏長大，也在那裏做過各式各樣的工作。《勝負未決的戰鬥》（*In Dubious Battle*, 1936）講的是加州水果工人的罷工，其他的作品則說出在人類鬥爭下倖存者的遭遇。在《憤怒的葡萄》（1939）裏，他以窮困的農人喬德一家，橫越美國的史詩之旅為主題，這本書為他贏得聲名。與其他三〇年代的作品相同，它也是根據事實而來的小說。喬德一家人可說是典型的南方貧農。在奧克拉荷馬州，有四分之三的農人無法以勞動換取利潤，不管怎麼說，這樣的勞動社會面臨瓦解的命運。窮苦的農耕方式與詭譎多變的氣候，使得表土土壤被風颳走，形成「土碗」（Dust Bowl）這種特殊的地理條件。而這如同災難般的結果，被史坦貝克忠實的紀錄下來了。

喬德一家人所走的路線，是從奧克拉荷馬到加州，在與西向風潮有關的打油詩中，總是能看出美國有了新的開始的承諾。他們沿著令人擔心、沮喪的六十六號公路西行，穿越高山與沙漠，好不容易到達加州的「失業者住宅」，他們試著以採摘水果的工作，讓自己恢復過來，並重拾他們種種的美國理想。1936年，史坦貝克為了研究書中的這個部分，親自拜訪位在加州的這些營地，他自己就像喬德一家人，當他們到達時，才知道向來支撐他們美國夢的忠實信念，已經徹底瓦解了。畢竟，根本沒有所謂「遍地黃金」的保證。無論他們走到那裏，都被當成入侵的異類，不但如此，他們還受到警方的騷擾與剝削。因此，他們更加堅持家庭的重要性，以及僅存的自尊。當瑪·喬德出現時，便進入這部小說的核心，在西行的旅途上，瑪一直是家中的支撐力量，她瞭解她對家庭的奉獻是到了結束的時候，此刻，她也要對一般的百姓負起責任。

這樣的教訓在三〇年代的作品是很普遍的，像是在《醒來歌唱吧！》中的箴言與其他著作和戲劇中都可見到。再看看米勒（A. Miller）的劇本《全是我的兒子》（*All My Sons*, 1947），說的是戰時人心的墮落，米勒是在第二次世界大戰期間寫成這個劇本，舞臺演出是在1947年，劇中仍擺脫不了改變美國觀念與理想的那十年的價值觀。有一個絕對忘不了大恐慌時期的美國世代，因為它強烈改變二十世紀的美國歷史，一如技術浪潮改變了十九世紀。

然而，結束大恐慌的事，既非人類的團結，也非資本主義的復甦。第二次世界大戰是在歐洲開始的，到了1941年12月，由於日軍偷襲珍珠港，使得美國宣佈參戰，國家經濟也

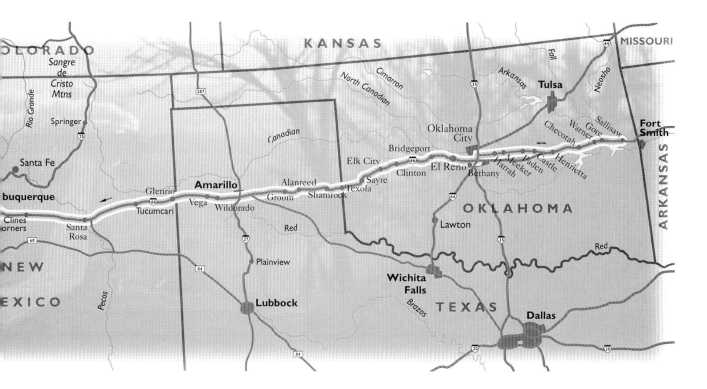

六十六號公路:「六十六公路是一條
人們在遷徙時走的路線⋯⋯他們有的
是從支線而來,有的則是從馬車路徑
與鄉間凹凸不平的小路走上這條公路
⋯⋯從沙姆洛克(Shamrock)到麥克林
(McClean),從康威(Conway)到亞馬里
羅(Amarillo),這條路稱為黃線。沿著
維多拉多(Wildorado)、維加(Vega)與
波西(Boise),就到了德州邊境⋯⋯,
接著便進入新墨西哥州⋯⋯。」~
《憤怒的葡萄》

1940年,福特(John Ford)將史坦貝克
的《憤怒的葡萄》拍成電影(左圖)。

因此重回軌道。遷至加州的莊稼漢移民,很快就停止採摘水果的工作,轉而到待遇優渥的軍需品工廠與海軍工廠上班。戰時的發展緊隨而來,1945年,由於戰後空前的繁榮年代到來,美國人又重新發現自己是「富有的民族」。

但對那些經歷過三〇年代大恐慌風暴的人來說,要說進步與富足是美國與生俱來的事實,絕對不是一件容易接受的事。「沒有人想去回憶痛苦的事,所以我們在某一方面,有一種拒絕害怕它的傾向,但在另一方面,它又可能再次發生。」米勒在劇作《美國時鐘》(*The American Clock*, 1980)裏如此說到。「我想告訴他們,這件事似乎永遠不會繼續了。」對許多美國作家,大恐慌所留下的,不祇是現代美國經驗的核心事實,也是持續提醒在美國夢與價值觀裏,一段脆弱的過去。

經濟大恐慌下的英國

從1936年1月到3月，本名為埃里克‧阿瑟‧布萊爾（Eric Arthur Blair）的歐威爾（George Orwell, 1903-50），接受左派讀書會（Left Book Club）的委派到英國北部，撰寫在經濟大恐慌的打擊下，約克夏與蘭開夏等北部工業化地區的狀況報告。它從密德蘭區到曼徹斯特，再到維根（Wigan）與利物浦，然後經由雪菲爾德（Sheffield）、里茲與伯明罕回到倫敦。他把這趟觀察之旅的報告，寫成《到維根碼頭之路》（*The Road to Wigan Pier*, 1937），這是一部引起左翼論戰的生動作品。它也是三〇年代作家在英國的探視之旅的其中之一，當時的英國似乎因社會分裂、階級衝突、工業危機與罪魁禍首的景氣衰落，受到前所未有的打擊。

儘管自1926年的「總罷工」（General Strike）後，戰後的英國經濟就一直在衰落中，然而人們還是把這筆帳算在1929年的經濟大恐慌上，那一年受到美國股市大崩盤的影響，全世界的經濟都捲入這場風暴。在1929年時，英國有一百二十萬的失業人口。到了1930年，失業人數增加到兩百萬人，1931年更增為近三百萬人。經濟衰退的衝擊是相當深刻的。1931年，英國宣佈放棄金本位制（Gold Standard），麥當諾（Ramsay Macdonald）所領導的工黨政府，在短暫執政之後即告下臺，轉由保守黨控制的國家政府執政。1932年，摩斯萊（Oswald Mosley）創立「英國法西斯主義者聯盟」（British Union Fascist）。在戰後英國的歷史中，這種轉變的危機感可說無處不在。

在工黨選舉大敗的覺醒中，樂觀主義暫時抬頭了；沃（Alec Waugh）的《在那十三年裏》（*Thirteen Such Years*, 1931），是1918到31年之間的編年紀錄，書中是以一種易如反掌的解決方式作結尾——祇是持續惡化的經濟，不得不令人沮喪。工業與製造業的產品市場，在全世界甚至是整個社會中，都萎縮不前，尤其是在製造業發達的北部，幾乎就在貧窮的邊緣掙扎。大恐慌所造成的結果，滲透到三〇年代各階層的文學中。西利托（Alan Sillitoe）、卡羅（Philip Callow）與卓別林（Sid Chaplin）等1945年後小說家，在回顧那個失業的六口家庭擠在一間斗室的世界時，所寫出的勞工階級小說，就充滿了苦

勞工階級的窮人愈來愈多，飢餓的遊行者浪跡全國，「經濟狀況調查」成了一種降格以求的有效象徵。布里爾萊的《經濟狀況調查員》的高潮之處，在令人痛恨的政府調查員按月到訪之後，就立刻出現了。

悶的氣氛，或者是在西利托的《星期六晚上和星期天早上》（*Saturday Night Sunday Morning*, 1959）中，那位老人西頓（Seaton）由疲倦而發黑的臉孔。即使是那個時期的「上層階級」小說，也顯露出景氣衰退下，逐漸被破壞的表象。在沃（E. Waugh）最為冷瑟的小說《一撮土》（*A Handful of Dust*, 1934）中，賴斯特（Brenda Last）的男友畢佛（Beaver），是一個多餘的廣告人，還有波威爾（Anthony Powell）的社會小說之中的男主角，因擔心是否能領到薪水，而有不安的意識。

從根本上來說，大恐慌刺進龐大的文學，不僅使文學反映當時的社會狀況，也反映似乎可以成為解決之道的激進政策。有些作家本身就是勞工階級，但大部分的作品還是出自中產階級的旁觀者。然而，像是斯彭德、衣修午德與雷赫曼（John Lehmann）等布爾喬亞階級贊助人，便成為兩方的聯繫者，他們所創辦的文學雜誌——尤其是雷赫曼的《新寫作》（*New Writing*）——為勞工階級中有寫作天分的人，提供發表的園地。很諷刺地，景氣衰落所造成的奇特效果之一，就是為某些人製造新的文學創作機會，諸如來自伯明罕，在失業後才寫作的哈爾華德（Leslie Halward），或是像成為曼徹斯特一家百貨公司的冗員之後，開始轉到小說與戲劇，並著有《救濟金之愛》（*Love on the Dole*, 1933）的格林午德（Walter Greenwood）。自三〇年代早期起，幾乎所有大恐慌所形成的盲點，都可以在探索時代危機的作家們（大部分是勞工階級作家）

景氣衰退與郊區生活、貧窮與「塔門」（pylons）的英國（右圖） 被多數的英國作家以幽暗的筆法紀錄下來。這些中產階級作家不僅是像歐威爾（下左圖）與普里斯特利等小說家，也包括史本德（下右圖）這樣的詩人。

身上找到。這些作家包括住在利物浦的亨萊（James Hanley），以及杜爾罕（Durham）的赫斯洛普（Harry Heslop）、卓別林（S. Chaplin）與格蘭特（J.C. Grant），還有工業化蘇格蘭的吉朋（Lewis Grassic Gibbon）、布萊克（George Blake）和巴爾克（James Barke），菲福（Fife）與拉納爾克郡（Lanarkshire）煤礦場的柯里（Joe Corrie）、維爾許（James Welsh），在諾丁罕郡（Nottinghamshire）與德比（Derby）煤礦坑的布里爾萊（Walter Brierley）、博登（F.C. Boden）。南威爾斯（South Wales）的代表人物是瓊斯（Lewis Jones）與庫姆比斯（B.L. Coombes），後者是一位礦工，他的《這些可憐的雙手》（*These Poor Hands*, 1935）就是他的自傳。這樣的作品並不侷限於有明顯危難的工業化地區，林賽（Jack Lindsay）的《康瓦爾郡的末日》（*End of Cornwall*, 1937），便詮釋了以農為主的英國西南地區，種種鄉間的生活標準何以瓦解的原因。

當時，勞工階級的作品不僅描述他們艱苦的工作，也指出它的缺失。曾經是南須爾茲（South Shields）礦工的赫斯羅普，便在他的《最後的牢籠垮了》（*Last Cage Down*, 1935）一書中，紀錄從泰尼塞德（Tyneside）看到的景象。「沒有一艘戰艦被建造。沒有一臺起重機在移動。沒有任何人用鐵鎚敲鉚釘。你祇能看到一大群變笨的木頭人。」即使是景氣衰落時期的文學，也有許多不變的事。它對以戲劇化的方式來表達的事件，是相當敏銳的，從左翼的立場到最近的政治與經濟事件，都是它的主題。吉朋傑出的《蘇格蘭人之書》（*A Scots Quair*, 1932-34）三部曲，對工業化的蘇格蘭在戰後的衰退，表達嚴厲的批評，也解釋了激進政策何以形成的原因。在三部曲的第二部《克勞德‧霍伊》（*Cloud Howe*, 1933）中，克利斯‧柯爾闊亨（Chris Colquohoun）從鄉村到城市的黃麻廠工作，

1929年後不久，形勢就有了變化，人們失去工作，紡織廠也紛紛破產倒閉，許多家庭睡在原本為牲畜搭建的小屋裏。三部曲的最後一部《灰色的花崗岩》（*Grey Granite*, 1934），克里斯的兒子伊旺（Ewan），此時來到格拉斯哥，在親眼目睹警察無情地毆打一個男孩，以及他們用馬踩踏一位老人家，將他折磨至死的情景，這些都讓他從警察執行勤務的真相中覺醒。小說的結尾是伊旺離開蘇格蘭，和一群挨餓的同志一起到南方，如同在其他的三〇年代小說中的情節，他們期待共產黨能帶給他們未來。

像這樣目的固定的旅程，可以在三〇年代的作品中一再見到。還有「流浪者式的自傳」，或許戴維斯（W.H. Davies）的《超級流浪者的自傳》（*Autobiography of a Super-Tramp*, 1908）是開山鼻祖。歐威爾在《巴黎、倫敦落魄記》（*Down and Out in Paris and London*, 1933），清楚地紀錄在巴黎與倫敦街道，或是走在通往維根沒沒無聞的碼頭路上，差相彷彿的情景。失業的人們在鄉間閒晃，尋找雇主。流浪漢小說成了文學的次要流派，與狄更斯和菲爾丁筆下附有床鋪的房子，以及不定時充當馬車夫為背景的老派歹徒相比，它們呈現出另一種新的辛辣文風。甚至這個時期的中產階級小說——歐威爾的《牧師的女兒》（*A Clergyman's Daughter*, 1935），或是普里斯特利（J.B. Priestley）的《好夥伴》（*The Good Companions*, 1929）——都紀錄了黯澹土地上，流浪者走過的足跡。

如果在尋找工作上，社會條件能有所助益，它也能升高階級意識。在大恐慌的十年中，有一個最出名的地區聯盟——「伯明罕聯盟」（Birmingham Group）——它的成員祇限於勞工，但至少有兩個人是例外的，艾蘭（Walter Allen）與韓普森

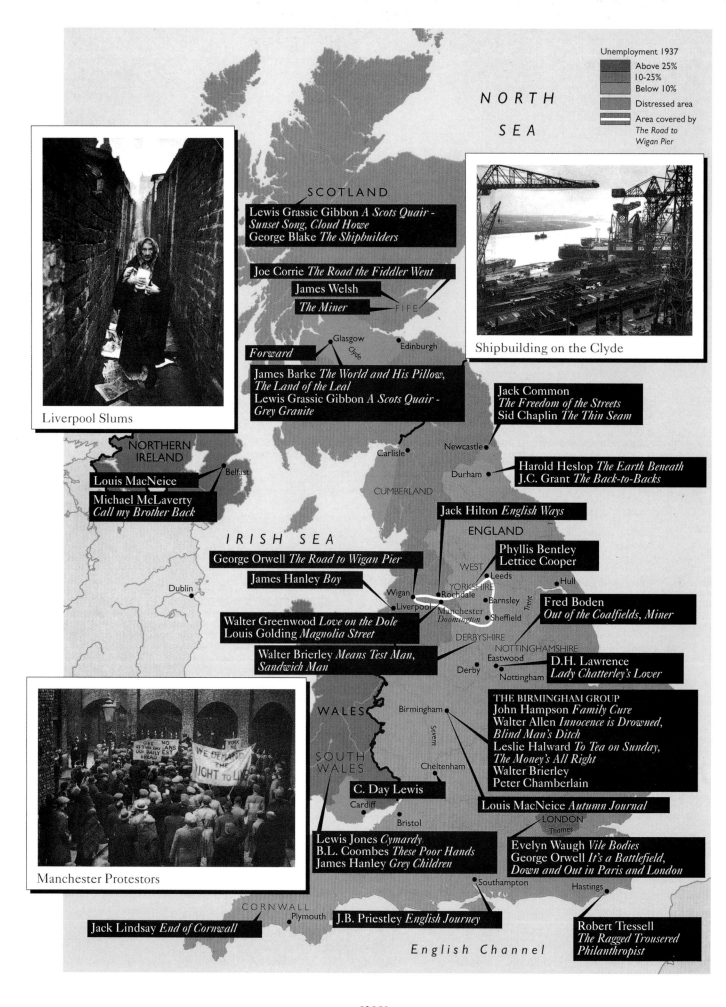

Unemployment 1937
- Above 25%
- 10-25%
- Below 10%
- Distressed area
- Area covered by *The Road to Wigan Pier*

NORTH SEA

SCOTLAND

Lewis Grassic Gibbon *A Scots Quair - Sunset Song, Cloud Howe*
George Blake *The Shipbuilders*

Joe Corrie *The Road the Fiddler Went*
James Welsh
The Miner

FIFE

Glasgow
Clyde
Edinburgh

Forward

James Barke *The World and His Pillow, The Land of the Leal*
Lewis Grassic Gibbon *A Scots Quair - Grey Granite*

Shipbuilding on the Clyde

Liverpool Slums

NORTHERN IRELAND

Louis MacNeice

Michael McLaverty
Call my Brother Back

Belfast

Carlisle

Newcastle

Jack Common
The Freedom of the Streets
Sid Chaplin *The Thin Seam*

Durham

Harold Heslop *The Earth Beneath*
J.C. Grant *The Back-to-Backs*

CUMBERLAND

Jack Hilton *English Ways*

ENGLAND

IRISH SEA

Dublin

George Orwell *The Road to Wigan Pier*

James Hanley *Boy*

Wigan
Liverpool

Walter Greenwood *Love on the Dole*
Louis Golding *Magnolia Street*

Walter Brierley *Means Test Man, Sandwich Man*

Phyllis Bentley
Lettice Cooper

WEST YORKSHIRE
Leeds
Rochdale
Manchester Barnsley
Doomington Sheffield

Hull

Trent

Fred Boden
Out of the Coalfields, Miner

DERBYSHIRE

NOTTINGHAMSHIRE
Eastwood
Derby
Nottingham

D.H. Lawrence
Lady Chatterley's Lover

WALES

Birmingham

Severn

SOUTH WALES

Cheltenham

C. Day Lewis
Cardiff

Bristol

THE BIRMINGHAM GROUP
John Hampson *Family Cure*
Walter Allen *Innocence is Drowned, Blind Man's Ditch*
Leslie Halward *To Tea on Sunday, The Money's All Right*
Walter Brierley
Peter Chamberlain

Louis MacNeice *Autumn Journal*

LONDON
Thames

Evelyn Waugh *Vile Bodies*
George Orwell *It's a Battlefield, Down and Out in Paris and London*

Lewis Jones *Cwmardy*
B.L. Coombes *These Poor Hands*
James Hanley *Grey Children*

Manchester Protestors

CORNWALL
Plymouth

Jack Lindsay *End of Cornwall*

J.B. Priestley *English Journey*

Southampton

Hastings

Robert Tressell
The Ragged Trousered Philanthropist

English Channel

[208]

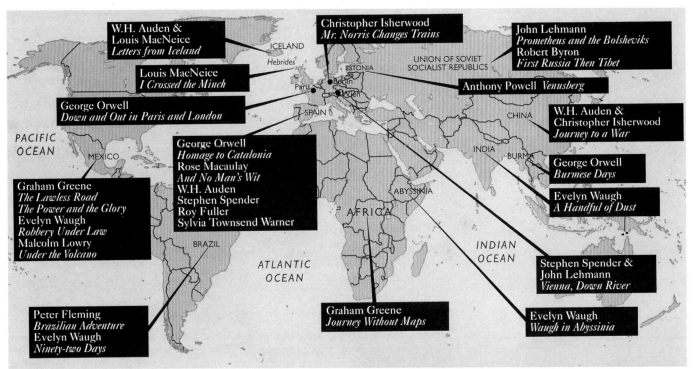

英國的失業人口：大量的三〇年代文學作品，有著小規模與地方性的自我意識。大多數的作家，好比社會主義文學史家克羅夫特（Andy Croft），便把焦點放在「某個小地方、某個家庭、某個工作場所、某條街或是某個短暫的時空」。許多作家也到國外遊歷過，然後把他們的旅行經驗（上圖），再次寫進他們的作品。

（John Hampson），他們所寫的小說了跨越了那十年。在其他地方，本特萊（Phyllis Bentley）與庫珀（Lettice Cooper）寫了與約克夏有關的故事，而格林午德與高定（Louis Golding），則鎖定大曼徹斯特市區的若干小範圍地區。中央與地方之間通常存有歧見。如同報紙與雜誌會在社會與經濟的報導前線，彼此相互競爭一樣；有一股穩定的力量，促使作家放下身段，走進似乎是世上最不幸的地方。普里斯特利生動的《英國旅行記》（English Journey, 1934），就是在作家狄福與約克夏的依存關係為主的傳統下，對灰暗的英國所作的城市紀錄。這本書的競爭對手，同樣是這個年代的迷人之作：《飢餓的英國》（Hungry England）與《沒有工作的人》（Men Without Work）。歐威爾的《到維根碼頭之路》（Road to Wigan Pier）也問世了，儘管它的出版商「左派讀書會」持保守的看法，祇印了六萬冊，但還是遭到憤怒的批評。身為「全國失業工人運動」（National Unemployed Workers Movement）一員，也是經常給予歐威爾建議的希爾頓（Jack Hilton），覺得這本書是「歪曲之作」，他在《英國之路》（English Ways, 1938）中，紀錄了從羅區戴爾（Rochdale）到艾普孫（Epsom）這段完全相反的旅程。

對失業的恐懼並不限於勞工階級。到了1934年，估計在兩百萬個員工中，就有四十萬個白領階級工作者失業。在許多描寫水準較低的中產階級生活的小說中，都可以看到專業人員與事務員逐漸對雇傭關係感到焦慮。斯密斯先生，這位

「塔門詩人」（Pylon Poets）——左立者為衣修午德，右立者為奧登——遊歷的足跡遍及英國，甚至遠達國外。

在普里斯特利小說《天使人行道》（Angel Pavement, 1930）中的會計員，好奇地注視著眾多為了搶一個空缺而來的申請者，但這間「區格與德辛罕」（Twigg & Dersingham）祇不過是一家虛有其表的物流公司罷了。在這本小說的結尾，當公司被一個看來很有領導氣質的騙子弄垮後，斯密斯先生也丟掉飯碗，他苦苦沈思這一生中最可怕的惡夢——他何以失去他的生計與他的生活。

大恐慌還是得靠第二次世界大戰，才得以圓滿收場：因為這場戰爭所需的軍備，解決了人們大排長龍領失業救濟金的問題，而對歐洲衝突的恐懼，也改變政治的氣氛。一幅更多樣與混亂的社會地圖已然成形，勞工階級的苦衷改變了英國作家的寫作基調。從失業的礦工、鋼鐵工人、為餬口掙扎的人，與那些恐懼「經濟狀況調查」（Means Test）的人來看，戰爭至少有了某種重大的意義。

西班牙內戰

　　西班牙內戰是第二次世界大戰之前，歐洲最激烈的單一政治與軍事事件。它爆發於1936年7月中旬，當時西班牙陸軍的右翼份子——在佛朗哥將軍（General Francisco Franco）領導下，由反民主政體者、擁護君主制度者、天主教徒與國家主義者所組成的組織——發動政變，試圖推翻剛在選舉中獲得政權，由阿札納（Manuel Azaña）所領導，政治立場為中間偏左的「共和國人民陣線」（Republican Popular Front）政府。西班牙西部、北部與南部的大部分地區，很快就在佛朗哥主義者的控制之下。然而，在馬德里與巴賽隆納的起義，卻遭到一般勞動人民的壓制。至於巴斯克（Basque）、加泰隆尼亞等農村地區，與西班牙東部的大部分，仍效忠共和政府。

　　儘管這場內戰進展緩慢，卻也持續了三年，而且是相當可怕的三年。從一開始，世人就把西班牙內戰，視為法西斯主義與民主政治、獨裁與自由、右派與左派之間鬥爭的象徵，它把歐洲帶進新的世界大戰邊緣。祇不過在一夕之間，西班牙就成為不同意識形態的主要焦點所在，它們左右了內戰期間的文學作品與文化。在幾個星期以內，西班牙變成法西斯主義與共產主義之間，軍事對決的世界性試驗所。法國與英國宣佈保持中立，它們試圖讓交戰的政黨上談判桌，並制定國際性的「不介入協議」（Non-Intervention），然而，義大利、葡萄牙和德國的法西斯政府，卻提供大量的物資與人力（九萬人或更多），來協助佛朗哥政權。在另一方面，蘇聯也不遑多讓，祇是在軍備與人力的供應上，遠不如法西斯國家那般充足。共產國際（the Communist International，the Comintern）號召志願參戰者，組成了國際縱隊（International Brigades）。

　　約有五萬的外國人加入國際縱隊與其他的共和組織，像是無政府主義者的POUM（Partido Obrero de Unificacion Marxista）義勇軍。這些志願軍的成員，包括一批作家、藝術家與知識分子，他們許多人都是從墨索里尼的義大利和希特勒的德國逃出，流亡至西班牙的異議人士。他們提供服務與生命，擔任軍職、文宣、顧問與醫療看護等工作。共和政體下的西班牙，充滿來此寫作的觀察家、遊歷的詩人、持同情態度的藝術家與技藝家。要這些自尊心強的知識分子站出來，是很難

受到共和國印製的海報（見上圖）所號召，民主主義者、社會主義者與共產主義者——無論男女——都群聚於西班牙，以阻止法西斯主義擴散到另一個國家，他們捍衛民主政治，並且持續推動西班牙革命。

辦到的；對那些付諸行動的人來說，這場內戰也成了三○年代晚期文學作品裏的主要困擾。站在左派的立場，它是抵抗禁閉藝術的法西斯獨裁者的**最後機會**（但他們往往無視於史達林也有同樣的作為）。站在右派的立場，為了制止如同惡魔的共產主義擴散，佛朗哥被視為基督徒最後一次十字軍東征的象徵。少數的右派作家加入佛朗哥的軍隊。來自南非的詩人坎培爾（Roy Campbell），就自誇他這麼做了。不過，他撒了謊。

　　在西班牙，現代化戰爭的年代確實來臨了。國家主義者做好最後的戰略部署與恫嚇——特別是在空中，他們掌握優勢的空軍，擁有有數百架德國與義大利供應的軍機。馬德里與巴賽隆納的平民經常遭到空襲，古爾尼加（Guernica）這個古巴斯克都城，就在德國禿鷹軍團（German Condor Legion）的轟炸下，成為一片廢墟。1936年8月18到19日，對標榜自由思想的現代文化的威脅已經十分明顯了，在格拉納達（Granada），右派份子發動報復性的恐怖事件，具有領導地位的西班牙現代主義詩人與劇作家，羅爾加（Federico Garcia Lorca），慘遭國家主義派來的槍手射殺（他們也朝他的臀部開槍，表達對他眾所皆知的同性戀傾向的敵意）。儘管大部分的西班牙傑出作家與藝術家——畢卡索、卡薩爾斯（Casals）、馬恰多（Machado）、赫南德茲（Hernandez）——都是共和黨員，但他們和左派作家此刻似乎清楚瞭解，誰才是敵人。「如果我們在這裏獲勝，就能在任何地方獲勝。」這是在海明威描寫西班

海明威（照片中的戰壕裏，從左算來第三人，背對鏡頭者），是眾多來到西班牙，從事戰地記者工作的作家之一。

舊伊頓（Eton）學院的社會主義者歐威爾（下圖中，後排最高的戰士），爭取英國獨立工黨（British Independent Labour Party，ILP）的名額，參加POUM志願軍，志願軍隊部位於巴賽隆納的列寧軍營，隨後他就到阿拉貢前線作戰。

隊參與多次戰役）、愛爾蘭共和黨員詩人暨活躍份子的多尼里（Charles Donelly），以及寫實主義詩人蓋斯康尼（David Gascoyne）。本名斯普里格（Christopher St. John Sprigg）的小說家與文學理論家，考德威爾（Christopher Caudwell），就開著一輛從倫敦運來的救護車加入戰鬥。青年詩人康福特（John Cornford），原本趁劍橋大學放假時到法國渡假，卻越過法西邊境，加入共和國的POUM。另一位新詩人，也是吳爾夫（V. Woolf）的姪子，貝爾（Julian Bell），也是開著救護車到西班牙，並留在那裏當駕駛。其他主動付出的人，還有身為共產黨員的福克斯（Ralph Fox）、溫特林罕（Tom Wintringham）與布蘭森（Clive Branson）。

並非到西班牙的每個作家都參戰了。法國小說家聖修伯里（Antoine de Saint-Exupéry）、麥克尼斯（Louis MacNeice）、帕索斯（J.D. Passos）與托勒爾（E. Toller），全都是戰地記者。1937年7月，有多達八十位的世界作家在護衛下，浩浩蕩蕩以數目驚人的車隊越過共和國治下的西班牙——包括馬德里、瓦倫西亞（Valencia）與巴賽隆納等地——他們是「國際作家協會」第二屆會議的部分成員。「知識分子萬歲！」甚至是在最小的村落，也聽得到農人這樣喊著。僅僅是賓達（Julian Benda）、恰姆森（André Chamson）、托爾斯托（Alexei Tolstoi）、帕斯（Octavio Paz）、華納（Sylvia Townsend Warner）與阿克蘭（Valentine Ackland）這些共和國的支持者，就足以形成重大的文宣力量了。此外，還有一百二十七位英國作家，在1937年中的《左派評論》（Left Review），宣告支持西班牙共和，「作家該對西班牙內戰表達立

牙內戰的名著《戰地鐘聲》（*For Whom the Bell Tolls*, 1940）中，那位英雄人物喬頓（Robert Jordan）的想法。對在西班牙或任何地方喪生的恐懼，縈繞在每個志願軍的心中。

根據估計，約有二十七位德國作家加入西班牙內戰，包括共產主義者也是小說家的雷格勒（Gustav Regler，第十二國際縱隊的委員），與反戰小說《戰爭》（*Krieg*, 1929）的作者雷恩（Ludwig Renn）。第十二縱隊的指揮官，是匈牙利籍的小說家札爾卡（Mata Zalka），他以「盧卡契將軍」（General Lukacz）為名作戰。這個縱隊也包括著名的法國共產主義詩人阿拉貢（L. Aragon）。法國小說家馬爾羅（Andre Malraux）在政變之初的幾個星期內，就為共和政府組成一支小小的空軍。其他的法國志願者，還有小說家西蒙（Claude Simon）與哲學家威爾（Simone Weil）。英國共產主義小說家貝特斯（Ralph Bates），在加泰隆尼亞住過多年之後，也成為蘇維埃委員的一員。當時英國最年輕的詩人奧登，在志願參戰時，就知道自己要成為一個「血腥的壞軍人」。斯彭德雖是個小詩人，但卻有偉大的抱負，他加入英國共產黨，並在它的政治安排下參戰——或許說是去送死（共產黨告訴他，有心成為像拜倫一樣的烈士，就能做得更好）。其他還有愛爾蘭詩人米爾納（Ewart Milne，他和英國的醫療

1937年的《左派評論》宣稱：「無論是出於決心或是被迫，我們都要表達立場。」

就像在許多西班牙小說與圖像中，會出現鬥牛與釘十字架的野蠻行為，它們也會把被子彈與炸彈所損毀的身體予以神化——讓人記憶深刻的是畢卡索的《格爾尼卡》（Guernica，左圖），他畫出記憶中巴斯克地區裏同名的城市（下圖），遭到轟炸與大火摧毀時的印象。

場了」，當時有句簡潔的口號：「讓共和國站起來！」（iUPTHEREPUBLIC!），就是貝克特（S. Beckett）的傑作。有件值得注意的事，加入像龐德與沃（E. Waugh）等支持佛朗哥團體的作家，可說是少之又少。格林（Graham Greene）一副騎牆派的冷淡模樣；莫里亞克（F. Mauriac）與本納諾斯（Georges Bernanos），都對佛朗哥與梵諦岡支持者發出抗議之聲。

「有海明威站在我們這邊，這場戰爭怎麼會輸？」當海明威在紐約卡內基廳（Carnegie Hall），參加伊文斯（Joris Ivens）的寫實電影《西班牙大地》（Spanish Earth）的放映典禮時，有位美國人這樣問他；這部電影的劇本是海明威所寫的，出錢贊助的人則有帕索斯、赫爾曼（Lillian Hellman）與麥可萊許（Archibald MacLeish）。然而，就算有了海明威的支持，共和國要在這場戰爭獲勝的希望愈來愈渺茫。不過他們還是頑強地抵抗，直到戰爭於1939年結束時，馬德里始終都沒有屈服。在幾場大的戰役——亞拉馬（Jarama）、布倫納特（Brunete）、特魯爾（Teruel）、艾波羅（Ebro）——戰局不是陷入膠著，就是新國家主義者戰勝。巴賽隆納於1939年失守。到了當年4月，佛朗哥取得全面的勝利。

這些作家對這樣的結果感到沮喪，其程度並不亞於那些志願參戰者。歐威爾在阿拉貢前線受重傷，一顆子彈射進他的頸子，幾乎奪去他的性命。在同一個前線上，雷格勒也同樣受創，「盧卡契將軍」戰死沙場。加入國際縱隊的康福特，也在馬德里防衛戰中掛彩，稍後在1936年12月科爾多巴（Córdoba）前線上陣亡。數日之後，福克斯也犧牲了。考德威爾與多尼里於1937年2月的亞拉馬戰役中被殺。1937年7月布倫納特攻防戰時，貝爾駕駛救護車因被砲彈擊中而喪命。約有六千名國際縱隊在西班牙被殺害，他們之中有五百名是英國人。受傷的人數更多，許多人的傷勢嚴重。

由於這場血腥內戰的緣故，出現許多廣受注意的文集與詩作，像是奧登偉大的詩《西班牙》（Spain, 1937）、莫里亞克的《希望的日子》（Days of Hope, 1937）、雷格勒的《偉大的十字軍》（The Great Crusade, 1940）、海明威的《戰地鐘聲》（1940）、

歐威爾的《向加泰隆尼亞致敬》（Homage to Catalonia, 1938），以及後來西蒙所發表的迷宮般小說，《田園詩》（The Georgics, 1981）。極左派的作品所要傳達的，則是非英雄主義的聲音、挫敗、死亡、對政治的痲痹與人類的不幸。最為普遍流行的文類，就是輓歌了。麥克尼斯在巴賽隆納動物園裏看到的西班牙熊，就可以概括全部的故事，他說這些熊「百分之九十九都是毫無生命的」。

勝利派作品則屬於那些不愛出門的詩人，像是劉易斯（Cecil Day Lewis）與里克沃德（Edgell Rickword），或是另一邊的坎培爾或貝洛克（Hilaire Belloc）。在同志與情人之間的友誼，或許祇有一種未來，但畢竟是屬於明天。「戰鬥是今天的事。」奧登一直這麼說。有人堅持天啟的看法，尤其是在戰爭快結束的那些日子裏，康福特在〈無情世界之心〉（Heart of the Heartless World）詩中寫到：「在前往休斯加（Huesca）最後一哩路上／我們的驕傲成了最後一道牆。」海明威筆下的喬頓，到最後手足成殘，等待無可避免的死亡。「沒有一場戰爭是好的，」在馬德里醫院裏，康福特在寫給他的女友海娜曼（Margot Heinemann）的信中說到，「即使是為革命而戰，都一

[212]

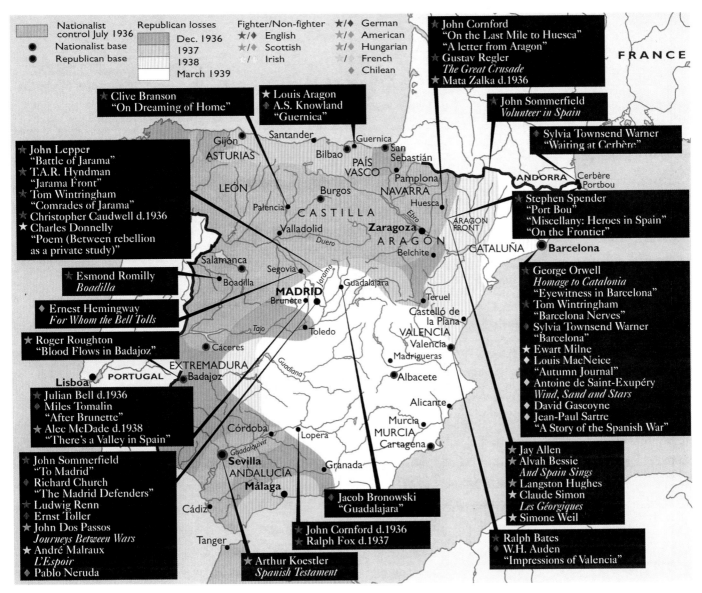

Nationalist control July 1936
● Nationalist base
● Republican base

Republican losses
Dec. 1936
1937
1938
March 1939

Fighter/Non-fighter
★/◆ English
★/◆ Scottish
★/◆ Irish

★/◆ German
★/◆ American
★/◆ Hungarian
★/◆ French
◆ Chilean

★ John Cornford
"On the Last Mile to Huesca"
"A letter from Aragon"
Gustav Regler
The Great Crusade
★ Mata Zalka d.1936

★ John Sommerfield
Volunteer in Spain

Sylvia Townsend Warner
"Waiting at Cerbère"

★ Clive Branson
"On Dreaming of Home"

★ Louis Aragon
◆ A.S. Knowland
"Guernica"

FRANCE

Stephen Spender
"Port Bou"
"Miscellany: Heroes in Spain"
"On the Frontier"

★ John Lepper
"Battle of Jarama"
★ T.A.R. Hyndman
"Jarama Front"
★ Tom Wintringham
"Comrades of Jarama"
◆ Christopher Caudwell d.1936
★ Charles Donnelly
"Poem (Between rebellion
as a private study)"

★ George Orwell
Homage to Catalonia
"Eyewitness in Barcelona"
★ Tom Wintringham
"Barcelona Nerves"
◆ Sylvia Townsend Warner
"Barcelona"
★ Ewart Milne
◆ Louis MacNeice
"Autumn Journal"
◆ Antoine de Saint-Exupéry
Wind, Sand and Stars
◆ David Gascoyne
◆ Jean-Paul Sartre
"A Story of the Spanish War"

★ Esmond Romilly
Boadilla

◆ Ernest Hemingway
For Whom the Bell Tolls

★ Roger Roughton
"Blood Flows in Badajoz"

★ Jay Allen
★ Alvah Bessie
And Spain Sings
◆ Langston Hughes
★ Claude Simon
Les Géorgiques
★ Simone Weil

★ Julian Bell d.1936
◆ Miles Tomalin
"After Brunette"
★ Alec McDade d.1938
"There's a Valley in Spain"

◆ Jacob Bronowski
"Guadalajara"

★ John Sommerfield
"To Madrid"
◆ Richard Church
"The Madrid Defenders"
★ Ludwig Renn
◆ Ernst Toller
★ John Dos Passos
Journeys Between Wars
★ André Malraux
L'Espoir
◆ Pablo Neruda

★ John Cornford d.1936
★ Ralph Fox d.1937

★ Ralph Bates
◆ W.H. Auden
"Impressions of Valencia"

★ Arthur Koestler
Spanish Testament

地名（地圖上）：Gijón, Santander, Guernica, San Sebastián, ASTURIAS, Bilbao, PAÍS VASCO, LEÓN, Pamplona, NAVARRA, Burgos, Palencia, CASTILLA, Huesca, ARAGON FRONT, Valladolid, Duero, Zaragoza, ARAGÓN, Belchite, CATALUÑA, Barcelona, Cerbère, Portbou, ANDORRA, Salamanca, Segovia, Guadalajara, MADRID, Brunete, Teruel, Castelló de la Plana, VALENCIA, Valencia, Madrigueras, Toledo, Tajo, Cáceres, Guadiana, EXTREMADURA, Badajoz, Lisboa, PORTUGAL, Albacete, Alicante, Murcia, MURCIA, Cartagena, Córdoba, Lopera, Guadalquivir, Sevilla, ANDALUCÍA, Málaga, Granada, Cádiz, Tanger

西班牙內戰：標示內戰的主要部分地圖——很多作家都搞不清楚這個國家內部的地理位置——是相當辛苦的工作。

樣醜陋。」事實上，像這樣的革命與政治戰爭，就特別醜陋難看，不僅因為站在共和國這邊，就得受到痛苦的打擊。無政府主義者、托洛斯基主義者（Trotskyites）與社會主義者，在內戰時與共產主義者並肩作戰。但很快地，史達林就將這些對清黨行動感到困惑的蘇維埃份子逐出去，並且用祕密警察等恐怖手段來整肅異己。

西方文學因這場內戰而復活了。戰爭可以在記憶中待上好幾年，特別是在失去夢想的社會主義、政治立場的選擇與無知的結束之中。就像麥克尼斯在自傳《錯誤的弦》（*The Strings Are False*）中所說：「那些參加西班牙內戰的年輕人，會認為那是身著白色盔甲的十字軍東征，或是祇能靠純潔心靈才能得到的聖杯（Quest of the Grail）之旅，他們覺得他們的世界好像爆開了；除了一撮毫無生氣的橡皮碎屑，甚麼也沒留下；儘管如此，最好別再嘗試了。」

明天對年輕詩人來說，
就像炸彈爆炸一般，
湖邊的漫步，
幾週美好的交流；
明天有如單車賽，在夏日晚上穿越郊區。
今天卻是一場鬥爭。
今天會從容不迫地，增加死亡的機會，
有意識地接納罪惡吧
在這必要的謀殺中；
今天是力量的消耗
在這平淡無奇的小冊子
與無聊的會議上。
星星是死寂的，動物也不見蹤跡。
我們聽憑自然地度日，
時間如此短暫，而
歷史在潰敗的
五月裏輕聲喟歎，卻又無可奈何。

摘自奧登的〈西班牙〉，1937

參戰的作家

第二次世界大戰是全球性與全面性的戰爭。不僅是在陸地上開打，連空中、海面、水下都有戰爭。戰鬥具有可怕的機動性；沒有一條前線是可以固定很久的。自德軍於1939年9月突入波蘭，這在德文稱為「Blitzkrieg」的閃電戰術，就成為舉世皆知的名詞。德軍很快挺進挪威與丹麥（1940年4月），接著是荷蘭、盧森堡、比利時（1940年5月中旬），然後是法國（巴黎於1940年6月14日淪陷），北非（1941年3月）與蘇俄（1941年6月）。閃電戰似乎無往不利。1941年12月，日本偷襲珍珠港，重創美國艦隊，閃電戰彷彿成為可以輸出的戰略了。

儘管速度緩慢──此刻美國宣佈參戰，蘇聯也向之前的盟友開放──戰局的確在逆轉中。在北非，隆梅爾在1942年的坦克決戰中潰不成軍；很快地，英國、美國與聯軍推進到突尼西亞，然後跨海進擊西西里島。1942到43年間，在俄羅斯可怕的寒冬中，前進到莫斯科的德軍陷入泥淖。1943年1月31日，泡魯斯將軍（General von Paulus）的部隊不顧希特勒的命令，在史達林格勒（Stalingrad）棄械投降。為數龐大的俄軍慢慢迫使德軍退回本國。在太平洋戰區，美國海軍逐漸在對日作戰中取得戰果，轉戾點就在瓜達爾（Guadalcanal）海戰（1942年11月13日）。科隆（Cologne）、布萊梅（Bremen）、漢堡、柏林、紐倫堡（Nuremburg）、德勒斯登（Dresden）等德國城市，都在空襲中受到重創。隨著1944年6月6日攻擊發起日的來臨，戰爭也接近尾聲。英軍於1945年2月15日到達萊茵河畔，隔天美國開始對東京發動大規模的空襲。到了1945年4月20日，俄軍進佔柏林；同年5月8日，德國投降。在遠東的對日作戰似乎還要繼續下去，然而，美國於8月6日與9日分別在廣島與長崎，投下威力驚人的原子彈，戰局就以這種可怕的方式結束了。

第二次世界大戰確實是一場全面性的戰爭。在歐洲或其他許多地方，沒有人能不受戰爭的恐怖所影響。軍人與平民的界限泯除了；你可能死於家中床上，一如死於戰場。超過四千萬的人失去他們的生命：蘇聯有兩百多萬人犧牲，德國有三百萬人，日本有三百五十萬人，英國有三十萬人，美國的犧牲人數也是三十萬。在殘暴的希特勒式種族滅絕戰爭中，有六百萬的猶太人、吉普賽人、同性戀者與其他地下工作人員，死於猶太區、監獄與集中營。許多社區都被消滅了；大屠殺成了司空見慣的事。

這場戰爭所牽涉的平民人數──包括作家與未來的作家──可說是空前的。為數難以想像的年輕與上了年紀的作家，不是被徵召入伍，就是志願從軍，這成了文學史上罕見的現象。普德尼（John Pudney）、克拉克（Arthur C. Clarke）、庫珀（William Cooper）、達爾（Roald Dahl）、米德雷頓（Christopher

1941年，日本出乎意外地襲擊珍珠港的美軍艦隊（上圖），使得美國捲入這場全球性的衝突中。

Middleton）、瓦特金斯（Vernon Watkins）與澳洲籍的懷特（Patrick White），加入英國皇家空軍。美國作家如迪基（James Dickey）、希爾第（John Ciardi）、賈瑞爾（Randall Jarrell）、尼梅諾夫（Howard Nemerov）也在美國空軍服役；赫爾勒（Joseph Heller）曾駕駛轟炸機，執行六十五次轟炸科西嘉的任務。高定（W. Golding）、富勒（Roy Fuller）、羅斯（Alan Ross）與大衛（Donald Davie）都是英國皇家海軍的一員；維達爾（Gore Vidal）、伍克（Herman Wouk）、多里維（J.P. Donleavy）、塞爾比（Hubert Selby）、費爾林格遜（Laurence Ferlinghetti）則於美國艦隊服役。

來自英國與英國協聯軍的作家有：任職於情報部隊的波威爾（A. Powell），服務於醫療部隊的布爾格斯（Anthony Burgess），以及皇家通信部隊的阿米斯（Kingsley Amis），還有摩爾（Brian Moore）、斯坎奈爾（Vernon Scannell）、米勒根（Spike Milligan）、普林斯（F.T. Prince）與摩根（Edwin Morgan）。沃（E. Waugh）與達芬（Dan Davin）在克里特島上見面，艾爾迪斯（Brian Aldiss）、司各特（Paul Scott）與西森（C.H. Sisson）則在印度重逢。美國陸軍派遣騷瑟恩（Terry Southern）、艾西莫夫（Issac Asimov）、沙林傑（J.D. Salinger）與威布爾（Richard Wilbur）等人到歐洲，派梅勒（N. Mailer）、沙皮羅（Karl Shapiro）、科克（Kenneth Koch）到遠東。在俄國陸軍中，一樣有為數眾多的詩人，像

是在列寧格勒攻防戰的杜丁（Mikhail Dudin），還有特伐多夫斯基（Alexsandr Tvardovsky）、勒否夫（Mikhail Lvov）與路克寧（Mikhail Lukonin）。在德軍中則有鮑爾（Walter Bauer）、艾赫（Günter Eich），與未來的諾貝爾獎得主伯爾（Heinrich Böll）。格拉斯（Gunter Grass）和賓內克（Horst Bienek）都還是少年兵。許多人不是被殺，就是入獄。道格拉斯（Keith Douglas）在諾曼第登陸時陣亡，奇耶斯（Sidney Keyes）死於突尼西亞，劉易斯（Alun Lewis）則在緬甸喪生。俄國詩人柯剛（Pavel Kogan）在諾弗洛斯科（Novorossiik）附近、庫爾奇斯基（Mikhail Kulchitsky）在史達林格勒一帶雙雙陣亡。

　　就像作家筆下所紀錄的，這場戰爭也觸動所有人的關懷。斯彭德、奎內爾（Peter Quennell）、薩姆遜（William Samson）與格林（Henry Green），就在閃電戰的攻擊期間，在倫敦的消防隊服務（參見格林的《窘境》〔Caught〕，1943）。還有不在前線作戰，但也與戰爭有關的智囊（有男有女），像是在戰爭辦公室的巴爾欽（Nigel Balchin），在情報部的劉易斯（C.D. Lewis）、李（Laurie Lee），在海軍部的休斯（Richard Hughes），以及在布萊奇萊（Bletchley）擔任電碼譯員的里德（Henry Reed）、韋斯萊（Mary Wesley）與威爾遜（Angus Wilson）。在被佔領的歐洲，情況就更可怕了。沙特（Jean-Paul Sartre）、卡繆、阿拉貢、查爾（René Char）、伊魯爾德（Paul Eluard）、塔爾迪歐（Jean Tardieu）、龐格（Francis Ponge）、薩洛特（Nathalie Sarraute）與貝克特（S. Beckett），全都冒著生命危險，加入法國地下反抗軍；西洛內（Ignazio Silone）與其他義大利作家，也是義大利反抗軍的一員。波蘭詩人赫伯特（Zbigniew Herbert）、米沃什（Czeslaw Milosz）、斯威爾（Anna Swir）、羅斯維茲（Tadeuze Rosewicz），也都參加當地的地下抗爭。巴克辛斯基（Krzysztof Baczynski）死於1944年8月的華沙起義。科夫納（Abba Kovner）與蘇茲凱維爾（Abraham Sutzkever），則從維爾納（Vilna）的猶太區逃出，和遊擊隊一起對抗德軍。

　　許多猶太作家被強迫送進勞改營，包括匈牙利籍的勞德諾蒂（Miklós Radnóti）與伐斯（Istvan Vas）。當時年紀尚輕的羅馬尼亞的猶太詩人，塞蘭（Paul Celan）儘管逃過一劫（他的父母就沒那麼幸運了），仍被關在一個勞改營裏。義大利的列維（Primo Levi）與波蘭的維哥德斯基（Stanley Wygodski），都設法在奧斯維茲（Auschwitz）集中營裏活下來。威塞爾（Elie Wiesel）和艾培菲爾德（Aharon Appelfeld）被送到集中營時，都祇是個孩子，儘管待過奧斯維茲與布亨華爾德（Buchenwald），威塞爾都活下來了，艾培菲爾德從被拘禁的傑爾諾維茲（Czernowitz）逃出，在他加入俄國陸軍之前，一共在烏克蘭鄉間躲了三年。另一位

上面這張照片攝於布亨華爾德集中營的某個營房，在中間通鋪盡頭處的人就是威塞爾，他被送到那裏時還祇是個孩子，他僥倖活下來，並且把這種經驗寫進他的作品。

諾貝爾獎得主，柏林的猶太詩人薩赫斯（Nelly Sachs），於1940年被送往勞改營，但他逃到瑞典。古爾德斯（Luba Krugman Gurdus）在拜爾里斯托克（Bialystock）搭船，準備前往某處集中營時，因為被某個蓋世太保認出，不得不設法逃走，她後來便躲起來寫作。

　　把戰爭中這些交戰雙方裏的生活結合起來，就能看出因為有難以想像和無法探索的恐懼，所以平民的生活意義變得蕩然無存。正如德魯尼納（Yuliya Drunina）——這位在戰火下，將傷患拖至安全地方的年輕俄國醫護兵——所說的：

美國戰爭文學	
1944	赫塞的《為阿達諾敲的鐘聲》（A Bell for Adano）。
1946	維達爾（Gore Vidal）的《狂風》（Williwaw）。
1947	彭斯（John Horne Burns）的《畫廊》（The Gallery）。
1948	蕭（Irwin Shaw）的《幼獅》（The Young Lions）。
1948	庫森斯（James Could Cozzens）的《榮譽的衛隊》（The Guard of Honor）。
1949	霍克斯（John Hawkes）的《食人族》（The Cannibals）。
1951	沃克（Herman Wouk）的《凱恩的叛變》（The 'Caine' Mutiny）。
1951	瓊斯（James Jones）的《從這裏到永恆》（From Here to Eternity）。
1953	沙林傑（J.D. Salinger）的《九個故事》（Nine Stories）。
1961	赫爾勒的Catch-22。
1969	馮內果的《第五號屠宰場》。
1973	派瓊（Thomas Pynchon）的《重力下的彩虹》（Gravity's Rainbow）。

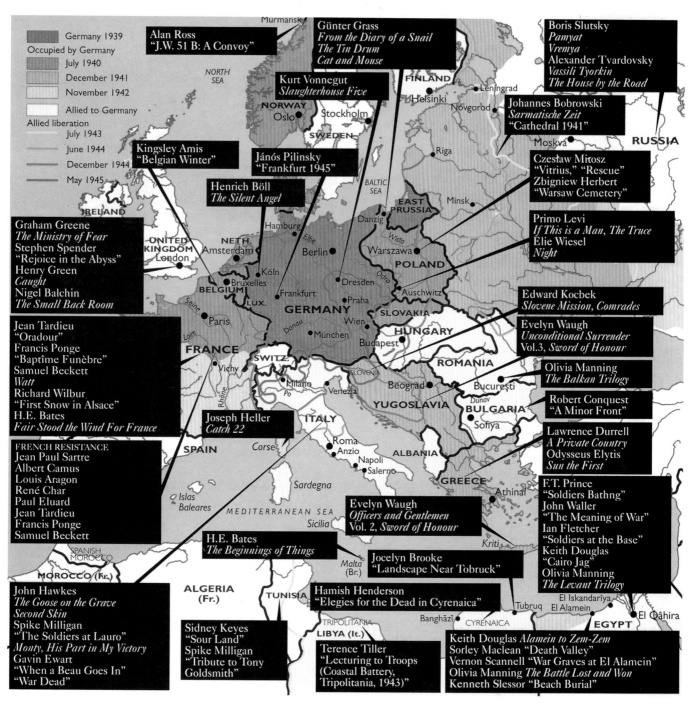

Germany 1939
Occupied by Germany
July 1940
December 1941
November 1942
Allied to Germany
Allied liberation
July 1943
June 1944
December 1944
May 1945

Alan Ross
"J.W. 51 B: A Convoy"

Günter Grass
From the Diary of a Snail
The Tin Drum
Cat and Mouse

Boris Slutsky
Pamyat
Vremya
Alexander Tvardovsky
Vassili Tyorkin
The House by the Road

Kurt Vonnegut
Slaughterhouse Five

Johannes Bobrowski
Sarmatische Zeit
"Cathedral 1941"

Kingsley Amis
"Belgian Winter"

Jánós Pilinsky
"Frankfurt 1945"

Czesław Miłosz
"Vitrius," "Rescue"
Zbigniew Herbert
"Warsaw Cemetery"

Henrich Böll
The Silent Angel

Primo Levi
If This is a Man, The Truce
Elie Wiesel
Night

Graham Greene
The Ministry of Fear
Stephen Spender
"Rejoice in the Abyss"
Henry Green
Caught
Nigel Balchin
The Small Back Room

Edward Kocbek
Slovene Mission, Comrades

Evelyn Waugh
Unconditional Surrender
Vol.3, *Sword of Honour*

Jean Tardieu
"Oradour"
Francis Ponge
"Baptime Funèbre"
Samuel Beckett
Watt
Richard Wilbur
"First Snow in Alsace"
H.E. Bates
Fair Stood the Wind For France

Olivia Manning
The Balkan Trilogy

Robert Conquest
"A Minor Front"

Joseph Heller
Catch 22

Lawrence Durrell
A Private Country
Odysseus Elytis
Sun the First

FRENCH RESISTANCE
Jean Paul Sartre
Albert Camus
Louis Aragon
René Char
Paul Eluard
Jean Tardieu
Francis Ponge
Samuel Beckett

F.T. Prince
"Soldiers Bathng"
John Waller
"The Meaning of War"
Ian Fletcher
"Soldiers at the Base"
Keith Douglas
"Cairo Jag"
Olivia Manning
The Levant Trilogy

Evelyn Waugh
Officers and Gentlemen
Vol. 2, *Sword of Honour*

H.E. Bates
The Beginnings of Things

Jocelyn Brooke
"Landscape Near Tobruck"

John Hawkes
The Goose on the Grave
Second Skin
Spike Milligan
"The Soldiers at Lauro"
Monty, His Part in My Victory
Gavin Ewart
"When a Beau Goes In"
"War Dead"

Hamish Henderson
"Elegies for the Dead in Cyrenaica"

Sidney Keyes
"Sour Land"
Spike Milligan
"Tribute to Tony Goldsmith"

Terence Tiller
"Lecturing to Troops
(Coastal Battery,
Tripolitania, 1943)"

Keith Douglas *Alamein to Zem-Zem*
Sorley Maclean "Death Valley"
Vernon Scannell "War Graves at El Alamein"
Olivia Manning *The Battle Lost and Won*
Kenneth Slessor "Beach Burial"

歐洲與北非的戰場：第二次世界大戰是全球性與全面性的。作家參與戰鬥並紀錄世界各地的衝突。

「不管是誰，祇要他說戰爭並不可怕，他就是對戰爭一無所知。」本雅明，這位從希特勒的德國，流亡至法國的評論家，因為無法離開法國，所以就在法西邊境上自殺了。原籍愛爾蘭的貝克特，逃到德軍佔領下的巴黎，躲在薩洛特家中的閣樓，然後流亡至瓦克魯斯（Vaucluse）；法國詩人雷諾德（René Leynaud），被德軍監禁於佛特－蒙特婁（Fort-Montluc），1944年，他和其他人同時被槍決──他們都以為自己即將被送到其他地方。

這些意外參戰的平民所遇到的事物，都在戰後的作家回憶錄中清楚地重現了。在莫曼斯克（Murmansk），這個最艱困的護航路線的目的地，詩人大衛（D. Davie）學習俄文，以便能看懂他們的詩。在一場沙漠坦克大戰之前，道格拉斯確信他把莎士比亞的《十四行詩》放進背包。在印度，劉易斯（A. Lewis）將他寫的詩，寄給倫敦的雜誌社。在對克羅埃西亞的狄托（Tito）遊擊隊，執行空投任務時，沃（E. Waugh）訂正了《舊地重遊》（*Brideshead Revisited*, 1945）的樣稿──他告訴格林（G. Greene），這本書是他對「豬肉罐頭、燈火管制與尼森（Nissen）軍營」的抗議之作。在離開開羅與亞歷山卓（Alexandria）的路上，道格拉斯和其他詩人，以及提勒（Terence Tiller）、杜瑞爾（Laurence Durrell）、斯賓塞（Bernard Spencer）等流亡當地的學術界人士，因著共同的文學目標，成立了英國委

員會，一如曼寧（Olivia Manning）在
《逃匿三部曲》（*Levant Trilogy*, 1977-80）
中的紀錄。

「在整個世界中，我要在這
裏做甚麼？」斯賓塞在〈家書〉
中問到。許多在大戰最艱難時期
創作出來的文學作品，都與戰爭
對平常人的衝擊有關。貝洛（Saul
Bellow）在《掛起來的人》（*Dangling
Man*, 1944）裏，提到一位年輕的芝
加哥知識分子，他在痛苦的生命狀態中等待入伍。在威布爾
的詩，〈阿爾薩斯的初雪〉（First Snow in Alsace）裏，冬天的初
雪落在一具屍體的眼上。在格林（G.Greene）的《恐懼的公使》
（*The Minister of Fear*, 1943）中，搖曳著尾光，落在倫敦街上的炸
彈，就像是「一串串從聖誕樹落下的晶瑩飾品」。在赫伯特
的詩〈兩滴〉（Two Drops）裏，兩個愛人在炸彈將至時，信守
諾言相偕赴死。在劉易斯的〈雨下了整天〉（All Day it Has
Rained）中，士兵們無聊地躲在他們的帳篷裏，抽著煙，談起
女人和轟炸羅馬的事。

儘管有一些像是道格拉斯這種喜歡軍隊的操練與驃悍，
骨子裏有著軍國主義靈魂的作家，但大部分作家還是以侮辱
和荒謬的眼光，看待軍中的生活。沃的《榮譽之劍》（*Sword of
Honour*）三部曲（1952-61），可說是戰後最有內容的英國小說，
他明白表示對擅長作戰的軍人胡克（Brigadier Ritchie Hook）的讚
美。然而沃太老也太胖了，根本沒辦法成為他心目中的軍
人，在克里特島撤退的慘敗之後，他也真正退出軍旅。像是
阿米斯、劉易斯、麥克拉倫—羅斯（Julian McLaren-Ross）、伯爾
與沃等作家，的確屬於他們筆下所稱讚的那班笨拙之人，一
如阿米斯在嘲弄之作〈官方說法：一種語言遊戲〉中所述。
「軍隊裏的生活，有如巨蟲的消化過程。」賈瑞爾這麼寫
著；里德連貫的詩作〈戰爭的教訓〉（Lessons of the War），寫的
是陸軍對軍備所使用的近似性愛的術語，與真正的做愛之
間，那種不搭調的情形。

許多紀錄戰爭經驗的重要作品，都是苦澀的或帶有黑色
幽默的經典之作，這一點也不讓人驚訝，它們描寫了紀律嚴
格的人變得反覆無常，也道出軍隊的傲慢，正如一個人們熟
知的美國俚語SNAFU（*Situation Normal, All Fouled Up*—天翻地
覆）。梅勒（N. Mailer）的《裸者和死者》，講的是太平洋島嶼
戰爭的故事；布爾（Pierre Boulle）的《桂河大橋》（*The Bridge of
the River Kwai*, 1952），則諷刺了拘泥軍規的英國軍官；而堪稱其

在第二次世界大戰期間，沒有人能不受這樣的恐懼所影
響：整個城市——如上圖所示的英國科文特里市
（Coventry）——在轟炸中受創。

中的經典作品，則是赫爾勒在義
大利的輝煌空戰紀錄的*Catch-22*
（1961）。在《回憶錄》（*Memoirs*,
1991）中，阿米斯形容他對軍旅生
涯的體驗，有讓他置身在科幻小
說世界的感覺，那裏有自己一套
的邏輯法則，和一般所用的大不
相同。1945年時，本身就是德勒
斯登一名戰俘的馮內果（Kurt
Vonnegut）也持這樣的看法。他的
《第五號屠宰場》（*Slaughterhouse-Five*, 1969），透過歷史的現在與
科幻小說的時間之間的切換，捕捉到德勒斯登這個遭毀壞的
城市的荒謬性。類似有如在噩夢中，現實被錯置的感覺，也
可以在與「猶太滅種大屠殺」（the Holocaust）有關的作品中看
到，像是薩赫斯在〈哦，煙囱〉（O the Chimneys）中所提到
的：「死亡是了不起的發明之所。」

在面對全球性的恐懼時，文學作品所能發揮的最佳功
用，就是在於目睹事件、說出真相的基本任務了，這推翻了
法國反抗軍詩人塞格爾斯（Pierre Seghers）所說的「謊言」
（fausse parole）。「他們如何殺了我的祖母？」斯魯特斯基
（Boris Slutsky）在他的詩中問到，「我會告訴你，他們怎樣殺
了她。」列維與威塞爾成了紀錄作家；這是猶太文學作品中
的傳統角色。自第二次世界大戰而來的最重要作品，都有一
種傾向——受目擊者的基本態度的想像張力所左右。在德國
第三政府統治下的但澤（Danzig）長大的格拉斯，將他的成長
經驗寫成《貓與鼠》（*Cat and Mouse*, 1961），在書中他想知道在
那些年裏，是否用洋蔥汁摩擦他的打字機，是讓他回味但澤

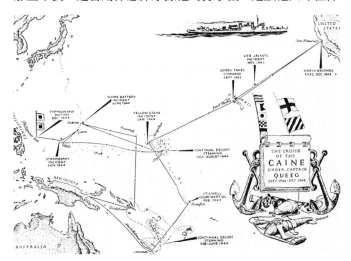
在《凱恩的叛變》裏，沃克把故事的背景，放在太平洋戰場上，底
下這張圖就是取自這本書，勾勒出當時的作戰路線。

在第二次世界大戰期間,人類的整體社會都被消除了,大屠殺成了屢見不鮮的事。左邊這張照片顯示某次大屠殺之後的慘狀;那是德軍在里莫格斯(Limoges)附近的歐拉多爾一蘇一格拉尼斯(Oradour-sur-Glanes),槍決了402個男人,另有240個婦孺慘遭活埋。塔爾迪歐在他的詩(見底下)中紀錄這件慘事。

的最好方式。跟大戰有關的最令人難忘的作品,都找得到這樣的洋蔥汁。尤涅斯科(Eugene Ionesco)的劇本《椅子》(Chairs, 1952)與《犀牛》(Rhinoceros, 1960),都是與個人空間被侵犯有關的超現實寓言;貝克特在迷宮似的反小說《瓦特》(Watt, 1953)中,寫出在沃克勞斯(Vauclause)的痛苦寓言,就是一種表達放逐與置換的譬喻作品《等待果陀》(Waiting for Godot, 1952);卡繆在小說《異鄉人》(The Outsider, 1942)與《鼠疫》(The Plague, 1947)中,沈思了邪惡與法西斯主義,也對納粹主義「虛無主義革命」(nihilist revolution)做出回應。

極端的時間會喚來極端與離題的估量,然而較缺乏創造的作家就祇能在膽寒中,默默地紀錄這些時刻。很多第二次世界大戰的詩作,都在一種「個人的景觀」(Personal Landscape,這是由亞歷山卓詩社所發行的季刊所用的名字)中,捕捉到個人的時刻。有為數驚人的詩作,將紀錄中的個人文字視為一種攝影。「我的照片已經像是歷史性的了。」富勒在〈戰爭中期〉(The Middle of a War)裏,有過這樣的反省。道格拉斯的〈勿忘草〉(Vergissmeinnicht),斯特雷爾欽科(Vadim Strelchenko)的〈我的照片〉(My Photograph)、赫伯特的〈照片〉(Photograph)──所有的意義在於凸顯,時間僅僅是明信片大小的簡短筆記,以及彷彿是家書的景色,像是道格拉斯的〈開羅缺口〉(Cairo Jag)、斯彭德的〈越過普里茅斯灣的空中襲擊〉(Air Raid Across the Bay at Plymouth)。

戰爭的地理比例是廣大的。對許多作家來說──他們有難民、囚犯、勞改者、集中營犧牲者、遠離家鄉的軍人與水手,而且總是在移動──戰爭的體驗就是一種長期的漂泊、一首滑稽的敘事詩。牙買加裔的美國人辛普森(Louis Simpson)在法國被凍傷,又在德國被搶。道格拉斯就像其他的「沙漠之鼠」(Desert Rats),一路從阿拉麥(Alamein)打到真姆真姆(Zem Zem),又從那裏開拔到他殉國的諾曼地。「這樣的地理可以縮小到悲哀的/個人的瑣事中。」富勒在〈在非洲〉(In

Africa)中這麼寫到。沒有甚麼謳歌英雄的史詩。赫伯特在〈告別九月〉(Farewell to September),調侃那些讓波蘭騎兵對抗德軍坦克的自殺性英雄行為。特伐多夫斯基的長詩〈維西里‧托爾金〉(Vasily Tyorkin),可以視為歐文(Wilfred Owen)與薩遜(S. Sassoon)對第一次世界大戰說出真相,所形成的反英雄修辭的延伸版本。辛普森在〈眾英雄〉(The Heroes)裏,下了這樣的註腳:「這些支離破碎的英雄在打包好之後,被送回家鄉。」「向前衝吧,紅色的黎明就要到來!」庫爾奇斯基在筆記本裏寫下:「我不知道要如何寫出這樣的詩句。」飛行員墜機的事在各地都有耳聞:諸如貝特斯(H.E. Bates)的《乘風到法國》(Fair Stood the Wind for France, 1944)、普德尼(John Pudney)的名詩〈給強尼〉(For Johnny),「不要絕望了/因為強尼已在空中」、賈瑞爾的〈剛納之死〉(The Death of the Ball Turret Gunner),以及斯賓塞的〈一個飛行員之死〉(The Death of an Airman)。

輓歌以壓倒性的姿態席捲文壇。這些輓歌是為被屠殺的人們、在戰爭中死難的密友、被帶走與被謀害的情人而作的,像是:列維的〈碑文〉(Epitaph),斯堪奈爾(Vernon Scannell)的〈阿拉麥的戰爭墳墓〉(War Graves at El Alamein),斯萊索爾(Kenneth Slessor)的〈海灘葬禮〉(Beach Burial),科夫納的〈我的小妹〉(My Little Sister),以及沙赫斯的〈在死亡的居所裏〉(In the Habitations of Death)。輓歌也為被破壞的城市而寫,諸如伯爾令人驚歎的小說《沈默天使》(The Silent Angel,祇在1992年出版)中的科隆、鮑伯洛斯基(Bobrowski)的〈大教堂〉(Cathedral, 1941)中的諾弗葛洛德(Novgorod)、皮林斯基(Janos Pilinsky)〈法蘭克福1945〉中的法蘭克福,和斯彭德筆下的倫敦;廣島則出現在嵯峨信之(1902-?)與原民喜(1905-51)的詩中,後者在得知自己感染輻射病症時曾萌生自殺之念,另一位寫到廣島的詩人,三吉(1917-53),他也死於輻射感染。

寫給上帝的輓歌甚至更為重要。在這些可怕的時候裏,上帝到那裏去了,像這樣的疑問成為伯爾在《沈默天使》中,對科隆被毀壞的天主教雕像所發出的疑惑;在〈克雷克堡〉(Kleckerburg)中,格拉斯有更為露骨的寫法──「在神聖的鬼魅與希特勒之間」;這樣的疑問也存在於威塞爾具回憶錄性質的《暗夜》(Night, 1958)中的奧斯維茲,以及米沃什的〈一個看著猶太區的可憐基督徒〉(A Poor Christian Looks at the Ghetto);還有艾伯哈特(Richard Elberhart)在〈轟炸的怒火〉(The Fury of Aerial Bombardment)中的疑問:「難道上帝是由超乎這一切苦痛的不同定義所形成的?」

普林斯以北非為主的詩選《漂流海上的士兵》(Soldiers

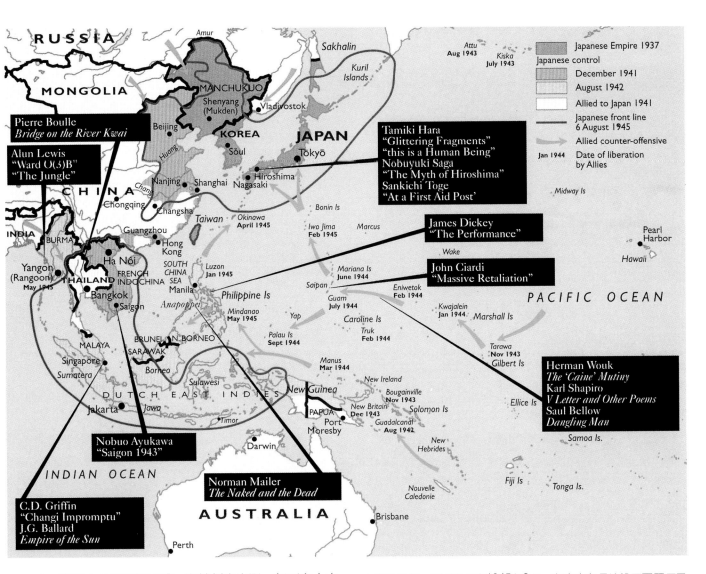

Pierre Boulle
Bridge on the River Kwai

Alun Lewis
"Ward O(3)B"
"The Jungle"

Tamiki Hara
"Glittering Fragments"
"this is a Human Being"
Nobuyuki Saga
"The Myth of Hiroshima"
Sankichi Toge
"At a First Aid Post'

James Dickey
"The Performance"

John Ciardi
"Massive Retaliation"

Herman Wouk
The 'Caine' Mutiny
Karl Shapiro
V Letter and Other Poems
Saul Bellow
Dangling Man

Nobuo Ayukawa
"Saigon 1943"

Norman Mailer
The Naked and the Dead

C.D. Griffin
"Changi Impromptu"
J.G. Ballard
Empire of the Sun

Japanese Empire 1937	
Japanese control	
December 1941	
August 1942	
Allied to Japan 1941	
Japanese front line 6 August 1945	
Allied counter-offensive	
Date of liberation by Allies	

Bathing），就把士兵赤裸的屍體，與被剝去衣服、釘死在十字架上的基督聯想在一起，然而像這樣贖罪式的痛苦註解，在戰爭文學中並不多見。比較能堪稱典型的，是存在主義者（existentialist）所強調的痛苦救贖與人的忍耐力，譬如卡繆的《異鄉人》和貝克特的《等待果陀》中，所呈現出來的意義──甚至更有趣的是，無論是在那裏，他們不斷地拒絕對敵人與壓迫者，懷抱無法判斷的憎恨感。列維在《溺死者與被救者》（*The Drowned and the Saved*, 1986）中，所稱的大屠殺的「灰色地帶」（Grey Zone），就可以明白看出他對這種罪的排斥。或是迪基從埃赫（Gunter Eich）的碑文得來的靈感，他在描述執行轟炸日本的任務的〈投擲燃燒彈〉（The Firebombing）的悔過詩中寫到：「在這場大破壞中，每個人都否認自己有罪。」

文學中的兄弟情誼是最好的人道抵抗之一：這種聲音可以抗拒歷史所強加的諸般不幸。無論是在政治、道德或藝術等方面，大戰都留給世界一幅已經改變的地圖。自此之後，文學就擺脫不了它的陰影。一個世代又一個世代的作家都會回到這個主題──特別是在這奇怪可笑的世界裏，人性、健全的神智、道德和語言意義的掙扎。

太平洋戰區：若非美國在1945年8月，在廣島與長崎投下兩顆原子彈，太平洋戰爭可能還要繼續打下去。

1945年8月6日，當原子彈在在廣島投下時，數十萬的無辜百姓不是立即死亡，就是感染輻射而喪命。

[219]

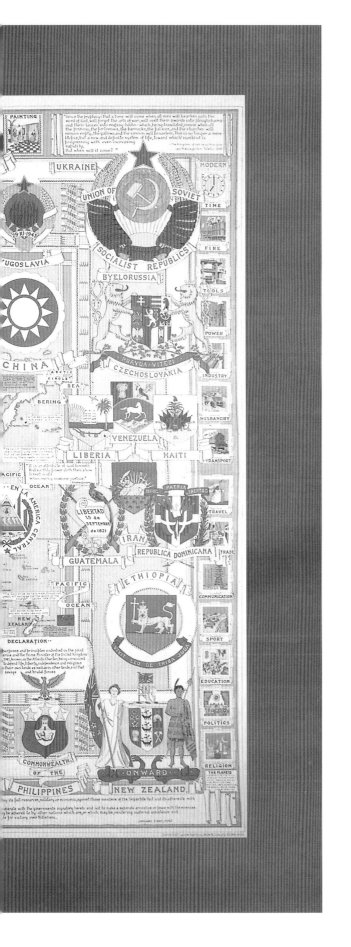

第七部
第二次世界大戰之後

第二次世界大戰於1945年結束，不但改變了「地理—政治」的版圖，也帶來一種國際性的意識危機。在大戰後期的歐洲，猶太人和其他被囚禁在奧斯維茲與布亨華爾德等滅種集中營的人的命運，便是第三德國屠殺集團一手造成的。在這場滅絕猶太人的屠殺中，總共有六百萬的猶太人喪生。接下來，在太平洋對日作戰的尾聲中，美國轟炸機將原子彈投擲在廣島與長崎；夾帶著毀滅全球的潛在威力，原子時代從此揭開序幕。到了1945年10月，有五十個國家共同成立聯合國，聯合國的目標是要為世界帶來和平、安全、民主與繁榮。然而，不安、恐懼與焦慮並非就此緩和下來。美國與蘇俄成為控制世局的兩大超級強權，它們將世界區分為二，彼此展開核武對抗，並且開啟長達四十五年的「冷戰」。對作家而言，戰爭的危機與激烈的意識形態的後果，重新塑造了「現代的傳統」，有時甚至讓寫作成了不可能的事。戰後的文學從現代思潮中，呈現出非常不同的特色……。

從這幅1945年的聯合國地圖中，可以看到人們心中所理解或希望的世界秩序，並且象徵性地標示出會員國家和這些國家相關的圖徽，以及大西洋憲章的條文，與古今世界中人類活動的圖標，此外還有種種藝術的符號。軸心國國家被遺漏了，祇有日本代以一個原子彈爆炸的小小圖徽。

存在主義者的巴黎與其他

「到了1944年9月20日或25日時，」西蒙‧波娃（Simone de Beauvoir, 1908-86）寫到，「似乎是非常幸運的——所有的道路都展開了。」這就是巴黎在解放之後數週的寫照。當然，這是樂觀的想法，特別是在年輕人之間，然而，也有對德國佔領時的苦澀回憶，以及它所含的妥協與恥辱。在別的年代裏，或許還有原子彈的陰影，和冷戰時期若隱若現的恐怖氣氛。結果就是混雜著愉快與幻滅的熱潮，賦予存在主義時期巴黎鮮明的性格。

巴黎文學與知識生活的核心地區，就在古老的聖—日耳曼—德—普里斯（Saint-Germain-des-Pres）教堂周圍。離開林蔭大道，小旅館林立在兩旁都是小圓石鋪成的街道上，大多數來到聖—日耳曼—德—普里斯的外鄉人都住過這些旅館。它們提供了床、臉盆與廉價租金，除此之外，也沒有多餘的服務。

這個世界的核心人物就是沙特（Jean-Paul Sartre, 1905-80），他所寫的《存在與虛無》（Being and Nothingness, 1943），奠定他在存在主義哲學中的領導地位。他在大戰期間返回巴黎之後，便泡在蒙巴那瑟的福羅爾咖啡館（café de Flore），由於離聖—日耳曼—德—普里斯地下鐵車站祇有幾碼的距離，所以那裏佔了地利之便。在這裏，在適意的咖啡館的氣氛中，他每天都伏案寫作，在他身邊聚集一批志同道合的作家與知識分子，其中包括波娃、梅洛龐蒂（Maurice Merleau-Ponty）、阿宏（Raymond Aron）與奎諾（Raymond Queneau）。《百花聖母》（Our Lady of the Flowers, 1944）的作者熱內（Jean Genet, 1910-86），是這一區裏和卡繆（A. Camus, 1930-60）齊名的作家。

在戰後的那幾年裏，聖—日耳曼這小地方由於有了一連串其他的重要作品，成為文學的實驗場所。這些作品包括波娃的《第二性》（The Second Sex, 1949）、奎諾的《時髦的練習》（Exercises in Style, 1947）和《地下鐵的裏的札西》（Zazie in the Metro, 1959），還有沙特一系列的作品，包括三部曲小說《自由之路》（The Road to Freedom, 1945-49）以及劇本《恭順的妓女》（The Respectable Prostitute, 1946）、《罪惡的熱情》（Crime Passionel, 1948）與《惡魔與上帝》（Lucifer and the Lord, 1951）。

巴黎的存在主義既是一種哲學主張，也是一種生活方式。到了夜晚，聖—日耳曼附近的地下室，像塔波（the Tabou）這樣的爵士酒館，便取代白天時的咖啡館，那裏人聲鼎沸，菸味濃烈，到處都是年輕人，他們總是穿著黑色的衣服，因為這樣的打扮，很快就會被認為是存在主義者。塔波的經營者是卡札里斯（Maria Cazalis），他是一位詩人，和歌手格瑞可（Juliette Gréco）在塞納路（rue de Seine）六十號的路易斯安那旅館

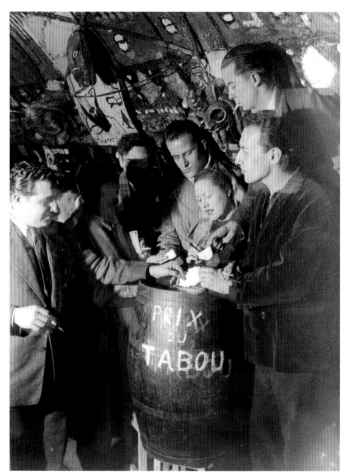

位於道芬路（rue Dauphine）與稍後的聖—貝諾特路（rue Saint-Benoit）上的聖—日耳曼，諸如塔波這樣的俱樂部（上圖），與戰後新生代之間是畫上等號的，正如某家報紙所言，這批新世代的人把生命耗在飲酒、跳舞與戀愛上，「除非原子彈掉在巴黎」，他們才會罷休。

的一個房間裏同居，他同時也是聖—日耳曼區著名的詩人與存在主義者。同時代中另一位代表人物是維昂（Boris Vian），他多才多藝的天賦，表現在身為作家與爵士小喇叭手上，有了他，這個位於巴黎小小地區的文學與音樂世界，也有了溝通的橋樑。

沙特日益升高的聲名，很快讓他難以繼續窩在福羅爾咖啡館寫作。不久他就改到位於蒙塔拉伯特路（rue Montalambert）的皇家龐特（Pont-Royal）旅館裏，裝潢華麗的酒館，寫他的文

波娃與沙特比肩坐在一起（右圖），這張攝於1955年的照片，地點是在安東尼劇院（Theatre Antoine）的某次排演。

格瑞可擷取沙特、奎諾與普雷佛特（Jacques Prevert）的文句，將之譜為廣受歡迎的歌曲，也成為存在主義時期巴黎的象徵之一。下圖是她在威爾斯（Orson Wells）的《鏡中裂縫》（Crack in the Mirror）一劇中，飾演洛莫西里（Florence Lomorciere）這個角色時的風采。

章了。對作家來說，那並不是十分便利的地方，因為為了擁有更多的空間，酒館把桌子撤掉了，他們祇好在木桶上將就寫作。皇家龐特還有另一個優點。1945年10月，沙特借用出版商加利馬德（Gallimard）位於謝巴斯汀—波丁（Sébastien-Bottin）小街上的辦公室，開辦一份名為《現代》（Les Temps Modernes）的雜誌；他祇需從皇家龐特轉過街角，就能走到辦公室。作為設計給沙特和他的同事一展身手的平臺，《現代》雜誌的編輯群延攬了福羅爾的許多常客，它也是在戰後的巴黎，支配知識份子意見的刊物之一。在加利馬德出版馬爾羅（André Malraux）這位對他最有價值的作者的評論文章後，《現代》就失去它的根據地。它可以說是時代下的一段插曲，當時處於變化中的政治關係，成了永無止盡的文學鬥爭的源

頭。自第二次世界大戰起，馬羅爾就相當認同戴高樂（De Gaulle）的反共政策，這使得他站在和《現代》雜誌完全相反的政治立場。沙特和他的朋友們，儘管曾經提倡讓文學干預政治的「介入文學」（littérature engagée）的觀念，依舊得經常面對阿拉貢等強硬派共產主義者的施壓，因為阿拉貢對背離政黨路線的人，始終保持戒心。

政治上的毀謗或許是巴黎司空見慣的特色，然而對許多異鄉人來說，巴黎是個非凡的城市，尤其是它的包容性。在戰後數年裏，美國的情形不若二〇年代時來得突出與耀眼，巴黎此時吸引了一群重要的流亡者，因為冷戰時美國在政治、性與種族的偏狹言論，迫使他們離開那裏。著有《湯姆大叔的孩子們》與《土生子》的賴特，就是最早到達巴黎的作家之一。他應斯泰因之邀來到這裏，當時斯泰因住在位於福勒魯斯路（rue de Fleurus）的老舊公寓裏。賴特於1946年5月抵達巴黎，就在斯泰因過世的前幾個星期。「這裏沒有種族仇恨，」他告訴他在美國的編輯，「這似乎有些不真實。」他住在蒙西爾—普林斯路（rue Monsieur-le-Prince），就在聖—日耳曼大道與聖—米歇爾大道（boulevard Saint-Michel）之間，他在那裏寫下《局外人》（The Outsider, 1953），並且定期在《現代》雜誌上發表文章。

接下來幾年裏，其他美國黑人也受巴黎的吸引而來，像是鮑德溫（J. Baldwin, 1924-87）等，鮑德溫住在維爾紐路（rue de Verneuil），寫下《向蒼天呼籲》前面幾章的草稿；還有希姆斯（C. Himes），他是哈萊姆偵探「棺材」斯密斯（Coffin Ed Smith）與「掘墓者」瓊斯（Gravedigger Jones）的塑造者，此外還有小說家斯密斯（William Gardner Smith）。位於盧森堡公園入口正對面的土農咖啡館（cafe de Tournon），是這些美國黑人喜歡去的地方，它也是流亡在外的「長春藤聯盟」（Ivy League）年輕人的聚會之處，其中有普林普頓（George Plimpton）與瑪錫森（Peter Matthiessen），他們在1953年創辦《巴黎評論》（Paris

Review），這本雜誌因訪問到福斯特、沃與格林等文壇名人，而聲譽鵲起。自從《巴黎評論》的辦公室搬到與土農路平行的加蘭西爾路（rue Garancière），土農咖啡館就因著地利之便，也跟著成為編輯們的大本營。

有一群在五○年代暫住巴黎的年輕美國人，組成相當不同的團體，他們都是「垮掉的一代」的詩人。金斯堡（Allen Ginsberg）於1957年11月來到巴黎，翌年，他和歐羅夫斯基（Peter Orlovsky）與科爾索（Gregory Corso）共同住在吉─科爾街（rue Gît-le-Coeur）九號的拉喬旅館（Hotel Rachou），之後那裏改名為敲打旅館（Beat Hotel），這條風華老去的小街就在聖─米歇爾廣場尾端。他們和布洛斯（William Burroughs）在一起，布洛斯來自坦吉爾（Tangier），身邊帶著《裸體的午餐》（*Naked Lunch*）那破損的手稿。1959年，這本書由吉羅迪亞斯（Maurice

已經因《異鄉人》與《薛西弗斯的神話》（*The Myth of Sisphus*, 1942）而享有聲名的卡繆（上圖），仍持續創作出《鼠疫》（1947）、《墮落》（*The Fall*, 1956），和導致他與沙特決裂的哲學著作，《反抗的人》（*The Rebel*, 1951）。

Girodias）所經營的奧林匹亞出版社（Olympia Press）出版，這家出版社位於奈斯爾街（rue de Nesle）上，擅長操作低級的黃色書刊，儘管如此，它還是印行了一些驚世駭俗的文學作品，不僅出版《裸體的午餐》，也出版里亞格（Pauline Reage）的《O的歷史》（*Histoire d'O*, 1954）、納波可夫（V. Nabokov）備受爭議的《蘿莉塔》（*Lolita*, 1955）與多里維（J.P. Donleavy）的《激進的人》（*The Ginger Man*, 1955）。

個人出版社的重要性，是那些年裏一再出現的特色。「米奴特」（Les Éditions de Minuit）就是在大戰時一家反抗色彩鮮明的出版社，然而到了五○年代，它有了不一樣的重要性，便是扮演新文學思潮的接生者。從它位於離聖日耳曼廣場祇有數碼之遙的伯納─帕里西街（rue Bernard-Palissy）七號的辦公

室開始，就出版一系列對一般人來說，是激烈挑戰的小說。它們是一群作家的心血結晶，其中包括薩洛特（N. Sarraute）、羅伯─格里耶（Alain Robbe-Grillet）、布陶（Michel Butor）與西蒙（C. Simon），他們日後成為「新小說派」（nouveaux roman ciers）作家。光是在1957這一年，米奴特出版社便出版了羅伯─格里耶的《忌妒》（*Jealousy*）、布陶的《第二思維》（*Second Thoughts*）與西蒙的《風》（*Wind*）。

在蔑視小說的傳統習俗之中，新小說派成了更普遍的文學震撼裏的一部分，在那十年裏，它所激起的波濤影響了戰後初期的巴黎。1953年1月5日，位於拉斯佩爾大道（boulevard Raspail）的巴比倫劇院（Theatre de Babylon），被譽為文學史上一處適當的表演之所，因為它開啟夜間上演貝克特《等待果陀》的先例。還有伊昂尼斯科的《禿頭貴婦》（*The Bald Prima Donna*, 1950），以及阿達莫夫（Arthur Adamov）的《天堂》（*La parodie*）；伊昂尼斯科的劇作即使在胡契特劇院（Theatre de la Huchette）上演，依舊獲得成功；而在貝克特筆下，兩個流浪者淒涼地等待果陀的蕭瑟寓言，率先引起大眾對這種新形態戲劇的注意。它對這個世界毫無意義、毫無價值的看法，預先獲得當代觀眾的回響。稍後，這些劇作家聚集起來，形成「荒謬劇派」（Theater of the Absurd），然而他們從來不認為自己代表了甚麼凝聚性的運動。他們在巴黎沒有固定活動的咖啡館或地區，但他們的作品是國際性的，並非祇受到法國人的歡迎。這樣的影響力橫掃歐洲，也到達英國與美國，受其影響的劇作家包括阿爾比（Edward Albee）、品特（Harold Pinter）、弗里希（Max Frisch）與哈維爾（V. Havel）。

無論是荒謬劇派，還是新小說派，都揚棄了「介入文學」的主張。他們對文學與經驗之間的關係，提出理論性的問題，在往後二十年的時間裏，它們成為對知性發展的一種鮮活刺激。1960年，《就像這樣》（*Tel Quel*）雜誌在位於雅各街（rue Jacob）二十七號的希優爾出版社（Edition du Seuil）辦公室誕生了，它共同的創辦人是索勒爾斯（Phillipe Sollers），以及一群年輕的前衛派知識分子。過了二十年，它的撰稿人，像是托多洛夫（Tzvetan Todorov）、巴特（Roland Barthes）、德里達（Jacques Derrida）、傅柯（Michel Foucault）與克莉絲提娃（Julia Kristeva），都在西方思想的發展上，擁有深遠的影響力。李維─史陀（Claude Lévi-Strauss）於1940年中所開創的結構主義（structuralism），被拉岡（Jacques Lacan）與阿杜塞（Louis Althusser）等作家所採用與修改，而他們所用的方法也改變當代知識分子的生活。

到了最近幾年，這些人物──結構主義、後結構主義與

現代女性思想等學院理論家——比起任何具有想像力的作家所形成的團體，更有把文學的巴黎當成中心舞臺的傾向。如果要尋找新作品中的地理焦點，我們不太可能在聖—日耳曼裏找到，它們的焦點反而是在巴黎的邊緣社會，或是在具有非洲血統的作家，如查雷夫（Mehdi Charef）、貝爾格（Farida Belghoul）等「布爾」（Beurs）人成長的抑鬱郊區。

然而，在所有的變化中，還是有一種持續不變的元素。從存在主義到後現代主義（Postmodernism），巴黎始終與支配二十世紀後半的知識潮流息息相關。這並非出於巧合。在巴黎，各式各樣的觀念都受到歡迎。或許，新的超級巨星更常在機場的出境大廳，而非在咖啡館的桌子上，寫下他們的筆記，儘管如此，他們之中有許多人還是把巴黎當成他們的家，不僅因為它保有眾多的觀念，也因為那裏的人對他們的文化，有著熱誠的關懷。在這樣的情況下，巴黎這法國首都，依舊會在文學地圖上佔有中心位置。

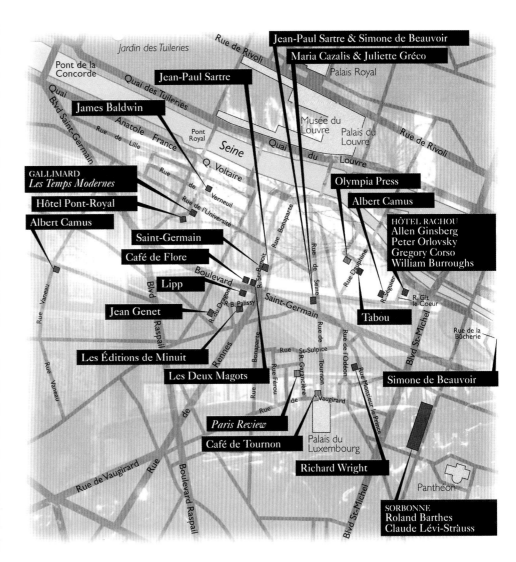

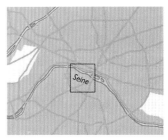

存在主義者的巴黎：沿著聖—日耳曼大道，竟是成排的酒館與咖啡館，許多這個時期的文學作品都是那裏誕生的——福羅爾（左圖）、多克斯·馬哥茲（Deux Magots）、布拉西里·里普（Brasserie Lipp）等咖啡館，都在這裏。

大戰之後的德國

德國雖於1945年潰敗，但是從迫害和移民這兩個現象來看，它更早時就在文學上顯露敗象。那些留下來並且作品被允許出版的人，是乏善可陳的（他們充其量祇能算是二流作家）。至於那些雖留下但被迫保持沈默的人，祇有少數在戰後的文學中有著傑出的表現；例如詩人暨劇作家的魏森博恩（Günter Weisenborn），在柏林時就和布萊希特（Bertolt Brecht）攜手合作，並且為維也納籍的歌手蘭雅（Lotte Lenya）寫歌，1933年，當他的書被焚毀後，便流亡至紐約。儘管如此，他還是於1939年返回柏林，稍後加入反法西斯組織「紅色禮拜堂」（Rote Kapelle），成為少數能夠撐到1944年德國瓦解的作家，並且在戰後的西德繼續創作不輟。

留在德國但保持緘默或隱居的作家，包括了貝恩（Gottfried Benn, 1886-1956）與容格爾（Ernst Jünger）。雖然貝恩在納粹統治的早年中，有著曖昧不清的角色，作為那些年裏德國一位大師級的詩人，他成了活生生的紀念碑。而容格爾那鹵莽的知識冒險主義，則顯示他與納粹之間似有若無的關係。他出版反對希特勒的作品，1939年，在沒有取得官方的許可下，出版《堅硬的絕壁》（*To the Marble Cliffs*），他的書很快就列入黑名單。戰後，他的書又被禁止出版。然而從1955年起，他就不斷累積獎項了，可以說他是現代德國散文裏，最有成就的作家之一。左派文人對他避之惟恐不及，反而是知識界的新右派擁抱他，他一直活躍於戰後的德國文學。

至於為了躲避納粹，逃到美國或蘇聯的作家，都得面對流亡文學中的永恆問題：他們必須為實際上並不存在的讀者寫書。即使是這些流亡作家中的佼佼者，湯瑪斯‧曼（1875-1955），也有他的問題。儘管自五〇年代以來，他就是現代德國文學的核心人物，但他在祖國被接受的程度，卻不那麼明確的。就像許多流亡者，他得忍受右翼份子指責他背叛祖國人民的毀謗。他選擇住在瑞士，他的朋友赫塞早在1919年時，就搬到那裏。德國政府邀請他的兄弟亨利希‧曼（1871-

順時針方向，由左上開始依序為：西格斯、茨威格、貝恩與伯爾，他們全都是戰後的德國作家。

1950），回去協助重建社會主義的德國，但亨利希不為所動，依舊留在加州的聖塔摩尼卡（Santa Monica），並在那裏終老。德布林先是逃到巴黎，然後轉往紐約，最後回到德國的法國佔領區。擔任軍政府的文化顧問。然而，他再也不能重享他之前的文化地位，當他於1957年逝於司圖嘉（Stuttgart）附近的埃斯林根（Esslingen）時，世人幾乎忘了有這個人存在。

對主張共產主義的逃亡者而言，情況又有所不同。貝希爾（Johannes R. Becher）——在二〇年代時，他從表現主義轉向共產主義，1933年時，他自柏林逃往莫斯科——於1945年重返東柏林。他與烏爾布里希特（Walter Ulbricht）和格羅特烏爾（Otto Grotewohl）有密切的關係，自1954年起，至1958年亡故為止，他都擔任文化部長。1945年，貝希爾創立「德國民主改革文化聯盟」，並且說服布萊希特、埃斯勒（Hanns Eisler）、西格斯（Anna Seghers）與茨威格（A. Zweig）回到蘇俄佔領區——1949年，那裏成為德意志民主共和國（GDR）。布萊希特於1947年返國，在席福包爾達姆（Schiffbauerdamm）創辦劇院，它成為戰後德國的劇場演出中心，在他逝世前兩年，也就是在1954年時，他還身兼劇院主任。布萊希特死後葬於柏林的杜洛辛市民公墓（Dorotheenstädtischer Friedhof）——同樣葬

在那裏的文人，在他之前有黑格爾、馮塔納與曼（H. Mann），在他之後則有韋格爾（Helen Wegel）、茨威格與西格斯。西格斯於1933年時，自柏林逃往墨西哥市。1947年，她回到東柏林，成為共黨政權的堅決擁護者，並在1952至1978年間，擔任GDR作家協會主席。茨威格（1887-1965）於1948年回到柏林，成為GDR的首席小說家。對共產主義德國而言，柏林一直是主要的文學中心，祇不過在規模上，要比二十年前小很多了。

在西德，文學與文化景地就要分散得多。就某種程度而言，這也反映出新德國的政治結構：波昂從未想過竟能扮演從前屬於柏林的角色。幾乎所有在戰前位於柏林的重要出版社，此刻都散居各地。

「四七社」（Group 47）可說是戰後最重要的文學運動，創始者是里希特（Hans Werner Richter），這個運動是要「為新的民主德國、為更好的未來，也為能肩負起政治與社會發展之責的新文學，奠立基礎」。經過二十多年的努力，它推廣到西德境內許多不同的地方。它是由一群不固定的德國與奧國作家所組成，他們都親身經歷這場戰爭，也都夢想能有全新的開始。特別是在早期階段，它發表宣言，主張一種在意識形態與修辭學上，淨化過的文學語言，而其巧妙與精確的程度，足以表達一種新的體驗。在四七社的年會中，它成為擁有自身權利的文學公開組織，它邀請年輕的作家提出他們的作品，並讓不留情面的評論家詳加審閱。要是能通過這如同「坐電椅」般的考驗，通常就意味著新生涯的開始──艾赫（G. Eich）、伯爾（H. Böll）、瓦爾澤（Martin Walser）、巴赫曼（Ingeborg Bachmann）、格拉斯（G. Grass）與約翰森（Uwe Johnson）等人，就是循此模式成

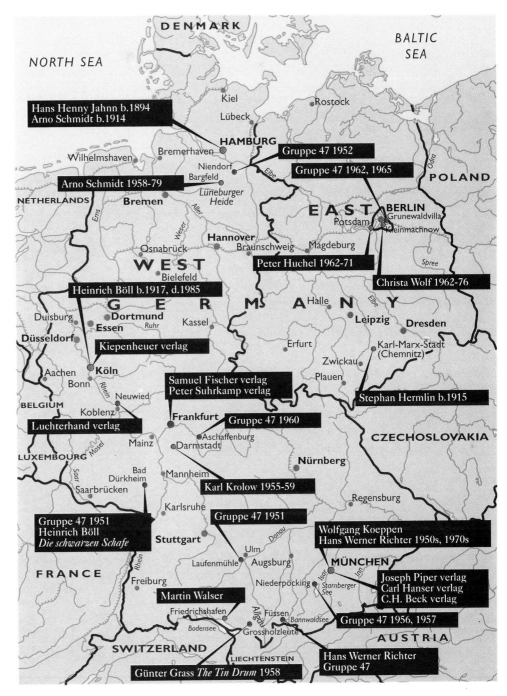

戰後的德國：在第二次世界大戰之後，文學與文化的景觀就不如二〇年代與三〇年代那樣集中了。如同詩人暨評論家恩岑斯貝格爾所說的，在德國境內到處開會的四七社，成了「沒有首都的文學中，一個有如核心的咖啡館」。

名的。在五〇與六〇年代享有聲名的作家，幾乎毫無例外，都是這個團體的一份子，再不然就是與它有關，像是塞蘭（Paul Celan）、弗里德（Erich Fried）與魏斯（Peter Weiss，他雖未住在德國，仍以德國為寫作題材）。

如伯爾、格拉斯、約翰森和恩岑斯貝格爾（Enzensberger）等因四七社而成功的作家，都享有國際性的聲譽。伯爾是以

柏林圍牆從根本上改變了柏林人的生活：它殘忍地把一個城市一分為二。

戰爭期間與戰後的混亂經驗為焦點的短篇故事，開始其文學生涯。他的每一本新書——《明日與昨日》(*Tomorrow and Yesterday*, 1954)、《九點半鐘的撞球》(*Billiards at Half Past Nine*, 1959) 與《一個小丑的看法》(*The Clowns*, 1963)——都帶有「作家的公眾良心」，他的作品受到大眾的熱烈歡迎，而他的批判聲音不但東西兩德都聽得見（這是罕有的成就），連整個歐洲也能聽聞。繼赫塞與流亡詩人薩赫斯之後，伯爾成為戰後榮獲諾貝爾文學獎的第三位德國作家。

格拉斯生於1927年的但澤，在他轉向文學之前，他學過雕刻與圖形設計。他於1955年加入四七社，在1958年時，他宣讀未完成的手稿《錫鼓》(*The Tin Drum*)，該書於一年後出版，立刻讓他聲名大噪。於是四七社就籠罩在格拉斯的巴洛克的美感力量裏。《錫鼓》之後，他緊接著於1961年發表《貓與鼠》，在1963年出版《非人的歲月》(*Dog Years*)。稍後在六〇年代中，格拉斯運用其能量與聲譽，與布蘭德特 (Willy Brandt) 共同支持社會民主黨。格拉斯以散文所寫成的作品，成為喧囂的六〇年代中，黎明的表徵。一年之後，恩岑斯貝格爾苦澀的詩作，〈泡沫〉(Schaum) 也具有同樣的意義。約翰森在1960年於四七社前宣讀作品前，就已經贏得評論家的喝采了。他生於1934年的波美拉尼亞 (Pomerania)，後來在羅斯托克 (Rostock) 與萊比錫研究德國與英國文學。自從東德方面拒絕出版他的手稿後，他的第一部小說《對雅各的種種揣測》(*Speculations About Jacob*)，便於1959年於蘇爾坎普 (Suhrkamp) 問世。這本書是對德國以東西德方式並存的現象，以及最後奪去雅各生命的精神與政治邊界，有著深刻思考的作品。約翰森本人稍後也於1959年，跨過邊境到達西柏林。在搬去羅馬之前，他在西柏林與格拉斯為鄰住了幾年，之後又到了紐約，最後在雪佩島 (Isle Sheppey) 落腳，並完成他的大部頭作品，《週年日》(*magnum opus, Anniversaries*, 1983)。他於1984年過世。

四七社儘管活躍而耀眼，但不能代表西德的文學全貌。其他重要的文學家紛紛出現了：克羅洛 (Karl Krolow)，或許是繼貝恩與塞蘭之後，最有成就的德國現代主義詩人；還有克彭 (Wolfgang Koeppen)，他在三〇年代時住在柏林，然後就移民荷蘭，戰後回國定居於慕尼黑，寫下許多具社會批判意識的重要小說；或是劇作家、小說家與風琴技師的賈恩 (Henny Jahnn, 1894-1959)，他從漢堡逃到丹麥，在那裏寫下不朽的小說，《一望無際的大河》(*Fluss ohne Ufer*, 1948)，這部小說的第一冊的英譯名為 *The Ship* (《船》)。還有來自漢堡的施密特 (Arno Schmidt)，他大部分的文學

布萊希特於1947年回到柏林，在席福包爾達姆創辦劇院（左圖），那裏成為戰後德國的劇場演出中心。

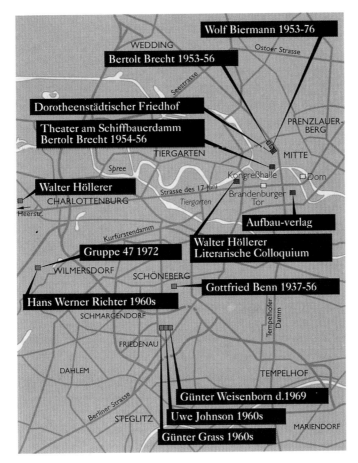

東、西柏林：六〇年代，柏林仍然是文學中心，那時里希特住在那裏，格拉斯與赫勒爾也是。

生涯都是在盧納堡的海德區（Luneburger Heide）渡過的，1979年，他也在那裏辭世。許多人認為他是德國最偉大的當代作家——他早期的作品充滿表現主義的風格，後來在長篇鉅著《紙條上的願望》（Zettles Traum, 1970）裏，轉變為神祕色彩濃厚的散文，這本小說乃承襲卡羅爾（L. Carroll）與喬伊斯的傳統。雖然施密特的生活變得更加隱遁，但他位於巴爾格非爾德（Bargfeld）的家，成了愈來愈多讀者的朝聖之旅的中心。

德意志聯邦共和國的每個地區，都在它的文學史上有所貢獻。許多故事都發生在西柏林，尤其是在六〇年代，當時德國的政治與知識生活，又重新把焦點放在這個先前的大都市上。1961年，在柏林圍牆蓋好之後，四七社的聚會有好幾次就在西柏林舉行。里希特住在那裏，格拉斯與約翰森也是。詩人暨評論家赫勒爾（Walter Höllerer）創辦影響深遠的雜誌，《工業時代的語言》（Sprache im Technischen Zeitalter）與「文學討論會」，向大眾介紹當代歐洲與美國文學的傑出人物。然而，這種能量的爆發，卻不能抵消柏林圍牆使西柏林成為一個封閉系統的影響，儘管似乎進程緩慢，但的確是在摩擦之中。

東柏林呈現完全不同的情形。雖然東柏林總是和幅員較大、也較富庶的西柏林競爭，但此刻它愈來愈有首都的架式。具有影響力與孚有聲望的作家協會就設在這裏——因為官方控制的結構出版社（Aufbau Verlag）也在此地，幾乎毫無例外地，東德境內的所有文學著作，都是由它所出版。在最早時，它出版的大多是較老的移民作家作品，儘管這些作家並非時常符合當局頒佈的史達林式政策，但是在社會主義的較高利益中，他們還是可以用來當傀儡領袖。這也是某些文人如小說家海姆（Stefan Heym）之流所面對的真實景況，海姆在流亡美國多年之後（他早期的的小說都是用英文寫成的），在1951年時，他決定返回東柏林定居；還有詩人赫爾姆林（Stephan

Hermlin），他於三〇年代晚期離開德國，以迂迴的路線流亡國外，他先是到了巴勒斯坦與埃及，然後再到法蘭克福，最後於1947年回到東柏林。

對這個世代的作家來說，這些附從於東德的人，其實是做出某種選擇的。至於那些在柏林圍牆蓋好，局勢穩定之後才來的人而言，離開那裏是不可能的選擇。雖然有其他的人開始正視作為祖國的德意志民主共和國，但他們還是批判當局對社會主義的誤用，因為這些人所造成的種種錯誤，他們撻伐這「更加美好」的德國。東德政權向以鎮壓相反的批判意見，而聲名狼籍，但它也創造出一批死忠者。沃爾夫（Christa Wolf）的首部小說，《分裂的天空》（Divided Heaven）於1963年問世，她成了所謂的「國家作家」，祇不過在意義上，與布萊希特有所不同了。儘管如此，她以東德的特殊經驗的真相為背景，所寫成的七十幾部小說，還是在國際間得到稱讚。

今天，德意志民主共和國的文學已經煙消雲散了，許多主角（如沃爾夫之流）也都歸於寂靜，要在變動過後的政治與文學景觀中，重新定義這些作家，是一件吃力不討好的工作。關於這一點，在討論二十世紀整個德國文學的置換歷史時，會再加以論述。在某種意義下，戰後的德國政治史就如同文學史，都結束於1990年兩德的統一。在另外一種意義下，它也才開始起步而已。

四七社的成員包括瓦爾澤（照片中左立者）、伯爾（右立者）與巴赫曼（中坐者），這張照片攝於1955年的某次聚會。

戰後的義大利小說

關於如何得到國際性的文學聲名，是有一種黃金律。作家們能享譽國外的作品，並非總是他們最有趣的，反而是他們最容易翻譯的書。在現代義大利文學的情況中，這種落差通常是很大的。讓喬伊斯來自特里斯特（Trieste）的朋友斯韋沃（Italo Svevo）揚名國際的，是他出於創意所寫的《塞諾的意識》（*The Confession of Zeno*, 1923），這也得歸功他易於翻譯的文字風格。

儘管如此，從另一方面看，那些被認為是當時義大利最重要的作家們，幾乎都沒能跨過國際界限，而在海外享有名聲。譬如加達（Carlo Emilio Gadda, 1893-1973）具實驗性的作品，雖然有某些優秀的翻譯——像是他的 *La Cognizione del dolore*（1963），翻成英文之後，書名就成了 *Acquainted With Grief*（《熟悉哀傷》）——但是出了義大利，就沒甚麼人知道了。同樣的情形也出現在薩維尼歐（Alberto Savinio, 1891-1952）的作品上，他有兩個一樣出名的兄弟：畫家奇里可（Giorgio di Chirico）與前衛派作家曼加奈里（Giorgio Manganelli, 1922-90）。

這種情形導致某些作家開始考量自己的作品有無可能被翻譯，即使是在創作之初，也要顧慮這樣的問題。卡爾維諾（Italo Calvino）是戰後義大利最偉大的作家之一，他也想到他後期的作品，要如何翻成絕妙的英文或法文，有時它們甚至還未完成呢。艾可（Umberto Eco）或許是這個世界上，最為成功的義大利現代作家，按照某些評論家的看法，主要的原因是他的小說不僅用義大利文，就算換成其他的語文，也一樣地精彩可讀。

在墨索里尼長期獨裁統治下（1922-1945）的法西斯義大利，文學與文化被認為是無足輕重的東西，而且當時還有一套嚴厲的審查制度。因此藝術不是在官方許可的邊緣遊走（這反而鼓舞了神祕的寫作），就是讓許多作家出走他國。西洛內（Ignazio Silone, 1900-78）在瑞士寫下他早期的小說，像是探討亞伯魯茲（Abruzzi）地方鄉下生活的《豐塔瑪拉》（*Fontamara*, 1930）。在反納粹的年代中，許多類似的努力，都聚集在左派的旗幟下。

第二次世界大戰的戰火，摧毀許多義大利城市。下圖是卡西諾（Cassino）城裏被炸毀的一戶人家，轟炸這裏的原因是它靠近後方的觀察營。

右圖是羅塞里尼的電影《開放城市》(*Roma citta aperta*) 的劇照。這部電影的兩位主角分別是瑪格娜妮 (Anna Magnani) 與法布里茲 (Aldo Fabrizi)。

戰後的義大利是個備受衝擊、貧困與分崩離析的國家，文學也要為取得新的地位而奮鬥。四○年代末與五○年代初，義大利在電影、小說、詩和繪畫上，都有了豐碩的成果，其中部分的原因是受諸如艾諾迪 (Einaudi，成立於1933年) 這樣努力的出版社所鼓舞。早在法西斯當政時期，許多一流的作家已經將現代的英美文學作品，翻譯為義大利文。這些翻譯作品一直持續到戰後，並且對新的義大利文化，產生可觀的影響，其中最重要的現象，就是在電影與文學上的新寫實主義運動 (Neo-Realist movement)。電影工業出現許多名作，像是羅塞里尼 (Roberto Rossellini, 1905-77) 的《開放城市》(*Open City*, 1945)，與德·西卡 (Vittorio de Sica, 1901-74) 的《單車竊賊》(*Bicycle Thieves*, 1948)。

有兩位作家以其反法西斯的小說著稱，他們成為殘忍的夢魘之後，重生的義大利文學的最佳例證。帕韋澤 (Cesare Pavese) 生於1908年的皮德蒙 (Pidemont)，他企圖發展一種對世界與義大利人民的神話願景，如同他在小說《月亮和煙火》(*The Moon and the Bonfire*, 1950) 中所作的。然而這勉強而來的神話製造者，其緊張狀態很快就顯而易見了，自從帕澤韋在1950年時，不知為何而自殺之後，他的名聲也隨之衰退。與帕韋澤相同，生於西西里的維多里尼 (Elio Vittorini, 1908-66)，是個美國文學的翻譯家，也是義大利與外國文學之間的重要中介者，他同時也是個小說家。然而讓他得享盛名的，卻是某些卓越的短篇小說集，尤其是《西西里的談話》(*In Sicily*, 1938-9) 一書。

從今天的觀點來看，那個時期的最重要作家，或許還是莫拉維亞 (Alberto Moravia, 1907-90)，在1945年時，他已經名滿天下，並且具有十足的活力。他生於羅馬，他的許多作品都是和這個城市有關。在墨索里尼時代，他的第一部小說——描述法西斯統治初期，中產階級的冷酷無情的《冷漠的人們》(*The Time of Indifference*, 1929)——讓他贏得文名，當然它也逃不過當局的審查。戰後法西斯統治者下臺，他被視為文壇領袖，並且發表許多非常成功的小說，像是敘述一位羅馬妓女故事的《羅馬女人》(*The Woman of Rome*, 1947)，以及展現社會

第二次世界大戰促成藝術與文學的新繁榮。上圖是古圖索 (Renato Guttuso) 於1947年的創作，「西西里的合適之地」(*Appropriating Land in Sicily*)。

寫實主義與存在主義精神 (在《冷漠的人們》裏已經流露了) 的《愁悶》(*The Empty Canvas*, 1960)。莫拉維亞儘可能以平鋪直敘的方式說故事，避免使用過度的形式與語言，也就是說，故事「應該讓自己說自己才對」(某位評論家所下的註解)。他以明顯的性愛字眼，對待與性有關的題材，但基本上來說，他還是個社會評論家與道德家，而非祇是性的病態調查者。他筆下的故事似乎常常從一種深仇大恨中跳出，然後直指生命本身。《冷漠的人們》仍是他最具原創性的小說，或許這本書是他開始成為理論家之前的作品的緣故。

在義大利與海外，幾乎與莫拉維亞齊名的義大利小說家，是西西里籍作家莎沙 (Leonardo Sciascia, 1921-89)。在他的小

說中，如《黑手黨仇殺》
（*Mafia Vendetta*, 1961）與《埃及
卷宗》（*The Council of Egypt*,
1963），他探索當時為貧窮所
苦，並因黑手黨而蒙羞的西西
里島的罪惡。西西里還出了另
一位重要作家，即蘭佩杜薩
（Giuseppe Tomasi di Lampedusa, 1896-
1957）。他的小說《豹》（*The
Leopard*, 1958），是一幅描繪十
九世紀西西里貴族子弟的生動
肖像。它成了一本成就非凡的
遺腹之作，更何況導演維斯康
提（Luchino Visconti）於1963年
時，將它變為一部重要的電
影。另一位重要作家是蒙內蓋
羅（Luigi Meneghello, 1922- ），他
在英格蘭的閱讀大學
（University of Reading），教授好幾
年的義大利文。1963年，他

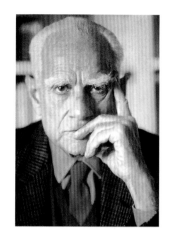

順時針方向，從左上角依序為：莫拉維亞、萊維、卡爾維諾與
艾可，他們都是在義大利文學與翻譯上有所成就的作家。

最知名的小說《馬羅》（*Liberanos a Malo*）出版了，在這本書
裏，他以漠然的優勢觀點，批判但不失同情地重建他的出生
地──靠近維森札（Vicenza）的小村落，馬羅──從一個傳統
的農村文化，蛻變到二十世紀的非凡進展。

還有一點很重要，許多戰後的義大利作家都是猶太人；
像是莫拉維亞，還有義大利最知名的女作家金斯堡（Natalia
Ginzburg, 1916-91），與《基督停留在埃博利》（*Christ Stopped at
Eboli*, 1945）的作者萊維（Carlo Levi, 1902-75），以及著有《芬茲
－康提尼斯的花園》（*The Garden of the Finzi-Continis*, 1962）的巴薩尼
（Giorgio Bassani）。在這些猶太裔作家中，最值得一提的是萊維
（Primo Levi, 1919-87）。他生於杜林（Turin），讀的是化學工程，
1943年，他在北義大利加入遊擊隊，當時的納粹黨徒接替法
西斯主義者，於是他被捕了，且押至奧斯維茲，最後於1945
年獲釋。他在小說《如果這是一個人》（*If This is a Man*, 1946）
裏，為這段殘暴的歷史留下紀錄，這本書充滿痛苦的精神，
但仍維持最大的尊嚴，寫的是在第二次世界大戰期間，身為
一個猶太人的他，在滅種集中營裏的體驗。他的其他著作，
像是《循環的桌子》（*The Periodic Table*, 1975），便是在科學、歷
史與自傳的混合中，探索他的經驗。萊維最後在杜林家中，
失足跌落天井致死，這幾乎可以認定是一椿自殺案。

卡爾維諾（1923-85）生於
古巴，但在義大利的山雷莫
（San Remo）長大，他早期的作
品帶有新寫實主義的色彩，諸
如在《午後的亞當》（*Adam One
Afternoon*, 1949）中，寫的是反抗
行動的故事，或者米蘭勞工的
生活。然而，某些在他早期創
作中，祇能算是暗示的幻想與
傳說的成份，在以後的作品中
就很明顯了。他在《我們的先
人》（*Our Ancestors*, 1952-62）三部
曲中，展現其精細的幻想天
分；他受到他喜愛的作家斯蒂
文森（R.L. Stevenson）所鼓舞，
將《分為兩半的子爵》（*The
Cloven Viscount*）、《樹上的男爵》
（*The Baron of the Trees*）與《不存
在的騎士》（*The Non-Existent
Knight*）等書譯為英文。這一系
列的故事後來收編為《宇宙喜劇》（*Cosmicomics*, 1965），是這一
部混合了科幻與喜劇的作品。

與阿根廷籍的說書人波爾吉斯（Jorges Luis Borges）齊名，
卡爾維諾也是二十世紀傑出的寓言作家之一，或許這位義大
利作家將是現代文學最偉大的標誌。除了對幻想與民間傳說
表達關心外，他也寫了許多短篇故事與小說，反思當代社會
以及義大利從農村社會過渡到都市社會，所產生的種種動
亂。他稍後的作品──包括驚人的實驗之作，《如果在冬
夜，一個旅人》（*If On a Winter's Night a Traveller*, 1979），與哲學小
說《巴洛瑪先生》（*Mr. Palomar*, 1983）──都是對敘述藝術所作
的重大研究。

有其他兩位重要的作家，他們具體實現六〇年代與七〇
年代中，義大利文化的喜劇與狂歡的精神，但外國讀者對他
們卻是相當陌生的。首先是馬爾伯巴（Luigi Malberba, 1927- ），
他於1962年出版傑出的小說 *Il serpente*，其次是塞拉提
（Gianni Celati, 1937- ），他的 *Avventura di Guzzardi*，也於1972年
出版。許多讀者都認為他們恢復義大利文藝復興文學中的喜
劇傳統。不過，他們倆人最後還是放棄喜劇，回到比較莊重
的形式：馬爾伯巴回到「大歷史─政治」的神話寫作，而塞
拉提則轉為在口述傳統與寫作文學之間，尋找它們的直接聯

戰後的義大利：戰後的義大利作家，不是祇限於義大利的某一地。他們來自義大利各地，並選擇許多不同的地方，作為寫作的背景。

繫。

戰後的義大利還有其他重要的小說家。像是帕佐里尼（Pier Paolo Pasolini，生於1922年的波隆納，1975年遭到盜匪殺害），就是個小說家、詩人、編劇家與導演，同時也是著名的辯論家與散文家。在現代的義大利報章雜誌中，他或許是最厲害、最有原創力的代表人物。他的兩部小說，《生命之子》（The Ragazzi, 1955）與《暴烈的生命》（A Violent Life, 1959），都是描寫羅馬貧民區生活的作品，儘管在文化與藝術各個領域的活動，都可以看到他的身影，但這些並不能掩蓋其作品的重要性。它們的情節或許單薄了些，但可以顯示作者對語言的非凡感受。儘管帕佐里尼生於波隆納（Bologna），但他的家族卻來自弗留利（Fruili），那是位於義大利東北部的地方，通用的語言是弗留利方言（Friulano）；他把這種羅馬郊區的小混混與遊民所用的粗糙語言，變成一種文學藝術的形式。

最後要提的是艾可（1932-）。在他的第一本小說《玫瑰的名字》（The Name of the Rose, 1980），吸引世人的注意力之前，作為一位記號語言學教授，無論是在任教的波隆納大學或是國外，他都贏得了知識界的讚譽。《玫瑰的名字》是一個佈局精巧的犯罪故事，背景是在一家修道院內，它以驚人的手法，綜合當時許多知識界的討論主題與趨勢。這多面向的文本，可當成以中世紀為背景的推理、歷史小說來讀，它不僅是記號語言學的文化大全，也是如同新聞雜誌般的惡作劇與充滿學術刺激之作。繼《玫瑰的名字》之後，艾可又發表《傅科擺》（Foucault's Pendulum, 1988），它同樣具有創作上的野心，是縱貫古今的諸般陰謀所精心設計的作品，也是一本陰謀者的大要。在未來，當他的成功光環褪去之後，人們或許會看出這一點：艾可或許還不能稱為是重要的小說家，但他絕對是當代文化中，最博學多聞的作家之一。就文學作為敘

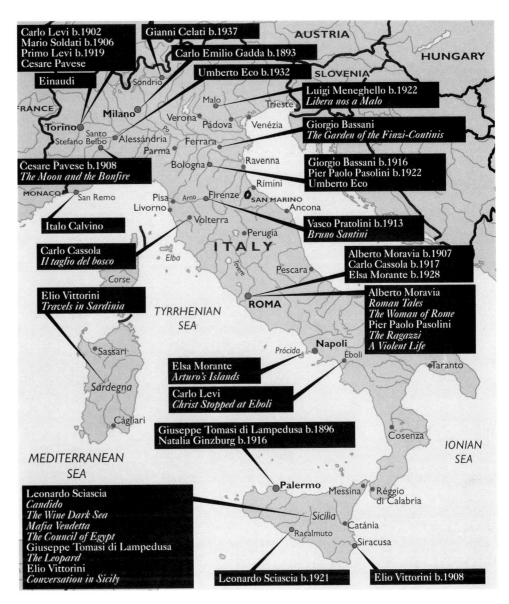

艾可的小說《玫瑰的名字》，於1986年時拍成成功的電影。上圖這張劇照中，左邊是斯賴特（Christian Slater），右邊是史恩‧康納萊（Sean Connery），他們站在一座古老的修道院之前。

述與語言無限組合的場所而言，他的貢獻在於創造一種新文學的樂趣，而非塑造甚麼藝術的形式。

五〇年代的倫敦

在萬國博覽會的一百年後，另一場盛大華會又在倫敦形成了。這回舉辦的地點，是從西敏區跨過泰晤士河直到南岸。一座高聳的鋁製摩天塔（Skylon），堪稱是與艾菲爾鐵塔等量齊觀的現代建築，它直入雲霄，幾乎看不到頂端。「發現圓頂」（Dome of Discovery）是為了慶祝現代發明的成就，尤其是英國人的發明：雷達與噴射引擎。這場於1951年舉行的節慶，也是戰後英國的第一件大事，表現了擺脫戰爭陰影後，昂揚的國家精神。

這場慶典中的倫敦，依舊是多霧的，而且市容仍是滿目瘡痍。為了安置在六年的轟炸期間，家園慘遭損毀的倫敦市民，新的磚造或水泥大樓，很快就像雨後春筍般出現了。在這個戰後復原的城市中，原本為民族勇氣與生存之道象徵的聖保羅教堂大圓頂，開始隱沒在灰色的辦公大樓之間。然而，鄰近的新塔門區（Barbican），稍後就成為藝術家聚集的重鎮。

慶典本身是暫時性的，大多數的建築物在展覽過後就拆除了。但這塊區域仍舊規劃為娛樂與藝術用途。國家劇院的工程開始動土。儘管在戰時受創，英國還是有希望的，政治家與都市計畫者盡最大能力，要提升國家意識與都市榮光。1953年，伊莉莎白女王二世的加冕典禮，讓全國人民聚集在電視機前，目睹新伊莉莎白時代的來臨。儘管如此，經濟情況持續惡化，英國在歷史上曾扮演的世界角色，也備受質疑。舊時代的軍事工事和階級習慣，全都消失無蹤。在「福利國家」至上的時代裏，文化的能量似乎會隨之衰微；這場上演過的慶典，說明了這是不正確的想法。

在五〇年代中，新的文化氣氛開始浮現了。1956年，在「英國舞臺劇團」的安排下，年輕的劇作家奧斯本（John Osborne）的一齣作品，得以在位於國王路（King's Road）附近，斯洛恩廣場（Sloane Square）上的皇家宮廷劇院演出。《憤怒的回顧》（Look Back in Anger）捕捉到時代的特色。這齣戲的背景是在密德蘭區的一個小城，它是年輕人對過去、對自滿的現在與對不確定的未來，所表現出的憤怒。皇家宮廷劇院

位於倫敦南岸（上圖）的英國華會，一共有超過八百萬的人來此參觀，那裏有摩爾（Henry Moore）、派柏（Graham Piper）與艾普斯坦（Jacob Epstein）的雕刻作品，以及由波威爾和摩亞（Moya）設計的摩天塔，還有佔地廣大的「發現圓頂」。

（1932年時是一間電影院，戰時遭到轟炸）本身就是時代的象徵。一系列驚人的新作品開始在那裏發表，像是英國新劇作家奧斯本、耶里科（Ann Jellicoe）、艾爾登（John Arden）、韋斯克（Arnold Wesker）的劇本，或是如布萊希特、伊昂尼斯科、貝克特等歐洲作家的重要作品。至於斯洛恩廣場本身，一如皇家宮廷劇院的藝術指導，迪芬（George Devine）所說，很快就成為「新的倫敦社交圈」。在國王路附近，匡特（Mary Quant）開了一間名為「Bazaar」的服飾名店，它所開創的設計與時尚的新紀元，允為六〇年代的高峰。越過倫敦市區，位於斯特拉特福東區（Stratford East）的皇家劇院，是倫敦的勞工階級所擁有的新劇院。1953年，里特伍德（Joan Littlewood）創立她的劇院工作室，推出搭配流行音樂的政治諷刺劇，諸如《哦，多美好的戰爭！》（O What a Lovely War!），並由貝漢（Brendan Behan）與迪蘭妮（Shelagh Delaney）擔綱演出。

來自另一個斯特拉特福——埃文河上的斯特拉特福——的皇家莎士比亞劇團，也來到倫敦，他們不僅演出莎翁的劇本，也帶來新的作品，最後，他們在塔門區找到一處永久的團址。有了奧利維爾爵士（Sir Laurence Olivier）的大力鼓吹，國家劇院的夢想慢慢實現了。祇不過開始時選錯了地方。直到1963年，國家劇團開始在老維克（Old Vic）演出。在泰晤士河南岸有三家劇院，它們的建築外觀呈現六〇年代現代主義的特色，但一直到1976年才正式營業。《憤怒的回顧》證明了在英國戲劇中，一種新的情緒正在浮現。有許多新的劇團與

1956年，奧斯本的《憤怒的回顧》在皇家宮廷劇院首演時，海格（Kenneth Haigh）——照片中的左立者，旁邊抽菸者就是奧斯本——那時他扮演的角色就是波特（Jimmy Porter）。

演出地點，像是韋斯克所主持的「42中心」，就是位於康登（Camden）圓屋（Round House）的一處大眾藝術中心。

這種新的情緒不祇是在劇院而已，它也滲入文學、詩、時尚與設計之中。新的文化明顯出現在英國生活的許多層面上，像是崛起中的年輕人文化、爵士樂俱樂部、義式咖啡館、「泰迪男孩」（Teddy Boy）、街頭風格，以及種種反對蘇伊士運河航權與核武裁軍的街頭示威。

在奧斯本的劇作演出之前，這種新精神也出現在小說當中。1954年，有三部別具特色的小說問世了。其中之一是高定的《蒼蠅王》（The Lord of Flies），這是一部探討道德危機，具有形上意義的寓言，是以一次核子爆炸後，一群因飛機失事而流落孤島的學童為故事題材。另一部為阿米斯的《幸運兒吉姆》（Lucky Jim），說的是一位年輕的地方大學教授，勇於反抗他的長輩與他們所代表的文化。第三部是默多克（Iris Murdoch）的《在網下》（Under the Net），這是以倫敦和巴黎為背景的哲學小說，掌握了存在主義式焦慮的新時代特點。高定的書有一種驚然而遙遠的感覺。阿米斯的作品則放在英國鄉下地方（幾乎可以確定就是萊契斯特），但書中的英雄卻渴望前去倫敦。默多克的小說特別能捕捉當時倫敦的況味。「倫敦有某些地方是必要的，其他的就是隨機出現的了。」街頭智者，也是說書人的杜納格（Jake Donaghue）如此沈思著。「伯爵府（Earls Court）以西的每個地方，都是偶發的，除了這條河畔的少數地方以外。」杜納格痛恨這種偶然性，他隨時都在尋找「必要的」地方，像是罕姆斯密斯商店街（Hammersmith Mall）、蘇活區、聖保羅教堂等等。

其他的小說家筆下也掌握到這樣的倫敦。史巴克（Muriel Spark）住在戰後倫敦的窮文人街。她為《詩評》（Poetry Review）雜誌寫文章，後來，她開始創辦自己的詩刊，那時她住在肯辛頓的一家住宿旅館，然後搬到泰晤士河南岸的康伯威爾（Camberwell）。她在其扭曲、諷刺的幾本小說中，捕捉到這些地方的氣氛，像是《佩克漢麥田的歌謠》（The Ballad of Peckham Rye, 1960）與《財力薄弱的女孩》（The Girls of Slender Means,

五〇年代中，倫敦市裏新的憤怒情緒不僅反映在文學中，也是生活與文化的本質。

1963），還有發生在戰爭結束時的故事《有目的的閒蕩》（Loitering With Intent, 1981）、《從肯辛頓傳來的遙遠哭聲》（A Far Cry From Kensington, 1988），全都是以後見之明的手法，處理那個時期的作品。

像這樣捕捉到文學倫敦的書，內容都是為貧窮所困的知識分子，或是地方上有前途的人，他們來到倫敦，住在斗室，一心想博取文名。1956年，有位來自萊契斯特（Leicester），知名的「外鄉人」出現了，他就是年僅二十四歲的威爾遜（Colin Wilson），他出版對存在主義致敬的哲學研究，書名很簡單，就叫《異鄉人》（The Outsider）。他以在罕普萊德石南林（Hampstead Heath）外露宿而聞名，那裏離大英博物館不遠，他花許多時間在博物館裏閱讀與寫作。布盧姆斯伯里的大英博物館拱形大閱覽室，是馬克斯寫下巨著《資本

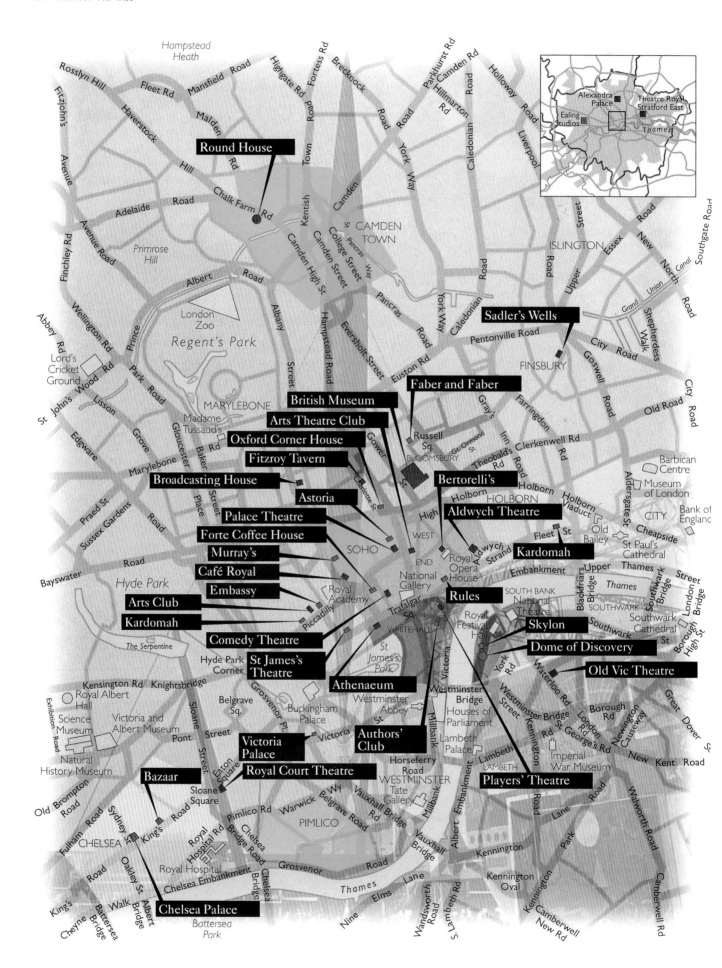

Round House

Sadler's Wells

Faber and Faber

British Museum

Arts Theatre Club

Oxford Corner House

Fitzroy Tavern

Bertorelli's

Broadcasting House

Aldwych Theatre

Astoria

Palace Theatre

Kardomah

Forte Coffee House

Murray's

Café Royal

Embassy

Rules

Arts Club

Skylon

Kardomah

Dome of Discovery

Comedy Theatre

Old Vic Theatre

St James's Theatre

Athenaeum

Authors' Club

Victoria Palace

Royal Court Theatre

Players' Theatre

Bazaar

Chelsea Palace

論》（Das Kapital）的地方，當時那裏依舊具有吸引力——出了許多有名的作品，像是杜雷伯（Margaret Drabble）的《磨石》（Millstone, 1966），洛奇（David Lodge）的《衰頹的大英博物館》（The British Museum is Falling Down, 1965）。最出名的外地人，應當是威爾遜（Angus Wilson）了，他在這所博物館的閱覽室當過館員，直到他辭去工作，以便專心寫作嘲諷盎格魯—薩克遜民族的態度，並具有深遠影響力的新狄更斯式的小說——《毒胡蘿蔔與以後》（Hemlock and After, 1951）與《盎格魯—薩克遜態度》（Anglo-Saxon Attitudes, 1956）。

在中倫敦，年輕的存在主義者與擁有一技之長的「異鄉人」，都在城裏的某家咖啡館聚會，一起討論他們的恐懼與焦慮。

像這樣的書與回憶錄所顯示的，正是戰爭雖然改變，但未摧毀那些在倫敦過著波希米亞生活的窮詩人、小說家、評論家與畫家，他們在塔維恩（Fitzroy Tavern）酒館裏飲酒作樂，身上要是有了幾文錢，就會到附近的貝爾托瑞里（Bertorelli）餐廳大吃一頓，他們會把一些劣等作品，扔給貝福德廣場（Bedford Square）周遭的出版社，或是為了換取一餐，到查林岔路（Charing Cross Road）的舊書店賣掉他們的評論抄本。在當時，小出版社和廉價書仍有可能為文學帶來生機。儘管出版社所給的稿酬微薄，但它們都是由甚具文學品味的個人所經營的小公司，它們都喜歡作家。艾略特（T.S. Eliot）包辦了位於羅素廣場（Russell Square）的費柏出版社（Faber and Faber）的詩集，一如在威爾斯出生的托瑪斯（Dylan Thomas），直到他於1953年過世為止，他都能支配夏洛特街（Charlotte Street）上的酒館。

自托瑪斯死後，一個浪漫、天啟式的文學世代也隨之結束。1956年，詩選《新詩行》（New Lines）的出版，振奮了新的詩潮，然而，在女王的加冕典禮之後，電視明顯成為最主要的傳播力量。當以BBC（英國國家廣播公司）為競爭對手的

五○年代的倫敦：「在1945年時，英國的所有好人都是窮光蛋，但也有例外。」史巴克在《財力薄弱的女孩》如此寫著。「這座城市街道上的建築物，不是難以整修，就是坍塌在即，被轟炸的區域到處都是磚瓦碎石……」然而新的文化機構出現了，倫敦又重拾對藝術的信心。

ITV於1955年開播時，電視工業更是欣欣向榮。ITV先是播出「椅子劇場」（Armchair Theatre）；BBC還以顏色，立刻增加它的戲劇節目。「作家劇院」開始在電視上大行其道，吸引了像品特、摩塞爾（David Mercer）等新的劇作家，也鼓舞了波特（Dennis Potter）。在那些日子裏，尤其是從伊林製片廠出產的英國電影，都有不錯的成績。

許多以倫敦為題材的作品，出現彼此重疊的現象。在《鏟子城市》（City of Spades, 1957）與《完全的新手》（Absolute Beginners, 1959）裏，麥克伊尼斯（Colin MacInnes）生動地捕捉倫敦的諾丁山（Notting Hill），以及黑人移民的社會。在《金色筆記》（The Golden Notebook, 1962），萊辛（Doris Lessing）描寫了在罕普泰德的政治界知識分子、改革者、理論家與女性主義者的世界。在《隨著時間的音樂跳舞》（Music of Time, 1951-75）的大河小說中，波威爾（Anthony Powell）檢視了俱樂部、豪宅與上流社會等正在溶解中的世界，而斯諾（C.P. Snow）與庫珀則凝視懷特豪爾（Whitehall）地區、行政機構與「權力通道」（Corridors of Power）所形成的世界。

五○年代的倫敦是個很刺激又令人焦慮的地方。文化在變動之中，或許可以說是萎縮了。然而新的作品出現了，它們來自新的世代，這些人以不同的眼光看待社會，他們也來自各個不同的地方。在劇院、文學、詩與寫作中，發現了新的風格與能量。到了六○年代，當戰後的倫敦開始復甦時，這些都化入國王路與加納比街（Carnaby Street），或是融入爵士樂俱樂部與服飾名店，或是在劇院與錄音室，或是在性解放與百家爭鳴的政治異議中。

史巴克（上圖）以後見之明，寫了許多與五○年代有關的作品。

從地方生活而來的情景

第二次世界大戰結束後，也就是1940至1950年間，英國文學豐沛的想像力似乎枯竭了。對於這場歷經六年，將世界弄得支離破碎，並且讓無數男、女性軍人開赴戰場的恐怖戰爭，促使許多人把注意力重新放回自己的家園。遙遠的殺戮戰場裏，有著許許多多可怕的記憶；這個世界依舊是一個失序、險惡的所在。但是對一般英國平民而言，發生在家園上的問題，也是同等重要的。有許多作家認為，現在正是從地方生活來凝視這些情景的時候了。

庫珀（W. Cooper）的《小鎮風光》（*Scenes from Provincial Life*），是1950年代裏深具影響力的一本小說。它的背景是在1939年的萊契斯特，其時戰雲密佈，世界即將分崩離析。這是一本具有諷刺意味的喜劇小說，講的是四個地方知識分子的生活與愛情。他們認為希特勒即將攻佔英國，如此一來，他們的身家性命將危如累卵，所以逃往美國才是上上之策。然而，愛情的力量還是比法西斯主義來得偉大，自己的家園更勝於在異國的流亡，他們決定留下來，直到在戰爭中喪生。

海恩斯筆下寫的是：「住在公家宿舍或狹小平房的人們。男人在礦區或煉鋼場工作，女人則做些低薪卑微的工作。」

對英國的平凡生活所作的省思——「小小的田野，盡是青翠的草地。還有遍佈的電報線和車庫。還有滿目可見的紅茶海報。」——這些都成為拉金半溫情半嘲弄的筆調。他以散文或詩句，用當代人所能理解的方式，表達與這塊土地息息相關的故事。

其實這些來自地方生活的情景，不僅僅是描繪地方色彩的實驗而已。它們是對英國轉型中的文化所作的探索，那裏不但是文化的根基所在，也是復興的契機。在這些書中，年青有為的英雄——多半是英雄，儘管有在1939年出生於雪菲爾德的杜雷伯（Margaret Drabble），從北到南發展，成為一位女中豪傑——常常是雙重意義下的局外人。出身於鄉下地方，他們感到自己被英國都會式文學摒除在外；而來自中下或工人階層的年輕人，儘管抓住受更高教育的機會，在原先的階級與更寬廣的都會情景之間，他們還是有掙扎與衝突的感覺。

庫珀的作品呈現出對萊契斯特與當地生活的愛戀。在隨後的三本續集中，我們跟著主角走進懷特豪爾和倫敦的偉大景觀。（庫珀的好友斯諾1905-80），在這些小說中化身成為羅伯特（Robert）；至於本身也是萊契斯特人的斯諾，也寫了一部共達十一冊的連環小說，《陌生人和兄弟們》（*Strangers and Brothers*, 1940-70），故事中的英雄人物艾略特（Lewis Eliot），從萊契斯特的一位地位較低的中產階級，一路走進倫敦與「權力通道」的劍橋。

類似這樣的小說，標誌出回歸以英國地方為文學主題的潮流。出生於科文特里（Coventry）的拉金（Philip Larkin, 1922-85），原本想以英國鄉村詩人名世，然而，他最初卻是因兩本小說而贏得眾人的注目，它們勾勒出他日後作品中的景物。《吉兒》（*Jill*, 1946）所敘述的是一位來自哈德斯菲德（Huddersfield），到了牛津的年輕男孩，如何在他那低下階層的家庭，和在他眼前展開的牛津新世界之間徬徨掙扎。《冬天一姑娘》（*A Girl In Winter*, 1947）則是一個到英國一遊的旅客，

（Margaret Drabble），從北到南發展，成為一位女中豪傑——常常是雙重意義下的局外人。出身於鄉下地方，他們感到自己被英國都會式文學摒除在外；而來自中下或工人階層的年輕人，儘管抓住受更高教育的機會，在原先的階級與更寬廣的都會情景之間，他們還是有掙扎與衝突的感覺。

有些書是抗議之作，有些其實是歡呼之聲，因為它們探索了一個未被寫出的英國，那裏充滿了生命力和種種獨特的生活方式。大部分是社會寫實主義小說，顛覆了戰前所發展的現代實驗的精神。它們探索了變化脈絡中的細節、轉移中的地方精神、世代之間的差距，造就出戰後英國的文學新地圖，也勾勒出平民百姓的生活細節——地方接著地方、區域接著區域、階級接著階級；從這些作品當中，今日的讀者可

地方性的英國：在戰後文學中的地方意識，因五〇年代與六〇年代地方性的市民劇院的興起，而更見茁壯；對地方作家來說，這些劇院提供相當多的助力，而經費補助的來源則是「地方藝術協會」（Regional Arts Associations）。

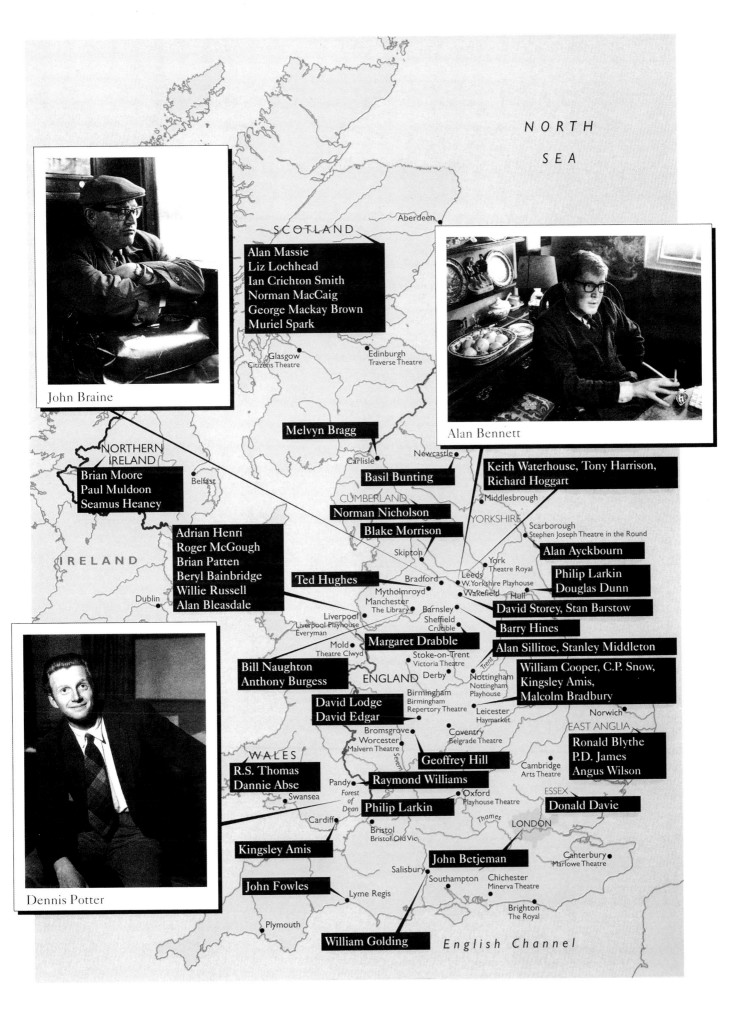

NORTH

SEA

SCOTLAND

Alan Massie
Liz Lochhead
Ian Crichton Smith
Norman MacCaig
George Mackay Brown
Muriel Spark

Aberdeen

Glasgow
Citizens Theatre

Edinburgh
Traverse Theatre

John Braine

Alan Bennett

NORTHERN
IRELAND

Brian Moore
Paul Muldoon
Seamus Heaney

Belfast

Melvyn Bragg

Carlisle   Newcastle

Keith Waterhouse, Tony Harrison,
Richard Hoggart

Basil Bunting

CUMBERLAND

Middlesbrough

YORKSHIRE

Norman Nicholson

IRELAND

Blake Morrison

Scarborough
Stephen Joseph Theatre in the Round

Adrian Henri
Roger McGough
Brian Patten
Beryl Bainbridge
Willie Russell
Alan Bleasdale

Skipton

York
Theatre Royal

Alan Ayckbourn

Philip Larkin
Douglas Dunn

Ted Hughes

Bradford

Leeds
W.Yorkshire Playhouse

Dublin

Mytholmroyd
Manchester
The Library

Wakefield   Hull

David Storey, Stan Barstow

Liverpool
Liverpool Playhouse
Everyman

Barnsley
Sheffield
Crucible

Barry Hines

Alan Sillitoe, Stanley Middleton

Mold
Theatre Clwyd

Margaret Drabble

Stoke-on-Trent
Victoria Theatre

William Cooper, C.P. Snow,
Kingsley Amis,
Malcolm Bradbury

Bill Naughton
Anthony Burgess

ENGLAND   Derby

Nottingham
Nottingham
Playhouse

David Lodge
David Edgar

Birmingham
Birmingham
Repertory Theatre

Leicester
Haymarket

Norwich

EAST ANGLIA

Bromsgrove
Worcester
Malvern Theatre

Coventry
Belgrade Theatre

Ronald Blythe
P.D. James
Angus Wilson

WALES

R.S. Thomas
Dannie Abse

Swansea

Geoffrey Hill

Cambridge
Arts Theatre

Pandy
Forest
of
Dean

Raymond Williams

Oxford
Playhouse Theatre

ESSEX

Philip Larkin

Thames

Donald Davie

Cardiff

LONDON

Kingsley Amis

Bristol
Bristol Old Vic

John Betjeman

Canterbury
Marlowe Theatre

Dennis Potter

John Fowles

Lyme Regis

Salisbury

Southampton

Chichester
Minerva Theatre

Brighton
The Royal

Plymouth

William Golding

English Channel

[239]

以建構一部英國社會史。庫珀和斯諾寫出密德蘭中部（或許是其中一部分）的情景：富庶、自以為是的萊契斯特，一向在襪子的貿易上做得有聲有色。西利托筆下的諾丁罕、勞倫斯的城市，都有著廣大的勞動階級。洛奇的小說描述充滿企業家與機械工廠的伯明罕（也就是朗米奇，Rummidge）。許多最好的作品都來自北部，以及約克夏與蘭開夏這些歷經工業革命的維多利亞時期城鎮。布拉福（Bradford）和賓利（Bingley），都爭說普里斯特利（J.B. Priestley）是出身當地的作家。此外，尚有布萊恩（John Braine, 1922），他的《頂樓上的房間》（Room of the Top, 1957）是一部描寫一位年輕的的鄉下投機份子，一心想要功成名就的露骨小說。來自威克菲爾德（Wakefield）的作家，

西利托的《星期六晚上和星期天早上》（1957），是以西頓（Arthur Seaton）為主角的故事。西頓是個在諾丁罕的自行車工廠（上圖）上班的工人，唯一能讓他逃離車床生活的東西，就是酩酊大醉、週末夜晚的做愛與週日早晨醒來的悔恨。

斯托瑞（David Storey, 1933- ）所寫的《愛好運動的生命》（This Sporting Life, 1960），說的是一位年輕的橄欖球球員，在體能活動和精神生命之間掙扎的故事。斯托瑞後來不僅成為深具影響力的小說家——《雷德克利弗》（Radcliffe, 1963）是對約克夏景觀所作的非凡沈思——也是一個重要的劇作家，作品有《立約人》（The Contractor, 1969）和其他劇本，大抵皆以北方為背景。威克菲爾德郡也是作家巴爾斯托（Stan Barstow, 1928- ）的家鄉，巴氏驚人的勞工階級小說，《一種忠誠》（A Kind of Loving, 1961）的背景，卻是在虛構的克雷斯萊（Cressley）。

以礦業為主的約克夏，歷經數個世代的發展，產生一種別具特色的勞工階級生活和社會意識。這一點被來自鄰近邦斯利（Barnsley）的海恩斯（Barry Hines）所捕捉，成為他早期作品裏的背景。當工業的形態改變了，工人們的生活也受到威

脅，於是海恩斯致力把這種體驗寫下來。在《騙子的小鷹》（A Kestrel for a Knave, 1968）裏，他述說一個在那樣的環境下長大的年輕男孩，當時一切的規矩都改變了，而舊有的行業即將凋零殆盡。這部小說被改拍成卓越的電影《鷹》（Kes，有幾本這樣的小說，後來變成電影名著，從而塑造出英國電影與電視戲劇的寫實風格）。

如今的約克夏似乎盛產作家，一如它在羊毛工業有過的成就。曾經是維多利亞時期西部心臟地帶重鎮的里茲，擁有堪稱喜劇桂冠詩人的本涅特（Alan Bennett, 1934-），本涅特的舞臺與電視劇本，和專以諷刺時事的滑稽表演中，都充份傳達這個地區人民的聲音與世界觀。里茲也孕育了另一位多產作家，瓦特豪斯（Keith Waterhouse），他著有《說謊者比利》（Billy Liar, 1959），這是一本極好的滑稽小說，充滿了北方人民的夢想與希望。另外尚有劇作家里文斯（Henry Livings）和賀家特（Richard Hoggart），後者的《識字的用途》（The Uses of Literacy, 1957）——一部有關北方勞工階級文化的社會紀錄之作——在報導的力量與文化的影響上，近似於小說。

由於新的地方意識的興起，詩的發展再度受到鼓舞。1950和1960年代，約克夏也孕育出一些一流的詩人，如1930年出生的休斯（Ted Hughes），其家鄉在約克夏北恩奈山（Pennines）內，鄰近蘭開夏邊界考德河（Calder River）畔的米索爾洛德（Mytholmroyd），這個名字的確取得好，因為當地是個古老的、奇石遍佈的半工業化城鎮。休斯的詩篇將這一片景觀，轉化為自然的力量、神祕的空間和心理劇——特別是在他隨後以「荒鎮」（Moortown）為題，輔以攝影家歌德溫（Fay Godwin）的插圖的系列詩作（Moortown, 1979）。就像另兩位筆力萬鈞的詩人，哈里森（Tony Harrison）或摩里森（Blake Morrison），休斯的作品亦得歸功於他所成長的約克夏。

儘管拉金是來自科文特里的中部人，後來成為赫爾（Hull）的詩人。胡爾是東約克夏境內，一處飽受戰火蹂躪的海港，就位於鐵路的終點。1955年，拉金在賴柏瑞恩大學（University Librarian）任教之後，正如他對現代主義實驗派的態度，他對旅行也日益懷疑起來。這個地方的土地與人民對他而言，意義也愈形重要，他對當地的生活有著密切的觀察，像是「愛殺價的市井小民」、漁港、墓園、飽受砲火洗禮的臨港老鎮、在空襲後開張但生意冷清的百貨商家，還有原本青翠的景觀消失了，取而代之的是高速公路、購物商圈與半都市化的街景。倫敦似乎成了與他毫不相關的世界，一如他在詩作《降臨節婚禮》（Whitsun Wedding, 1964）中所顯示的——當他搭乘火車，自北部的胡爾前往倫敦，沿途所見俱是渺小

的平民百姓。在赫爾，拉金與一群詩人時相唱和，其中包括莫迅（Andrew Motion）及唐恩（Douglas Dunn）。赫爾也出現重要的劇作家，像是普雷特（Alan Plater），他可說是首屈一指的電視作家，並且被赫爾卡車（Hull Truck）劇團網羅，為他們編寫劇本。而在東岸渡假勝地的斯加布洛（Scarborough），劇作家艾克朋恩（Alan Ayckbourn）則於1959年時，加入約瑟夫（Stephen Joseph）位在蘭德（Round）的小劇院。艾克朋恩讓它成為當時的戲劇表演重鎮，在這個劇院首演的作品，除了他自己許多構思巧妙的北方鬧劇如《諾曼人的征服》（The Norman Conquests, 1974）之外，也包括其他作家所寫的劇本。

雖然有人這樣認為，但約克夏並不是孤立的。越過北乃恩山脈，在蘭開夏境內的另一個海港，利物浦，也有它自己的詩人，像是亨利（Adrien Henri）、麥克高夫（Roger McGough）和派頓（Brian Patten），他們將詩與音樂連結起來，創造出所謂的「馬其之聲」（The Mersey Sound, 1967）。還有傑出的喜劇小說家及劇作家，包括著有《教育里塔》（Educating Rita, 1979）的羅素（Willie Russell 與布立斯達爾〔Alan Bleasdale〕）。

其他的北方城鎮也發現一種表達的新時代。邦汀（Basil Bunting）是新堡市（Newcastle）傑出的吟遊詩人。在康伯蘭州（Cumberland），尼克爾森（Norman Nicholson）則以強而有力的詩句，讚頌他住的地方。而在康伯蘭首府卡里斯爾（Carlisle）出生的布拉格（Melvyn Bragg），則在一系列的小說中，復興「湖區」的文學傳統。他在1965年出版的第一本小說，《少了根釘子》（For Want of a Nail, 1965），即是以哈代的風格，處理有關大家都熟悉的地域性主題，討論資源浪費的問題。他的《康伯蘭三部曲》（Cumbrian Trilogy, 1969-80），可視為一個從佃農時代走到現代的康伯蘭家族社會史。在北方邊境則有一批重要的蘇格蘭作家所形成的新團體，包括了馬西（Alan Massie）和拉可海德（Liz Lochhead）。

北方並非創造力的唯一來源，而城市也非僅有的文藝重鎮。來自英格蘭中部布洛姆斯葛洛夫（Bromsgrove）的詩人，希爾（Geoffrey Hill），曾在《馬遜聖歌》（Mercian Hymns, 1971）中，頌揚他所生長的斯土和歷史與自然的力量。位於伯明罕西方，在色彩繽紛的郡縣裏，正是古老的迪恩森林（Forest of Dean）那片藍得令人難忘的山坡。1935年出生於此地的波特（Dennis Potter），即是以它作為電視劇的背景與景色。著名的小說家暨文化評論者威廉

位於西岸的海港利物浦（上圖），是另一個文學重鎮。它有著的國際性都會、世故的文化，加上其他因素，像是披頭四的音樂，使它得到再生。

斯（Raymond Williams），便把這裏稱作「邊界地區」。威廉斯生於1921年的潘迪，那裏是在威爾斯和英格蘭的交界處，自古以迄未來，這個地方與其中的大城，就是工人階級與知識分子的聚集處。

在英格蘭東部的作家中，布萊斯（Ronald Blythe）——《一個英國村莊的畫像》（Akenfield: Portrait of an English Village, 1969）的作者——也注意到改革的風潮正吹過當代的鄉村文化，就在1969年，大衛（Doland Davie）也發表了《艾塞克斯詩篇》（Essex Poems）。威爾斯擁有湯馬斯（R.S. Thomas）和艾伯斯（Dannie Abse）的詩作，蘇格蘭有斯密斯（Ian Crichton Smith）、麥克凱格（Norman MacCaig）及布朗（George Mackay Brown）的作品，北愛爾蘭則有莫爾頓（Paul Muldoon）與諾貝爾文學獎得主西奈（Seamus Heaney）。即便是英格蘭郊區，也在貝傑曼（John Betjeman）的輕喜劇裏，找到文學的桂冠。

地方不是寫作中的唯一材料，但文學大半得歸功於風土人情。在戰後的英國，特別能看出來這一點，市民戲院的興起以及地方獨立電視臺的蓬勃興起，便可作為佐證，特別是後者，鼓舞了許多地方作家以當地為題材，寫下頗富特色的故事。當然最大的力量，還是來自文化與社會轉變的衝擊。今天我們看到許多地方生活的景象，有如快速消失的快照一樣。原本為北方都市支柱的工業，已開始崩潰了，而一向為男性所掌控的家庭與社會形態，也連帶受到影響。戰後以迄今日，櫛比鱗次的高樓大廈取代緊連的平房，超市與購物商場也置換了街角的雜貨店。工作場合與工作本身都有了新的風貌。有許多無形的絲線，把人們和地方、世代和世代連接起來。今天在英國作家筆下所透露出的地方生活景象，也應該是一種非常不同的地方風貌了。

對阿米斯（左圖）來說，他在1950年代的作品《我喜歡它在這裏》（I Like It Here），其中的「這裏」指的就是當代平凡的英國。

百老匯

我怕我對百老匯的所知不多。我甚至更害怕沒有人能對它有所瞭解。自我在美國開始寫劇本以來，已過了半個世紀，我想我已可篤定的說，在百老匯的過去和現在，我都是不受歡迎人物。當然，這種情形並非起初所願或所預期的，但它就是我面對的狀況，而且我馬上就知道了。然而，我的心靈深居於古老的傳

米勒（A. Miller）在《推銷員之死》
時期的照片（上圖）。

統。奧尼爾（Eugene O'Neill, 1885-1953），一個註定要吃這行飯的作家，他的父親也是個極受歡迎的一流演員，稱百老匯為「演藝商店」，意思是這地方有著如同娼妓的靈魂和嘉年華會上小販的品味。奧尼爾痛恨百老匯，即使它宣稱他是我們最優秀的劇作家。歐迪茲（Clifford Odets, 1906-63）原本打算為百老匯製作詩劇，最終也不得不咒罵起這個地方，而且責怪它讓他的寫作生涯在好來塢慘敗收場。 我想不出有那個一心想向美國人民呈現這個國家的樣貌的作家，會喜歡上百老匯。

然而它不如此，又能怎樣呢？百老匯本來就被認為是法國林蔭大道劇院的美國版，是個純供娛樂的地方。百老匯一如美國的電視影集，雖然不曾公開與藝術為敵，但它對藝術始終是抱著懷疑的態度。儘管如此，百老匯始終是美國劇場賴以生存的地方，這樣的迷思還會一直持續下去。

提到電視，倒讓我想起一件非常難以置信的事。當年由我製作的《推銷員之死》（Death of a Salesman）電視版，主要的演員有達斯汀·霍夫曼（Dustin Hoffman）和約翰·梅克維奇（John Malkovich），當影集開拍的第一天，在節目即將傳送出去時，一位來自哥倫比亞電視臺（CBS）的女子，突然出現在拍攝現場，並且向導演施諾多夫（Volker Schlondorf）自我介紹。她以十分有禮卻充滿商業氣息的口吻說：「我確信你現在應該知道，我們不需要任何藝術片。」

她的意思是說，不需特別的佈景或狂野的運鏡，平鋪直敘地說故事即可。我們的導演也是一臉坦白，直截了當地說：「別擔心，我們會盡可能離藝術遠遠的。」他的語氣裏沒有諷刺的意味，那名女子也就放心了。我對那位滿臉憎惡的女人，其實

還滿有好感的，至少她夠直率，這和百老匯的油條人物，形成強烈的對比。 如同諷刺一般，在百老匯，藝術是到了週末晚上就打烊休息的東西，但沒有人會說我們不需要藝術。恰恰相反，主流的意見就認為，藝術是百老匯至高無上的光榮；它們是無解的東西。重點是藝術家與百老匯之間的敵對現象，從我踏進這一行之初就有的，如果你讀過奧尼爾的信，就會知道這是終結他生命的毒藥。

它同時也毒害了威廉斯（Tennessee Williams）的生命。你要知道你在百老匯的戲劇中———齣嚴肅劇———如果你意識到觀眾並非真的想待在那裏。人們要是讀到對這種嚴肅劇的劇評，說它是一部爛戲，就會鬆一口氣，他們不應該再受到這種戲的折磨。偶爾會有他們說甚麼也得看的劇作，當然其中

右圖由左至右，分別是唐納克（Mildred Dunnock）、甘乃迪（Arthur Kennedy）、密雪（Cameron Mithell）和卡柏（Lee J. Cobb），這是他們於 1949 年在百老匯摩洛斯科劇院（the Morosco Theater）的《推銷員之死》首演中的劇照。

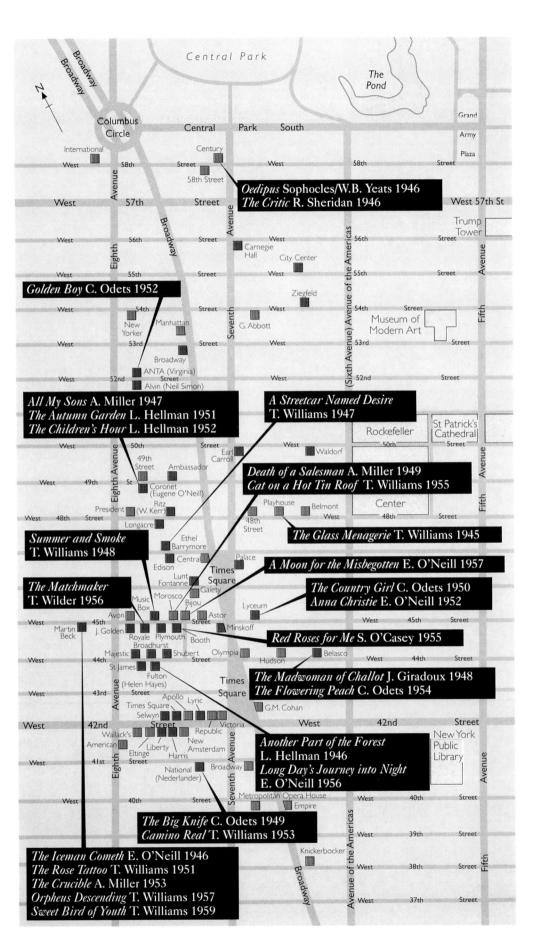

Central Park

The Pond

Oedipus Sophocles/W.B. Yeats 1946
The Critic R. Sheridan 1946

Golden Boy C. Odets 1952

All My Sons A. Miller 1947
The Autumn Garden L. Hellman 1951
The Children's Hour L. Hellman 1952

A Streetcar Named Desire
T. Williams 1947

Death of a Salesman A. Miller 1949
Cat on a Hot Tin Roof T. Williams 1955

The Glass Menagerie T. Williams 1945

Summer and Smoke
T. Williams 1948

A Moon for the Misbegotten E. O'Neill 1957

The Matchmaker
T. Wilder 1956

The Country Girl C. Odets 1950
Anna Christie E. O'Neill 1952

Red Roses for Me S. O'Casey 1955

The Madwoman of Challot J. Giradoux 1948
The Flowering Peach C. Odets 1954

Another Part of the Forest
L. Hellman 1946
Long Day's Journey into Night
E. O'Neill 1956

The Big Knife C. Odets 1949
Camino Real T. Williams 1953

The Iceman Cometh E. O'Neill 1946
The Rose Tattoo T. Williams 1951
The Crucible A. Miller 1953
Orpheus Descending T. Williams 1957
Sweet Bird of Youth T. Williams 1959

這是《推銷員之死》於百老匯
首演時的節目單（上圖）。

1950年代的百老匯：這幅地
圖顯示在四〇年代與五〇年代
中，於百老匯上演的若干重要
作品。圖中所示為當時的劇院
名稱，而下方括弧內，則是它
們現今的名字（前提是它們現今
還在）。

的原因祇有天知道了。在過去，為嚴肅戲所寫的精彩評論，往往能造就或捧紅劇作家、製作人、導演和一兩位演員。而今天，即使是數十年來好評的《天使在美國》（Angels in America），也是血本無歸。

當我在四○和五○年代，開始翻越百老匯周圍所築成的高牆時，我必須承認，那是個十分迷人的所在。因為在任何正常的情況下，一季至少有兩到三齣甚至更多的戲，有美國本土的也有外來的好戲，它們確實各有千秋，而且其中一部分有著永久性的意義。祇要是劇作家，都會想加入這些作家的行列。

這些佳作包括了威廉斯的《玻璃動物園》（Glass Menagerie, 1944）、吉若德斯（Jean Giraudoux）的《柴羅特的瘋女人》（Madwoman of Chaillot, 1948），這部作品有著優美且帶著詩意的佈景；還有葉慈所翻譯的《伊底帕斯》（Oedipus），和薛里登（Richard Sheridan）的《愛挑剔的人》（The Critic），這兩齣戲當初於同一晚在相臨的兩個廳上演，主角都是勞倫斯奧立佛（Lawrence Olivier）；還有魏爾德（Thornton Wilder）、歐迪茲（Clifford Odets）、歐嘉斯（Sean O'Casey）和赫爾曼（Lillian Hellman），也寫出非常好的作品（但不夠偉大），還有其他十數位劇作家的創作，都讓百老匯持續發燒。特別是有一種幻想（有甚麼比幻想更重要的事），讓你站在百老匯時，彷彿是向全美國發聲。簡單地說，這個地方依舊披上一層隱喻，它象徵著

一座講臺，祇要有能耐爬上去，就能讓他的美國同胞聽見他說的話。

百老匯似乎真的擁有如此重要的地位。當時《紐約時報》的「周日專刊」，依然刊載劇場新聞，而娛樂版的首頁頭條，便是與劇院有關的報導，完全不像今日，電視明星、近期電影，以及其他可吸引人短暫注意的無聊新聞，就佔掉所有重要的篇幅。劇院祇能側身於少數不重要的版面。

如果我們能向後退（小心別從最高層摔下）看清楚，我們就必須承認，百老匯的本質並沒有真正的改變。它最擅長的形式，始終是音樂劇、輕喜劇和諷刺劇。在某些蛋頭理論家所認為的劇院，和百老匯的本質之間，往往存有難解的矛盾。觀眾到劇院看戲，不是為了修身養性，祇是想調劑身心，好從現實生活中逃開。然而主張嚴肅戲劇的藝術家，卻老是朝著反方向走——他們祇想以隔靴搔癢的方式，認識來劇院的觀眾。即使在百老匯觀眾面前，我們當中某些人偶爾願和大眾在一起，那也不意味矛盾得到解決，祇能說問題暫時被推到了一旁。

難道要承認頹廢不振是永難挽回的事實？然而話說回來，易卜生又真的能在挪威待多久？即使在德國，恐怕他也祇能待上幾個星期，頂多是幾個月的時間罷了。至於契訶夫和斯特林堡，也是類似的情況。百老匯和過去最大的不同，應該是一種明顯拒絕的氣氛，現在比以前更重視流行，對藉

由戲劇達到精神的探索，和發現時代中的生命意義這類事，不太感到興趣。現今的百老匯，不見得每一季都有嚴肅的戲，祇是偶而製作一齣以作為點綴。從某種意義來說，它大部分時候願意承認它的過去，但有時又不免加以掩飾。究其實，劇院並不是克瑞格（Gordon Craig）所謂的「俗世的教堂」──以戲劇形式來思索人的存在本質。劇院是娛樂場所，有著受過訓練的熊、鈴鼓與讓人開懷的燈光閃爍的劇場，而藝術精神就祇能是偶爾獲得的迷人小費了。

　　但是誰知道呢，也許情況會全然好轉也說不定。嚴肅的劇作家在上述拒絕精神探討的氣氛中，或許可以發展出新而有力的戲劇形式，使那些嚼著口香糖進電影院的觀眾，不再排斥他們的作品。過去的百老匯，儘管有點憤世嫉俗的調調，卻是美國一切戲劇形態的發源地。但今天的百老匯，卻成為舶來戲劇競勝的高票價劇院。然而，祇要百老匯能將票價降到十五至二十圓（當然企業的補助是不可少的），我相信流失的觀眾必再度回流。

　　或許情況沒那麼樂觀。一名英國製作人最近發表統計，指出現在大約祇有四萬名英國觀眾，願意花錢買

桑德漢（Stephen Sondheim）與伯恩斯坦（Leonard Bernstein）合作的《西城故事》（*West Side Story*），1959年時於百老匯首演（上圖）。

票，到倫敦西區看一部嚴肅戲。不管百老匯多麼願意吸收外界的批評，當劇院大廳祇剩四萬人願意走動，這場嚴肅劇與通俗劇的戰爭，就註定前者必敗的命運。我想，這也是或多或少道出百老匯現今的狀況。

　　也許問題就在我們有過那麼美好的回憶。在西洛庫薩（Syracusa）的希臘劇院，曾有過坐滿一萬四千名觀眾的盛況。

闊別百老匯十八年後，葛蘭（Judy Garland）於 1951年 重返豪華戲院（the Palace Theater），受到空前熱烈的歡迎（右圖）。

[245]

托馬斯時的威爾斯

　　地理環境也是影響作家命運的一個因素，威爾斯這個小行政區就是一個例子。在十九世紀某個時期裏，威爾斯的文化分裂為二，但並不是在同一時間內發生的。它發展成了兩種語言：威爾斯語（通行於北部鄉間的語言）和英語（通行於南部工業區的語言）。到底那種語言才能真正標榜出民族精神，這便是威爾斯長久以來的衝突了。但在托馬斯（Dylan Thomas, 1914-53）筆下，威爾斯卻是統一的，然而對一個自況為威爾斯作家來說，這仍舊是問題的一部分。

托馬斯生長在北部——那是一個以威爾斯語為溝通工具的地方——這造就他成了一位與眾不同的作家。由於威爾斯語文學已經與非國教徒的新教結盟了，而愛國份子的作品，也可說是為衛理公會教堂作宣傳。即使今天威爾斯語有了更自由的揮灑——譬如出現某些用這種語言寫成的驚人小說與詩歌——但英語逐漸成為可以表達威爾斯語中某些禁忌的語言。如果說威爾斯語一直都是他的主要語言，托馬斯或許從未如他所說的，成為一個在這種現狀中有所衝突的詩人。

　　托馬斯的父母來自於卡麥登郡（Carmarthenshire），

托馬斯年輕時的畫像（上圖），是由約翰（Augustus John）於 **1937** 年所畫。

那是一個以威爾斯語為主的地方，然而當他們遷居到工業與都市化的斯溫西（Swansea）之後，也就接受了英語文化，因為他們認為英語有著較好的前景，也較富生氣。托馬斯一定熟悉具有如詩一般的威爾斯文學傳統，他逃避把詩人視為社會的一份子，而要反應社會輿情的所有習俗。他為住在威爾斯之外的英國人寫作。他也是一位喜劇作家，他創作喜劇的目標之一，就是衛理公會教堂周遭，那些可憐的威爾斯人。一直以來，他都被稱為宗教詩人，在某種程度上，他確實如此。然而，那祇是形式，而非他所評價的內容；是聖經式的語言，而非超自然主義。在他年輕時，他會進教堂，沈浸在傳道者所表現的激昂情緒裏，他們鄭重地警告教友有關飲酒與肉慾所造成的罪惡。儘管如此，一如他在作品中所顯示

的，他的反應比較像是諷刺家，而不像信徒。

　　再者，托馬斯排斥他的威爾斯色彩裏所含有的地方風格和虔敬，而狂熱地將自己的生命完全投入一個範圍較小的地區，包括了威爾斯西部與南部、斯溫西一帶和卡麥登，以及更小的地點：像是關東金公園（Cwmdonkin Park）、斯溫西灣、芬恩山（Fern Hill）、羅斯里（Rhosili）和勞哈爾恩（Laugharne）。事實上，幾乎所有他寫過的詩和故事，都是以這些地方為背景，其中有《詩選集，1934-52》（Collected Poems, 1934-52, 1952）、《藝術家作為一條小狗的畫像》（Portrait of the Artist as a Young Dog, 1940）和《皮貿易的歷險》（Adventures in the Skin Trade, 1955）。甚至在第二次世界大戰期間，當時他在倫敦，而整個歐洲都陷入戰火，他依舊固執地在那裏寫下童年那逝去的烏托邦世界。

　　托馬斯生於1914年的斯溫西，就在關東金路（Cwmdonkin Drive）五號，那是位於高地區郊外的一座獨棟房子。他在那裏住到了二十歲，他早期的詩都是在父親的督導下完成的。關東金公園就在附近，公園裏有整齊排列的花床，池塘邊是茂密的林地，還有大片的草地和音樂臺，「那被鎖住的杯子／小孩把它盛滿了石子／噴水池邊便是我揚帆的所在。」托

托馬斯時的威爾斯：托馬斯生於1914年的斯溫西，他生命中的前二十年，都是在那裏渡過的。在倫敦過一段時日後，他於1949年回到威爾斯，晚年和夫人凱特琳住在勞哈爾恩的船屋。

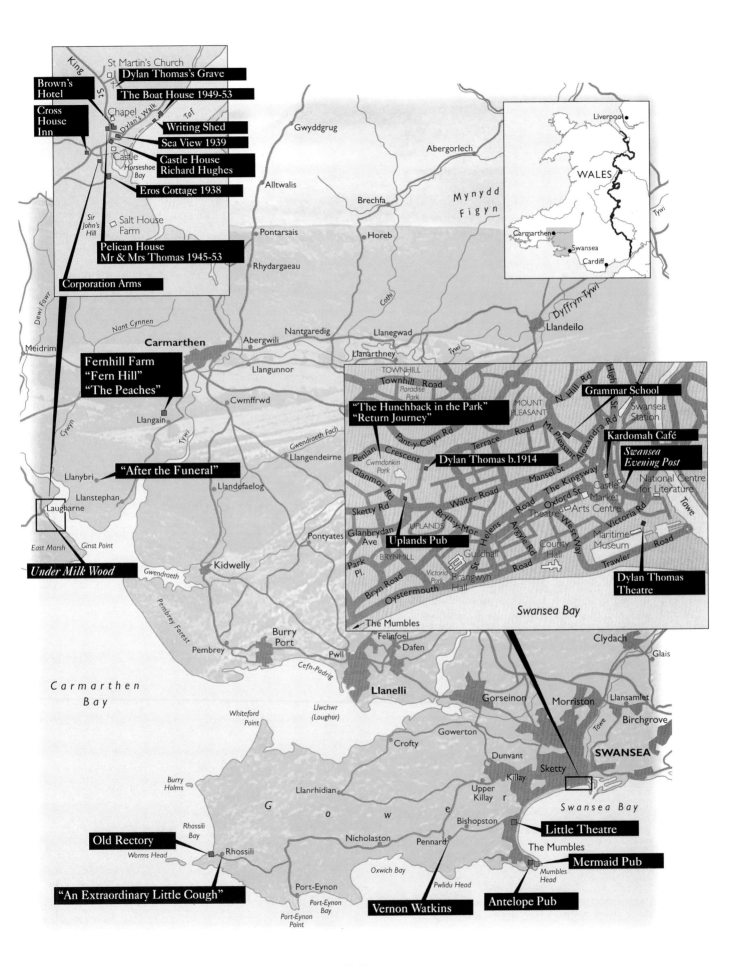

St Martin's Church
Dylan Thomas's Grave
Brown's Hotel
The Boat House 1949-53
Cross House Inn
Chapel
Writing Shed
Sea View 1939
Castle
Horseshoe Bay
Castle House Richard Hughes
Eros Cottage 1938
Sir John's Hill
Salt House Farm
Pelican House Mr & Mrs Thomas 1945-53
Corporation Arms

WALES
Liverpool
Carmarthen
Swansea
Cardiff

Dewi Fawr
Meidrim
Nant Cynnen
Gwyddgrug
Abergorlech
M y n y d d
F i g y n
Alltwalis
Brechfa
Pontarsais
Horeb
Rhydargaeau
Llandeilo
Dyffryn Tywi
Cywyn
Carmarthen
Abergwili
Nantgaredig
Llanegwad
Llanarthney
Tywi
Cothi
Tywi

Fernhill Farm "Fern Hill" "The Peaches"
Llangunnor
Cwmffrwd
Llangain
Gwendraeth Fach
Llangendeirne
Llandefaelog
"After the Funeral"
Llanybri
Llanstephan
Laugharne
East Marsh
Ginst Point
Gwendraeth
Under Milk Wood
Pontyates
Kidwelly

TOWNHILL
Townhill Road
Paradise Park
MOUNT PLEASANT
Grammar School
Swansea Station
N. Hill Rd
High St
"The Hunchback in the Park" "Return Journey"
Pant-y-Celyn Rd
Terrace
Road
Mt Pleasant
Alexandra Rd
Kardomah Café
Penlan
Crescent
Cwmdonkin Park
Dylan Thomas b.1914
Mansel St
The Kingsway
Swansea Evening Post
National Centre for Literature
Glanmor Rd
Walter Road
Oxford St
Castle
Market
Arts Centre
Sketty Rd
Bryn-y-Mor
Theatre
West Way
Victoria Rd
Tawe
Uplands Pub
UPLANDS
St Helens
Argyle Rd
County Hall
Maritime Museum
Road
Glanbrydan Ave
Guildhall
Road
Trawler Road
Glanbrydan
BRYNMILL
Park Pl.
Victoria Park
Brangwyn Hall
Dylan Thomas Theatre
Bryn Road
Oystermouth
Swansea Bay

C a r m a r t h e n B a y
Pembrey Forest
Pembrey
Burry Port
Cefn-Padrig
Pwll
Felinfoel
Dafen
Llwchwr (Loughor)
Llanelli
Gorseinon
Morriston
Tawe
Llansamlet
Birchgrove
Glais
Clydach
Whiteford Point
Gowerton
Crofty
Dunvant
Killay
Sketty
SWANSEA
Burry Holms
Llanrhidian
G o w e r
Upper Killay
Bishopston
Swansea Bay
Rhossili Bay
Worms Head
Old Rectory
Rhossili
Nicholaston
Pennard
Little Theatre
The Mumbles
Mermaid Pub
Mumbles Head
"An Extraordinary Little Cough"
Port-Eynon
Oxwich Bay
Pwlldu Head
Vernon Watkins
Port-Eynon Bay
Port-Eynon Point
Antelope Pub

馬斯的第一個遊樂場,也成為以下幾首詩的背景,如〈公園裏的駝背老人〉(The Hunchback in the Park)以及短篇故事〈派翠西亞、伊迪斯和亞諾德〉(Patricia, Edith and Arnold)和〈老加柏〉(Old Garbo,這些作品全都收錄於《藝術家作為一條小狗的畫像》)。這是他童年天真的標誌,但他也在那裏因駝背老人的悲慘生活,第一次感受生命間中的震動,因為他「在森林和湖水之間拄著拐杖前行」並且「在狗舍裏睡覺」。

在說到關東金公園,這位「回歸之旅」的自傳式敘述者,到這裏是為了尋找他失去的童年。當公園管理員被問到是否還記得小托馬斯時,他回答說:「我和他熟得很。我認為他任何時刻都是那麼地快樂。」如果此刻,這座公園看起來像是個失落的烏托邦,有部分的原因是托馬斯的詩所造成的影響,而事實便依循著故事發展了。

托馬斯於1934年離開斯溫西前往倫敦,過著波希米亞式的作家生活,然而他的威爾斯色彩實在太重了。他所寫的詩向以浪漫的感受和複雜的韻律形式出名,這得歸因於如「欣哈那德」(cynghanedd)這種威爾斯吟遊詩的傳統形式,它用的是行內押韻與押頭韻。即使托馬斯不懂得威爾斯文,但或許他是用間接的方法抓住這些韻律,因為它們滲入並詩化了盎格魯─威爾斯語。他從一些威爾斯朋友和通俗作家,如瓦特金斯(Vernon Watkins)身上,找到一種地方文化,但同樣斷言「有太多威爾斯藝術家,花了太多時間去談論威爾斯藝術家的地位」。甚至到了今天,威爾斯人仍繼續苦苦爭論威爾斯的托馬斯是如何如何,當然,也包括一大堆威爾斯作家,其中有用英文寫詩的詩人,

躺在費斯蓋德巷(Fishguard Alley),
史迪夫所經營的酒吧的平板上,
在那裏,酩酊大醉的酒鬼,
跌跌撞撞地被警察逮個正著,
而穿著笨拙衣服的女人,
在池中、在門口、在溼透的壁洞中等待,
等待著詐財者或是救火員……
我們站在拱廊那空洞的房間,
聆聽著從熙攘的城鎮中傳來的吵雜聲,
有火車行駛的聲音、碼頭上的船笛、
遠處街上嘶啞的電車聲、
狗吠聲、令人不悅的聲音、
打鐵聲、木頭吱嘎聲,
還有空無一屋卻出現的甩門聲,
以及像是山坡上綿羊所發出的引擎聲。

¡〈猶如小狗一般〉

斯溫西灣(左圖),有著一座座公園、足球場和旅店,它由曼伯路(Mumbles Road)上延伸出去,形成長約六哩的海岸。風沙吹過電車車道,吹進連鎖經營的酒館,像是曼伯路上的「美人魚」(Mermaid)和斯溫西海的「費斯蓋德」。

他們用更加慎重的態度,看待自身的威爾斯色彩。然而可以肯定的是,托馬斯的抒情詩體,那在語言和語調中所展現的憂鬱與熱情,在在都是威爾斯的風格。

在對托馬斯所作的觀察中,可以看出他的作品相當強調文字與人物、文字與景觀,如何同時將自身呈現給他。他筆下的景物半是自創的:在《奶樹林下》(Under Milk Wood, 1954)裏,勞哈爾恩這個托馬斯稍後住過的地方,成為了書中的拉雷加伯(Llareggub,bugger-all,「全都是混帳」的倒寫)。就像他寫過的其他地方一樣,它完全被擬人化了,換個角度看,那也是他人格的情緒轉移。在短篇故事〈猶如小狗一般〉(Just Like Little Dogs)裏,主角們在斯溫西灣懶散度日,以超現實主義的觀點來觀察陌生人。

托馬斯也寫過斯溫西。在戰前,它是那麼地充滿活力,有著強烈的工業化的陽剛特質,連女人都一般倔強。當德國空軍把轟炸的目指向船塢時,他們幾乎毀了那個地區和建築物。「回歸之旅」把所有地名都列出來,以便於訂正之用。「我在下雪的天氣裏,步出旅館,走下街道,經過了曾經是店舖的平坦白色廢墟。伊德索傢俱店、加瑞腳踏車行、多尼加服飾公司、斯柯爾診所、伯爾頓裁縫店、W.H.史密斯、布特斯藥劑行、萊斯利商場、雅普遜鞋店、威爾斯王子、迪柯斯魚舖、斯迪與辛普森──所有的店舖都被炸毀了。」「我們的斯溫西已經完蛋了。」他這麼告訴他的妻子凱特琳

（Caitlin），他們是在1937年結婚的；今天人們重遊此地，舉目所見，仍是殘破景象。

　　還有其他重要的景點。位於卡麥登郡的芬恩山上，有他兒時到訪的一片小農地，也是他粗糙的小小陣地。1920年代，當他到那裏時，他的叔叔和阿姨（吉姆和安妮）在田地上忙活著，他看著他們為生活而打拚。吉姆是個酒鬼，是〈桃子〉裏吉姆叔叔的典範。至於那個開著名車的威廉夫人，她為托馬斯載來他在學校的朋友，他們便在農場上逗留，這個故事暴露出鄉間與城市，以及威爾斯人和英格蘭人的價值等裂縫。在托馬斯最著名的詩〈芬恩山〉中，就沒那麼陰沈了，它讚頌了天真與「在我知道自己是快樂之前」的童年時光。

　　托馬斯離開了威爾斯有許多年，他那抒情與浪漫的詩風，以及廣大的文字能量，使他贏得了世界性的名聲。他繼續耽溺於閱讀之旅，並前往美國，那裏有許多崇拜他的讀者。然而，當他於1948年結束美國的訪問行程回國時，他和凱特琳卻回到威爾斯找尋住的地方。他一度有意思買下高爾半島（Gower Peninsula）羅西里（Rhosili）沙灘上，一間舊的牧師住宅。然而一年之後，靠近卡麥登郡離羅西里有十五哩路，位於勞哈爾恩的「船屋」，便出現在拍賣市場。在托馬斯在世時，勞哈爾恩是個祇有兩百人的小地方，小歸小，它卻擁有七間酒館。在這「為浪濤搖動的房子／在危崖之上」，可以眺望塔夫河（the Taf）河口，托馬斯在此定居下來，並寫下了他的「聲音劇」（play for voices）《奶樹林下》──起初是為了廣播而寫，在他死後，便漸漸搬上舞臺。劇中的「拉雷加伯」，是一個可供閒聊與做夢的地方，而這個作品有著豐富且多樣化的人物，以及與押頭韻的抒情詩一般的散文；與其說它依地方而建構故事，不如說它依故事而建構地方。托馬斯在船屋住了四年，在這段時間內，船屋有了神話般的意義。然而都被打斷了。

　　1953年，托馬斯猝死於紐約，當時他正參加另一次的美國閱讀之旅。他的遺體被送回勞哈爾恩，此刻他仍長眠於此，也在他的詩裏、小說和戲劇中，每一處緩步可到地方。對威爾斯文學來說，托馬斯扮演著既是英雄也受詛咒的角

托馬斯以「我所知道最為荒涼的地方」，形容高爾半島長達四哩的海岸。他可以在「蟲頭」（Worm's Head，右圖）坐上一整天，凝視著大西洋的波濤，被無聲的海風所翻起的白色浪花。

因為他和凱特琳在那裏渡過四年的燦爛生活，使得托馬斯所住的船屋，成了一個傳奇地點。據托馬斯自傳的作者斐利斯（Paul Ferris）所說，在這段期間內，他祇完成了六首詩。其中一首是技巧精細的〈看到約翰先生的山〉（Over Sir John's Hill），這是他為了能從位在花園低處的書房（上圖），從那裏的窗戶所看見的地形而寫的作品。越過河口，在兩哩外的地方，就是拉尼布里（Llanybri），那是他的家族墓園的所在，其中包括安（Ann Jones）的墓地，在〈喪禮之後〉（After the Funeral）這首輓歌中，她被奉若神明。

色，他的形象強而有力地屹立在威爾斯上。其他一些著名的威爾斯小說家，從羅伯特（Kate Roberts）、湯瑪斯（Gwyn Thomas）到梅瑞迪斯（Christopher Meredith），還有其他重要的詩人，像是湯瑪斯（R.S. Thomas）等人，都塑造出與眾不同且多樣化的威爾斯。「這是我父兄們的土地，」托馬斯曾說到他的故土，「我的父兄一定能保住它的。」不祇如此，托馬斯也保住了它。他的詩和散文，將永遠留在南威爾斯的地圖上。

垮掉的一代

美國人對郊區的迷戀始於 1950 年代。美國人逐漸認為他們自己是個帥氣的人，有著年輕而迷人的太太，穿著漂亮的白圍裙，住在郊區裏。沒有比郊區那一成不變的世界，更容易遭到嘲弄的了。1950 年代最具諷刺意味的，是由猶太人布魯斯（Lennie Bruce）和沙爾（Mort Sahl）所發明的直立漫畫，它嘲笑種族主義、保守主義和美國郊區的自滿。在《老爸，你最知道的》（Papa Knows Best）一劇中，由格利遜（Jackie Gleason）所飾演的克蘭登（Ralph Kramden），就住在和郊區風潮截然不同的市內骯髒的公寓。有十年的時間，這部偉大電影裏的叛逆英雄——詹姆斯狄恩（James Dean）、克利夫特（Montgomery Clift）、馬龍白蘭度（Marlon Brando）——沒有一個是住在郊外的。「貓王」普里斯萊（Elvis Presley），並沒有成為杜伯羅高中（Tupelo High School）辯論社社長。1950 年代是最保守的時代，卻有著豐富的反叛精神、諷刺潮流、理想主義和憤怒情緒。沒有比「垮掉的一代」（the Beat Generation）的出現，更足以表達這個時代的精神。

「垮掉的一代」的媒體神話，誕生於 1957 年 9 月，當時凱魯亞克（Jack Kerouac, 1922-69）也出版他的第二本小說《在路上》（On The Road）。「垮掉的一代」這個名詞的起源和衍生的用法，引起了熱烈的爭議。霍爾姆斯（John Clellon Holmes）宣稱他是最早使用這個名詞的人——在他的爵士小說《走吧》（Go, 1952 年出版，1959 年再版更名《敲打男孩》〔The Beat Boys〕）裏。對於凱魯亞克而言，這個名詞隱然有「祝福」的意思，那是一種精神徹底解放的幸福的狀態。「垮掉的」（「敲打的」、「頹廢的」）也出現在梅勒（Norman Mailer）深具影響力的〈白種黑人〉（The White Negro, 1957）裏，在這篇文章中，他提出自創的新字彙「冷靜的貓」（cool cat）：「它意指人類、去、放下、做、敲打、冷靜、搖擺、一起、瘋狂、挖掘、爬行、憂鬱與豐富。」《時代》（Time）和《生活》（Life）這兩本雜誌，都刊登了探討「垮掉的一代」的文章，和有關的專門術語的字彙目錄。就在凱魯亞克的書上市以後，追隨他的青少年也被冠以「垮掉的青年」（Beatniks），因為此時蘇聯恰好將第一顆人造衛星「史普尼克」（Sputnik），發射到太空中。

「垮掉的一代」、「垮掉一族」（Beats）和「垮掉的青年」，都納入了美國另類文化的術語當中。造成垮掉一族背離原先的前衛派的因素，突然間成了眾人矚目的焦點。一夜之間，名不見經傳的作者，突然都被邀受訪，他們成為名人，一時忘了自己是誰。儘管他們有本事吃文學這行飯，然而，接連不絕的出版邀約，卻是相當具破壞力的。這樣的成功，一下就把剛發芽的「垮掉的一代」給滅絕了。他們不要謙虛與一般的喝采；把一切都視如敝屣，就是他們此刻的成就。在 1959 年前後，你能買到印有「垮掉的一代」字樣的襯

「垮掉一族」和他們的生活形態，在艾森豪總統的第二任期達到高峰。性好沈思且英俊帥氣的凱魯亞克（上圖），因著媒體的傳播，使各地的人都知道他。

衫。垮掉一族的笑話，成了電視節目必備的元素，各地中學也紛紛成立「垮掉的青年黨」。連地圖和城市指南，都認同舊金山、格林威治村和加州的威尼斯（Venice）裏的「垮掉一景」，具有重要的吸引力。從來沒有一項運動，那麼快就從模糊隱晦的主張，化身為行銷策略。然而，垮掉一族都已走

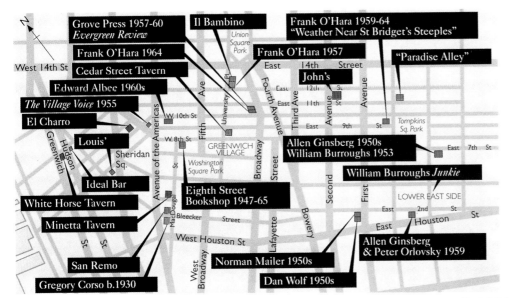

格林威治村和下東城：垮掉一族跨過曼哈頓，從格林威治，經過下東城，再到摩寧塞高地（Morningside Heights）。1940年代早期，金斯堡和凱魯亞克都在哥倫比亞大學唸書；1951年，金斯堡在東七街二〇六號，買了一間公寓，而凱魯亞克與其他同伴，也跟著他搬到市區。

避了──他們到任何可去的地方，除了咖啡館、畫廊和吟詩這些氾濫著垮掉的觀念的地方。

由於被媒體視為「壞男孩」對待，垮掉一族們都對乏味的美國主流文化嗤之以鼻。這有如在 1960 和 70 年代中，在哥倫比亞大學狹窄的學生宿舍、格林威治村裏燭光搖曳的咖啡館和戰後那十年舊金山的廉價旅館裏，所創造出的「對反文化」（counter-culture）的時代精神。垮掉的一代嗑藥，崇尚爵士樂，頌揚互換伴侶的性行為，不必刻意壓抑對性的想法。他們喜歡「在路上」生活，寫寫詩，其中較著名的詩有金斯堡的〈灰狗巴士上的行李箱〉（In the Baggage Room at Greyhound）、凱魯亞克的〈墨西哥市藍調〉（Mexico City Blues）和柯爾索（Gregory Corso）的〈羅特丹的幻象〉（Vision of Rotterdam）。他們駭人的能力不在於此；垮掉的一代永遠不會被馴服的。在這股潮流的神話之下，出現一些允為經典的作品：金斯堡的〈嚎叫〉（Howl, 1956）和〈祈禱〉（Kaddish, 1960），柯爾索的〈婚姻〉（Marriage，收錄於《死亡的生日快樂》〔The Happy Birthday of Death〕，1960），凱魯亞克的《在路上》（1957），巴羅斯（William S. Burroughs）《吸毒者》（Junkie, 1953）和《裸露的午餐》（The Naked Lunch, 1959），史耐德（Gary Snyder）的《碎石》（Riprap, 1959）。儘管這個時期的收穫不多，但都是有血有肉的作品。

除此之外，還有對 1940 和 50 年代中那一小撮人的風流韻事和友情所作的紀念冊。1970 年，第一個為凱魯亞克立傳的作家查爾特斯（Ann Charters），出版了《沿途的風景》（Scenes Along the Road）。這是一本蒐集垮掉一族的攝影集，包含了 1945 到 1957 年間所拍攝的照片，最後一張照片是在 1969 年

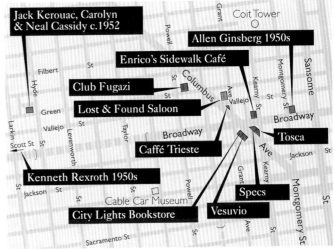

舊金山：卡薩迪在舊金山住了一陣子，自19世紀以來，那裏就是美國波希米亞人的傳統都城。凱魯亞克常去那裏；弗林蓋迷的「城市之光」書局，就位於市中心。

凱魯亞克的喪禮上所拍攝的，當中有霍爾姆斯、金斯堡和柯爾索。很明顯地，觀禮者青一色都是男性。祇有一個女性，那就是卡薩迪（Neal Cassady）的妻子卡洛琳（Carolyn），她與凱魯亞克在舊金山有染（在她於1977年出版的《心靈激盪》〔Heart Beat〕一書中有所著墨）。其餘的便是看似死黨一般的照片，他們手挽著手，在坦吉爾（Tangier）海岸、在墨西哥市的一座公園，或是在紐約或舊金山所租的小房間裏嬉鬧著。自從哈克（Huck Finn）以「為男孩所有、為男孩所享、為男孩所治」為號召，所組成的小幫派後，美國就沒有甚麼文學性的運動了。柯爾索的〈婚姻〉是一篇關鍵性的文章。他認為婚姻是天譴的，是衝動的終結，也為性的角色下了定義：

「哦，神啊，還有那婚姻！她所有的家人與朋友們／祇剩下渺小而滿目瘡痍的我／在這等待著飲食……」

垮掉一族的文學是侷限的，它祇描述男生之間的活動、他們的風流韻事，還有當發現愛與熱情逝去時的悲傷。

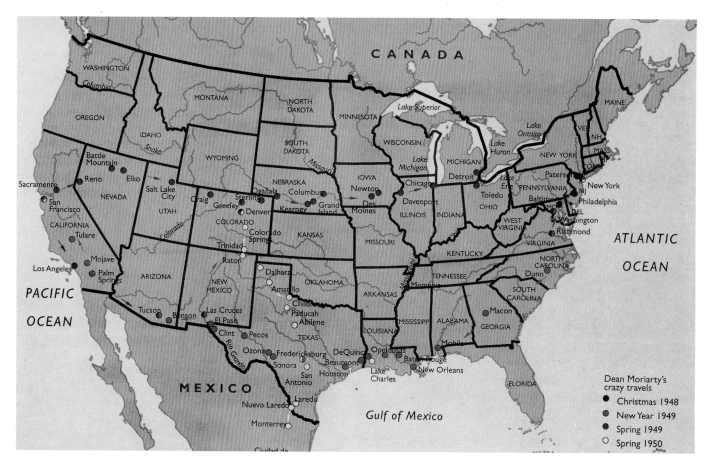

Dean Moriarty's
crazy travels
● Christmas 1948
◐ New Year 1949
● Spring 1949
○ Spring 1950

柯爾索（上圖）的詩，有許多是他在巴黎、斯德哥爾摩或瑞典入境時，在入境表格的邊緣寫下的，這些字蹟潦草的作品就像布萊克式的註腳。

除了這些——對於東方宗教的熱情，與對存在主義的玩弄，以及對夢境、政治激進主義的迷惑，還有對毒品的偏好和無拘無束的性生活——所剩的就祇有對人與人之間複雜的關係，所作的裝飾罷了。

把他們摶聚起來的，是他們一生都致力於一種不安的狀態。他們唯恐被某種關係、形式或地方所縛。《在路上》傳達一個很明顯的訊息：「移動。我們一直在移動。」他們遍遊美洲大陸；到了歐洲，到巴黎的「垮掉旅社」；到北非，到亞洲；他們的傳記就是遊記，在他們所到之地留下簡短的插曲。他們都是對即席製造「場景」有著狂熱興趣的作家，毋須對事前預約任何地點。垮掉一族從格林威治村，越過整個曼哈頓，到了下東城。當有朋友搬到堪薩斯或洛杉磯時，這趟旅途就變得更加遙遠，且更加多事。但是在1940年代裏，這種在紐約達到完

《在路上》：在1940年代中，凱魯亞克沿著濱海各州，穿越這個國家好幾次。他把一路上得到的材料，全都寫進《在路上》：這本小說中的主要行程，都標示在這張地圖上了。

美狀態的無根風潮，在三十年間簡直沒有甚麼變化。祇要還活著，他們就不會停筆，那是一種衝動，是對完美的形式不耐。當凱魯亞克知道金斯堡打算修訂〈嚎叫〉的初稿時，他感到十分憤怒，因為凡事順其自然即可。

地方意識通常是美國作家相當著力的主題，即使那地方是像格林威治村這種源自本土的波希米亞。格林威治村裏仍有村民見過金斯堡來到那裏的模樣，他們記得在《彌撒》（The Masses）裏，異教徒所走的路線，不但如此，他們還會告訴你，《搖晃世界的那十天》（Ten Days That Shook the World, 1919）中，里德（John Reed）所住的地方。垮掉一族並不對這樣的地方性做出承諾。他們輕鬆地走過了曼哈頓，除了相聚時的一些記憶與令人目眩的光輝時刻，沒帶走多的東西。當凱魯亞克在《在路上》裏，記下他遊歷整個美國的體驗時，他希望這本書能成為偉大的小說之一，「在廣度上能與巴爾札克相當」。就像這本小說中的摩里亞提（Dean Moriarty）一樣，在凱魯亞克走在這條路上時，卡薩迪都能帶給他能量。酒和毒品所提供的能量，是性慾所無法創造的。《在路上》脫稿於1950年左右；當它在1957年問世時，凱魯亞克讓它成為不為人知的系列故事或傳奇的一部分——《達摩流浪漢》（The Dharma Bums, 1958）和《地下人》（The Subterraneans, 1959）——這

「在路上我們在弗林蓋逖的書店停下來

突然有個念頭要到小屋

在那渡過寧靜卻又瘋狂的週末（怎麼做?）

可是當賴瑞知道這個想法時

他也會來……我們會在聖塔克魯茲（Santa Cruz）

逮到麥克魯爾然後去拜訪亨利·米勒突然間

另一個盛大的舞會就這樣開始了。」

凱魯亞克

些故事寫來就好像爵士樂一樣流暢而有韻律，是「進到美國令人瘋狂的夜晚的冒險」。

　　垮掉一族與西海岸如詩一般的風景的連繫，是令人不安的，而且在時間的變遷下，變得更加緊張。1954年，當金斯堡到舊金山時，他帶著一封由威廉斯（William Carlos Williams）所寫的介紹信，是要給雷克思羅斯（Kenneth Rexroth）的。雷克思羅斯看過金斯堡的詩，卻沒有留下甚麼印象。「你去哥倫比亞大學太久了，你的年紀太大，不適合這些正式的材料。你到底是怎麼了？」這在金斯堡聽來，如同譴責一般。在柏克萊註冊過碩士課程以後，他在1955年7月時，搬到柏克萊校園附近的一間小木屋，寫下了〈為卡爾·所羅門嚎叫〉（Howl for Carl Solomon），將這允為他第一首偉大的詩，獻給了紐約的一個朋友，這朋友後來進了精神病院。透過雷克思羅斯的介紹，金斯堡認識了鄧肯（Robert Duncan）和史拜瑟（Jack Spicer）這兩位舊金山詩人，也會見了一位在柏克萊攻讀中、日文的研究生，年僅二十五歲的史耐德。在舊金山，他也遇到帕琴（Kenneth Patchen）和麥克魯爾（Michael McClure）。

　　1955年10月13日，金斯堡參加在第六美術館所舉行的詩歌朗誦會，他在會場上朗讀〈嚎叫〉的第一部分，這是身為詩人的他第一次對大眾朗誦他的作品，對麥克魯爾、史耐德、華倫（Philip Whalen）和拉曼提亞（Philip Lamantia）等人來說，也是頭一遭。接著是一場類似的朗誦會，對象是一群狂熱的聽眾，地點是在柏克萊。在那幾天中，灣區（Bay Area）掀起了一股朗讀詩歌的熱潮。凱魯亞克剛從墨西哥市來到這裏，他就在第六美術館的聽眾群裏，然而，和詩人弗林蓋逖（Laurence Ferlinghetti）一樣他並沒有上臺

底下這張照片出現於查爾特斯對垮掉一族所作的影像紀錄，《沿途的風景》。拍照者是奧羅夫斯基（Peter Orlovsky），時為1956年，地點就在舊金山詩人暨出版家弗林蓋逖（最右者）的「城市之光」書店外面，合照者由左至右分別為東林（Bob Donlin）、卡薩迪、金斯堡和拉維尼（Bob LaVigne）。

朗讀他的詩作。

　　弗林蓋逖出版他的詩作《已逝世界之畫》（Picture of the Gone World, 75¢, 1955），這是「城市之光」（City Lights）書店的「袖珍版詩集」系列的第一部。這個系列的第四本書是《嚎叫》，出版日期為1956年10月。在被控告起訴的威脅下，這本詩集很快就聲名狼籍，到了1967年，它竟再版了十九次。在《嚎叫》之後，是柯爾索的《汽油》（Gasoline, 95¢, 1958）和拉曼提亞的《詩選》（Selected Poems, 1967）。弗林蓋逖本身的激進意識，並非那麼具有「垮掉一族」的特色，然而，他卻成了出版垮掉一族作品的主要人物。其他在灣區的人，如鄧肯，對新來的人有厭惡的感覺，因為他們看起來特別愛出鋒頭。當《紐約時報》刊登一篇由伊伯哈特（Richard Eberhart）執筆，關於「舊金山學派」的文章時，來自紐澤西的金斯堡，也吸引了廣大的注意。

　　舊金山獨領風騷的好景很快就消失無蹤了。1956年9月，史耐德前往日本，住在一座佛教寺院。金斯堡則與一商船簽了合約，航行到阿拉斯加去了，在回到加州之後，他就去了墨西哥和紐約，然後又到了卡薩布蘭加（Casablanca）。巴羅斯那時在他那位於坦吉爾的「精神錯亂旅館」（Delirium Hotel）裏，當個吸毒的流亡者，並著手《裸露的午餐》（他一度與凱魯亞克混在一起）。柯爾索前往巴黎。「哈特—艾斯布里」（Haight-Ashbury）和「嬉皮」（the Hippies），頂替垮掉一族在北部海岸的勢力。令人震驚的詩歌朗讀的記憶，很快地成了「舊金山景物」和「垮掉的一代」此雙重神話中的一部分。當金斯堡唸出《嚎叫》裏的每一行時，凱魯亞克便會喊著「去吧」。1950年代即將結束，1960年代正在誕生。

冷戰的故事

　　就在第一次世界大戰（1914-18）之前，間諜小說成為英國文學中的一種文類，它反映出人們對當時普遍存在的德國諜報活動，所產生的種種憂慮。有些作家，像是歐本海默（E. Phillips Oppenheim）和奎克斯（William le Queux），就出版許多非常好的故事，他們凸顯出英國南方海岸所受到威脅。安全局很快地發現，德國的情報組織喜歡製造不實消息，以恫嚇人心。然而，當保安局和情報局擴編時，幾乎所有年輕世代的的小說家都為其所吸引，進入這些祕密的情報和反情報的世界，這種環境下的豐富經驗，使他們稍後的小說中，有了極佳的寫作材料。一種當代才有的文類就此誕生——在冷戰時期達到高峰。

即使是在第一次世界大戰期間，被徵召至MI5和祕密情報處（Secret Intelligence Service，SIS）的新人，簡直和某些孚有聲望的文學獎入圍名單不相上下。毛姆（Somerset Maugham）、馬森（A.E.W. Mason），威廉斯（Valentine Williams）、麥肯齊（Compton Mackenzie）和劇作家諾布羅克（Edward Knoblock）等當時最有名望的作家，都被網羅至祕密情報處——這個在英國政府中，與他們最不搭調的部門。SIS自1909年成立以來，它的領導人就是一位性情古怪的獨腳海軍軍官，史密斯—肯明上校（Captain Mansfield Smith-Cumming），他因長期的暈船症，不得不離開軍職。他的指揮部位於一個如迷宮般的迴廊，且擁有多間辦公室的大廈頂樓，那裏可以俯視整個懷特豪爾（Whitehall），也為新入行的諜報人員提供他們所需的靈感。許多與這位神祕的首腦、他的殘疾和可供藏匿的閣樓有關的種種故事，後來都被當成小說中的題材。

　　這樣的文學傳統建立於1920年代，小說中的英雄人物像布彰（John Buchan）的韓奈（Richard Hannay），毛姆的艾興頓（Ashenden）和威廉斯（Charles Williams）的克拉福特（Clubfoot），他們帶給大眾一種冒險的感受，而書中主角的經歷竟比真實的情況，更讓讀者信賴。當麥肯齊（1883-1972）未經授權，便出版發行他對戰爭的回憶錄，《希臘回憶》（Greek Memories，1932）時，才被宣告有罪，因為他在書中描述SIS在東地中海區域的諜報活動，讀者方才瞭解卡羅特斯（Carruthers）和他的朋友大衛（Arthur Davies），所從事的祕密任務——但早在三十

葛萊尼克橋（Gleinicke Bridge，上圖），是通過柏林圍牆的重要地點，在卡雷的間諜小說，《斯麥利的人》（Smiley's People）中，卡拉（Karla）就是從這裏逃出的。

年前，奇爾德斯（Robert Erskine Childlers, 1870-1922）便在他極為成功的作品《沙之謎》（The Riddle of the Sands, 1903）中，有所描述了——這些人物不是全然杜撰出來的。面對這樣的起訴，麥肯齊非常惱怒，在次年，他就採取報復的手段，他出版了《鬥智》（Water on the Brain, 1933）一書，對真實的間諜世界，以極為辛辣的諷刺方式表達出來。

　　第二次世界大戰與其結果，醞釀出間諜小說的新世代。藉由在字裏行間所透露的真實狀況，來刺激讀者的胃口，而大眾很快就被弗萊明（Ian Fleming, 1908-64）筆下的龐德（James Bond）所擄獲，這位舉止優雅但卻無情果決的間諜，在《羅亞爾賭場》（Casino Royale, 1953）中首度現身。這是一個恃強凌弱的故事，把薩佩爾（Sapper）的牛頭犬（Bulldog Drummond）和現代科技混合起來，並且加進一點黃色書刊的情節。由於這樣的小說相當暢銷，以致吸引大量的模仿者，也為冷戰時期的文學習俗奠定基礎，許多有著高度評價的作家，紛紛投身這個文類，並且建立自己的名聲。這些冷戰時期的故事所形成的氣氛，正是紛擾的後核武時代的寫照。間諜小說的核

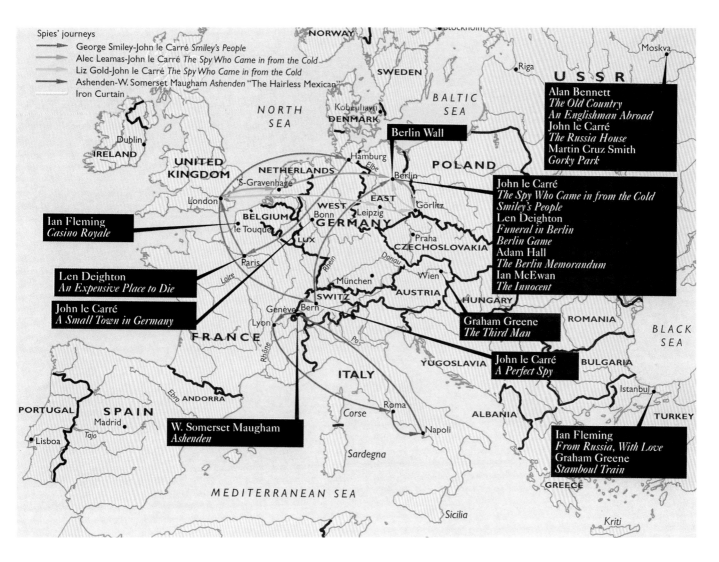

Spies' journeys
→ George Smiley-John le Carré *Smiley's People*
→ Alec Leamas-John le Carré *The Spy Who Came in from the Cold*
→ Liz Gold-John le Carré *The Spy Who Came in from the Cold*
→ Ashenden-W. Somerset Maugham *Ashenden* "The Hairless Mexican"
━ Iron Curtain

Alan Bennett
The Old Country
An Englishman Abroad
John le Carré
The Russia House
Martin Cruz Smith
Gorky Park

John le Carré
The Spy Who Came in from the Cold
Smiley's People
Len Deighton
Funeral in Berlin
Berlin Game
Adam Hall
The Berlin Memorandum
Ian McEwan
The Innocent

Ian Fleming
Casino Royale

Len Deighton
An Expensive Place to Die

John le Carré
A Small Town in Germany

Graham Greene
The Third Man

John le Carré
A Perfect Spy

W. Somerset Maugham
Ashenden

Ian Fleming
From Russia, With Love
Graham Greene
Stamboul Train

冷戰的故事:間諜和陰謀小說,常常以柏林圍牆四周為背景。這張地圖上顯示許多小說中的主角,所策劃的間諜之旅路線。

心,就是敵對的諜報陣營間所形成的道德曖昧性,西方的情報組織和對手的東歐集團,一樣有著背叛與操縱的情況。

沒有甚麼地方比奧地利和德國的許多大城,讓戰後的國際強權面對如此多關注與差異,當時那裏被戰勝的同盟國四強所接管。格林(Graham Greene, 1904-91)——他的筆下已經創造出由不安與背叛所形成的恢弘的景物,人們稱它為「格林之地」(Greeneland),在戰時,他也是SIS的一名軍官,並且是菲爾比(Kim Philby)的部屬——他把他的小說也是同名電影的《第三人》(*The Third Man*, 1950),設定在分裂的、飽受戰火襲擊的維也納。同樣地,卡雷(John le Carré,即David Cornwell, 1931-)在寫《來自寒地的間諜》(*The Spy Who Came in from the Cold*, 1963)時,他正在SIS的波昂情報站工作。崔佛(Elleston Trevor,即Adam Hall)也選擇了德國及恐怖的柏林圍牆,作為他的小說《柏林備忘錄》(*The Berlin Memorandum*, 1965)的背景,本書後來拍成電影,電影的劇本是由品特(Harold Pinter)執筆,名稱改為《奎勒備忘錄》(*The Quiller Memorandum*, 1966)。以《伊普克雷

一張格林的《第三人》(右圖)的劇照,這是里德(Carol Reed)根據格林的原著改寫為劇本,並於1949年拍成電影。

卡雷的小說《來自寒地的間諜》，是一個從柏林圍牆得到靈感，與冷戰有關的驚悚小說，它於1965年被拍成電影（左圖是它的劇照），這讓他立即享有盛名。

斯檔案》（*The Ipcress File*, 1962）開始間諜小說寫作的戴頓（Len Deighton, 1929），其《柏林葬禮》（*Funeral in Berlin*, 1964）也有類似的遭遇。雖然這兩位作者所寫的故事似乎栩栩如生，但他們都沒有從事諜報工作的第一手經驗。戴頓是一個記者和廣告人；崔佛是在1945年離開英國皇家空軍之後，才開始寫作的。

格林對地下情報工作的經驗，經常成為他的小說主題，因為在那樣的世界裏忠貞和個人的忠誠，全都模糊不清了，像是描述美國在東南亞的情報人員的《沈靜的美國人》（*The Quiet American*, 1955），還有《人的因素》（*The Human Factor*, 1978），都是這樣的作品。甚至是《我們在哈瓦那的人》（*Our Man in Havana*, 1958），在有趣戲弄的情節底下，卻隱藏了真實的一面——在大戰之後，格林仍和SIS保持聯繫，即使在1944年離開組織後，有好常一段時間，他仍接受SIS的指派，到越南和古巴從事情報工作。他和SIS的關係結束於1968年，當時SIS發現他自願為叛徒菲爾比的自傳《我的沈靜戰爭》（*My Silent War*, 1968）寫序。他們也懷疑，由於格林與這個叛國者長久以來的友

> 在祕密情報處的高層部門工作，
> 在許多案件中的真相
> 就有如浪漫與通俗劇中最荒誕不經的情節。
> 有盤根錯節、陰謀和反陰謀、詐術和變節、
> 反對和背叛、真假特工、
> 雙面間諜、黃金和鋼鐵、炸彈、匕首和行刑隊
> 全都交錯於架構中，
> 複雜到難以相信，但它卻是真的。
>
> 丘吉爾

誼，可能讓他帶著這本書的原稿到巴黎，交給當地的出版經紀人。

正如格林受到他和菲爾比友誼的牽連，卡雷也不能不被他和叛徒的個人關係所影響。當時SIS的波昂站指揮官是魯恩（Peter Lunn），他是個職業情報人員，因布萊克的事件，在仕途上受阻；布萊克是KGB的臥底間諜，當他於1961受審時，卡雷在德國以外交官員的身分為掩護，繼續從事情報工作。在波昂同一棟大樓裏工作的，還有波薩爾德（Frank Bossard），他是在大使館內的一名科學隨從人員，在卡雷發表《來自寒地的間諜》，並辭去SIS的工作之後一年，他因為為蘇聯間諜網蒐集情報，而遭到逮捕並被判刑。

雖然卡雷是在1960年才正式加入SIS，但他最初進入間諜的世界，卻是更早的事。當時他已經接受MI5的徵召，負責報告戰後牛津大學內共產主義份子的活動。在那段期間裏，他已經掌握一個題材，是以一位傳奇色彩的軍官賓漢（John Bingham）為本，賓漢在戰時服務於祕密情報處，並且在1952年寫了幾本間諜小說，其中之一便是《我的名字是麥可・西伯萊》（*My Name is Michael Sibley*）。由於奈特（Maxwell Knight）的幫忙，賓漢本人得以進入MI5，奈特是另一個極具天分的MI5幹員，他在1930年代初期寫了兩本驚悚的犯罪小說，當時他正策劃一個情報網，以便滲透英國的共產黨。他最好的情報來源之一，就是在倫敦發展的美國小說家，也是《最高機密》（*Top Secret*, 1964）的作者卡爾（John Dickson Carr）；當時賓漢的繼子楊格（William Younger）寫了一些以謀殺為題材的神祕小說（如《皮陷阱》〔*The Skin Trap*〕，1957），為MI5擔任揪出反間的工作。

祕密情報處培養出好幾位作家（因此它又有「文學經紀人」的稱呼），其中包括賓漢的太太瑪德蓮（Madeleine），她在牛津郡的布萊寧宮（Blenheim Palace）內擔任祕書，在倫敦遭到德軍閃電轟炸時期，那裏暫時權充MI5的總部。至於賓漢的女兒夏綠蒂（Charlotte Bingham），則著有《喪服上之冠》（*Coronet Among the Weeds*, 1963），當時她在MI5負責造名冊的工作。另一個在大戰時期，祕密情報處的重要人物，是馬斯特曼（John Masterman, 1891-1977），在

順時針方向，由左上依序為弗萊明、卡雷和格林，他們把在情報部門工作的經驗，放進他們的小說中。

1940年加入MI5之前，他是個牛津教授，那時他試著寫偵探小說：一本是《一個牛津的悲劇》（*An Oxford Tragedy*, 1993），另一個是《命運無法作弄我》（*Fate Cannot Harm Me*, 1935）。在大戰之後，他利用他所學得的反情報技術，創作了允為偵探小說經典的《四個朋友的案件》（*The Case of the Four Friends*, 1957），但跟他在情報機關的小說家同事相比，他的作品就沒有足夠的商業性，這些作家把冷戰化為最大的文學優點。

　　對於很多當代讀者而言，間諜小說和它所塑造的世界——緊張、背叛、雙重角色、分裂的忠誠——捕捉到一個為兇惡力量所控制的時代，因間諜而造成的中傷，成了生活中確實存在的事，而背叛與雙面間諜的情形，也愈來愈多。許多作品是高品質的文學。戴頓對細節的研究，讓他被誤以為是個知道內情的人，卡雷以戰後神祕、背叛和黑暗的共謀（像是George Similey和Karla之間，有如對弈的遭遇）為題，所創造的令人注目的小說，祇有另一位驚竦作家賓頓（Kenneth Benton, 1909- ）可與之抗衡。賓頓也是個老SIS，但那祇是文學成就上的序曲而已。在SIS服務了三十年之後，他於1968年退休，他善用他過往的經驗，寫出多本間諜小說，其中有《第二十四層》（*The Twenty-fourth Level*, 1969）和《大法庭的間諜》（*Spy in the Chancery*, 1972），作者自誇這些作品都是他的親身體驗，而其作為掩飾的外交官身分，也可以經由行家來確定。

　　間諜小說——尤其是在英國所發展的——成為最能捕捉冷戰時代的文學形式。那個世代的作家，處理了戰後超級強權之間的對抗、意識形態的分裂、外交僵局等黑暗面，從而創造出非凡的大眾神話。冷戰時期的背叛小說的不變要素，是對細節與事實的注意。就是這一點，讓弗萊明換掉龐德那小到讓武器專家嘲笑的貝瑞塔（Beretta），代以較為合理的華瑟（Walther）出廠的PPK型手槍。有了這些合適的武器裝備後，弗萊明筆下的冷戰時期勇士轉變了，從浪漫的英雄變為擁有真實面貌的人，儘管這祇是一時的。

　　最優秀的小說家成了精通情報技巧和語彙的專家——卡雷發明了「mole」、「Circus」和「Moscow Centre」等用法

——他們自己也深受影響。他們所用的術語和計謀，也為冷戰中衝突的雙方的地下執行者所採用。Lubyanka、CIA及Mossad等情報組織裏的諜報員，私底下都會閱讀這些間諜小說。在冷戰最嚴重時期所造成的猜疑年代中，間諜小說這個文類也達到全盛時期。它改變了電影和電視的內容，並且強而有力的將那個時代充滿威脅的氣氛反映出來。現在大家所爭議的是，間諜小說的時代是否結束了，因為冷戰的終結已經毀掉我們當代的偉大神話之一。不過現在就此論定，尚嫌太早。畢竟，陰謀、恐怖、殘暴、不忠、背叛和分裂的忠誠，仍是當今世界所無法摒除的。

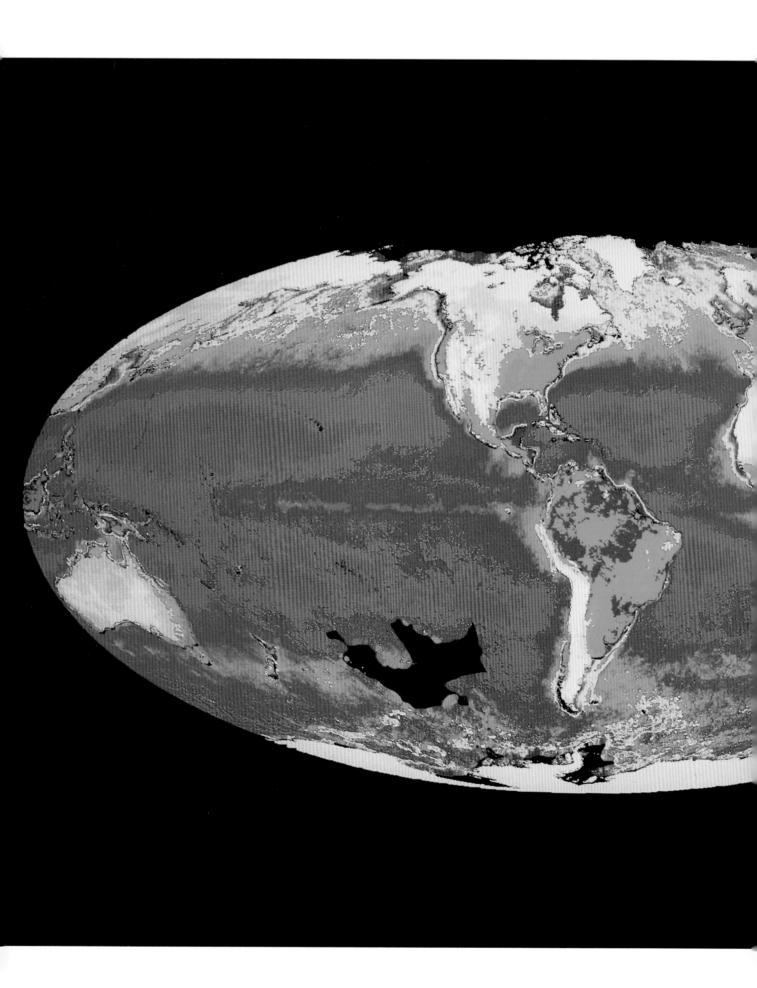

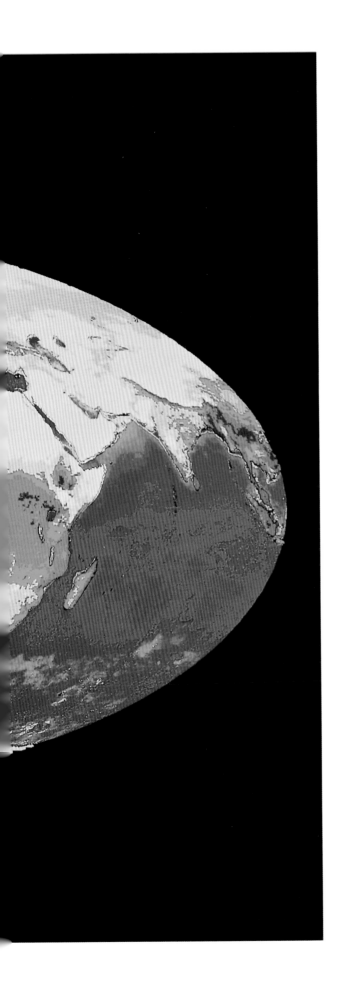

第八部
今日的世界

當共產主義在1989年崩潰後，政治領袖們紛紛稱這種即將來臨的時代為「新世界秩序」（the New World Order），當代的文學地圖因而有了新的樣貌，不祇因為人類的接觸與傳播的各種形態，得到發展與擴張，世界也成為更小、更容易相互影響的所在。全球的媒體系統可以從地球上每一個地方，傳送即時的新聞，也能讓全世界的觀眾去分享同樣的電影、音樂和小說。今日，作家們活在一個由螢幕、人造衛星膚淺的歷史和虛擬實境所構成的「後現代時期」（postmodern age）。由新科技造成了世界的全球化，已變成了一個無法抹煞的歷史事實：老舊的民族國家衰落了，人類產生的新遷移，文化和文學的多重化也隨之出現。新科技不祇挑戰舊世界的版圖，也對象徵書籍的印刷世紀的谷騰堡革命（Gutenberg Revolution），甚至是體系化的文學宣戰。我們的藝術和圖像本身是新資訊高速公路的一部分。我們的故事已經以不同的形態出現，並且呈現在新的螢幕上；然而，這種拓展世界的純粹能量和奇觀，以及諸般相互影響的文化，仍持續去尋找有力的文學表述方式……。

這張在1990年由電腦繪出的衛星地圖，是由環繞地球的人造衛星所拍攝的照片合成，這顯示出製作地圖的過程，已經藉由現代科技，重新加以概念化了。

第二次世界大戰後的俄羅斯與東歐

列寧於1915年寫過一段話，他認為文學「是整合社會民主這個大機器中的小齒輪」。他指的是報章雜誌，但這個由他一手建立的布爾什維克國家，會用盡各種辦法，以確保所有的寫作都能符合這種狀態。蘇聯的存活之道，就是用殘忍的恐怖手段，整肅批評的聲浪。1924年，列寧的遺體經防腐處理後，保存於列柱廳，那裏是前上議院，現為貿易協會的會址。在列寧死後七年，劇作家蕭伯納來到這裏，他在七十五歲的生日宴會上，向一群聽眾們發表演說，他告訴他們：「我們會帶著這些令人印象深刻的回憶回去（英國）。」三年後，高爾基（Maksim Gorky, 1868-1936）也在這裏主持蘇聯作家協會的第一屆會議，與會人員確立作家的任務，是要「在蘇維埃革命的發展中，提供真實且有歷史意義的具體描述」。但所謂的事實與其發展，是由共產黨所決定的。列柱廳後來也成為對史達林鞭屍的審判地點，而這股批鬥的風潮始於1936年高爾基死後（他有可能是被謀殺的）。

事實具有它的報復力量。1991年12月，蘇維埃社會主義共和國聯邦（USSR）終告瓦解，而早在五十年前，布爾加科夫（Mikhail Bulgakov, 1891-1940）就在他奇幻的小說《大師和瑪格麗特》（*The Master and Margarita*, 1929-40）中，以隱喻的手法預見此事。伯爾里歐茲（Mikhail Berlioz），是作協裏的一位領導，他對一位年輕詩人說，耶穌基督是不存在的，然而魔鬼的確來臨了。他們在莫斯科的元老池旁辯論這件事；伯爾里歐茲的確為魔鬼的存在做了最後的證明——他的頭被一輛電車碾斷了。

蘇聯政府使盡全力，讓兼職的作家去謄寫共產黨的建設計畫，那時他們公開譴責有

順時針方向，由左上依序為：阿赫馬托娃、特瓦爾多夫斯基、巴斯特納克和葉甫圖申科。

愈來愈多別有用心的作品，企圖異化人民。他們使用大量的棒子（許多作家被謀害），再用胡蘿蔔安撫其他作家。高爾基糊裏糊塗地支持史達林的工業化政策，就是其中最戲劇化的例子。他於1931年回到俄國，隨即被禁止離開這個國家，事實上，他被軟禁在他根本不想住進的庸俗藝術大樓（Dom muzei A.M.Gor'kogo）。

用胡蘿蔔來安撫人心的情況，也出現在位於特弗斯科伊大道（Tverskoy Boulevard）二十五號的作家協會。布爾加科夫把在他《大師和瑪格麗特》中，將它以小說的筆法呈現出來：「在樓上第一個房間的門上，掛著一個顯目的告示：『垂釣和週末別墅』，上面還畫著一尾鯉魚被魚鉤鉤住的模樣。在第二個房間的門上，是有些令人困惑的告示：『保證作家可以當日來回。請向波羅納亞同志申請。』下一個房間的門上，則是短的難解的傳說：『Perelygino』訪客的眼睛會被釘在核桃木門上難以算數的告示所吸引。『要登記工作——請向出納辦公室的佩克列夫基納同志申請。』擅長速寫的作家成了帳房。」被作協開除要比被它承認，更是一種榮譽。有五分之四的俄國諾貝爾獎得主，不是被開除，就是根本不願加入作協。

大戰進行的那幾年，加諸蘇聯人生活中的許多限制，都有放寬的現象，其中也包括了文學。1946年，禁制突然重新開始，並針對列寧格勒的作家左琴科（Mikhail Zoshchenko, 1895-1958）和阿赫馬托娃（Anna Akhmatova）進行抹黑的工作，對

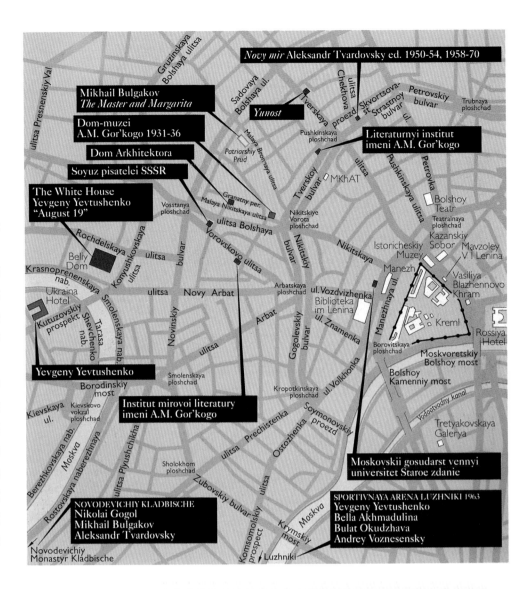

莫斯科：作家協會和《新世界》都在俄國文學的靈魂中掙扎。從圖上可以看到它們的所在位置，同時還有莫斯科裏的其他文學地標。

The White House
Yevgeny Yevtushenko
"August 19"

Novy mir Aleksandr Tvardovsky ed. 1950-54, 1958-70

Mikhail Bulgakov
The Master and Margarita

Dom-muzei
A.M. Gor'kogo 1931-36

Dom Arkhitektora

Soyuz pisatelei SSSR

Yunost

Literaturnyi institut
imeni A.M. Gor'kogo

Yevgeny Yevtushenko

Institut mirovoi literatury
imeni A.M. Gor'kogo

Moskovskii gosudarst vennyi
universitet Staroe zdanie

NOVODEVICHIY KLADBISCHE
Nikolai Gogol
Mikhail Bulgakov
Aleksandr Tvardovsky

SPORTIVNAYA ARENA LUZHNIKI 1963
Yevgeny Yevtushenko
Bella Akhmadulina
Bulat Okudzhava
Andrey Voznesensky

《星》（*Zvezda*）雜誌進行審查，也對《列寧格勒》（*Leningrad*）下達停刊的命令。從那時候起，一直到史達林於1953年死亡為止，從表面上看，俄羅斯文化已然死亡。史達林之死成為文學復興的直接象徵，接二連三的文章在特瓦爾多夫斯基（Aleksandr Tvardovsky）所主編的《新世界》（*Novy Mir*）出現，特氏雖是個死忠的共產黨員，但對文學有著持平的看法。蘇爾科夫（Alexei Surkov）是個不受重視的詩人，卻是作協裏舉足輕重的人物，他曾向克里姆林宮密告，提醒當局特瓦爾多夫斯基那個當鐵匠的父親，在第一個「五年計畫」期間，因拒付懲罰稅金而被流放。在官方的檔案中，特瓦爾多夫斯基的階級成份是「富農」；1954年8月，特氏被免職。

　　如同後史達林時代裏，共產黨內部持續不斷的權力鬥爭一般，社會中的各種事件也急速地發展起來。1955年，在莫斯科和列寧格勒所舉行的第一屆詩節（Poetry Day）年會，就提供了一個焦點，自由與反抗的力量出現了。當時年輕的葉甫圖申科（Yevgeny Yevtushenko, 1933- ），首度現身於大眾之前，他在正對著克里姆林宮的莫斯科大學古老建築的臺階上，朗誦他的詩句。赫魯雪夫於1956年的第二十屆黨員大會上，私下抨擊史達林的罪行。那年東歐已經明顯地出現不穩定的狀況，波蘭的社會動盪不安，而匈牙利則有全面性反共產主義的起義。原本消融中的冰雪，又開始結凍。1957年，葉甫圖申科被高爾基文學協會開除資格。他也失去共青團團員的身分，祇有當鐘擺再度擺回時，他才得以平反。1958年，葉甫圖申科重回《新世界》，繼續領導這似乎是知識界中自由派的主流聲音。

　　以這種不穩定的狀態的為背景，《齊瓦哥醫生》（*Doctor Zhivago*）出現於世人面前。與阿赫馬托娃一樣，巴斯特納克（Boris Pasternak, 1890-1960）是共產黨統治的數十年中，少數能存

不，
永遠別讓俄羅斯再次跪下。
和我們在一起的是普希金、托爾斯泰。
和我們在一起的是永遠覺醒的人民
和俄羅斯國會，
就像一隻為爭取自由而受傷的天鵝，
在人類的保護下，
游向永恆與不朽。

葉甫圖申科，〈8月19日〉

活下來的前革命詩人之一。他認為此時是讓這本以革命時期為題材的小說，從抽屜裏拿出來的時候了，但巴斯特納克被共產黨文化政策的快速轉變所誤。在1956年時，《新世界》拒絕刊登《齊瓦哥醫生》，於是這本小說的手稿就被送到海外。蘇爾科夫很快取得作家協會的領導地位（他的前任領導法捷耶夫〔Aleksandr Fadeyev〕在赫魯雪夫的演講後便舉槍自殺了），1957年，他將嘗試阻止義大利出版本書。巴斯特納克於1958年獲頒諾貝爾文學獎，這件事被蘇聯當局視為政治上的挑釁，於

對丹尼爾和辛雅夫斯基荒謬的審判（上圖），導致抗議的行動與公然反政府的異議大為增加。

巴斯特那克的《齊瓦哥醫生》在義大利出版，這在蘇聯國內引起對政府的批評，如同這幅漫畫所描繪的，某個人在《每日謊報》（Daily Liar）報社辦公室的陰影下讀這本書。

1962年，特瓦爾多夫斯基得到赫魯雪夫的允許，出版一個當時毫無名氣的作家索忍尼辛（Aleksandr Solzhenitsyn, 1918- ）所寫的中篇小說，《伊凡·傑尼索維奇的一天》（One Day in the Life of Ivan Denisovich）。這本書是以蘇聯的一座勞改營裏的生活為主題，甫一出版即引起轟動。祕密警察的粗暴鎮壓，是一個爆炸性的標題；就像巴斯特納克，索忍尼辛發現自己不是會被一而再、再而三的壓制至毀滅，就是會在共產黨的控制下死亡。1964年，赫魯雪夫垮臺，取而代之的是布里茲涅夫，這項人事異動出乎各方意料，而死氣沈沈的暮氣也隨之而來。從此之後，蘇聯便渡過二十年的「停滯時代」。

1965年，KGB拘捕兩位作家，辛雅夫斯基（Andrei Sinyavsky）和丹尼爾（Yuli Daniel），理由是他們把被查禁與未審查的書，送至國外（他們是經由經由法國大使館偷運出去的）。強硬派為了鞏固他們的勝利，於是舉行一場現代的公審，並採取最大的量刑，將兩人分別處以七年和五年的勞改。辛雅夫斯基當時已是「世界文學高爾基協會」的資深研究員，並且在巴斯特納克的葬禮中擔任扶靈者。但判決的結果顯示時代已經改變了，史達林式的肉體折磨和對對手的謀害，已起不了作用。這些被告的表現，完全不同於他們三〇年代飽受威脅與恐嚇的前輩，這鼓舞了更加開放主張。

布里茲涅夫政府顯示它的強硬立場，特別是它對杜塞克（Aleksandr Dubcek）於1968年在捷克推行的人道社會主義，所採取的強力鎮壓。《新世界》堅定地拒絕公開為這項入侵行動背書，於是共產黨無法隻手遮天。1970年初，《新世界》的編輯有四位被開除，這導致特瓦爾多夫斯基提出辭呈。蘇維埃這種刻板的價值觀，變得更加荒謬。未經審查的俄羅斯文學，以自力出版和到別的地方出版等方式流通，或是將國外如西德的波塞夫出版社（Possev Press）印行的書，傳回國內。蘇聯當局採行一種可笑的威脅政策，他們把下獄的異議份子當成精神病患，然後偷偷摸摸地用藥品將之殺害，最惡名昭彰的，就是塞斯基診所（Serbsky Clinic）。

在1970年代中，任何有原創性的觀點，都被視為一種對政治的挑戰。大量的作家被迫逃到西方，其中像是1966年逃出的塔爾西斯（Valerii Tarsis），1972年的布羅德斯基（Joseph Brodsky），1973年的辛雅夫斯基，1974年的涅克拉索夫（Viktor

是他受到無情的迫害，直到他在1960年5月過世為止。

就在這個時候，為了擴大蘇聯在全球的影響力，並且將核子戰爭的威脅降至最低，赫魯雪夫採取了「和平攻勢」的新外交政策。他出訪包括英國在內的西方國家。1957年，世界青年節在莫斯科舉行，使得這個新和平計畫達到高峰。丰采迷人的葉甫圖申科，以青年大使的身分於1962年來到英國。在蘇聯國內，詩集變成一個與政治相當的重要成份，明星詩人除了葉甫圖申科之外，尚有阿克馬都里納（Bella Akmadulina）、弗內森斯基（Andrei Voznesensky）和歐庫德哈娃（Bulat Okudzhava）。這種趨勢在1963年達到高峰，當時在路茲尼基宮運動場（Luzhniki Palace Sports）上，就擠進一萬四千位觀眾。隨著有聲出版品的出現，共產黨對文學輸出的限制也開始減退了。

東歐：在1970和1980年代，許多俄羅斯作家被祖國放逐，他們大部分都住在西歐和美國。

Nekrasov）、加里奇（Aleksandr Galich）和索忍尼辛，1977年的辛諾威耶夫（Aleksandr Zinoviev），1980年的阿克斯揚諾夫（Vasilii Aksyonov）和弗伊諾維奇（Vladimir Voinovich），與1983年的弗拉迪莫夫（Georgii Vladimov）。1979年，一群以蔑視的姿態出現的作家，出版八冊未經審查的詩集（Metropo），激怒了作家協會中的忠貞黨員。最後，這個蘇維埃的文學機關因為將最高的文學獎頒給布里茲涅夫，以表彰他對戰爭所寫的回憶錄，而鬧出一場笑話。

文化上的癡呆症正好符合經濟上的硬化症。由於難以和美國政府的「星戰計畫」（Star Wars）對抗，最後蘇聯共產黨不得不走上民主化。1987年，戈巴契夫在國會上，發表一篇措辭謹慎的演講，翻轉了數十年來的文化政策，他說：「精神文化已不再是社會的裝飾品，它是某種有生命的東西，而且決定了社會的知識和文化的潛力。假如你喜歡，它就是一種混合物，這可以保證它的耐久性和催化力，也能保證它的動力。」戈巴契夫的開放政策，立即引發批評色彩強烈的寫實主義作品，它們暴露出迄今仍被隱瞞的罪惡，和對社會生態不負責任的驚人事實。流亡在外的作家的作品，也可以出版了。此時被允許碰觸的主題，包括蘇聯政府所犯下的最大罪行，像是1931年到32年間，在烏克蘭因人為因素所造成的饑荒（蕭伯納竟愉悅地說他沒有看到任何證據）。

和歷史學家相比，作家以更快的速度證明，過去為左派的蘇聯政府和共產黨所輕視的方向，像是在1991年8月時，強硬派所發動的政變。葉甫圖申科出現在被包圍的國會大樓，他的詩〈8月19日〉在那裏成為他對國會演說的一部分。自由化不僅為俄國作家敲開大門，也把同樣的價值傳送到東歐國家——在這些國家中，作家的處境艱難：在捷克有昆德拉（M. Kundera）、克里瑪（Ivan Klima）、哈維爾（Vaclav Havel），在匈牙利則有艾斯特哈齊（Peter Esterhazy）和康拉德，他們同樣為了保有發表和想像的自由而奮鬥。在捷克，當選總統的哈維爾具有象徵意義，祇不過很快他就看到國家的分裂。

這些作家的問題，並未隨著冷戰結束而消失。在俄羅

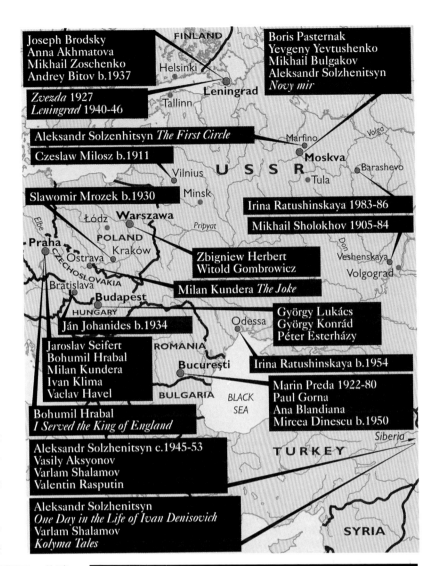

Joseph Brodsky
Anna Akhmatova
Mikhail Zoschenko
Andrey Bitov b.1937

Boris Pasternak
Yevgeny Yevtushenko
Mikhail Bulgakov
Aleksandr Solzhenitsyn
Novy mir

Zvezda 1927
Leningrad 1940-46

Aleksandr Solzhenitsyn *The First Circle*

Czeslaw Milosz b.1911

Slawomir Mrozek b.1930

Irina Ratushinskaya 1983-86

Mikhail Sholokhov 1905-84

Zbigniew Herbert
Witold Gombrowicz

Milan Kundera *The Joke*

Ján Johanides b.1934

György Lukács
György Konrád
Péter Esterházy

Jaroslav Seifert
Bohumil Hrabal
Milan Kundera
Ivan Klima
Vaclav Havel

Irina Ratushinskaya b.1954

Marin Preda 1922-80
Paul Gorna
Ana Blandiana
Mircea Dinescu b.1950

Bohumil Hrabal
I Served the King of England

Aleksandr Solzhenitsyn c.1945-53
Vasily Aksyonov
Varlam Shalamov
Valentin Rasputin

Aleksandr Solzhenitsyn
One Day in the Life of Ivan Denisovich
Varlam Shalamov
Kolyma Tales

俄羅斯書獎得主

1992	克哈里托諾夫（Mark Kharitonov），《命運之線》（*Lines of Fate*）。
1993	馬卡寧（Vladimir Makanin），《鋪著羊毛毯 上面有著玻璃瓶的桌子》（*Baize-covered Table with Decanter*）。
1994	歐庫德哈娃，《表演結束》（*The Show is Over*）。
1995	弗拉迪莫夫，《將軍和他的部隊》（*A General and his Army*）。

斯，當七○年代的枷鎖鬆開後，在1987到89年之間的安樂感，為逐漸產生的悲觀情緒所取代，因為無能的領導者無法改善通貨膨脹。在1992年時，小說的出版數量比1913年還少。到了1993年，書價上漲了二十到五十倍，但讀者的收入並沒有隨著增加。1992年，新成立的俄羅斯書獎接受手寫的作品，使得出版業全面崩潰。儘管如此，這個文學獎每年所頒的獎項，促使大眾重新關心俄國小說的命運，也有助重回文學評判的某種常態。

孟買的夢想家

近五十年來，孟買在印度人的想像下發展，展現出都會印度那難以置信且無可避免的面貌。由於其多樣而混雜的文化背景，這個城市有一點兒像它最著名的路邊小吃──§» （bhelpuri）。在這道令人難以抗拒的美食中，你可以嚐到大蒜、椰棗和青椒拌成的印度酸甜醬，外加生洋蔥與新鮮胡荽葉所作的裝飾。孟買以各式各樣的味道，侵入人們的味覺。要說到最富多種風味的現代印度城市，孟買可說當之無愧了，它有著發達的商業、神話、技術和信仰復興運動。這些都為它的靈魂，加上獨特而肯定的特色。

有許多「午夜的孩子」──在主權獨立後產生的印度作家──在孟買這個昔日有「印度之最／印度之門／東方之星／有著西方容顏」的城市中長大。在他生動而華麗的小說，《午夜的孩子》（*Midnight's Children*, 1981）中，魯西迪（Salman Rushdie, 1947-）對孟買和它的範圍，有著極為詳細的描述。魯西迪筆下孟買南方的小角落，有幾位和他一樣在後獨立時代長大的小孩，他們聽到、看見和聞到的，盡是難以置信的祕密──這些在多年之後，在千里之遙的地方掉出來了，成為一種非常新派的小說。

儘管小說是以英文寫成，但是這些作家不是用在英國，或是在孟買的艾爾芬史東學院（Elphinstone College）或聖艾沙維爾學院（St. Xavier's College）裏所學的正統英文。他們所使用的英文，就像和記憶中那位千手千眼的守護女神所生出的混種，是後殖民時代發明出來的語言。這些作家筆下描述的孟買，同他們的印度母親，融合了所有的文字、希望、夢想和痛苦；有時像是一種對色彩的鄉愁，有時又像是對如畸瘤般的印度所作的控訴，自1947年8月15日獨立之日的午夜以來，印度就一直在痛苦中。

任何住在孟買的人，都知道許許多多孟買的事。即使在這些漂泊在外的「午夜的孩子」的記憶裏，這些孟買的事事物物依然是他們所注意的，它們匯流起來，形成了巨大的，幾乎是毫無章法的隱喻。魯西迪、戴沙（Anita Desai）、泰若爾（Shashi Tharoor）、喬胡瑞（Amit Chaudhuri）、席萊（Alan Sealey）、米斯特瑞（Rohinton Mistry）和堪加（Firdaus Kanga），以及巴基斯坦作家，著有《冰糖人》（*Ice-Candy Man*, 1992）的席華（Bapsi Sidhwa），這些人如今都身在異鄉，但是卻在他們的小說中，一再回到他們故事的開始之地──孟買。

在眾多孟買的特色中，具有波斯血統的孟買人，本身就是極為特殊的寫作對象。他們的祖先在七世紀時，為了躲避宗教迫害，才從波斯遷居印度，他們對社會有著明顯的意識。在米斯特瑞（1952-）的小說，《費洛茲莎·巴格故事集》（*Tales from Firozsha Baag*, 1987）和《漫漫旅程》（*Such a Long Journey*,

在他們的小說裏，米斯特瑞與席華帶領讀者，來到波斯孟買最著名的地標──「沈默之塔」（上圖），在綠意盎然的景色裏，隱藏著一處墓地，死者的屍體會留在那裏的枯井中，等著禿鷹來啄食。

1991）當中，他以極為親切、細膩的筆觸，回憶著典型的中產階級波斯移民社區裏，那種自給自足的生活圈。他們住在荒廢的、牆壁剝落的公寓裏。即使如此，他們還是保有一些隱私：空氣中飄散著傳統菜餚的香氣。這幅波斯地圖，是以他們的所住的社區為中心。他們會選擇性地與外面的世界接觸：住在貧困巷子內的波斯人，跨過馬路，到處開起具有伊朗味道的餐廳；連與生死有關的波斯醫院也出現了。孩童到校門華麗的聖艾沙維爾男子學校（St. Xavier's Boys School）唸書，以後也許還能直升聖艾沙維爾學院。

每逢星期日早上，就有許多遊客到海軍學校操場打板球。一些有文化氣息的人，會到法蘭吉紀念圖書館（Cawasji Framji Memorial Library），也會到馬克斯繆勒協會（Max Mueller Society），聆聽西方古典音樂的演奏。心思較為單純的人們，則湧到附近的周帕地（Chowparty）海灘玩耍，那裏堆滿了沙

在《鮑姆嘉登的孟買》（*Baumgartner's Bombay*, 1988）中，戴沙（左圖）將孟買當作東西方的交會點。對德裔猶太人鮑姆嘉登來說，孟買的街道為那些年復一年搬來這裏的數千人，提供了庇護之所。魯西迪（右圖），運用了孟買電影中對生活的奇幻觀點，這樣的觀點滲入了真實的生活。收音機裏播放著最新的電影主題曲，伴隨著怪異的色彩，隱約地飄揚到天空（下圖）。

子，還有一群群肥鴿，燈火通明的攤子上，賣著熱騰騰的抓餅。要去參觀波斯酪農場和傳統市場的遊客，照例坐在陷入車陣的巴士裏，車子「穿過狹窄的街道……痛苦地爬行在車陣與人群中，同時還要和手推車與卡車爭道。」（《費洛茲莎·巴格故事集》）就在這一片喧囂混亂的中心，座落著佈滿大理石紋路的火神廟，它那「神聖之火，在巨大的、閃耀著銀色光輝的大理石檯座上燃燒」。

米斯特瑞、席華和著有《試著長大》（*Trying to Grow*, 1990）的堪加，以顯微鏡般的細膩情感，詳細紀錄了對波斯孟買的記憶，他們留心於寫實的種種細節。但那吸引著大多數當代作家，使他們與其接合的孟買，是個更大、更狂野的風景之地，回憶和現實到了那裏，都會完全顛倒過來。「若是覺得我怪異了些，請記得，在我的遺傳因子裏所大量蘊含的野性……」在《午夜的孩子》中，主角薩林姆（Saleem）這樣說到，「或許，如果想在擁擠的人群中保有獨特性的話，就得把自己弄得怪誕些。」通常最能象徵後獨立時期孟買（這種充滿想像的孟買，逐漸增加超寫實的比重，以配合對這個城市的認同）的媒體，就是它的電影工業了。孟買的通俗電影，有如五味雜陳的調和，如同一位印度的製片家，貝內加爾（Shyam Benegal）所說的：「它或許是世界上最多樣、最不同的電影，融合全世界中多重文化、多重語言和多重宗教的族群。」

帶著嘲諷風格的印度電影，對一切想把視野轉向孟買或當代印度的作家來說，是豐富的題材來源。「寶萊塢」（Bollywood）裏，聚集著耀眼的明星，和一群群平凡的夢想者。在《東方、西方》（*East, West*, 1994）這本書中，魯西迪筆下那位註定要失敗的野心家宣稱，「整天待在悠胡（Juhu）海灘上的陽光沙灘大飯店，那裏有著網羅頂尖女藝人的經紀公司……在帕里山（Pali Hill）上，買了棟大房子，有著隔離設施且配備最新的安全設備，以避免他受到影迷的騷擾……他的生活充滿了聲光與成功，無疑，還有不可或缺的酒精。」

在這個夢幻般的孟買中，羅密歐們剪短了頭髮，看起來就和巴罕（Amitabh Bachchan）同一模樣，甜美的小傢伙則穿著華麗的沙麗。有時候，你很想知道現實生活中是否缺乏了英雄與女英雄，因為這些人在螢幕上是如此強而有力！電影的

世界和它商業的企圖、超現實的偶像以及用離奇的方法解決現實問題，都讓諸如泰若（《偉大的印度小說》〔*The Great Indian Novel*〕，1989）、席萊（《英雄》〔*Hero*〕，1990）以及錢德拉（Viklam Chandra，著有《紅土地與傾盆大雨》〔*Red Earth and Pouring Rain*〕，1995）等新作家，對印度那不協調與神奇的光輝，有了如分光鏡一般的觀點。

如同印度電影，當代印度小說自資源豐富的口述傳統中取材，包括了充滿神話與歷史色彩的史詩、舞蹈、詩歌和音樂。印度籍的精神分析學者，卡卡爾（Sudhir Kakar），就曾說印度影片是：「集體幻想，是一種團體的白日夢，包括……是眾多人群中隱藏的種種希望，儘管在理性的意義下，是不真實的，然而也不能說它不對。」這似乎也可用來形容後獨立時代中，以英文寫成的小說。這種獨特形式的結果，不祇反映出古老又相似的神話，也創造出當代的神話。

當然，也有住在孟買的人——包括那些遊罷歸來的人，就像詩人尤沙瓦拉（Adil Jussawalla）和莫拉耶斯（Dom Moraes, 1938- ），後者在過了「從不在家」的顛沛一生後，回到孟買，

對那些心儀西方的作家來說，孟買的不朽標誌是「印度之門」（the Gateway of India），古色古香的拱門就矗立在河畔，守護那漂著雜物的河水，緩緩流入大海。

他在自傳《失鄉》（*Never At Home*, 1992）中，詳盡描述了自十七歲離家之後，如何在返鄉的過程治癒傷痛。

在孟買有一個英文文學的支柱，他也是莫拉耶斯的良師——集詩人、評論家與教師於一身的艾塞克爾（Nissim Ezekiel）。他的筆下的孟買是個大學城，有著鐘樓，在周派地海灘旁矗立著威爾森學院。他沿著沙灘行走，等著開往貝古拉（Byculla）附近的貝拉西斯路（Bellasis Road）的公車，他在那裏的寓所是一棟老舊的、挑高的平房，裏頭滿是蜘蛛絲和成堆的手稿。面對這樣的情景，他卻說它是「臨時的背景」（見《黑暗中的讚美聖歌》〔*Hymns in Darknes*〕，1976），他選擇這樣的生活有好多年了。他至少與兩個世代的印度詩人有所關連，他們都以英文寫詩，其中包括了帕特爾（Gieve Patel）、德．蘇沙（Eunice De Souza）、寇拉卡（Arun Kolatkar）和佩拉迪納（Saleem Peeradina）。他們的詩通常嘗試著去調停種種衝突矛盾的認同———如帕特爾的詩的標題所顯示：〈帕特爾的曖昧命運，他在印度，既非穆斯林，也非印度教徒〉。

這個城市還有重要的一面——有些人說它才是真的——不是南孟買常見到的，也不為印度以外的人所熟知。在當地許多腔調中，馬拉蒂（Marathi）腔是主要的一種，但也有巴貝爾（Babel）這種移民的腔調。即使是住在印度的印度人，也會四處遷移，而書寫的文字就有古優拉提（Gujurati）、馬來拉姆（Malaylam）、班加里（Bengali）和塔米爾（Tamil）等。這個世界性大都會，讓這些操著方言的作家，產生新的寫作洪流，創造出接近於卡夫卡、卡繆、聶魯達或格拉斯的風格，反而看不出有當代英國文學的味道。當那些以英文寫作的作家，可能汲汲尋求「消失的語言留下的足跡」時，這些以方言寫作的作家。卻掌握的那被切割和置換的的母語文化。舉例來說，沙朗（Vilas Sarang）用馬拉蒂語，寫了許多極好的現代故事（其中有許多已翻譯好，並收錄於精彩的故事集，《弗以德的神奇樹》〔*Fair Tree of the Void*〕，1990）。

1960與70年代，像是巴故爾（Baburao Bagul）和達沙爾（Namdeo Dhasal）這一類的作家，開始寫出親身經歷的社會黑暗面。在他們筆下，這種從未被觸碰的印度社會，指的是反上流社會及反中產階級。在人類學著作《被下毒的麵包》（*Poisoned Bread*, 1992）中，可以見到他們被譯為英文的部分作品。作為一種抗議文學，它相當於最佳的非裔美人文學寫作，或是來自於拉丁美洲、加勒比海地區以及非洲的革命作品。

近二十年來，印度的英語文學以其文學的生存能力，已經滲透到西方的懷疑論中，也得到國際的認可。自從七○年代晚期，像是魯西迪、戈西（Amitav Ghosh）和賽斯（Vikram Seth）等作家，可說在文化上有了突破，因為他們改變了印度的英語文學和印度的其他語言的文學間的關係。和大英國協、愛爾蘭和美國等以英語為寫作傳統的一流新文學相比，他們的作品同樣地出色。很清楚地，孟買的夢想家會留了下來。

孟買是個中心，從它創生的那一刻就開始了：
　有如葡英混血的私生子，
　這是印度的城市裏，最有印度味的一個。
　在孟買，所有的印度人碰在一起且同化了。
　在孟買，原有的印度人碰上非印度人，
　跨過了黑色之水，流入了我們的血管。
　孟買以北稱為北印度，
　孟買以南稱為南印度。
　向東歸於東印度，向西則屬於世界之西。
　孟買在中心；所有的河都流入它們匯成的人海。
　這是故事所形成的汪洋，我們全都是它的敘述者，
　而且每個人都是同時說出的的。

魯西迪，《摩爾人的最後歎息》（*The Moor's Last Sigh*）

戰後的孟買：在《午夜的孩子》一書中，魯西迪詳盡描述了這個城市，「……沿著海軍學校前進！在周派海灘的沙上！經過馬拉霸山（Malabar Hill）雄偉的房子，沿著坎普角（Kemp's Corner），通過令人暈眩的海，到達斯堪達（Scandal Point）！……一個接著一個，走過我最喜歡的華登路（Warden Road），沿著糖果灘（Beach Candy）邊的游泳池，前往馬哈拉克斯米神廟（Mahalaxmi Temple），以及古老的威林頓俱樂部（Willingdon Club）。」右邊的地圖顯示了這本小說和米斯特瑞的《漫漫旅程》中的主要場景。

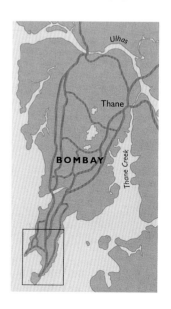

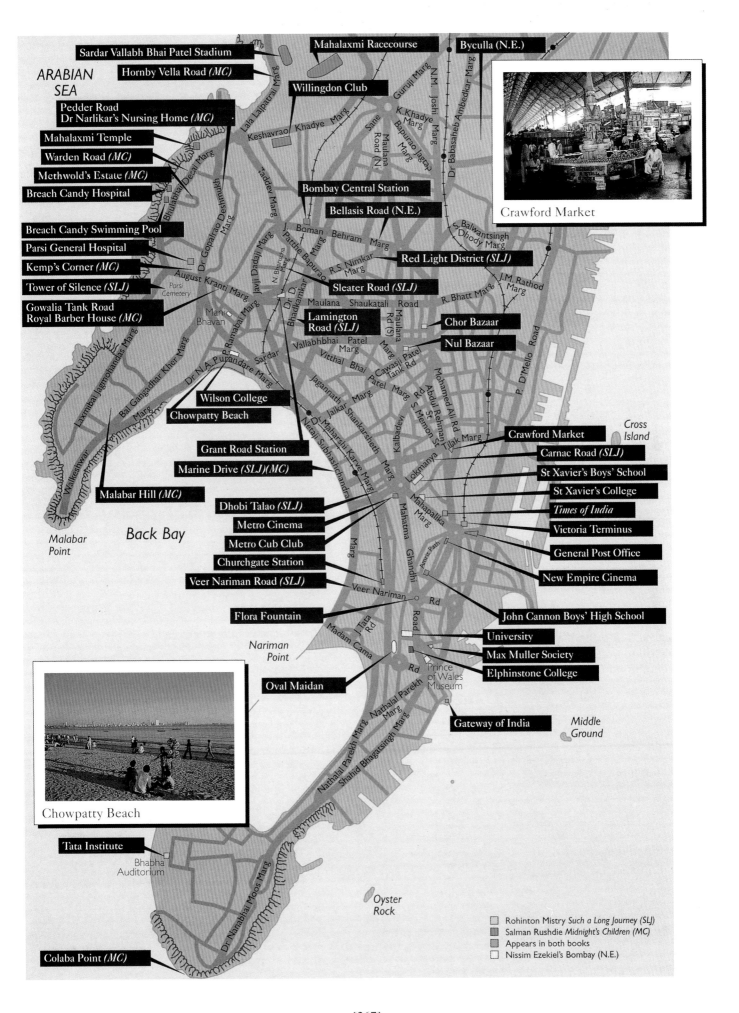

ARABIAN
SEA

Sardar Vallabh Bhai Patel Stadium

Hornby Vella Road *(MC)*

Mahalaxmi Racecourse

Byculla (N.E.)

Willingdon Club

Pedder Road
Dr Narlikar's Nursing Home *(MC)*

Mahalaxmi Temple

Warden Road *(MC)*

Methwold's Estate *(MC)*

Breach Candy Hospital

Bombay Central Station

Bellasis Road (N.E.)

Crawford Market

Breach Candy Swimming Pool

Parsi General Hospital

Kemp's Corner *(MC)*

Tower of Silence *(SLJ)*

Gowalia Tank Road
Royal Barber House *(MC)*

Red Light District *(SLJ)*

Sleater Road *(SLJ)*

Lamington
Road *(SLJ)*

Chor Bazaar

Nul Bazaar

Wilson College

Chowpatty Beach

Grant Road Station

Marine Drive *(SLJ)(MC)*

Malabar Hill *(MC)*

Malabar
Point

Back Bay

Dhobi Talao *(SLJ)*

Metro Cinema

Metro Cub Club

Churchgate Station

Veer Nariman Road *(SLJ)*

Flora Fountain

Nariman
Point

Oval Maidan

Cross
Island

Crawford Market

Carnac Road *(SLJ)*

St Xavier's Boys' School

St Xavier's College

Times of India

Victoria Terminus

General Post Office

New Empire Cinema

John Cannon Boys' High School

University

Max Muller Society

Elphinstone College

Gateway of India

Middle
Ground

Chowpatty Beach

Tata Institute

Bhabha
Auditorium

Oyster
Rock

☐ Rohinton Mistry *Such a Long Journey (SLJ)*
☐ Salman Rushdie *Midnight's Children (MC)*
☐ Appears in both books
☐ Nissim Ezekiel's Bombay (N.E.)

Colaba Point *(MC)*

Crawford Market

[267]

日本：大地之靈的國度

地方意識是日本文化的中心。神道隨同佛教，一直和某些特定的環境密不可分，像是這個島國上的群山、河流、海灣和森林。從很早的年代起，詩人和編年史家（通常是相同的一群人）就開始讚歎某些地方和聖地的神聖與神祕的力量，或者捕捉了日本城市的「浮動」精神。

上面這張插畫取自清少納言的《枕草子》，為西元十世紀所寫的嘲弄愛情的故事集。

奈良、京都、鐮倉及後來的江戶（也就是現在的東京），在歷史為先後相承的都城，長久以來，它們也是日本文學的中心。十一世紀，京都宮廷出現三位作家，後來她們都為舉世所知（但是直到本世紀，她們的作品才被翻譯成英文）。這三位作家全部是女性和小貴族。紫氏部（980-1030）寫了堪稱史詩和心靈作品的故事集，《源氏物語》（英譯本於1935年出版），這是我們接觸的早期日本小說之一。更值得去默觀的作品，還有菅原孝標女（生於1008年）所寫的《更級日記》（1060），以及清少納言（生於966年）帶有揶揄味道的《枕草子》（英譯本為1928年）。在這些複雜的作品之後，出現了大量早期的詩歌和散文。早在西元八世紀時，詩選鉅作《萬葉集》就已結集成冊了。收在《萬葉集》裏的詩歌，出自形形色色的日本人——其中有男有女、有天皇有皇后、有朝臣也有僧侶，還有不知名的民間作家——它們顯示出對地方的熱愛。

然而，直到1600年的關原之戰後，德川家康將軍禁止外來勢力的影響，在實施鎖國政策的兩百年間，日本得以發展非凡而獨特的文化。除了貴族階級外，軍人、僧侶和精明的、善於創造的商人階級，也都發展起來。印刷的書籍增加了，大量的閱讀群眾也隨之出現。直到十九世紀，日本才開始對外國勢力開放，那時它發現了西方，而西方也發現了它。

弘史助於十八世紀所畫的富士山，上圖，捕捉了日本對島嶼的特殊感情。

十九世紀時，商人、傳教士、工程師和教師都來到日本。在這些人當中，有一位擁有英國、愛爾蘭、希臘與美國血統的怪人，何恩（Lafcadio Hearn, 1850-1904），他是個靈巧的人，後來歸化為日本公民（也取了日本姓名「小泉八雲」）。他成了日本對西方的首席翻譯員，在其著作《瞥見陌生的日本》（Glimpses of Unfamiliar Japan, 1894）中，他指出日本的藝術和生活，正激起現代的歐洲人和美洲人的想像力。

在同一時代，夏目漱石（1867-1916）成為當代日本的傑出小說家。生於1867年的江戶的他，是個熱中於外國文學的學者，並且在十九世紀末、二十世紀初時，在倫敦渡過兩年不快樂的學習生活。當他學成歸國後，便致力各類型的小說創作，從悲劇而神祕的《心》，到有濃厚喜劇色彩的《哥兒》。《哥兒》這本書是根據夏目年輕時，在四國島上偏遠地區擔任教師的經驗改寫而成，他這個來自大都市的幸運兒，卻投身於自己國家的窮鄉僻壤裏。這本著作至今仍是用來評判日本小說的標準。

跨過二十世紀，日本小說已經發展得非常興旺。此時有

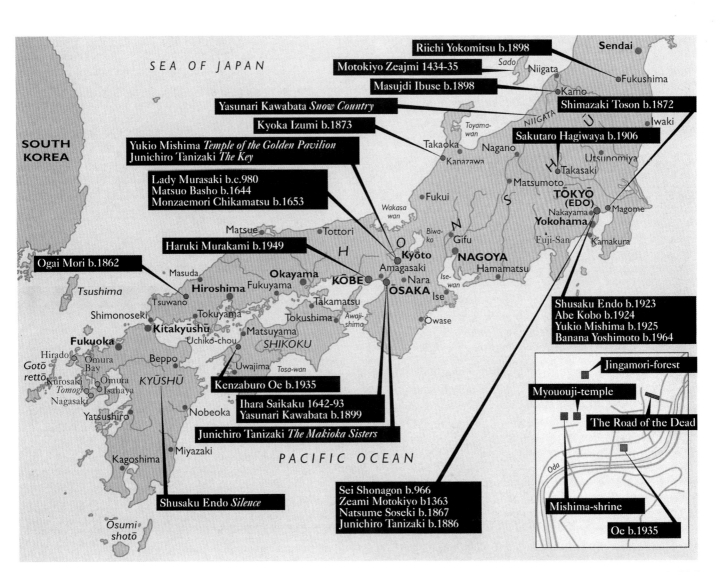

日本南部：日本文學中一直存在著很強的地方觀念。遠藤周作小心翼翼地策劃他的小説，把《沉默》中的場景設定在九州，地圖上用綠色標出的地方，就是書中某些關鍵的所在。而嵌入的小圖，則顯示了大江健三郎的故鄉，宇智子村。

能劇

世阿彌（1363－1443）發展了能劇。能劇是日本中世紀時的戲劇儀式，世阿彌把它從原始狀態，提升到高度的純粹藝術形式，日後還影響了如葉慈和龐德等西方詩人。他在70歲時，因失去政治上的恩寵，而從江戶被貶至西岸偏遠的佐藤島。

歌舞伎劇

江戶時期的近松門左衛門（1653－1725），是歌舞伎劇作家。開始時，歌舞伎劇是當時為宗教而作的能劇的通俗支流。左衛門也發展另一種戲劇形式：文樂——那是一種偶戲（淨琉璃）。歷史，尤其是近代史，提供了許多情節，諸如愛情故事和殉情的戲劇等等。《曾根崎情史》的故事，就發生在大阪灣一個確有其地的小島上，而首次參與演出的人，也都記得那些事。歌舞伎在十八及十九世紀間發展起來，到了今天，它仍是日本劇場最受歡迎的戲劇。經過改良、重生後的歌舞伎是動人心弦的，它也影響了許許多多的西方劇作家。

兩位值得注意的人物，其中一位是谷崎潤一郎（1886－1965），他對傳統的日本、當代的大阪（見《細雪》）和現代新都會的東京（他的出生地），均有極為細膩的描寫。另一位則是諾貝爾獎得主川端康成（1899－1972），他的《雪國》（1937）是詩體散文中的傑作，引領讀者深入北方。在以上兩位之後，較著名的是三島由紀夫（1925－70），儘管他在眾人面前切腹的舉動令人震驚，但他的文學成就並沒有因此黯澹下去。他的《金閣寺》（1956），是一個描寫京都這個古老的宗教之城的現代故事，可説是一部刻畫心理入微的當代經典之作。

沈 默 遠藤周作

沈
默

遠藤周作

遠藤周作（左圖）受洗為天主教徒。他是日本少數基督徒裏的重要人物；作為小說家和短篇故事作家的他，其作品的核心主題在於東、西方的相遇。他最好的作品是《沉默》一書（右圖），重回三百五十年前，德川幕府迫害基督徒的經過。

日本文學持續發展，而遠藤周作（1923-）和大江健三郎（1935-），是現代最優秀小說家的其中兩位。《彩繪玻璃輓歌》（1984）的作者遠藤周作，雖然是在東京出生，但曾在1965年時多次造訪長崎和平戶，以便為他的小說《沉默》（1969）蒐集寫作材料，他也把他的經驗寫進《基督徒的原生地》（1966）。

《沉默》是兩個葡萄牙神父的故事，在1640年代，他們因日本抵制基督教的政策而遭到迫害。它喚回芬瑞拉神父（Christovao Ferreira）的故事，這位神父被葡萄牙耶穌會派到日本，經歷了地獄般的酷刑之後，最後發誓放棄他的信仰，使得教會受到莫大的恥辱；後來，芬瑞拉的弟子，羅迪格神父（Sebastian Rodrigues），怎麼也不相信他素來仰慕的恩師，曾經在異教徒面前「像條狗一樣地」卑躬屈膝，而非像烈士般地犧牲。羅迪格隨同另外兩位教士，一起從里斯本出發，經過十四個月的航行後，抵達了多摩———一個虛構出來的，位於長崎附近的小漁村。多摩是以黑崎這個實際存在的外海區的小漁村為本。黑崎的景觀荒涼，完全迥異於熱鬧的長崎。

遠藤選擇黑崎而非選擇羅迪格登陸的真正地點，是因為他被它荒涼的景像，和村裏隱遁的基督徒所吸引。為尋找一個由黑崎人所建造的小村落，遠藤曾親自到附近的海港旅行，並爬上當地的山丘。當初遠藤躲雨的小教堂，成了故事中羅迪格的藏身之所，而四周的風景，也成了羅迪格逃避政府當局的追捕，所穿越的地方。

從島上而來的基督徒們，加入羅迪格等人的行列，而當地人吉次郎就是其中之一，他不但是羅迪格的幫手，最後也是背叛他的人。羅迪格坐船在這些小島間來回傳教，之後當他回到多摩時，被地方官員審問，而他的殉難過程也就此開始。後來他在山中徘徊，在小屋裏遇見吉次郎，他在那裏被吉次郎出賣，並被帶到附近的小屋，和另一個已經被捕的基督徒關在一起。他們被押上船送走。到了今天，除了建立在海口的十字架外，已經沒有任何事物能提醒我們，當時東西方相遇的情形了。

羅迪格的命運引領他到了Ohmura灣，這裏是宣教任務的發源地，然後他被送到長崎，在這裏他被嚴刑拷問。他見到他的老師芬瑞拉，但是他的老師已被迫冠上日本姓名。就在齋藤神社裏，芬瑞拉警告他：「這個國家是一個泥沼，你根本無法想像到底有多恐怖！」最後，羅迪格終於被芬瑞拉說服，站在「夫米」（fumie，是基督徒神聖的象徵，日本的基督教徒

俳句

松尾芭蕉（1644-94）在京都附近出生，
後來他搬家到江戶（現在的東京），
過著隱遁的生活。
他把「三行、十七字音」的俳句，
帶到了精緻的、別具心裁與暗示性的高峰。
在他的旅行日記《奧州小路》中，
他用俳句和散文來寫作，
並游移於現實與虛構的世界中，
這趟旅行穿越了日本，
不但是地理上的，
更是心靈上的旅程。
1694年，
他跑到日本本州北邊的偏遠地區，
和忠心的隨從一起旅行了兩年多，
寫下他的「朝聖之旅」，
紀錄了歷史與傳說，
也瞭解到他正在尋求「在他經年累月的找尋之前，
就已存在的某些東西」。

浮世草子——小說

十七世紀晚期的大阪作家井原西鶴（1642-93），

開始以取悅商人階級，

而創造知名的「浮世草子」小說。

它們是發生日常生活裏的流浪漢故事，

是和賺錢、貪婪、性愛冒險，

和一些一事無成而心灰意冷的貧窮鎮民有關的。

井原西鶴的文風是活潑、逗趣的，

具有娛樂效果。

他被譽為是日本當時的狄福，

他創造了一種引人注意，

而又有趣的寫實主義（隱含了一些真的地點和人物），

描繪出所謂的「新密德蘭」——也就是大阪。

二十六個基督聖徒的塑像（上圖），他們殉道而死，遠藤對這些有著堅強意志的烈士，「感到敬畏與崇慕」。

《沉默的吶喊》一書作者，大江健三郎，於1994時榮獲諾貝爾文學獎。

（<small>踐踏夫米，以宣誓放棄他們的宗教信仰</small>）前面，而且他彷彿聽見基督指示他踐踏夫米。羅迪格叛教後，也取了一個日本名字，並在64歲時病死。這部小說的若干背景，如今都還能見到，祇需從長崎搭乘巴士，就可以在一個鐘頭之內抵達。

就像許多日本的新小說家，大江健三郎寫出了新舊日本的對比。他並非出生在日本擁擠的城市，而是在四國島上的一座小村莊，四國是在本州東南的一個離島，也是日本群島的主島之一。這個村莊現在名為宇智子村，大江自己稱它為「遍地林野的窮鄉僻壤」，並且位在「森林的深處」。他常常回到那裏，以他得到的體驗創作出他的文學作品。在這種過程中，大江把這個村莊變成一個神祕的地方。若要讀懂他的小說，最好是從書中的景色和視野著手。他早期的小說《陷阱》（1958）的開頭，便是描寫這林木茂盛的村落：

「這片村莊已沉浸在夕陽餘暉中，起霧後的寒冷，像地下水般地在森林裏湧出。葡萄色的微光傾注於小村，它位於面對山谷的山坡，那條鵝卵石的路上，那裏就是我們住的地方。」

《沉默的吶喊》（1987），是現今大家認為大江最成功的小說之一。在書裏，住在東京的水佐部郎和夏美子，產下了一名殘障的小孩。水佐的朋友因受到一股奇異又瘋狂的力量所驅使，上吊自殺了。另一位剛從美國回來的朋友，提議水佐離開東京，和他一起回四國。當他們接近那座林木茂盛的村莊時，他們感到森林的力量增強了。水佐覺得自己被疏離了。他的兄弟，高志試著要振興這個社區，針對年輕人組成一支足球隊，希望能接管以前社區的領導前輩的角色，那個人曾經捲入1860年的亂事中。

這個故事成了對於兩件黑幕的探索。其中之一是高志犯下亂倫的罪行，強暴了他智能不足的妹妹，導致妹妹事後自殺了。另一件是水佐遇到這事情時，竟否認了事情的真相，還說這樣的真相是「地獄」。但是，高志一直到他結束了他流浪的旅程，才明白這個道理：他必須回到這個人間煉獄，在這裏努力生活，而非用自殺了結一切。

在三部曲的鉅著《燃燒的綠樹》（1993-5）中，大江再度回到他那樹蔭濃密的山谷。在這山谷裏，那位如同救世主的英雄被殺了，但是他的死卻使得他的信仰者團結起來。於是我們再度看出，這種神話寓言形態的小說，祇有在大江選定的場景中才可能發生，因為這裏擁有一股能同時揭開人類靈魂深處黑暗和聖潔兩面的力量。宇智子村坐落在離松山南方，約二十五哩處的深谷裏，水從長山上潺潺流下，流經田地和山腳。這個村莊極富季節性的美感；大江的出生地現今仍然可見。

今天，日本的文學——詩、戲劇，以及或許是日本所發明的形式，小說——處理的都是這對比強烈的土地。這個地方擁有先進的現代化，和根深柢固的傳統；也有著高樓林立的城市，和村莊、群山與神社所形成的景色。遠藤和大江寫出「舊」的和「新」的日本，也寫出日本這一片充滿經濟成長活力，又不失悠久文學傳統的土地。

校園小說

在英國，大學小說有相當深的根基。通常可以回溯到貝德（Cuthbert Bede）的名著《維登格林先生的冒險》（*The Adventures of Mr. Verdant Green*, 1853-57），而其高峰在於二十世紀初，比爾波姆（Max Beerbohm）的《朱萊卡‧多布森》（*Zuleika Dobson*, 1911），以及麥肯齊（Compton Mackenzie）的《凶街》（*Sinister Street*, 1914）。這種風格化的，具有相當幻想性格的小說，描寫了一個浸沐於陽光與懷舊的古老城市。他們的影響是普遍的。沃（Evelyn Waugh）的《舊地重遊》（*Brideshead Revisited*, 1945）的前幾章，就把背景定在1920年代，並且深刻受到比爾波姆和麥肯齊的牛津觀點所影響。這股傳統持續著，而現代牛津小說的代表作，可說是杜地（Margaret Doody）的《煉金術士》（*The Alchemists*, 1980），書中描寫兩個大學肄業生如何做起妓院生意。

布萊貝利的校園小說，將自由主義當成寫作的主題。

然而，去分辨所謂的「大學小說」和近來另一種稱為「校園小說」（campus novel）的文類，是很重要的事。後者是第二次世界大戰後出現的現象，作者通常是大學教師，而非追憶往事的學生，故事的背景或許是在一所「新大學」裏，無論那是真實的或虛構的；在這段時間內，校園小說都以「羅賓斯報導」（Robbins Report）馬首是瞻。它把當代的水泥建物所形成的地平線，視為可以討論這個時代的社會壓力和知識問題的適當環境，至少，那是個能對特殊形態的喜劇文學有所鼓舞的地方——對校園小說來說，它總是富有喜劇精神。

在這些標準的判斷下，最著名的校園小說，當屬阿米斯（Kingsley Amis, 1922-）的《幸運兒吉姆》（*Lucky Jim*, 1954）了。那是一個任職於有著紅磚校舍，氣氛恐怖的地方大學的年輕講師的故事，這所學校的成立，得歸功於萊契斯特和斯溫西兩個地方，但它一點也不像是校園小說，反而像是以大學為背景的喜劇小說，儘管如此，它還是顯示對戰後的教育問題之一，即設立學校的標準這樣的辯論，作者所持的態度。同樣地，斯諾（C.P. Snow, 1905-80）的作品《院長們》（*The Masters*, 1954），背景也是在古老的劍橋大學，它對政治意見與社會力量的關心，要多於對劍橋教授日常生活的著墨。或許，早期校園小說的最佳例證，是在1970年代時，為眾出版社所公認，由布萊貝利（Malcolm Bradbury, 1932-）所寫的《吃人是錯的》（*Eating People Is Wrong*, 1959）。這本書敘述了一個原本在胡爾大學任教的年輕講師，後來捲入諾威治（Norwich）的東安格利亞（East Anglia）「新」大學的英美研究課程的發展。布萊貝利所要傳達的主旨是自由主義。書中的英雄，在有著紅磚校舍

的大學教書的崔斯（Treece），是個四處漂泊的傢伙，他經常變換研究的地方，祇為了尋找道德的指南。布萊貝利的第二本小說是《步向西方》（*Stepping Westward*, 1965），把這種不確定性向前推進一步。書中的主角是渥克（James Walker），是五○年代「憤怒」學派（Angry School）中，一位游移不定的小說家，他前往美國中西部的一所大學，在那裏，他那傳統的英式自由主義，碰到了更加強悍、幾為變種的美式自由主義。在《歷史人物》（*The History Man*, 1975）中，布萊貝利面對另一個主題：在這些「新大學」的其中之一，出現了在六○年代末期，橫掃英美校園的自由主義與激進主義之間，種種運動所碰撞出的火花。

在其他小說中，描寫了喜好環遊世界的學者，在遙遠的演講廳或會議廳裏，遇到讓他們下不了臺的（往往是滑稽的）故事。在洛奇（David Lodge, 1935-）的小說《改變地方》（*Changing Places*, 1975）中，主人翁斯華洛（Philip Swallow）是一位來自西密德蘭區朗米奇大學，洛奇則是任教於伯明罕大學的

伯明罕大學（上圖），在1960年代孕育出相當多的校園小說。

英文講師，他生性膽小，卻和薩普
（Maurice Zapp）交換工作；薩普是來
自美國奧菲利亞州立大學的厲害角
色。洛奇的另一本小說《小小世界》
（Small World, 1984），再次提到發生在
國際巡迴會議上的類似情節。他的
校園小說比起其他其他人的作品，更
直截了當地表現出喜劇精神。他抓
住性的放縱與令人困窘的事件等潮
流，他的學術興趣在於權力和優先
權的摩擦，而不在標舉甚麼道德立
場。《改變地方》和《小小世
界》，都提到流行的知識，就拿薩
普來說，他永不疲倦地追求最新學
術正統的做法，從頭到尾就是個笑
話。

　　到了1970年代晚期，校園小說
已經成為風格獨特的文類。最顯而
易見的標誌，就是它的辛辣喜劇。
夏普（Tom Sharp, 1928- ）的《波特豪
斯的憂鬱》（Porterhouse Blue, 1974），
背景就在最死板的劍橋大
學，有個研究生在一場瓦斯爆炸中受到重傷，因為他想處理
掉一個沒有用到的保險套。雅各森（Howard Jacobson, 1942- ）的
《自後面而來》（Coming From Behind, 1983），則發生在密德蘭一座
陰森的工藝學校，這所學校渴望升格為大學，這是對個人的
與職業的忌妒所作的玩笑與神經質式的解剖。儘管如此，在
醉醺醺的大學教授和好色的講師之中，本書仍有一個嚴肅的
論點。沒有一個盡力將劍橋拖進二十世紀的教授，在讀過
《波特豪斯的憂鬱》後，而不為其所動的；然而看過夏普的
《憔悴》（Wilt, 1976）和雅各森的小說的人，會想知道是否這種
工藝式的教育，在人類時代中，確實還有其實用價值。

　　關於這種學院式的忌妒、貧瘠的教育標準和保險套的笑
話，其實都表達了同一件事。自1950代起，大學成為將某些
重要的社會和政治關懷，予以戲劇化的適當舞臺，它讓英國
的社會從此有了活力。有了對自由主義和學術自由的承諾
（某些較新的大學，放寬了教育機會，也推動知識的進步），在教育標
準、文化價值、六○年代的激進主義和自由社會的出現等問
題的考量上，大學可說是不可或缺的地方。巴爾斯頓（Dacre
Balsdon）的異類牛津小說，《他們燒了泰瑪格小姐的那一日》
（The Day They Burned Miss Termag, 1961），提供了較早的例證。拉芬

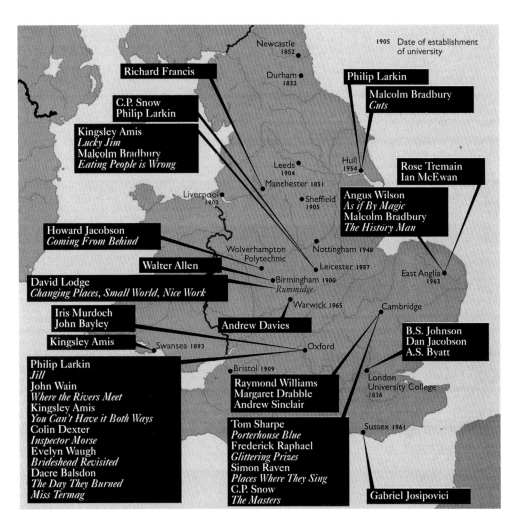

英國的校園：《羅賓斯報導》促使1960年代及其後的英國大學的
擴張。新校園和與它們有關的作品的位置，都在這張地圖上標示出
來。

（Simon Raven, 1927- ）的《他們唱歌的地方》（Places Where They Sing,
1970），則是以劍橋大學的蘭卡斯特學院（Lancaster College，隱隱
指涉「國王學院」）為背景，內容描述學生的抗議行動，故事的
結尾是眾多主角之一，死於攻擊學校禮拜堂的行動中。在布
萊貝利的《歷史人物》中，那位掠奪成性的激進派社會學講
師，科克（Howard Kirk），任教於南海岸一所嶄新、極為後現
代的瓦特茅斯（Watermouth）大學。

　　到了1980年代，校園小說這個文類有了轉變，如同英國
大學本身也開始改變一般。柴契爾夫人的基本保守主義，給
大學體系帶來嚴重的衝擊。預算被刪除，教職遇缺不補。大
學的問題與經濟擴張的問題，這兩者間的關連，在洛奇的
《好差事》（Nice work, 1988）中有所探討。相對於維多利亞式的
英國狀況小說，這本書可說是當代的異類，它把原本對學術
圈存有狹隘偏見的大學小說，帶進更為廣大的社會脈絡中。
到了今日，牛津、劍橋等大學已經恢復它們的吸引力，像是
戴克斯特（Colin Dexter）廣受歡迎的摩斯警長（Inspector Morse）
系列小說就是一個例證。

分裂的愛爾蘭

對愛爾蘭島的大部分歷史而言，它一直是個被爭奪的地區。當1921年邊界設立時，將歷史上有九個郡的烏爾斯特省（Ulster）當中六個新教徒所在的郡縣，與愛爾蘭原本二十六個信仰天主教的郡縣分開，而此長期的分裂局勢，也納入憲法的條文中。在北愛爾蘭這個「行政區」（它不是擁有獨立權力的國家，也不再是個行省），有很多少數派的愛爾蘭人，渴望看到脫離英國統治、重新統一的愛爾蘭，而這個存在的事實，更加深了內部的分裂。在這個時代裏，它導致嚴重的衝突，即一般所熟知的「動亂」。這反映在兩個愛爾蘭世界的文學發展上，並且支配了北愛爾蘭的文學。

在新建立的愛爾蘭自由邦——1937年的舊愛爾蘭（Eire），自1948年起，改稱為愛爾蘭共和國——1922至23年的內戰之後，緊接著是對獨立的愛爾蘭該何去何從，展開了長期的文化論戰。充滿田園風味的天主教社會的理想化——由德·瓦勒拉（Eamonn de Valera）所推動，並於1937年載入他的憲法裏——卻和都柏林與科爾克（Cork）等國際都會的本質有所衝突，同樣地，也和農村生活艱困的真實面扞格不入。這種所謂的田園理想，成了奧勃賴恩（Flann O'Brien, 1911-66）在《第三位警察》（The Third Policeman, 1967）等戲劇小說，和允為傑作的《雙鳥戲水》（At Swim-Two-Birds, 1939）中的諷刺對象。

1929年，愛爾蘭引進審查制度，更增加了文化衝突的氣氛。晚近如1965年，麥克蓋恩（John McGahern, 1934-），這位日後贏得愛爾蘭所有重要文學獎項的小說家，他的第二本小說《黑暗》（The Dark, 1965）被查禁了，他的國家教師頭銜也被革除。這也難怪出生於科爾克的奧康諾（Frank O'Connor, 1903-66），會替另一本禁書，克羅斯（Eric Cross）的《裁縫師與安斯蒂》（The Tailor and Ansty, 1942）寫引言了，他在文章中，對「在愛爾蘭從事像文學這樣危險的工作，而沒有生就銅筋鐵骨，也沒有租到在戰略上可以直接通往大海的房子」的人，提出忠告。事實是，有很多人從事這種危險的工作，以小說、戲劇和詩歌為主的愛爾蘭文學，依然是繁榮興盛的。

邊界的北邊已經興起類似的緊張局勢：這種緊張狀態，存在於「要為新教徒成立新教徒議會」的保守黨政府、自由主義者，甚至是激進派作家之間。整個1920與30年代，位於伯爾發斯特（Belfast）聯盟街（Union Street）的「進步書店」（Progressive Bookshop），就在來自全英與全歐的作品與觀念間，扮演連結者的重要角色。這個時期有兩位生於伯爾發斯特的詩人，他們都是新教徒，對新北方美學的推展，也有重要的影響。西威特（John Hewitt, 1907-87）在烏爾斯特博物館任職，負責管理館內精美的藝術收藏品。身為社會主義者和無神論者，他探索了烏爾斯特新教徒身分的複雜性。他在作品中讚揚鄉下地方，特別是安特林姆峽谷（Glens of Antrim）一帶，那裏住著從蘇格蘭來的長老教徒，他們也把獨特的異議文化帶來愛爾蘭。

此時的麥克尼斯（Louis MacNeice, 1907-63）在英國受教育，他大部分的寫作生活都在伯明罕和倫敦渡過，而很少回到北愛爾蘭。但他與那裏的連結卻很強。他的父親是卡里克佛格司（Carrickfergus）的牧師，然後被指派為唐恩（Down）和康納（Connor）兩地的主教。他的反常情況（太過於愛爾蘭而不能當

蒙納根（Monagan）詩人卡伐那，在他的〈農夫和其他的詩〉（Ploughman and Other Poems, 1936）中，探索了一個完全迥異於德·瓦勒拉的鄉間生活，那裏看不到美麗的少女「在十字路口跳舞」。

英國人，太過於英國而不能當愛爾蘭人），一如他所參與的當代世界事件，讓他成為出現在1960年代中，新一代北方詩人裏的要角。在這些新詩人中，有隆利（Michael Longley），還有1955年諾貝爾文學獎得主西奈（Seamus Heaney）。

愛爾蘭民族主義和烏爾特斯聯邦主義，似乎是截然相反的兩種主張，但他們都鼓勵保守的社會對抗作家的社會。這種北方的觀點，在出生於伯爾發斯特的小說家摩爾（Brian Moore, 1921-）的作品，《茱迪斯·赫恩的寂寞激情》（*Lonely Passion of Judith Hearne*, 1957）中被喚起了，摩爾離開北愛爾蘭，前往加拿大，最後住在美國。但這兩邊社會的自滿，卻被1969年爆發於北愛的暴動所動搖了。

面對愈來愈多好戰的北方共和主義份子，愛爾蘭共和國不得不反省長久以來對愛爾蘭統一的渴望。結果出現了對北方感到迷惘的反對意見，批判的聲音也擴及想要擁有三十二郡的愛爾蘭，但實際上為二十六郡的共和國的不實幻想。在同時，歐洲共同市場的擴張，讓長期存在的愛爾蘭文化能量，重新找到焦點。因此，我們可以正當地論證，像出生於韋克斯福德（Wexford），也是《哥白尼醫生》（*Doctor Copernicus*, 1976）和《證據之書》（*The Book of Evidence*, 1989）的作者班維爾（John Banville, 1945-），這樣優秀的、兼具國際性與實驗性的小說家，確實可以延續喬伊斯和貝克特以來的「歐洲—愛爾蘭」的傳統。

到了現代，愛爾蘭共和國已成功的讓自己成為一個文化中心，甚至還提高了那些一輩子不受歡迎或選擇放逐的作家的名聲，這些作家裏有蕭伯納、王爾德、卡伐那（Patrick Kavanagh）、奧勃賴恩、貝漢（Brendan Behan），當然，還有貝克特。今天，喬伊斯的蹤影依舊遍佈在都柏林的咖啡館和酒館裏。

最近的小說家，如著有《真正的信徒》（*True Believers*, 1991）

杜爾（Roddy Doyle）以貝利鎮（Barrytown）為主的系列小說——背景是在北都柏林一處虛構的地區，那裏近似於懶散的貝利姆（Ballymun）住宅區——都已改拍成電影。《義務》這部電影（右圖為其劇照）尤為成功之作。

無論是在邊界之南或北，「動亂」時期不僅在寫作上有著深遠的影響，在生活的其他方面上亦然。右圖顯示了1972年時，在德利（Derry）街頭的衝突。

的奧康諾，已經將寫作的觸角伸進城市本身所投射的文學，和現有居民改變中的現況兩者之間的鴻溝中。這種「新」愛爾蘭文學，透過伯爾傑（Dermot Bolger）位於北都柏林的「烏鴉藝術出版社」（Raven Arts Press），找到了第一批讀者。伯爾傑是筆記小說家，也是劇作家、詩人和評論家，他一直是當前愛爾蘭文學中，最有影響力的人士之一。但新文學的成功，還是因為來自北方的同胞杜爾（Roddy Doyle, 1958-）所作的努力，他的作品吸引了全國與國際的注意。杜爾的第四本小說，《佩蒂·克拉克，哈！哈！哈！》（*Paddy Clarke Ha Ha Ha*），贏得1992年的布克獎，但在這之前，他已經以三部曲——《義務》（*The Commitments*, 1987）、《攫取者》（*The Snapper*,

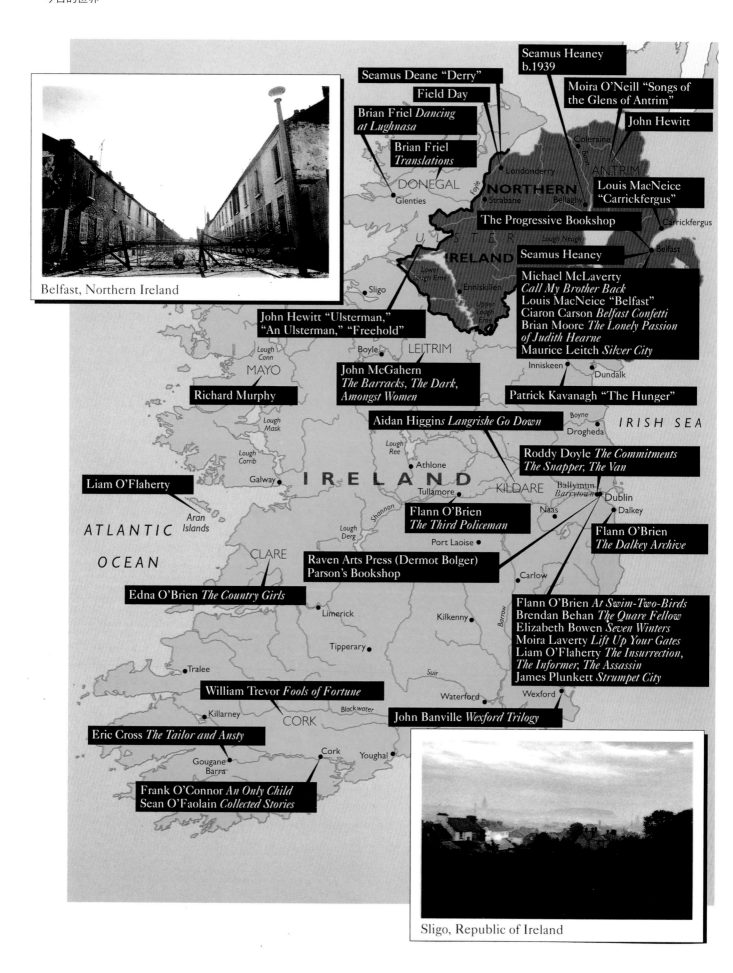

Belfast, Northern Ireland

Seamus Deane "Derry"
Field Day

Seamus Heaney
b.1939

Moira O'Neill "Songs of
the Glens of Antrim"

John Hewitt

Brian Friel *Dancing
at Lughnasa*

Brian Friel
Translations

Louis MacNeice
"Carrickfergus"

The Progressive Bookshop

Seamus Heaney

Michael McLaverty
Call My Brother Back
Louis MacNeice "Belfast"
Ciaron Carson *Belfast Confetti*
Brian Moore *The Lonely Passion
of Judith Hearne*
Maurice Leitch *Silver City*

John Hewitt "Ulsterman,"
"An Ulsterman," "Freehold"

John McGahern
*The Barracks, The Dark,
Amongst Women*

Patrick Kavanagh "The Hunger"

Richard Murphy

Aidan Higgins *Langrishe Go Down*

Roddy Doyle *The Commitments
The Snapper, The Van*

Liam O'Flaherty

Flann O'Brien
The Third Policeman

Flann O'Brien
The Dalkey Archive

Raven Arts Press (Dermot Bolger)
Parson's Bookshop

Edna O'Brien *The Country Girls*

Flann O'Brien *At Swim-Two-Birds*
Brendan Behan *The Quare Fellow*
Elizabeth Bowen *Seven Winters*
Moira Laverty *Lift Up Your Gates*
Liam O'Flaherty *The Insurrection,
The Informer, The Assassin*
James Plunkett *Strumpet City*

William Trevor *Fools of Fortune*

John Banville *Wexford Trilogy*

Eric Cross *The Tailor and Ansty*

Frank O'Connor *An Only Child*
Sean O'Faolain *Collected Stories*

Sligo, Republic of Ireland

[276]

1990）和《篷車》（The Van, 1991）
——而為大眾所認識。杜爾以
其作品中風格強烈的地方性對
話，為愛爾蘭文學增添了新而
急切的紀錄。

　　如果說愛爾蘭共和國的年
輕作品，一直承擔著愛爾蘭已
故作家所建的功績的企圖，那
麼北愛爾蘭的文學，就一直受
那裏的政治情況的形象與利用
所苦。從1969年開始，北愛爾
蘭的小說和戲劇，常常與以北
愛爾蘭為背景的小說和戲劇混
淆了。後者通常將北愛爾蘭當
作現成的故事，那裏的輪廓已
勾勒好，也有了基本的原則，
劇本明白，角色非黑即白。驚
竦小說和恐怖小說激增了，這
沒甚麼好驚訝的——它們對洞
視社會上確實發生的暴力，幾

順時針方向，從左上起依序為：鮑林、杜爾、迪恩和弗里爾，
他們全都在作品中，描寫了愛爾蘭。

乎毫無貢獻。北愛爾蘭的部分作家，並沒有對這樣的暴力，
有過任何單一的反應。瓊斯頓（Jennifer Johnston）的《皮膚上的
陰影》（Shadows on Our Skin, 1977）、萊奇（Maurice Leitch）的《銀色
城市》（Silver's City, 1981）、麥拉維提（Bernard MacLaverty）的卡爾
（Cal, 1983）、貝克特（Mary Beckett）的《給他們石頭》（Give Them
Stones, 1987）和摩里森（Danny Morrison）的《西伯爾發斯特》
（West Belfast, 1989），總的來說，都是一些揭露社會中多樣的情
緒和意見的小說。

　　至少，直到最近，北愛爾蘭的詩人對這些年來嚴肅文學
的分裂，可說是做了最努力的紀錄。西奈・迪恩（Seamus
Deane）和鮑林（Tom Paulin），是「戶外日」（Field Day）五位創始
人當中的三個。「戶外日」成立於1980年，主要是演出在倫
敦德里（Londonderry）出生，以多尼哥（Donegal）為發展根基的
劇作家弗里爾（Brian Friel, 1929）的作品，他也是《轉化》
（Translations, 1981）與《舞在盧格那薩》（Dancing at Lughnasa, 1990）
的作者。1991年，在迪恩的編排下，戶外日也產生了包羅萬
象的《愛爾蘭文選》（Anthology of Irish Writing）。無論是南方或北
方的評論家，都肯定文選的廣度，儘管有人質疑它所蘊含的

愛爾蘭：愛爾蘭文學的分佈區域，遍及於南北之間，這張地圖顯示
重要作品中的背景所在。

政治意圖，但都看出它有意把
分割現狀的重要性降至最低，
像是它否定了有所謂南、北方
的差別等等。然而，如果從戶
外日文選來解讀歷史，它似乎
是一條連貫不斷的直線，但對
其他住在北愛爾蘭的人而言，
它更像個將居民囚禁起來，牢
不可破的圓圈。面對1970年代
中，北愛爾蘭城鎮的毀壞，還
有似乎永無止盡的派系謀殺，
人們有這樣的反應，是可以理
解的，祇不過這會讓僵局更難
化解。在最近的愛爾蘭文學
中，經常出現把詩想像成一條
出路的情形。在著名的三本著
作，《說不的愛爾蘭》（The
Irish for No, 1987）、《伯爾發斯
特的糖果紙》（Belfast Confetti,
1989）和《第一語言》（First

Language, 1993）中，作者卡森（Ciaron Carson, 1948-）對熟悉的北
愛爾蘭主題，想像出新的觀點。其中的關鍵在於易變性和偶
然性；佔有優勢的圖像，是以不可信的小說為本的地圖；而
存在於對反的民族主義之間的衝突脈絡，被視為不可信賴的
族譜，得打開它修訂才行。而伯爾發斯特，這個卡森的故
鄉，變成一個經常處於重建中的城市———一個令人困惑，有
時又令人害怕的地方，但它也充滿了可能性。1969年，卡森
二十一歲，也是「動亂」開始的那一年，在那些在暴力和由
它所塑造的一切面前，找到文學心聲的作家們裏，他就是軸
心代表。在文學景物中，城市的變動焦點，在小說家威爾森
（Robert McLiam Wilson, 1964-）的作品裏顯而易見，他的早年是在
西伯爾發斯特的土夫羅吉（Turf Lodge）渡過的。威爾森的第一
部小說，《雷普利・伯格萊》（Ripley Bogle, 1989），表達了一個
具有傳統政治觀的完整世代的憤怒。它沒有特定的政治立
場，卻是入世的、深刻的人道主義作品。

　　也許就像此時出現的和平新希望，愛爾蘭作家正在做著
長久以來，許多作家所做過的事：他們試著更新愛爾蘭島的
想像地圖，以反映其更加複雜的社會，並意識到對過去確定
之事的拒絕，不是一種損傷，而是一種富於想像的進取心和
唯一的自由。

加勒比海地區的文學

　　就我們現在的目的而言，「加勒比海文學」一詞，主要是指來自小安地列斯群島（Lesser Antilles）中，那些英語系小島的作家所寫的作品，而這種文學大抵是在二十世紀時出現的。它也是一種流亡文學，或者更正確地說，是為經濟而移民的文學：祇有極少數的作家，現在還住在加勒比海地區。在1960年代中期，倫敦是西印度群島文學的首府。今天，有很多加勒比海作家在北美各大學任教，或許這可以解釋儘管加勒比海文學是複雜的，但這些島嶼上的報紙卻十分粗糙和過分簡單的原因。

　　奴隸制度支配了加勒比海經驗。儘管英屬島嶼於1834年，法屬島嶼於1848年，都廢除了奴隸制度，但直到二十世紀初期，加勒比海才在文壇上發出聲音。雖然本篇文章主要是討論英語系的加勒比海作家，但也沒有漏掉兩位重要的法語系作家，賽澤爾（Aime Cesaire, 1913-）與方農（Frantz Fanon, 1925-61）。他們兩位都出生於馬丁尼克島（Martinique），賽澤爾是詩人、作家暨政治家，現在他已八十多歲了，仍然住在該島上。賽澤爾是第一位使用negritude這個詞的人；這個名詞用來稱呼黑人價值觀的復興運動——一個「心的非洲」，一種「對黑人和其文化的英勇主張，且不受奴役和貶抑他們的優勢歐美價值觀所左右」。在《還鄉札記》（*Cahiers d'un retour au pays natal*, 1939）中，賽澤爾用以下這句話，明確表達negritude的意含：「沒有任何種族可以壟斷美麗、智慧或力量。」

　　賽澤爾幾乎是和方農同時代的人。方農在《黑皮膚，白面具》（*Black Skin, White Masks*, 1952）中，寫出種族主義的心理（「我希望人家承認我不像黑人，而像個白人……但是有任何一位白人女性，能夠為我這麼做嗎？為了愛我，她證明我值得擁有白人的愛。我像一個白人男性般被愛……當我不安的雙手愛撫那對白皙的乳房時，我手裏緊握的是白人的文明和尊嚴，我把它們納為己有」）。奴隸制度絕對不能遺忘，即使到了今天亦然。然而，儘管有著共同的過去，但加勒比海早期的法語作家和英語作家之間，卻少有共同之處。那時英語作家的作品，所處理的通常是地方經驗的特殊事件，而法語群島則出產以政治議題為主的作品，很容易就成為法國文學準則裏的一部分。

　　拉斯塔法里（Rastafarian），多少可說是和黑人價值觀復興同時發展的運動。Rastafari這個字，源於「Ras Tafari」，那是衣索匹亞（Ethopia）皇帝塞拉西（Hailie Selassie）的本名，而他曾將「衣索匹亞的天堂」，譬喻為「牙買加（Jamaica）的地獄」。拉斯塔法里運動起源於牙買加，並且留在民間宗教儀式中，達四十年之久，但它對加勒比海其他地區，就沒甚麼影響力了。儘管如此，在1970年代裏，它所透露的「回到非洲」的訊息，與「公民權利法案」和「黑人權力」（Black Power）運動的目標，是相互一致的，並且得到更廣泛的支持。拉斯塔法里主義（Rastafarianism）大部分是以歌唱的方式來表達，但雷鬼（reggae）歌曲中的許多詞句，可視為一種詩歌。

　　賽澤爾、方農和同樣來自馬丁尼克島的格里森特（Edouard Glissant），以及有「當代西印度文化的偉大元老」之稱，也是千里達馬克斯主義者的詹姆斯（C.L.R. James），還有千里達—托貝哥（Trinidad and Tobago）共和國首位總理的威廉斯（Eric Williams），都是政治性的而非創造性的作家；他們對於瞭解後奴隸時期的西印度群

支配加勒比海文學的意念，是一種由諸島嶼明亮的色彩所激起的地方意識。羅斯福（D. Roosevelt）所繪的「海地的八個小屋」，左圖），完美地捕捉這種感覺。

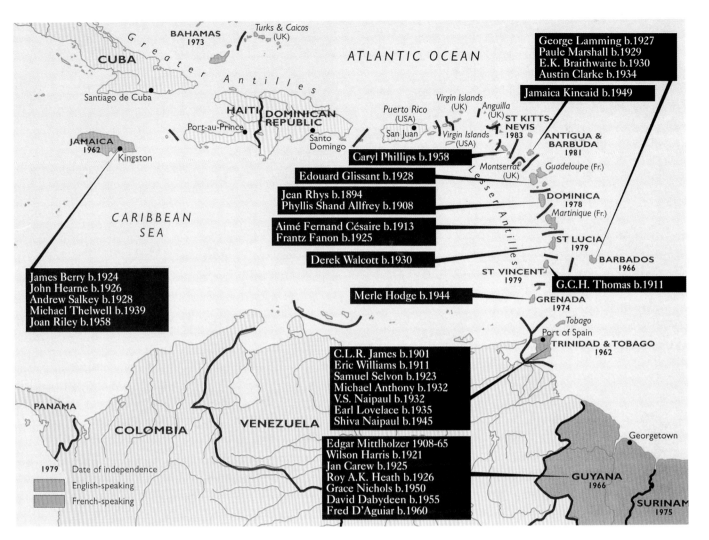

BAHAMAS
1973

Turks & Caicos
(UK)

ATLANTIC OCEAN

George Lamming b.1927
Paule Marshall b.1929
E.K. Braithwaite b.1930
Austin Clarke b.1934

Jamaica Kincaid b.1949

CUBA

Greater Antilles

Santiago de Cuba

HAITI DOMINICAN
REPUBLIC

Port-au-Prince   Santo
Domingo

Virgin Islands
(UK)   Anguilla (UK)

Puerto Rico
(USA)
San Juan   Virgin Islands
(USA)

ST KITTS-
NEVIS
1983

ANTIGUA &
BARBUDA
1981

JAMAICA
1962
Kingston

Caryl Phillips b.1958

Montserrat
(UK)

Guadeloupe (Fr.)

Edouard Glissant b.1928

Lesser Antilles

CARIBBEAN
SEA

Jean Rhys b.1894
Phyllis Shand Allfrey b.1908

DOMINICA
1978
Martinique (Fr.)

Aimé Fernand Césaire b.1913
Frantz Fanon b.1925

ST LUCIA
1979

Derek Walcott b.1930

BARBADOS
1966

James Berry b.1924
John Hearne b.1926
Andrew Salkey b.1928
Michael Thelwell b.1939
Joan Riley b.1958

ST VINCENT
1979

G.C.H. Thomas b.1911

Merle Hodge b.1944

GRENADA
1974

Tobago
Port of Spain

TRINIDAD & TOBAGO
1962

C.L.R. James b.1901
Eric Williams b.1911
Samuel Selvon b.1923
Michael Anthony b.1932
V.S. Naipaul b.1932
Earl Lovelace b.1935
Shiva Naipaul b.1945

PANAMA

COLOMBIA   VENEZUELA

Georgetown

Edgar Mittlholzer 1908-65
Wilson Harris b.1921
Jan Carew b.1925
Roy A.K. Heath b.1926
Grace Nichols b.1950
David Dabydeen b.1955
Fred D'Aguiar b.1960

GUYANA
1966

SURINAM
1975

1979 Date of independence
      English-speaking
      French-speaking

島，有著基本的貢獻。但是要掌握這些小島上的日常生活，就必須轉向其他作家，像是安地卡（Antigua）的金凱德（Jamaica Kincaid）、格瑞那達（Grenada）的侯吉（Merle Hodge）、聖基茨（St. Kitts）的菲利普斯（Caryl Phillips）、牙買加的席威爾（Michael Thelwell），或是巴貝多（Barbados）的拉明（George Lamming）。拉明的經典小說，《皮膚上的城堡》（*In the Castle of the Skin*, 1953），有著他從九歲到十九歲的生活影子，而《移民》（*The Emigrants*, 1954）則訴說著像作者一樣在1950年代時，離開加勒比海前往英國的人的故事。

奈波爾（V.S. Naipaul）和他的哥哥席瓦（Shiva Naipaul），以及薩爾文（Samuel Selvon）和羅弗雷斯（Earl Lovelace），全都來自千里達──那是在東加勒比海諸島中，面積最大和有著最多文化成果的一個。與奈波爾相同，薩爾文（1923-1994）於1950年搬到倫敦，但他的晚年卻是在加拿大渡過的。在《寂寞的倫敦人》（*The Lonely Londoners*, 1956），這部提到在1950年代裏，倫敦的西印度群島移民社會的代表作中，薩爾文從流放者（儘管他是自願的）的角度，傳達出思念與渴望的感覺，特別是在書中安德森（Keith Anderson）所唱的歌曲裏，有著完美的表露：

加勒比海地區：雖然大多數的加勒比海作家，都出生在這些島上，但他們大部分的作品卻是離鄉之作，因為在1950-60年代時，許多作家都遷移出去了。

「我已經回家了／這不可能是我的家／它一定在別處／否則我會自殺／因為我無衣可穿／沒有食物裹腹／得不到維生的工作／這就是我要回家的原因／沒有歡喜，祇有悲傷／沒有甚麼事情像這裏的未來……／這就是為何我要，我要回家／縱使我必須奔走……」

如果政治氣氛──我的意思是包括了奴隸制度和種植甘蔗等被扭曲的歷史，以及在它之後的殖民時代──充滿在加勒比海的非虛構小說中，那麼在西印度群島的虛構小說中，佔有支配地位的，就是地方意識了。這些島嶼

馬利（Bob Marley，上圖）以他抒情的雷鬼歌曲，助長了「拉斯塔法里」運動的普及化。

上撲鼻的香味、陽光和色彩，以及把門突然關上，在屋子陷入一片漆黑之前，映進有如千絲萬縷般的落日餘暉，加上芙蓉和九重葛絢麗的色澤、蜂鳥光亮的羽毛，這些都照亮了加勒比海小說。對黑人而言，廢奴之後得到的自由意義，就是他們有權住自己的屋子，選擇自己的食物，並且在願意的時候結婚；換句話說，這一切都是既非因犯也非奴隸的自由人，理所當然該享有的東西。很多加勒比海小說所處理的是日常生活的瑣事，因為在某種意義下，它們是新奇的事物。在奴隸制度下，有個特別殘忍的行為，便是它讓人們遷離家園，並將他們送到千里之外的地方。對好幾個世代的人而言，非洲是他們的家鄉（對許多非裔加勒比海人而言，它仍然是他們的家鄉，儘管這在理論上成立，實際上卻難說得通）。在加勒比海人的生活和加勒比海英語文學中，家都是很重要的概念。

千里達是加力索歌謠（calypso）的家鄉，也是一切嘉年華會的源頭，它被視為近代加勒比海文明的搖籃。它比其他東加勒比海諸島來得大，也是其中第一個達成獨立的國家。在它的人口裏，有著各色人種的混合（非洲人、印度人、中國人、敘利亞人和白人），加上鄰近南美大陸，造就出獨特的風味。在所有西印度群島作家中，最有名氣的，就是奈波爾（1932-）了，他是來自西班牙港（Port of Spain）的千里達人，但論其血統，卻是印度多於非洲。千里達上的印度人，是在廢奴之後，被引進加勒比海的契約工人的後裔；不像在其他島上，黑人與白人之間的問題日益升高，在千里達，問題在於非裔人和印度人的衝突，造成了種族緊張。存在於非洲人和印度人之間的敵意，使得後者進不了政府，他們離開加力索所歡歌的成就，而操縱了商業發展。

奈波爾在十八歲那年，因獲得獎學金而前往英國，從此

奈波爾（左上）援引自身是千里達的印度人的體驗，寫成了《比斯瓦斯先生的房子》。來自安地卡的金凱德（右上），在她的小說中，生動地描寫家鄉風景。還有一位較早的作家，生於馬丁尼克島的賽澤爾（左圖），他是一位重要的法語作家，創造了negritude這個辭彙，以堅持黑人的聲音。

以後就住在那裏。他的小說《比斯瓦斯先生的房子》（*A House for Mr Biswas*, 1961），描寫住在千里達的印度人的生活經驗，它有一種與非裔加勒比海作家的小說相當不同的感覺。它是二十世紀偉大的小說之一。在這本小說中，奈波爾在西班牙港擔任記者的父親，可說就是那位一心擁有自己房子的比斯瓦斯（Mohum Biswas）的原型。在非虛構的小說上，奈波爾一樣受到歡迎，這種寫作讓他旅行的腳步，遍及非洲、印度、美國的大南方和拉丁美洲。但他在西印度群島，卻是個不受歡迎的作家，因為他毫無隱瞞地寫出對同胞的粗劣見解；在《中央通道》（*The Middle Passage*）裏，他寫下對五個加勒比海社會的考察：「歷史乃圍繞著成就和創造力而建立；但在西印度群島，則不見有任何具創造性的東西。」

加勒比海地區文學的高標準，以某種方式駁斥了這種斷言。於1930年出生在聖露西亞（St. Lucia）的詩人暨編劇家，也是《漂流者和其他詩集》（*The Castaway and Other Poems*, 1965）的作者，沃爾科特（Derek Walcott），贏得了1992年的諾貝爾文學獎。沃爾科特把自己形容成一個「帝國末代

巴貝多的蔚藍天空和白色沙灘（左圖），沒能大到足以留下拉明，他在1950年代動身前往倫敦。

的殖民地暴發戶」。在他的詩中，你可以聽到加勒比海諸島的音樂，還有當地法國混血兒帶著神聖性的咯咯聲。雖然他處於像格雷夫斯（Robert Graves）等抒情詩人的傳統中，但沃爾科特那根深柢固的西印度群島風格，卻滲入他的每一行詩裏。以同樣的方式，來自巴揚（Bajan）的詩人，布萊斯魏特（Edward Kamau Brathwaite），在加勒比海地區依舊存在的非洲文化中，找出可以用在詩句中的若干觀點。

加勒比海作家中的較新世代，包括了《最後航行》（The Final Passage, 1985）和《劍橋》（Cambridge, 1991）的作者，小說家兼編劇家菲利普斯（1938-），以及都是來自蓋亞那的德·阿古亞爾（Fred D'Aguiar）與戴比丁（David Dabydeen）。雖然蓋亞那位於南美大陸，但和蘇利南（Surinam）一樣，它在文化上與加勒比海的關連，要比對拉丁美洲來得深。這個位在南美洲的英語國家，有著數目龐大的印地安人，因此在文化上也相當複雜。它已產生許多著名的作家，尤其是哈里斯（Wilson Harris, 1921-），他著有實驗色彩濃厚的《蓋亞那四部曲》（Guyana Quartet, 1985），此外，還有《喬治城三部曲》（The Georgetown Trilogy, 1979-81）的作者奚斯（Roy A.K. Heath, 1926-）。

也許在較年輕一代的作家中，最知名的是金凱德（1949-）。她在安地卡出生，那裏以白色的沙灘、溫暖的碧海、天然光輝的日落和溫和的氣候，被很多觀光客認為是理想的加勒比海島嶼。但是它也在惡名昭彰的政府多年統治下，呈現出腐敗、墮落的現象——按照《當代加勒比海政治學》（Modern Caribbean Politics）所述，在博德（Vere Cornwall Bird）的領導之下，安地卡「在加勒比海國協中，得到最腐敗的可悲的社會形象，主管的政府官員，從上到下，全都是寡廉鮮恥之徒」。博德之子，雷斯特（Lester），於1994年當選總理，儘管他做了最好的承諾，但似乎沒有任何改變。金凱德，一位老於世故的紐約作家，著有兩部極富自傳色彩的小說，《安妮》（Annie John, 1985）和《露西》（Lucy, 1990）。她也出版了短篇故事集，和備受爭議的《小地方》（The Small Place, 1988），那是對安地卡何以出現殖民統治和博德政權的結果，提出嚴厲的控訴。對任何來到安地卡旅行的人來說，這本書是必讀之作；由於她的抒情小說，讓加勒比海的風景有了生動的感覺，她也因此得到公正的喝采。

聖文森（St. Vincent）在海地（Haiti）之後，以其介於35%和70%之間的失業率，成為加勒比海區最窮的島嶼。來自其他島嶼的人們，總是這麼說的：如果哥倫布再回到加勒比海，他能認出的地方，就祇有聖文森了。這或許能解釋為何它祇出過一位作家，湯瑪斯（G.C.H. Thomas, 1911-94）；湯瑪斯是令人讀之愉快的《海路那的統治者》（Ruler In Hiroona, 1972）的作者，這是一部描述西印度群島政治和葛粉工業衰退的黑色喜劇，幾乎完全以近代歷史為基礎。

加勒比海的白人作家，在數目上是少多了，其中唯一有著真正特色的是萊斯（Jean Rhys, 1894-1979）；她生於多明尼加（Dominica），祖先是威爾斯人。島嶼精神在她所有的作品中逗留不去。她的《在黑暗中航行》（Voyage in the Dark, 1934），描寫

多明尼加，一如勃朗特的《簡愛》，鼓舞萊斯寫下《遼闊的撒加索海》（1966），書中提到羅徹斯特夫人早年生活中，令她心碎的召喚。上圖這張劇照，來自1992年根據本書所拍成的電影。

了流亡在外的經驗：她筆下的女主角想念家鄉，無法習慣酷寒的氣候，她記起一個島，「全部壓成了丘陵和山脈，如同你將手中的紙張弄皺一樣——它有著圓綠的丘陵和陡峭的山脈」。「迎風群島」（the Windward Islands）中，面積最大也最多山的多明尼加，常被稱為「黑暗之處」，因為在那裏，巫術依舊盛行。多明尼加還有另一位重要的作家艾福瑞（Phyllis Shand Allfrey, 1915-86），他的《紫屋》（The Orchid House, 1953）在1990年重新發行，並被拿來與萊斯《遼闊的撒加索海》（Wide Sargasso Sea, 1966）相比，然而它比後者的成書時間，更早上十多年。

如果加勒比海作家有著唯一的共同之處，那就是強烈的地方和家鄉意識了。在西印度群島的幽默特色之下，總也有著一股悲傷：一種對過去的感情，那是一段永遠不能被遺忘或原諒的歷史。

澳大利亞的景象：雪梨與墨爾本

當你想到雪梨時，就會想到海港。它的歷史就是港口城市的歷史。康拉德、傑克‧倫敦、斯蒂文森（R. L. Stevenson）和勞倫斯在不同的時代中，都乘船來過這裏。哈代筆下的雅拉貝拉（Arabella），狄更斯的梅格威屈（Magwitch）也都有相同的經驗。以《我的光輝生涯》（*My Brilliant Career*, 1901）贏得名聲的法蘭克林（Miles Franklin, 1879-1954），在《我的生涯遇到瓶頸了》（*My Career Goes Bung*, 1946）中，有這麼一段生動的描寫：「在整日閃耀的陽光中，這個海港充滿著神性，在明亮的藍色中披著有如面紗的薄霧；灰色的小牛穿越它所留下的足跡，看起來就像潮水上的飾帶。海浪拍打在蠔殼與有著香味的海草所覆蓋的岩石上，形成了沙沙作響的浪花。海鷗隨著海水搖擺，如同遊戲中的紙船。」

當你的船駛入雪梨時，在南角（the South Head）的第一個落腳處，就是渥特森灣（Watson's Bay）。從1917年到1928年，史代德（Christina Stead, 1902-83）都住在太平洋街（Pacific Street）十號，此地也是她的小說，《雪梨的七個窮人》（*Seven Poor Men of Sydney*, 1934）和《孤獨的愛》（*For Love Alone*, 1944）中的背景所在。在雪梨北區（the North Side），你可以看見位於曼里（Manly）的聖派區克學院（St. Patrick's College）壯麗的校舍。在1952至60年之間，肯尼利（Thomas Keneally, 1935-）在那裏受神學教育，他把這段經驗，當作他的第一部神祕謀殺小說《在惠頓的某處》（*The Place At Whitton*, 1964）和《給辯護人的三個歡呼》（*Three Cheers for the Paraclete*, 1968）的背景。史雷瑟（Kenneth Slessor, 1901-71）是偉大的海港詩人，他在〈五聲鐘響〉（Five Bells, 1939）裏，哀悼因失足墜海而死的漫畫家林區（Joe Lynch）。在〈杜賓船長〉（Captain Dobbin）一詩中，他描寫了一位退休的船長：

「此刻航向街道上的磚砌別墅／『拉波本別墅（Laburbum Villa）』／在那空蕩的窗戶裏，港口懸掛著／有如附著在玻璃上的霧氣／是金色的、冒著蒸汽的，又像是石頭做的，還有著白色的閃光／船隻從旁經過，懸在窗格中／藍色的煙囪、紅色的煙囪、海上的使者……」

雪梨的第一個重要的文學運動，發生在1880和90年代。當時一種充滿激進與共和主義的能量，橫掃該市。亞契貝德（J.F. Archibald）於1880年創辦了《公報》（Bulletin）雜誌，社址就在卡斯累利街（Castlereagh）一〇七號。約在同時，「安古斯與羅伯森」（Angus & Robertson）出版社也在市場街（Market Street）街角的一間店舖裏成立了。

和文學有關的酒吧有很多，而且總是在改變。1920與30

在雪梨，在世紀交替時，雜誌發行人將他們的辦公室，遷到更靠近圓環碼頭達令港和烏魯木魯的碼頭的地點。因為這個區域以其岸邊的酒吧，而成為波希米亞人活動的焦點。

年代裏，有威莫特街（Wilmot Street）的佩利葛林尼（Pellegrini）酒吧，和馬薩司（Betsy Matthais）的波希米咖啡館（Cafe La Boheme），還有坎貝爾街（Campbell）的錫歐俱樂部（Theo's Club）；往後數十年裏，仍可以見到許許多多的後起之秀。勞森（Henry Lawson）和帕特森（Banjo Paterson），與《公報》互有聯繫。帕特森以〈雪河來的人〉（The Man from Snowy River）和〈跳華爾滋的馬蒂達〉（Waltzing Matilda，也是澳洲非官方版的國歌），勞森以他的經典小說《家畜商人的妻子》（*The Drover's Wife*）和《葬送自己的協會》（*The Union Buries Its Dead*），一起讚頌這個擁有蠻荒內地的國家。他們兩人都在雪梨住過一段時間。勞森早期的詩〈街上的臉龐〉（Faces in the Street），是為了紀念住在蘇利丘陵（Surry Hills）這個內都市（inner-city）市郊的窮人而作的：「他們說謊，這些人以大而果決的聲音告訴我們／這裏需要的是陌生人，而他們面對的是悲慘的未知命運……」

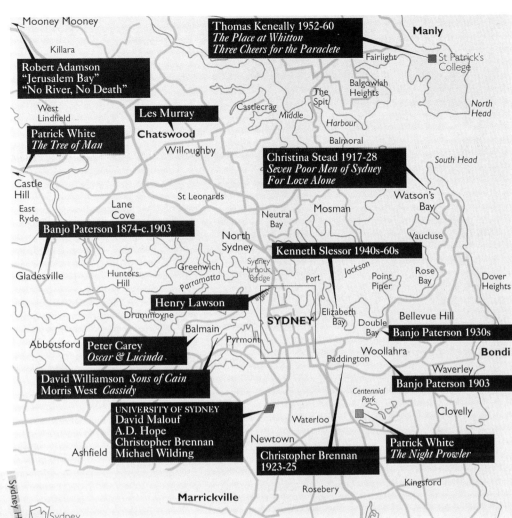

城市和世界性都會的雪梨：在雪梨，文學生活集中在港區一帶，那裏是《公報》和「安古斯與羅伯森」出版社的發源地。然而，很多作家還是選擇在郊區居住或工作，包括在曼里的聖派區克學院讀書的肯尼利、住在伊莉沙白灣的史雷瑟，和家在烏拉布拉（Woollahra）區的帕特森。

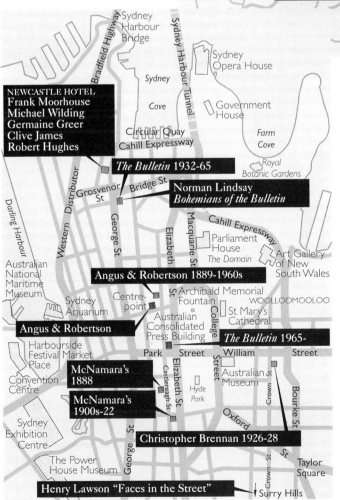

帕特森（1864-1941）和祖母居住在內港，他是一位令人尊敬的律師。勞森（1867-1922）是一個居無定所的人，在1880年代時，他住在不同城市的廉價旅館裏，在結束一段不愉快的婚姻之後，當他不必因付不起贍養費而坐牢時，就住在北雪梨。他成了文學災難的真實寫照之一，落魄到在碼頭乞討一品脫的的酒。另一位作家是布列南（Christopher Brennan, 1870-1922），他和馬拉梅（Mallarme）通信，後者是一位現代主義詩人，1925年時被雪梨大學開除。他經常出入該市的酒吧，住過佩丁頓（Paddington），然後搬到烏魯木魯（Woolloomooloo）。

雪梨的波希米亞年代，被林賽（Lindsays）一家人紀錄下來了。藝術家、漫畫家和小說家的諾曼（Norman Lindsay, 1879-1969），寫了允為1890年代的經典回憶錄，《公報中的波希米亞人》（Bohemians of the Bulletin, 1965）。他的兒子傑克（Jack Lindsay, 1900-91），以《咆哮的二○年代》（The Roaring Twenties, 1960），說出三十年裏的故事。他們原本住在薰衣草灣（Lavender Bay），但是當諾曼的婚姻破裂之後，傑克和母親搬到昆士蘭（Queensland），他本人則住到位於藍山（the Blue Mountains）的斯普林伍德（Springwood），並在那兒從事裸體畫，將雕刻作品安上基座，然後放在庭院，這項工作持續到

他1969年過世為止。藍山也是達克（Eleanor Dark, 1901-85）的退隱之處，他著有關於澳洲移民的經典歷史之作，《永恆的陸地》（The Timeless Land, 1941-53）三部曲。斯普林伍德現在是林賽作品博物館的所在，而達克在范路那（Varuna）的家，則成為一個「作家中心」。

雪梨的波希米亞世界，在1960與70年代仍然非常興盛，在經過數年枯燥、清教徒式的孟齊斯（Menzies，即戈登爵士的別稱，Sir Rorbert Gordon, 1894-1978，他曾兩度出任澳洲總理，譯註）政權之後，一個富創造活力的新浪潮便在此時發展起來了。澳洲是一個有著相當程度的都市化社會；農村社會成了它的一則神話，但過了數十年，這種神話也成了文學的意象。在1960年代晚期，新一波的作家開始紀錄他們周遭的城市生活，以對內都市生活更為精確的描寫，挑戰官方的觀點。戰後的自由主義對波希米亞有推波助瀾之效，相較於墨爾本，這種生活方式讓雪梨有了「去政治化」的特色，但也助長了快樂主義的生活方式和以酗酒表達不滿的意見。由於出版市場處於低潮狀態，作家們紛紛尋找出路，而新的文學雜誌便在此時出現了。像是亞當森（Robert Adamson）主編的《新詩》（New Poetry, 1971-82），以及摩爾豪斯（Frank Moorhouse）、懷爾丁（Michael Wilding）、凱利（Carmel Kelly）和庫爾南（Brian Kiernan）共同編輯的《扼要的故事》（Tabloid Story,

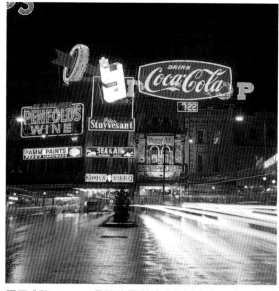

國王岔路（上圖），是戰後雪梨的夜生活中心，有一段時期還是作家活動的重要地方。

凱瑞（上圖），在他贏得布克獎的小說《奧斯卡與露辛達》（Oscar and Lucinda, 1988）的開頭部分，創造了具後現代主義特色與歷史性的巴爾曼，那是在奧斯卡開始他的北向旅行之前。

1972-80）。達令港（Darling Harbour）的喬治飯店（the George Hotel），和碼頭附近的新堡飯店（the Newcastle Hotel），成為詩人、小說家、新聞記者和製片家每晚必到的地方。1950年代晚期和1960年代早期，年輕的格里爾（Germaine Greer）、詹姆斯（Clive James）和休斯（Robert Hughes），都在這裏出入。此時有很多作家從國王岔路（King's Cross）搬到鄰近的佩丁頓。當那裏逐漸有貴族化的趨向時，他們便遷往巴爾曼（Balmain），那是一處老舊的沿岸郊區，位於比大橋（the Bridge）還遠的港口上。巴爾曼是《扼要的故事》、《新詩》兩本雜誌和「懷德與伍利」（Wild & Woolley）出版社的成立之地。摩爾豪斯（1938-）的《美國人，寶貝》（The Americans, Baby, 1974）和《神祕與浪漫的傳說》（Tales of Mystery and Romance, 1977），以及懷爾丁的《一起活著》（Living Together, 1974），將這些內郊區給神話化了。

墨爾本作家開始向北遷移：威廉森（David Williamson, 1942-）和凱里（Peter Carey, 1943-）搬到巴爾曼，奧克莉（Barry Oakley）遷至佩丁頓。威廉森的劇本《翡翠城市》（Emerald City, 1987）和《上等絲綢》（Top Silk, 1989），抓住在1980年代時，墨爾本這個急躁卻有動力的城市。對第一批來到此地的藝術家來說，造船工業趨向衰微的巴爾曼，就意味著港口的風景和便宜的租金。巴爾曼是一個有著犯罪和墮落味道的岸邊郊區，這裏也被威廉森寫進《該隱的兒子們》（Sons of Cain, 1985）。墨爾本出生的魏斯特（Morris West, 1916-）是個退伍老兵，擅長描寫義大利、東南亞和北美的墮落腐化的小說家，他也在《卡西迪》（Cassidy, 1986）中，描寫了雪梨的世界。

儘管其內都市的夜生活有著邪惡的魅力，雪梨還是擁有美麗的海灘和媲美寇特阿汝爾（Cote d'Azur）氣候之吸引力。魏斯特與肯尼利都選擇住到大洋與匹特瓦特（Pittwater）之間的半島上，那裏就是肯尼利的《旅客》（Passenger, 1979）的背景所在。詩人亞當森住在雪梨正北方的霍克斯貝利河（Hawkesbury River）河畔，此處可以說是他最令人難忘的某些詩作的源頭。善於描寫農村價值觀的詩人墨瑞（Les Murray, 1938-），在為了親近本亞（Bunyah）的灌木叢，而離開雪梨之前，曾住過恰茲伍德（Chatswood）的郊區。他在〈向籬笆匠解釋〉（Explaining to the Fencers）中，對鄉村式的雪梨提出質疑：

「克拉利叔叔第一眼看到雪梨的時候，他心中暗自掂量著，它是懶散得有點危險的城市，有五樓高的房子／車道有如剃刀，電車壓碎髒掉的玉米，小販亂吐口水／草帽放在渡口上，還有對每件事都憤怒的女店員……」

經過這麼多年，最優秀的顧問級作家，當屬諾貝爾文學獎得主懷特（Patrick White, 1912-90）了。他於1950年代返回澳洲，首先住在雪梨郊外的城堡丘（the Castle Hill），並在那裏養山。他的《人之樹》（The Tree Of Man, 1955），描寫了在這個地區，巨大的城市如何蠶食了早期的殖民地。後來他搬到馬丁路（Martin Road）二十號，那裏可以俯瞰百年紀念公園（Centennial Park）──他的劇作和電影《在夜晚徘徊的人》（The Night the Prowler, 1978）便是取景於此。他筆下的雪梨有著各種風貌，從《弗斯》（Voss, 1957）中的殖民時代、《駕馭戰車的人》（Riders of the Chariot, 1961）裏的郊區，到《活體解剖者》（The Vivisector, 1970）中，內都市的藝術世界。他為澳洲中產階級的眾生相，創造了沙沙帕利拉（Sarsaparilla）這個格外可怕的郊區。

雪梨背負了世界性港口所具有的艷俗名聲，而墨爾本則以擁有優美的歐式林蔭大道自豪。最早的犯罪小說之一，由休姆（Fergus Hume）所寫的《出租馬車的祕密》（The Mystery of the Hansom Cab, 1886），背景就在東墨爾本。克拉克（Marcus Clarke, 1846-81）在短篇小說和新聞雜誌中，稱頌1880年代的文學生活，雖然他最有名的作品，是關於罪罰體制的小說，《他的自然生活》（His Natural Life, 1874），主要的場景是在塔斯馬尼亞（Tasmania）亞瑟港（Port Arthur）內的囚犯殖民地。與發配邊疆的罪犯有關的作品，還有同樣以塔斯馬尼亞為背景，由波特（Hal Porter）所寫的《傾斜的十字架》（The Tilted Cross, 1961），以新南威爾斯（New South Wales）為背景，由肯尼利所寫的《帶來詩人與英雄》（Bring Larks and Heroes, 1967），以及休斯的歷史劇《虛構的海岸》（The Fabled Shore, 1987）。本名佛羅倫斯（Ethel Florence）的理查森（Henry Handel Richardson, 1870-1946），是墨爾本傑出的小說家之一，她生於費茲羅伊（Fitzroy）的布蘭琪街（Blanche Terrace）一號，她最為膾炙人口的作品，當屬以充滿田園風味的維多利亞為背景的三部曲，《理查德·馬洪尼的命運》（The Fortunes of Richard Mahoney, 1917-29）。另一位是博伊德（Martin Boyd, 1893-1960），他在小說《厚紙板王冠》（The Cardboard Crown, 1952）與《一個頑固的年輕人》（A Difficult Young Man, 1955）中，探索了聖基爾達群島（St. Kilda）上的中產階級生活。

從1890到1920年代，在眾多文學咖啡館與酒吧當中，最出名的是「法索利」（Fasoli's，最早是在朗斯代爾街〔Lonsdale

墨爾本：墨爾本的內都市勞工所住的郊區（上圖），最早是波希米亞區，接著又成了貴族化的區域，這些過程都在文學中具體地出現了。

Street〕一〇八號，然後遷到國王街〔King Stree〕），後來其他的聚會處──「史汪斯頓家族」（the Swanston Family）、「塔特沙爾」（Tattersall's）和「義大利社會」（the Italian Society）──也興盛起來了。墨爾本也是兩本重要的文學雜誌，《明今》（Meanjin）與《陸上》（Overland）的發源地。在1950與60年代，墨爾本出現立場強硬的左翼文學團體。摩里森（John Morrison）在《屬於船的水手》（Sailors Belong Ships, 1947）和《呼喚的港口》（Port Of Call, 1950）中，寫到與碼頭有關的故事；哈代（Frank Hardy）的《沒有榮耀的權力》（Power Without Glory, 1950），捕捉了在科林伍德（Collingwood）──即小說中的卡林布許（Carringbush）──政治與犯罪的相互關係。

和雪梨一樣，墨爾本在1960年代晚期和70年代，也有自己的文藝復興，尤其是在劇作方面。卡爾頓（Carlton）是墨爾本大學所在的郊區，它有兩家劇院：「瑪瑪」（La Mama Theatre）和「平底船工廠」（the Pram Factory），後者有「澳洲表演劇坊」，演出威廉森、羅梅利爾（John Romeril）和希伯德（Jack Hibberd）的早期作品。威廉森的《唐的派對》（Don's Party, 1971），是一部描寫墨爾本選舉之夜的經典名作，而《俱樂部》（The Club, 1977）則探討墨爾本對橄欖球的著迷，這同時也是奧克莉的小說《向偉大的麥卡錫致敬》（A Salute to the Great McCarthy, 1970）的主題。

澳洲社會一直以來都是由外來移民組成的，典型的情況是，他們聚居在當初登陸的幾個大城裏。華坦（Judah Waten）的《遙遠之地》（Distant Land, 1960），捕捉了住在卡爾頓的猶太移民生活；路里（Morris Lurie）從早期的《瑞帕港》（Rappaport, 1966）到後期的《瘋狂》（Madness, 1991），都在故事和小說中，以喜劇手法看待同樣的社會環境。其他城市也有它們的小說作家，如伯斯（Perth）的溫頓（Tim Winton）。澳洲的內地對它的地方意識來說，也是相當重要的。

當代的以色列文學

「這是以色列的狀況：難民營倉促成立了。那裏的油漆甚至還沒乾呢。有從馬拉開什（Marrakesh）、華沙和布加勒斯特（Bucharest）等不同地方前來的猶太倖存者，與在惡劣的新屯墾區中，在沙地上忍受日曬乾渴的東歐社會移民。」這是以色列首席作家之一的奧茨（Amos Oz, 1939-），所下的註解。在兩千年的流亡之後，在故國尋求庇護之所的猶太人，重新建立以色列這個國家，他們對國家意識所作的承諾——無論是失望還是熱血沸騰——讓他們對這塊土地有了最初的反應。他們在希望中展開的新生活，在任何情況下，都被視為是流亡生活的解藥。詩人許隆斯基（Avraham Shlonsky, 1900-1973）謳歌建造公路和在沼澤做排水工程的工人們。「我的土地籠罩在光中，如同在一塊／祈禱者的長披巾裏。向前佇立的房子／如額前的裝飾；而馬路的鋪設是靠著／手，宣洩的河水就像經匣上的／皮帶。」對土地的祈禱，取代對上帝的禮拜，而來自宗教世界的意象，也被轉換成世俗的圖像了。

以色列文學，特別是從1980年代以後，一直企圖恢復早期猶太復國主義移民（Zionist）一心建立的失落天堂，同時也要破解圍繞在它四周的神話。位於北方的羅許平那（Rosh Pinna）的生活，於世紀之交，在拉匹德（Shulamit Lapid, 1934-）的《蓋翁尼》（*Gai Oni*, 1982）中重建了，它揭示了一個上下一心的民族，下定決心，不畏艱難，用盡所有的機會，贏得了一片江山。在充滿荒野之美的加利利山中，滿是貝都因人的帳篷與一些不友善的阿拉伯人村落；早年的拓荒者胼手胝足，建立起猶太人的居留地。在《藍山》（*The Blue Mountain*, 1991）裏，夏勒夫（Meir Shalev, 1948-）描寫早期的伊瑞爾谷（Yizre'el Valley）居留地，在那裏，傳說恣意地綻放著，而生命與愛情的想像的冒險故事，也得以傳佈開來。

在《假期之後》（*After the Holidays*, 1987）裏，肯納茲（Yehoshua Kenaz, 1937-）運用想像力，將散發濃郁香味的柳橙果園，和樹木成排、上有鄰人置放長椅的街道，變為海岸平原的居留地一景。在以色列南方的沙漠邊緣所渡過的童年時期，也在以茲哈（S.Y. Yizhar, 1916-）最新的兩部小說《米克達默》（*Mikdamot*, 1992）與《薩爾哈文》（*Zalhavim*, 1993）中，被重建起來了。甚至到了1948年，獨立戰爭中期時，以茲哈筆下的主角們，看見他們在山坡上飼養的羊群和種植的莊稼——一如聖經時代的平和景象——卻被以色列士兵侵入了。

直到特拉維夫（Tel Aviv）於1919年建城，以色列的城市生活才於焉開始，它是猶太人在重返聖地之後，所建立的第一個城鎮。直到那時，耶路撒冷和新居留地的生活——為充滿異國風情、態度冷淡的阿拉伯世界所圍繞的地方——才出

在這張著名的照片（上圖）中，捕捉了特拉維夫誕生的時刻，數十位穿戴歐式套裝與帽子的開拓者，站在烈日當中，他們在沙地上畫出區域圖，那裏將是他們未來的家園。儘管看起來很不協調，但他們卻是站在轉變的邊緣。

現在這些歐洲新移民的希伯來文學中。這座多沙、近海的新城市，很快就成為新的焦點。沙灘上滿是做日光浴的年輕男女的著名景象，與人們對這新的開始所充滿的新希望，還有對空無一人的地平線感到的困窘，開始出現於一些讚美它的作品當中。詩人奧特曼（Nathan Alterman, 1910-70）描述了海洋的誘惑，並想像這座城市向它走去：「從艾倫比（Allenby）到赫茨爾（Herzl）等街道，都充滿了徘徊的河流，它們全都流向大海。」顧特曼（Nahum Gutman）以黃沙、藍天、碧海和白色建築物為背景，畫出了驢子與身著工作服的人們，顯現出一派純真的歡樂情景。然而沙和海，也是在征服自然的過程中，所遇到的脆弱與艱苦的寫照：「與其說它是座城市，毋寧說是個舞臺，上面除了以厚紙板做成的佈景正面，用來分

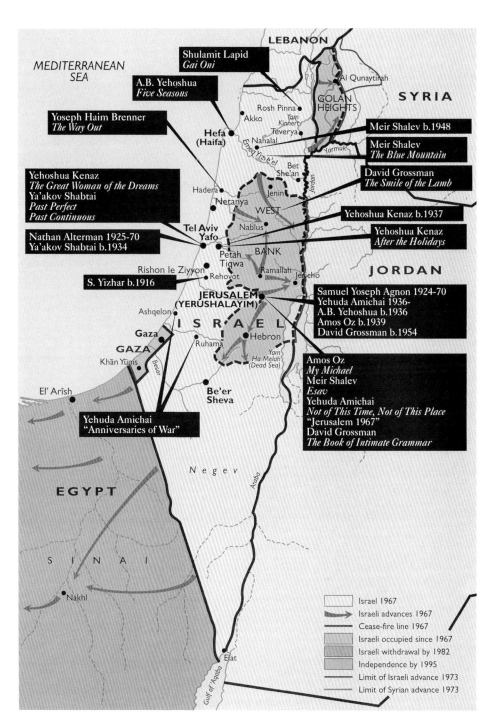

隔沙漠與海洋之外，別無一物。」奧茨在〈遲來的愛〉（Late Love）中如此寫到。

在夏伯臺（Ya'akov Shabtai, 1934-81）以對特拉維夫的童年記憶為主的故事集，《完美的過去》（*Past Perfect*, 1987）短篇小說中，那開闊的空間和未開發的海岸線，迄今仍在，但是隨著他進入成人期，人口稠密但卻醜陋的城市也浮現了。類似的情況同樣出現於當代對海法（Haifa）的描述上，海法是那些受德國文化薰陶的中產階級的大本營。在耶何沙（A.B. Yehoshua, 1936-）的《五個季節》（*Five Seasons*, 1990）當中，幾乎難以區分的連棟公寓大廈，座落在濃密樹林的邊緣，眼前被忽視的花園和擁擠的海灘，都是我們從特拉維夫這個美麗的山坡城市，俯瞰海法這個以色列第一大港時，所得到的景象。特拉維夫已變成了遺忘昔日浪漫與希望的城市。「可愛、親切的特拉維夫」，已被醜陋的建築物、速食店和超級市場吞沒了。儘管如此，一座有著生命脈動的城市已慢慢浮現：特拉維夫是這個國家大部分的娛樂生活的本營，當然，在文化活動上也是如此。

耶路撒冷，這個以色列的首都，卻呈現出截然相反的情況：「遠離橘樹成林的平原……是一個封閉而寒冷的城市。」奧茨在《熾烈的光芒下》（*Under This Blazing Light*, 1995）裏寫著。在地理上，耶路撒冷建於岩磐之上，四周為群山環繞，其下為山谷與河道。在歷史上，幾個世紀以來，耶城一直是猶太意識的中心點。「讚美您，我的上帝，那位建造耶路撒冷的神。」這是每日吟誦的祈禱文中的禱詞；以色列國歌表達了猶太人對「能在自由的狀態中，住在錫安山（Zion）與耶路撒冷」的渴望。

在論及早期猶太人的根源中，耶城被描述為具有神祕與形上意味的「天國似的耶路撒冷」；也被形容為骯髒、醜陋與患病的「塵世的耶路撒冷」。由於它把新與舊、宗教與世俗、希望與絕望等緊張關係連結起來，所以無論是基督徒、穆斯林或是猶太人，都視它為聖城。這常常製造一種正反感

以色列：接連不斷的戰事，意味著以色列的國界也不斷在改變。雖然猶太人於1919年重返聖地，但在他們文學中，最初描述的卻是別個國家的故事，不過他們很快就把焦點放回更為接近他們屯墾的家園的地方。

情並存的感覺。布里納（Yoseph Haim Brenner, 1881-1921），這位在意識形態上為猶太復國主義者的思想家，描述了在世紀之交中，猶太居民過著一種如同「崩潰與喪失」的生活，它殘忍地剝除耶城所代表的一切神聖暗示。哈薩茲（Haim Hazaz, 1897-1973）透露在彌賽亞時代（messaniac age）的一個神祕夢境，但他強調的是夢境中的純真和徒勞之事。神聖與世俗之間的兩極化，充滿在阿格農（S.Y. Agnon, 1888-1970）的小說中。在〈席拉〉（Thillah）這個故事裏，沿著打鐵舖、修鞋店、編籃者和

耶路撒冷舊城（上圖），一座有著清真寺、猶太會堂和基督教堂的城市，並且被預言所籠罩。

販賣食物的小店所形成的街道，漫步於舊城之中，就能來到猶太人的街道，那裏有「坐在地上，蜷縮在破爛不堪的舊衣衫裏的乞丐，他們甚至不願從斗篷中伸出手來」。然而，耶路撒冷給人的第一印象，是「有如昨日」的狂喜與興奮的入神狀態，甚至連那裏的空氣，也帶著神祕的特質。這種「天國般的特質」，仍然存於當代文學之中。與耶路撒冷有關的人，一心想成為它的象徵，他們總認為自己就是耶何沙的《三天和一個孩子》（*Three Days and a Child*, 1971）中的主人翁。

同樣地，詩人阿米凱（Yehuda Amichai）認為耶路撒冷是交織著愛與憤怒的城市：

「耶路撒冷是一個位於永恆海岸邊的港都／聖殿山是一艘巨船，一艘宏偉的／豪華的定期輪船。從西牆的舷窗中／興高采烈的聖者往外看著旅人。／哈西德派的人（Hasidim）站在碼頭上／揮手再見，高呼萬歲、萬歲、一路平安！她／總是這麼到來，總是揚帆遠去。而柵欄與碼頭／與警察與旗幟與教堂高聳的桅杆／與清真寺與猶太會堂的煙囪與小船／在讚美詩中與如山高的波浪。羊角號響了：另一艘船才剛離開。贖罪日（Yom Kippur）中，穿著白制服的水手／在被祈禱祝佑過的階梯和繩索之間攀爬／還有貿易與大門與金色的圓頂／耶路撒冷是上帝的威尼斯。」

有刺的鐵絲網圍成的柵欄，其中的塵土、石塊和鬼魂，將耶城一分為二：舊城有古老的清真寺、外國領事館與住宅計畫；熱情的哈西德（創始於18世紀東歐的通俗神祕主義運動，譯註）教徒與觀光客；遠處伯利恆的尖塔、貧瘠的山坡和死海；在舊城城外，是大不相同的新耶路撒冷、猶太人與現代化的風貌。

使這座城市在1948至67年間，分裂為二的「荒地」（No-Man's Land），對阿米凱的《非此時亦非此地》（*Not of This Time Not of This Place*, 1975）的主角而言，是一處提醒人們戰爭無用的地方，然而具有威脅性的刺網，卻讓奧茨《我的邁可》（*My Michael*）裏的英雄感到著迷。刺網的「另一邊」，意味著阿拉伯人：他們是猶太人的敵人。在《睡在鐵絲網上》（*Sleeping on a Wire*, 1993），葛羅斯曼（David Grossman, 1954-）開始發現阿拉伯人所住的以色列，是政治的衝突使得田園景致蒙塵。他開車從拿撒勒（Nazareth）出發，沿著一條完全是阿拉伯風味的路線前進，儘管沿路有座落在焦石丘上的村莊，可以看見牧羊人、母雞和罩著面紗的女人，或是站在「小三角（Little triangle）」（耶路撒冷與海法之間的土地）的路面上；他有一股衝動，要「把以色列、巴勒斯坦、錫安、1987、1929、1936、1948、1967、1987、猶太之國、應許之地（the Promised Land）、聖地、光輝之地（the Land of Splendor）、復國之土……各種名字、指稱、描述和日期，從這塊土地上剝掉。我再次感覺到，它那單純而神祕的愛──也就是說，土地本身優先於任何名稱或頭銜──這塊地球上的狹長土地，我們要負擔它的命運、色彩和香味，也要對它的土地、樹木與四季負責。」

在以色列，地理就代表了一切──自它開始有人定居起，就有許許多多國家宣稱擁有這塊小小的地方；流血最多的戰爭、首都、雖小卻美和三大宗教的信仰中心，全都是它要面對的事。它的文學不但是可以被閱讀的作品，也能當作對戰爭期間不斷的騷動，所作的編年史。寫到耶路撒冷時，它可以和正面掌握問題的政治宣告有所不同。這裏就像所有在土地和衝突必然相連的地方，在與耶城這個所鍾愛的城市有關的詩作之一裏，阿米凱作了沈痛的表達：「耶路撒冷的石頭是唯一一塊／受傷的石頭。它有著神經網絡。」

在他的小說與短篇故事集中，奧茨（右圖）以「短暫的、弔詭的」，來形容耶路撒冷的處境，這也反映了這個建立在反對意見之上的國家，其危脆的存在事實。

尋找安達魯西亞：今日的阿拉伯文學

後殖民時代的阿拉伯世界，受軍事衝突、停滯不前的內政、低度開發的經濟與獨裁的政治所苦。民族主義（或伊斯蘭主義）的選擇，與對西方的依賴，兩者間的緊張，造成它的分裂。阿拉伯人對身分的認同，受到遠非他們能掌握的歷史事件所挑戰。因為對周圍環境失去控制，阿拉伯語言成為文學探索中的最後領域。在這個緊要關頭，透過當代阿拉伯文學中的語言，歷史的和地理的空間，成為各方競逐的場所。

將現代阿拉伯文學翻譯成各地語文的困難之一，就在於這種語言本身，存在著言說和書寫形式之間的種種區別，結果是因外在與內在的影響，它分裂為各種不同的方言。因此，帶有各地地方風味、結構複雜的文本，在翻譯成英文或其他歐洲語文時，就會失去部分的豐富性。被翻譯過來的書，在數量上還是很少的；1988年時，祇有二十九本阿拉伯書籍被譯成法文。這樣的結果讓這些古老城市，留給人們停滯不前的陳舊印象。

卡瓦非（Constantine Cavafy）的新詩集在法國出版，他是一位希臘詩人，在亞歷山卓的公職生活，就去掉他大半的人生，而尤仙納（Margaret Yourcenar）在她為詩集所作的序言中，解說了它的風味：「卡瓦非的作品令人震驚的一點，就是他缺乏一種地中海或東方的意象……他切斷了與阿拉伯和伊斯蘭世界的聯繫，而他東方的一面也被懸攔了。」他在亞歷山卓播下他的希臘精神，而在當地土生土長的人，幾乎沒有自己的語言和文化。杜雷爾（Durrell, 1912-90）的《亞歷山卓四重奏》（*Alexandria Quartet*, 1957-1960），也同樣受到西方強烈的影響。杜雷爾的四重奏或「相關性的詩」，強調了亞歷山卓神祕而富國際都會色彩的本質，在那裏，來自歐洲的各種性格相互影響。亞歷山卓變成一個詮釋的空間，強調一種以歐洲為中心的史地閱讀方式。像這樣虛假的亞歷山卓，一直受到以阿拉伯文寫作的埃及作家所質疑，他們想換掉這種想像，其中尤以1988年的諾貝爾文學獎得主邁哈福茲（Naguib Mahfouz, 1911-）為然。

在小說《米拉瑪》（*Miramar*, 1978）中，邁哈福茲使用了和杜雷爾相近的技巧，但用不同的觀點看待過去。杜雷爾寫的是自第二次世界大戰前到五〇年代中期，亞歷山卓城裏的歐洲社會；邁哈福茲則關心接下來的時期。在《米拉瑪》中，邁哈福茲仔細描寫的鄉下少女柔拉（Zohra），是這本書中的核心意識，她為埃及樹立了典型。沒有來自外國祖先的累贅，

對亞歷山卓這般古老城市所刻畫的形象——無論是在拉丁文手稿中（上圖），或是在莎士比亞、卡瓦非、佛斯特和杜雷爾用西方語言所創造出來的作品裏——都讓阿拉伯世界有了異乎尋常的生命，並且超乎歷史與地理之上。

因而顯得神采奕奕的埃及人，對和杜雷爾相同的外國觀察家而言，可說是相當異類且難以接近的。同時，像瑪莉安娜夫人（Madame Mariana）這種對外國人活躍於埃及社會的現象不以為然，而追悔過去的角色，也將這兩位作家筆下的世界連結起來。邁哈福茲改造了亞歷山卓，並將它放回阿拉伯和伊斯蘭的歷史脈絡中，讓它和土倫蘇丹（Sultan Ibn Tulun，864-905）的女兒艾娜達公主（Princess Qatr el-Nada）發生關連。過去深受歐洲影響的瑪莉安娜，逐漸衰老了；但柔拉卻是年輕而有活力的。亞歷山卓在本身的歷史差別中，首先變為公主，其次變為柔拉，然後才是後殖民時期的埃及。

有了更大的非殖民地意識，卡拉特（Edward el-Kharrat），是出生於1926年的亞歷山卓的另一位埃及領導作家，他宣稱這個城市不祇是像卡瓦非這樣的西方人所認為的，是希臘殖民光輝的遺緒，它也繼承了古老而悠久的法老王時代（Pharaonic era）的精神財富。在他的小說《番紅花城市》（*City of Saffron*, 1989）與《亞歷山卓的女郎》（*Girls of Alexandria*, 1993）中，顯示了在情感與文化上，他是與這個出生地緊緊相連的；亞歷山卓是「一座藍白色的大理石城市，那是由我的心反覆交織而成的，在它冒泡與熾熱的面容下，我的心正漂浮著。」他的目標不僅是要收復小說的失土，而且要表達在他的地區與文化中，被壓抑的歷史。今日的亞歷山卓不僅與阿拉伯伊斯蘭文化，也和西方已經逐漸遺忘的神祕的地中

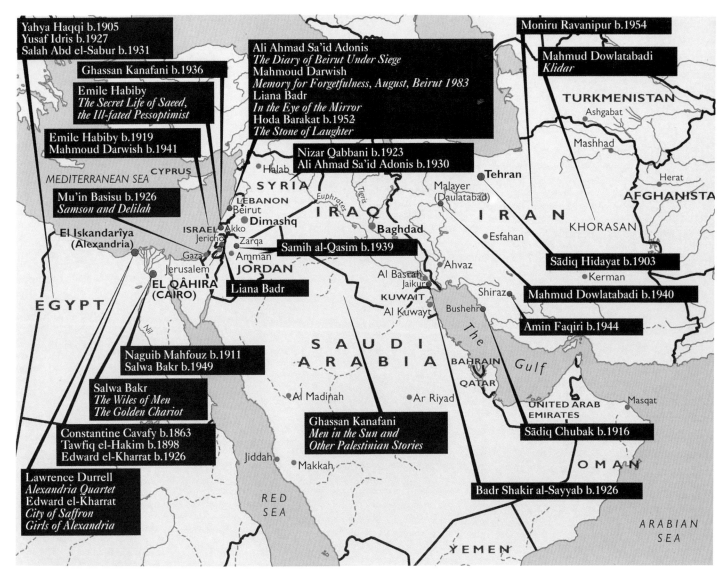

Yahya Haqqi b.1905
Yusaf Idris b.1927
Salah Abd el-Sabur b.1931

Ghassan Kanafani b.1936

Emile Habiby
*The Secret Life of Saeed,
the Ill-fated Pessoptimist*

Emile Habiby b.1919
Mahmoud Darwish b.1941

Ali Ahmad Sa'id Adonis
The Diary of Beirut Under Siege
Mahmoud Darwish
Memory for Forgetfulness, August, Beirut 1983
Liana Badr
In the Eye of the Mirror
Hoda Barakat b.1952
The Stone of Laughter

Moniru Ravanipur b.1954

Mahmud Dowlatabadi
Klidar

MEDITERRANEAN SEA   CYPRUS

Mu'in Basisu b.1926
Samson and Delilah

Nizar Qabbani b.1923
Ali Ahmad Sa'id Adonis b.1930

TURKMENISTAN

Ashgabat

Mashhad

Herat

Halab

SYRIA

Tehran

Malayer
(Daulatabad)

AFGHANISTA

El Iskandarîya
(Alexandria)

LEBANON
Beirut

Euphrates

Tigris

IRAQ

IRAN

KHORASAN

ISRAEL Akko
Jericho
Zarqa
Gaza
Amman
Jerusalem
JORDAN

Dimashq

Samih al-Qasim b.1939

Baghdad

Esfahan

Sādiq Hidayat b.1903

Kerman

EL QÂHIRA
(CAIRO)

Liana Badr

Al Basrah
Jaikur

Ahvaz

Shiraz

Mahmud Dowlatabadi b.1940

EGYPT

KUWAIT
Al Kuwayt

Bushehr

Amin Faqiri b.1944

Naguib Mahfouz b.1911
Salwa Bakr b.1949

Nîl

SAUDI
ARABIA

The Gulf

BAHRAIN
QATAR

Salwa Bakr
*The Wiles of Men
The Golden Chariot*

Al Madinah

Ar Riyad

UNITED ARAB
EMIRATES

Masqat

Constantine Cavafy b.1863
Tawfiq el-Hakim b.1898
Edward el-Kharrat b.1926

Ghassan Kanafani
*Men in the Sun and
Other Palestinian Stories*

Sādiq Chubak b.1916

Jiddah

Makkah

OMAN

Lawrence Durrell
Alexandria Quartet
Edward el-Kharrat
*City of Saffron
Girls of Alexandria*

RED
SEA

Badr Shakir al-Sayyab b.1926

ARABIAN
SEA

YEMEN

對阿拉伯女性作家而言，在當代由
男性所支配的社會中，她們把對帝
國主義的抵制，與為她們的自由而
戰的理念連結起來。

海遺產（基督教的、猶太教
的和伊斯蘭教的）連結起
來。如果說阿拉伯作家
正在收復他們的遺產，
這種說法本身就受到爭
議。今天，當代的阿拉
伯文學，特別是小說，
乃處於過渡階段。阿拉
伯人是歷史方面的說書
人，一如《天方夜譚》
（The Arabian Nights）裏所
證明的。但對今日的作
家而言，他們的任務卻
變成省思與收復阿拉伯
的文學領土，並反抗將

阿拉伯的歷史與文化，併入到西方文化中——這就是這麼多
世紀以來，「東方化」的過程中所發生的情形，那使得阿拉

阿拉伯世界：阿拉伯人的想像力，一直是在失地的地圖上打轉。巴
勒斯坦作家如晚近的康那方尼（Ghassan Kanafani）與哈畢比（Emile
Habiby），詩人如晚近的比西蘇（Muain Bisysu）與阿貴辛（Samih al-
Qasim），以及女性作家巴德（Liana Badr），為了保存與恢復它，都企圖
描繪出自己故國的文學地圖。

伯世界成為西方想像中，一個充滿異國情調的空間。

這種對小說地圖所作的論證，可以在當今大量的阿拉伯
文學中看到。尤其是在巴勒斯坦，它是真實地圖上，爭奪得
最為厲害的地方。著有《疏忽的回憶：1983年8月的貝魯特》
（*Memory for Forgetfulness: August, Beirut*, 1983, 1995）的巴勒斯坦詩人
達惠許（Mahmoud Darwish, 1914-），心中無可避免地被故國、認
同感和巴勒斯坦人的失落感所盤據。雖然西方詩人或許會自
由地將大部分的私人生活寫入詩中，但達惠許卻把這種屬於
個人的抒情詩，轉變為一種公開演說的形式。然而在寫到他
本身的混亂世界時，他依然視自己是西班牙詩人洛爾卡
（Garcia Lorca）的傳人，並且在許多詩中說到自己時，強調
的地中海與「安達魯西亞人」（Andalusian）的身份。

在阿拉伯文學的想像中，帶我們回到一個具有關鍵性的

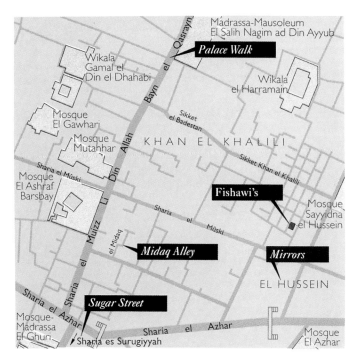

開羅：在《開羅三部曲》（*Cairo Trilogy*）與《麥達格巷》（*Midaq Alley*）中，邁哈福茲從這座城市部分的古老歷史中，擷取寫作素材。

陌生人通過這裏，是為了讓陌生人通過那裏。

有有一段時間，我就像從時間的皺紋中

浮現的陌生人，是與敘利亞和安達魯西亞不同的異類。

這塊土地上沒有我的天空，但它的夜晚卻是我的。

這些鑰匙是我的。這些尖塔是我的，

燈火是我的，而我也是我的。

我是兩個伊甸園中的亞當，

我兩度失去了樂園。

達惠許，〈安達魯西亞上空的十一顆星〉

收錄於《大街48號》（*Grand Street 48*），1994

年代：1492年，在這一年裏，哥倫布航海到美洲，阿拉伯人將安達魯西亞以及在格拉那達的艾爾漢布拉宮（the Alhambra, 1944）的紅色城堡，割給伊沙貝拉（Isabella）與斐迪南（Ferdinand）國王。在無可挽回的情形下，摩爾人或伊斯蘭人失去了樂園，也失去了在農業、商業、工業、建築、文學和學術上，繁榮發展的地中海領土，這大概是在阿拉伯人的靈魂中，最深的創傷之一吧。然而，它竟然再度發生。數百年之後，巴勒斯坦這塊地方，劃給了猶太復國主義者，阿拉伯人又得承受歷史的另一次分裂。

從1500年開始，在許多阿拉伯作品中，「安達魯西亞」式的空間，走到神話般的面向——隱喻的、樂園似的，甚至比它本來的規模還來得大。安達魯西亞是個烏托邦，在那裏，各個宗教和諧並存，藝術興盛，可謂阿拉伯人的黃金時期，也贏得中世紀歐洲的讚美。對安達魯西亞，連同其他失去的領土所作的話別，變成一種改造它的企圖。達惠許的〈安達魯西亞上空的十一顆星〉（Eleven Stars Over Andalusia），是以生動的詩句，喚起記憶和靈魂中，失落與破裂的情感。但是阿拉伯文學中的反抗精神，並未侷限於對帝國主義（不管是虛構還是真實）的反動。對女性作家而言，她們是為自由而戰。當她們在作為男性優勢文化工具的語言領域中，努力開拓一片天地時，安達魯西亞對她們就不再是遙不可及的地方；此刻，它就在這裏。埃及作家巴克爾（Salwa Bakr, 1949- ），是一位傑出的阿拉伯文白話化的實踐者，特別是在《男人的詭計》（*The Wiles of Men*, 1992）與《金色戰車》（*The Golden Chariot*, 1994），她表達出女性的聲音，因為在那個時代中，女人幾乎都是一個模樣，難以區別；她的作品接近於白話的埃及文，也引用埃及歷史悠久的口述傳統。這些女性作家所用的語言，和《天方夜譚》與阿拉伯民間傳說的影響相互輝映，在重重發展的故事中，創造了深刻的政治與社會的註解。

女性作家對發生於這個地區的激烈衝突，也有自己的反應。巴拉卡特（Hoda Barakat, 1952- ）的《會笑的石頭》（*The Stone of Laughter*, 1994），是以黎巴嫩內戰（1975-79）為背景的小說中，最為出色的作品。為了描寫一個地中海旁的大城市，如何自我毀滅的醜陋事實，她創造出一種新的語言，用文字嚴厲批評這座城市；為了要重建它，她得先背叛它才行。

在一個變化快速的歷史、失落的地圖、受蹂躪的家園、被爭奪的山河的世界裏，以及在信仰、政治和想像力的不同版本的競爭中，當代的阿拉伯文學依舊有很多要問的問題。這些問題不祇是和西方強加於阿拉伯世界的印象有關，也包括了對認同的所有概念，和泛阿拉伯主義這樣浮誇的缺失。儻若還有作家仍為失去安達魯西亞而悲歎，他們的企圖或許是要把這個失去的樂園，如同驅邪一般，自我們的集體記憶與靈魂中驅除，儘管這是相當弔詭的說法。

達惠許（上圖）與巴拉卡特（下圖），都寫出他們的故國。

南非的故事

　　約翰尼斯堡（Johannesburg）並不是一個可愛的城市。在南非，開礦的廢棄物與黃色的礦渣堆積如山，彷彿提醒人們，金礦工廠曾在那裏繁榮發展，但是到了今日，大多已經遷走了。約翰尼斯堡與許多能提供基本機能的衛星城鎮相隔遙遠，祇有透過物料運送與環形路網來聯繫。它的北邊是懶散而舒適的郊區，在那裏看不到礦區和它產生的廢棄物。儘管約翰尼斯堡依舊是重要的礦業公司和它們子企業的總部所在，這座城市仍處於轉變的過程中——這意味著在黑暗的主政時期過後，白人得退出他們的郊區與商場。

曾經是一切行動與密謀中心的「蘭德俱樂部」（The Rand Club），現在更像是個博物館，而非一種生活方式。約翰尼斯堡是個在尋找自己身分的城市，然而，它無疑地仍代表了南非的脈動。「市場劇院」（Market Theatre）與其他表演場所，曾經是文化黑暗期中的燈塔，並且繼續在舊倫理蕩然無存的新紀元與新南非中奮鬥。第二次世界大戰之後，約翰尼斯堡不像是能讓文學開花結果的地方；不過它還是出現了活躍的文學——從蘇非亞鎮（Sophiatown，現已不存）和弗雷德多普（Vrededorp）等鎮區，到公園鎮（Parktown）那綠意盎然的郊區——也有活力十足的報章雜誌與音樂。

　　從今天的觀點來看，五〇年代的約翰尼斯堡，可說是某種意義下的黃金年代，有像是馬克巴（Miriam Makeba）與拉斯貝（Dolly Rathebe）這樣的歌星，有「俄國幫」（Russian Gang）這樣的幫派，還有馬特拉（Don Maltera）、那卡薩（Nat Nakasa）、莫迪森（Bloke Modisane）、塞姆巴（Can Themba）與法伯勒（Ezekiel Mphahlele）等活躍於《鼓》（Drum）雜誌的記者，這本雜誌目前仍在山普遜（Anthony Sampson）的編輯下，繼續出版，馬特拉等人的文章也見於《蘭德每日郵報》（The Rand Daily Mail），這份反對政府採取種族隔離政策的報紙，當時進入它的全盛時期。這種樂觀主義與理想主義反映了南非政治運動中，漸成氣候的力量和主張。蘇非亞鎮是靠近約翰尼斯堡市中心的喧鬧鎮區，儘管它已經沒落，仍是新生活的焦點所在。像是「蘇西姑媽的店」（Aunt Suzie's）的地下酒吧，是在那些年代中，作家、政治活躍人士與幫派份子聚會的場所。

約翰尼斯堡的鳥瞰圖（上圖），讓我們想起其金礦歷史的種種陳蹟，依然清晰可見。

　　就在這段期間，來自礦城斯普林斯（Springs）附近小鎮的戈迪默（Nadine Gordimer, 1923- ）現身文壇了。她的第一本故事集《面對面》（Face to Face）於1949年出版。她描述在過著波希米亞人生活後，才發現自己的國家。那是一個在地下酒吧裏放言高論種族融合與非法飲酒的年代，也是對革命帶來的變化深具期待、樂觀與興奮的年代。然而，發生在1960年的沙伯維爾（Sharpeville）屠殺，卻對這一切畫下休止符。純真的年代結束了。許多黑人作家甚至更早時就覺醒了。此刻，文學作品有了新的轉向，因為記者們的文章被封殺，政治領袖轉入地下，許多南非作家，包括了赫德（Bessie Head）、拉·古瑪（Alex La Guma）與雅各遜（Dan Jacobson）也離開這個國家。儘管在那幾年裏，並沒有出現許多傑出的作品，他們仍痛切地提出人民應該享有的文化生活。

　　隨後數年，被稱為是「空白期」（the interregnum），那時有蘇威托（Soweto）的「兒童革命」（Children's Uprising），與畢可（Steve Bico）「黑人自覺」（Black Consciousness）主張的出現。這個時期的文學充滿一種意識，即解放是個永不停止的過程。市場劇院成了希望所寄，也是跨種族合作的場所，它幾乎是新社會的彩排。1994年4月，南非首度舉行民主選舉，於是空白期也隨之落幕。

　　事實上，長久以來，南非文學總是在種族衝突與緊張的陰影下生存。自正式實施種族隔離政策，近半個世紀以來所出現的某些值得注意的作品，皆被冠以「白人文學」（或許這有輕視的意味）。黑人文學受到不成比例的對待，他們被排斥在

左圖是塞可托（Gerard Sekoto）的畫作《黃色房子：蘇非亞鎮上的一條街》（*Yellow Houses: A Street in Sophiatown*, 1940），描繪一個現已不存在的約翰尼斯堡鎮區。

一場發生在1960年沙伯維爾，由泛非洲議會所策動，反對通行證法的和平抗議，結果卻演變成大屠殺（下圖），當時警方向群眾開火，一共殺了七十個示威者，受傷民眾高達兩百人。對很多人來說，這件慘案結束了五〇年代的樂觀主義。

教育體系外，四散各地或流亡國外。當戈迪默、布林克（André Brink）、寇特茲（J.M. Coetzee）與富加德（Athol Fugard），開始將白人文化與政治兩難，和世界影響力接合起來時，黑人作家根本無法享有類似的成就。當然，在南非，已經沒有人能懷疑阿契貝（Chinua Achebe）、索因卡（Wole Soyinka）或歐克里（Ben Okri）的地位了。白人作家已經敏銳地感覺到這種不一致；許多人試著密切接觸黑人社會與他們在政治上所持的反對立場，戈迪默就出版一本研究南非黑人作家的書，《黑人解釋者》（*The Black Interpreters*, 1973）。有些人轉向歷史研究，有些人則轉到寓言寫作，他們藉此避開特權的腐蝕。

世人對南非愈來愈感興趣，而南非令人驚駭的不公現象，也持續地被一些像荷普（Christopher Hope）這樣的白人作家所揭發。戈迪默因其故事集《毒蛇溫柔的聲音》（*Soft Voice of the Serpent*, 1952），小說《已故的資產階級社會》（*The Late Bourgeois World*, 1966）和《尊貴的客人》（*A Guest of Honour*, 1970），贏得世界性的聲譽。她的小說《布爾格的女兒》（*Burger's Daughter*, 1979），則在蘇威托的暴動之後被禁。布林克於1935年出生在橘自由邦（Orange Free State）的弗雷德（Vrede），他以南非文和英文寫出相當多的作品；然而他引起國際注意的小說《看著黑暗》（*Looking on Darkness*, 1974），卻被當局所禁。在東角（Eastern Cape），劇作家富加德於1932年出生在角省（Cape Province）的密德堡（Middleburg），他所寫的《血緣》（*Blood Knot*, 1960），開始在劇院的舞臺上長期演出，演出的劇團有伊莉莎白港的「毒蛇劇團」（The Serpent Players）、開普

敦（Cape Town）的「空間實驗劇場」（Space Experimental Theatre）與約翰尼斯堡的「市場劇院」，不僅吸引人們對他的注意，也讓他們注意到舞臺上的演員夥伴卡尼（John Kani）與特修納（Winston Ntshona）。在開普敦，新的反對派作家出現了，其中包括小說家寇特茲（1940-），他寫的《麥克‧K的生活與時代》（*The Life and Times of Michael K*），贏得1983年的布克獎（Booker Prize），還有詩人布雷登巴赫（Breyten Breytenbach, 1939-），他們在文學上都有明確的貢獻，也都是「塞斯提格斯社」（Die Sestigers）的一份子。布雷登巴赫最後身陷囹圄，後來回到巴黎居住；寇特茲現在是南非最優雅的文學聲音。拉‧古瑪於1925年生出在開普敦的第六區，他後來成為「非洲民族議會」（ANC）的領導階層。

第一位擁有廣大名聲的南非作家，應該是席萊納（Olive Schreiner, 1855-1920）。她在卡盧高原（the Karoo）住過好多年，那

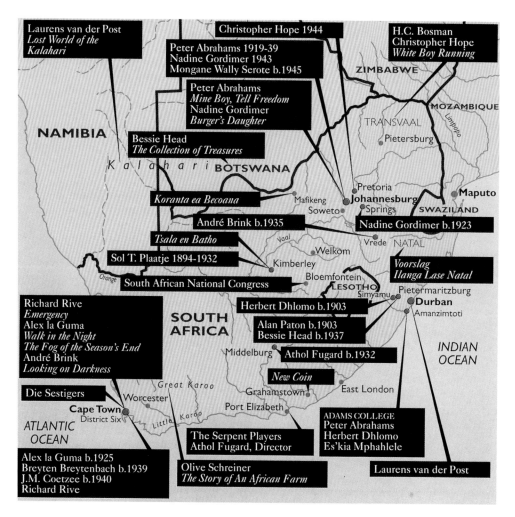

Batho ）；他一直保有在瑪非金（Mafeking）這個小鎮時，所寫的珍貴日記；他將莎士比亞的作品翻譯為特斯瓦納文（Tswana）；他反對1913年的土地法案（Natives Land Act），因而寫下《在南非的自然生活》（*Native Life in South Africa*, 1916）。他協助在布隆方登（Blomfontein）成立「南非民族議會」（South African Native National Congress，ANC的前身），並且花了好幾年的時間待在倫敦，企圖說服英國政府干預非洲公民權利遭損害的情形。今天，他的一生和作品，正經歷漫長的再評價過程。

　　在兩次大戰間，納塔爾省（Natal）出了三位年輕作家——普洛麥爾（William Plomer, 1903-73）、肯貝爾（Roy Campbell, 1902-57）與

裏是角省一處乾燥的牧羊地區。她最著名的小說，《一個非洲莊園的故事》（*The Story of an African Farm*, 1883），是她在二十一歲擔任家庭教師時的作品。她一直與社會性的議題密不可分，特別是婦女權利，她也花了很多時間待在英國，並且和愛莉絲（Havelock Ellis）有密切的往來。1894年，她回到南非，此後祇完成一部小說，《騎兵彼得·哈萊特》（*Trooper Peter Hallet*, 1897），然而卻寫下為數眾多的小冊子。《一個非洲莊園的故事》依舊是當代女性文學中的傑出之作。1920年，席萊納於開普敦的溫堡（Wynberg）逝世。

　　普拉特吉（Sol T. Plaatje, 1876-1932），被認為是南非第一位用英文寫作的黑人小說家。就像許多的南非作家，在轉到小說創作這條路之前，他是個活躍的政治人士與記者。他的作品《穆迪》（*Mhudi*），在完稿十五年後，終於在1930年出版，那是一個相當重要的成就。普拉特吉本身的生活，便是最偉大的誓約。他生於1876年的橘自由邦，當他還是個孩子時，便隨著雙親來到開採鑽石的礦城慶伯利（Kimberley）。長大後，他成為一名法庭譯員，也開始創辦一份雜誌（*Tsala en*

波斯特（Laurens van der Post, 1906- ）——他們合辦一份壽命短暫但影響極大的雜誌《鞭撻》（*Voorslag*），目的是要「諷刺並刺激這個國家遲鈍的公民」。在某個意義下，這些作家概括了南非白人作家的兩難，他們一心渴望成為國際關注的對象，然而又得用特有的南非聲音說話。1825年，普洛麥爾寫了一本重要的小說《圖鮑特·沃爾夫》（*Turbott Wolfe*），攻擊所謂的「人種隔離」（colour bar），他在三〇年代定居英國。肯貝爾支持西班牙的佛朗哥，最後定居法國；他寫過好幾冊的詩集，其中最知名的，或許是《喬治亞特》（*Georgiad*, 1931），此外還有危害他聲譽的《成熟的步槍》（*Flowering Rifle*, 1939），以及一部自傳《出現了一匹黑馬》（*Light on a Dark Horse*, 1951）。波斯特是一位有歐洲血統的南非人（Afrikaner），他早期的小說《在一省》（*In a Province*, 1934），就是批評南非種族偏見的作品。在第二次世界大戰時，他奉派到遠東戰區，結果為日軍所俘，戰後他繼續以非洲、旅行與人類學為題寫作，運用榮格與某種程度的神祕主義的觀點。他最知名的作品有《向內心冒險》（*Venture Into the Interior*, 1952）與《喀拉哈里沙漠的失落世界》

佩頓的《哭吧，親愛的祖國》，是對種族理解的感人之作。這本書成為世界性的暢銷書，也被改拍成一部成功的電影（上圖）。

（*The Lost World of the Kalahari*, 1958）。

其他作家則以比較親切的態度，紀錄了南非經驗。二○年代，波斯曼（Herman Charles Bosman, 1905-51）到北川斯瓦省（Northern Transvaal），擔任一位年輕教師，他寫下鄉間生活的故事，但沒有刻意要超越民族的界限。在他麻煩不斷的一生中——包括因謀殺而入獄，他把這段經歷寫進《寒冷的石牢》（*The Stone Cold Jug*, 1949）——刻畫出性格特殊的南非人，因為他對種族的緊張關係有非常銳利的瞭解。他後來住在約翰尼斯堡，為報章雜誌寫了大量文章；《瑪非金路》（*Mafeking Road*, 1947）是他最有名的故事集。

第二次世界大戰之後，南非文學作品中，最有知名度的書籍之一，就是佩頓（Alan Paton, 1903-88）所寫的世界性暢銷書，《哭吧，親愛的祖國》（*Cry, the Beloved Country*, 1948），這部感傷之作寫的是一個鄉間的祖魯族（Zulu）家庭分散的故事。佩頓本人生於彼得馬里茲堡（Pietermaritzburg），在納塔爾大學完成學業。他後來成為德本（Durban）一位銳意改革的地方首長，也是一個具有解放思想的人，他的傑作都是在美國時，利用安息日寫成的。佩頓的自傳《朝山而去》（*Towards the Mountain*）於1981年問世，而《無盡的旅程》（*Journey Continued*）則要到他死後，才於1988年出版。

今天南非的作家在社會上，都擁有一席之地。他們的任務就是要處理快速變化與混亂的文化。戈迪默於1991年榮獲諾貝爾文學獎。迄今為止，她、布林克與寇特茲，是在南非境外，作品被最多人閱讀的南非作家，他們以不同的方式處理一個劇烈改變的國家裏，生活中對政治與文化的需求。現在的南非作家祇能等著看會有甚麼東西從這新的自由中出現。詩人像塞洛特（Wally Serote）、克洛寧（Jeremy Cronin）、德貝勒（Njabulo Ndebele）與塞潘拉（Sipho Sepamla）——全都有著意識形態的承諾——一直為建立他們自己的名聲而努力。抗議詩與滔滔雄辯，在各個鎮區都大受歡迎，但它們卻是存於文學與爭論之間的矛盾狀態。

社會劇場的力量，和重新對作家與像同樣來自彼得馬里茲堡的海赫德（Bessie Head）這種老手的興趣，加上南非議會作家旺盛的努力，都在證明一種可被理解的渴望：要在這種掙扎中，產生有價值的作品。在此同時，還有一種競爭的信念：最有特色的作品，來自於對過去的捨棄。

此外，在非洲還有一種普遍信念——在各大學中與《史塔弗里德》（*Staffrider*）這樣的雜誌所鼓吹的——成熟的文學就要來了。果真如此，約翰尼斯堡這個南非的喧鬧、高犯罪率與民族熔爐的城市，就是最可能的所在地。儘管如此，沒有任何東西能彌補在酗酒、流亡、暴力、自殺、沮喪與折磨之中，所失去的生命和作品。南非這五十年來的作家故事，道盡失去機會的悲慘，但至少有一點是值得重視的——它是反映社會的一面明鏡。

南非詩人布魯特斯（Dennis Brutus）、塞潘拉和小說家寇特茲的合照（上圖，由左至右），地點是在1968年於舊金山舉行的第四十八屆國際筆會。

戈迪默（右圖）是今日南非最知名的作家之一。為了肯定她在文學上做出的貢獻，1991年，她被授與諾貝爾文學獎。

拉丁美洲作品：文學遺產的探索

拉丁美洲包含了十幾種文化與地理上的各種形態，還有令人歎為觀止的種族融合，以及數種重要的語言。這個區域並沒有對其歷史的正統解釋。有一件事是每個人都會同意的，拉丁美洲如同一個「坐在黃金堆上的乞丐」——換句話說，它無法找到讓它偉大的道路，祇能得到比它應得的還差的東西。因為它對資源的種種浪費，所以無法用甚麼字眼來概括拉丁美洲的任何東西；然而，在提到它的文學時，人們心中還是會產生某種感覺。

有兩股支流匯入拉丁美洲的文化主流：一是歐洲的遺產，另一是原住民歷代相傳與來自海外移民的民俗文化。拉丁美洲作品幾乎不受美國文學所影響，或許是因為它認為這個祇會欺負弱小的鄰邦，因其運用政治干預與經濟破壞，長久以來便受到當地人民的憎恨。拉丁美洲原住民的傳說與神話，均受到廣大的喜愛。每個孩子都知道犰狳如何緊縮牠的甲殼，或是兔子為何有一對長耳朵。像這樣對世界的隱喻，或詩般的概念所形成的故事（銀是月亮的眼淚，金是太陽滴下的汗水），以及善變與令人驚歎觀點，都豐富了拉丁美洲的文學作品。

雖然這些源於安地斯山（Andes）的故事，一直以來都深受大眾歡迎，但亞馬遜河叢林住民的神話，卻通常祇有人類學家才知道。儘管如此，還是有影響深遠的文章，捕捉到亞馬遜人神話的力量與特色，那就是安德拉德（Mário de Andrade）的《馬庫奈伊瑪》（Macunaíma, 1928）。晚近還有D‧里貝洛（Darcy Ribeiro）的《麥拉》（Maíra, 1978）與J‧U‧里貝洛（João Ubaldo Ribeiro）的傑作《一段無法抹滅的記憶》（An Invincible Memory, 1984）。他們探索被白人從西非帶至此地的黑人奴隸，儘管分散在許多地方——尤其是在巴西——但他們所記得的文化，迄今依舊完整無缺。他們把自己原本信奉的神祇，和天主教的聖者們融合了，將他們美麗而精細的神話，和他們的巫術（Santería）系統連結起來，甚至是在白人的教堂中，他們還是保有自己的宗教傳統。

巴西最受歡迎的小說家亞馬多（Jorge Amado, 1912-），他的作品就深受這種文化現象的影響。他年輕時是個共產主義者，但後來對巴伊亞州（Bahia）的窮人的即興與艱困的生活更感興趣。他們的能量、幽默與樂天知命的態度，都反映在他的小說：《堂娜弗洛爾和她的兩個丈夫》（Dona Flor and Her Two Husbands, 1966）與《加布里埃拉、丁香與肉桂》（Garbriela, Clove and Cinammon, 1958），在巴西，年輕婦女讚美他的作品，她們當中有許多人都以認真的口吻說出：「我就是加布里埃拉。」有人批評亞馬多祇會頌揚皮條客、小偷、騙子與歹徒的生活，而這些人卻是蹂躪平民百姓的惡人，他也被指責喪失當初他對政治的滿腔熱情。然而，他的作品依舊有著魔幻寫實主義者（Magic Realist）的脈絡，他在捕捉半個世紀以來巴西的想像力的成就，足以讓他永垂不朽。

歐洲對拉丁美洲文學的影響，得歸功於一個事實：許多

拉丁美洲是幻想、神話與詩的國度——右邊這幅畫捕捉了這個特色，它是墨西哥畫家里維拉（Diego Rivera）所畫的「泰諾區提特蘭市場」（The Market at Tenochtitlan）。

拉丁美洲作家與知識分子，都覺得他們是不折不扣的歐洲人。他們通常比歐洲人更把歐洲當成一個整體，儘管他們祇能從外表上去瞭解歐洲。在小說的領域中，塞萬提斯以其巴洛克式的想像、富於同情心的幽默與流浪漢的風格，擁有確定不疑的影響力。不過祇有少數的歐洲重要作家，無法滿足拉丁美洲的熱情。羅薩（Mario Vargas Llosa, 1936-）由衷欣賞福樓拜，阿蘭德（Isabel Allende, 1942-）在寫下《靈魂之家》（*The House of the Spirits*, 1982）之前，一定讀過蘭佩杜薩的《豹》（*The Leopard*）。許多作家都在歐洲住過一段不短的時日，也到過其他拉丁美洲國家，他們通常把寫作事業和外交或記者生涯結合起來。

這樣的結果就是，拉丁美洲作家會相應於歐洲文學的每個階段與潮流。這裏要強調的是，我們不應該假設所有的拉丁美洲作家，都是魔幻寫實主義者。儘管如此，這並不意味著拉丁美洲文學是歐洲文學的附屬品。它所具備的影響力，要多於它被影響的部分。像是博爾赫斯（別譯「波赫士」，Jorge Luis Borges, 1899-1986）、馬奎斯（Gabriel García Márquez, 1928-）與卡彭鐵爾（Alejo Carpentier, 1904-79）等作家，都在印度、獅子山國（Sierra Leone）與英國等不同地方，產生莫大的衝擊——不僅因為魔幻寫實主義在故事的情節上，一向有著很大的解放空間，而這些內容豐富的風格，也吸引熱愛語言的所有作家。

就最初為短篇小說與神話而生的魔幻寫實主義而言，它並不是容易下定義的東西。在某種意義下，它可說是一種誇大的技巧。譬如，我們不說某人可以跳得很遠，而是說他會飛。在另一種意義下，它完全地掌握了一般人性格中的諸般信念與迷信。尤其是它可以作為一種敘述方式，能探索、創造與幻想一切可能的世界。它是小說家使用模態邏輯（modal

拉丁美洲：拉丁美洲是文學的迷人新世界，是新而刺激的想像力的發現航路所通往的地方。

logic）的方法，這讓它本身具有相當的幽默性。

在《這個世界的王國》（*The Kingdom of the World*, 1949）著名的序言中，卡彭鐵爾提供一個根本的原因。他遍求薩德（Marquis de Sade）、蘭波（A. Rimbaud）與超現實主義作家的主張——卻找不出在他們的作品中，有甚麼足以涵括拉丁美洲現實的驚人之作。「難道美洲的歷史，果真不是驚人的編年紀錄？」他問。他認為拉丁美洲是個充滿幻想的地方，是人們長久以來尋找的「凱薩魔城」（Enchanted City of the Caesars），這些都是無可否認的事實。他的論證在蓋里諾（Eduardo the Galeano）的《火的回憶》（*Memory of Fire*, 1982-86）三部曲中得到證明，這三部曲討論了拉丁美洲特別偶然的歷史圖像。

哈莉絲(Julie Harris)與奧立佛(Laurence Olivier),於1961年時,擔綱演出格林(Graham Greene)的《權力與榮耀》(The Power and the Glory)的電影版。

寫作風格——就像墨西哥作家伊斯奎維爾(Laura Esquivel)的暢銷書《巧克力糖水》(Like Water For Chocolate, 1989)。

魔幻寫實主義通常也是政治的寫實主義。不瞭解這個地區的歷史的外國讀者,或許無法明白每一本書都蘊含了獨特的社會、歷史與政治的架構。在某些作品中——像是智利劇作家多夫曼(Ariel Dorfman, 1942-)所寫的《死亡和少女》(Death and the Maiden, 1992)——這種情形就相當清楚。然而,當我們讀到馬奎斯叫好又叫座的《百年孤寂》(One Hundred Years of Solitude, 1967)時,卻全然不熟悉哥倫比亞艱辛的過去——或者,發現難以理解羅薩的傑作,《世界盡頭的戰爭》(The War of the End of the World, 1981)所處理的巴西人民革命。來自十九世紀解放奮鬥,與二十世紀激進鬥爭的政治作品,大部分都出現在中美洲,但它們多是基於歷史而非文學的興趣。

今日,這個新世界出現許多以西班牙文和葡萄牙文寫成的一流作品。如果它利用了歐洲傳統,它也同樣能夠擺脫歐洲的束縛。這種蛻變為新自信的變化,可以在某些作家的作品中看到,如巴西籍黑白混血兒的阿西斯(Joaquim Maria Machado de Assis, 1839-1908)所寫的《小勝者的墓誌銘》(Epitaph of a Small Winner, 1880)與《堂卡斯穆羅》(Don Casmurro, 1899)。到了三○年代,源於整體時空的地方性文學,開始繁榮發展了。委內瑞拉籍的加列戈斯(Rómulo Gallegos, 1907-67),在他充滿自然主義色彩的《堂娜芭芭拉》(Doña Bárbara, 1929)與《卡納伊馬》(Canaima, 1935)中,描述了內陸的艱苦生活。祕魯籍的西羅(Ciro, 1909-67),在阿萊格里亞給了我們《廣漠的世界》(Broad and Alien is the World, 1941)。巴西作家還有著有《貧瘠的生活》(Barren Lives, 1938)的拉穆斯(Graciliano Ramos),與創造隱喻的、特殊的和高度巴洛克風格的《廣闊的腹地:條條小路》(The Devil to Pay in the Backlands, 1956)的作者,羅薩(João Guimarães Rosa)。甚至還有博爾赫斯將歐洲風格與阿根廷高卓牧人

另一位魔幻寫實主義的傑出作家,阿蘭德,很明顯地受馬奎斯所影響,他們倆顯示了具有巴洛克華麗辭藻的凱斯特(Castilian)腔調的西班牙語,的確值得用心投入。馬奎斯稱他筆下的某個人物為「帶著海員般眼神的神祕天使」;阿蘭德在《靈魂之家》裏,開頭便說那令人難以抗拒的「芭拉芭絲(Barrabás)從海上向我們走來」。就像博爾赫斯,馬奎斯是個非常傑出的詩人,他偶爾會用散文寫作;我們在讀他的作品時,有著強烈的快樂,因而錯過了那傾頹的敘述,也忽略了角色的塑造。不管怎麼說,魔幻寫實主義的的偉大時期,或許結束了。這股潮流已經衰退,轉變為自覺的、自我嘲弄的

（gaucho）生活混合起來，所寫成的自覺性小說。

地方主義（Regionalism）漸被許多知識分子所冷落，然而隨著晚近政治危機的高漲，它又有復甦的跡象。有一股探討獨裁政權、濫權與恐怖主義的文學，這些作家包括了卡彭鐵爾、巴斯托斯（Augusto Roa Batos）、馬奎斯、阿蘭德、羅薩（V. Llosa）、里瓦貝拉（Omar Rivabella）。如果拉丁美洲的政治正常化繼續下去，在可見的未來，文學著作還會反映一種更加個人、更加隱喻的趨勢；而且女性作家的作品將會逐漸引領風騷。

拉丁美洲擁有紀實的非小說的強烈傳統，這得歸功於沒有小報攪和的高水準新聞業。具有代表性的作品，是昆哈（Euclides da Cunha）的《在內陸地區中的叛亂》（Rebellion in the Backlands, 1902）。許多人都認

魔幻寫實主義小說的傑出人物，順時針從左上角依序為阿蘭德、馬奎斯、博爾赫斯與羅薩（M.V. Llosa）。

1916），他是西班牙語「現代主義」的創始人；還有墨西哥超寫實主義詩人，著有《孤獨的迷宮》（The Labyrinth of Solitude, 1950）的帕斯（Octavio Paz, 1914-　）；以及備受推崇的智利作家聶魯達（Pablo Neruda, 1904-73）。聶魯達是個天才洋溢的詩人，他的《情詩二十首和絕望之歌》（Twenty Love Poems and a Song of Despair, 1924），影響了拉丁美洲人民的戀愛方式。其他傑出的文人尚有智利的米斯特拉爾（Gabriela Mistral）、祕魯的伐勒喬（César Vallejo），與阿根廷的莫里納瑞（Ricardo Molinari）和博爾赫斯。詩在拉丁美洲，就像在美國與歐洲，並非是少數菁英份子的專利。一如近來達爾頓（Roque Dalton）、阿勒格里亞（Claribal Alegría）等中美洲詩人寫的政治詩所顯示的，詩是一種活躍的藝術，是可以讓每個能寫的人熱情去追求的東

為巴西對世界文學的最偉大貢獻，就是這本書詳述了這場對抗宗教神祕主義者的殘忍戰爭的過程，而那些神祕主義者當時才開始在「康奴多斯」（Canudos）建立一個新的社會。這本充滿戲劇性的、激烈的與幽默的書，呈現出史詩的磅礴氣勢——一個對開化社會入侵半開化社會的野蠻行為，所寫下的驚世報告。距離現在更近的作品，就像是小小的寶石，諸如耶穌（Carolina Maria de Jesús）的《黑暗之子》（Child of the Dark, 1960），就是一個自暴自棄的貧婦，試著要在聖保羅（São Paulo）貧民區中生存下去的日記。薩拉札爾（Alonso Salazar）的《梅德林的生與死》（Born to Die in Medellin, 1990），詳細描述了哥倫比亞的年輕世代，如何毀於毒品交易。

拉丁美洲長期出產著名的詩人。早期有祕魯的阿塞維多（Francisco de Borjay Acevedo, 1582-1658），與作品豐富的克魯斯（Sor Juana Ines de la Cruz, 1648-1695），後者是墨西哥的一位修女，專精於天文學、音樂與文學，但為教會裏的長官所忌，被逼得英年早逝。晚近的詩人則有尼加拉瓜的達里奧（Rubén Dário, 1867-

西，尤其是在哥倫比亞這樣的國家，那裏的人民對自身的「凱斯特蘭諾」（Castellano）的美、澄淨與精確，充滿難以置信的驕傲。

今天，拉丁美洲人的離散，正促成他們自己的文學。羅德里奎斯（Luis Rodriguez）的《總是在逃亡中》（Always Running, 1993），是一部對洛杉磯墨裔美人的幫派生活的特別回憶錄。查維斯（Denise Chavez），一位新墨西哥作家，他用英文寫出具有活力與真實的拉丁小說，《天使的臉孔》（A Face of An Angel, 1994），打破新的基礎。著名的古巴流亡作家，像是阿瑞納斯（Reinaldo Arenas）與因方特（Guillermo Cabrera Infante），後者著有《三隻被捕的老虎》（Three Trapped Tigers, 1967），是個饒富趣味，通曉多種語言的作家，他說他與卡斯楚（Castro）鬧翻的原因，是他不能抽他自己的雪茄。正如《阿爾特米奧·克魯斯之死》（The Death of Artemio Cruz, 1962）的作者，墨西哥小說家富恩特斯（Carlos Fuentes）所證明的，拉丁美洲仍是文學的迷人新世界，是新的想像力的發現航路所通往的地方。

非洲今日的文學

長久以來，世人在提到「黑暗大陸」（Dark Continent）時，總是想到那些毫無歷史與文化，有如動物般舉止的美麗而「尊貴的野蠻人」；要改正這種中傷的印象，就成為後殖民獨立年代之後，崛起的新世代黑人作家的重要使命。他們之中有許多人本身就是殖民地教育下的產物，但這並不能阻止他們去獨立思考。結果便是如烏姆阿西亞（Umuahia）政府學院，或是伊巴丹（Ibadan）等大學，成為新文學作品的溫床，在肯亞與南非的若干國家裏，也有同樣的情形。

與歐美文化的遇合，相當程度地影響出現於五〇年代的非洲作家。奈及利亞作家索因卡（1934-）的早期劇本，就是受到希臘文學、布萊希特與貝克特的影響。同樣是奈及利亞人的阿契貝（1930-），他的《瓦解》（*Things Fall Apart*, 1958）與《動盪》（*No Longer At Ease*, 1960）書名就是從葉慈（W.B. Yeats）與艾略特（T.S. Eliot）的詩篇而來。弔詭的是，這些作家幾乎同時決定，要在文章中納進他們自己的本土文化，因為他們可以用自己的眼睛去看，用自己的耳朵去聽，從而徹底擺脫歐洲書上所說，他們是無創造性的異教徒的羞辱。他們對非洲的過去與現在，寫出自己的看法，那是源於他們早年生活中，周遭發生或聽來的故事、語言與慶典。

奈及利亞作家的創作靈感，來自他們過去的神話歷史，而像上圖這樣的河流，都受到神話中的諸神所保護。

在現代化的時代之前，非洲幾乎沒有可供書寫的語文，因此它被認定缺乏文學的遺產。然而，口述的傳統已有數百年的歷史，並且在華麗的織錦上，表現出口傳的故事、讚美詩、神話和諺語。儘管在這廣大而有鄉村風味的大陸，到處還是看得到喜慶活動，但在工業社會中，口傳文學已經在消失，或瀕於滅絕了。雖然非洲作家在面臨作品出版時，隱隱覺得來自豐富的歐洲文學的威脅——祇能用英文、法文或葡萄牙文來寫作——但他們很快就瞭解，他們的口述傳統大可彌補沒有文字遺產的缺憾。

第一位在國際文壇上造成衝擊的非洲小說家，應當是奈及利亞籍的圖圖奧拉（Amos Tutuola, 1920-），他的作品以想像力再造小時在母親膝上聽來的文學故事。《棕櫚酒酒鬼的故事》（*The Palm-Wine Drinkard*, 1952），需要艾略特和湯瑪斯（Dylan Thomas）的支持，才能確保在質疑他那陌生的文法架構的英國出版；這本書所描述的，是一個酒鬼的原形故事，他跟著死去的酒保來到另一個世界，而在他遇到的場景裏，有滑稽的也有可怕的，就像那一派紳士模樣，卻有一個會旋轉的頭

顧的人所造成的破壞。雖然後來的小說家都無法擁有相同的非凡成就，但圖圖奧拉還是在《偏遠小鎮上的巫醫》（*The Witch-Herbalist of the Remote Town*, 1981）與《窮人、爭吵者與毀謗者》（*Pauper, Brawler and Slanderer*, 1987）中，繼續探索他那豐富的說書文化。

口述傳統是非洲生活中，真實的一部分，若把它的影響力當作是一種懷舊或矯情，或許是錯誤的看法。非洲作家有時會拿來與愛爾蘭作家相比，但很少人意識到這是葉慈等作家所耽溺的古老神話的復興。取材於自然世界，以動物為主角的故事與隱喻，常可在阿契貝的作品、阿馬迪（Elechi Amadi）的河神傳說與恩古吉（Ngugi wa Thiong'o）的《在交岔路上的魔鬼》（*The Devil on the Cross*, 1982）中見到——他們所運用的文化，全都根植於現在。另一位決心喚起黃金年代的非洲作家，是塞內加爾（Senegal）的詩人，也是後來當選的總統的桑戈爾（Léopold Sedar Senghor, 1906-）。他精通法語，看出在非洲尋找並塑造後殖民的身分與文化時，古埃及、外來的希臘文化與傳統非洲雕刻和青銅作品裏的精神特質，也會跟著恢復起

來。

另一個影響非洲文學的重要因素，是通俗的文學作品可以在市場或街角上廉價販售。四○年代晚期，在東非的幾個大城中，這種現象尤其顯著。儘管印刷粗糙，書名庸俗（像《如何讓女人陷入熱戀》、《迷迭香與計程車司機》等等），這些羅曼史小說與道德訓誡，在閱讀習慣的發展上，都有著重要的地位。奈及利亞作家埃克溫西（Cyprian Ekwinsi, 1921-）描述拉哥斯（Lagos）妓女的悲劇《佳迦‧娜娜》（Jagua Nana, 1961），或是姆汪基（Meja Mwangi, 1948-）在以奈洛比（Nairobi）妓院為背景的《順河而下》（Going Down River Road, 1976），都是與城市生活的冒險有關的故事，也都具有通俗劇的與道德的、活潑的與憐憫的風格。

順時針方向，依序為阿契貝、索因卡、恩古吉與圖圖奧拉。

有兩位奈及利亞作家將現代非洲文學，推上廣受大眾歡迎的新層次：他們是阿契貝（1930-）與索因卡（1934-）。阿契貝以小說著稱，索因卡則以劇作鳴世，但他們倆人都以不同的文類寫作過，尤其是詩和散文，也是非洲文學發展的支撐力量。阿契貝與索因卡都是政治上的活躍份子，反對奈及利亞政府的壓迫手段：阿契貝公開擁護引起奈國內戰（1967-70）的分離主義者拜阿弗拉（Biafra），索因卡則在此時被下獄數月之久（參見他的回憶錄，《這個人死了》〔The Man Died〕，1973）。他們兩人現都住在國外，並對現在奈及利亞獨裁的軍政府提出批評。1986年，索因卡成為第一位贏得諾貝爾文學獎的非洲作家，在他之後，埃及的馬弗茲（Naguib Mahfouz）與南非的戈迪默，也分別於1988年和1991年成為諾貝爾文學獎得主。

阿契貝早期的小說四重奏──《瓦解》（1958）、《動盪》（1960）、《神箭》（Arrow of God, 1964）、《人民公僕》（A Man of People, 1966）──可作為不連貫的奈及利亞史來讀，從這在1890年代，最先被白人佔領的非洲內陸寫起，到1960年代中期，獨立之後的幻滅為止。每一部都有不同的形式和語言，連同他描寫崩潰的城市秩序，可視為完結篇的短篇故事《戰地姑娘》（Girls at War, 1972），都對殖民主義與自治，提供了有

政治事件中的腐化現象。精確的舞臺技巧與機智，使他成為當代一位重要的劇作家；他也是一個充滿哲學興趣的小說家，在《詮釋者》（Interpreters, 1965）中尤其可見，此外，在《阿其：童年時代》（Aké: The Years of Childhood, 1981）與《伊巴丹：潘克雷米斯年代》（Ibadan: The Penkelemes Years, 1994）中，他還是銳利但不失溫柔的傳記作家。這些作品都根植於他最熟悉的地方，像是他出生的阿貝歐庫塔（Abeokuta），還有伊巴丹。他作品中的大部分特色與其中所具有的影響力，都得歸功於他所傳承的約魯巴族（Yoruba）文化，它讓他的書跨越西奈及利亞，成為全球黑人表達語彙的來源。

無論是阿契貝還是索因卡，都是在奈及利亞獨

力的批判。《大草原上的蟻丘》（Anthills of the Savannah, 1987）則是他創作上的高峰，它指出當代非洲破裂的政治，造成了悲觀的景象，並暗示在未來，非洲女性可能扮演的角色提供了微弱的希望。儘管阿契貝出生於說著伊博語（Ibo）的歐吉迪（Ogidi，位於奈及利亞東部），但他顯示融合了非洲語的韻律和明喻之後，英語有可能展現的新風貌。

索因卡的作品也檢視了領導階層的失誤與政治的混亂，筆下通常帶有明顯的諷刺意圖。從歌頌奈及利亞獨立的《森林之舞》（A Dance of the Forests, 1960），到《地方男孩的受福》（The Beatification of Area Boy, 1995），他的劇作一向直指

索因卡的《地方男孩的受福》（右圖）的首演，是在英格蘭的里茲劇院（Leeds Playhouse），時間是1995年。

拉哥斯（上圖）是艾梅其塔（Buchi Emecheta, 1944-）的《母性的歡喜》
（*The Joys of Motherhood*），與奧克里（Ben Okri, 1959-）和伊亞伊（Fetus Iyayi）
的第一本小說的背景所在，以奇恩威祖（Chinweizu, 1943-）為主的一
群作家也以它為寫作題材。

立年代前後的世代中的著名作家。這個年代的作家還包括詩
人克拉克（J.P. Clark, 1935-）、奧卡拉（Gabriel Okara, 1921-）與奧基
格博（Christopher Okigbo, 1932-67），奧基格博於內戰中喪生，這
被認為是當代英語詩壇的重大損失。這個世代的其他一流作
家，尚有阿馬迪（1934-），他所寫的故事，如《情婦》
（*Concubine*, 1966），就是以哈可特港（Port Harcourt）鄰近地區，源
於古老習俗與信仰的河神與村落對抗為題，此外還有恩瓦帕
（Flora Nwapa, 1931-92），她是第一位廣具知名度的非洲女性作
家。但西非並非衹限於奈及利亞。迦納（Ghana）也有一位重
要的小說家，阿爾馬（Ayi Kwei Armah, 1939-），其內容複雜且通
常具有社會主義色彩，又帶著形上意味的作品，都是與非洲
人情感有關的悲劇敘述。法語國家的塞內加爾，不是衹有傑
出的法語現代詩人桑戈爾，還有幾位重要的小說家，其中有
兩位女性：著有《乞丐的打擊》（*The Beggars' Strike*, 1979）的佛

迦納籍的阿爾馬最有名的小說，《美好的人尚未誕生》（1968，左
書），假稱恩克魯馬（Kwame Nkrumah）時代的阿克拉（Accra），是一種
對傳統威權的新存在主義式的批判。恩古吉的《一粒麥種》（右
書），**1967**年時以英文出版。

爾（Aminata Sow Fall, 1941-），以及芭（Mariama Bâ, 1929-81），她的
《好長的一封信》（*So Long a Letter*, 1979），可說是洞悉非洲女性
婚姻狀態的作品中，最為銳利的其中之一。

東非傑出的作家，有肯亞的恩古吉（1938-，他先前的名字是
James Ngugi）。他的作品從最早的半基督徒立場，轉變為帶有
馬克斯主義的色彩；結果是，他因此過了大約二十年的流亡
生活。他的小說取材於肯亞的景物和村莊生活，尤其是他出
生地里姆魯（Limuru）一帶，說著基庫優語（Kikuyu）的地區。
在用英文寫出幾本像《血的花瓣》（*Petals of Blood*, 1977，是描寫
腐敗的政治與救贖的史詩）等優秀的小說之後，他後期的作品如
《在交岔路上的魔鬼》（1982）與《馬塔加里》（*Matagari*,
1987），就改用基庫優語寫作。這種語言上的轉變，在非洲文
壇引起相當大的爭論，因為人們還是把注意力放在用歐洲而
非本土語言所寫成的作品上。

許多人都覺得非洲文學的真正契機是在南部非洲，尤其
是在南非。在辛巴威（Zimbabwe）爭取獨立的過程中，很多知
識分子不是在叢林中作戰，就是住在國外，1980年後，他們
紛紛返國，很快就寫出刺激性的作品。其中最突出的，當屬
馬瑞其拉（Dambudzo Marechera, 1955-87）了，他得獎的故事集
《飢餓之家》（*The House of Hunger*, 1978），反映了他成長的鎮區中
的生活暴力。卡提亞（Wilson Katiya, 1947-）、恩亞姆弗庫德沙
（S. Nyamfukudza, 1951-）與霍夫（Chenjerai Hove, 1956-），他們的作
品表現了在多數社會中，出現的世代之間、傳統之間以及現
代化過程中的緊張關係，特別是在革命轉變下所經歷的混
亂。

在非洲，永遠有新作家出現。在最近幾年中，吸引文壇
注意的作家，有來自奈及利亞的詩人奧桑達爾（Niyi Osundare,
1947-），和諷刺作家薩羅－威瓦（Ken Saro-Wiwa, 1941-95）——他

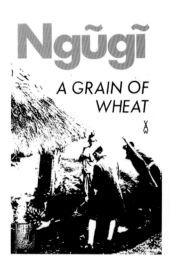

BEN OKRI
WINNER OF THE 1991 BOOKER PRIZE

Songs of Enchantment

歐克里（左圖），現於英格蘭定居，他是當今奈及利亞令人印象最為深刻的年輕作家，而以傳說為本的幻想史詩，像是贏得布克獎的《飢餓之路》，就是某些巧妙的故事，此外，還有他最近的小說《妖術之歌》（*Songs of Enchantment*, 1996，右圖）。

被不公的審判處死，這件事激怒了國際社會；還有來自迦納的萊恩（Kojo Laing, 1946- ）與茅利塔尼亞的寇倫（Lindsay Collen, 1948- ），後者的小說《西塔的搶奪》（*The Rape of Sita*, 1993），因冒犯印度教基本教義派，而在自己的國家被禁。對非洲作家構成挑戰的，還有嚴格的檢查規章與少得可憐的書籍流通量──或許因此造就出最好的作家，如著有《地圖》（*Maps*, 1986）的索馬利亞作家法拉（Nuruddin Farah, 1945- ），與《天堂》（*Paradise*, 1994）的作者，坦尚尼亞籍的古爾納（Adbulrazak

Gurnah, 1948- ），他們全都住在國外，不是為了得到庇護，就是為了擁有更好的出版機會。

　　對一個長期處於原始狀態的大陸來說，晚近它的獨裁政權、饑荒和貧窮，都已經有了大量的文字詮釋；能夠看到第一流的文學遍佈整個非洲，是一個不可思議的成就。非洲的藝術和音樂，已經影響世界上的其他藝術，此刻，它的作家也同樣影響了世界文學。迄今，每個非洲作家都加入了某個特別的地方與那裏的歷史，或許，對逐漸孤立與疏離的西方作家，這就是最佳的示範。

非洲：許多非洲作家會以他們的家鄉當作寫作題材。譬如阿契貝就在他的小說中，用虛構的地名（地圖中的斜體字部分）指稱真實的地方。

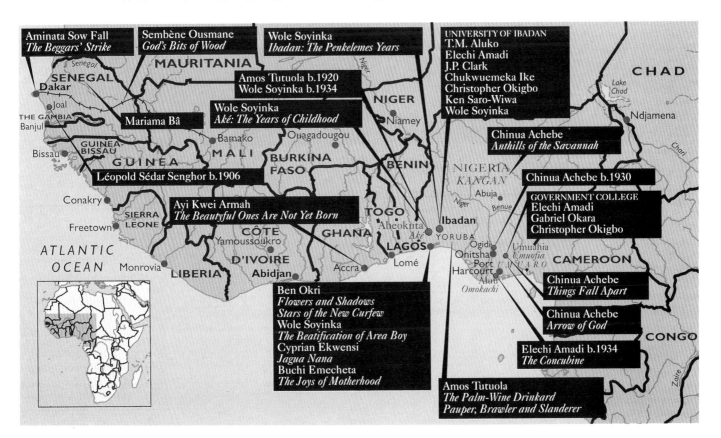

加拿大影像

　　有些城市一向擁有比它們該得的還多的文學運氣。混合了真實的歷史和社會變化，以及難以解釋的文化力量，創造出許多地方，那裏可以讓作家的作品影響挑剔的大眾，進而改變整個語言和文化傳統。美國文藝復興下的新英格蘭，以及居爾特復興（Celtic Revival）下的都柏林，都是顯著的例子。最近的例證則是多倫多，這個位於安大略湖上的年輕城市，從1967年左右到八○年代，所湧現的新文學天才，使它在任何英語文學的重鎮榜單上，都佔有顯著的地位。

經過這個年代之後，多倫多作家變得成熟了，他們包括阿特伍德（Margaret Atwood）、布爾特（Carol Bolt）、卡拉漢（Barry Callaghan）、克拉克（Austin Clark）、科恩（Matt Cohen）、芬德萊（Timothy Findley）、弗蘭區（David French）、科嘉瓦（Joy Kogawa）、李（Dennis Lee）、麥克伊文（Gwendolyn McEwen）、吉布森（Graham Gibson）、曼德爾（Eli Mandel）、安達特傑（Michael Ondaatje）、湯姆遜（Judith Thomson）、沃克（George F. Walker）與賴特（Richard Wright）。雖然蒙洛（Alice Munro, 1931-）在加拿大西岸的溫哥華與維多利亞住過一段時間，但這位在安大略出生的小說家與短篇故事作家，在多倫多仍留著一間辦公室，她的某些作品也的確是在這個城市完成的。

　　戴維斯（Robertson Davies, 1913-95）是國際知名的小說家和劇作家，在八○年代以前，他還是加拿大出色的諷刺紀錄者。在1962到1980年間，他擔任多倫多大學的馬塞學院（Massey College）院長，這所學校創立於1827年，有著新哥德式風味的校園，是市中心裏令人心曠神怡的地方，而學校就在省議會的附近。作為加拿大知識活動的重鎮，一如戴維斯的小說（其中很多都是以它為背景）所說的，多倫多也擁有一種保守主義的明確特色。如果有以多倫多為寫作根據地的新興作家，試著首度以加拿大腔，公開說出加拿大的故事，也幾乎不會得到學院的注意——祇有少數具影響力的作家例外。詩人博爾尼（Earle Birney, 1904-）於四○年代時，在多倫多任教，他鼓舞了一批新世代的詩人。還有《批評之解剖》（*Anatomy of Criticism*, 1957）的

1970年代，原本佈滿在多倫多港旁的倉庫與火車鐵軌，都為了「港口線」（上圖）的計畫而拆除了，那是一個充滿後現代特色的發展計畫，有公寓大廈、飯店、商場、咖啡館和步道。有了政府的幫忙，它突然成遍及全市的街頭藝術活動的中心，也是加拿大最受歡迎的藝術場所。

作者弗賴（Northrop Frye），他經常把他的心靈從對布萊克與《聖經》的研究中，轉到他自己國家的文學上（這讓他學院裏的許多同事感到驚愕）。另一位教授同行，是《谷騰堡銀河》（*The Gutenberg Galaxy*, 1962）的作者，也是前衛派的熱心支持者麥克魯漢（Marshall McLuhan, 1911-80）雖然他從未直接涉入加拿大文學的研究領域，但還是以其神祕的論證與神諭似的宣告（如「媒體就是訊息」），吸引全世界評論家的注意，並且為新世代的加拿大作家打了一劑強心針，因為如果沒有他，他們可能就會搖擺不定。

　　這些新作家受到不同的情感所驅策，有些情感還是負面的。他們發現一件荒謬的事：一個如此富庶與繁榮的城市，卻在文化上一直保持狹小格局。即使加拿大人也得承認，多倫多是個較晚建立的城市，那是在美國獨立革命之後，為了保護英屬加拿大不受這位強鄰侵略，而於1793年建城以為防衛。那裏除了一些印第安人部落、成堆的木屋與帳篷外，別無他物；然而，它的創市市長與他的夫人，卻都是詩人。到了1837年，多倫多的市容盛大輝煌到足以迎接第一位來訪的傑出文人馬里亞特上校（Captain Frederick Marryat），就像許多來到美洲的英國旅行家，他發現在遊歷完美國之後再到這裏，確實是一種調劑。狄更斯在1842年倍感沮喪的美國之行後，歡喜的抵達多倫多，他在《美國札記》（*American Notes*, 1842）中，盛讚它「充滿著生活、動機、商業與進步」。

　　十九世紀時，因高地開發殆盡與愛爾蘭馬鈴薯歉收所造

[304]

成的難民潮，使這個城市的人口暴增，而來訪的外國作家也愈來愈多，包括了馬克‧吐溫、豪威爾斯（W.D. Howells）、阿諾德（M. Arnold）、詹姆斯與柯南‧道爾。到了十九世紀末，一小群多倫多人開始在文壇上嶄露頭角：巴爾（Robert Barr）、塞頓（Ernst Thompson Seton）、桑德斯（Marshall Saunders）和鄧肯。而這個世紀裏與多倫多有關的作家，還有小說家卡拉漢（Morley Callaghan）、羅契（Mazo de la Roche），以及詩人普拉特（E.J. Pratt）、麥克雷（John McCrae）。

　　儘管如此，多倫多仍以其對文學的親切款待，而非它自己在這方面的成就著稱。福克納因為心儀加拿大的戰爭英雄比薛普（Billy Bishop），於是這位年僅二十的南方小子便於1918年7月來到多倫多，以便加入加拿大遠征軍，接受飛行員訓練。為了看起來像個加拿大人（當時是美國公民的他，無法合法加入這個部隊），他假裝一口濃濃的英國腔，捏造一段家族史，並在名字的拼音裏，多加一個「u」。對文壇來說，幸運的是，在多倫多時，他原先以寫出濟慈式詩的文學目標，轉變為以小說寫作為主。此時，他回去密西西比州的牛津，構思了好幾個與自己有關的故事，包括宣稱出過種種飛行任務，甚至說自己是個在戰場受傷的飛行員，這讓他返鄉後獲得相當大的好處。

　　但海明威確實是在1918年時，於義大利前線上受傷。當他以一個失業的英雄身分回到芝加哥之後，就到了多倫多，並在林赫斯特大道（Lyndhurst Avenue）一五三號的《多倫多星週刊》（Toronto Star Weekly）裏擔任記者。社方派他到巴黎當特派員，也贊助出版他早期的故事集。好幾年後，他回到多倫多，住在巴索斯特街（Bathurst Street）一五九號。比區（S. Beach）從巴黎的莎士比亞書局，寄來喬伊斯的《尤利西斯》，雖然這本書當時在美國被禁，在加拿大卻沒有。從他在多倫多的喬伊斯禁書倉庫中，海明威走私其中好幾冊的初版書，賣給美國的訂購者。「有一天，住在這裏的人們，會感謝我把《尤利西斯》從多倫多送到美國，而且沒有漏失任何一冊。」他這麼自誇著。

　　海明威最後歡喜地回到巴黎的波希米亞區，部分的原因是多倫多仍被視為一個地方都市。英國人（或任何強國的公民）很難想像在加拿大，學生在學校根本學不到本國歷史或文學。直到1970年代，這種現象在加拿大英語區仍是正常的，學生對他們的國家歷史一無所知。由於不教這些東西，學校成功地讓加拿大人以為他們是文化上的次等民族，沒有歷

當蒙特利爾（上圖）主辦1967年的世界商展時，它引起了前所未有的國家驕傲，人民開始有了自尊，文化不再祇受英國所左右，因為它的鄰國就是世界最大的大眾文化輸出國；加拿大對自己的價值有了更大的信心。照片中這座水泥建築物（下圖），就是為了商展而蓋的。

史，也沒有值得可說的故事。文化的記憶喪失症，影響了文學作品。加拿大的詩歌在這個世紀的前半期，通常循著單一的創作路徑：從模仿英國作品到模仿美國作品。在六〇年代，老一輩的加拿大小說家都把故事的背景放在國外，因為出版商害怕若以本國為背景，將會妨害銷路。身為漩渦派作家與畫家的劉易斯（Wyndham Lewis, 1882-1957），於1940到43年時，住在多倫多雪伯納街（Sherbourne Street）五五九號的都鐸飯店（Tudor Hotel，在他還住在那裏時，它就被大火燒了）。他對這個城市有著混雜的感情，他曾說它是個「假裝神聖的冷藏庫」。

　　為了迎合在其他後帝國時期國家（如澳洲）的新藝術趨勢，六〇年代的文學復興其中有一部分，可說是對先前荒蕪已久的多倫多的反動，也回應了1967年於蒙特利爾（Montreal）舉行的世界商展所產生的樂觀主義。這個商展創造了一種可

阿特伍德（上）與安達特傑（左）的小說，寫出七〇年代與八〇年代的多倫多街道景象。

以走進文學，具有新能量的時代精神，並且孕育了新世代的詩人、劇作家、短篇故事作家與小說家。他們之中大部分是年輕人，能夠探索一向為他們拒斥的歷史，以及實質上尚未寫出的現在。事實是，多倫多幾乎是個文學處女地，它顯示了一種重要的刺激。文學社團紛紛成立了，新的雜誌也應運而生。早期的文學發展障礙，在於加拿大出版社的態度，他們似乎相信好的作家就應該逃開這個國家——一如五〇年代的蓋蘭特（Mavis Gallant）、摩爾（Brian Moore）與里奇勒（Mordecai Richler）的做法——而留在國內的，充其量祇能算是二流的作家。新作家開始自力出版，他們學習如何排版、印刷、裝釘與銷售。年輕的出版商紛紛出現了；在高樓大廈櫛比鱗次的多倫多市中心，有寇區出版社（Coach House Press）、阿南希出版社（House of Anansi Press）、波塞匹克出版社（Press Porcepic）、黑苔出版社（Black Moss Press）、丹尼斯兄弟出版社（Lester & Orpen Dennys）。這些出版社旗下的作家，像是《圓圈遊戲》（*The Circle Game*, 1966）的作者阿特伍德、《走過屠殺》（*Coming Through Slaughter*, 1976）的安達特傑、《科索尼羅夫》（*Korsoniloff*, 1969）的科恩、《狂人的末路》的吉布森和芬德萊，他們早期的作品都在那裏出版。而年代較久的出版社，位於赫林格路（Hollinger Road）

上的「麥克塞蘭和史都華」（McCelland and Stewart），則在傑克（Jack McCelland）的主導下，承諾出版新銳的加拿大作家的作品；而麥克米蘭（Macmillan）加拿大分公司，也全力支持戴維斯與蒙洛。為了回應這種新潮流，這些跨國的大型出版集團，開始出版他們的加拿大版本。

在加拿大，在爭取聯邦與地方的文化經費補助時，由作家組成的組織，往往扮演重要的角色。很多作家都住在多倫多，現在它可是英語文化的重鎮了。在這裏，「加拿大詩人聯盟」的構想於1967年提出，翌年正式成立，並且就在多倫多舉辦第一屆的詩節。1973年，「加拿大作家協會」和「劇作家協會」分別成立。這兩個組織都位於萊爾森大道（Ryerson Avenue）二十四號，那裏也是「作家發展信託基金」的所在，這是一個不平常的文學基金會，是由小說家吉布森（Graeme Gibson）為首的一小群多倫多作家所成立的。同一棟大樓裏，還有加拿大的PEN（關心因政治因素入獄的作家的組織），在阿特伍德的領導下，這個組織有了新的氣象。

同樣是七〇年代的產物，還有港口線（Harbourfront），這是聯邦政府在多倫多沿岸所規劃的藝術與遊憩區。1974年6月，位於西皇后碼頭（Queen's Quay West）二三五號的港口線讀書會，開始每週一次的活動計畫。到了1980年，它成為該年度的「作家國際華會」的舉辦地，那年吸引了來自八十餘國，超過兩千五百位作家與會。

六〇年代與七〇年代的文化發展，是非常必要的，而影響極大的結果也持續到現在。此刻，這個國家擁有強大的作家組織與享譽世界的文學華會，出版社成竹在胸地印製本國作家的作品，如《流放》（*Exile*）等優秀的文學雜誌紛紛問世，在皇后西街（Queen Street West）也有了一流的書店。尤其是出現重要而具有特色的文學人物：斯克弗雷基（Josef Skvorecky）、阿特伍德、安達特傑和芬德萊，以及像著有《鯨魚之歌》（*Whale Music*, 1990）的奎寧頓（Paul Quarrington）、戈迪（Barbara Gowdy），與《熱情之心》（*Hearts of Flame*, 1991）的戈維爾（Katherine Govier）等新銳作家。他們筆下道出文化的掙扎、複雜與困難：阿特伍德寫出再度逃離的需求；於斯里蘭卡出生的安達特傑，則說出多重國籍的衝突。他們所說的故事中，有一部分指出今日的文化認同，是掙扎多於事實，也道出加拿大正在快速變化中。一個新多倫多覆蓋過舊多倫多：這個過去的殖民城市，成為國際性都會與多元文化的地方。1967到1980年之間，加拿大英語區的本質與其文化脈絡，全都改變了。新生代作家成為這種革命的部分原因，也是它不可缺少的年代紀錄者。

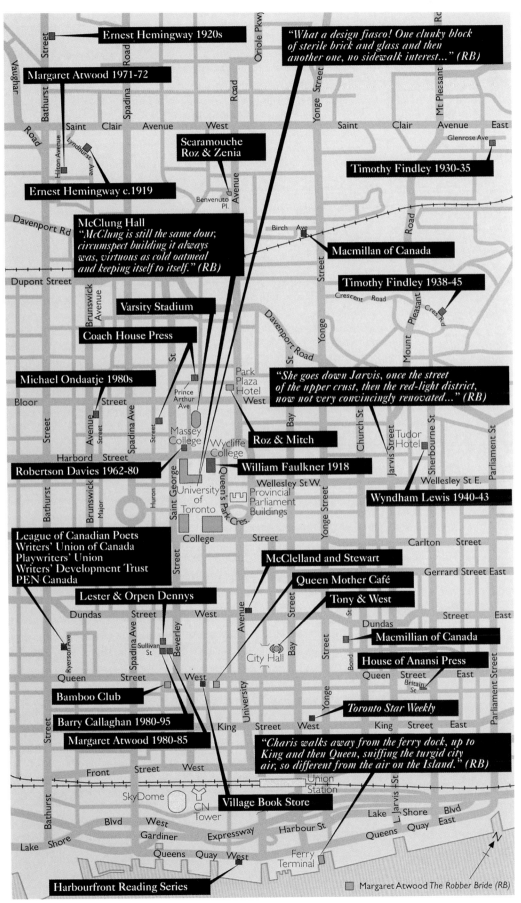

Ernest Hemingway 1920s

Margaret Atwood 1971-72

"What a design fiasco! One clunky block of sterile brick and glass and then another one, no sidewalk interest..." (RB)

Scaramouche Roz & Zenia

Ernest Hemingway c.1919

Timothy Findley 1930-35

McClung Hall "McClung is still the same dour, circumspect building it always was, virtuous as cold oatmeal and keeping itself to itself." (RB)

Macmillan of Canada

Timothy Findley 1938-45

Varsity Stadium

Coach House Press

Michael Ondaatje 1980s

"She goes down Jarvis, once the street of the upper crust, then the red-light district, now not very convincingly renovated..." (RB)

Roz & Mitch

William Faulkner 1918

Robertson Davies 1962-80

Wyndham Lewis 1940-43

League of Canadian Poets
Writers' Union of Canada
Playwriters' Union
Writers' Development Trust
PEN Canada

McClelland and Stewart

Queen Mother Café

Lester & Orpen Dennys

Tony & West

Macmillian of Canada

House of Anansi Press

Bamboo Club

Barry Callaghan 1980-95

Margaret Atwood 1980-85

Toronto Star Weekly

"Charis walks away from the ferry dock, up to King and then Queen, sniffing the turgid city air; so different from the air on the Island." (RB)

Village Book Store

Harbourfront Reading Series

Margaret Atwood The Robber Bride (RB)

戴維斯（上圖）於1951年出版他的第一本小說《狂風暴雨》（Tempest-Tost），是他以加拿大生活為題材的「沙特頓」（Salterton）三部曲中的第一部。然而，當他開始於1970年寫作《戴普福德三部曲》（Deptford Trilogy）時，他表現出一種新的文學能量。

多倫多：正如評論家弗賴所言，寫作總是從地方開始；在六○年代，加拿大人首度發展出一種自信與民族主義的文學文化。它擁有一連串位於萊爾森大道與港口線文化中心的作家組織。在眾多以多倫多為背景的作家中，阿特伍德的《強盜新娘》（The Robber Bride, 1993）的關鍵背景，都顯示在左邊這張地圖上。

Lake Ontario

風吹拂過每個地方：
今日非裔美人的文學狀況

受到二〇年代哈萊姆文藝復興與其具體化後，對人權與公民權利的樂觀氣氛所激勵，當代的非裔美人作家試著在各方面，行使長久以來被承諾的平等權利。他們的作品不再受限於地理路線。事實上，二十世紀中美國的技術革命，以及北向（最後是西進）的移民風潮，加上許多非裔美人的教育程度愈來愈高，還有六〇年代爭取公民權利法案後，法律不再有種族歧視的條文，這些都賦予他們的小說、詩與戲劇一種精神，這不僅是在文學，也出現在地理敘述的多樣風貌上，直到今天，這種精神仍在持續開展中。

紐約依舊是人文薈萃之地，但當代在美國各地長大的非裔作家，筆下描述的卻是他們的成長經驗。當然，他們還是與美國南方有著非常強烈的關連——對許多非裔美人來說，那是個轉變中的，也帶給他們悲傷的地方。許多當代非裔美人的作品，都企圖回憶或調解這段歷史。哈萊姆文藝復興中的作家們，渴望將奴隸制度與它的遺毒拋在腦後。儘管充滿鄉村風味的南方，仍是非裔作家最感興趣的地方，但具有城市風格的東北部，和工業化的中西部，卻在他們的小說中佔有支配的力量。事實上，鄉村和城市的生活經驗，在他們寫作中的比例是對等的。舉例來說，鮑德溫的第一本小說，《向蒼天呼籲》（1953），就把故事的背景，毫不費力地從紐約市搬到密西西比州。

沒有那一個作家在顯現非裔作家地位的提升上，能與摩里森（Toni Morrison）相提並論。摩里森於1931年出生在羅蘭鎮（Lorain），那是位於俄亥俄州的一個小城鎮。她的小說——《蘇拉》（Sula, 1973）、《所羅門之歌》（Song of Solomon, 1977）、《焦油嬰兒》（Tar Baby, 1981）、《摯愛》（Beloved, 1987）與《爵士樂》（Jazz, 1992）——在她處於巔峰狀態時，使她成為第一位榮獲諾貝爾文學獎的非裔美人作家。《摯愛》這本書雖然和涂瑪（J. Toomer）的《手杖》（1924）、赫斯頓（Z.N. Hurston）的《他們的眼睛都看著上帝》（Their Eyes Were Watching God, 1934）一樣，注入了南方的能量，但故事的發生地卻移到俄亥俄這個美國的心臟地帶。它說出了自由的代價——從蓄奴地區沿著鐵路逃跑，與對抗恐怖的種族主義的鬥爭。摩里森捕捉了非裔美人所面對的，要掌握自己生命的挑戰：尤其是那些克服非常障礙的黑人女性的成就。

南方繼續出產重要的非裔作家。像作品有時會拿來與福克納作比較的蓋恩斯（Ernest J.Gaines），他生於1933年路易斯

像上圖這樣在路易斯安那州的蔗田，在非裔美人作家的心靈中，仍有著強烈的意象。從涂瑪到赫斯頓，再到蓋恩斯，一如任何在城市環境裏的符號，甘蔗也是一種突出的象徵。

安那州的奧斯卡，那是個有著多元文化的地區，也是他幾本小說的故事背景。他的《皮特曼小姐自傳》（The Autobiography of Miss Jane Pittman, 1971），就是一個發生在爭取種族融合與公民權利的初期階段的故事。這個故事以口渴的皮特曼，彎腰掬飲一個祇准白人飲用的泉水作為開端。另一本蓋恩斯的作品，《老男人的聚會》（A Gathering of Old Men, 1983），則是發生於同時代（1970年代）的故事，它是以路易斯安那的蔗田為背景。有趣的是，有如此多的黑人作家，無論是現在或是過去的，在他們許多作品中，都把故事的地點放在蔗田：但也許有人會認為應該是在棉花田才對。

但是現在，非裔作家的小說觸角，已經遠遠超越蔗田和南方小鎮的範圍。有許多故事紀錄了在白人世界裏，黑人與之互動的情形。這個時期的黑人文學評論家，也有了舉足輕重的地位，像是蓋茲（Henry Louis Gates, Jr.）、貝克（Houston Baker, Jr.）與威廉斯（Shirley Anne Williams），他們用美國標準的基本觀點，證明了非裔文學的意義和本質。

摩里森（左圖）當她於1993年，榮獲諾貝爾文學獎時，她就把非裔作家的心聲，告訴更廣大的觀眾。

非裔作家的文學，一向受到社會與政治趨勢的深刻影響。舉例來說，從六〇年代中期到七〇年中期的「黑人藝術運動」，就被注入高漲的憤怒情緒，那是因為對平等權的耐心等待，似乎註定要遭受挫折。堅定地以非暴力手段推動公民權利法案，是金恩（Martin Luther King, Jr.）的一貫信念，但這樣的主張漸漸為政治活躍人士，如黑豹黨（the Black Panther Party）和馬爾坎X等人的戰鬥性格所取代。瓊斯（Le Roi Jones）把他的名字改為巴拉卡（Amiri Baraka），並且為黑人觀眾寫了幾齣戲。戴維斯（Angela Davis）、克利弗（Eldridge Cleaver）與卡麥可（Stokeley Carmichael）等作家富爭論性的作品，則探索了政治策略。

從四〇年代開始，就已經出現重要的新作品了。像是沃克（M. Walker, 1915-）的詩集《為我的民族》（For My People, 1942）、佩特里（Ann Petry, 1908-）以哈萊姆故事為主的《大街》（The Street, 1942）、賴特的《土生子》、艾利森（Ralph Ellison）的《看不見的人》（Invisible Man, 1952）與鮑德溫的《另一個國家》（Another Country, 1962），都促使非裔美國文學往七〇年代邁進。奇蘭斯（John Oliver Killens, 1916-87）在《那時，我們聽到雷聲》（And Then We Heard the Thunder, 1962），處理了陸軍中的種族隔離政策；沃克的《朱比利》（Jubilee, 1966），則訴說了黑人的奴隸史。當威廉斯（John A. Williams, 1925-）寫下《哭喊著我是誰的人》（The Man Who Cried I Am, 1967）——這本小說的背景橫跨全球，而始於六〇年代的曼哈坦，然而更重要的是在萊登（Leiden）與斯德哥爾摩——一如賴特和鮑德溫做過的，他向世人顯示，非裔作家的視野不再侷限於城市裏的貧民區。

里德（Ishmael Reed, 1938-）的諷刺作品，《曼波‧強波》（Mumbo Jumbo, 1972），背景是二〇年代的紐奧良，顯示由於非

他摯愛這位女孩，儘管她無依無靠，
又窮途潦倒，但他無法正確地說出原因，
他想了想過去這二十年來
所遇過的有色人種。
在戰前和戰後，他看過的黑人，不是虛弱暈倒，
就是面有饑色，或是疲倦不堪，或是失去親人，
能讓他們回憶或說出任何事，簡直就是奇蹟。
像他這樣的人，藏身洞穴，像貓頭鷹般出來覓食，
像他這樣的人，在豬群中偷盜；
像他這樣的人，白天睡在林中，晚上出來行走；
像他這樣的人，把自己埋在泥漿，或跳進井裏，
以逃避執法者、奇襲者、巡邏車、退伍老兵、
山地人、警衛隊與小丑……對他來說，要留在一個地方，
祇有一種可能——和女人，或是和家人在一起——
大不了是幾個月。他曾經和一個德拉瓦的紡織女工
幾乎廝混了兩年，那裏是他除了在肯塔基的普拉斯基（Pulaski）
，當然，還有喬治亞州的監獄之外，
他所見過最適合黑人居住的地方。

～摩里森，《摯愛》

裔美人的文化傳播，使得人們受「Jes Grew」所影響，Jes Grew是一種可以接管身體的狂熱舞蹈。他寫到：

「和華盛頓（Booker T. Washington）的《諜報網電報》（Grapevine Telegraph）的驚人傳播速度一樣，Jes Grew循著一種奇怪的路線穿越美國。松樹絕壁（Pine Bluff）和玉蘭花的阿肯色州都受到波及。奈卻斯（Natchez）、梅里迪安（Meridian）和密西西比，都有類似的情況。零星的暴動出現在田納西的納許維爾（Nashville）與納斯維爾（Knoxville），聖路易也一樣，衝

撞與摩擦迫使政府召集警衛隊。作為一種有力的影響，Jes Grew感染了它所接觸的一切。」

在挑戰任何對角色與故事的限制上，里德總是扮演開路先鋒。事實上，他對歷史、時間與地點的運用，塑造出他的故事的特殊性。從紐奧良到維吉尼亞的里其蒙，再到「黃背電臺」（參見《黃背電臺的故障》〔Yellow Back Radio Broke Down〕，1969），我們接收到的訊息，遠超過寫實主義的藩籬。里德擴大了我們對誰是非裔美人，與他們住在那裏的看法。

最近出現的作家之中，還有凱南（Randall Kenan, 1963-），他著有《讓死人埋葬他們的死亡》（Let the Dead Bury Their Dead, 1992）。他是當代在作品裏掌握南方經驗的作家中，另一個不可思議的例子。他的短篇故事集，是以北卡羅萊納的提姆斯河（Tims Creek）河畔城鎮為背景，捕捉了當地神奇與複雜的生活。威德曼（John Edgar Wideman, 1941-）的《費城之火》（Philadelphia Fire, 1990），就把故事的地點，設定在西費城的大學城附近，情節的發展也都在這所大學的陰影下。接下來要介紹的是國家書獎得主約翰遜（Charles S. Johnson）所寫的《中央通道》（Middle Passage, 1991），小說的開頭是在紐奧良這個蒸汽瀰漫的城市，在這本最早與非裔美人航越大西洋的傷痕旅行有關的成功小說中，

威德曼把《費城之火》的故事重心，放在這個在費城歷史中的悲劇上（上圖），當時激進派黑人的「回歸自然運動」，遭到費城警方的炸彈鎮壓。

作者把書中的黑人主角帶往海外。

晚近的非裔美國文學，特別是在八〇年代與九〇年代初期，都是由女性作家所支配。沃克（1944-）的《紫色》（The Color Purple, 1982）——後來被導演史匹柏（Stephen Spielberg）拍成電影——用極富特色的語言，說出在後黑奴時期粗糙、陰冷的南方，黑人婦女的奮鬥故事。奈勒（Gloria Naylor, 1950-）的《釀酒地的女人》（Women of Brewster Place: A Novel in Seven Stories, 1982）——曾被改拍為電視影集，主角之一包括脫口秀女王歐普拉（Ophrah Winfrey）——背景放在一處腐壞的公寓區，講的是城市的黑人婦女為生活而奮鬥的故事。香格（Ntozake Shange, 1948-）在1976年時搬到百老匯舞臺的舞蹈詩（choreopoem），《為那些在彩虹消去時，考慮自殺的有色人種女孩而寫》（For Colored Girls Who Have Considered Suicide When the Rainbow Is Enuf），捕捉了黑人男性與女性之間的不穩定關係，並且探索具地域性影響力的特色，諸如將芝加哥的爵士樂與紐約的「放客」（funk）結合起來等等。安吉羅（Maya Angelou, 1928-）的寫作生涯，開始於描寫她早年生活故事的《我知道為何籠中鳥會唱歌》（I Know Why the Caged Bird Sings, 1969），而〈在黎明中〉（In the Dawn of Morning）或許是她的巔峰之作，這首詩曾在柯林頓總統的就職典禮上朗誦。多芙（Rita Dove）於1993年時，被任命為美國的桂冠詩人，並且連任到1995年，她以《湯瑪斯和貝拉》（Thomas and Bewlah, 1986），贏得了普立茲獎，這一系列詩的標題，從南方的起源一直到俄亥俄的阿克隆（Akron）。

到了九〇年代中期，有兩位非裔作家似乎特別能引起大

沃克於1986年時，因表彰她對文學的貢獻，而獲頒「紫球獎」（Purple Globe Award），上圖是她從歌手衛特斯（Tom Waits）手中接過獎座的照片。她的小說關注於在充滿敵意的環境中，為生存而奮鬥的黑人婦女。

美國：這張地圖顯示當代的非裔作家，將他們的小說世界像南方一樣地拓展到美國北部。

眾的注意：摩斯萊（Walter Mosley, 1952-）與麥克米蘭（Terry McMillan, 1951-）。摩斯萊這位為柯林頓總統所賞識的神祕作家，寫過《穿著藍衣的魔鬼》（*Devil in a Blue Dress*, 1990，後來也被拍成電影）與《白蝴蝶》（*White Butterfly*, 1992），道出洛杉磯黑人社會的生活和社會狀況，在他之前，幾乎沒有作家寫過這方面的題材。

麥克米蘭的《等待呼氣》（*Waiting for Exhale*, 1992），是黑人作家寫過的小說中，最為暢銷的其中之一，這是關於四位女人如何處理她們的家庭、愛情與友情的現代故事。書中醒目的地方，就是地點所散發的力量；它把丹佛與鳳凰城裏的非裔美人，放到其他地方，而這種非裔美人的眼光，仍是相當特殊的，不管他們身在何處：

「我的小妹妹根本無法欣賞或瞭解真實的冒險，所以，當我在兩個星期前，打電話給她，告訴她我將要去鳳凰城時，她一點也不激動。『為何有人會真心想住在亞歷桑那？』她問我。『有任何黑人住在那裏嗎？那裏不就是在國王日（King holiday）過後，被州長取消這個節日的地方？』我不得不提醒她，我最要好的朋友柏娜迪恩——她是我大學時的室友，她的婚禮讓我在暴風雪中，開車開了三百六十哩路去參加，祇因我要當她的伴娘——就住在司各特達爾（Sco-ttsdale）。她一輩子都是黑人，而且她似乎很喜歡那裏。就算國王日被取消了，我能說的就是，當選舉到來時，最早到達投票所的人裏，一定有我。」

在我自己的小說，《失去亞伯薩隆》（*Losing Absalom*, 1995），我們在明尼亞波里斯，第一次見到亞伯薩隆的兒子桑尼（Sonny），全書結尾時，他們一家在北費城團圓。然而桑尼現在還在明尼亞波里斯上班，並且得回到賓州的家，這個事實才是重點。今日非裔作家的種種經驗，使他們能更深入自己的社會，也更能把他們自己投入於美國社會。從里德抽象而又神奇的寫實主義，到麥克米蘭筆下的鳳凰城，在這樣寬廣的白人生活空間中，黑人作家們正把他們自己與他們的能量，集中於新的領域。

摩斯萊（上圖）正在朗誦他的一本書，他寫了一系列以四〇年代洛杉磯中南區的黑人社會為主題的小説。

曼哈坦的故事：
誰怕沃爾夫？

我們年輕的小說家下定決心：他因循得夠久了。沃爾夫（Tom Wolfe）已經棄筆，而我們的小說家打算把它撿起來：他將寫出一部紐約小說，好終結以紐約為題材的所有小說——從華爾街到格林威治村，再到上東區與上西區；到哈萊姆，到……總之，他會在他的研究路線中，找出在哈萊姆之後要寫甚麼。

我們的小說家最後自承，他在沃爾夫於1989年發表的宣言——〈追蹤留下無數足跡的野獸〉（Stalking the Billion-Footed Beast）——前怯步了，這篇宣言喚起了紀錄的、寫實的與社會的小說（像是沃爾夫最近風格陰森詭異的小說，《虛無的營火》〔Bonfire of the Vanities〕）。起初，我們的小說家並不認為沃爾夫的的文章，是一種不體面的凱旋主義式之作。不對，他對自己說，他應該堅持充滿鄉村風味的中西部故事（當他參加一個有創意的寫作計畫時，可以在窗外看到中西部廣大的土地），也應該堅持寫出石油工人、抽涼菸的女孩等眾生相，而且在故事的尾聲時，玩一玩男主角掉落啤酒罐的把戲，就像讀者知道貧困的糊塗媽媽按慣例會死掉一樣。

我們的小說家認為沃爾夫的推測，明顯是一種侮辱。喬伊斯難道會堅持每個人都得花上十七年，才能寫下與愛爾蘭有關的晦澀難懂的鉅著？漸漸地，他認為沃爾夫的文字開始被瞭解了：「……說到城市小說，在這個意義下，巴爾札克和左拉寫的就是巴黎小說，狄更斯和薩克雷寫的就是倫敦小說；城市總是在前臺，將無情的壓力施加在居民的靈魂之

上。」僅僅想到要在文章裏，對未曾見過紐約的人，描述曼哈坦島上的天際線，他的手腕就痛了起來。喝了一杯又一杯的咖啡，吃下一個又一個的硬麵包，他的打字機和他的潛能相互應和，他又看了一遍沃爾夫的小說。

並非沃爾夫在寫作開始之時，就需要腎上腺素的大量分泌，然而曼哈坦的確讓每個人的文章看起來如此。這些驚歎號！這些斜體字！這些一再出現的東西、疊句與說了四遍的事物！還有令人無法喘氣的是，讀者受到引導，沿著券商麥克伊（Sherman McCoy）致命的路線行進，當時的券商收入豐厚，幾乎不可能有人看不起他們。而當時的貧富間隙，幾可用萬丈深淵來形容，就像人們常說的，跟馬里亞納海溝（Marianas Trench）差不多深。沃爾夫讓我們的小說家相信，他的策略就是要研究紐約的弱點，到最不可能的地方，然後把它寫出來。任何一位紐約人都能輕易地同意沃爾夫所說的，南布朗克斯區（South Bronx）是這種地方的不二選擇。在麥克伊與曼哈坦邪惡的上城之間的衝突，使這個故事成了一齣政治的、種族的、經濟的與法律的劇本。麥克伊的失敗，與其說是他自己的錯誤和傲慢，不如說是紐約本身冷酷和混亂的結構所造成。從《營火》裏可以找出一個核心原因，以瞭解沃爾夫為何寫下這本在他的宣言中，加以引用的小說：

夜晚時令人敬畏的曼哈坦天際輪廓（左圖）：我們小說家決定用隱喻的說法，說它是「令人尖叫的尖塔」。

曼哈坦……有兩個面向，對我們的小說家的鉅著來說，它是一格格有著潛在搏動的地方。在曼哈坦，他會抄襲阿米斯筆下的下層生活、麥克伊納尼的夜生活、沃爾夫的金融世界、奧斯特的在城裏無目標地散步，以及艾利斯的毫不讓步的暴力。

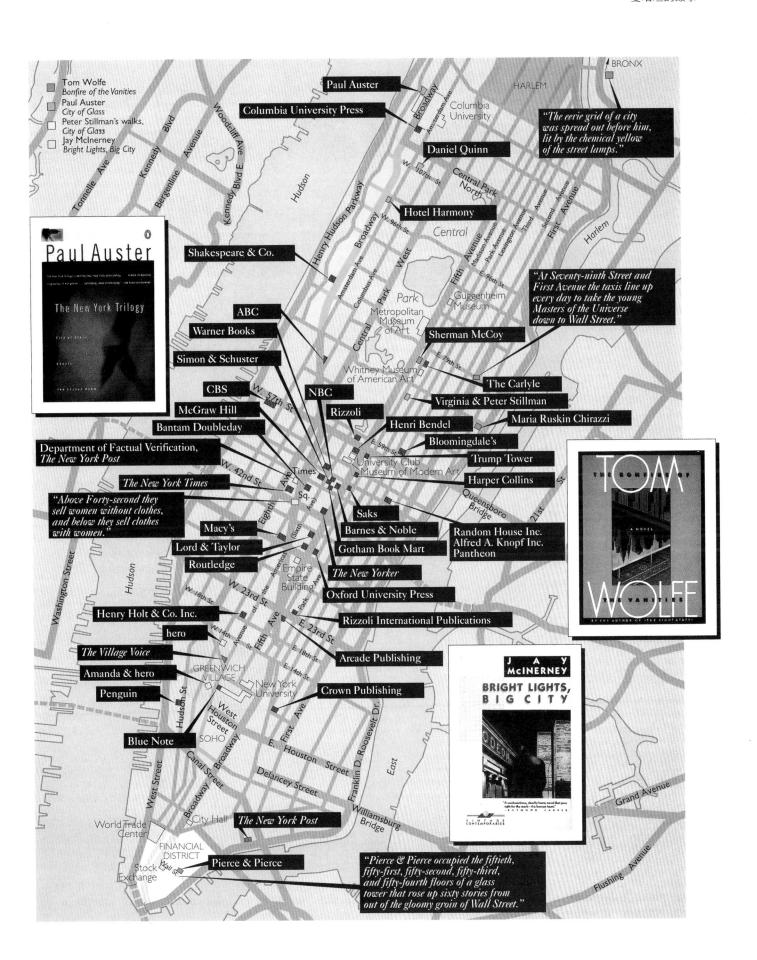

Tom Wolfe
Bonfire of the Vanities
Paul Auster
City of Glass
Peter Stillman's walks,
City of Glass
Jay McInerney
Bright Lights, Big City

Paul Auster
Columbia University Press
Daniel Quinn
Hotel Harmony
Shakespeare & Co.
ABC
Warner Books
Simon & Schuster
CBS
NBC
McGraw Hill
Rizzoli
Bantam Doubleday
Henri Bendel
Department of Factual Verification,
The New York Post
The New York Times
Macy's
Lord & Taylor
Routledge
Saks
Barnes & Noble
Gotham Book Mart
The New Yorker
Oxford University Press
Henry Holt & Co. Inc.
hero
The Village Voice
Arcade Publishing
Amanda & hero
Penguin
Crown Publishing
Blue Note
The New York Post
Pierce & Pierce

Sherman McCoy
The Carlyle
Virginia & Peter Stillman
Maria Ruskin Chirazzi
Bloomingdale's
Trump Tower
Harper Collins
Random House Inc.
Alfred A. Knopf Inc.
Pantheon
Rizzoli International Publications

Paul Auster
THE NEW YORK TRILOGY

"The eerie grid of a city
was spread out before him,
lit by the chemical yellow
of the street lamps."

"At Seventy-ninth Street and
First Avenue the taxis line up
every day to take the young
Masters of the Universe
down to Wall Street."

"Above Forty-second they
sell women without clothes,
and below they sell clothes
with women."

TOM WOLFE
A NOVEL
BY THE AUTHOR OF "THE RIGHT STUFF"

JAY McINERNEY
BRIGHT LIGHTS,
BIG CITY
VINTAGE
CONTEMPORARIES

"Pierce & Pierce occupied the fiftieth,
fifty-first, fifty-second, fifty-third,
and fifty-fourth floors of a glass
tower that rose up sixty stories from
out of the gloomy groin of Wall Street."

沃爾夫（右圖）已經扔下紀實的與社會的（譬如他寫過以華爾街——左圖——為題的作品）小說寫法，而我們的小說家卻把它撿起來。

「高樓大廈緊緊的擠在一起，他感到無比的沈重。他想到世界各地有上百萬人，一心想踏上這個小島，走進這些大樓，擠在這些大街小巷上。它就是二十世紀裏的羅馬、巴黎與倫敦，它是個充滿野心、有如磁石般的城市，主宰了那些堅持到這裏的人的命運。」

我們的小說家同意了。知道小說的素材就在他身邊萌芽，乞求他去採摘，這是多麼令人激動的事。他決定在著手鉅著之前，先伸伸他的雙腿，狄更斯式的開放路線，已經佔據他的心頭：「曼哈坦。」就是它了。他外出買了一份《紐約郵報》，一行祇有行家才懂得標題出現了：「鯨魚吞了計程車司機！」這個標題提醒他同時期稍早的一本小說，麥克伊納尼（Jay McInerney）的《明亮的燈光，碩大的城市》（Bright Lights, Big City, 1984）；在這本書裏，《郵報》的標題便有象徵性的特色。小說中的不知名英雄，在以第二人稱複數稱呼的一群人些微衝突後，淪為過度社會化的阿拉嘉許（Tad Allagash）的犧牲品，他染上酒癮與吸食毒品的惡習，但因他的妻子紅杏出牆，以及和親人死別的遭遇而被原諒，直到他為一本與《紐約客》（The New Yorker）無分軒輊的文學雜誌當校對，而被他的老闆以正當的理由解雇了。這本幾乎是對話式文體的小說，讓讀者瞥見——這位小說家可以證明它的真實性——曼哈坦夜晚尋歡作樂的誘惑，因為那時有太多多金的，卻對如何花錢沒甚麼創見的特權新貴。

我們的小說家沿著陽光下，南第七大道的人行道走到上城——他想起在許多曼哈坦小說中，人們也是著麼走著，他還喃喃唸出這些街道的名稱——他和兩位漂亮的女孩擦身而過。其中一位穿著她父親的襯衫，腳下打著黑色的綁腿，戴著太陽眼鏡，她或許就是麥克伊納尼第二本曼哈坦小說，《我的一生》（Story of My Life, 1988）中，那位名叫艾莉森（Alison Poole）的女孩。年方二十，目不識丁的艾莉森，用可怕而頑固的聲音，述說她的故事；這個有可能成為女演員的人，卻有著經常離異的雙親。她對男人、毒品以及她是父親的私生女等事情存有偏見，尤其是男人和毒品。她的紐約，一如《明亮的燈光》裏前輩眼中的紐約，是個夜夜笙歌而焦點模糊的城市。她驚人的任性，一如她沮喪的獨白，都令人排斥。我們的小說家決定把他筆下的女性，塑造為有可能成為演員或模特兒的美女，但她們的心靈空虛，人生也漫無目的。然後把她們殺光，他想著，又想起艾利斯（Bret Easton Ellis）的《美國的精神病患》（American Psycho, 1991）。

艾利斯真正的想法是甚麼？我們的年輕小說家似乎一頭栽進對八〇年代曼哈坦的污點諷刺裏，沒有其他人能如此完美地敘說這些東西——對外貌、身體的健康、平凡的流行音樂、最新開幕的餐廳等種種迷戀，所有這些都傳達給不問理由，祇想賺大錢，但卻腦袋空空的年輕人。在整齊、簡明的文章，以及一層層辛苦安排的諷刺細節中，艾利斯設計出可以支撐整個小說到最後的敘述節奏，而沒有……嗯，沒有主角挖出乞丐眼珠的情節，沒有把女孩強姦後分屍的慘劇，沒有用老鼠玩弄婦科醫生的敘述，沒有烹煮大腦與其他器官，並且用血水來洗滌的故事，也沒有一頁又一頁想來都萬分可怕，遑論是把它寫下來、印出來、裝釘好，放在書店販賣的性暴力描寫。確實如此，我們的小說家心想，並祈禱艾利斯筆下的暴力祇是隱喻的，他為自己準備好一幅幅春宮畫面。

《美國的精神病患》所要表達的主旨，明顯的就是：「膚淺、膚淺還是膚淺。」相較於人們在地點上可以互換的情形，人與人的互動看起來就是膚淺而表面的——貝特曼（Patrick Bateman）是個瀟灑的連續殺人狂，他經常被別人誤會，而他自己也讓周遭的人感到迷惑。他那些追逐時髦的朋友，拿他赤裸的告白當笑柄。這部小說的結局是貝特曼依舊逍遙法外，他把染血的床單送到中國人開的洗衣店清洗時，

也依舊不受注意；他還是在最輕微的幻想出現時，殘殺男人、女人、孩童和牲畜。

艾利斯最早的出版商們，在付他一大筆稿費後，決定不把這本小說發送到會引起婦女不快的地點——這意思有點像是核子武器會傷害樹木一樣。我們的小說家希望祇用一椿隨意而起的謀殺案，並把這樣的角色塑造為女性，以避免這種不便。恣意騷擾人的乞丐、氾濫的毒品、駭人的謀殺、心靈空虛的模特兒——他瞭解他的曼哈坦小說已經成形了。

他往東走到四十二街，一個外國皮條客販賣的裸體照片與色情用品，讓我們的小說家想起八〇年代的紐約。阿米斯（Martin Amis）的《金錢》（Money, 1984），內容不祇是擾人的乞丐（「這個城市裏充滿這些傢伙，這些傢伙和沒有大腦的女人，祇會對無時無刻不在的厄運叫嚷哭鬧，我在市立精神病院看過這些人的檔案資料。當十年前經濟走下坡時，他們就發瘋了……」），還有毒品氾濫（「除非我特別告訴你，否則我總是抽其他的香煙」——同樣的臺詞可以用在喝威士忌時）、心靈空虛的女人、無意識地遊走街頭等等，祇不過令人悲傷的是，沒有駭人的謀殺。故事的主角塞爾夫（John Self），他對酒精與黃色書刊的慾望，足以讓讀者反胃並到廁所洗手。

讀過《金錢》這本書，並領會它以貪婪和當代人心的墮落為主題後，我們的小說家在心中做了筆記，他至少得查看參考資料，以瞭解每位紐約人所要面對的問題：停車、儲藏空間、極端而任性的天氣和每天早上極為艱辛、痛苦的上班過程。他也決定讓書中的人物，在春日的陽光下，在中央公園裏、在公寓大廈形成的峭壁之間，有如溪谷的綠地上散步。說真的，曼哈坦並沒有那麼可怕。

剩下的就是和一個大城市有關的大小說了。它的確很大，我們的小說家從五十九街橋往下看時，他心裏這麼想著。有個乞丐問他，如果他是牙醫的話，他可以賺進三百萬元。有個身穿義大利名牌套裝的年輕人，很可能就是貝特曼，開著車前前後後尋找停車位。一個肥胖、滿頭是汗的禿子，手裏拎著一個裝著瓶子的塑膠袋，他或許是那位塞爾夫吧。而奧斯特（Paul Auster）本人，則選在這個時候路過身邊。我們的小說家想到了《明亮的燈光，碩大的城市》，他又在心中做了筆記，他要用像費茨傑拉爾式的筆法結束這部鉅著：那些荷蘭移民在不久之前，才抵達這個他們一心尋找的處女地。

他走回在狹小公寓裏的家，那裏有他的打字機，也有跟大家相同的停車問題，在摩天大廈的夾擠下，他的公寓就像個侏儒，但他心中仍充滿著沃爾夫所給予的靈感，我們的小說家準備開始動筆了。他有了起頭——「曼哈坦」——甚至也想好書名：《巴比倫的德瓦維斯》（Dwarves of Babylon）。想到這裏就有些不寒而慄，他不得不對沃爾夫在這些年裏，持續不輟所創造出來的作品感到驚歎了。

我們的小說家，就像奧斯特（上圖），會這樣形容擾人的乞丐：「當然，是有流浪者、窮途潦倒者、拎著購物袋的女士與醉鬼。他們之中從真正的窮人到令人同情的破產者都有。無論你走到那裏，都可以看到他們。」（《玻璃之城》，City of Glass）

「這個陰沈卻有如黃金般的城市」：
格雷和凱爾曼的格拉斯哥

「……如果一座城市不曾被藝術家所用，甚至住在那裏的居民，也不曾用想像力去看它。對我們大部分的人來說，格拉斯哥究竟是怎樣的城市？是住家所在，是我們工作的地方，有個足球公園或高爾夫球場，還有一些酒館和相互連接的街道。這就是全部了……想像中的格拉斯哥，有著飄送歌聲的音樂廳和一些不入流的小說。這就是我們給外面世界的全部印象，也是我們自己所擁有的全部印象。」

這段引人注意的總結，是格雷（Alasdair Gray, 1934-）的小說《拉納爾克》（Lanark, 1981）裏，那位藝術家主角索伊（Duncan Thaw）站在考卡登斯（Cowcaddens）的一處山頂，俯瞰這座城市時所說的話。這段話顯示這個位於蘇格蘭西部的城市，在糧食徵收商橫行的情況下，缺乏藝術風氣的神話，不過那些掌握格拉斯哥的人，也慢慢地瞭解這個笑話了。海外貿易的歷史遺產、大量的工業化、一度是大英帝國光榮的一部分，加上激進的政治傳統，使得格拉斯哥成為在英倫諸島裏，擁有最豐富、最活躍的市民文化的地方。這個城市的社會主義者和人民主義者的能量，持續以奇特的（甚至是大膽反抗的）方式，注入一種生命活力——因為為地方與人民帶來了折磨的社會與經濟剝削，已經造成衝突與不和。

索伊口中的「某些不入流的小說」，其實並不包括悠久而著稱的勞工階級傳統，也不包括《拉納爾克》本身的城市寫實主義——這又是一件諷刺之事。從上面這些敘述來看，這部小說可視為一個文學地標，因為它道出這座城市傑出的想像變化，而這樣的變化持續影響當代的蘇格蘭文學，而且並非限在格拉斯哥一地。格雷在文章中，大膽地綜合寫實主義與幻想，在風行全球的後現代主義裏，這些手法是經常見到的，但他還是忠於蘇格蘭傳統與其地方意識。這本書有一個以格拉斯哥為主，在形式上有著冒險與史詩意味的計畫，也具有自然主義與科幻小說的水準，尤其是針對這座城市最近的歷史，寫出深刻而令人煩擾的隱喻，並且對在資本

主義崩潰中的西方，提出如啟示一般的警告。

《拉納爾克》在這座城市的創造力上，投下一枚炸彈，而引爆後的震波，仍在迴盪不已；在隨後的小說中，格雷繼續添加震撼的元素。雖然沒有格雷那樣豐富而有力的視覺角度，與格雷同時代的凱爾曼（James Kelman, 1946-），甚至可能對年輕作家有著更大的影響力，因為他把勇氣與激進的政治化美學結合起來，並渴望將之擴大。透過精練的超寫實語言技巧，凱爾曼寫出城市生活的真實面貌，他的小說和短篇故事率直地拒絕作家式的干擾，並且有著強烈的主觀意識，要將思想和語言融合起來，重新創造規範書中人物生活的僵化變數；凱爾曼所瞭解的現代蘇格蘭生活，以宏觀的角度來看，就是政治和社會的邊緣化的典型代表。

凱爾曼堅持內在聲音的真實性，使他一再以格拉斯哥周圍因住宅計畫而造成的城市荒原，或是淒涼的酒館或賭場為背景，這樣直接的關係在形諸文字時，遭遇極大的困難：地方和身分變得無法在語言中融合。然而，格拉斯哥有著非常強大的力量，可以決定書中主角的身分與意識。在這「陰沈卻有如黃金般的城市」中，可以發現這種「不確定的瞥見」，它支持著《公車售票員海恩斯》（The Busconductor Hines, 1984）的英雄海恩斯，他在想像中企圖從這毫無意識做著重複動作，有如奴隸般的受薪生活中逃

格雷開玩笑似地在他的小說中，將圖畫與文字結合起來。左圖是《拉納爾克》第四冊的卷首插畫（事實上那是一張蘇格蘭的3-D畫）。

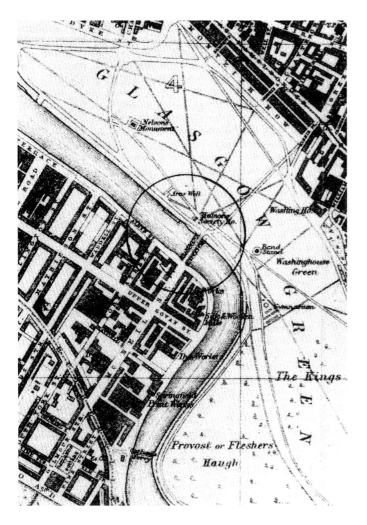

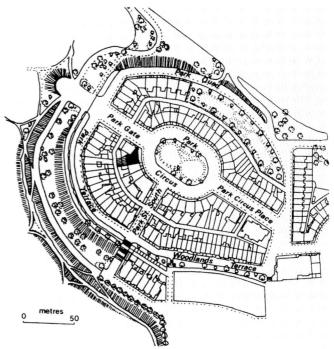

在小說《可憐東西》中，格雷結合了原稿、地圖與歷史文件：左圖是摘自該書的插畫，顯示出1880年的格拉斯哥綠地；「這個圓圈區域，就是布萊辛頓夫人（Lady Victoria Blessington）投水自盡的地方」。下圖的黑框則指出公園馬戲團的位置，在那本書裏是個主要地點。

開，他祇想躲進市政運輸系統。同樣地，在《不滿》（A Disaffection, 1989）中，那位苦悶的學校教師杜爾（Patrick Doyle），對反抗從格拉斯哥開闢通往英格蘭的高速公路這件事，顯得並不熱中。在凱爾曼的作品中，對存在於心理空間與物理空間的弔詭關係，有著最為強烈、有力的探索，無疑就是奪得布克獎的《要多晚就有多晚》（How Late It Was, How Late, 1994），這本書的主角薩姆爾斯（Sammy Samuels），在警方的粗暴行為後失明了，他不得不拖著受傷的身體，一路摸索、乞求，越過城裏回家。沒有其他與格拉斯哥有關的小說，會用這種恐怖而毫不親切的破壞性感覺，去看待這個城市。透過薩姆爾斯的困境，我們不得不傾聽這個城市；凱爾曼一如格雷所做的，徹底地重新創造它。

絕對的禁慾、自傲與決心，讓撒姆爾斯回家了：這是格拉斯哥的市民美德中，最顯眼的三種。第四種，或許會使其他的黯然失色，那就是光芒四射的還原機制，即使凱爾曼先前的強烈成見，也不足以抵抗它。最惡名昭彰與最具野心的格拉斯哥小說，應該是格雷的《可憐東西》（Poor Things,

1992），這是一部集合英格蘭與蘇格蘭維多利亞式的調侃之作，它在二十世紀晚期的後現代詭辯的文章脈絡中，重塑了十九世紀帝國架構下的格拉斯哥。它詳盡的原稿、地圖與歷史文件，以及融合虛構與事實的騙局，所創造出來的文本，可說是一種快樂地嘲弄的心理遊戲，儘管如此，它還是提出與種族、性別和階級政策有關的深刻問題。

在格雷與凱爾曼的實質想法中，可以找到充足的證據：一位蘇格蘭作家毋須將具有創造性的能量，放在和世界有所關連的特別地理位置上。這種對文學的格拉斯哥進行重組的過程，會一直持續下去；在富於刺激性的新小說中，標示出一個快速變化的城市，可以警告作家們，要避開以暴力和貧窮為題材等令人生厭的老朽之作。像蓋洛威（Janice Galloway）、甘乃迪（A.L. Kennedy）、庫普納（Frank Kuppner）等小說家所發出的不同聲音，預言了孤獨與痛苦的城市世界正悄悄地接近，然而，它還是能夠產生一種超越的、具治療性的魔力。他們的作品繼續對索伊那種挑撥的錯誤診斷，做了有力地圓謊。事實上，格拉斯哥與塑造它的想像力一樣大。

倫敦：被置換的城市

「為何倫敦會像布達佩斯？／因為它是個被河流一分為二的城市。」卡特在（Angela Carter）《聰明的孩子》（*Wise Children*, 1991）的開頭這麼寫著，這本書是晚近幾年裏，最好的倫敦小說之一。當然，它不祇是一本「倫敦小說」——一個對英國音樂廳歷史的幻想，以顛覆在上流與下層文化之間的舊有區分為樂的小說——其中最吸引人的元素，就是它對布里斯頓（Brixton）的家庭生活，有著充滿活力的描述。布里斯頓位於泰晤士河南岸。「在左手邊，觀光客很少注意到的地方，它有如泰晤士河這個父親的私生子。」

就像卡特所說的，卻恩斯（Dora Chance）做了進一步的解釋，這樣的劃分已不再那麼清楚了：人們從前習慣於「有錢人住在翠綠宜人的北岸……窮人祇能在南岸，在城市的惡劣環境中，過著悲慘的生活」。現在，「這條支流已經是猶太人的居住區，他們跳進他們的柴油汽車，然後分散到全市各處」。但卡特的基本忠誠從未受到懷疑，一如她所寫的當代最佳的倫敦文學，《聰明的孩子》，其中大部分的場景，都是在這邊緣化、受抑制的與被犧牲的地區。從這本書中浮現出來的倫敦影像，就是要強調這個「觀光客很少注意到的地方」。

那裏本身就是一個有問題的區域：大多數住在倫敦的英國成功作家，為了讓他們的小說有更大的進步空間，便選擇倫敦最高尚的區域居住，他們擁有自己的華屋。然而，難道這種優越的地位，果真能紀錄沒有特權的城市窮人的生活？對這些高高在上的小說家來說，沒有必要讓讀者瞭解現代倫敦生活的最真實的報告。

提到對南倫敦與其住民的糾結命運的顯著描述，沒有任何作品比得上柏區（Carol Birch）的《宮殿中的生活》（*Life in the Palace*, 1988），或是米拉爾（Martin Millar）所寫的書，後者筆下布里斯頓的次文化，甚至比卡特所寫的更尖銳、更刺激，他也以機智和神奇的寫實主義為良藥，施予書中的違建戶、巡迴藝人與樂觀的窮夢想家。他最好的作品或許是《牛奶、硫酸鹽與阿爾比的饑荒》（*Milk, Sulphate and Alby Starvation*, 1987）和《性與跳水臺之夢》（*Dreams of Sex and Stage Diving*, 1994）。要分辨出米拉爾和柏區的作品，就是他們不會對筆下

的人物客套：他們拒絕用鑷子夾起他們，把他們視作有趣的社會現象。我們讚美阿米斯（M. Amis）的技巧和眩目的體裁，以及他對葛洛夫（Ladbroke Grove）雕飾的酒館與傾圮的平房所作的描述，還有如《倫敦田野》（*London Fields*, 1989）裏，玩飛鏢的可笑糊塗蟲泰倫特（Keith Talent）等角色，但這些似乎都來自一種對「下層生活」所持的超然的與文學的概念。

無論如何，從1980到90年代的倫敦小說家，倒是有個一致的看法，即是這個英國首都已經走到衰落的盡頭了。住宅的供給短缺得厲害，大眾運輸系統的經費嚴重不足，污染問題日益嚴重，交通雍塞；在新「社區照顧」的計畫下，許多精神病患在街頭遊蕩，還有1986年以意識形態為由，廢除大倫敦委員會以來，倫敦便缺乏一個經由選舉產生的中央集權政府。在最近以倫敦生活為觀察對象的作品中，相當程度地反映這些現象，像是吉（Maggie Gee）的《迷失的孩子》（*Lost Children*, 1994）、杜雷伯（Margaret Drabble）的《發光之路》（*The Radiant Way*, 1987）和杜飛（Maureen Duffy）的《倫敦人》（*Londoners*, 1983）。

我們很容易就執著於這些衰落的景象，而忘掉繼續存在於某些現代小說家的作品中，其他更安定、

柏區所住的地方，就像左圖這樣位於艾德蒙頓（Edmonton）的大樓裏，她在那裏住了六年，據說她寫《宮殿中的生活》，是出於「一種憤怒與不公的情感，在看到她在倫敦的報紙上，把她的住處描寫為一個「貧民窟」、「令人不快的場所」之後，她希望「能作出正直的紀錄」。

當代倫敦：貧窮與富足的混亂、混雜的情形，在卡特的《聰明的孩子》中有著敏銳的描述，這種亂象是在今日的倫敦小說裏，所刻畫的倫敦殘破景象的一部分。

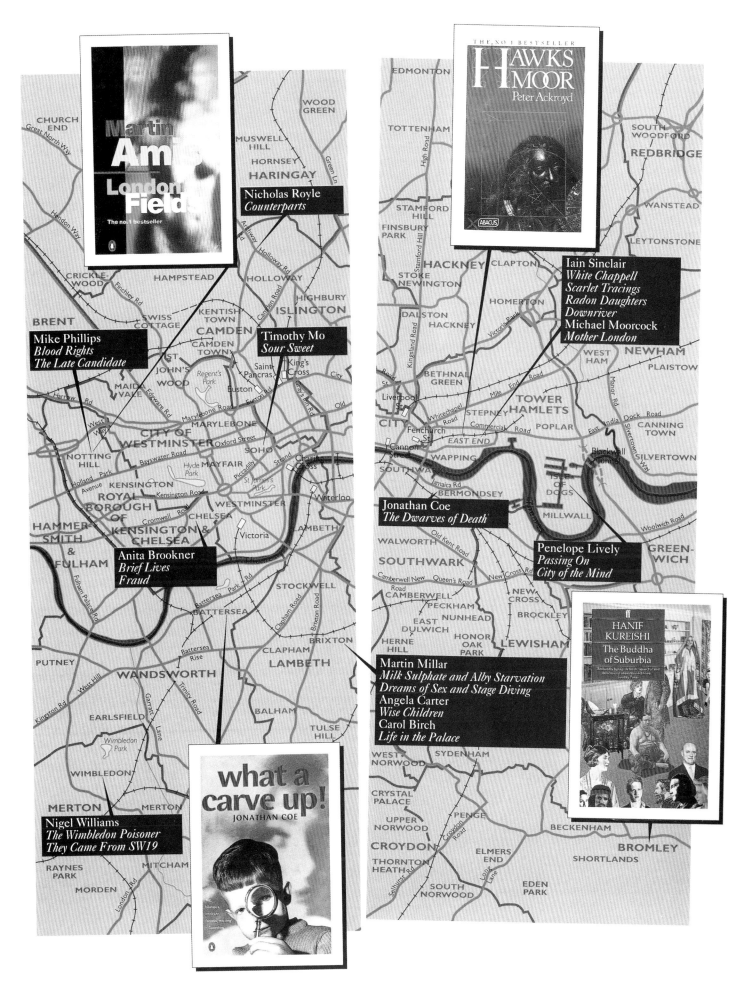

Martin Amis
London Fields
The no. 1 bestseller

THE NO 1 BESTSELLER
HAWKSMOOR
Peter Ackroyd
ABACUS

Nicholas Royle
Counterparts

Iain Sinclair
*White Chappell
Scarlet Tracings
Radon Daughters
Downriver*
Michael Moorcock
Mother London

Mike Phillips
*Blood Rights
The Late Candidate*

Timothy Mo
Sour Sweet

Anita Brookner
*Brief Lives
Fraud*

Jonathan Coe
The Dwarves of Death

Penelope Lively
*Passing On
City of the Mind*

Martin Millar
*Milk Sulphate and Alby Starvation
Dreams of Sex and Stage Diving*
Angela Carter
Wise Children
Carol Birch
Life in the Palace

HANIF KUREISHI
The Buddha
of Suburbia

Nigel Williams
*The Wimbledon Poisoner
They Came From SW19*

what a
carve up!
JONATHAN COE

《郊區的佛陀》的作者，庫萊希（左圖）在書中傳達他在倫敦郊區成長時，所得到的活潑意識，渴望看透它令人著迷的內在核心。

威廉斯寫了與溫布敦有關的作品，那是個寂靜、枝葉茂密的地方（左圖），也是倫敦最宜人的郊區，家庭的緊張關係和潛在的謀殺念頭，在清洗乾淨的汽車與整潔的籬笆後冒出來。

更優雅的倫敦生活。布魯克納（Anita Brookner）通常被視為一位懂得內省的作家，然而在《短暫的生命》（Brief Lives, 1990）與《騙子》（Fraud, 1992）等小說中，也可以發現在卻爾希（Chelsea）和南肯辛頓等上流環境裏，憂愁與倔強的現象：平靜的、樹木成排的街道在國王路、富爾漢路（Fulham）和老布隆普頓路（Old Brompton Roads）到處可見，而消失中的喬治時期平房的偉大景象，也為布魯克納以孤獨和不切實際的希望所構成的荒涼劇本，提供了恰當的背景。

就像布魯克納，另一位作家威廉斯（Nigel Williams）則在倫敦的市景與特定的情感狀態之間，建立起穩固的連結。提到溫布敦時，他以喜劇的手法寫出郊區的生活，而在《溫布敦囚犯》（The Wimbledon Prisoner, 1990）、《他們來自SW19》（They Came From SW19, 1992）等小說中，他更建立起專屬的地方性特色。儘管如此，庫萊希（Hanif Kureishi）的《郊外的佛陀》（The Buddha of Suburbia, 1989），還是近來有明確特色的市郊生活小說。它的背景大部分是在布隆萊（Bromley）的醜陋郊區，書中的主角卡里姆（Karim）夢想成為演員，他逃開令他感到窒息與沈淪的郊區生活，跑到知性與迷人的（這是他的看法）中

倫敦。

庫萊希想表達的主旨是種族的認同——卡里姆的母親是英國人，而父親卻是印度人，他認為自己來自「兩個古老的歷史」。這也成了當代倫敦小說所普遍關心的話題。到目前為止，這個在英國中擁有最多種族的城市，按照一份雜誌（Evening Standard）的調查，這個國家裏有77%的黑人、58%的加勒比海人、53%的孟加拉人、41%的印度人和36%的中國人，把倫敦當成自己的家鄉。這種種族的多樣性並沒有反映在倫敦的出版現狀上。像庫萊希這樣來自種族混合的家庭，在文壇上出人頭地，並且選擇以當代的倫敦，而非以流亡和離散為小說題材的作家，可說是鳳毛麟角。

蓋亞那（Guyana）出生，允為倫敦最佳與最受歡迎的犯罪小說作家之一的菲利普（Mike Phillips），他的作品《血的權利》（Blood Rights, 1989）、《最後一位候選人》（The Late Candidate, 1990），刻畫出他所知道的諾丁山和康登鎮（Camden Town）。這讓我們想起當代倫敦小說中，另一個顯著的特色：種族界限開始消除，貧富之間的地理劃分，逐漸變得模糊不清，而文類與文學小說之間的神聖分際也開始瓦解。舉例來說，羅伊爾（Nicholas Royle）的《副本》（Counterparts, 1994），一直被視為恐怖小說，也被讚許為對雙重身分的冒險探索；無論你認同那一種看法，羅伊爾筆下如走鋼索般的英雄，讓他創造出令人驚駭的情節，而故事的背景許多都在北倫敦的拱門區（Archway area）一帶。有著同樣特色的作家，還有維恩（Barbara Vine），她的筆名是蘭德爾（Ruth Rendell），她經常被歸類為犯罪作家，但她技巧熟練的驚悚小說《所羅門王的地毯》（King Solomon's Carpet, 1991），到目前仍是對倫敦地下鐵路網神祕事件，所作的最持續、最嚴肅的探索，她也把它們提升到藝術的層次。

維恩的小說有著驚悚的考古學特質，也有著倫敦最神祕與最不為人知的歷史，這些都令人著迷，這些歷史也出現在某些更具書癡特色的作家作品中。其中像是摩爾庫克（Michael Moorcock）、辛克萊（Iain Sinclair）和艾克羅德（Peter Ackroyd），他們經常以倫敦的東區為小說背景。人們一想到倫敦東區，心中依然會出現對暴力與難解的犯罪事件的記憶，尤其是開膛手傑克（Jack the Ripper）所犯下的謀殺案。然而東區也是八〇年代裏，最奇異可笑的建築區域之一：碼頭區（Docklands area）的商業發展，為當地家庭帶來購屋的機會。萊弗利（Penelope Lively）在她的小說《傳遞》（Passing On, 1989），特別是《心靈之城》（City of the Mind, 1991）中，明確地觸及這個主題，《心靈之城》雖然篇幅不長，卻是過去幾年中，較

在《酸甜》（*Sour Sweet*, 1982）中，莫（Timothy Mo）把陳家企圖融入英國社會的諷刺報告，與三合會的黑幫情節結合起來，故事的背景就在倫敦蘇活區的唐人街（右圖）。

具野心、範圍較廣的倫敦小說之一。然而，以連篇累牘敘說現代心理失常的後現代歷史意識，所形成的瘋狂的進取精神，要算艾克羅德的《霍克斯摩爾》（*Hawksmoor*, 1984）掌握得最好。兩條平行的敘述，以靈巧的對位技巧開展：一個是以戴爾（Nicholas Dyer）為主軸的故事，戴爾是一位十八世紀的建築師（他私下是個惡魔主義者），另一個主軸是霍克斯摩爾（Nicholas Hawksmoor），他是一位現代的偵探，負責調查一連串發生在建於十八世紀的教堂中的謀殺案。

這些謀殺案的地點包括斯匹托菲爾德（Spitalfields）、瓦平（Wapping）和萊姆豪斯（Limehouse）——而這些眾所皆知的犯罪場所，也出現在另一位東區作家辛克萊的小說中。辛克萊在《白色的卻佩爾，深紅色的描圖紙》（*White Chappell, Scarlet Tracings*, 1987）和《雷登家的女兒》（*Radon Daughters*, 1994）中，鮮少踰越範圍，但他最有名也最成功的作品，卻是《順河而下》。在這部小說中，他掌握住當代倫敦的不定本性，因為新狄更斯式一條鞭的敘述方式，已無法涵括這個城市的能量。《順河而下》這本辛克萊的最後之作，是由十二個單獨分開的故事所組成，透過題目和想像而非地點和人物，它們以似有若無的方式連結起來。不說發生的地點，光是這些故事所包含的年代，就相當廣大了，像是維多利亞時期發生的遊艇船難，載運核子廢料通過亥克尼（Hackney）的火車司機的噩夢般的世界，在梵諦岡管轄的多格斯島（Isle of Dogs）所發生的極其神奇而寫實的旅行。把這些分散的情節湊在一起，就成了泰

在八〇年代，一心祇想賺大錢的開發者，紛紛搬進倫敦東區的碼頭區（右圖），他們蓋起豪華的公寓與巨大的辦公大樓，其中許多到現在都還是空無一人。

晤士河本身了 ——一如卡特所做過的觀察，這本書從頭到尾，就像是「一個大而溼的傷疤」。

這麼說來，《順河而下》就是片段的、具有後現代技巧的、暴力的、黑色幽默的、有歷史意識的和近十年來拒絕定性的倫敦小說了？嚴格說來，真的能算是它對手的，就祇有辛克萊的朋友也是仰慕者的摩爾庫克，他所寫的《倫敦母親》（*Mother London*, 1988）了。這兩本書有著大量的相似之處：它們的篇幅都很長，也都是以一段段的故事組成，還有，它們的主角所從事的工作，都在於獲得對倫敦與郊區神祕事件有關的廣泛而不可思議的知識，也都被1980年代裏，無知、狂妄的開發者做出危害倫敦的行為所激怒。相較之下，摩爾庫克的小說就容易進入了：他筆下的倫敦歷史，從閃電戰到今天，祇集中與三位主角有關的事，這三個人是奇斯（Josef Kiss）、加薩里（Mary Gasalee）和蒙梅利（David Mummery），他們在精神上，或多或少都因戰時的轟炸而受損。在《倫敦母親》中，悲劇與鬧劇所串連起來的祕密，還有它對倫敦以及偶然爆發的政治風暴的熟知，都可視為《順流而下》的同伴，而非反而不像是競爭對手。無論如何，比起任何英國當代主流作家所寫的小說，這兩本書更貼近了倫敦這個破碎的、滿是汙泥的首都的核心。

柏林圍牆倒塌後的世界

1989年11月，作為從波羅的海岸延伸到亞德里亞海岸的鐵幕，最明顯與沈重的遺蹟——柏林圍牆——倒塌了。經過緊張的年代之後，前蘇聯瓦解了，曾是蘇聯體系下的各個國家，紛紛宣佈獨立，而政治地理上的世界地圖，再度有了變化。一個超過四十年對峙與分裂的時代，被新的分立形態所取代；政治家們宣稱一個「新世界秩序」誕生了，然而人們祇看到種種新的失序與混亂。在大多數作家的心中也是一樣，世界地圖已經有了根本的變化。

一個驚人的結果就是，有些先前是政治異議份子的作家，此刻都成為公眾人物。劇作家哈維爾成了捷克總統——祇不過這個在奧匈帝國崩潰後建立的新國家，後來分裂為捷克和斯洛伐克聯邦。索忍尼辛從佛蒙特州的流亡地回到俄羅斯時，他被視為道德上的英雄；他從瓦拉迪佛斯托克（Vladivostock），橫越大陸到達莫斯科，祇為了考察在自由市場、經濟危機與犯罪率攀升的年代下，俄國的狀況是如何。然而自由未必會讓被禁制的文學繁榮發展；相反地，應該更具商機的世界出版市場，卻斷言他們在中歐，就像在後現代和文化飽和的西歐一樣，沒甚麼發展的前景。

曾經有過清楚劃分的歐洲東邊與南邊界限，現在日漸分裂與不安，而不見經濟的發展與改革。在此同時，興起了全球通訊、多國合作和資訊高速公路，人類有了更大和更方便的可動性，還有新起的種族混合，這些都讓這個世界似乎有所不同，而且這種情形到處都是。這些力量以及歐洲社會的成長和擴大，以及超主權的國家或聯邦，都對民族國家的權力和自信帶來重大影響，然而這些國家是幾個世紀以來，世界地圖的基礎與內戰的所在。柏林圍牆倒塌後的世界，似乎成了更多樣，也更為混亂的地方，它將國際市場開放給具有新能量的地區，像是太平洋周圍國家。日本、新加坡、馬來西亞和中國，成為上升中的強權和投資、發展與革新的中心。其他的國家和地區，尤其是伊斯蘭世界，一直堅持不同甚至更加激進、更為固守基本教義的立場，他們以信仰來定義政治與歷史的性格。更極端的基本教義派與部落主義者，也不放棄他們的堅持，就在這個時候，世界上許多城市擁有更多種的語言與更多種的文化，文化間的交流也在快速增加中。

在千禧年的交替中，是有可能看到若干有力卻又矛盾的過程所形成的寫作環境。隨著民族國家的相對式微，與新多元文化主義的發展，文學地圖上的許多重要強國已經有了變化。就像魯西迪（S. Rushdie）所說的，今天許多在英國產生的最有趣的小說，說的都是移民者的故事，而這些作者來自不同的母國文化，他們把英語當成自己的語言，但筆下還是顯現出不同傳統的大融合。在美國，具有影響力的非裔作家和美洲原住民的新作品，已經改變美國傳統的重點與方向，並且重新賦予美國夢的精神。印度與非洲文學也取得新的文化能量和權威；遍及整個世界的後殖民時期作家，也發出他們的聲音。在此同時，出現區域主義激化的現象，因為小國和小地方的作家，擺脫了文化的基準和傳統，主張一個更獨立、更積極的文化地位。

通訊技術的成長，一方面幫助故事的傳播，另一方面也削弱書本的權威。從來不曾有那麼多書本被書寫、印刷並在整個世界自由地流通；而同時，書寫的文字向視覺符號低頭，有紙印刷向電視、電影與視覺播放裝置（Visual Display Unit，VDU）的閃爍影像稱臣。在現代，經常有人預言書本的死亡。比較真實的情況是，書本在成長中的通訊世界，仍會佔有一席之地，在這個

左圖這張照片，顯示德國人於1989年11月動手敲掉柏林圍牆的情景。

日本東京的證券交換所（左上圖），可說位於金融世界的最前線。

劇作家哈維爾（右上圖）於1990年成為捷克斯拉夫總統，兩年後辭職下臺，以示為捷克的分裂（捷克和斯洛伐克聯邦）負責。

電腦族群興起的例證，就是網路咖啡館了，上圖是一家位於巴黎的網路咖啡館，人們在那裏不再喝著咖啡閒聊，而是在螢幕上和世界其他地方的人互通訊息。

世界裏，故事的傳播不再是地方性、區域性與全國性的事情，而是全球傳播的影像與超寫實世界的一部分。

在印刷與想像的文學裏，作家要捕捉快速變化的世界的任務，其困難性或許是前所未有的——不僅因為第二個千禧年所展現的未來形態，遠不及讓我們期待的願望和幻想那般清晰。這種對未來的展望，包括了多樣化的技術和新遺傳科學的成長，當然，還有對其他世界的冒險。它也包括新的緊張與衝突的局勢，以往的民族與世界強權的衰落或崩潰，以及新民族和新強權的形成。

寫作的地圖、文學的地圖，從開始到現在，經歷過許許多多的變化。隨著世界意識的擴展、朝聖之旅、探索與發現的成長、城市的肇建與新興國家的崛起，故事的內容也變得

寬廣多了。故事和書本本身就是一幅幅世界地圖，但這樣的地圖總是在變化之中。如果文學本身就是一本地圖集，是由地理景物、城市、國家、航海與烏托邦式的幻想之旅所構成，那麼它就得經常更新。一如在梅爾維爾（H. Melville）的《雷得本》（Redburn, 1849）中，那位英雄所作的註解：「每個時代都有自己的旅行指南，過時的就祇好拿來當廢紙。」但文學通常是探勘未來的地圖，而且總是會有新的旅行指南——這就是這本地圖集始終沒有完成的原因了。

衛星在太空中環行（右圖），蒐集從整個宇宙得來的資料，以便讓地球上的人作分析。

AUTHORS AND THEIR WORKS

The following authors are discussed but not featured in the essays and their dates and/or works have not been given elsewhere.

AMIS, KINGSLEY (1922–95) English novelist and poet. Best known for his satirical novel *Lucky Jim* (1953). His cultural and social disillusionment is apparent in his other works, which include *That Uncertain Feeling* (1955), *Take a Girl Like You* (1960), *Ending Up* (1974), *Stanley and the Women* (1985), the Booker Prize-winner, *The Old Devils* (1986) and *You Can't Do Both* (1994). Non-fiction works include *What Became of Jane Austen?* (1970) and *On Drink* (1972).

ATWOOD, MARGARET (1939–) Canadian novelist and poet born in Ottawa. Themes of her novels include such contemporary issues as feminism and the effect of mass society on the individual. She is best known for *The Handmaid's Tale* (1985), which has been adapted into a film. Among her extensive list of works are *The Edible Woman* (1969), *Cat's Eye* (1988), several volumes of poetry and a collection of short stories, *Wilderness Tips* (1991).

BALDWIN, JAMES (1924–87) American author from Harlem, New York City, where at 14 he became a preacher. Later, he lived in Paris where he wrote his first two novels *Go Tell It on the Mountain* (1953), based on his experience as a preacher, and *Giovanni's Room* (1955), in which he explored his homosexuality. His following novel *Another Country* (1962) received critical acclaim, as did his collection of essays *The Fire Next Time* (1963). Other novels are *The Devil Finds Work* (1976) and *Just Above My Head* (1979). He also wrote plays and short stories.

BECKETT, SAMUEL (1906–89) Anglo-French playwright and novelist. Born in Dublin, but settled in Paris after studying and teaching there. He wrote primarily in French, often translating his works into English himself. In 1969 he was awarded the Nobel Prize for Literature. His work often depicts the futility of life, which is especially evident in his well-known plays *Waiting for Godot* (1952) and *Endgame* (1957). His novels include *Murphy* (1938), *Malone Dies* (1951), *Watt* (1953), *How It Is* (1961) and *The Lost Ones* (1971). He also wrote a study of *Proust* (1931), a screenplay *Film* (1969) and numerous collections of short stories.

BELLOW SAUL (1915–) Born in Quebec, Canada, of Russian-Jewish parents, he grew up in the slums of Montreal and in Chicago. He won the Nobel Prize for Literature in 1976, and the Pulitzer Prize for *Humboldt's Gift* (1975). Taking Dostoevsky, D.H. Lawrence and Joseph Conrad as his mentors, he endeavoured to write novels to "instruct a young and raw nation." Titles include: *Dangling Man* (1944), *Seize the Day* (1956), *Henderson the Rain King* (1959), *Herzog* (1964), *Mr Sammler's Planet* (1970), *The Dean's December* (1982) and *More Die of Heartbreak* (1987). He has written short stories, a play, *The Last Analysis* (1965), and a memoir, *To Jerusalem and Back* (1976).

BENNETT, ARNOLD (Enoch Arnold Bennett) (1867–1931) One of the great twentieth century English novelists and dramatists, Bennett is famous for his stories about the Five Towns, which include *Anna of the Five Towns* (1902), *The Old Wives' Tale* (1908) and *Clayhanger* (1910).

BLAKE, WILLIAM (1757–1827) English poet and artist. Blake was born in London and lived most of his life there. Many of his works were illustrated with his own engravings. His book *Poetical Sketches* (1783) was the only work he had conventionally published during his lifetime. He is best known for his poems *Songs of Innocence* (1789) and *Songs of Experience* (1794), in which the world is seen from a child's perspective. Other works show his deep obsession with mysticism, among these are *The Book of Thel* (1789), *The Marriage of Heaven and Hell* (c. 1790) and *Jerusalem* (1804–20).

BOCCACCIO, GIOVANNI (1313–75) Italian poet and storyteller. Born in Paris, the illegitimate son of an Italian merchant and a French woman, he studied law before going to work at the court of Naples where he fell in love with Maria, the daughter of the King, who as "Fiammetta" was to inspire much of his work. His *Decameron* (1348–53), a hundred tales told by a group of people trying to escape the plague in Florence in 1348, is his greatest work, providing source material for, among others, Chaucer and Tennyson. In 1373 in Florence he gave the first lectures on Dante's *Divine Comedy*.

BÖLL, HEINRICH (1917–85) German novelist, short story writer and playwright. Nobel Prize-winner in 1972, he was critical of many elements of modern society including the Catholic church and contemporary German culture. His work includes the collection of short stories *Traveller, If You Come to Spa ...* (1950) and the novels *Adam, Where Art Thou?* (1951), *Billiards at Half Past Nine* (1959), *Absent without Leave* (1964), *Group Portrait with Lady* (1971), *The Lost Honour of Katherine Blum* (1974) and two anthologies in English, *Eighteen Stories* (1966) and *Children Are Civilians Too* (1970).

BORGES, JORGE LUIS (1899–1986) Argentine poet, critic and short story writer. Born in Buenos Aires, he was educated in Switzerland, afterwards living in Spain. Considered the foremost contemporary Spanish American writer, he returned to Buenos Aires in 1921 as an *ultraísta* (Spanish Expressionist) poet, writing *avant-garde* poems based on daring metaphors. He shared the Formentor Prize with Samuel Beckett in 1961. A chief exponent of Magical Realism, his poetry collections include *Dreamtigers* (1964), *A Personal Anthology* (1967), *In Praise of Darkness* (1974); short story collections include the early *A Universal History of Infamy* (1935) and *Ficciones* (1944), *Labyrinths* (1953), *Extraordinary Tales* (1955), *The Book of Imaginary Beings* (1967), *Dr Brodie's Report* (1972) and *The Book of Sand* (1977).

BRECHT, BERTOLT (Eugen Berthold Friedrich) (1898–1956) German dramatist and poet. Under National Socialism in 1933 he went into exile, living in Denmark and the United States before returning to Germany to live in East Berlin in 1949 and establishing the Berliner Ensemble there. He is best known for his brilliant wit, outspoken Marxism and his revolutionary ideas in theatre. *The Threepenny Opera* (1928), his version of Gay's *The Beggar's Opera*, brought him success. Other plays include *Baal* (1919), *Drums in the Night* (1922), *Mother Courage* (1938), *The Good Woman of Setzuan* (1943) and *The Caucasian Chalk Circle* (1945).

BRINK, ANDRÉ (1935–) Born in Vrede, South Africa, where he still lives, he takes an anti-Apartheid stance in his writing and was the first Afrikaner writer to be banned under the 1963 censorship laws. His work, influenced by Camus and the Existentialists, includes the novels *Looking on Darkness* (1974), *Rumours of Rain* (1978), *A Chain of Voices* (1982), *A Dry White Season* (1984), *The First Life of Adamastor* (1993), *On the Contrary* (1993), *Imaginings of Sands* (1996) and an early collection of essays *Writing in a State of Siege* (1983).

BULGAKOV, MIKHAIL (1891–1940) Russian novelist and playwright. Officially criticized for several of his works. His novels include *The Deviliad* (1925), *The White Guard* (1925), *The Master and the Margarita* (tr. 1967) and *The Heart of a Dog* (1925).

BUNYAN, JOHN (1628–88) English writer. His constant study of the *Bible* intensified his religious beliefs and he began to act as a lay preacher in the Baptist church. In 1660 he was sent to prison for 12 years for unlicensed preaching where he completed nine books, including *Grace Abounding to the Chief of Sinners* (1666). When he was released he was a hero and continued to write and preach until his death. His book *The Pilgrim's Progress from This World to That Which is to Come* (1678–84) is considered one of the world's great works of literature.

BURNS, ROBERT (1759–96) Scottish poet. The son of a farmer who encouraged his children's education. His poems were circulated widely in manuscript form, but none were published until *Poems, Chiefly in the Scottish Dialect* (1786), which was an immediate success. His popularity is based on his ability to depict the lives of his fellow Scots. Two collections contain 268 of his songs – *George Thomson's Select Collection of Original Scottish Airs for the Voice* (1793–1811) and *James Johnson's Scots Musical Museum* (5 vols., 1787–1803).

CANETTI, ELIAS (1905–1994) Novelist and essayist born in Bulgaria from a Sephardic Jewish background. He spent his early life in Vienna and emigrated to England in 1939. He wrote in German, and was awarded the Nobel Prize for Literature in 1981. Novels include *Auto-da-Fé* (1935), *Crowds and Power* (1960) and *Earwitness* (1986). He also wrote plays, autobiographies and a study of Kafka.

CAREY, PETER (1943–) Australian novelist born near Melbourne. He confronts the social myths in Australian society through his writing. His novels include *The Fat Man in History* (1974), *War Crimes* (1979), *Bliss* (1981), *Illywhacker* (1985) and *Oscar and Lucinda* (1988), for which he won the Booker Prize, *The Tax Inspector* (1991) and *The Unusual Life of Tristan Smith* (1994).

CARTER, ANGELA (1940-1992) English author, who wrote in the Magic Realist style, where writing is characterized by images that portray the imaginary or fantastic in rational terms. Novels include *The Infernal Desire Machine of Doctor Hoffman* (1972), *Nights at the Circus* (1984) and *Wise Children* (1991). She also wrote short stories and plays for the radio.

CATHER, WILLA (1876–1947) American novelist and short story writer, born in Gore, Virginia. She worked as a teacher and journalist until the publication of her first collection of short stories, *The Troll Garden* (1905), when she joined the editorial department at *McClure's* magazine. In 1912 she left to dedicate herself to creative writing. From the age of nine she lived on the Nebraska prairie, and this landscape features prominently in her novels, which include *O Pioneers!* (1913), *My Antonia* (1918), the Pulitzer Prize-winning *One of Ours* (1922) and *A Lost Lady* (1923). Other works include *Lucy Gayheart* (1935), *The Old Beauty and Others* (1948), a collection of short stories *Youth and the Bright Medusa* (1920), and a number of essays.

CHEKHOV, ANTON (1860–1904) Russian short story writer, dramatist and physician, born in Taganrog. He began writing to support himself and his family while he studied for a medical degree in Moscow. His plays, which concentrate on the interaction between characters rather than dramatic action, had an enormous influence on both Russian and foreign literature. His first large collection of short stories, *Motley Stories* (1886), was followed by *At Twilight* (1887) and *Stories* (1888). His first major drama was *Ivanov* (1887). The Moscow Art Theatre dramatized his other key works, including *The Seagull* (1895), *Uncle Vanya* (1900), *The Three Sisters* (1901) and *The Cherry Orchard* (1904).

COCTEAU, JEAN (1889–1963) French writer, visual artist and filmmaker. A leader of the French *avant-garde* in the 1920s. His first major success was the novel *Les Enfants Terribles* (1929) which he later made into a film (1950). He relied on fantasy and the adaptation of classical myths like *Orpheus* and *Oedipus*. Works include the plays *Orphée* (1934) and *The Infernal Machine* (1934), ballets, sketches, monologues, drawings and the text that he wrote with Stravinsky for the opera-oratorio *Oedipus Rex* (1927).

COLETTE (Sidonie Gabrielle Colette) (1873–1954) French novelist particularly known for her sensitive observations of people, especially women. She published her early Claudine novels under the name of her first husband, Willy (Henry Gauthier-Villars), with titles like *Claudine at School* (1900) and *The Innocent Wife* (1903). Later she wrote novels under her own name, including *The Vagrant* (1910), *The Cat* (1933) and *Gigi* (1945).

COLLINS, WILKIE (William Wilkie Collins) (1824–89) English novelist. Trained as a lawyer, he is really only known today for his two mysteries *The Woman in White* (1860) and *The Moonstone* (1868), but he wrote some 30 novels. He is recognized as the first writer of full-length crime novels in English.

CONGREVE, WILLIAM (1670–1729) English dramatist born near Leeds and educated at Trinity College, Dublin. He wrote a novel – *Incognita* (1691) – and translations of Juvenal and Persius (1693). His plays include the comedies *The Old Bachelor* (1693), *The Double Dealer* (1694), *Love for Love* (1695) and *The Way of the World* (1700) and the tragedy *The Mourning Bride* (1697).

CONRAD, JOSEPH (1857–1924) English novelist. Born Josef Teodor Konrad Walecz Korzeniowski of Polish parents in Berdichev, Russia. He joined an English merchant ship in 1874 and often drew on his sailing experiences in his work. In 1886 he became a British citizen. His works include *The Nigger of the Narcissus* (1897), *Lord Jim* (1900), *Nostromo* (1904), *The Secret Agent* (1907), *Under Western Eyes* (1911), *Chance* (1913) and *Victory* (1915) and the novellas *Youth* (1902), *Heart of Darkness* (1902) and *Typhoon* (1903). He wrote two novels with Ford Madox Ford, *The Inheritors* (1901) and *Romance* (1903).

CRANE, HART (Harold Hart Crane) (1899–1932) American poet born in Garrettsville, Ohio. He published only two volumes of poetry during his lifetime, *White Buildings* (1926) and *The Bridge* (1930), but these established him as one of the most original and talented American poets of the twentieth century.

CRANE, STEPHEN (1871–1900) American novelist, poet and short-story writer. Born in Newark, New Jersey, he moved to New York City to pursue a career as a freelance writer. He helped introduce realism into American literature, basing many of his works on his own experiences. His novels include *Maggie: A Girl of the Streets* (1893), which he published himself, and *The Red Badge of Courage* (1895), his classic story of the American Civil War. Crane also wrote short stories and poems in *The Monster and Other Stories* (1899), *The Black Riders and Other Lines* (1895) and *War is Kind* (1899).

DE BEAUVOIR, SIMONE (1908–86) French author, leading exponent of the Existentialist movement and close friend of Jean-Paul Sartre. Best known for her analytical study of the status of women, *The Second Sex* (1949–50). Other work includes the novels *All Men Are Mortal* (1946), *The Blood of Others* (1946) and *The Coming of Age* (1970). Autobiographical writings include *Memoirs of a Dutiful Daughter* (1958), *The Prime of Life* (tr. 1962), *Force of Circumstance* (1963), *A Very Easy Death* (1964) and *All Said and Done* (tr. 1974).

DESAI, ANITA (1937–) Indian author, born in Mussoorie of a Bengali father and German mother. She writes in Urdu and translates the texts into English herself. *Clear Light of Day* (1980) and *In Custody* (1984) were short-listed for the Booker Prize. She received the Guardian Award for Children's Fiction for *The Village by the Sea* (1982), and the 1978 National Academy of Letters award for *Fire on the Mountain* (1977). Other novels include *Bye-Bye, Blackbird* (1971), *Cry, the Peacock* (1983), *Baumgartner's Bombay* (1988) and *Journey to Ithaca* (1995).

DICKINSON, EMILY (1830–86) American poet born in Amherst, Massachusetts, where she spent most of her life. Her bold and individual style ensured her status as one of the great American poets. Until the age of thirty she lived a busy life of friendships, parties and involvement in the church, after which she became increasingly withdrawn, until she became a recluse in her father's house. During her lifetime she published only seven poems, and only after her death did her sister find over 1,000 more hidden in her bureau. These were not published until 1955, in *The Poems of Emily Dickinson*.

DINESEN, ISAK (Baroness Karen Blixen) (1885–1962) Danish author who wrote primarily in English. She married and joined her husband on a coffee plantation in East Africa. She wrote a lyrical, autobiographical account of life in Africa entitled *Out of Africa* (1937), made into a film. Other work includes *Seven Gothic Tales* (1934), *Winter's Tales* (1943), *Last Tales* (1957), *Anecdotes of Destiny* (1958) and *Shadows on the Grass* (1960).

DOS PASSOS, JOHN (1896-1970) American novelist born in Chicago. Graduated from Harvard, he dealt in his early works with the First

World War. Novels include *Three Soldiers* (1921), *Manhattan Transfer* (1925) and the two trilogies *The Big Money* (1936) and *U.S.A.* (1937). His non-fiction includes *Tour of Duty* (1946), *Men Who Made the Nation* (1957), *Mr Wilson's War* (1963) and *Easter Island: Island of Enigmas* (1971).

DOSTOEVSKY, FYODOR (1821–81) Russian novelist born and raised in Moscow by Russian Orthodox parents. A profound writer, he depicted the depth and complexity of the human soul with remarkable insight. His vast body of works include *Poor Folk* (1846), *The Double* (1846), *The Insulted and The Injured* (1861-62), *The House of the Dead* (1862), *Notes from the Underground* (1864), *The Gambler* (1866), *Crime and Punishment* (1866), *The Idiot* (1868), *The Possessed* (1871–72), *Raw Youth* (1875) and *The Brothers Karamazov* (1879-80).

DURRELL, LAWRENCE (1912–90) British author born in India of Irish parents. He was very widely travelled, often working in diplomat positions. He set many of his works in exotic locations, writing about love and a sense of place, particularly in his masterpiece *The Alexandria Quartet* (1957–60). Among his other works are: *Reflections on a Marine Venus* (1953), *Bitter Lemons* (1957), *Esprit de Corps* (1957), *Stiff Upper Lip* (1958), *Tunc* (1968), *Nunquam* (1970), *The Avignon Quincunx* (1974–85), and the travel books *Prospero's Cell* (1945) and *Spirit of Place* (1969).

ELIOT, GEORGE (Mary Ann or Marian Evans) (1819–80) English novelist born in Arbury, Warwickshire. Brought up in an atmosphere of strict evangelical Protestantism, she rebelled and renounced organized religion altogether. She primarily wrote about life in small rural towns. She began her career as a sub-editor of the *Westminster Review*. Her work includes *Scenes of a Clerical Life* (1858), *Adam Bede* (1859), *The Mill on the Floss* (1860), *Silas Marner* (1861), *Romola* (1862–63), *Felix Holt* (1866), *Middlemarch* (1871–72), *Daniel Deronda* (1876) and the poem "The Spanish Gypsy" (1868).

ELIOT, THOMAS STEARNS (1888–1965) American-English poet and critic born in St Louis. One of the most distinguished literary figures of the twentieth century, he won the Nobel Prize for Literature in 1948. He began his literary career as an assistant editor of the *Egoist* (1917–19) and edited his own quarterly, the *Criterion* (1922–39). He started work for London publishers Faber and Faber in 1925 and became one of their directors. His early poems, *Prufrock and Other Observations* (1917) and *The Waste Land* (1922), express the anguish and isolation of the individual. Later work expresses hope for human salvation, particularly *Ash Wednesday* (1930) and *Four Quartets* (1935–42). He also wrote verse dramas, including the successful *Murder in the Cathedral* (1935) about the death of Thomas à Beckett, and the comedies *The Cocktail Party* (1950) and *The Elder Statesman* (1959).

FITZGERALD, F. SCOTT (Francis Scott Key Fitzgerald) (1896–1940) American novelist and short-story writer born in St Paul, Minnesota. He later moved to New York City with his wife Zelda. He is considered the literary spokesman of the "jazz age." He is best known for his novel, *The Great Gatsby* (1925), in which he explores the vacant myth of the American Dream. Other novels are *This Side of Paradise* (1920), *The Beautiful and the Damned* (1922), *Tender is the Night* (1934) and *The Last Tycoon* (1941). He also wrote collections of short stories, including *Flappers and Philosophers* (1920), *Tales of the Jazz Age* (1922), *All the Sad Young Men* (1926) and *Taps at Reveille* (1935).

FORD, FORD MADOX (Ford Hermann Madox Hueffer) (1873–1939) English author, poet and critic. Editor of the *English Review* (1908-11) and the *Transatlantic Review* (1924). His novels include *The Good Soldier* (1915) and *Parade's End* (1924–28), consisting of *Some Do Not, No More Parades, A Man Could Stand Up* and *The Last Post*.

FORSTER, EDWARD MORGAN (1879–1970) English writer who lived in Italy and Greece before returning to live the rest of his life in Cambridge. In his novels he often satirizes the atttitudes of English tourists abroad. His works, many of which have been filmed, include *Where Angels Fear to Tread* (1905), *The Longest Journey* (1907), *A Room with a View* (1908), *Howards End* (1910), *A Passage to India* (1924) and *Maurice* (post. 1971). His short stories are collected in *The Celestial Omnibus* (1911) and *The Eternal Moment* (1928).

FOWLES, JOHN (1926–) English novelist born in Leigh-on-Sea, Essex. His novels include *The Collector* (1963), *The French Lieutenant's Woman* (1969), made into a film, *The Magus* (1966), *Daniel Martin* (1977), *Mantissa* (1982) and *A Maggot* (1985). He has written a collection of short stories and some critical studies.

FRISCH, MAX (1911–) Swiss writer who trained as an architect. Work includes the novels *I'm Not Stiller* (1954), *Homo Faber* (1957), *A Wilderness of Mirrors* (1964) and the plays *The Firebugs* (1953) and *Andorra* (1961).

FUENTES, CARLOS (1928–) Mexican writer, editor and diplomat. His work, which seeks to understand and interpret his country and its people, includes *Where the Air is Clear* (1958), *A Change of Skin* (1967), *Old Gringo* (1986), *Distant Relations* (1980), *Christopher Unborn* (1987) and *Diana* (1995).

GARCIA LORCA, FEDERICO (1898–1936) Spanish poet and dramatist. Known for the passion and violence in his work, he was killed by Franco's soldiers at the outbreak of the Spanish Civil War. His *Gypsy Ballads* (1928) won him recognition as the most popular Spanish poet of his generation. Other work includes the poetry collections, *Lament for the Death of a Bullfighter* (1935) and *The Poet in New York* (1940), a book of prose, *Impressions and Landscapes* (1918) and his plays, *Blood Wedding* (1938), *Yerma* (1934) and *The House of Bernarda Alba* (post. 1945).

GIDE, ANDRÉ (1869–1951) French novelist and a leader of French liberal thought, and one of the founders (1909) of the influential *Nouvelle Revue française*. He was awarded the Nobel Prize for Literature in 1947. Novels include *Prometheus Unbound* (1899), *The Immoralist* (1902), *Strait is the Gate* (1909), *Lafcadio's Adventures* (1914), *The Counterfeiters* (1926) and an autobiography, *If It Die* (tr. 1935).

GRASS, GÜNTER (1927–) German novelist, lyricist, artist and playwright born in Danzig (now Gdansk). Principally deals with the social and political concerns Germany faced before reunification. Novels include *The Tin Drum* (1959), *Dog Years* (1963), *From the Diary of a Snail* (1972), *The Rat* (1987) and *The Call of the Toad* (1992). He has also written poems and plays and a collection of speeches and open letters entitled *Speak Out!* (tr. 1969).

GOLDING, WILLIAM (1911–93) English novelist principally concerned with the intrinsic cruelty of Man. Best known for his novel *The Lord of the Flies* (1954), later made into a film, he was the Nobel Prize-winner for Literature in 1983, and was knighted in 1988. He also received the Booker Prize in 1980 for his novel *Rites of Passage*. His other work includes *The Inheritors* (1955), *Pincher Martin* (1956), *Free Fall* (1959), *The Spire* (1964), *The Pyramid* (1967), *The Scorpion God* (1971), *Darkness Visible* (1979) and a maritime trilogy: *Rites of Passage* (1980), *Close Quarters* (1987) and *Fire Down Below* (1989).

GREENE, GRAHAM (Henry Graham Green) (1904–91) English novelist, playwright and journalist. His work combines elements of the detective story with psychological dramas. His novels include *Stamboul Train* (1932), *Brighton Rock* (1938), *The Power and the Glory* (1940), *The Ministry of Fear* (1943), *The Heart of the Matter* (1948), *The End of the Affair* (1951), *The Quiet American* (1955), *Our Man in Havana* (1958), *A Burnt-Out Case* (1961), *The Comedians* (1966), *Travels with My Aunt* (1969), *The Captain and the Enemy* (1980) and a short story collection *May We Borrow Your Husband?* (1967). He wrote plays, including *The Potting Shed* (1957) and *The Complaisant Lover* (1959) and, with Carol Reed, the film script for *The Third Man* (1950).

HAMSUN, KNUT (1859–1952) Norwegian novelist whose work often deals with the effect of materialism on the individual and a love of nature. He was awarded the Nobel Prize for Literature in 1920 for his novel *The Growth of the Soil* (1917). Other work includes *Hunger* (1890), *Mysteries* (1892), *Pan* (1894), a trilogy of plays and a volume of poems published in 1903.

HAVEL, VÁCLAV (1936–) Czech dramatist, essayist and former president. He was imprisoned in 1979 for four years by the Czechoslovak Communist regime and his plays were banned because he was the leading spokesman for the dissident group Charter 77. After the collapse of Communism in 1990 he was elected president of Czechoslovakia and he resigned in 1992. His works include *The Garden Party* (1963), *The Memorandum* (1965) and *Letters to Olga* (tr. 1989).

HEANEY, SEAMUS (1939–) Irish poet born in Londonderry, Northern Ireland, and winner of the Nobel Prize for Literature in 1996. His collections, which explore the issues that face contemporary Ireland, include *Death of a Naturalist* (1966), *North* (1975), *Field Work* (1979), *The Haw Lantern* (1987), *Station Island* (1984), *Selected Poems 1966–87* (1990) and *Seeing Things* (1991).

HESSE, HERMANN (1877–1962) German novelist and poet. At the outbreak of the First World War he went to Switzerland and obtained citizenship there. He won the Nobel Prize for Literature in 1946. His works include *Peter Camenzind* (1904), *Demian* (1919), *Siddharta* (1922), *Steppenwolf* (1927), *Narcissus and Goldmund* (1930), *Magister Ludi* (1943) and *The Glass Bead Game* (1943).

HOFMANNSTHAL, HUGO VON (1874–1929) Dramatist and poet and a key exponent of Romanticism in Austria. His first verses were published when he was 16 years old and his play *The Death of Titan* (1892) when he was 18. He worked on librettos for Richard Strauss, and after the First World War helped found the Salzberg Festival, where his plays, including his *Everyman*, are regularly produced.

HUXLEY, ALDOUS (1894–1963) English author educated at Eton and Oxford, he lived in Italy before settling in the United States. His works include *Crome Yellow* (1921), *Antic Hay* (1923), *Those Barren Leaves* (1925), *Point Counter Point* (1928), *Brave New World* (1932), now recognized as a classic in literature, *Eyeless in Gaza* (1936), *After Many a Summer Dies the Swan* (1939), *Ape and Essence* (1948), *The Devils of Loudun* (1952) and *The Genius and the Goddess* (1955). He also wrote collections of short stories and essays.

IONESCO, EUGÈNE (1912–1994) Born in Romania, he settled in France in 1938 and began writing *avant-garde* plays associated with the Theatre of the Absurd, including *The Bald Prima Donna* (1950), *Les Chaises* (1952) and *Rhinoceros* (1959).

KAWABATA, YASUNARI (1899–1972) Japanese novelist who in 1968 became the first Japanese author to receive the Nobel Prize for Literature. He was a leader in the school of Japanese writers that wrote with a lyrical and impressionistic style. His work includes *Snow Country* (tr. 1956), *Thousand Cranes* (tr. 1959), *The Sound of the Mountain* (tr. 1970), *The Lake* (tr. 1974) and *The House of the Sleeping Beauties and Other Stories* (1969).

KUNDERA, MILAN (1929–) Czech-born novelist and essayist who has lived in France since the 1968 Soviet invasion of Czechoslovakia. He is best known for his novel *The Unbearable Lightness of Being* (1984), which was made into a film. Other novels include *The Joke* (1967), *Life is Elsewhere* (1973), *The Book of Laughter and Forgetting* (1979), *Immortality* (1991) and *Slowness* (1995).

LAMPEDUSA, GIUSEPPE DI (1896–1957) Italian novelist. He was a wealthy Sicilian prince and drew on his family's history for his most acclaimed work, *The Leopard* (post. 1958). His only other work was *Two Stories and a Memory* (post. 1961).

LAWRENCE, D.H. (David Herbert Lawrence) (1885–1930) English author born in Nottingham. He began his career as a teacher, before writing. In 1912 he eloped to the continent with Frieda von Richthofen Weekley, a German noblewoman. During the First World War his outspokenness and Frieda's German birth aroused suspicion that they were spies. After 1919 they left England, only later returning for brief visits, spending time in Ceylon, Australia, the United States and Mexico. Lawrence died at the age of 45 of tuberculosis. His writing

has often been criticized for its sexual frankness. An early work, *Sons and Lovers* (1913), is based on his own life. Other novels include *The White Peacock* (1911), *The Rainbow* (1915), *Women in Love* (1921), *Aaron's Rod* (1922), *Kangaroo* (1923) and *The Plumed Serpent* (1926). His most controversial novel, *Lady Chatterley's Lover* (1928), was banned in England and the United States because of its explicit sexual content. He also wrote travel books, literary criticism, poems, essays and plays.

LESSING, DORIS (1919–) Born in Persia to British parents, she moved with her family to Zimbabwe in 1925. After a career as a legal secretary and two failed marriages, she left for England with her son in 1949. Many of her novels take up African themes. They include *The Grass is Singing* (1950), a series of five novels collectively entitled *The Children of Violence*, including *Martha Quest* (1952), *Ripple from the Storm* (1958) and *The Four-Gated City* (1969), and another series of five science-fiction novels under the title *Canopus in Argos*. Among her other works are *The Golden Notebook* (1962), *Briefing for a Descent into Hell* (1971), *The Summer Before the Dark* (1973), *The Good Terrorist* (1985), *The Fifth Child* (1988) and *Love, Again* (1996).

LEVI, PRIMO (1919–87) Italian writer. A chemist of Jewish descent, he was sent to Auschwitz during the Second World War, the experience of which forms the themes in his work, *If This Is a Man* (1947), *The Truce* (1963) and *The Drowned and the Saved* (1986). Other work includes *The Periodic Table* (1975) based on the chemical elements.

LEWIS, WYNDHAM (Percy Wyndham Lewis) (1886–1957) English author and painter born in Maine in Canada. He was a leader of the Vorticist movement and co-founder and editor of the magazine *Blast* with Ezra Pound. His non-fiction work includes *The Art of Being Ruled* (1926), *Time and Western Man* (1927) and *The Writer and the Absolute* (1952). Fiction includes *The Apes of God* (1930), *The Revenge for Love* (1937) and *Self-Condemned* (1954).

LLOSA, MARIO VARGAS (1936–) Peruvian novelist and politician who made an unsuccessful run for president in the 1990 general elections. His novels, which can be seen as a chronicle of Peruvian life, include *The Time of the Hero* (1962), *The Green House* (1965), *Conversation in the Cathedral* (1970), *Aunt Julia and the Scriptwriter* (1977), *The War of the End of the World* (1981), *The Real Life of Alejandro Mayta* (1984), *Who Killed Palomino Molero?* (1987), *The Storyteller* (1987), *In Praise of the Stepmother* (1990) and his partly autobiographical *A Fish in the Water* (1993). He has also written plays, and criticism, including *The Perpetual Orgy: Flaubert and Madame Bovary* (1975).

LOWRY, MALCOLM (Clarence Malcolm Lowry) (1905–57) English novelist recognized as an important writer only after his death. He is best-known for *Under the Volcano* (1947). His first novel, *Ultramarine* (1933), was later reworked and published in 1962. Other work, all published posthumously, includes the novel *Dark As The Grave Wherein My Friend is Laid* (1968), collections of poems and short stories.

MAILER, NORMAN (1923–) American writer who graduated from Harvard in 1943. He served in the army during the Second World War and drew on his experiences for his novel *The Naked and the Dead* (1948). He was awarded the Pulitzer Prize in 1968 for *The Armies of the Night*. Other novels include *Barbary Shore* (1951), *The Deer Park* (1955), *An American Dream* (1965), *Ancient Evenings* (1983), *Tough Guys Don't Dance* (1984) and *Harlot's Ghost* (1991).

MANN, THOMAS (1875–1955) German novelist and essayist awarded the Nobel Prize for Literature in 1929. He was outspoken in his opposition to fascism and left Germany for Switzerland in self-imposed exile in 1933. He was particularly concerned with the intricacies of the relationship between art and society. His novels include *Buddenbrooks* (1900), *Tonio Kröger (1903)*, the classic *Death in Venice* (1912), made into a film, *Royal Highness* (1915), *The Magic Mountain* (1925), *Doctor Faustus* (1947), *The Confessions of the Confidence Trickster Felix Krull* (1954) and an autobiographical essay *Reflections of a Nonpolitical Man* (1918). He also wrote political speeches and essays.

MAURIAC, FRANÇOIS (1885–1970) French writer who received the Nobel Prize for Literature in 1952. His work, imbued with Roman Catholicism, is often set in the area around Bordeaux. Novels include *The Desert of Love* (1925), *Thérèse* (1927), *Knot of Vipers* (1932) and *The Frontenac Mystery* (1933). Mauriac was also a distinguished essayist, and worked as a columnist for *Figaro* magazine after the Second World War. Collections of his essays and articles include *Second Thoughts* (1947) and *Cain, Where Is Your Brother?* (tr. 1962).

MELVILLE, HERMAN (1819–91) American author born in New York City, best-known for his masterpiece *Moby-Dick* (1851). He left school at 15, and after a variety of different jobs spent 18 months on a whaler, where he had many adventures including being captured by a tribe of friendly cannibals and spending some time in the Pacific Islands before finally being released. Although popular at the beginning of his writing career, he died in poverty and obscurity. His other novels include *Typee: A Peep at Polynesian Life* (1946), *Omoo: A Narrative of Adventures in the South Seas* (1847), *Redburn* (1849) and the novella *Billy Budd* (post. 1924). He also wrote short stories, including *The Piazza Tales* (1856), as well as volumes of poetry and essays.

MILLER, HENRY (1891–1980) American author born in New York City. He lived in Paris in the 1930s, before returning to settle in California. He had a close relationship with the writer Anaïs Nin, and lived a publicly rebellious and unconventional life. His first two novels (*Tropic of Cancer*, Paris, 1934, and *Tropic of Capricorn*, Paris, 1939) were denied publication in the United States until the early 1960s because of their alleged obscene sexual content. Other work includes a travel book of modern Greece, *The Colossus of Maroussi* (1941) and the *Rosy Crucifixion* Trilogy, *Sexus* (1949), *Plexus* (1953) and *Nexus* (1960).

MILTON, JOHN (1608–74) Blind English poet born in London and noted for his classic *Paradise Lost* (1667), now considered the greatest epic poem in the English language. He was educated at Christ's College, Cambridge, and wrote poetry in both English and Latin. After leaving Cambridge, he dedicated himself to writing poetry, producing the masque *Comus* (1634) and the poem *Lycidas* (1638) before leaving for Italy, where he met many notable figures including Galileo, returning to England in 1639. Other work includes *Paradise Regained* (1671), the poetic drama *Samson Agonistes* (1671) and many essays.

MISHIMA, YUKIO (Kimitake Hiraoka) (1925–1970) Japanese writer born in Tokyo to a samurai family, he had various jobs before he started writing. He wrote novels, short stories, essays and plays, and directed and starred in plays and films. Novels include the quartet *The Sea of Fertility* (*Spring Snow*, tr. 1972, *Runaway Horses*, tr. 1973, *The Temple of Dawn*, tr. 1973, and the *Decay of the Angel*, tr. 1974). Other novels are *Confessions of a Mask* (1949), *The Sound of Waves* (1954), *The Temple of the Golden Pavilion* (1956), *After the Banquet* (1960) and *The Sailor Who Fell from Grace with the Sea* (1963).

MOORE, MARIANNE (1887–1972) American poet born in St Louis, she worked in New York as a librarian before becoming editor of the *Dial* (1925–29). In 1951 she was awarded the Pulitzer Prize for her *Collected Poems*. Her poems are known for their idiosyncratic subject matter and the way they are composed for their visual effect on the page. Other works are *Poems* (1921), *Observations* (1924), *What are Years?* (1941), *O to Be a Dragon* (1959) and *Complete Poems* (1967). She has translated *The Fables of La Fontaine* (1954) and produced a selection of essays, *Predilections* (1955).

MURDOCH, IRIS (Jean Iris Murdoch) (1919–) British novelist and philosopher born in Dublin, Ireland, awarded the 1978 Booker Prize for her novel *The Sea, The Sea*. In 1948 she was made lecturer in philosophy at Oxford and in 1963 honorary fellow of St Anne's College, Oxford. Her other novels, often dealing with complicated and sophisticated relationships, include *The Flight from the Enchanter* (1956), *The Bell* (1958), *A Severed Head* (1961), *An Accidental Man* (1972), *Message to the Planet* (1989) and *The Green Knight* (1993). She has also worked on

several dramatizations of her novels and written several plays and critical works.

MUSIL, ROBERT (1880–1942) Austrian novelist whose writing is often compared to that of Marcel Proust. He is known for his two novels, *Young Törless* (1906), and the massive *The Man without Qualities* (1953–60). His short stories were published posthumously in *Tonka and Other Stories* (tr. 1965) and *Three Short Stories* (1970).

NABOKOV, VLADIMIR (1899–1977) Russian author born in St Petersburg, he emigrated to England in 1917 and graduated from Cambridge in 1922. He moved to the United States in 1940, where he became professor of Russian literature at Cornell University before moving to Switzerland in 1959. Until 1940 he wrote under the name V. Sirin. His early works were written in Russian and then translated into English with his collaboration. Titles include *The Real Life of Sebastian Knight* (1938), *Bend Sinister* (1947), *Lolita* (1955), *Pnin* (1957), *Ada* (1969) and *Look at the Harlequins* (1974). He also wrote poetry (*Poems and Problems*, 1970) and short story collections (*Nine Stories*, 1947, *Nabokov's Dozen*, 1958 and *A Russian Beauty*, 1973).

NERUDA, PABLO (Neftali Ricardo Reyes Basualto) (1904–73) Chilean poet, diplomat and Communist leader awarded the Nobel Prize for Literature in 1971. While he was in the consular service he lived in the Far East, Argentina, Mexico and Europe. He had a wide following in Latin America and his poems, often sensual and lyrical descriptions of people and places, were very popular. Among his volumes of poetry are *Twenty Love Poems and A Song of Despair* (1924), *Residence on Earth and Other Poems* (1933), *Elemental Odes* (1954), *Extravagaria* (1958) and *Fully Empowered* (1962).

ONDAATJE, MICHAEL (1943–) Poet and novelist born in Sri Lanka and educated there and in London before moving to Toronto, Canada. His early work consisted of volumes of poetry, including *Dainty Monsters* (1967) and *The Left-Handed Poems: Collected Works of Billy the Kid* (1970), but he gained recognition with his first novel, *Coming Through the Slaughter* (1977), which showed his interest in the grotesque in everyday life. He has also written *In the Skin of the Lion* (1987) and *The English Patient* (1992) for which he was awarded the Booker Prize.

ORWELL, GEORGE (Eric Arthur Blair) (1903–50) British novelist and essayist born in India. He is best known for his futuristic novels *Animal Farm* (1946) and *Nineteen Eighty-Four* (1949). The memoirs *Down and Out in Paris and London* (1933) describe his life as an impoverished writer in Europe. Other works include *Burmese Days* (1934), *A Clergyman's Daughter* (1935), *Keep the Aspidistra Flying* (1936), *The Road to Wigan Pier* (1937), *Homage to Catalonia* (1937) and *Coming Up for Air* (1939). He also wrote literary essays.

PASTERNAK, BORIS (1890–1960) Russian poet, prose writer and translator of Jewish descent. He was greatly influenced by the composer Scriabin and writer Leo Tolstoy, both of whom were family friends. He is best known for his masterpiece *Dr Zhivago* (Italy, 1957), adapted into a famous film. Popular in Russia, he was awarded the Nobel Prize for Literature in 1958. His early work includes the poetry collections *A Twin in the Clouds* (1914), *My Sister, Life* (1922) and *Second Birth* (1932), a collection of short stories, *The Childhood of Lovers* (1924) and the autobiographical *Safe Conduct* (1931). During the purges of the 1930s, he concentrated on making translations of Goethe, Shakespeare and other key writers. Later novels includes *On Early Trains* (1942) and *The Breadth of the Earth* (1945).

PETRARCH, FRANCESCO (1304–74) Italian poet born in Arezzo, but living in France until his return to Italy in 1353. His *Canzoniere* is an epic collection of love poems written in Italian to the unknown "Laura." Other works were mainly in Latin and include the epic poem *Africa*. In 1341 he was made Poet Laureate in Rome.

PINTER, HAROLD (1930–) English dramatist of Portuguese-Jewish descent. His plays are referred to as "comedies of menace," because of the characteristic "Pinteresque" style and tension that he builds up with silence and speeches. Plays include *The Room* (1957), *The Birthday Party* (1958), *The Caretaker* (1960), *The Collection* (1962), *The Homecoming* (1965), *Landscape* (1968), *Old Times* (1970), *Betrayal* (1978), *A Kind of Alaska* (1982), *Mountain Language* (1988) and *Party Time* (1991). He has also written the screenplays for British films *The Servant* (1963), *The Pumpkin Eater* (1964), *Accident* (1966) and *The Go-Between* (1971), a collection of *Poems* (1971) and a biography.

POE, EDGAR ALLAN (1809–49) American poet, short story writer and critic born in Boston, today acknowledged as one of the most talented writers in American literature. He was briefly educated in England and Scotland but later returned to the United States. He was editor of the *Southern Literary Messenger* in 1835 until his drinking lost him the editorship. He is principally known for his poem "The Raven," published in *The Raven and Other Poems* (1845), and his short story of Gothic horror, "The Fall of the House of Usher," which appeared in *Tales of the Grotesque and Arabesque* (1839).

POTTER, DENNIS (1935–1995) British playwright born in the Forest of Dean. He was educated at Oxford, where he was involved in left-wing politics. He later worked as a journalist and critic. He is best-known for his television dramas, *Pennies from Heaven* (1978), *Blue Remembered Hills* (1979), *The Singing Detective* (1986), *Blackeyes* (1987), *Brimstone and Treacle* (1978) and *Karaoke* and *Cold Lazarus*, both televised posthumously in 1996.

PROUST, MARCEL (1871–1922) French novelist born in Paris and considered one of the great literary figures of the modern age. Although he wrote other works (including *Pleasures and Regrets*, 1896), he is best-known for the 16-volume poetic *Remembrance of Things Past* (1913–27), of which the second volume, *Within a Budding Grove* (1919), won the Goncourt Prize.

POUND, EZRA (1885–1972) American poet, critic, and translator born in Hailey, Idaho. He left the United States to travel in Europe in 1907 and eventually settled in England where he published his poetry collections, *Personae* (1909), *Exaltations* (1909), *Canzoni* (1911) and *Ripostes* (1912). A leading exponent of the *avant-garde* in England and founder of the Imagist school of poets, he encouraged many writers, notably T.S Eliot and James Joyce. He left for Paris in the early 1920s, where he became associated with Gertrude Stein and Ernest Hemingway. He settled in Italy in 1925 and during the Second World War broadcast anti-Semitic and Fascist propaganda to the United States for the Italians for which he was indicted for treason. He was confined to a mental hospital in Washington after his trial (1946–1958) and returned to Italy after his release. His most ambitious achievement is his epic series of poems *Cantos* (1925–60).

RICHARDSON, HENRY HANDEL (Ethel Florence Richardson) (1870–1946) Australian novelist born in Melbourne. She studied the piano at Leipzig and later turned to writing. She lived in Germany, and England. Her novel *The Getting of Wisdom* (1910) is based on her school days at Melbourne's Presbyterian Ladies' College. Other works are *Maurice Guest* (1908), *The Fortunes of Richard Mahony* (1930), *The Young Cosima* (1939) and the autobiography *Myself When Young* (1948).

RILKE, RAINER MARIA (1875–1926) German poet born in Prague and considered one of the greatest lyric poets of modern Germany, creating the "object poem" which sought to capture the nature of a physical object. He did not enjoy his time at military and business school and lived an unsettled life with friends, including the sculptor Rodin, for whom he worked as secretary (1905–6). After extensive travel he settled in Paris in 1913, but was forced to return to Germany because of the First World War. After 1919 he lived in Switzerland where he died from blood poisoning after a prick from a rose thorn. His work includes the collections of poetry *Life and Songs* (1894), *Stories of God* (1904), *The Book of Hours* (1905) and *Duino Elegies* (1923). His only novel was *The Notebook of Malte Laurids Brigge* (1910).

SHAW, GEORGE BERNARD (1856–1950) Irish novelist, playwright and critic born in Dublin and awarded the Nobel Prize for Literature in 1925. He left school at 14 to work for an estate agent. In 1876 he moved to London where he spent nine years. He wrote five novels, several of which were published in small socialist magazines. An ardent socialist and a member of the Fabian society, he was also music critic for the *Star* (1888) and the *World* (1890), and after 1895, drama critic for the *Saturday Review*. Among his works are his early plays, published as *Plays Pleasant and Unpleasant* (1898), *Three Plays for Puritans* (1901), *Man and Superman* (1905), *Major Barbara* (1905), *Androcles and the Lion* (1912) and *Pygmalion* (1913), made famous when it was turned into the musical film, *My Fair Lady* (1956). Other plays include *John Bull's Other Island* (1904), *The Doctor's Dilemma* (1906), *Heartbreak House* (1920), *Saint Joan* (1923), *The Apple Cart* (1928), *To True to Be Good* (1932), *The Millionairess* (1936) and *Bouyant Billions* (1949).

SHELLEY, MARY WOLLSTONECRAFT (1797–1851) English author. She fell in love with the poet Percy Bysshe Shelley, whom she accompanied abroad and married after his wife's suicide in 1816. She is best-known for her Gothic thriller *Frankenstein* (1818). She also wrote *The Last Man* (1826) and the partly autobiographical *Lodore* (1835), and between 1839–40 she edited her husband's works.

SOLZHENITSYN, ALEKSANDR ISAYEVICH (1918–) Soviet writer born in Kislovodsk. He was awarded the Nobel Prize for Literature in 1970, but was forced to decline it under government pressure, although, later in exile in Stockholm, he was able to accept it in person. While he was serving on the German front he was arrested for criticizing Stalin in letters to a friend and sentenced to eight years in labour camps. On his release he was exiled to Kazakhstan, but after Stalin's death in 1956 his citizenship was restored. His novel *One Day in the Life of Ivan Denisovich* was finally published in 1962. With Khrushchev's deposition, Solzhenitsyn's succeeding works were banned. In 1974, he was arrested, formally accused of treason and stripped of his citizenship, and deported to the West, eventually settling in the United States. His other novels include *Cancer Ward* (1968), *The First Circle* (1969) and *August 1914* (1972). *The Gulag Archipelago* (1974) is a personal collection of documents and reminiscences of the oppressive Soviet totalitarian system between 1918 and 1956.

SPARK, MURIEL (1918–) Scottish novelist whose Roman Catholic upbringing is reflected in her work. Her novels, often eccentric and quirky, include *The Comforters* (1957), *Memento Mori* (1958), *The Bachelors* (1960), *Girls of Slender Means* (1963), *The Mandelbaum Gate* (1965), *The Public Image* (1968), *The Driver's Seat* (1970), *The Takeover* (1976), *Loitering with Intent* (1981) and the autobiographical *Curriculum Vitae* (1995). She has also written poems and short stories, critical studies of Mary Shelley (1951), John Masefield (1953) and a biography of Emily Brontë (1953). Her short novel *The Prime of Miss Jean Brodie* (1961) was made into a film.

STEIN, GERTRUDE (1874–1946) American author and patron of the arts born in Allegheny. She moved to Paris in 1902 where her home and salon became a literary meeting place for artists and writers of the *avant-garde*, attracting among others, Matisse, Picasso, Ernest Hemingway and Ford Madox Ford. She coined the phrase "lost generation" for post First World War expatriates. Her work includes the novels *Three Lives* (1909) and *The Making of Americans* (1925) and her memoir, *The Autobiography of Alice B. Toklas* (1933), written from the point of view of her close friend Alice. She has also written critical essays and a volume of "Cubist" poetic prose, *Tender Buttons* (1914).

STRINDBERG, JOHAN AUGUST (1849-1912) Swedish dramatist, playwright and novelist known for his innovative dramatic and literary styles. The unwanted son of a well-to-do father and his servant, related themes of his life appear in much of his work. Intensely pessimistic, this includes *The Red Room* (1879), a collection of bitter sketches and the plays, *Master Olaf* (1878), *The Father* (1887), *Miss Julie* (1888), *The Dance of Death* (1901), *The Dream Play* (1902) and *The Ghost Sonata* (1907).

STOPPARD, TOM (Thomas Straussler) (1937–) English playwright. He was born in Gottwaldov, Czechoslovakia, lived in India as a child and moved to Bristol where he worked as a journalist before moving to London in 1960. In London he wrote plays for radio and worked as a theatre critic. He gained recognition with his play *Rosencrantz and Guildenstern Are Dead* (1967). Other plays include *Travesties* (1974), *Dirty Linen* (1976), *The Real Thing* (1982), *Hapgood* (1988), *Arcadia* (1993) and *Indian Ink* (1995). He has also written a novel, *Lord Malquist and Mr Moon* (1966), short stories and screenplays.

SVEVO, ITALO (Ettore Schmitz) (1861–1928) Italian novelist born in Trieste from a Jewish background. His novels include *A Life* (1893) and *The Tale of the Good Old man and of the Lovely Young Girl* (1929). He was virtually unknown until James Joyce made him famous by helping him get his masterpiece *Confessions of Zeno* published in 1923. His writing career was cut short when he was killed in a car crash while working on his fifth novel, *The Grand Old Man* (post. 1967).

TOLSTOY, COUNT LEO (Lev Nikolayevich Tolstoy) (1828–1910) Russian novelist and philosopher born of a noble family at Yasnaya Polyana, his parents' estate near Tula. He was sent to university at the age of 16 to study languages and law but left without finishing his degree because he was bored. He joined the army in 1851 and took part in the defence of Sebastopol. His work includes the autobiographical trilogy, *Childhood* (1852), *Boyhood* (1854) and *Youth* (1857), but he is most famous for his masterpieces *War and Peace* (1864–69), an epic story set in Russia at the time of the Napoleonic wars, and *Anna Karenina* (1873–77), a moving study of an unhappy marriage. His conversion to Christianity is reflected in his later novels, including *Confession* (1879) and *Resurrection* (1899–1900). Plays include *The Power of Darkness* (1886) and *The Living Corpse* (post. 1911).

TROLLOPE, ANTHONY (1815–82) English novelist. He spent many unhappy years as a postal clerk until he transferred to Ireland and became a postal inspector. He continued to work for the postal service until 1867, introducing to Britain its landmark red pillar-box for posting letters. He was also responsible for introducing the novel sequence in British fiction, with his series of novels involving interconnecting characters and settings. He is best-known for his Barsetshire series, which includes the *The Warden* (1855), *Barchester Towers* (1857), *Doctor Thorne* (1858), *Framley Parsonage* (1861) and *The Last Chronicle of Barset* (1867). His other major series of novels, the Palliser books, began with *Can You Forgive Her?* (1864) and ended with *The Duke's Children* (1880). Other novels include *The Way We Live Now* (1875) and *The American Senator* (1877). He also wrote travel books and biographical works.

TURGENEV, IVAN SERGEYEVICH (1818–83) Considered one of the great Russian novelists. From a landowning family in Orel province, he studied in Moscow, St Petersburg and Berlin. An enthusiastic advocate of the Westernization of Russia, from around 1855 he lived in Western Europe, writing some of his best work. Novels include *On the Eve* (1860), *Fathers and Sons* (1860), *Smoke* (1865–6) and *Virgin Soil* (1877). He also wrote short stories and plays.

VALÉRY, PAUL (1871–1945) French poet and critic, he was a follower of the Symbolists and one of the great French poets of the twentieth century. His work includes the prose-style *An Evening with Mr Teste* (1896), and five collections of essays, all called *Variety* (1924–44). Among his poetry collections is *The Graveyard by the Sea* (1920).

WAUGH, EVELYN ARTHUR ST JOHN (1903–66) English writer, educated at Oxford. He is best-known for his novel *Brideshead Revisited* (1945), about "Oxbridge" and British aristocratic life, which was made into a successful British television mini-series. Among his novels are works of high social satire and comedy, including *Decline and Fall* (1928), *Vile Bodies* (1930), *Black Mischief* (1932), *A Handful of Dust* (1934), *Scoop* (1938) and *Put Out More Flags* (1942) and a series of novels about the Second World War comprising *Men at Arms* (1952), *Officers and Gentlemen* (1955) and *The End of the Battle* (1961).

WEISS, PETER (1916-82) German-Swedish dramatist, novelist, film director and painter whose work looks at the themes of exile and politics. He is most famous for his play, *The Persecution and Assassination of Jean Paul Marat as Performed by the Inmates of the Asylum of Charenton under the Direction of the Marquis de Sade* (1964).

WELLS, HERBERT GEORGE (1866-1946) English novelist best known for his science fiction. Apprenticed to a draper at the age of 14, he eventually managed to go to the University of London through grants and scholarships. He taught biology before dedicating himself to his writing in 1893. A mixture of fantasy and reality, his works include *The Time Machine* (1895), *The Wonderful Visit* (1895), *The Invisible Man* (1897), *The War of the Worlds* (1898) and *The History of Mr. Polly* (1910). Among his later works are *The Shape of Things to Come* (1933) and *Mind at the End of Its Tether* (1945).

WELTY, EUDORA (1909–) American author born in Jackson, Mississippi and winner of the Pulitzer Prize in 1972 for her novel *The Optimist's Daughter*. She wrote about the rural life of the people of Mississippi. Her work includes the collections of short stories, *A Curtain of Green* (1941), *The Wide Net* (1943) and *The Bride of Innisfallen* (1955), and the novels *Delta Wedding* (1946), *The Ponder Heart* (1954) and *Losing Battles* (1970). She also published an autobiographical work, *One Writer's Beginnings* (1984) and a novella, *The Robber Bridegroom* (1942).

WEST, MORRIS (1916–) Australian novelist born in Melbourne. His work reveals his interest in Roman Catholicism and international politics. Novels include the best-seller *The Devil's Advocate* (1959), *The Shoes of the Fisherman* (1963), *Harlequin* (1974), *The Clowns of God* (1981), *The World Is Made of Glass* (1983) and *Cassidy* (1986).

WILDE, OSCAR (Oscar Fingall O'Flahertie Wills Wilde) (1854–1900) Irish writer born in Dublin. He studied at Trinity College, Dublin, and at Magdalen College, Oxford. Known for his sophisticated and brilliant wit, he spent two years in jail for homosexual offences resulting from his relationship with Lord Alfred Douglas, after which he wrote *The Ballad of Reading Gaol* (1898). He spent the rest of his life ill and bankrupt in France. He is famous for his plays of shrewd social observation which include *Lady Windermere's Fan* (1892), *A Woman of No Importance* (1893), *An Ideal Husband* (1895) and his masterpiece, *The Importance of Being Earnest* (1895). Other works include a collection of fairy stories, *The Happy Prince* (1888), and his famous novel, *The Picture of Dorian Gray* (1891). He also wrote short stories and two historical tragedies *The Duchess of Padua* (1892) and *Salome* (1893).

WILLIAMS, TENNESSEE (Thomas Lanier Williams) (1911–83) American dramatist born in Columbus, Mississippi. He was awarded the Pulitzer Prize in 1947 for his autobiographical play, *A Streetcar Named Desire*, and again in 1955 for *Cat on a Hot Tin Roof*. Other plays include *The Glass Menagerie* (1945), *Summer and Smoke* (1948), *Sweet Bird of Youth* (1959), *Period of Adjustment* (1959), *The Milk Train Doesn't Stop Here Any More* (1963) and *The Seven Descents of Myrtle* (1968). One-act plays are collected in *27 Wagons Full of Cotton* (1946) and *The American Blues* (1948). Other works include short stories, a novel, *The Roman Spring of Mrs Stone* (1950), a volume of poems, *In the Winter of Cities* (1956) and a film script, *Baby Doll* (1956).

WOLFE, TOM (Thomas Kennerly Wolfe, Jr) (1931–) American journalist and novelist born in Richmond in the United States. His novels about contemporary American culture are written in a journalistic style, combining personal impressions with academic jargon and reconstructed dialogue. His first novel *The Bonfire of the Vanities* (1987) set around Wall Street, was highly successful and was also made into a film. His other works, essays of New Journalism, include *The Kandy-Kolored Tangerine-Flake Stream-line Baby* (1965), *The Electric Kool-Aid Acid Test* 1968), *The Right Stuff* (1975) and *From Bauhaus to Our House* (1981).

PLACES TO VISIT

Phone numbers and opening hours have been given where available. Please note that all the information was correct at the time of going to press, but visitors are advised to confirm details locally.

ARGENTINA

JORGE LUIS BORGES FOUNDATION CULTURAL CENTRE, Calle Florida 6, Avenida Córdoba, Buenos Aires, tel: 01 3155410
Cultural centre with exhibits relating to Jorge Luis Borges including his library. Open daily.

AUSTRALIA
Sydney
FORT STREET SCHOOL, Observatory Hill, Watson Road, tel: 02 258 0154
Now the headquarters of the National Trust, these buildings were once a school attended by many important writers. Open Monday to Friday, 9.00am to 5.00pm, Saturday and Sunday 12.00am to 5.00pm.
MARBLE BAR, Hilton Hotel, 259 Pitt Street
1950s Literary bar decorated with Norman Lindsay artwork, preserved intact inside the hotel.
WRITERS' WALK AROUND CIRCULAR QUAY
Paved walk from the Opera House to the Harbour and Rocks area with plaques along the way giving information about well-known writers. For information contact New South Wales Ministry of the Arts on 02 228 5533.
Outskirts
HENRY LAWSON FESTIVAL, Grenfell, tel: 063 43 7156
Held each June in Henry Lawson's birthplace, Grenfell, with recitals, dramatics and competitions.
NORMAN LINDSAY ART GALLERY AND MUSEUM, 14 Norman Lindsay Crescent, Faulconbridge, tel: 047 51 1065
Norman Lindsay's home for most of his life, includes a collection of his work; sculptures, novels and an exhibition of marionettes from The Magic Pudding. *Open daily, 11.00am to 5.00pm. Closed Tuesdays.*
SIR HENRY PARKES MEMORIAL SCHOOL OF ARTS, corner of Manners Street and Rouse Street, Tenterfield, tel: 067 36 1454
Memorabilia relating to politician and novelist Henry Parkes.
VARUNA WRITERS' CENTRE, 141 Cascade Street, Katoomba 2780, tel: 047 82 5674
Former home of Eleanor Dark, now a Writers' Centre offering residential fellowships to writers. Also publishes Varuna New Poetry.
Victoria
HENRY HANDEL (ETHEL) RICHARDSON'S HOUSE, Lake View, Victoria Street, Chiltern, tel: 057 261317
Childhood home of Henry Handel (Ethel) Richardson, described in her novel Ultima Thule. *Open weekends and Public Holidays.*

AUSTRIA
Vienna
CAFÉ CENTRAL, Herrengasse/Strauchgasse
Concert café where live music is played. Frequented by Robert Musil, Alfred Adler and Leon Trotsky in their time.
CAFÉ LANDTMAN, Dr-Karl-Lueger-Ring 4
Freud's favourite café.
CAFÉ MUSEUM, Friedrichstrasse 6
Gallery café showing young artists. Decorated by Adolf Loos.

FREUD'S HOUSE (Freud Haus), Bergasse 19, tel: 01 3191596
Sigmund Freud's consulting rooms and home, now the Freud Museum. Open daily.
SECESSION BUILDING, Friedrichstrasse 12, tel: 01 5875307
Home of the Secession movement and Ver Sacrum magazine. Houses Gustav Klimt's newly-restored Beethoven Frieze. Closed Mondays.
STATUE OF FRIEDRICH VON SCHILLER, Schillerplatz 3.
STATUE OF JOHANN WOLFGANG GOETHE, junction of Operning and Goethegasse.
WITTGENSTEIN'S HOUSE (Wittgenstein Haus) Kundmanngasse 19, tel: 01 7133164
Ludwig Wittgenstein's modernist house, now open to the public. Closed weekends.

CANADA
British Columbia
CATES PARK, Vancouver
The site where Malcolm Lowry had his Dollarton shack and where he wrote Under the Volcano. *The park now has a Malcolm Lowry Walk touring the country of his life and fiction.*
Newfoundland
L'ANSE AUX MEADOWS NATIONAL PARK, Box 70, Saint Lunaire-Griquet
Site of the only certain Viking habitation in North America, and the most likely setting for the Vinland adventures in The Greenland Saga *and* Erik the Red's Saga. *Open 15 June to early September.*
Nova Scotia
GREAT VILLAGE
This hamlet was the childhood home of American poet Elizabeth Bishop, and the setting of many of her poems.
Ontario
HARBOURFRONT, 235 Queen's Quay West, Toronto, tel: 416 973 4760
Home of the Harbourfront Reading Series which has weekly readings. Houses International Festival of Authors.
PLAYWRIGHTS' UNION OF CANADA, WRITERS UNION OF CANADA, 24 Ryerson Avenue, Toronto
Home to contemporary writers in Canada.
SUSANNA MOODIE'S HOUSE, 114 Bridge Street, Belleville
The home of Susanna Moodie, best known for her novel Roughing It In The Bush.
UNCLE TOM'S CABIN MUSEUM, 40 Country Road, Dresden
Houses the grave and home of Josiah Henson, the slave whose life was the direct inspiration for Harriet Beecher Stowe's Uncle Tom's Cabin.
Prince Edward Island
ANNE OF GREEN GABLES MUSUEM, Box 491, Kensington, PEI, COB IMO
House where Lucy Maude Montgomery spent much of her childhood, now a museum in her honour. Open daily June to mid-October.
GREEN GABLES, Cavendish PEI, COA INO
Lucy Maude Montgomery's neighbours' house, which is "Green Gables" in her novels. For information write to: Parks and People Association, Box 1506, Charlotttown PEI, CIA 7N3. Open June to end of September.
Quebec
BEN'S RESTAURANT, Sherbrooke Street West, Montreal
A restaurant with its own Poet's Corner. A favourite hang-out for Montreal writers, its walls are covered with photographs of authors.
Yukon
THE DAWSON CITY MUSEUM, Dawson
Houses material and artifacts relating to the many local authors.

THE JACK LONDON CABIN, Dawson
Contains furniture, photographs and artifacts relating to Jack London's time in Dawson. Open May to early October.

CHILE

LA SEBASTIANA, Pasaje Collado 1, Cerro Florida, Valparaíso, tel: 032 256606
Former house of Pablo Neruda open to the public. Closed Mondays.
NERUDA HOUSE MUSEUM, Isla Negra, tel: 035 461284
Pablo Neruda's oceanic house, filled with memorabilia including his collection of bowsprits and nautical instruments. Open weekdays. Telephone for reservations.
NERUDA MUSEUM, La Chascona, Márques de La Plata 0195, Santiago, tel: 02 777 8741
Museum dedicated to the poet Pablo Neruda. Closed Mondays.

COLUMBIA

GABRIEL GARCÍA MÁRQUEZ BIRTHPLACE MUSEUM, Aracataca, nr Fundacion, Magdalena, N Columbia
House where Gabriel Garcia Márquez was born, now a small museum dedicated to the author. Viewing can be arranged on arrival.

THE CZECH REPUBLIC
Prague
EXPOSITION FRANZ KAFKA, U Radice 5, Prague 1
Birthplace and museum of Franz Kafka.
OLSANSKE CEMETERY, Vinohradska
Cemetery where Franz Kafka is buried.
U KALICHA (The Chalice), Na Bojisti 12, Prague 2
The Inn immortalized in Jaroslav Hasek's The Good Soldier Schweik. *Today it contains Hasek's birth certificate and memorabilia.*

FRANCE
Paris
AU LAPIN AGILE, 22 rue des Saules, 75018
Club popular with among others Guillame Apollinaire, and subject of paintings by Toulouse-Lautrec.
CAFÉ DES DEUX MAGOTS, 170 boulevard Saint-Germain, 75006
Famous literary haunt of Verlaine, Rimbaud, Simone de Beauvoir, Ernest Hemingway and Louis Aragon among others.
CAFÉ DE FLORE, 172 boulevard Saint-Germain, 75006
Haunt of Jean-Paul Sartre, Simone de Beauvoir and the Existentialists.
CIMETIÈRE DU MONTPARNASSE, 3 boulevard Edgar Quintet, Montparnasse
Burial ground of literary figures, including Maupassant, Sartre and Simone de Beauvoir.
CIMETIÈRE DU PÈRE LACHAISE, 16 rue du Repos
Burial ground of, among others, Marcel Proust, Oscar Wilde, Honoré de Balzac and Molière.
COMÉDIE FRANÇAISE, 2 rue de Richelieu, Tuileries, 75001
Home of Molière's old company since 1799.
FONTAINE MOLIÈRE, rue de Richelieu, Tuileries, 75001
A nineteenth century fountain marks the home of Molière.
L'HÔTEL, 13 rue des Beaux-Arts, 75006
The hotel where Oscar Wilde died, now houses memorabilia.
HÔTEL DU QUAI VOLTAIRE, 19 Quai Voltaire, Tuileries, 75007
Favourite haunt of Blondin, Baudelaire and Pissarro.
LA MAISON DE BALZAC, 47 rue Raynourd, Chaillot Quarter, 75016, tel: 1 42 24 56 38

Balzac lived here for seven years. Now open to the public, the library contains 10,000 books. Open daily 10.00am to 5.40pm. Closed Mondays and public holidays.
MAISON DE VICTOR HUGO, 6 Place des Vosges, the Marais, 75004, tel: 1 42 72 10 16
Hugo's house in Paris for 17 years, restored to its original character. Open Tuesday to Sunday from 10.00am to 5.40pm.
Alsace
AUBERGE AU BOEUF, 1 rue de l'Eglise, 67770 Sessenheim, Bas-Rhin, tel: 88 86 97 14
Exhibition containing documents about Goethe and Frédérique Brion. Closed 1 to 15 February and 1 to 15 August.
MÉMORIAL GOETHE, rue Fréderique Brion, 67770 Sessenheim, Bas-Rhin
Contains objects relating to Goethe's stay in Sessenheim, when he fell in love with the daughter of the pastor, Frédérique Brion. Open daily from 9.00am to 6.00pm.
Aquitaine
CENTRE FRANÇOIS MAURIAC DE MALAGAR, 139 boulevard du Président Wilson, 33200, Bordeaux, Gironde, tel: 56 17 00 59
Family home of François Mauriac, where he wrote Knot of Vipers *and* Flesh and Blood. *As it was when the author lived there, with a small museum devoted to the writer. Open 15 June to 30 September, Wednesdays, Saturdays and Sundays from 2.30pm to 6.30pm.*
MUSÉE ARNAGA, Route de Bayonne, 64250 Cambo-les-Bains, Pyrénées-Atlantiques, tel: 59 29 33 80
Built for Edmond Rostand between 1903 and 1906. Open 1 February to 30 April from 2.30pm to 6.00pm, 1 May to 30 September from 2.30pm to 6.30pm, from 31 October to 31 January, 2.30pm to 6.00pm.
TOUR DE MONTAIGNE, Saint-Michel de Montaigne, 24230 Velines, Dordogne, tel: 53 58 63 93
Home of Montaigne, where he wrote his Essays, *and where he died in 1592. Open every day in July and August, closed Mondays and Tuesdays the rest of the year. Closed 6 January to 18 February.*
Auvergne
CHÂTEAU DE SAINT-POINT, 71630 Tramayes, Saône-et-Loire, tel: 85 50 50 30
Favourite residence of poet Lamartine, bought by his father in 1801. Guided tours of the interior. Gardens unchanged since his death. Open 1 March to 15 November, every day except Wednesdays and Sunday mornings, from 10.00am to 12.00am and 4.00pm to 6.30pm.
CIRCUIT LAMARTINE, *a tour of Lamartine country, starting from Mâcon, where the musée Lamartine is at 41 rue Sigorgne.*
ESPACE JAMES JOYCE, 03150 Saint-Gérand le Puy, Allier, tel: 70 99 80 22
James Joyce stayed here between 1939 and 1940, and to mark his visit the building houses regular exhibitions relating to Ireland.
MAISON D'ENFANCE DE LAMARTINE, 71960 Milly-Lamartine, Saône-et-Loire, tel: 85 37 70 33
Childhood home of the poet, immortalized in his poems. Open from 2 April to 9 October. Closed Mondays and Fridays. Guided tours.
MUSÉE COLETTE. Contact Mairie de Saint-Sauveruen Puisaye, rue Gerbaude, 89520 Saint-Sauveur-en-Puisaye, tel: 86 45 52 15
A museum devoted to author Colette is being set up at her birthplace. Each year there will be an exhibition on a different aspect of her life.
LES ROUTES HISTORIQUES DE MME DE SÉVIGNÉ, Siége social Moulin de Lachereuil, 21500 Fresnes-les-Montbard, Côte d'Or, tel: 80 92 18 87
Covers almost 100 sites which Mme de Sévigné stayed at or visited.

Bretagne

CHÂTEAU DE COMBOURG, 35270 Combourg, Ille et Vilaine, Côte d'Armour, tel: 99 73 22 95

Fifteenth century castle. Childhood home of Chateaubriand and remembered in his works. Contains memorabilia. From April to the end of September house open every day except Tuesday from 2.00pm to 5.30pm; in October from 2.00pm to 4.00pm. Park open every day 30 April to end of October.

CHÂTEAU DES ROCHERS-SÉVIGNÉ, 35500 Vitré, tel: 99 75 04 54

Mme de Sévigné's husband's family residence, where she spent time when not in Paris. Contains memorabilia and portraits. Closed New Year, Easter, All Saints Day and Christmas. From 1 October to 31 March closed Tuesdays and Saturday, Sunday and Monday mornings.

ROUTE CHATEAUBRIAND, l'Association des Amis de la Route Chateaubriand, CDT, tel: 99 02 97 43

Takes in 15 monuments and castles associated with the writer.

Centre

LA CHAPELLE SAINT-GILLES, 41800 Montoire-sur-le-Loir, Loir-et-Cher, tel: 54 85 38 63

Ronsard was prior of this chapel. Contains interesting murals. Open 9.00am until dusk.

MAISON DE GEORGE SAND, Nohant-Vicq, 36400 La Châtre, Indre, tel: 54 31 06 04

Home of George Sand's grandmother, Sand frequently visited the place from the age of four, in later years accompanied by such notaries as Chopin, Balzac, Flaubert and Gautier. Now a museum to the writer. Open daily except Christmas, 1 January, 1 May and 11 November.

MAISON DE GEORGE SAND, Villa Algira, 36190 Gargilesse-Dampierre, Indre, tel: 54 47 84 14

This small house was home to George Sand from 1857. Contains family collections, documents and personal artifacts. Open daily 9.00am to 12.30pm, 2.30pm to 7.00pm, 1 October to 3 November. Saturdays, Sundays and holidays, open 9.00am to 12.30pm and 2.30pm to 7.00pm.

MAISON DE RABELAIS, "La Devinière," 37500 Seuilly, Indre et Loire, tel: 47 95 91 18

Rabelais' birthplace, restored and now a museum containing his work.

MANOIR DE LA POSSONNIÈRE, Couture-sur-Loir, 41800 Montoire-sur-le-Loir, Loir-et-Cher, tel: 54 72 40 05

Ronsard's birthplace, now restored to how it was at the time. Limited visiting times.

MUSÉE BALZAC, Château de Saché, 37190 Saché, Indre et Loire, tel: 47 26 86 50

Sixteenth century castle, now a museum devoted to Balzac, who stayed here between 1829 and 1837. Closed December and January.

MUSÉE MARCEL PROUST, 4 rue du Docteur Proust, 28120 Illiers-Combray, Eure et Loir tel: 37 24 30 97

The young Proust stayed here every Easter and Summer. Immortalized as the home of his "tante Marie" in his work. Contains memorabilia. Open 15 January to 15 June and 15 September to 15 December. Guided visits at 2.30pm and 4.00pm. Closed Mondays. Extra summer tours.

MUSÉE RENÉ DESCARTES, rue Descartes, 37160 Descartes, Indre et Loire, tel: 47 59 79 19

Descartes' birthplace opening to the public in 1996.

MUSÉE RONSARD, Prieure Saint-Cosme, 37520 La Riche, Indre et Loire, tel: 47 37 32 70

Ronsard was Prior at this eleventh century priory from 1564. He died here, and his remains are buried here.

ROUTE GEORGE SAND, Contact the Office de Touisme de La Châtre, tel: 54 48 22 64 for information

A tour of the George Sand area.

"SUR LES PAS DE RONSARD," L'Office de Tourisme de Vendôme, Vendôme, Loir-et-Cher, tel: 54 77 05 07

A tour of Ronsard country between Vendôme and the Chateau du Loir.

Champagne-Ardenne

CHÂTEAU DE CIREY, Cirey-sur-Blaise, 52110 Blaiserives, Haute Marne, tel: 25 55 43 04

Home of the marquise du Châtelet, who Voltaire frequently visited. Open daily 15 June to 15 September from 2.30pm to 6.30pm, October 10.00am to noon and 2.30pm to 6.30pm.

MUSÉE-CAFÉ VERLAINE, 1 rue du Pont Paquis, 08310 Junivville, Ardennes, tel: 24 72 72 16

Ancient inn frequented by Verlaine between 1880 and 1882, restored to its original character. Small exhibition about Verlaine.

ROUTE RIMBAUD-VERLAINE, CDT, Ardennes, tel: 24 56 06 08

Tour of Rimbaud country, including Rethel, Juniville, Coulommes, Roches, Vouziers and Charleville-Mézières.

Ile de France

CHÂTEAU DE BRETEUIL, 78460 Choisel, Yvelines, tel: 1 30 52 05 11

Marcel Proust often stayed here with the Marquis de Breteuil. Open daily 2.30pm to 5.30pm.

CHATEAU DE MONTECRISTO, 1 avenue Kennedy, 78560 Port-Marly, Yvelines, tel: 1 30 61 61 35

Home of Alexandre Dumas, where he wrote The Three Musketeers *and* The Count of Montecristo. *Closed Mondays.*

GRANGES DE PORT ROYAL, 78470 Magny-les-Hameaux, Yvelines, tel: 1 30 43 73 05

Both Racine and Pascal spent time here. Now a museum. Open daily except Tuesdays, 10.00am to noon and 2.00pm to 6.00pm.

MAISON D'EMILE ZOLA, 26 rue Pasteur, 78670 Medan, Yvelines, tel: 1 39 75 35 65

Emile Zola's home from 1878. Now a musuem. Open Saturdays and Sundays 2.00pm to 6.00pm.

MAISON DES JARDIES, 14 Avenue Gambetta, 92310 Sèvres, Hauts de Seine, tel: 1 45 34 61 22

Balzac lived here 1838–40. Open Mondays, Fridays and Saturdays.

MAISON LITTÉRAIRE DE VICTOR HUGO, 45 rue de Vauboyen, 91570 Bièvres, Essonne, tel: 1 69 41 82 84

Victor Hugo stayed here with his friend Bertin before his exile to Guernsey. Contains hundreds of original works and documents relating to the poet. Open Saturdays and Sundays 2.30pm to 6.30pm and weekdays by appointment.

LE MONT-LOUIS, 4 rue du Mont-Louis, 95160 Montmorency, Val d'Oise, tel: 1 39 64 80 13

Rousseau's home between 1757 and 1762. Restored to its original state, containing furniture, also from L'Hermitage. Houses an exhibition of work by Rousseau. Open Tuesday to Sunday 2.00pm to 6.00pm.

MOULIN DE VILLENEUVE, 78730 Saint-Arnoult-en-Yvelines, Yvelines, tel: 1 30 41 20 15

Second home of Louis Aragon and Elsa Triolet from 1951 now open to the public. Contains over 30,000 books. Closed Mondays.

MUSÉE FRANÇOIS MAURIAC, Château de la Motte, 5 rue Léon Bouchard, 95470 Vémars, Val d'Oise, tel: 1 34 68 34 10

The second home of Mauriac's wife now devoted to the writer. Open by appointment only.

ROUTE TOURISTIQUE DES ECRIVANS EN YVELINES, tel: 1 39 02 78 78

A tour of places associated with writers from the Yvelines area.

LA VALLÉE AUX LOUPS, 87 rue Chateaubriand, 922290 Chatenay-Malabry, Hauts de Seine, tel: 1 47 02 08 6

Chateaubriand lived here for ten years from 1807. Now faithfully

restored to how it was at the time. Open Wednesdays, Fridays, Saturdays and Sundays.

Languedoc-Roussillon
MUSÉE PAUL VALÉRY, 34 rue François Denoyer, 34200 Sète, Herault, tel: 67 46 20 98
A small musuem dedicated to the poet, who was born in the village. Open daily except Tuesdays, 10.00am to noon and 2.00pm to 6.00pm.

Normandy
CHÂTEAU DE MIROMESNIL, Tourville-sur-Arques, 76550 Offranville, Seine-Maritime, tel: 35 04 40 30
Birthplace of Guy de Maupassant, now houses memorabilia. Open 1 May to 15 October daily except Tuesdays.
MAISON DES BORDS DE SEINE, Pavillon Flaubert, 18 quai Gustave Flaubert, Dieppedalle-Croisset, 76380 Canteleu, Seine-Maritime, tel: 35 36 43 91
Contains memorabilia of Flaubert, who often brought friends to his father's house here. Open 10.00am to noon and 2.00pm to 6.00pm. Closed Tuesdays, Wednesday mornings and bank holidays.
MAISON DES CHAMPS, Musée Pierre Corneille, 502 rue Pierre Corneille, 76650 Petit-Couronne, Seine-Maritime, tel: 35 68 13 89
Corneille's home when not in Rouen. Open Easter to 30 September, 10.00am to noon and 2.00pm to 6.00pm. Closed Tuesdays.
MAISON NATALE ET MUSÉE FLAUBERT ET D'HISTOIRE DE LA MÉDECINE, 51 rue Lecat, 76000 Rouen, Seine-Maritime, tel: 35 08 81 81
Musuem and birthplace of Gustave Flaubert. Closed Sundays, Mondays and Bank Holidays.
MAISON NATALE DE PIERRE CORNEILLE, 4 rue de la Pie, 76130 Rouen, Seine-Maritime, tel: 35 71 63 92
Corneille's birthplace and main home for 56 years. Open daily except Tuesdays, Wednesday mornings and most public holidays, from 10.00am to noon and 2.00pm to 6.00pm.

Picardy
MUSÉE ALEXANDRE DUMAS, 24 rue Démoustier, 02600 Villers-Cotterêts, Aisne, tel: 23 96 23 30
Musuem devoted to Alexandre Dumas and Alexandre Dumas fils. Open 2.30pm to 5.00pm. Closed Tuesdays, bank holidays and the last Sunday of the month.
MUSÉE JEAN DE LA FONTAINE, 12 rue La Fontaine, 02400 Château-Thierry, Aisne, tel: 23 83 10 14
Fontaine's birthplace and museum. Closed Tuesdays and bank holidays.
MUSÉE JEAN RACINE, 2 rue des Bouchers, 02460 La Ferté-Milon, Aisne, tel: 23 96 77 77
Jean Racine's birthplace and museum. Open 1 April to 15 November, Saturdays, Sundays and bank holidays.

Poitou-Charentes
LE MAINE-GIRAUD, 16250 Champagne Vigny, Charente, tel: 45 64 04 49
Country retreat of Alfred de Vigny and now a musuem. Open every day from 9.00am to noon and 2.00pm to 6.00pm.
MAISON DE FAMILLE, 162 rue Bourbon, 86100 Chatellerault
Childhood home of Descartes now open to the public.

Provence, Alpes, Côte d'Azur
LE CIRCUIT "DANS LES PAS DE MARCEL PAGNOL," L'Office de Tourisme d'Aubagne, Bouches-du-Rhône, tel: 42 03 49 98
Organized tours to rediscover Pagnol's Provence.
MUSÉE PAGNOL, Esplanade Charles de Gaulle, 13400 Aubagne, tel: 42 03 49 98
Museum devoted to Marcel Pagnol who was born in the village.

Rhône-Alpes
LES CHARMETTES, Chemin des Charmettes, 73000 Chambéry, Savoie, tel: 79 33 39 44
Jean-Jacques Rousseau's home from 1736.
MAISON DU DOCTEUR GAGNON, 20 Grand Rue, 38000 Grenoble, Isère, tel: 76 42 02 62
Home of Stendhal's grandfather, now open to the public, containing memorabilia relating to the novelist. Closed Mondays, public holidays and 1 to 20 September.
MAISON DE VOLTAIRE, Château de Ferney, 53 rue Meyrin, 01210 Ferney-Voltaire, Ain, tel: 50 40 63 33
Voltaire's home from 1759 and now a museum. Open Saturdays, 2.30pm to 5.00pm in July and August only.
MUSÉE ALPHONSE DAUDET, Le Mas de la Vignasse, 07120 Saint-Alban Auriolles, Ardèche, tel: 75 39 65 07
Museum dedicated to Daudet, who stayed here with his uncle from 1849. Closed Tuesdays in May, June and September.
ROUTE HISTORIQUE JEAN-JACQUES ROUSSEAU, Centre d'Information de la Caisse Nationale des Monuments Historiques et des Sites, 62 rue Saint-Antoine, 75004, Paris, tel: 1 44 61 21 50
Follows Rousseau's life from Genève to Paris, going across France.
ROUTE HISTORIQUE STENDHAL, Office de Tourisme de Grenoble, Isère, tel: 76 42 41 41
Traces the life and work of Stendhal in the area.

GERMANY
Berlin
BERTOLT BRECHT'S HOUSE (Brecht–Haus), Chausseestrasse 125, tel: 030 282 9916
Last home of Bertolt Brecht and Helene Weigel. Now the Bertolt Brecht Centre. Restored rooms, lectures and events connected to the author. Small tours Tuesdays to Saturdays, telephone to book.
CAFÉ ICI, August strasse 61
Café-gallery frequented by aesthetes and writers.
DOROTHEENSTADT CEMETERY (Dorotheenstädtisher Friedhof), Chausseestraße
Contains graves of many famous people including Heinrich Mann, Arnold Zweig and Bertolt Brecht.
THEATER AM SCHIFFBAUERDAMM, Bertolt-Brecht-Platz 1, tel: 030 2888155
Bertolt Brecht's Threepenny Opera *premièred here in 1928. Now home of the Berliner Ensemble showing Brecht's plays.*

Weimar
DOWAGER DUCHESS ANNA AMALIA'S RESIDENCE (Wittumspalais), Theatreplatz, tel: 03643 545377
Ducal palace where Duchess Anna Amalia lived. Also a museum devoted to Christoph Martin Wieland. Due to reopen in 1999.
FRAUENTOR CEMETERY (Historischer Friedhof), Karl Hausknechtstrasse
Goethe and Schiller buried with Duke Karl August. Closed Tuesdays.
FRIEDRICH VON SCHILLER'S HOUSE (Schillerhaus), Schillerstrasse 12, tel: 03643 545350
House where Friedrich von Schiller lived and died, and where he wrote Wilhelm Tell. *Closed Tuesdays.*
HERDER CHURCH (Herderkirche), Herderplatz
Church where Johann Herder was Pastor. Tomb inside.
JOHANN GOTTFRIED HERDER MUSEUM (Kirms-Krackow house), Jakabstrasse 10. *Re-opens 1999, tel: 03643 545102 for information.*

JOHANN WOLFGANG VON GOETHE'S HOUSE (Goethehaus), Am Frauenplan 1, tel: 03643 545300
House where Johann Goethe lived for fifty years. Closed Mondays. Parties over ten must book. Museum reopening in 1999.
JOHANN WOLFGANG VON GOETHE'S SUMMERHOUSE (Goethe's Gartenhaus), im Park an der Ilm, tel: 03643 545375
Home and summer retreat of Goethe, where he began Iphigènie.

GREAT BRITAIN
ENGLAND
London
BLUE PLAQUE HISTORICAL HOUSES
Houses around London with historical and literary connections which are marked by a blue plaque listed in Blue Plaque Guide to Historical Houses, *available from bookshops or English Heritage, tel: 01604 781163.*
CARLYLE'S HOUSE, 24 Cheyne Row, SW3 5HL, tel: 0171 352 7087
Thomas and Jane Carlyle lived here for 47 years. Now a museum. Open April to October, Wednesdays to Sundays.
DICKENS' HOUSE MUSEUM, 48 Doughty Street, WC1N 2LF, tel: 0171 405 2127
Former home of Charles Dickens where he wrote Oliver Twist *and* Nicholas Nickleby, *now a museum. Closed Sundays.*
DR JOHNSON'S HOUSE, 17 Gough Square, London, EC4A 3DE, tel: 0171 353 3745
Samuel Johnson lived here and wrote his Dictionary *from 1748 to 1759. Houses memorabilia and manuscripts. Closed Sundays.*
HIGHGATE CEMETERY, Swain's Lane, N6 6PJ
Among the famous buried in this beautiful cemetery are Karl Marx, George Eliot, Christina Rossetti and Sir Leslie Stephen. Open daily.
KEAT'S HOUSE, Wentworth Place, Keats Grove, Hampstead, NW3 2RR, tel: 0171 435 2062
House where Keats wrote his greatest "Odes" and fell in love with Fanny Brawne. Now a museum. Open daily 1 April to 31 October.
KELMSCOTT HOUSE, 26 Upper Mall, Hammersmith, W6, tel: 0181 741 3735
Home of William Morris and the Kelmscott press. Sample books on display. Open Thursdays and Saturdays, 2.00pm to 5.00pm.
LONDON WALKS, PO Box 1708, tel: 0171 624 3978
Visit places associated with Sherlock Holmes, Oscar Wilde, Shakespeare, Charles Dickens and the Bloomsbury group.
POPE'S GROTTO, Pope's Villa, Cross Deep, Twickenham, Middlesex, TW1 4QJ, tel: 0181 892 5633
The grotto and gardens are all that remains of Pope's villa in Twickenham. Open by appointment Saturday afternoons only.
SHAKESPEARE'S GLOBE EXHIBITION, New Globe Walk, Bankside, Southwark, tel: 0171 928 6406
Exhibition charting the research and progress of rebuilding Shakespeare's Globe theatre. Includes a guided tour of the theatre. Open daily.
SHERLOCK HOLMES PUBLIC HOUSE AND RESTAURANT, 10 Northumberland Street, WC2 5DA
Large selection of Holmes's memorabilia.
STRAWBERRY HILL, Saint Mary's College, Waldegrave Road, Strawberry Hill, Twickenham, TW1 4SX, tel: 0181 744 1932
Horace Walpole's Gothic creation. Open May to October, Sundays 2.00pm to 3.30pm.
WESTMINSTER ABBEY, Victoria Street, SW1P 3PE
Famous literary figures buried in "Poets Corner" include Chaucer, Charles Dickens, Robert Browning and Alfred Lord Tennyson, with memorials to Shakespeare, Keats and Shelley.

WILLIAM MORRIS GALLERY, Water House, Lloyd Park Forest Road, Walthamstow, E17, tel: 0181 527 3782
Former home of William Morris. Now houses a collection of his works. Open Tuesdays to Saturdays and first Sunday of every month.
YE OLDE CHESHIRE CHEESE, Wine Office Court, 145 Fleet Street, tel: 0171 353 6170
Bar and restaurant frequented by Dickens and Dr Johnson; home of the literary group the Rhymer's Club founded here by Yeats in 1891.
Bedfordshire
BUNYAN MEETING CHURCH AND MUSEUM, Mill Street, Bedford, MK40 3EU tel: 01234 213722/358870
Church where John Bunyan was minister for 16 years. Museum contains Bunyan memorabilia and editions of The Pilgrim's Progress *in more than 160 languages. Open daily April to October.*
BUNYAN TRAIL, telephone tourist office 01234 215226 for details
Visit sites associated with John Bunyan.
Buckinghamshire
MILTON'S COTTAGE, Deanway, Chalfont St Giles, Bukinghamshire, HP8 4JH, tel: 01494 872313
Home of John Milton in 1665, now open to the public. Open March to October, Tuesday to Sunday and Bank Holiday Mondays.
Cheshire
TABLEY HOUSE, Knutsford, Cheshire, WA16 0HB, tel: 01506 750151
Favourite childhood haunt of Elizabeth Gaskell. Open April to October, Thursdays to Sundays and Bank Holiday Mondays.
TATTON PARK, Knutsford, Cheshire, WA16 6QN, tel: 01565 654822
The house was the model for The Towers in Elizabeth Gaskell's Wives and Daughters. *House open April to September, Tuesdays to Sundays, in October weekends; grounds open April to October daily and November to March Tuesdays to Sundays.*
Cumbria
BRANTWOOD, *Coniston, Cumbria, LA21 8AD, tel: 015394 41396*
Home of John Ruskin from 1871 until his death in 1900, reconstructed to how it was during his life there. Open mid-March to mid-November daily and mid-November to mid-March Wednesdays to Sundays.
DOVE COTTAGE, Town End, Grasmere, LA22 9SH, tel: 015394 35547/35544
Former home of William and Mary Wordsworth, now a museum restored with Wordworth's furniture and belongings. Closed mid-January to mid-February.
HILL TOP, Near Sawrey, Ambleside, LA22 0LF, tel: 015394 36269
Beatrix Potter's hideaway which inspired much of her work was bought with the royalties from her first book, The Tale of Peter Rabbit. *Open 1 April to 3 November, Saturdays to Wednesdays.*
RYDAL MOUNT, Ambleside, LA22 9LU, tel: 015394 33002
William Wordsworth lived here from 1813 to 1850. Still a family house of his descendants, with period furniture. Open daily 1 March to 31 October. Closed Tuesdays 1 November to 28 February, and in January.
WORDSWORTH HOUSE, Main Street, Cockermouth, CA13 9RX, tel: 01900 824805
House where William Wordsworth was born in 1770. Open April to October, Mondays to Fridays, and Saturdays 29 June to 7 September.
Dorset
DORSET COUNTY MUSEUM, High West Street, Dorchester, DT1 1XA tel: 01305 262735
Museum contains a collection of Thomas Hardy memorabilia and a reconstruction of his study at Max Gate. Closed Sundays.
HARDY'S COTTAGE, nr Dorchester, DT2 8QJ, tel: 01305 262366
Telephone for appointment with custodian. Open daily April to October except Thursdays.

THE HARDY SOCIETY, PO Box 1438, Dorchester DT1 1YH,
tel: 01305 251501
*Provides walking maps tracing locations that appear in Thomas
Hardy's work. Available from the Dorchester tourist information
centre, tel: 01305 267992, or from the society.*
STINSFORD CHURCHYARD, Stinsford, East of Dorchester
*Thomas Hardy's heart is buried in his wife's grave, adjacent to
graves of other members of his family.*

East Sussex

BATEMAN'S, Burwash, TN19 7DS, tel: 01435 882302
*Home of Rudyard Kipling for over thirty years from 1902 until his
death. Furnished with Kipling's old furniture with the study how
he left it. Open April to end October, closed Thursdays and Fridays.*
CHARLESTON FARMHOUSE, Firle, nr Lewes, BN8 6LL, tel: 01323
811626
*Former home of Vanessa Bell, Duncan Grant, Clive Bell and
Maynard Keynes and retreat and meeting place for the Bloomsbury
Group. Restored interior and garden with collection of paintings.
Open April to October, Wednesdays to Sundays and Bank Holiday
Mondays 2.00pm to 5.00pm. From July to August, Wednesdays to
Saturdays 11.00am to 5.00pm, Sundays 2.00pm to 5.00pm.*
LAMB HOUSE, West Street, Rye, East Sussex. tel: 01892 890651
Home of Henry James from 1898 to 1914 and where he wrote The
Wings of a Dove, The Golden Bowl *and* The Ambassadors.
Open April to October, Wednesdays and Saturdays 2.00pm to 6.00pm.
MONK'S HOUSE, Rodmell, nr Lewes, BN7 3HF, tel: 01892 890651
*Home of Virginia Woolf from 1919 to 1969. Open Wednesdays and
Saturdays from 2.00pm to 5.00pm.*

Gloucester

KELMSCOTT MANOR, Kelmscott, nr Lechlade, GL7 3HJ,
tel: 01367 252486
*Summer residence of William Morris, house contains personal relics.
He is buried in the local churchyard. Open April to September,
Wednesdays only and Thursdays and Fridays by appointment.*

Hampshire

CHARLES DICKENS'S BIRTHPLACE MUSEUM, 393 Old
Commercial Road, Portsmouth, PO1 4QL, tel: 01705 827261
Charles Dickens's birthplace. Open from April to September.
JANE AUSTEN'S HOUSE, Chawton, Alton, GU34 1SD, tel: 01420 83262
Jane Austen wrote Mansfield Park, Emma *and* Persuasion *while
living here. Now a museum. Open daily March to December, at other
times weekends only.*
WINCHESTER CATHEDRAL, Winchester Cathedral Close,
Winchester, tel: 01962 853137 for guided tours
Jane Austen and Izaak Walton are buried here.

Hertfordshire

SHAW'S CORNER, Ayot Saint Lawrence, nr Welwyn, AL6 9BX,
tel: 01438 820307
*George Bernard Shaw lived here from 1906 until his death in 1950.
Unchanged house contains literary and personal relics. Open March to
October, Wednesdays to Sundays and Bank Holiday Mondays 2.00pm
to 6.00pm, parties by written appointment March to November.*

Kent

BLEAK HOUSE MUSEUM, Fort Road, Broadstairs, CT10 1HD,
tel: 01843 862224
*Holiday home of Charles Dickens for 15 years and where he
wrote* David Copperfield. *Open daily March to mid-December.*
CANTERBURY CATHEDRAL, The Precincts, Canterbury
*Chaucer's pilgrims journeyed here to visit shrine of Saint Thomas à
Becket who was murdered on the altar in 1170. Setting for T.S Eliot's*

Murder in the Cathedral.
CANTERBURY TALES, Saint Margaret's Church, Saint Margaret's
Street, tel: 01227 454888
A re-creation of Chaucer's Canterbury Tales *using a combination
of sound, smell and wax figures.*
GAD'S HILL PLACE, Higham, nr Rochester, ME3 7PA
tel: 01474 822366
*Home of Charles Dickens from 1857 to 1870, now a school. Part of
house and conservatory open to the public. Open April to October.*
PENSHURST PLACE, Penshurst, nr Tonbridge, TN11 8DG,
tel: 01892 870307
*Former home of Sir Philip Sidney, still owned by the family. Open
daily September to March, and April to August weekends only.*
SISSINGHURST CASTLE AND GARDENS, Sissinghurst, Cranbrook,
TN17 2AB, tel: 01580 715330
*Vita Sackville-West lived here from 1932 until her death. Open April
to October. Closed Mondays.*

North Yorkshire

SHANDY HALL, Coxwold, nr York, YO6 4AD, tel: 01347 868465
*Former home of Laurence Sterne. His books and manuscripts are on
display. Open June to September, Wednesday and Sunday afternoons.*

Nottinghamshire

D.H. LAWRENCE BIRTHPLACE MUSEUM, 8A Victoria Street,
Eastwood, Nottingham, NG16 3AW, tel: 01773 763312
*Former home of the Lawrence family. House restored as a miner's
cottage with a museum and exhibition dedicated to D.H. Lawrence.
Open daily. Local librarian provides a pamphlet that lists walks
visiting locations included in Lawrence's novels.*
NEWSTEAD ABBEY, Newstead Abbey Park, Linby, NG15 8GE,
tel: 01623 793557
*Owned by the Byron family for 350 years, Lord Byron lived here from
1798 to 1817. Now a museum. House open daily April to September,
noon to 5.00pm. Gardens open daily.*

Oxfordshire

MANOR HOUSE and POPE'S TOWER, Stanton Harcourt, nr
Witney, OX8 1RJ, tel: 01865 881928
*Alexander Pope stayed here while he translated the fifth volume of
Homer's* Illiad. *Open April to September, Thursdays and Sundays,
2.00pm to 6.00pm, telephone for specific dates.*

Somerset

COLERIDGE COTTAGE, 35 Lime Street, Nether Stowey, Brigwater,
TA5 1NQ. tel: 01278 732662
*Former home of Coleridge; house contains memorabilia. Open from
April to September, Tuesdays, Wednesdays, Thursdays and Sundays
2.00pm to 5.00pm.*

Staffordshire

SAMUEL JOHNSON BIRTHPLACE MUSEUM, Breadmarket Street,
Lichfield, WS13 6LG, tel: 01543 264972
*The house where Samuel Johnson spent his first 26 years, now
a museum with restored interior. Open daily.*

Warwickshire

ARBURY HALL, Nuneaton, CV10 7PT, tel: 01203 382804
*Former home of George Eliot. Open April to September, Sundays
and Bank Holidays only. Private parties by arrangement.*
ANNE HATHAWAY'S HOME, Cottage Lane, Shottery,
Stratford-Upon-Avon, CV37 9HH, tel: 01789 292100
*Family home of Shakespeare's wife, Anne Hathaway.
Open daily.*
MARY ARDEN'S HOUSE, Station Road, Wilmcote,
Stratford-Upon-Avon, CV37 9UN, tel: 01789 293455

Childhood home of Shakespeare's mother, Mary Arden, now a museum. Open daily.

NUNEATON MUSUEM AND ART GALLERY, Riversley Park

Has a room depicting a specific time in George Eliot's life and contains much of the original furnishings of her home in Regent's Park.

WILLIAM SHAKESPEARE'S BIRTHPLACE, Henley Street, Stratford-Upon-Avon, CV37 6QW, tel: 01789 204016

House restored to as it was in Shakespeare's time. Open daily.

West Yorkshire

BRONTË SOCIETY AND BRONTË PARSONAGE MUSEUM, Haworth, Keighley, BD22 8DR, tel: 01535 642323

Lifelong home of Charlotte, Emily, Anne and Branwell Brontë, filled with books, manuscripts and personal memorabilia that belonged to the Brontës. Closed 15 January to 9 February.

BRÖNTE WAY, tel: 01535 642323

A forty mile walk in four sections to sites associated with the Brontës including the birthplace of the Brontë sisters.

OAKWELL HALL COUNTRY PARK, Nutter Lane, Birstall, tel: 01924 474926

House features as "Fieldhead" in Charlotte Brontë's Shirley.

THE RED HOUSE MUSEUM, Oxford Rd, Gomersal, Cleckheaton, tel: 01274 872165

House appears as "Briarmains" in Charlotte Brontë's Shirley.

WUTHERING HEIGHTS WALK, tel: 01535 642323

Six mile walk to Top Withins, the setting for Wuthering Heights.

SCOTLAND
Edinburgh

ROBERT LOUIS STEVENSON'S CHILDHOOD HOME, 17 Heriot Row
Enquiries and bookings: Macfie Trading Co., tel: 0131 556 1896.

THE WRITERS' MUSUEM, Lady Stair's Close, Lawnmarket, tel: 0131 529 4901

Includes momentoes of Robert Louis Stevenson, Sir Walter Scott and Robert Burns. Closed Sundays.

Elsewhere in Scotland

ABBOTSFORD, Melrose, Roxburghshire, TD6 9BQ, tel: 01896 752043

Sir Walter Scott's home for twenty years. Scott's study and library open for viewing. Open daily mid-March to October.

BURNS COTTAGE, Alloway, Ayr, KA7 4PY, tel: 01292 441215

Birthplace of Robert Burns, now a museum. Open daily.

BURNS HOUSE, Burns Street, Dumfries, Dumfries and Galloway, DG1 2PS, tel: 01387 25529

Former home of Robert Burns and where he died in 1796, now a museum. Open October to March, closed Sundays and Mondays.

WALES

DYLAN THOMAS'S BOAT HOUSE, Dylan's Walk, Laugharne, Dyfed, SA33 4SD, tel: 01994 427420

Favourite home of Dylan Thomas. Restored interior and small gallery showing Thomas's paintings. Open daily.

IRELAND
Dublin

ABBEY THEATRE, Lower Abbey Street, tel: 01 8787222

W.B. Yeats and Lady Gregory were the first directors. Now the National Theatre showing Irish theatrical classics.

DUBLIN WRITER'S MUSEUM, 18 Parnell Square, tel: 01 8722077

Memorabilia and exhibits of famous literary figures including G.B. Shaw, Samuel Beckett, W.B. Yeats, Jonathan Swift and James Joyce. Literary lectures and seminars. Open daily.

GEORGE BERNARD SHAW BIRTHPLACE MUSEUM, 33 Synge Street, tel: 01 4750854

First home of the Shaw family. Open daily May to October.

JAMES JOYCE CENTRE, 33 North Great Georges Street, tel: 01 8788547

In the summer it organizes tours of Dublin given by descendants of the writer. November to April closed Mondays.

LITERARY PUB CRAWLS, tel: 01 4540228

Visit pubs associated with James Joyce, Samuel Beckett and Oscar Wilde with actors highlighting points of interest. Easter to October, tours daily. November to Easter no tours on Mondays, Tuesdays or Wednesdays.

OLD LIBRARY, TRINITY COLLEGE, College Green, Dublin 2, tel: 01 6082320

Contains The Book of Kells, *one of the oldest books in the world, dated at around 800 AD. J.M. Synge's tiny typewriter is also on display along with the* Book of Durrow. *Open daily.*

ULYSSES MAP OF DUBLIN, OR JOYCE'S DUBLIN, Dublin Tourist Board, Suffolk Street, Dublin 2, tel: 01 6057789

A Walking Guide to Ulysses, *retraces the journey of Joyce's characters around Dublin as featured in the novel.*

Outskirts of Dublin

JAMES JOYCE MUSEUM, Martello Tower, Sandycove, Dun Laoghaire, tel: 01 2809265

Tower appears in the first chapter of Ulysses. *Museum, opened by Sylvia Beach, first publisher of* Ulysses, *in 1962, contains Joyce memorabilia and letters. Open daily April to October, and by appointment from November to March.*

Galway

W.B. YEATS HOUSE, Thoor Ballylee, 4 miles NE of Gort, tel: 091 31436

Former home of W.B. Yeats. Interior restored with a museum. Open daily Easter to 30 September.

ISRAEL
Jerusalem

AGNON'S HOUSE, Klausner 16, tel: 02 716498

Home of the novelist and Nobel Prize-winner, Shmuel Yosef Agnon, now open to the public. Open Sundays to Thursdays 9.00am to noon.

Tel Aviv

Bialik House, 22 Bialik Street, tel: 03 5254530

Home of Haim Nachman Bialik, Israel's national poet. Contains memorabilia and temporary exhibits. Closed Saturdays.

HABIMA THEATRE, 2 Tardat Boulevard, tel: 03 5266666

Israel's national theatre, all performances are in Hebrew.

OLD CEMETERY, Trumpeldor Street

Poets Haim Nachman Bialik and Saul Tchernichovsky are buried here.

Galilee

KINNERET CEMETERY, Kibbutz Kinneret, S of Tiberias, Sea of Galilee.

Among those buried here are poetess "Rachel" and poet "Elisheva."

ITALY
Rome

KEATS AND SHELLEY MEMORIAL HOUSE, Piazza di Spagna 26, tel: 06 6784235

House where Keats died. Now a museum dedicated to Keats, Shelley and Lord Byron. Closed Saturdays and Sundays.

PROTESTANT CEMETERY (Cimilerio Acattolico) Via Caio Cestio 6

Cemetery contains Keats's grave and Shelley's ashes.

Florence

BAPTISTERY OF SAN GIOVANNI, Piazza San Giovanni
Inspiration for Dante's poetry and where he was baptized.
Open daily from 1.00pm to 6.00pm.
CASA DI DANTE, Via San Margherita, tel: 055 219416
Site of Dante's birth. Reconstructed as a Dante museum in 1895.
Closed Tuesday and Sunday afternoons.
ELIZABETH AND ROBERT BOWNING'S APARTMENT, Casa Guidi,
Piazza S. Felice 8, tel: 055 284393
The Brownings lived here after their secret marriage in 1846 and
were visited by, among others, Nathaniel Hawthorne and Anthony
Trollope. Includes library and Robert Browning's study. Open
Mondays, Wednesdays and Fridays from 3.00pm to 6.00pm.
ENGLISH CEMETERY (Cimitero Protestante), Piazzale Donalerlo
Elizabeth Browning's grave is designed by Frederich Leighton.
Walter Savage Landor and Frances Trollope are also buried here.

Outskirts of Florence

BOCCACCIO'S TOMB, Church of S.S. Jacopo E Filippo, Certaldo.
CASA DEL BOCCACCIO, Via Boccaccio 18, Santa Andrea
Inpercussina, Sasciano, tel: 055 828471
Reconstruction of Boccaccio's house. Open Mondays and Thursdays
from 4.30pm to 7.30pm and Wedsnesdays from 9.00am to noon.

Venice

BYRON MUSEUM, Mechitar Monastry (Monastero Mekhitarista),
San Lazzaro degli Armeni, tel: 041 5260104
Lord Byron stayed here while learning Armenian. Now a museum
with Byron memorabilia. Open daily 3.00pm to 5.00pm.
HARRY'S BAR, San Marco 1323, Calle Vallaresso.
Haunt of artists and writers in the 1940s and 1950s. Still the place
to see and be seen. Closed Mondays.
LOCANDA CIPRIANI AT TORCELLO (six miles NE of Venice)
Favourite hang-out of Ernest Hemingway. Open March to October,
Wednesdays and Sundays.

JAPAN
Tokyo

MUSEUM OF MODERN JAPANESE LITERATURE, 4-3-55 Komaba,
Meguro-ku, Tokyo 153, tel: 03 3468 4181
Museum devoted to Japanese literature. Lectures also held. Closed
Sundays, last day of every month and national holidays.

Honshu Island

TAKUBOKU ISHIKAWA MEMORIAL MUSEUM, 9 Shibutami,
Tamayama, Iwate-gun, Iwate-ken 028-41, tel: 0196 83 2315
Museum devoted to Takuboku Ishikawa. Nearby is the temple
where the poet grew up and the old school house where he used to
teach. Open daily, closed at the end and beginning of the year.
JUNICHIRO TANIZAKI MEMORIAL MUSEUM, 12-5 Ise-chou,
Ashiya-shi, Hyogo 659, tel: 0796 23 2319
Museum contains over 2,000 items relating to the life of Junichiro
Tanizaki. Closed Tuesdays.
KENJI MIYAZAWA MEMORIAL MUSEUM, 1-1 Yazawa,
Hanamaki-shi, Iwate-ken 025, tel: 0198 31 2319
Museum dedicated to Kenji Miyazawa. Open daily, closed at
the end and beginning of the year.
LAFCADIO HEARN (YAKUMO KOIZUMI) MEMORIAL MUSEUM,
322 Okutani-chou, Matsue-shi, Shimane-ken 690,
tel: 0852 21 2147
Museum contains an exhibition, study and store room with 1,000
items relating to Yakumo Koizumi. Open daily.

NATSUME SOSEKI LIBRARY IN LIBRARY OF TOHOKU UNIVERSITY,
Kawauchi, Sendai-shi, Miyagi-ken 980, tel: 0222 22 1800
Constructed by Natsume Soseki's eldest son, Jun'ichi, it
contains about 3,000 books, diary entries and memorabilia.
Open academic terms.
YASUNARI KAWABATA LITERARY MUSEUM, Kaminakajo,
Ibaraki-shi, Ibaraki-ken 567, tel: 0726 25 5978
Museum contains exhibition, gallery and rooms relating
to the work of Yasunari Kawabata. Closed Tuesdays and
Sunday afternoons.
YASUNARI KAWABATA MEMORIAL MUSEUM, 1-12-5 Hase,
Kamakura-shi, Kanagawa-ken 248, tel: 0467 22 5978
Former residence of Yasunari Kawabata. Now a museum containing
manuscripts, letters and memorabilia. Introduction required.

Kyushu Island

HAKUSHUU KITAHARA'S BIRTHPLACE, 55 Ishiba, Okinohata-
chou, Yanagawa-shi, Fukuoka-ken 832, tel: 0944 72 6773
Contains items relating to Hakushuu Kitahara's youth including
his old desk. Open daily, closed at the end and beginning
of the year.
NATSUME SOSEKI HOUSE, 4-22 Tsuboi-chou, Kumamoto-shi,
Kumamoto-ken 860, tel: 0963 25 6773
Former residence of Natsume Soseki; the reception room houses
an exhibition. Closed Mondays, Thursday afternoons and
national holidays.

NORWAY
Oslo

IBSEN'S APARTMENT, Arbiens gate 1, 0253 tel: 22552009
Henrik Ibsen's last home. Now a museum with his original study as
one of the exhibits. Open Tuesdays to Sundays from noon to 3.00pm.
OSLO IBSEN ANNUAL FESTIVAL, National theatre, Stortings gate
15, 0161
Theatre shows special performances of Ibsen's plays.

Elsewhere in Norway

HAMSUN CHILDHOOD HOUSE, 8294 Hamarøy, tel: 75770294
Knut Hamsun's former home, now a small museum. Open daily
mid-June to mid-August, 10.00am to 8.00pm. Other times by
appointment.
IBSEN'S CHILDHOOD HOME, Venstøp, 3700 Skien, tel: 35581000
Contains an exhibition of Ibsen's family and childhood experiences.
Open 15 May to 31 August.
IBSEN'S HOUSE, 4890 Grimstad, tel: 37044653
Now a museum dedicated to Henrik Ibsen with the world's
largest collection of Ibsen memorabilia. Open 15 April to
15 September.
SKIEN IBSEN ANNUAL FESTIVAL, Skien, tel: 35581910
Events connected to Henrik Ibsen. Usually at the end of August.

SOUTH AFRICA
Johannesburg

MARKET THEATRE, Bree Street, tel: 011 832 1641
Developed in old, converted market buildings the complex
contains four live theatre venues showing as part of the programme
sharply critical contemporary plays.

Northern Cape Province

SOL T. PLAATJE'S HOUSE, 32 Angel Street, New Park, Kimberley,
tel: 0531 32526
Home of the novelist Sol T. Plaatje for many years, now a national
monument. Open daily from 8.00am to 2.30pm.

SPAIN

Madrid

CAFÉ GIJÓN, Paseo de Recoletos 21
Famous as a literary meeting place and location of literary events.

CERVANTES' BIRTHPLACE (Museo Casa de Cervantes), Calle Mayor 48, Alcalá de Henares, 28801, tel: 91 889 9654
Site where Miguel de Cervantes was born, a replica house contains a small Cervantes museum. Closed Mondays.

CERVECÉRIA ALEMANA CAFÉ, Plaza Santa Ana 6
Famous as a literary haunt frequented by Ernest Hemingway. Still attracts many writers and poets.

HOUSE OF LOPE DE VEGA, Calle Cervantes 11, tel: 91 429 9216
Home of Lope de Vega for 25 years, now a museum. Open Tuesdays to Saturdays, 9.30am to 2.30pm.

Elsewhere in Spain

HOUSE OF MIGUEL DE CERVANTES (Casa de Cervantes), Calle Rastro 7, Vallodolid tel: 983 308810
Former home of Miguel de Cervantes, restored with period furniture and a display of Cervantes' books. Closed Mondays.

DULCINEA'S HOUSE, Calle Jose Antonio, El Toboso tel: 95 8197288
House where Miguel de Cervantes' mistress, Ana Zarco de Morales (the real Dulcinea), lived. Closed Sunday afternoons and Mondays.

UNITED STATES OF AMERICA

New York City

ALGONQUIN HOTEL, 50 W44th Street, tel: 212 840 6800
Dorothy Parker attended the literary luncheon club The Round Table *held here in the 1920s. Now a favourite literary haunt.*

CHUMLEY'S, 86 Bedford Street, Greenwich Village
Saloon where Dylan Thomas, John Steinbeck, Ernest Hemingway, William Faulkner, Jack Kerouac, John Dos Passos and Theodore Dreiser drank. Book jackets of famous patrons cover the walls.

THE EAR INN, 326 Spring Street, Soho
A bar since 1812, it is still a popular haunt for poets and writers.

GOTHAM BOOK MART, 41 W47th Street
Foremost literary bookshop in New York which stocked James Joyce and Henry Miller when they were banned in the United States.

POE COTTAGE, Poe Park, Grand Concourse and Kingbridge Road, The Bronx, tel: 718 881 8900
Edgar Allen Poe lived here while he wrote Ulalume *and* The Bells. *Period furniture and memorabilia. Open weekends only.*

WHITE HORSE TAVERN, 567 Hudson Street, Greenwich Village
Favourite haunt of Dylan Thomas. Still attracts a literary crowd.

California

CAFÉ TRIESTE, 609 Vallejo Street, North Beach, San Francisco
Popular café with San Francisco's literary crowd.

CITY LIGHTS BOOKSTORE, 261 Columbus Avenue, San Francisco, tel: 415 362 8193
The first all-paperback bookshop in the United States established in 1953. Still owned by poet and novelist Lawrence Ferlinghetti, it has a vast collection of avant-garde, *contemporary and Beat writing.*

DASHIELL HAMMETT TOUR. For bookings tel: 415 707 939 1214
Three-mile walking tour of sites around San Francisco associated with Dashiell Hammett and his novels.

FORMOSA CAFÉ, 7156 Santa Monica Boulevard, Hollywood
Longtime film industry watering-hole. Photographs and memorabilia of famous customers cover the walls.

HISTORICAL WALKING tours, Hollywood Heritage, 1350 N Highland, Hollywood, tel: 213 466 6782 for details of tours.

JOHN'S GRILL, 63 Ellis Street, San Francisco, tel: 415 986 0069
Restaurant frequented by Dashiell Hammett; contains memorabilia.

MANN'S CHINESE THEATER, 6925 Hollywood Boulevard, Hollywood
Built by Sid Grauman in 1927, the oriental decor is intact. Still shows films. Pavement outside has hand- and footprints of the famous.

MUSSO AND FRANK'S, 6667 Hollywood Boulevard, Hollywood
The oldest restaurant in Hollywood. Frequented by F. Scott Fitzgerald, William Faulkner and Ernest Hemingway in the 1940s.

SHERLOCK HOLMES PUBLIC HOUSE, 13th floor, Holiday Inn – Union Square, 480 Sutter Street, San Francisco
Bar with Victorian decor, Holmes memorabilia and a replica of Holmes's Baker Street sitting rooms.

STEINBECK CENTER FOUNDATION, 371 Main Street, Salinas, tel: 408 7536411
Exhibits on Steinbeck. Open Mondays to Fridays 8.00am to 5.00pm. In June to August also open Saturdays 10.00am to 3.00pm.

STEINBECK HOUSE, 132 Central Avenue, Salinas, tel: 408 7573106
John Steinbeck's birthplace restored and run as a restaurant.

VESUVIO'S, 255 Columbus Avenue, North Beach, San Francisco
Bar frequented by Dylan Thomas and Jack Kerouac next to the City Lights bookstore. Photographs and memorabilia cover the walls.

Connecticut

HARRIET BEECHER STOWE HOUSE, Forest Street, Hartford
Next to Twain's house, details as below, Harriet Beecher Stowe lived here for thirty years.

MARK TWAIN'S HOUSE, 77 Forest Street, Hartford, tel: 203 525 9317
Former home of Samuel Clemens (Mark Twain). Open daily November to May, closed Mondays and Sundays before 1.00pm.

Florida

ERNEST HEMINGWAY HOUSE, 907 Whitehead Street, Key West, tel: 305 2941575
Former home of Hemingway, where he wrote For Whom the Bell Tolls *and* A Farewell to Arms. *Open daily.*

Georgia

THE GONE WITH THE WIND MUSEUM, Georgian Terrace Hotel, Concourse Level, 659 Peachtree Street, Atlanta, tel: 404 8971939
Museum devoted to Margaret Mitchell. Open daily.

Maryland

EDGAR ALLAN POE HOUSE AND MUSEUM, 203 North Amity Street, Baltimore, tel: 410 3967932
House where Edgar Allan Poe lived and wrote Berenice. *Open October to July, Wednesdays to Saturdays, noon to 3.45pm, from August to September also open Saturdays.*

Massachusetts

CONCORD MUSEUM, 200 Lexington Road, Concord, tel: 508 369 9609
Museum includes Ralph Waldo Emerson's study and artifacts and furnishings of Henry David Thoreau. Open daily.

CUSTOM HOUSE, 178 Derby Street, Salem, tel: 508 744 4323
Nathaniel Hawthorne worked here, his office and desk are preserved. Open daily.

HAWTHORNE'S BIRTHPLACE, 54 Turner Street, Salem, tel: 508 744 099
House restored with some family furniture. "The House of the Seven Gables," the setting of Nathaniel Hawthorne's novel of the same name is also at this location. Open daily.

HENRY WADSWORTH LONGFELLOW'S HOUSE, 105 Brattle Street, Cambridge, tel: 617 8764491
Received as a wedding present, Henry Wadsworth Longfellow lived

here for 45 years, writing Evangeline *and* The Song of Hiawatha. *Open daily.*

LONGFELLOW'S WAYSIDE INN, off route 20, Sudbury, Concord
Oldest inn in the country; Longfellow's Tales of Wayside Inn *set here.*

THE OLD MANSE, Monument Street, Concord, tel: 508 358 7615
Ralph Waldo Emerson and Nathaniel Hawthorne both lived here. Restored interior with memorabilia. Open mid-April to October, Thursdays, Saturdays and Mondays, Sundays 1.00pm to 4.30pm.

ORCHARD HOUSE, 399 Lexington Road, tel: 508 369 4118
Former home of Louisa May Alcott. Open daily from April to October, from November to March, Saturdays and Sundays only.

RALPH WALDO EMERSON HOUSE, 28 Cambridge Turnpike, Concord, tel: 508 369 2236
Home of Ralph Waldo Emerson for 47 years with original interior. Open mid-April to October, Thursdays, Saturdays and Sundays, 2.00pm to 5.00pm.

SLEEPY HOLLOW CEMETERY, Bedford Street, Concord
Nathaniel Hawthorne, Louisa May Alcott and family, Ralph Waldo Emerson and Henry David Thoreau are buried here.

THOREAU LYCEUM, 156 Belnap Street, Concord, tel: 508 369 5912
Replica of Thoreau's cabin. Open daily from March to December, Sundays 2.00pm to 5.00pm.

WALDEN POND RESERVATION, Walden Street, Concord, tel: 508 369 3254
Cabin gone but possible to follow trail to the place where David Thoreau lived and wrote.

THE WAYSIDE, 455 Lexington Rd, Concord, tel: 508 369 6975
Louisa May Alcott and Nathaniel Hawthorne lived here. Open from mid-April to October, Fridays to Tuesdays.

Minnesota

SINCLAIR LEWIS BOYHOOD HOME, 812 Sinclair Avenue, Sauk Centre, St Cloud, tel: 612 3525201
Open daily May to September.

SINCLAIR LEWIS MUSEUM, Routes Interstate 94 and Highway 71, Sauk Centre, St Cloud, tel: 612 352 5201
Open daily.

Mississippi

FAULKNER'S HOUSE, Rowan Oak, Old Taylor Road, Oxford, tel: 601 234 3284
Former home of William Faulkner, where he wrote the Snopes *trilogy and* Absalom, Absalom! *Closed Mondays.*

Missouri

MARK TWAIN'S BIRTHPLACE, 208 Hill Street, Hannibal, tel: 314 2219010
A museum with personal items including an early handwritten manuscript of Tom Sawyer. *Open daily.*

New Jersey

FENIMORE COOPER'S HOUSE, High Street, Burlington tel: 609 3864773
James Fenimore Cooper's birthplace, now a museum. Open Mondays to Thursdays, 1.00pm to 4.00pm, Sundays 2.00pm to 4.00pm.

New York State

FENIMORE COOPER'S HOUSE, Lake Road, Cooperstown, Otsego, tel: 607 547 1400
Site where James Fenimore Cooper once lived, now a museum with Cooper memorabilia. Open daily.

JAMES FENIMORE COOPER TRAIL, Cooperstown, Otsego Lake
Contact New York State Historical Association Research Library, Route 80, Lake Road, Cooperstown, Otsego, tel: 607 5471470I.

WALT WHITMAN'S BIRTHPLACE, 246 Old Walt Whitman Road, Huntington Station, Suffolk tel: 516 427 5240
The house has been restored to how it was when Walt Whitman was a boy. Open Wednesdays, Thursdays, Fridays, 1.00pm to 4.00pm, Saturdays and Sundays, 10.00pm to 4.00pm.

WASHINGTON IRVING'S HOUSE, Sunnyside, West Sunnyside Lane and Route 9, Tarrytown, Westchester, tel: 914 591 8763
Open March to December, closed Tuesdays.

RUSSIA

Moscow

DOSTOEVSKY HOUSE MUSEUM (Muzey-kvartira F.M.Dostoevskovo), Ulitsa Dostoevskovo 2, tel: 095 2811085
Home of Dostoevsky for 16 years, now a small museum. Closed Mondays, Tuesdays and last day of the month.

NEW CONVENT OF THE VIRGIN (Novodevichiy Monastyr), Novodevichiy Proezd 1
Cemetery where Gogol and Chekhov are buried.

TOLSTOY ESTATE MUSEUM (Muzey-Usadba Lva Tolstovo), Ulitsa Lva Tolstovo 21, tel: 095 2469444
Winter home of Tolstoy. One of Russia's best museums with an extensive collection of memorabilia and personal relics belonging to the author. Closed Mondays.

TOLSTOY MUSEUM (Muzey L.N. Tolstovo), Ulitsa Prechistenka 11, tel: 095 202190
Manuscripts, photographs and paintings associated with Leo Tolstoy. Closed Mondays.

Outskirts of Moscow

GOGOL'S HOUSE, Nikitskiy Bulvar 7A, Arbatskaya
Gogol spent his last years here finishing Dead Souls. *Houses a small museum. Open Thursday and Saturday afternoons.*

TOLSTOY BIRTHPLACE AND COUNTRY ESTATE, Yasnaya Polyana
Tolstoy's house for sixty years. Closed Mondays.

St Petersburg

ALEXANDER NEVSKIY MONASTERY (Aleksandro-Nevskaya Lavra), Reki Monastyrki Naberezhnaya 1
Dostoevsky, Tchaikovsky and Rimsky-Korsakov are buried here.

DOSTOEVSKY HOUSE MUSEUM (Muzey-kvartira F.M. Dostoevskovo), Kuznechniy Pereulok 5, tel: 812 3114031
Dostoevsky spent his last three years here writing The Brothers Karamazov, *now a museum. Closed Mondays and last Wednesday of every month. Telephone to book tours.*

PUSHKIN HOUSE, Museum of Literature, Naberezhnaya Makarova 4
Collection of first editions, pictures and personal possessions associated with leading Russian literary figures including Pushkin, Gogol and Dostoevsky. Closed Mondays and Tuesdays.

PUSHKIN HOUSE MUSEUM (Muzey-kvartira A.S. Pushkina), Reki Moyki Naberezhnaya 12, tel: 812 3140006
House where Pushkin died after a duel, now a museum which contains his study and personal possessions. Closed Tuesdays.

Outskirts of St Petersburg

PUSHKIN'S DACHA, Pushkinskaya Ulitsa 2, Pushkin (Tsarskoe Selo)
Pushkin and his wife, Natalya, spent the summer of 1831 here. Restored interior includes Pushkin's study and personal possessions. Closed Mondays and Tuesdays.

PUSHKIN'S SCHOOL, Alexander Lycée (Memorialniy Muzey Litsey), Komsomolskaya Ulitsa 2
School rooms and dormitory are preserved. Closed Tuesdays.

FURTHER READING

AFRICA AND SOUTH AFRICA

Chinua Achebe, Jomo Kenyatta and Amos Tutuola, *Winds of Change: Modern Stories from Black Africa* (1977)

Chinua Achebe and C.L. Innes, eds, *African Short Stories* (1985)

Ulli Beier, ed, *An Introduction to African Literature: An Anthology of Critical Writing* (1967)

J.M. Coetzee, *White Writing on the Culture of Letters in South Africa* (1990)

Nadine Gordimer and Lionel Abrahams, *South African Writing Today* (1967)

Nadine Gordimer, *The Black Interpreters: Notes on African Writing* (1973)

Oona Strathern, *Traveller's Literary Companion: Africa* (1994)

Landeg White and Tim Couzens, eds, *Literature and Society in South Africa* (1990)

AUSTRALIA AND NEW ZEALAND

Murray Bail, ed, *The Faber Book of Contemporary Australian Short Stories* (1988)

D.M. Davin, ed, *New Zealand Short Stories* (1953)

Ken Goodwin, *A History of Australian Literature* (1986)

H.M. Green, *A History of Australian Literature* (1962: rev. 1984)

Rodney Hall, ed, *The Collins Book of Australian Poetry* (1983)

Laurie Hergenhan, *The Penguin New Literary History of Australia* (1988)

Robert Hughes, *The Fatal Shore* (1987)

Leonie Kramer, *Oxford History of Australian Literature* (1981)

Mary Lord, ed, *Australian Writers and Their Works* (1974); *Best Australian Short Stories* (1991)

Peter Pierce, ed, *The Oxford Literary Guide to Australia* (1987)

C.K. Stead, ed, *New Zealand Short Stories: Second Series* (1966)

John Tranter and Philip Mead, eds, *Bloodaxe Book of Modern Australian Poetry* (1994)

William Wilde and Joy Hooton, *The Oxford Companion to Australian Literature* (1986)

Michael Wilding, ed, *The Oxford Book of Australian Short Stories* (1995)

CARIBBEAN

Marcela Breton, ed, *Rhythm and Revolt: Tales of the Antilles* (1995)

David Dabydeen, *A Handbook for Teaching Caribbean Literature* (1988)

Louis James, ed, *The Islands In Between* (1968)

V.S. Naipaul, *A Way in the World* (1995)

EUROPE (General)

J.A. Bede and W.B. Egerton, eds, *The Columbia Dictionary of Modern European Literature* (rev. 1980)

Malcolm Bradbury and James McFarlane, eds, *Modernism: A Guide to European Literature 1890-1930* (rev. 1991)

Simon Cheetham, *Byron in Europe* (1988)

Stephen Coote, *Keats: A Life* (1995)

Godfrey Hodgson, *A New Grand Tour* (1994)

Richard Holmes, *Footsteps: Adventures of a Romantic Biographer* (1995)

James Joll, *Europe Since 1870: An International History* (rev. 1983)

James Naughton, ed, *Traveller's Literary Companion: Eastern Europe* (1994)

Andrew Sinclair, ed, *The War Decade: An Anthology of the 1940's* (1989)

Monroe K. Spears, *Dionysus and the City: Modernism in 20th-Century Poetry* (1970)

Norman Stone, *Europe Transformed: 1878-1919* (1983)

Nigel West, *The Faber Book of Espionage* (1993)

AUSTRIA, CENTRAL AND NORTHERN EUROPE

Alan Janik and Stephen Toulmin, *Wittgenstein's Vienna* (1973)

Barbara Jelavich, *Modern Austria: Empire and Republic, 1815-1986* (1987)

Ivan Klima, *The Spirit of Prague* (1994)

James McFarlane, *Ibsen and the Temper of Norwegian Literature* (1960)

Claudio Magris, *Danube* (1989)

C.E. Williams, *The Broken Eagle: The Politics of Austrian Literature from Empire to Anschluss* (1974)

FRANCE

Shari Benstock, *Women of the Left Bank: Paris 1900-1940* (1987)

James Campbell, *Paris Interzone* (1994)

D.G. Charlton, ed, *A Companion to French Studies* (1972)

John Cruikshank, ed, *French Literature and its Background* (5 vols., 1968-69)

Michael Fabre, *From Harlem to Paris: Black American Writers in France, 1840-1980* (1991)

Noël Riley Fitch, *Literary Cafés of Paris* (1989)

J.E. Flower, *Writers and Politics in Modern France* (1977)

P. Harvey and J. E. Heseltine, *Oxford Companion to French Literature* (1959)

Ian Higgins, ed, *Anthology of Second World War French Poetry* (1982)

George Lemaitre, *From Cubism to Surrealism in French Literature* (1941)

Ian Littlewood, *Paris: A Literary Companion* (1987)

James R. Mellow, *Charmed Circle: Gertrude Stein and Company* (1974)

Roger Shattuck, *The Banquet Years: The Origins of the Avant Garde in France, 1885 to World War 1* (rev. 1968)

George Wickes, *Americans in Paris* (1980)

William Wiser, *The Crazy Years* (1990)

GERMANY

Alan Bance, ed, *Weimar Germany: Writers and Politics* (1982)

Keith Bullivant, ed, *The Modern German Novel* (1987)

Gordon Craig, *Germany, 1866-1945* (1978)

Henry and Mary Garland, eds, *The Oxford Companion to German Literature* (1986)

Peter Gay, *Weimar Culture: The Outsider as Insider* (1968)

Michael Hamburger, ed, *German Poetry, 1910-1975: An Anthology in German and English* (1977)

C.W. Haxthausen and H. Suhr, eds, *Berlin: Culture and Metropolis* (1990)

Victor Lange, *The Classical Age of German Literature* (1982)

Dorothy Reich, ed, *A History of German Literature* (1970)

John Willet, *Art and Politics in the Wiemar Period: The New Sobriety 1917-1933* (1978)

C.E. Williams, *Writers and Politics in Modern Germany* (1977)

GREAT BRITAIN (General)

Bill Brandt, *Literary Britain* (1986)

David Daiches and John Flower, *Literary Landscapes of the British Isles: A Narrative Atlas* (1979)

Margaret Drabble, *The Oxford Companion to English Literature*

(1985); *A Writer's Britain: Landscape in Literature* (1979)

Dorothy Eagle, Hilary Carnell and Meic Stephens, *The Oxford Illustrated Guide to Great Britain and Ireland* (rev. 1992)

R. Lancelyn Green, *Authors and Places* (1963)

Kate Marsh, ed, *Writers and Their Houses* (1993)

Frank Morley, *Literary Britain: A Reader's Guide to Writers and Landmarks* (1980)

Ian Ousby, ed, *The Cambridge Guide to Literature in English* (rev. 1993)

Francesca Premoli-Droulers, *Writers' Houses* (1995)

Gillian Tindall, *Countries of the Mind: The Meaning of Place to Writers* (1991)

England

Peter Ackroyd (Intro), *Dickens's England: An Imaginative Vision* (1986)

Bryan Appleyard, *The Pleasures of Peace: Art and Imagination in Postwar Britain* (1989)

John Atkins, *The British Spy Novel: Studies in Treachery* (1984)

Paul Bailey (ed), *The Oxford Book of London* (1995)

F.R. Banks, *The Penguin Guide to London* (1960)

Anne Oliver Bell, ed, *The Diary of Virginia Woolf* (5 vols. 1977–87)

Malcolm Bradbury, David Palmer and Ian Fletcher (eds), *Decadence and the 1890s* (1979)

Derek Brewer, *Chaucer in His Time* (1963)

Humphrey Carpenter, *The Brideshead Generation: Evelyn Waugh and His Generation* (1989)

David Cecil, *A Portrait of Jane Austen* (1980)

Hugh Cecil, *The Flower of Battle: British Fiction Writers of the First World War* (1995)

Graham Chainey, *A Literary History of Cambridge* (1995)

Mark Cocker, *Loneliness and Time: British Travel Writing in the 20th Century* (1994)

Millie Collins, *Bloomsbury in Sussex* (1989)

Robert M. Cooper, *The Literary Guide and Companion to Southern England* (1985)

Valentine Cunningham, *British Writers of the Thirties* (1988)

David Dabydeen and Paul Edwards, eds, *Black Writers in Britain: An Anthology* (1992)

Andrew Davies, *Literary London* (1988)

A.M Edwards, *In the Steps of Thomas Hardy* (1989)

Iain Findlayson, *Writers in Romney Marsh* (1986)

Geoffrey Fletcher, *Pocket Guide to Dickens' London* (1976)

Paul Fussell, *Abroad: British Literary Travelling Between the Wars* (1980); *The Great War and Modern Memory* (1975)

Martin Green, *Dreams of Adventure, Deeds of Empire* (1980)

Thomas Hardy and Hermann Lea, *Thomas Hardy's Wessex* (1913)

Humphrey House, *The Dickens World* (1941)

John Dixon Hunt and Peter Willis, *The Genius of Place* (1975)

Samuel Hynes, *The Auden Generation* (1976)

Holbrook Jackson, *The Eighteen-Nineties* (rev. 1988)

Peter Keating, *The Haunted Study: A Social History of the English Novel, 1875–1914* (1989)

Peter Lewis, *The Fifties* (1978)

Grevel Lindop, *A Literary Guide to the Lake District* (1993)

Roger Loomis, *A Mirror of Chaucer's World* (1965)

Howard Loxton, *Pilgrimages to Canterbury* (1978)

John Lucas, ed, *The 1930s: A Challenge to Orthodoxy* (1978)

Luree Miller, *Literary Villages of London* (1989)

Alan Myers, *Myers' Literary Guide: The North East* (1995)

Norman Nicholson, *The Lakers: Adventures of the First Tourists* (1995)

F. B. Pinion, *A Hardy Companion* (1968)

Roy Porter, *London: A Social History* (1994)

V.S. Pritchett, *London Perceived* (1962)

S. Schoenbaum, *William Shakespeare: A Documentary Life* (1977)

Miranda Seymour, *Ring of Conspirators: Henry James and His Literary Circle, 1895–1915* (1988)

Alan Sinfield, ed, *Society and Literature, 1945–1970* (1983)

Terence Spenser, ed, *Shakespeare: A Celebration* (1964)

John Sutherland, *The Longman Companion to Victorian Fiction* (1988)

Peter Vansittart, *London: A Literary Companion* (1992)

Ian Watt, *The Rise of the Novel* (1957)

George G. Williams, *Guide to Literary London* (1973)

Scotland

Alan Bold, *Modern Scottish Literature* (1983); *Scotland: A Literary Guide* (1989)

Cairns Craig, ed, *The History of Scottish Literature* (4 vols., 1987–89)

Andrew Lownie, *The Edinburgh Literary Guide* (1992)

Andrew Pennycock, *Literary and Artistic Landmarks of Edinburgh*, 1973

Trevor Royle, *Precipitous City: The Story of Literary Edinburgh* (1980); *The Macmillan Companion to Scottish Literature* (1983)

Gavin Wallace and Randall Stevenson, *The Scottish Novel Since the Seventies* (1993)

Roderick Watson, *The Literature of Scotland* (1981)

Wales

Meic Stephens, *The Oxford Companion to the Literature of Wales* (1986)

IRELAND

E.A. Boyd, *Ireland: Literary Renaissance* (1916)

Susan and Thomas Cahill, *A Literary Guide to Ireland* (1973)

Seamus Deane, ed, *A Short History of Irish Literature* (1986); *An Anthology of Irish Writing* (1991)

Richard Ellmann, *Ulysses on the Liffey* (1972); *Four Dubliners: Yeats, Wilde, Joyce and Beckett* (1986)

Vivien Igoe, *A Literary Guide to Dublin* (1994)

P.J. Kavanagh, *Ireland: A Literary Companion* (1994)

Sheelagh Kirby, *The Yeats Country* (1962)

William Trevor, *A Writer's Ireland: Landscapes in Literature* (1984)

Robert Welch, *Oxford Companion to Irish Literature* (1996)

ITALY

Peter Bondanelli and Julia Conway, *The Macmillan Dictionary of Italian Literature* (1979)

Van Wyck Brooks, *Dream of Arcadia: American Writers and Artists in Italy, 1760–1915* (1958)

Francis King, *Florence: A Literary Companion* (1992)

Mary McCarthy, *Venice Observed* (1982)

Carl Maves, *Sensuous Pessimism: Italy in the Work of Henry James* (1978)

S. Pacifici, *A Guide to Contemporary Italian Literature* (1962)

Peter Quennell, *Byron in Italy* (1951)

John Varriano, *Rome: A Literary Companion* (1992)

RUSSIA

Vera Alexandrova, *A History of Soviet Literature 1917–1964* (1964)

Edward Brown, *Russian Literature Since the Revolution* (1963)

Ronald Hingley, *Russian Writers and Soviet Society, 1917–1978* (1979)

Y. Yevtushenko, A.C. Todd, M. Hayward, D. Weissbort, eds, *Twentieth Century Russian Poetry* (1994)

SPAIN

Gerald Brenan, *The Spanish Labyrinth: An Account of the Social and Political Background of the Spanish Civil War* (1943)

Valentine Cunningham, ed, *Spanish Front: Writers on the Spanish Civil War* (1986)

Philip Ward, *The Oxford Companion to Spanish Literature* (1977)

INDIA

Aditya Behl and David Nicholls, eds, *The Penguin New Writing in India* (1995)

Arjun Dangle, ed, *Poisoned Bread, Translations from Modern Marathi Dalit Literature* (1992)

K.R. Srinivasa Iyengar, *Indian Writing in English* (1962)

Adil Jussawalla, *New Writing in India* (1974)

Bruce Palling, *India: A Literary Companion* (1992)

Alan Sandison, *The Wheel of Empire: A Study of the Imperial Idea in Some Late 19th and early 20th Century Fiction* (1967)

Simon Weightman, ed, *Traveller's Literary Companion: The Indian Subcontinent* (1993)

Angus Wilson, *The Strange Ride of Rudyard Kipling* (1977)

JAPAN AND SOUTH EAST ASIA

Alastair Dingwell, ed, *Traveller's Literary Companion: South East Asia* (1993)

Henry Guest, ed, *Traveller's Literary Companion: Japan* (1993)

LATIN AMERICA

David W. Foster, ed, *Handbook of Latin American Literature* (1987)

Jean Franco, *An Introduction to Spanish-American Literature* (1995)

D.P. Gallagher, *Modern Latin American Literature* (1973)

Jason Wilson, *Traveller's Literary Companion: South and Central America* (1993)

UNITED STATES OF AMERICA

Daniel Aaron and Robert Bendiner, eds, *The Strenuous Decade: A Social and Intellectual Record of the 1930s* (1970)

Jervase Anderson, *This Was Harlem: A Cultural Portrait 1900–1950* (1981)

Houston A. Baker, Jr, *Modernism and the Harlem Renaissance* (1987)

Bernard W. Bell, *The Afro-American Novel and its Tradition* (1987)

Malcolm Bradbury, *Dangerous Pilgrimages: Trans-Atlantic Mythologies and the Novel* (1995)

Van Wyck Brooks, *The Flowering of New England: 1815-1865* (1936)

Ann Charters, *Beats and Company: Portrait of a Literary Generation* (1986); *Scenes Along the Road* (1970)

Peter Conn, *Literature in America: An Illustrated History* (1989)

Malcolm Cowley, *Exile's Return: A Literary Odyssey of the 1920s* (1934)

Morris Dickstein, *Gates of Eden: American Culture in the Sixties* (1977)

Ann Douglas, *Terrible Honesty: Mongrel Manhattan in the 1920s* (1995)

Susan Edmiston and Linda D. Cirino, *Literary New York: A History and a Guide* (1976)

Federal Writers Project, *New York Panorama* (1938)

Gene Feldman and Max Gartenberg, eds, *The Beat Generation and the Angry Young Men* (1958)

Lawrence Ferlinghetti and Nancy J. Peters, *Literary San Francisco* (1980)

Otto Friedrich, *City of Nets* (1986)

Edwin Fussell, *Frontier: American Literature and the American West* (1965)

Martin Green, *The Problem of Boston* (1966)

Ian Hamilton, *Writers in Hollywood 1915-1951* (1990)

John Harris, *Historic Walks in Old Boston* (1982); *Historic Walks in Cambridge* (1986)

Don Herron, *The Literary World of San Francisco and its Environs* (1986)

Eric Homberger, *The Historical Atlas of New York City* (1995)

Hugh Honour, *The New Golden Land: European Images of America from the Discoveries to the Present Time* (1976)

William Howarth, *The Book of Concord: Thoreau's Life as a Writer* (1983)

James de Jongh, *Vicious Modernism: Black Harlem and the Literary Imagination* (1990)

Alfred Kazin, *A Writer's America: Landscape in Literature* (1988)

Richard H. King, *A Southern Renaissance: The Cultural Awakening of the American South, 1930-55* (1980)

Marcia Leisner, *Literary Neighbourhoods of New York* (1989)

Alain Locke, *The New Negro* (1925)

Leo Marx, *The Machine in the Garden: Technology and the Pastoral Ideal* (1964)

Fred McDarrah, *Greenwich Village* (1963)

Fred W. McDarrah and Patrick J. McDarrah, *The Greenwich Village Guide* (1992)

Luree Miller, *Literary Hills of San Francisco* (1992)

Ethan Mordden, *The Hollywood Studios* (1988)

Toni Morrison, *Playing in the Dark: Whiteness and the Literary Imagination* (1992)

George and Barbara Perkins and Philip Leininger, *Benet's Reader's Encyclopedia of American Literature* (1987)

Gil Reavill, *Hollywood and the Best of Los Angeles* (1994)

Jack Salzman, ed, *Years of Protest: A Collection of American Writings of the 1930s* (1967)

Henry W. Sams, ed, *Autobiography of Brook Farm* (1958)

Henry Nash Smith, *Virgin Land: The American West as Symbol and Myth* (1950)

Harvey Swados, *The American Writer and the Great Depression* (1966)

F.W. Volpe, *A Reader's Guide to William Faulkner* (1964)

Caroline Ware, *Greenwich Village 1920-30* (rev. 1994)

Steven Watson, *Strange Bedfellows: The First American Avant-Garde* (1991)

Henry Wiencek, *The Smithsonian Guide to Historic America: Southern New England* (1989)

Elias Wilentz (ed), *The Beat Scene* (1960)

WRITING OF THE FIRST AND SECOND WORLD WARS

Ronald Blythe, ed, *Components of the Scene: An Anthology of the Prose and Poetry of the Second World War* (1967)

Paul Fussel, *The Great War and Modern Memory* (1975)

Brian Gardner, ed, *Up the Line to Death: The War Poets 1914-1918* (1964)

Brian Gardner, ed, *The Terrible Rain: The War Poets 1939-45* (1966)

M.S. Greicus, *Prose Writers of World War 1* (1973)

Holger Klein, ed, *The First World War in Fiction: A Collection of Critical Essays* (1976)

I.M. Parsons, ed, *Men Who March Away: Poems of the First World War* (1965)

Andrew Sinclair, ed, *The War Decade: An Anthology of the 1940s* (1989)

PICTURE CREDITS AND ACKNOWLEDGMENTS

Illustrations courtesy of: Abacus Books illustration by Nick Bantock: 321tr, **AKG London**: 16b, 41, 65, 75t, 76tl, 80l, 81br, 83, 101t, 114tr, 118t, 139tr, 146t, 163tr, b, 164bl, 183tr, 185, 217, 256, 292, /Axel Lindahl: 138, /Berlinische Galerie, Berlin/©DACS 1996: (Self portrait by George Grosz 1928) 183tl, /Bibliothèque Nationale, Paris: 38b, /Blerancourt, Musée de l'Amitie Franco-Americaine: 122, /Detroit Institute of Arts: ('Die Nachtmahr' by Fussili) 77br, /Jamestown-Yorktown Foundation, ML Holmes: 32, /Paul Mellon Collection: (Scene from the 'Beggar's Opera' by William Hogarth) 49t, **Al Hayat**: 293cr, br, **Alinari**/Pinacoteca Nazionale, Siena: (Citta sul mare by Ambrogio Lorenzetti) 14t, **Archivio IGDA**: 164br, 174t, 209tr, /Musée d'Art Africaine, Paris: 33cl, /Museo della Marina, Lisbon: 33tl, **Beacon Communications/20th Century Fox** (courtesy Kobal): 277b, **Bertram Rota**/©Angelica Garnett: 181tl, **Bildarchiv Preussischer Kulturbesitz**: 183b, 184, 228cl, 230b, **Bodleian Library, University of Oxford**: (MS Gough Gen.Top.16): 18t, 213b, /©HarperCollins Cartographic 1996. Reproduced with permission: 222-3, **The Bostonian Society/Old State House**: 109, **Bridgeman Art Library**/Ackermann & Johnson Ltd, London: (View of Pope's Villa on the River Thames at Twickenham by Samuel Scott) 47t, (Christchurch, Oxford by J Murray Ince) 112tr, /Beamish, North of England Open Air Museum, Durham: (Old Hetton Colliery, Newcastle, Anon) 100, /British Library: (Murder of Thomas à Becket, by John of Salisbury, Latin Life of Becket) 17tl, (The Travellers, or a Tour Through Europe, publ by William Spooner) 79t, /Christie's, London/©DACS 1996: (Sacre Coeur, Montmartre by Maurice Utrillo) 129, /City of Edinburgh Museums & Art Galleries: (Sir Walter Scott and his Literary Friends at Abbotsford (study) by Thomas Faed) 79b, (View of Edinburgh from from the top of the Calton Hill by Nelson's Monument, litho) 140b, /Fine Art Society/Arthur Rackham illustration used with the kind permission of his family©: 81bl, /Giraudon: (Voltaire, aged 23 by Nicholas de Largilliere) 40tr, (George Sand (AAL Dupin) by Auguste Charpentier) 95t, Giraudon/Maison de Balzac, Paris: (Honore de Balzac from daguerreotype) 92tr, /Giraudon/Musée Antoine Lecuyer, Saint-Quentin, France: (Jean Jacques Rousseau by Maurice Quentin de la Tour) 40tc, /Giraudon/Musée des Beaux Arts, Lille: (The Republic, 1848 by Jules Claude Ziegler) 126b, /Giraudon/National Palace, Mexico City © Instituto Nacional de Bellas Artes: (Market at Tenochtitlan by Diego Rivera) 298, /Guildhall Library, Corporation of London: (Map of London as surveyed and published by John Roque) 47b, (Portsmouth St, Lincoln's Inn Fields by John Crowther) 97tl, /Hermitage, St Petersburg: (Actors from the Comédie Française by Antoine Watteau) 39b, /Hirshhorn Museum, Washington DC: (Slave Market by Friedrich Schulz) 123tl, /Johannesburg Art Gallery, S Africa: (Yellow Houses: a street in Sophiatown by Gerard Sekoto ©) 295t, /Lauros-Giraudon: (Henri Marie Beyle (Stendhal) by John Olaf Sodermark) 92tl, /Manor House, Stanton Harcourt, Oxon: (Alexander Pope by Sir Godfrey Kneller) 47c, /Musée Condé, Chantilly: (Michel Montaigne, French School) 24t, /Musée d'Orsay, Paris: (Emile Zola by Edouard Manet) 128l, /Museo Nacional Centro de Arte Reina Sofia, Madrid/©Succession Picasso/DACS 1996: (Guernica 1937 by Pablo Picasso) 214t, /Museum of Fine Arts, Budapest/©DACS 1996: (Appropriating land in Sicily by Renato Guttuso) 233b, /National Gallery, London: (Triple portrait of the head of Richelieu by Philippe de Champaigne) 38t, /National Museum of Wales, Cardiff/©Julius White: (Dylan Thomas by Augustus John) 248, /National Portrait Gallery, Smithsonian Institution: (Pocahontas, after the engraving by Simon van de Passe) 34t, /New York Historical Society: (Scene from 'The Last of the Mohicans' by Thomas Cole) 85, /Palazzo Pubblico, Siena: (Good Government in the City, (detail) (fresco) by Ambrogio Lorenzetti) 13t, /Petit Palais, Geneva: (The Seine at Argenteuil by Renoir) 132tr, /Private Collections: (View of London by Cornelius de Visscher) 23t, (Denis Diderot by Jean Baptiste Greuze) 40tl, (The Doubling Room, Dean Mills, Anon) 101c, (Cover of 'The Yellow Book' 1894 by Aubrey Beardsley) 145b, (Sherlock Holmes (litho) after Roy Hunt) 147t, (Mountains and coastline, view from '36 Views of Mount Fuji' by Utagawa or Ando Hiroshige) 270b, (Eight Huts in Haiti by D Roosevelt ©) 280, /Roy Miles Gallery, London: (Lord Byron reposing having swum the Hellespont by Sir William Allan) 62, /Stadtische Museum, Vienna: (Café Griensteidl, Vienna by Reinhold Volkel) 162t, /Tate Gallery, London: (Nocturne in Blue and Gold: Old Battersea Bridge by James McNeill Whistler) 145t, /Towner Art Gallery, Eastbourne/©Angelica Garnett: (8 Fitzroy Street by Vanessa Bell) 178b, /Victoria & Albert Museum, London: (Scene from 'Le Bourgois Gentilhomme' by Charles Robert Leslie) 39t, (The Harbour and the Cobb, Lyme Regis, Dorset, by Moonlight by Copplestone Warre Bamfylde) 68b, (Cover of 'The Chap Book' 1894 by William Bradley) 155t, (Lovers from 'Poem of the Pillow' by Kitagawa Utamaro) 270tr, /Victoria Art Gallery, Bath: (Milsom Street, Bath (aquatint) by John Claude Nattes) 67t, (The Pump Room, Bath (aquatint) by John Claude Nattes) 67b, /Walker Art Gallery, Liverpool: (The Funeral of Shelley by LEP Fournier) 63b, /Wallington Hall, Northumberland (Industry of the Tyne: Iron and Coal by WB Scott) 102t, /Waterman Fine Art Ltd, London/©Michael Chase: (Worms Head, Gower Peninsula by Sir Cedric Morris) 251b, /Wordsworth Trust, Grasmere: (William and Mary Wordsworth by Margaret Gillies) 58, **British Library:** (World Map by Aaron Arrowsmith K.Top.4.36.1 11Tab) FCt, 56-7, (Map of Spain by Pedro de Medina C62 f.18) 30, (Crystal Palace Game Map, Maps 28.bb 7) 86-7, **Brontë Society**: 105t, c, b, 106, 107tr, l, **Camera Press**: 264t, 282c, /Jane Bown: 267tc, 286b, /Gerald Cubitt: 294, /Karsh of Ottwawa: 309, /L Polyzkova: 262tl, /Pressens Bild: 282tr, /Jean Schmidt: 225c, /Bernard G Silberstein: 307t, /Lennox Smillie: 281, /Gavin Smith: 308c, /Sally Soames: 308t, /Sharron Wallace: 282b, **Jonathan Cape**: 219b, /Illustration by Jo Agis 305tr, **J Allan Cash**: 142t, **Jean-Loup Charmet**: 171, **Christie's Images**/©Angelica Garnett: (Portrait of David Garnett by Vanessa Bell) 179tl, (Portrait of Lytton Strachey reading by Vanessa Bell) 179br, /©1978 Estate of Duncan Grant: (Portrait of Vanessa Bell by Duncan Grant) 179tr, **Collections**/Alain le Garsmeur: 167, 168 bkgd, 169t, 169b, 323t, /Geoff Howard: 322c, **Collins Associates**: 279cl, **Thomas Cook Travel Archive**: 131tc, **Corbis-Bettmann**: 108, 118b, 123tr, 152tl, 162b, 175b, 177c, 186, 189b, 190, 192tr, 192tl, 193t, 194, 201bl, 203, 206cl, 216, 221, 230t, 247b, 254, 297b, 307c, 312b, /Brady: 110l, **Dorset County Museum**/Thomas Hardy Memorial Collection: 133b, **©Douglas Brothers**: 305tl, **ET Archive**: 69 bkgd, 128r, 150tl, /Birmingham City Art Gallery: (Grasmere by the Rydal Road by Francis Towne) 61, /British Library: (World Map by Henricus Martellus Add.15760) 10-11, /British Museum: (Cottonian World Map) 14b, (Globe Theatre by JC Visscher) 22, /Canterbury Cathedral: 19, /Christchurch College, Oxford: 114tl, /Courage Breweries: (Dr Johnson by Sir Joshua Reynolds) 46t, /India Office Library: 148, /Museum für Gestaltung, Zurich: 160b, /National Gallery, London: (Weymouth Bay by Constable) 136t, /Naval Museum, Genoa: (World Map by Juan de la Cosa) 33tr, /Private Collection: (Music Hall, Fishumble Street, Dublin by FW Fairholt) 50, /Strindberg Museum, Stockholm: 139c, /Victoria & Albert Museum, London: (Facsimile of the Ellesmere Manuscript) 16t, 17b, 18bl, br, **Mary Evans Picture Library**: 20t, 23b, 27t, 42cr, 43tl, 45t, 45b, 46b, 49b, 52tl, 53, 54b, 66, 74b, 76tr, 96tl, 101b, 103, 104r, 110r, 111r, 114br, 125t, 149, 150tr, 150b, 151b, 177t, 126t, **Excelsa/Mayer Burstyn** (courtesy Kobal): 233t, **Explorer**: 42tl, **Faber & Faber Ltd**/ /©Barney Cokeliss: 79tl, /Illustration by Peter Blake: 321br, **Farrar, Straus & Giroux**: 315cr, **Field Day Theatre Co**: 279cr, **A Frajndlich**: 316tr, **©Allen Ginsberg** as taken by Peter Orlovsky: 255, **Goethe-Museum, Düsseldorf**/Anton-und-Katharina-Kippenberg-Stiftung: (View of Weimar by Georg Melchior Kraus) 74t, **Ronald Grant Archive**: /British Lion: 257, 297t, /RKO: 200, **©Alasdair Gray**/: "Lanark"/Cannongate Books: 318, /Bloomsbury Publishing: 319tl, tr, **Sonia Halliday Photographs**/Bibliothèque Nationale, Paris: 291, **Hamish Hamilton/Penguin**: 26, **Harbourfront Centre**/Michael Cooper: 306, **Robert Harding Picture Library**: 134 bkgd, 249, 274b, 302, 304tl, 323b, /David Beatty: 251t, /E Simanor: 290t, /JHC Wilson: 267cr, /Adam Woolfitt: 132tl, **Heinemann African Writers Series**: 303tl, cr, 304br, bc **Hulton Getty**: FCcr, b, BC, 20b, 42tr, 54t, 59 bkgd, 70tl, 73t, 78, 80b, 93tr bkgd, tl, b, 95b, 98, 104l, 107cr, 121t bkgd, 123cr, 125c, 131r, 140tl, 144, 152b, 155b, 172tl, tr, 174b, 178tl, 208, 209b, 210tl, tr, bl, 211, 213t, 219t, 220, 232, 236, 237t, 238 bkgd, 240, 241bl, 242, 243t, b, 250, 259tl, tr, 266, 268, 278tr, **Images of India**/DPA: 269tr, bl, **Imperial War Museum, London**: 170, **Israel Press & Photo Agency Ltd**: 288, **Japan Information and Cultural Centre**: 272tl, **Kobal Collection**: 201t, 202, **London Borough of Camden/Keats House, Hampstead**: 63t, **Magnum Photos**: /Ian Berry: 241tr, 282tc, 295b, /Rene Burri: 234tr, /Henri Cartier-Bresson: 226, /Bruce Davidson: 317br, /Eliott Erwitt: 252, /Philip Jones Griffiths: 316tl, /Thomas Hoepker: 314, /David Hurn: 276, /Herbert List: 209tl, /Peter Marlow: 320, /Inge Morath: 297c, /Martin Parr: 278br, /Gilles Peress: 267tr, 277t, /Eli Reed: 311, 317bl, /Sebastiao Salgado: 234cr, **Mansell Collection**: 17tr, 80t, 111l, 133t, /Beaconsfield: 102c, **National Portrait Gallery, London**: (Henry James by John Singer Sargent) 130, (Samuel Taylor Coleridge by Peter Vandyke) 60bl, **Network**: Michael Abrahams: 313, /Chris Davies: 287, Jack Picone: 284, /Steve Pyke: 274t, 322tl, **Neue Constantin/ZDF** (courtesy Kobal): 235, **New York Public Library**: 156bl, /Eliz Buehrmann: 156tr, /Schomburg Center for Research in Black Culture, Astor, Lennox & Tilden Foundations: 192b, 193b, /Underwood & Underwood: 156tl **Peter Newark's Pictures**: 48, 82b, 84t, 119c, 121b bkgd, 146b, 147b, 172tc, 195b, /Dorothea Lange: 205 **North Wind**: 34b, 84bl, bc, br, 96b, 97tr, 154, 157bkgd, cl, c, cr, 198b, 199tr, **W W Norton & Co, Inc**. Reproduced from 'The Portable Faulkner', edited by Malcolm Cowley. ©1946 by Viking Press, Inc: 199tl, **Novosti, London**: 88, 89b, 90tr, **Oklahoma Historical Society**/Archives & Mansucripts Division: 206-7t bkgd, **Paramount:** (courtesy Kobal): 258, /Talent Associates (courtesy Kobal): 300, **Penguin UK**: 321bl, /©Douglas Brothers: 321tl, **Penguin USA**: 196, 315tl, **Photofest**: 244b, 246tl, 247t, /Friedman-Engeler: 246tr, /Martin Harris/Pix: FCbc, 244tl, **Pictorial Press**/Pix: 201br, **PLAYBILL®** cover printed by permission of PLAYBILL Inc. PLAYBILL® is a registered Trademark of PLAYBILL Incorporated, New York, NY: 245, **Polygram Pictures**: 283, **Popperfoto**: 42cl, 52tr, cl, cr, 89t, 165, 204, 214c, 237r, 239t, 239b, 241tl, 286t, **Princeton University Libraries**/Sylvia Beach Papers, Dept of Rare Books & Special Collections: 175t, **Arthur Rackham** illustration used with the kind permission of his family© 43b, **Real Academia Española**: 28t, **Rex Features**: 259c, /Action Press: 301tl, /Marina di Crollalanza: 234tl, /Fotex/M Hoffmann: 290b, /Geraint Lewis: 301cl, /Michael Powell: 234cl, /Sipa: 301cr, 324b, 325tl, tr, /Sipa/D Hulshizer: 312t, /Peter Trievnor: 273c, **Roger-Viollet**: 70tr, 70cr, 82tl, /©Harlingue-Viollet: 70cl, /©Lipnitzki-Viollet: 225t, **Royal Geographical Society:** (World map of Commerical Geography pl.15 publ Bartholomew) 116-7, (Political World Map from Harmsworth New Atlas) 158-9, **Scala**: /Duomo, Florence: (Dante (fresco) by Domenico di Michelino) 12, /Museo del Bigallo, Florence: (Madonna della Misericordia (fresco) anon) 13b, /©The Munch Museum/The Munch-Ellingsen Group/DACS 1996: (Ibsen at the Grand Cafe, Oslo by Edvard Munch) 137, **Science Photo Library**/Dr Gene Feldman NASA GSFC: 260-1 **SCR Photo Library**: 262tr, bl, br, 264b, /Tretjakoff Galerie, Moscow: 90tl, **Shakespeare Birthplace Trust**: 21tr, **Frank Spooner Pictures**: /Chiasson: 310, /Gamma: 325b, Gamma/Frederic Reglain: 303tr, /Jordan: 301tr, /Thomas Toucheteau: 325cl, **State University of New York at Buffalo**, The Poetry/Rare Books Collection: 188, 189t **Stiftung Weimarer Klassik**/Goethe-Nationalmuseum: (Goethe by Georg Melchior Kraus): 75b, **Sygma**: 279tr, /Keystone: FCcl, 224, 227t bkgd, 227b, **Topham-Picturepoint**: 160tl, **20th Century Fox** (courtesy Kobal): 207c, **Ullstein**: 182, 228tl, 231, /Fritz Eschen: 228cr, Eva Siao: 228tr, **Ulysses**/©Angelica Garnett: 181tr, 181cl, cr, **University College Dublin**, Library, Special Collections: 166, **University of Chicago Library**: 156br, **©University of Mississippi**/Center for the Study of Southern Culture/Cofield Collection: 197, 198tl, tr, **Vintage Books** cover design by Lorraine Louie, cover photo illustration by Marc Tauss: 315b, **Harland Walshaw**: 21b, 136b, **Simon Warner**: 303b, **West Africa**/Caroline Forbes: 303cl, **Peter Whitfield** : 4-5 bkgd, 36-7, **Whitney Museum of American Art, New York, Josephine N Hopper Bequest/Photograph ©1996:** (Railroad Crossing 1922-23 (oil on canvas) by Edward Hopper 70.1189,) 195t, **Michael Woods**: 174r bkgd, **Wordsworth Trust, Grasmere**: 60tr, **Yale University**, Beinecke Rare Book & Manuscript Library: 176.

While every effort has been made to trace the present copyright holders we apologize in advance for any unintentional omission or error and will be pleased to insert the appropriate acknowledgment in any subsequent edition.

The Publishers would like to thank the following for their help in preparing this book: the staff of the London Library, Peter Ellis at Ulysses and Martin Batty at Bertram Rota antiquarian booksellers, Joanna Hartley at the Bridgeman Art Library and the staff of the Hulton Getty Collection.